BIG HISTORY
ビッグヒストリー大図鑑

宇宙と人類 138億年の物語

河出書房新社

DK

BIG HISTORY
ビッグヒストリー大図鑑

宇宙と人類 138億年の物語

デイヴィッド・クリスチャン他［監修］
David Christian
ビッグヒストリー・インスティテュート［協力］
Big History Institute, Macquarie University

河出書房新社

Printed and bound in Hong Kong

A WORLD OF IDEAS: SEE ALL THERE IS TO KNOW

www.dk.com

ビッグヒストリー・インスティテュート

マッコーリー大学は、伝統的な体制にとらわれないという精神のもとに設立された、他に類を見ないオーストラリアの大学である。既存の教育体制に挑んだ結果、豊かなイノベーションの実績を積んでいる。「ビッグヒストリー」もそういった革新のひとつである。同大学がビッグヒストリーという新たな分野への進化のなかで果たしてきたパイオニア的役割の中心を担うのがビッグヒストリー・インスティテュートである。ここは理系、人文系を問わず、学問の壁を越えて研究課題を追究し、新たな考え方を発見しようとする学者や学生たちが一堂に会するコミュニティである。ビッグヒストリー・インスティテュートは、教育者、公人、研究機関、政府、営利・非営利団体の人々のグローバルな拠点にもなっている。

監修者

デイヴィッド・クリスチャン　David Christian
（教授、ビッグヒストリー・インスティテュート代表）

1946年、アメリカ合衆国生まれ。オックスフォード大学で博士号を取得（ロシア史）。ビッグヒストリーの創始者で、ビル・ゲイツとともに「ビッグヒストリー・プロジェクト」の発起人となり、幅広い教育活動を行っている。TEDトークのプレゼンターのひとりであり、無料の大規模オンライン講座コーセラの講師も務めている。

アンドリュー・マッケンナ　Andrew Mckenna
（ビッグヒストリー・インスティテュート理事）

ビッグヒストリーの普及のため、総合的なイニシアティブのもとに、研究調査、教育指導を含めた普及を国際的に行っている。

トレイシー・サリヴァン　Tracy Sullivan
（ビッグヒストリー・インスティテュート教育リーダー）

「ビッグヒストリー・プロジェクト」のカリキュラム開発チームを率い、オーストラリア内外の教育現場におけるビッグヒストリーの普及に努める。

執筆者

序　文 — エリーズ・ボーハン Elise Bohan
第1変革 — ロバート・ディンウィッディ Robert Dinwiddie
第2変革 — ジャック・チャロナー Jack Challoner
第3変革 — コリン・スチュアート Colin Stuart
第4変革 — コリン・スチュアート Colin Stuart
第5変革 — デレク・ハーヴェイ Derek Harvey
第6変革 — レベッカ・ラッグ=サイクス Rebecca Wragg-Sykes
第7変革 — ピーター・クリスプ Peter Chrisp
第8変革 — ベン・ハバード Ben Hubbard

目次

1 ビッグバン THE BIG BANG

2 星の誕生 STARS ARE BORN

3 元素の生成 ELEMENTS ARE FORGED

4 惑星の形成 PLANETS FORM

5 生命の出現

6 進化する人類

7 文明の発達

8 近代産業の勃興

LIFE **EMERGES**

HUMANS **EVOLVE**

CIVILIZATIONS **DEVELOP**

INDUSTRY **RISES**

序文

子どものころ学校の教室に鎮座していた地球儀が、今も鮮やかに目に浮かぶ。そして地理の授業のことを思いだす。私が通った学校はイギリスのサマセット州にあり、種々の土壌の層になっている、足元の地面の断面図を描く方法や、それがイギリスの他の地域とどのようにつながっているかについて教わった。私にとって、授業でいちばんワクワクしたのは、いろいろな現象の間に思いがけないつながりがあることがわかったときだった。足元の白亜層が、何百万年も前に生息していたコッコリソフォアと呼ばれるごく小さな生物の残骸が無数に集まってできていること、その同じ残骸がイングランドのほかの地方や遠く離れた外国の白亜層でも見られることを知ったときには、本当に興奮した。コッコリソフォアが生きていたころのサマセット州はどんなところだったのだろう。さらにいえば、そのころサマセット州はどこにあったのだろう。これは、私が学校に通っていたころには質問すらできなかった疑問である。当時の科学では、大陸が地球の表面を移動したという考えはまだ確固たるものではなかったからである。

私にとっては、教室の隅に置かれていた地球儀があらゆる知識への扉を開く鍵だった。地球儀を見れば、イギリス国内におけるサマセット州の位置がわかるし、ヨーロッパ（ここからヴァイキングはやって来た！）におけるイギリスの位置も、さらには世界におけるヨーロッパの位置もわかる。ビッグヒストリーはこの地球儀に似ているが、地球儀よりもずっと膨大だ。観察できる限りのすべての宇宙と、観察できる限りのすべての時間を扱うからだ。したがって、138億年の時をさかのぼり、あのビッグバンが起こった驚くべき瞬間からビッグヒストリーは始まる。そのころ、宇宙全体は原子1個分よりさらに小さかったのである。恒星や銀河の歴史も、炭素（生命体の基になる魔法の分子）からウラン（その放射能は爆弾の製造を可能にしただけでなく、地球が形成された時期を知るのにも役立っている）にいたる新しい元素の誕生物語も、ビッグヒストリーには含まれる。これはあらゆる空間と時間の地図のようなもので、いったんその地図世界の探索に乗り出したら、最後にはこういわずにいられないだろう。「そうか、私はこの世界のほんの一部なんだ。壮大な枠組みのここが私の場所なんだ。それじゃこれからはどうなるんだろう？」

現在、ビッグヒストリーを教えている学校や大学はますます増えつづけているが、ビッグヒストリーはすべての人が知らなければならない物語である。本書では、美しいイラストを使ってその内容を説明している。ビッグヒストリーは、さまざまな学問分野の知識を結びつけて言葉と図版で表した地球儀のようなものだ。本書『ビッグヒストリー』では、この世界がどのように発達してきたかを、非常に単純な構造をした誕生直後の宇宙（Universe）から、恒星の出現やさまざまな化学反応を経て、生命体が存続できる地球のような天体を含む秩序ある宇宙（cosmos）にいたるまで、8つの「大変革」（原文ではthreshold）として説明する。

この膨大な物語のなかで私たち人間が果たす、それまでになかった役割についても本書を読めばわかるだろう。私たちが地球上に現れたのはこの物語の終わり近くになってからだが、その影響は、地球環境を変えはじめてしまうほど大きい。だが、おそらくそれよりもさらに驚くべきことを人間は成し遂げた。広大な宇宙のごく小さな存在である私たちの視点から、宇宙がどのように造られ、どのように進化し、どのように現在の姿になったかを解明したのである。これは大変な偉業であり、私たちがこの偉業を達成できたのは、本書で取り上げる数々の発見があったからだ。本書は、21世紀初頭というこの時代に必要な地球儀であり、私たちがこの美しい惑星の環境を維持し、将来世代のためによい状態に保つという難問に立ち向かおうとするときの指針となるだろう。

デイヴィッド・クリスチャン

ビッグヒストリー提唱者
ビッグヒストリー・インスティテュート理事
ビッグヒストリー・プロジェクト共同創始者

“

ビッグヒストリーは、ビッグバンから現在まで、文字どおりすべての歴史を理解するための枠組みです。科学と歴史の教科は、ほとんどの場合、1度に1教科ずつ教えられています。この時間は物理、次の時間は文明の台頭について、というように。ところがビッグヒストリーでは、このような教科間の垣根が取り払われます。生物学でも歴史でも、あるいはそれ以外の科目であっても、何か新しいことを学ぶとき、私は今では、それを常にビッグヒストリーの枠組みに当てはめようとしています。世界について考えるうえで、私がこれほど大きな影響を受けた講座はほかにありません。

”

ビル・ゲイツ　WWW.GATESNOTES.COM

ビッグヒストリー・プロジェクト共同創始者

ビッグヒストリーとは何か？

ビッグヒストリーとは、私たちがどのような過程を経て存在するようになったのかを解き明かす物語である。

ビッグヒストリーとは、この時代にふさわしい現代の「創造神話」である。この壮大な進化の叙事詩は、私たちの好奇心を刺激し、内なる洞察力に訴えかけ、科学と理性と経験主義に基づいた躍動的でダイナミックな物語だ。なによりも、ビッグヒストリーによって培われる視野と科学的基盤は、生命や宇宙をはじめとするあらゆる事物に関するワクワクするような、そして消えることのない問いのいくつかについて深く考えられるようにしてくれる。

人類が抱いてきた切実な問いには、地球上の生命はどのように進化してきたか？　人間にしかない特徴とは何か？　私たちは宇宙で唯一の存在なのか？　私たちはなぜ現在のような外見を備え、現在のように考え、行動するようになったのか？　人類、地球、そして宇宙は将来どうなるのか？　など、さまざまなものがある。宇宙の歴史の一点を目がけてダーツを投げてみると、ダーツは必ず、ビッグヒストリーという物語のどこかのページに突き刺さる。そのページがどれほどわかりにくくても、また、私たちが知っている世界からどれほど隔たっているように見えようとも、それはこの壮大な科学の物語の一端を担っていることに変わりはなく、あらゆる出来事、そしてすべての章がお互いに関連し合っている。

本書では、恒星や銀河、人体を構成する細胞、そしてすべての生物と無生物の間の複雑な相互作用といったテーマを自由に行き来しながら探索する。現実の出来事をさまざまな角度から、さまざまな物差しで見るために、人間が理解できる限界にまで目を向ける。こ

生命を終えようとしている星の中で、私たち一人一人の体内にあるすべての原子が作られたということなど、思い出すこともなくなっている。

のような幅広い視点から世界を見ることが素晴らしいのは、私たちが、普段は見過ごしたり当たり前と思っていたりする自然界のさまざまな様相につい関心をもてるようになるからである。

私たちの体内にある原子はすべて、生命を終えようとする恒星の中で作られたという事実、あるいは、太古の宇宙の大爆発によって多様な化学物質が生まれ、それが生命誕生につながったという事実について、思いをめぐらすことがどれほどあるだろうか。歴史を俯瞰することで、王や軍隊、政治家、農民、そういった身分や職業を超えたところにあるつながりを見出そうとすることがどのくらいあるだろうか。

私たちは、自ら意識しなければ、国、民族、種の境界がすべてなくなる時点にまで進化の歴史をさかのぼってたどることはない。だが、この違いの向こう側を探索できるようになれば、1本の系統樹が見えてくる。そこには、私たち一人一人が、地球上のすべての生命体と共通の祖先をもつことが示されている。虫も魚も、爬虫類もチンパンジーも、世界の反対側でさえずる鳥も、日々の営みを繰り返すこの世界で眠る見知らぬ他人も、私たちとどこかで結びついているのだ。

ビッグヒストリーは、自分の目に見えるものすべて、自分が知っていると思っていることすべてを問いなおすときの道しるべになる。その過程で、宇宙が通常想像するよりもはるかに不思議に満ちていること、歴史が往々にして意外な勢力によって形作られ、直接的には見えにくいことがわかってくる。覚えておきたいのは、ビッグヒストリーが固定した物語ではなく、自然に関する私たちの知識が増え、種としての必要性が変化するのに伴って絶えず更新される、暫定的な物語なのだということだ。

宇宙から見れば人類は新しい種で、非常に遅い段階でやっと進化の歴史に登場したにすぎない。私たちは最初から存在していたのではなく、また進化が終わった種ではないこともほぼ確実である。それでもビッグヒストリーは人間が人間のために書いた、人間を主体とする歴史なのである。この物語の一部では、私たち人類と私たちのすむ銀河の片すみにあえて焦点を当てているが、そこにこそ私たちの活動と意義があるからだ。

空間と時間という壮大な枠組みの中では、人間など宇宙に付随する取るに足らない存在にしか思えないだろう。しかし私たちの地球を子細に調べてみると、その大きな出来事のいくつかには現生人類が大きく関与していることがわかる。地球上に生命が誕生してから30億～40億年たつが、その間、そのようなことを成し遂げた種はほかにいない。私たちが知る限り、ホモ・サピエンスは、宇宙を代表しているという自覚をもった最初にして唯一の種である。そして今では、地球上の生物圏を変えてしまうほどの圧倒的な力をもち、地球の進化のペースをまったく新たな歯車のものへと変えてしまった。

ビッグヒストリーは、自分の目に見えるものすべて、自分が知っていると思っていることすべてを問いなおすときの道しるべになる。

この壮大な物語を探索すると、私たちホモ・サピエンスが種の拡散と地球の征服に大きな成功を収めたことがわかるだろう。その主な理由は、ビッグヒストリーでいう「コレクティブ・ラーニング（集合的学習）」の能力が備わっていたためだ。つまり人間は、蓄積した知識と経験をDNA経由で次世代に伝えることはできないが、情報を文化として伝える手段を発達させてきたのだ。情報共有がここまで急速に発達した背景には、記号言語の発明がある。

情報共有の始まりは、さまざまな考えを口伝えしていくことだった。やがて文字が発達すると、情報が誤って伝えられることが少なくなり、簡単な外づけハードディスクに似た道具を所有することになった。そこで初めて、限られた脳の記憶容量に頼ることなく、大量の情報を蓄積できるようになったのである。

何世代にもわたって既存の知識をさらに蓄積できるようになり、人間が学習するスピードはますます速くなって、知識や新しい技術も急増した。多くの文明が生まれては消え、数百年の間忘れ去られることになった発見も一部にはあるが、全体としては、フィードバックの回路の働きで文化的変化が起こるまでの時間はどんどん短くなっていた。つまり、短時間で正確に情報を共有する方法が発明されたことでさまざまな技術革新が容易になり、技術革新が起こったことで情報共有のスピードと正確さがさらに増すというサイクルが確立しているのである。

口伝えの時代は何万年も続いたが、印刷の時代から今日のデジタル時代への移行には数百年しかかかっていない。文化がこのペースで進化しつづけるとすれば、今後数十年のうちに新しい画期的パラダイムが出現する可能性もある。

何世代にもわたって既存の知識をさらに蓄積できるようになり、人間が学習するスピードはますます速くなって、知識や新しい技術も急増した。

コレクティブ・ラーニングと文化的発達のための驚くべき能力を身につけたことから、人間は比較的短期間で飛躍的な進歩を成し遂げてきた。最初は進化の世界に登場する多くのプレイヤーのひとりにすぎなかったものが、地球上の進化の道筋を意図的に作り上げる仕事に従事する新人ディレクターになったのである。この役割は非常にエキサイティングだが、そこには大きな課題もある。

私たち人類の系統樹を振り返り、これまでに生存した種の実に99%が絶滅していることを思い起こすと、厳粛な気持ちになる。この事実を踏まえて、私たちホモ・サピエンスが将来も長きにわたって持続的な繁栄を謳歌できるかどうかを考えることは当然であり、有益でもある。できるとすれば、そのためにどのような方策が必要だろうか。

エネルギーの消費を抑えてよりシンプルな生活に移行すればよいだろうか。それとも、膨大な集合知を活用して、クリーンなエネルギーと持続可能な製品やサービスを作り出すという、もっと先進的な方法を工夫すべきだろうか。現代の技術開発競争は私たちを解放してくれるのか、それとも奴隷にするだけなのか。そして、私たち人間のほとんどが技術の助けを借りずに生物として存在できる期間はどのくらいだろうか。

これらの疑問について考えることが、まさにビッグヒストリーの眼目である。その扱う範囲についても、内容や方法についても、ビッグヒストリーは紛れもなく現代に必要な、全く新しい物語なのだ。

過去の創造神話がすべてそうであるように、この物語も、私たちがどこから来たか、私たちはだれなのか、そしてどこに行こうとしているのかを解明する手がかりを与えるように工夫されている。だが神話と直感の上に築かれた古代の創造神話と違い、この進化の叙事詩は近代科学の理論に根ざしているため、私たちが住むこの世界について理解を深めようとするときに大いに役立つだろう。

大部分の人間にとって、非常に大きいものや小さいもの、また非常に古いことについてはなかなか考えが及ばない。だが壮大な考えを追い求めることや、宇宙に関する深遠な疑

ビッグヒストリーは現代に必要な、全く新しい創造の叙事詩である。

問の答えを探すことはできる。宇宙には他に何があるか、地球も星のひとつなのか、ブラックホールの中はどうなっているのか、さらには人間の脳やDNAの神秘、人間に依存し、人間の周囲や体内で生きる細菌の驚くべき生態系の不思議について、私たちは知りたくてたまらない。

ビッグヒストリーの物語は、このような、またこれ以外のエキサイティングな領域を探索するときの道しるべになる。さまざまな主題や歴史上の出来事についてじっくり考え、多様な角度からこの世界の本質に迫ることができるよう、ビッグヒストリーは私たちを導いてくれる。ビッグヒストリーを学べば、いくつもの具体例から大きな絵を描いたり、一地方の現象や出来事から大きなトレンドが生まれる様子を観察したりできるようになる。ゼネラリストとスペシャリスト双方の視点をもつことで、原因と結果についてもっと慎重かつ創造的に考えることができ、今日の世界で直面している多くの課題に対してさらに革新的な答えや解決策を提示できるのである。

ビッグヒストリーの統合的な視点から物事を見ることは、現状をダイナミックにとらえる際に役立つ。この見方に従えば、私たちがこれまでの進化を継承するだけでなく、これからの「大変革」を生み出す存在にもなりうることがわかるのである。

本書は、だんだん複雑になっていく8つの「大変革」の時期に分けられている。宇宙が進化してきた歴史のなかで特に重要な変化の段階である。「大変革」から別の「大変革」に移るたびに、それぞれの「大変革」がいかに深く結びついているか、宇宙の物質や情報がさまざまな秩序のなかでいかに密度を増し、複雑になっていったかがわかるだろう。本書を読めば、この地球と私たち人類が、まれに見る組み合わせの「適応条件」(各要素のバランスと安定性が生命維持に「ちょうどよい」状態。原文ではgoldilocks condition)から生まれたことも理解できる。

最後まで読んで本書が提示する大きな絵を感じられたなら、次に進む道は、そこから生じる多くの新しい疑問についてじっくり考えることである。座してこの発見の旅に乗り出すあなたに、特に考えてほしい問題がひとつある。

この壮大な宇宙ドラマの次の「大変革」がどのように展開するか、それを決めるのはあなたである。そのときあなたはどんな役割を演じるだろうか?

現代の知識は恐ろしいほどの勢いで多様化し、複雑化しているが、その下には終始変わらない統合的な土台がある。つまり、それぞれの時代区分は必ずどこかでつながっている。

デイヴィッド・クリスチャン　ビッグヒストリー提唱者

第1変革

Threshold 1

ビッグバン

私たちの宇宙の起源は何なのか？　おそらく、人類が種として出現し、自分たちがどういう世界にいるのかを理解しようと努めはじめて以来、心を奪われてきた問いである。数世紀にわたる観測、研究、科学的試みをもとに、ビッグバン理論が生まれた。しかし、それでも解明されていない疑問が残っており、さらなる解明をめざして、私たちの探究は、これからも続く。

適応条件

宇宙は、ビッグバンによって生まれた。それ以前に何かが存在していたのかどうかはわかっていない。ビッグバン直後の1秒にも満たない間に何が起こったのかについても、ごくわずかなことしかわかっていない。しかし、その後38万年間にわたり、宇宙が膨張して冷えていき、現在私たちが知る基本的力や物質の姿が出現した。

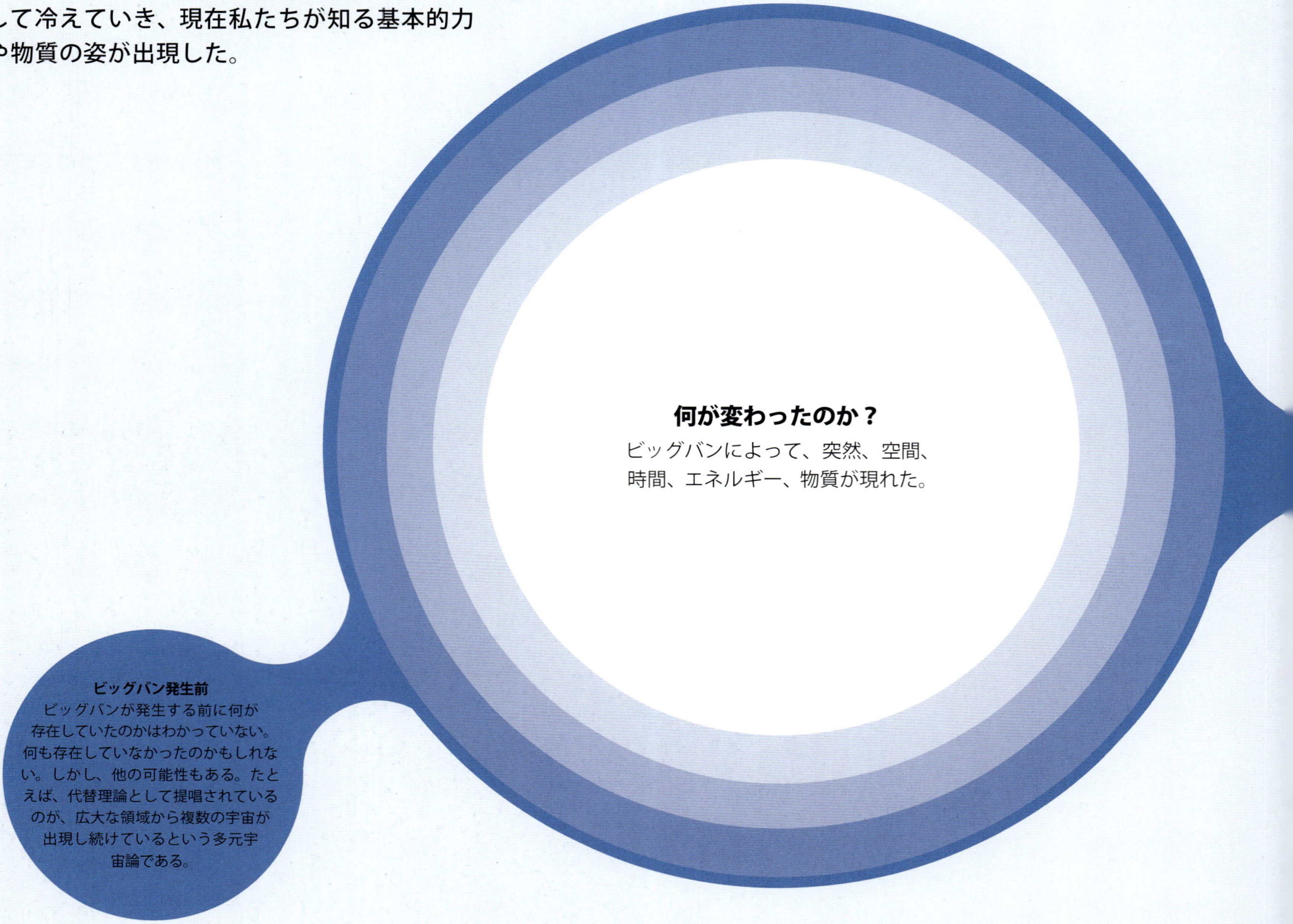

何が変わったのか？

ビッグバンによって、突然、空間、時間、エネルギー、物質が現れた。

ビッグバン発生前

ビッグバンが発生する前に何が存在していたのかはわかっていない。何も存在していなかったのかもしれない。しかし、他の可能性もある。たとえば、代替理論として提唱されているのが、広大な領域から複数の宇宙が出現し続けているという多元宇宙論である。

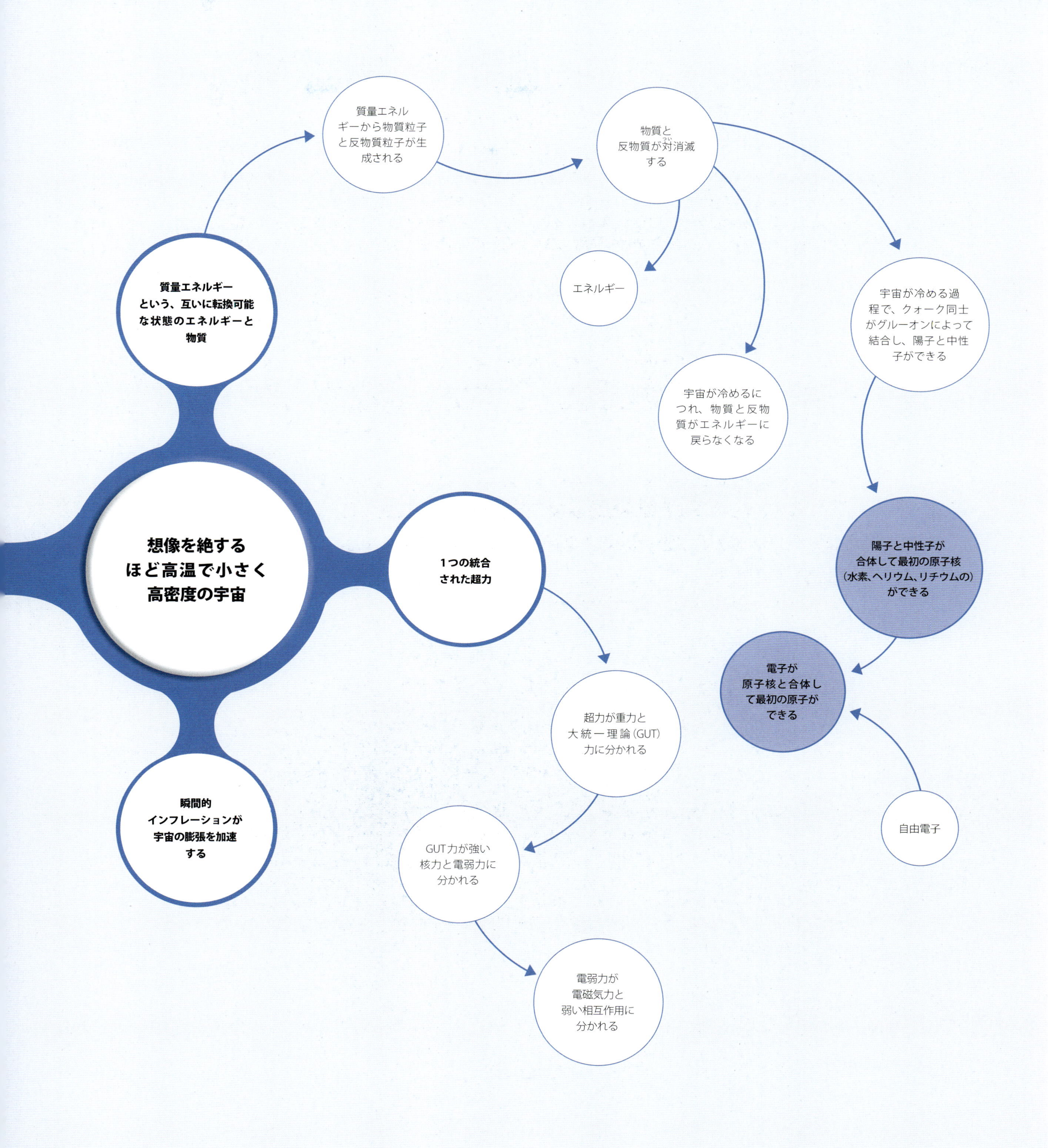
質量エネルギーから物質粒子と反物質粒子が生成される
物質と反物質が対消滅する
エネルギー
宇宙が冷めるにつれ、物質と反物質がエネルギーに戻らなくなる
宇宙が冷める過程で、クォーク同士がグルーオンによって結合し、陽子と中性子ができる
質量エネルギーという、互いに転換可能な状態のエネルギーと物質
想像を絶するほど高温で小さく高密度の宇宙
1つの統合された超力
陽子と中性子が合体して最初の原子核（水素、ヘリウム、リチウムの）ができる
電子が原子核と合体して最初の原子ができる
超力が重力と大統一理論（GUT）力に分かれる
自由電子
瞬間的インフレーションが宇宙の膨張を加速する
GUT力が強い核力と電弱力に分かれる
電弱力が電磁気力と弱い相互作用に分かれる

創造神話

ほぼすべての人間の文化や宗教的伝統は、世界がどのように誕生したかを描いた象徴的な物語、つまり創造神話を育んできた。それらの神話や説話は、多くの場合、民話や民謡という形で、また時には文書(もんじょ)や碑文、絵画などを通じて世代から次の世代へと伝承されてきた。

創造神話では、細かい部分は大きく異なっているものの、共通のテーマを含んでいることが多い。大抵は、もともとの闇または深い混沌の状態から、どのようにして宇宙が秩序を手に入れたかを語る。旧約聖書の『創世記』などのいくつかの例では、この秩序は、至高の存在すなわち神によって課せられたことになっている。一部の神話においては、創造は、循環的プロセスである。たとえば、ヒンドゥ思想では、秩序は、破壊と再生によってもたらされる。大地の物語から始まり、大地から人間と神々が生まれ出るという神話も多い。また、ある生き物が果てしない原始の海に飛び込んで大地の一部を引き揚げ、その大地から宇宙が生まれたとする神話もある。

空・太陽・月の起源

多くの創造神話で、大地とともに天空がどのように創造されたかが語られているが、別の天体から分離してできたという描写が多い。マオリのよく知られた創造神話では、至高の存在イオが無から宇宙を創造したとされている。イオは、天空神ランギヌイ(ランギ)と地母神パパトゥアヌク(パパ)も創造する。しっかりと抱き合ったままだったランギとパパは、やがて6人の子どもたちに分かれ、別々の大地と天空が生まれた。多くの神話が太陽や月などの天体創造についても語っている。たとえば、中国の神話では、盤古という最初の生き物が宇宙卵から生まれる。盤古の下の殻半分が大地、上方の弧状の殻が天空。数千年にわたり日々大きくなっていく盤古は、徐々に天地を引き離し、やがて、大地と天空が正しい位置にたどりつく。しかし、盤古の体は、その後ばらばらになる。その腕と脚は山々に、息は風に、目は太陽と月になった。多くの場合、天体は、神の具現として生じる。たとえば、古代エジプトの創造神話は、原始の海であるヌンから始まり、そこからアメン神が生まれる。アメン神は、別名ラーといい、さらに多くの神々を生み出す。アメン=ラーは、その涙が人類となると、天空に退いて太陽神として永遠に君臨する。

> 全世界で、
> さまざまな民族や文化に由来する
> **創造神話が100種類以上**
> 確認されている。

このような創造神話が広がったのは、古代の人々が自分たちの存在や周りに見える万物に対する説明を必要としたからである。こうした神話を育んだ文化では、物語は真実とみなされ、信奉者たちにとって、非常に重要な意味と感動をもたらしてくれるものだった。しかし、そのようなとらえ方は、あくまで信仰に基づいたもので、正確な観測や科学的推論に基づいてはいなかった。

> “**統一された包括的知識**に対する強い願望を、
> 私たちは祖先から受け継いでいる。”
>
> **エルヴィン・シュレーディンガー** オーストリアの理論物理学者 1887年〜1961年

最古の天文学者たち

時期は文化によって異なるが、ヨーロッパや中東では、紀元前約4000年以降のある時点から、人間は、星や太陽、月などの天体をただ眺めて、その物語を考案するだけの行為に飽き飽きし始めたようだ。代わりに天体の現象を詳細に記録する者がでてきた。そうした調査は、さまざまな実用的理由で行われることが多かった。星を識別し、空の動きを理解できれば、航海に役立つことがわかった。また、空が一種の時計であり、たとえば、いつ作物の種をまいたらよいかを農夫に教えたり、重大な自然現象を警告してくれるものとして利用できることにも気づいた。たとえば、古代エジプトでは、日の出とほぼ同時刻に明星シリウスが昇るとき、それは毎年起こるナイル川の氾濫を予告するものだった。天空を研究する究極の目的は、日食を予測することにあった。中国の天文学者たちは、紀元前2500年にはすでにそれを試みたと考えられている。だが、古代ギリシャ人が、正確な予測に必要な天文学的知識の水準にようやく達したのは、紀元前1世紀のことである。日食の予測に成功しても、特定の実用的用途はほとんどなかったが、予測者は、非常に大きな神秘的な力を得ただけでなく、結果的に仲間から大いに尊敬されることにもなった。

> 中国の天文学者たちは、
> 紀元前750年以降、
> **1600回以上もの日食**についての
> 観測結果を記録してきた。

一部の古代文化では、正確な観測が実際に役立っただけでなく、宗教とも結びついていた。望遠鏡の発明以前におけるとりわけ高度な観測のいくつかは、西暦250年〜900年に中央アメリカ各地に定住していたマヤ族によるものだった。彼らは、太陽年の長さを正確に計算し、金星や月の位置を正確に表にまとめただけでなく、日食を予測できた。彼らは、独自の暦を使い、作物の種まきや収穫の時期を決める一方で、観測してわかった周期と自然の秩序における神々の位置との間に関連性があると考えていた。夜空で起こる特定の事象は、特定の神を表しているとしたのである。マヤ族は、一種の占星術も実践し、天空における周期と個人の日常生活や関心事との間にも関連性を見出した。

1つの現代版神話

ビッグヒストリーは、現代版創造神話である。この神話には、宇宙論としてのビッグバン理論に由来する、宇宙がどのように生まれたかについての話が含まれる。宇宙の成り立ちを起源や構造を交えて説明しているのがビッグバン理論である。現代の宇宙論は物質やエネルギーの形態の変化、新しい粒子の出現、空間自体の膨張、恒星や銀河系などの構造の出現といった現象に伴い、宇宙は時がたつにつれ変化するという考え方も含む。ビッグヒストリーの物語の一部をなすビッグバン理論は、従来の創造神話と共通する点は他にもある。たとえば、あらゆるもの、つまりすべての物質やエネルギー、空間、時間が無から生じると提唱していることだ。また、ビッグバン理論とさまざまな創造神話が答えようとしている疑問（宇宙はどのように始まったのかなど）の多くも共通する。だが、ビッグバン理論は、宇宙がどのように現在のような姿になったのかについては、完全に明らかにしていない。たとえば、生命の起源や人類の進化について説明していない。しかし、この理論は、こうした疑問に答えようとするビッグヒストリーの大きな枠組みの一部であることは確かだ。

しかし、1つの決定的な点、すなわち、宇宙の起源について事実に即して正確に説明することを目指すという点において、ビッグバン理論は、ビッグヒストリー全般と同様、従来の創造神話とは異なる。この理論は、何世紀にもわたる漸進的な改変と急激な飛躍を経てたどり着いた科学的見解の現状を表している。ビッグヒストリーに含まれる他の科学的理論同様、ビッグバン理論が立てた予測も証拠に照らして検証できるので、深化させることも、それどころか反証し覆すこともできる。ビッグバン理論によって解明されていない疑問もまだある。しかし、少なくとも現時点では、宇宙がいつ、どのように始まったかという点については、この理論が最も説得力のある説明をしている。

▶ 創造主ブラフマー
ヒンドゥ教の古い表現様式などに従って、4つの頭をもつ姿で表現されることの多いブラフマー神は、黄金の卵から生まれ、宇宙と宇宙の中のあらゆる物を創造した。

その時、**無もなかりき、有もなかりき。**
空界もなかりき、そを覆う**天もなかりき。**

『リグ・ヴェーダ』
サンスクリット語の賛歌集、紀元前2千年紀
〔『リグ・ヴェーダ讃歌』辻直四郎訳、岩波文庫、1970年〕

確実な証拠

ネブラディスク

ヨーロッパの青銅器時代に、人々は、天文学の知識を深め、実用化した。ネブラディスクは、当時、天体観測が行われていたことを示す重要な証拠である。この円盤の素材を分析すると、金属加工や交易に関する情報も得られる。

ヨーロッパの青銅器時代は、紀元前3200年頃に始まった。1999年にドイツ中央部のネブラ近くで出土した3600年前のネブラディスクには、太陽や月のほか、プレアデス星団と思われるものを含む32個の星が描かれている。そのように多種多様の天体を描いたものとしては、知られている中で最古のものである。ディスクからは、その作者が夏至（1年で昼間が一番長い日）と冬至（一番短い日）の日の出地点と日没地点間の角度を測定したことも見てとれる。

このディスクが何に使われていたのか、あるいは何を表しているのか、については2つの見方がある。一部の考古学者は、それが天文時計であり、作物の種まきや収穫の時期を知るために、あるいは太陽暦と太陰暦とを調和させるために使用されていたのかもしれないと考えている。別の見方として、ディスクに描かれているものが、紀元前1699年4月16日に起きた重要な天文現象、日食を表している可能性もある。その日、太陽が月に覆い隠されると、プレアデス星団と、水星、金星、火星の3つの惑星のかたまりの両方が太陽の近くに見えた。

正確な用途が何であれ、ネブラディスクは、青銅器時代に詳細な天体観測を行い、時間や季節の経過を記録するのに役立つ道具を開発していた人々がいたことを明確に証明している。

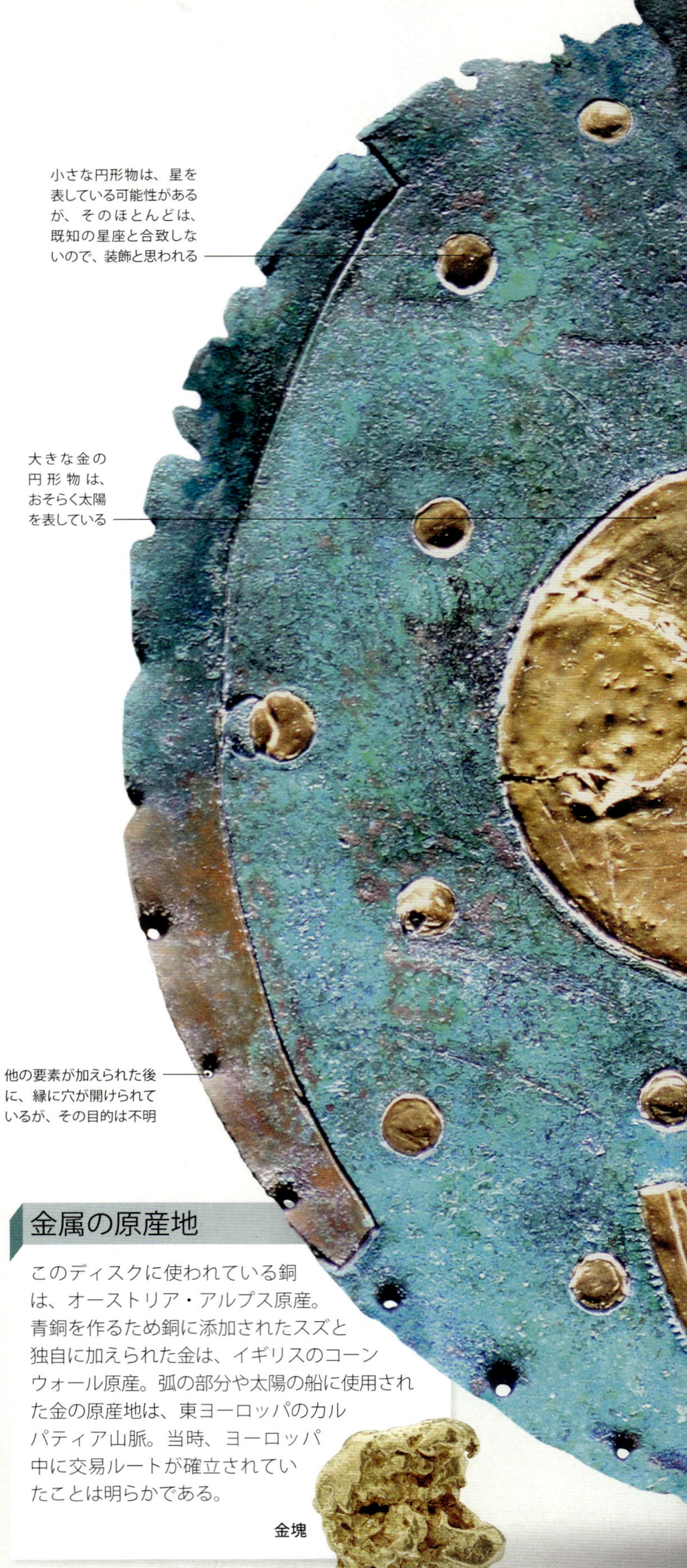
小さな円形物は、星を表している可能性があるが、そのほとんどは、既知の星座と合致しないので、装飾と思われる
大きな金の円形物は、おそらく太陽を表している
他の要素が加えられた後に、縁に穴が開けられているが、その目的は不明

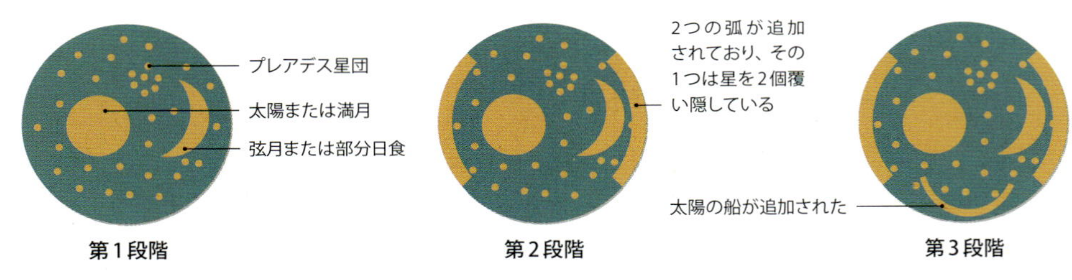
プレアデス星団
太陽または満月
弦月または部分日食
2つの弧が追加されており、その1つは星を2個覆い隠している
太陽の船が追加された
第1段階
第2段階
第3段階

▲製作における各段階
製作時期ははっきりと3段階に分かれており、その目的が変わったことがうかがえる。太陽の船が追加されていることから、宗教的な意味をもっていた可能性がある。

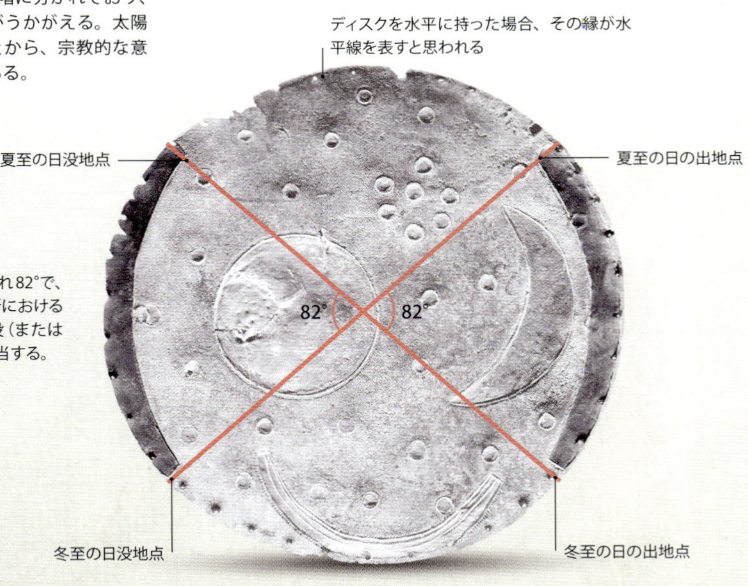
ディスクを水平に持った場合、その縁が水平線を表すと思われる
夏至の日没地点
夏至の日の出地点
82°
82°
冬至の日没地点
冬至の日の出地点

▶金の弧
2つの弧の中心角は、それぞれ82°で、このディスクが発見された場所における夏至と冬至の地平線上の日没（または日の出）地点の間の角度に相当する。

金属の原産地

このディスクに使われている銅は、オーストリア・アルプス原産。青銅を作るため銅に添加されたスズと独自に加えられた金は、イギリスのコーンウォール原産。弧の部分や太陽の船に使用された金の原産地は、東ヨーロッパのカルパティア山脈。当時、ヨーロッパ中に交易ルートが確立されていたことは明らかである。

金塊

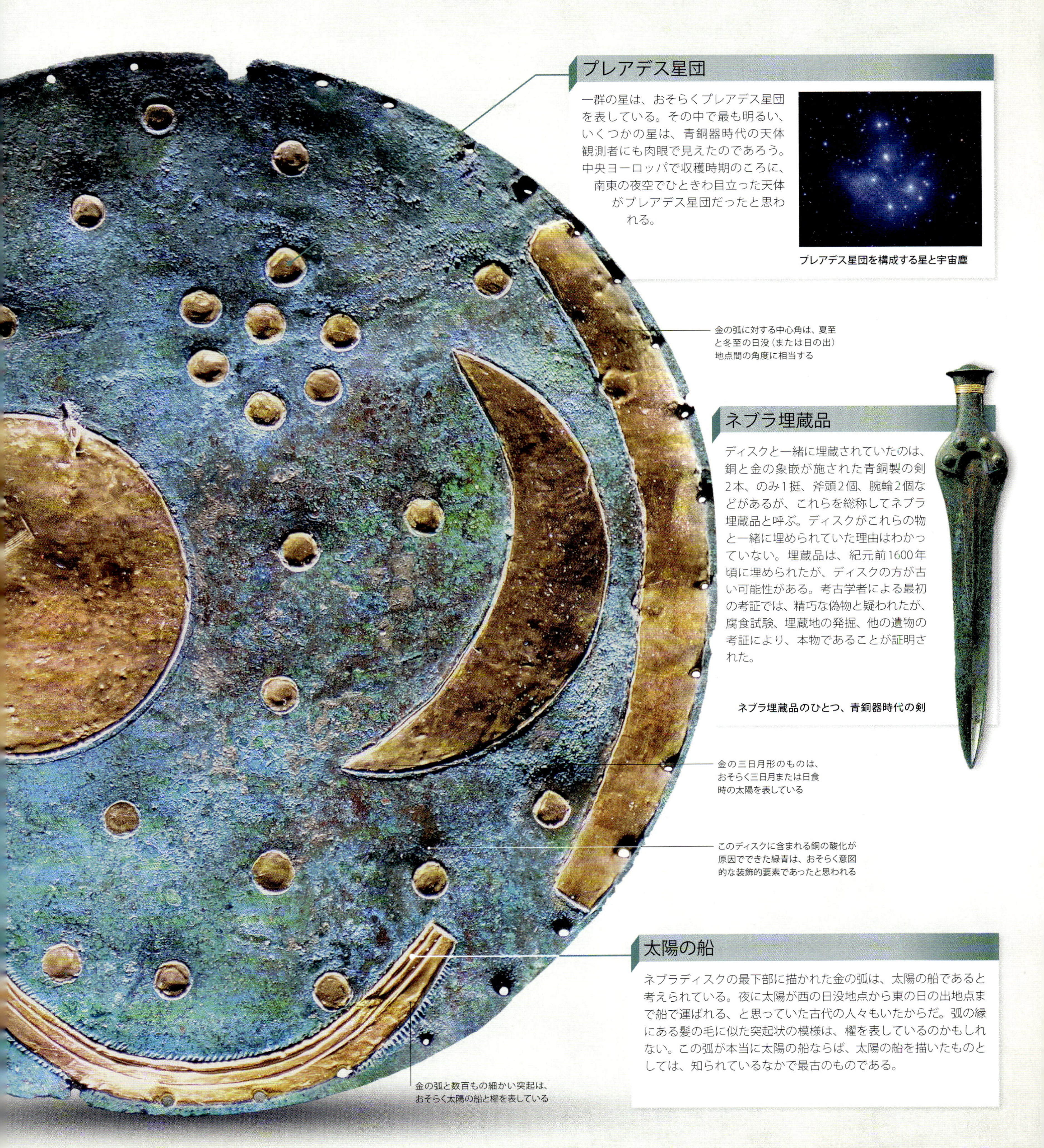
金の弧に対する中心角は、夏至と冬至の日没（または日の出）地点間の角度に相当する
金の三日月形のものは、おそらく三日月または日食時の太陽を表している
このディスクに含まれる銅の酸化が原因でできた緑青は、おそらく意図的な装飾的要素であったと思われる
金の弧と数百もの細かい突起は、おそらく太陽の船と櫂を表している

プレアデス星団

一群の星は、おそらくプレアデス星団を表している。その中で最も明るい、いくつかの星は、青銅器時代の天体観測者にも肉眼で見えたのであろう。中央ヨーロッパで収穫時期のころに、南東の夜空でひときわ目立った天体がプレアデス星団だったと思われる。

プレアデス星団を構成する星と宇宙塵

ネブラ埋蔵品

ディスクと一緒に埋蔵されていたのは、銅と金の象嵌が施された青銅製の剣2本、のみ1挺、斧頭2個、腕輪2個などがあるが、これらを総称してネブラ埋蔵品と呼ぶ。ディスクがこれらの物と一緒に埋められていた理由はわかっていない。埋蔵品は、紀元前1600年頃に埋められたが、ディスクの方が古い可能性がある。考古学者による最初の考証では、精巧な偽物と疑われたが、腐食試験、埋蔵地の発掘、他の遺物の考証により、本物であることが証明された。

ネブラ埋蔵品のひとつ、青銅器時代の剣

太陽の船

ネブラディスクの最下部に描かれた金の弧は、太陽の船であると考えられている。夜に太陽が西の日没地点から東の日の出地点まで船で運ばれる、と思っていた古代の人々もいたからだ。弧の縁にある髪の毛に似た突起状の模様は、櫂を表しているのかもしれない。この弧が本当に太陽の船ならば、太陽の船を描いたものとしては、知られているなかで最古のものである。

天文学の幕開け

人類史上ほとんどの期間、人間は、生き延びるのに精いっぱいで、世界の根底にある本質や起源について、ゆっくり考える暇はなかった。しかし、紀元前1000年ごろから、ごく少数の人間が、超自然的な説明に頼らずに宇宙に関する重大な疑問を解明する努力をし始めた。

これらの思想家(当初は、地中海地域、特にギリシャに集中していた)は世界を理解するには、その性質を知る必要があること、さらに、自然現象には論理的な理由があるはずだということに気づいた。彼らは、必ずしも正しい答えを見出したわけではなかったが、その気づきが3000年に及ぶ旅の幕開けにつながり、やがて、現代の世界において、ビッグバン宇宙モデルなどの重要な理論が生まれた。

物質の性質

最も古くから存在したのは、世界は何からできているのか、物質はどこから来たのか、といった根本的な疑問であった。紀元前6世紀には、タレスやアナクシメネスなどのギリシャの哲学者が、すべての物質は、より根源的な物質(たとえば、主なものとして水、空気、土、火)が変化したものであると提唱した。紀元前5世紀には、エンペドクレスが、すべてのものは、この4つの物質すなわち元素の混合体である、と主張した。エンペドクレスとほぼ同時代のデモクリトスは、宇宙は原子というそれ以上分割できない無数の粒子でできていると考えた。最後に、紀元前4世紀に、影響力のある学者だったアリストテレスがエンペドクレスのいう4つの元素に5番目の元素エーテルをつけ加えた。アリストテレスは、原子という考えに懐疑的であったが、原子と元素という概念が、それらの存在が証明される2000年以上前に提唱されたことは注目に値する。

地球の形と大きさ

アリストテレスは、ほかにも多くの持論を展開したが、その1つが、地球が球体であるという考えである。それ以前のピタゴラスなどのギリシャの学者もすでに同じことを主張していたが、証拠となる主なポイントをまとめたのはアリストテレスが最初だった。中でも重要だったのは、南の地に旅した人は、はるか北方に住む人には見えない星を見ることができるという点で、これは地球の表面が湾曲している場合にのみ説明がつくことである。紀元前240年に、数学者のエラトステネスが、シエネとアレキサンドリアで太陽光線がどのように地球に到達するかを比較し、地球の外周の長さを概算することに成功した。彼が導き出した数値は、今日知られている正確な数値に近い約4万kmであった。

中国では17世紀初頭まで**地球は平らである**という考えが支配的だった

ORBIUM PLA
TERRAM COM
TIUM SCENO
CIRCVLVS
CAPRI CORNVS
HYPOTHESIS PTOLEMAICA

▲地球中心の宇宙
アンドレアス・セラリウスが描いたこの17世紀のイラストに表されているのは、アリストテレスとプトレマイオスのモデルである。中央から外側に向けて月、水星、金星、太陽、火星、木星、土星、恒星が地球の周りの円軌道上を回る様子が描かれている。

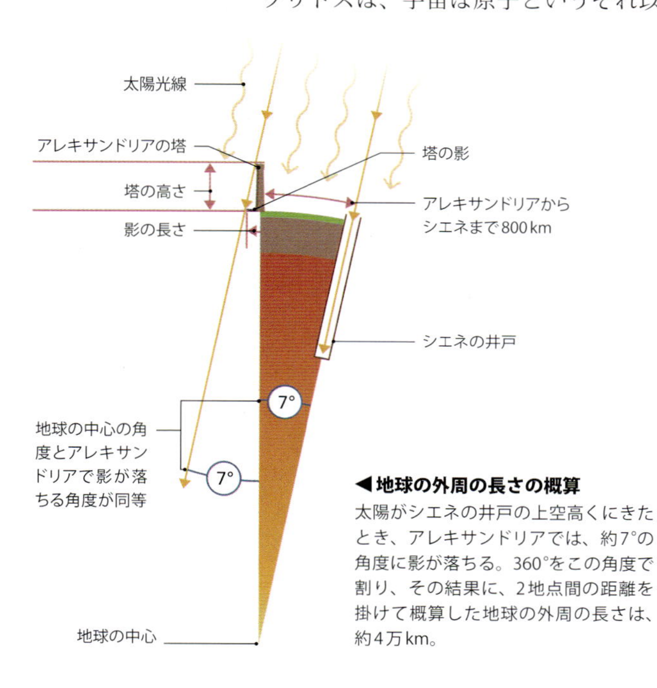
太陽光線
アレキサンドリアの塔
塔の高さ
影の長さ
塔の影
アレキサンドリアからシエネまで800km
シエネの井戸
7°
7°
地球の中心の角度とアレキサンドリアで影が落ちる角度が同等
地球の中心

◀地球の外周の長さの概算
太陽がシエネの井戸の上空高くにきたとき、アレキサンドリアでは、約7°の角度に影が落ちる。360°をこの角度で割り、その結果に、2地点間の距離を掛けて概算した地球の外周の長さは、約4万km。

地球と太陽

アリストテレスは、地球が宇宙の中心であり、太陽、惑星、恒星が地球を周回すると考えた。毎夜、さまざまな天体が(昼間は太陽が)東から西へ空を横切り移動するのが見え、地球自体は動いているように思えなかったので、その考えが、当たり前のように思われた。天文学者のアリスタルコスは、太陽が中心となり、地球が太陽を周回するという別の見解を打ち出したが、その考えは、あまり信用されなかった。西暦150年に、クラウディオス・プトレマイオス

NETARUM
PLECTEN
GRAPHIA.
HYPOTHESIS BRAHEA.
FIRMAMENTVM STEL
LARVM FIXARVM SEDES
AQVA RIVS
TAV RVS
GEME NI
ARI ES

(アレキサンドリアに住んでいたギリシャの著名な学者)が『アルマゲスト』という本を出版し、そのなかで、地球が中心であるという広く普及していた考え方を肯定した。プトレマイオスの詳細なモデルは、知られているすべての観測結果と合致していたが、合致させるために、アリストテレスの元のアイデアに複雑な修正を加えていた。その後約14世紀にわたり、天文学的理論においてはアリストテレスとプトレマイオスの地球中心説が完全に主流であったし、その説は、中世キリスト教によりヨーロッパ全域で受け入れられた。同じ頃、ウルグ・ベク(15世紀に現在のウズベキスタンのサマルカンドにあった大天文台から観測を行った)などのイスラムの天文学者も太陽系に関する知識、特に星の位置を記した星表の作成に大きく貢献した。

地球は静止しているのか、それとも自転しているのか?

宇宙の中心は何なのかという問題に関連して、地球が自転するのか否かという問題についても17世紀まで約2000年もの間議論されてきた。地球は自転しないという見方が支配的で、この見方は、地球を中心とする宇宙観に最も合致していた。しかし、この見方に反対する者もいた。たとえば、紀元前4世紀のギリシャの哲学者・天文学者のヘラクレイデス・ポンティカス、西暦5世紀〜15世紀のインドの天文学者アリヤバータ、ペルシャの天文学者たち(アル=スィジュジィーとアル=ビールーニー)などで、星が動いているように見えるのは地球の自転が引き起こした相対運動にすぎないと提唱した。しかし、地球の自転が事実として受け入れられるようになったのはコペルニクス革命(⇨p.24〜25)が起こってからであり、明確に証明されたのは19世紀になってからであった。

▲ウルグ・ベク
天文学者のウルグ・ベクらは、サマルカンドのウルグ・ベク天文台で観測を行い、地球の自転軸の傾きや1年の長さなどの正確な数値を割り出した。

宇宙の大きさと年齢

古代の哲学者の間で人気のあった最後の思索対象は、宇宙の広さと時間が有限か(限界があるか)、あるいは無限かという疑問であった。アリストテレスは、宇宙は時間が無限(ゆえに常に存在していた)であるが、広さは有限であると提唱した。すべての星は、その距離が一定で、水晶球に埋め込まれており、そのかなたには何もないと信じていた。数学者のアルキメデスは、恒星までの距離について理にかなった概算を行い、とてつもない距離(少なくとも現在でいうところの2光年)であることを理解したが、無限と主張するまでには至らなかった。西暦6世紀に、エジプトの哲学者ヨハネス・ピロポノスが宇宙は時間が無限であると主張し、支配的だったアリストテレスの見解に異を唱えた。科学者たちがこれらの疑問に対する答えを見つけ始めたのは20世紀になってからであった。

地球は宇宙の中心である。

クラウディオス・プトレマイオス 天文学者・地理学者 西暦90年〜168年

16世紀半ばまでの中世ヨーロッパ人にとって、宇宙がどのように構成されているかという疑問に対する回答は、何世紀も前にプトレマイオスが、最初に唱えたアリストテレスの説に修正を加えたものであった（⇨p.22〜23）。プトレマイオスによれば、地球は宇宙の中心に静止していた。恒星は、遠くの目に見えない1つの天球に「固定」されているか、あるいは埋め込まれ、その天球が地球の周りを約1日かけて高速で回っていた。太陽、月、惑星もそれぞれ目には見えない別の天球に張りつき、同じく地球の周りを回っていた。ほとんどの人にとって、この説明は理にかなっているように思えた。何しろ、夜空を見上げると、地球は静止しているように思われ、その一方で、太陽や恒星などの他のすべての天体は、東から昇り、空を横切って移動し、西の水平線に沈んだからである。

天動説に関する疑念

しかし、天動説に万人が納得したわけではなかった。アリストテレスの天動説（地球中心説）によれば、惑星は、それぞれ固有の一定の速度で、完全な円を描いて地球の周りを回っていた。しかし、それが本当ならば、地球から惑星までの距離が一定なので、惑星が空を横切って移動するときの速度と明るさも一定のはずである。しかし、観測結果は違っていた。火星などの惑星は、時間とともに明るさが著しく変わったり、またより外側の天球にある恒星の外球の動きと比較すると、逆方向に移動する（逆行運動）惑星もあった。プトレマイオスは、アリストテレスのモデルに修正を加えた。たとえば、惑星を天球自体にではなく、天球に張りついた周転円という円に張りつけた。こうした修正を、モデルを観測データに合わせるために行った「改ざん」と考える天文学者もいた。また、天動説の支持者たちは、もし地球が動いているならば、1年を通じて、星同士の位置関係が多少変化して見えるはずだが、そのような変化は認められないとして地動説を否定した。

ビッグアイデア

地動説

ギリシャの学者アリストテレスとプトレマイオスが提唱し、ずっと支配的であった地球中心の宇宙を考える天動説に対し、16世紀〜17世紀初頭にかけて、それに異を唱える説が出された。よりシンプルな太陽中心モデル、すなわち地動説である。この1つの説が、やがて科学革命につながり、宇宙に関するまったく新しい見方が生まれた。

10
20
30
40
50
60
70
80
90
80
Virgo
▼太陽系の縮小模型
この模型は、アーミラリ天球儀というコペルニクス型天球儀で、中心に太陽があり、その周りを惑星が公転している。

コペルニクスは、**天文学者**であると同時に、医者、聖職者、外交官、経済学者でもあった

コペルニクス・モデル

数世紀もの間、地球中心の宇宙という考えに対して反論はほとんど出なかった。しかし、1545年頃、ヨーロッパでは、ポーランドの学者ニコラウス・コペルニクスの著書『天球の回転について』に新しい説得力のある反論が太陽中心説という形で掲載されている、という噂が広まりはじめた。

コペルニクスの理論は、複数の仮説に基づいていた。第1の仮説は、地球は自転しており、恒星、惑星、月、太陽が毎日空を横切って移動しているように見えるのは、ほとんどが、この自転のためである、というもの

> **自然問題**を論じるときは、**聖書**から始めるのではなく、
> **実験や実証**から始めるべきだと思う。

ガリレオ・ガリレイ　天文学者　1564年～1642年

だ。コペルニクスは、何千個もの恒星が地球の周りを高速で回っているとは考えられず、動いているように見えるのは、地球の自転が引き起こした錯覚であると唱えた。それに対し、地球の大気も地球の一部なので一緒に動くだろうから、地球が自転すれば破壊的な風が発生するはずだという反論があったが、コペルニクスはそれを無視した。

コペルニクスが立てた中核的仮説は、宇宙のほぼ中心に位置するのは地球ではなく太陽であり、惑星（1惑星にすぎない地球を含む）は、それぞれ異なる速度で太陽を周回する、というものだった。この体系によれば、プトレマイオスの「改ざん」に頼ることなく、惑星の運動やその明るさの変化をより簡潔に説明することができた。また、第3の重要な仮説では、恒星は、地球や太陽から従来信じられてきたよりはるかに遠くにあると唱えた。これにより、地球から見た恒星の相対的位置が1年を通じて不変のように見えることも説明がつくのである。

理論の発展

『天球の回転について』が出版されたのは、コペルニクスが死の間際にあるときで、彼の理論が広く受け入れられるようになったのは、その後1世紀以上も経ってからであった。彼のモデルの問題の1つは、後世の天文学者が修正すべき思い違いが含まれていたこと。コペルニクスは、天体が常に目に見えない天球に埋め込まれた状態で動くという考えに固執した。1576年に、イギリスの天文学者トーマス・ディッグスがコペルニクス体系から恒星の埋め込まれた最も外側の天球を取り払い、代わりに星で満たされた無限の宇宙空間を据えることを提案した。1580年代には、デンマーク人天文学者のティコ・ブラーエが残りの天球も取り払い、惑星は軌道上を自由に移動すると唱えた。ブラーエは、明らかに天球を通り抜けている彗星を観測したことで、天球が実際には存在しないと確信した。また、彼が発見した超新星も、天は不変だとする長年信じられてきた考えとは矛盾していた。

コペルニクスの理論のもう1つの欠点は、天体はすべて円を描いて移動するはずだと信じていたため、プトレマイオスの「改ざん」のいくつかを支持し続けざるを得なかったことにある。しかし、1620年代に、ドイツ人天文学者ヨハネス・ケプラーの研究により、軌道が円ではなく楕円であることが証明された。残りの「改ざん」のほとんども排除され、地動説の簡潔化と補強につながった。17世紀後期には、アイザック・ニュートンがケプラーの研究をさらに発展させて、自身が提唱する運動の法則と新たに取り入れられた重力（⇨p.46～47）を用い、天体がなぜあのように移動するのかを正確に解明することに成功した。彼の著書『プリンキピア』は、地動説に関する最後の疑念を効果的に払拭した。

コペルニクスの理論にこうした進展があった背景には、宇宙論における他の重要な進歩があった。17世紀初頭に望遠鏡が開発されたのを契機に、恒星の方が惑星よりもはるかに遠くに位置し、膨大な数の恒星が存在することが証明されたのだ。宇宙は、無限かもしれない、という説さえあった。しかし、ケプラーは、宇宙が無限であるはずも静止しているはずもなく、また永遠であるはずもないと主張し、そうでなければ、恒星があらゆる方向から光を放つため、夜空が均一に明るく見えるはずだと指摘した。

> だが、**太陽**が**万物の中心**にあり、
> 不動である。

ニコラウス・コペルニクス　天文学者・数学者
1473年～1543年

教会の反応

1616年に、ローマカトリック教会は、『天球の回転について』を禁書にし、この禁止令は200年以上続いた。その原因は、おそらく、コペルニクスの理論の支持者であり、地動説の数々の確証を発見した天文学者ガリレオ・ガリレイとローマカトリック教会との論争にあったと思われる。特に、ガリレオは、1610年頃に、木星を周回している衛星を発見し、地球の軌道を周回しない天体があることを証明した。教会とガリレオとの対立が原因で、『天球の回転について』は教会の厳しい検閲を受けることになり、同書にあるいくつかの考えが聖書に反していると思われたため、禁書の憂き目にあった。1633年には、ガリレオ自身も最終的に裁判にかけられ、自説を撤回するよう強要された。

> ガリレオは、
> 木星の衛星を**メディチ家**に
> ちなんで**メディチ家の星々**と
> 名づけた

科学革命

コペルニクス理論の基本的仮説の一部が真実であり議論の余地がないことが証明されるまでには、150年以上を要した。この理論の重要性は、科学としての宇宙論を確立したことと、アリストテレスの時代にまでさかのぼる宇宙の仕組みに関するいくつかの古い伝統的な見方への重大な一撃となったことにある。そのため、この理論が科学革命（16世紀～18世紀に成し遂げられた一連の進歩。近世における自然観や社会観の変容につながった）の先駆けとなったという見方が一般的である。

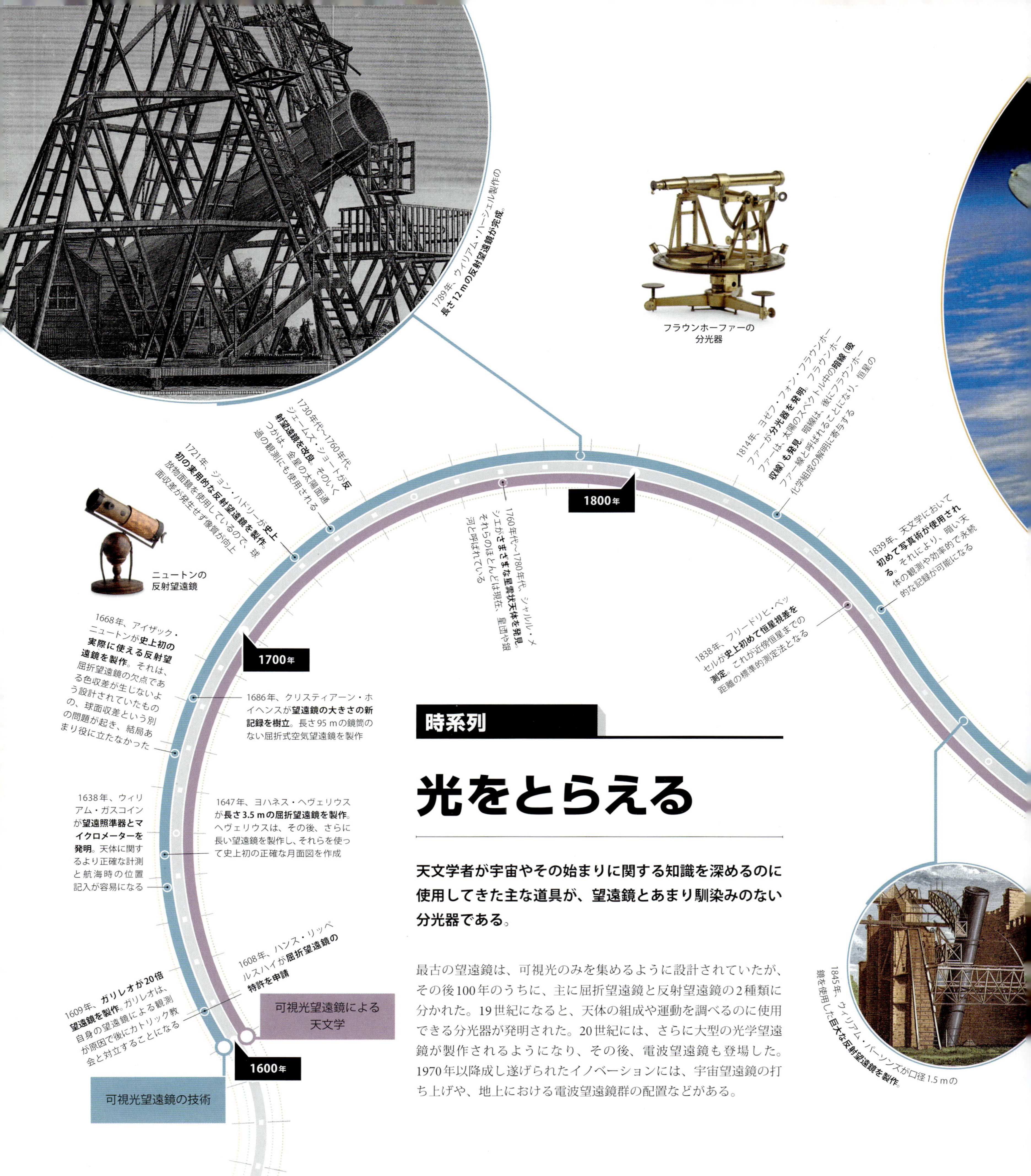

1789年、ウィリアム・ハーシェル製作の**長さ12 mの反射望遠鏡が完成**。
フラウンホーファーの分光器
1814年、ヨゼフ・フォン・フラウンホーファーが**分光器を発明**。フラウンホーファーは、太陽のスペクトル中の**暗線（吸収線）も発見**。暗線は、後にフラウンホーファー線と呼ばれることになり、恒星の化学組成の解明に寄与する
1730年代～1760年代、ジェームズ・ショートが**反射望遠鏡を改良**。そのいくつかは、金星の太陽面通過の観測にも使用される
1721年、ジョン・ハドリーが**史上初の実用的な反射望遠鏡を製作**。放物面鏡を使用しているので、球面収差が発生せず像質が向上
ニュートンの反射望遠鏡
1800年
1760年代～1780年代、シャルル・メシエが**さまざまな星雲状天体を発見**。それらのほとんどは現在、星団や銀河と呼ばれている
1839年、天文学において**初めて写真術が使用される**。それにより、暗い天体の観測や効率的で永続的な記録が可能になる
1838年、フリードリヒ・ベッセルが**史上初めて恒星視差を測定**。これが近傍恒星までの距離の標準的測定法となる
1668年、アイザック・ニュートンが**史上初の実際に使える反射望遠鏡を製作**。それは、屈折望遠鏡の欠点である色収差が生じないよう設計されていたものの、球面収差という別の問題が起き、結局あまり役に立たなかった
1700年
1686年、クリスティアーン・ホイヘンスが**望遠鏡の大きさの新記録を樹立**。長さ95 mの鏡筒のない屈折式空気望遠鏡を製作
1638年、ウィリアム・ガスコインが**望遠照準器とマイクロメーターを発明**。天体に関するより正確な計測と航海時の位置記入が容易になる
1647年、ヨハネス・ヘヴェリウスが**長さ3.5 mの屈折望遠鏡を製作**。ヘヴェリウスは、その後、さらに長い望遠鏡を製作し、それらを使って史上初の正確な月面図を作成
1608年、ハンス・リッペルスハイが**屈折望遠鏡の特許を申請**
1609年、**ガリレオが20倍望遠鏡を製作**。ガリレオは、自身の望遠鏡による観測が原因で後にカトリック教会と対立することになる
可視光望遠鏡による天文学
1600年
可視光望遠鏡の技術
1845年、ウィリアム・パーソンズが口径1.5 mの鏡を使用した**巨大な反射望遠鏡を製作**。

時系列

光をとらえる

天文学者が宇宙やその始まりに関する知識を深めるのに使用してきた主な道具が、望遠鏡とあまり馴染みのない分光器である。

最古の望遠鏡は、可視光のみを集めるように設計されていたが、その後100年のうちに、主に屈折望遠鏡と反射望遠鏡の2種類に分かれた。19世紀になると、天体の組成や運動を調べるのに使用できる分光器が発明された。20世紀には、さらに大型の光学望遠鏡が製作されるようになり、その後、電波望遠鏡も登場した。1970年以降成し遂げられたイノベーションには、宇宙望遠鏡の打ち上げや、地上における電波望遠鏡群の配置などがある。

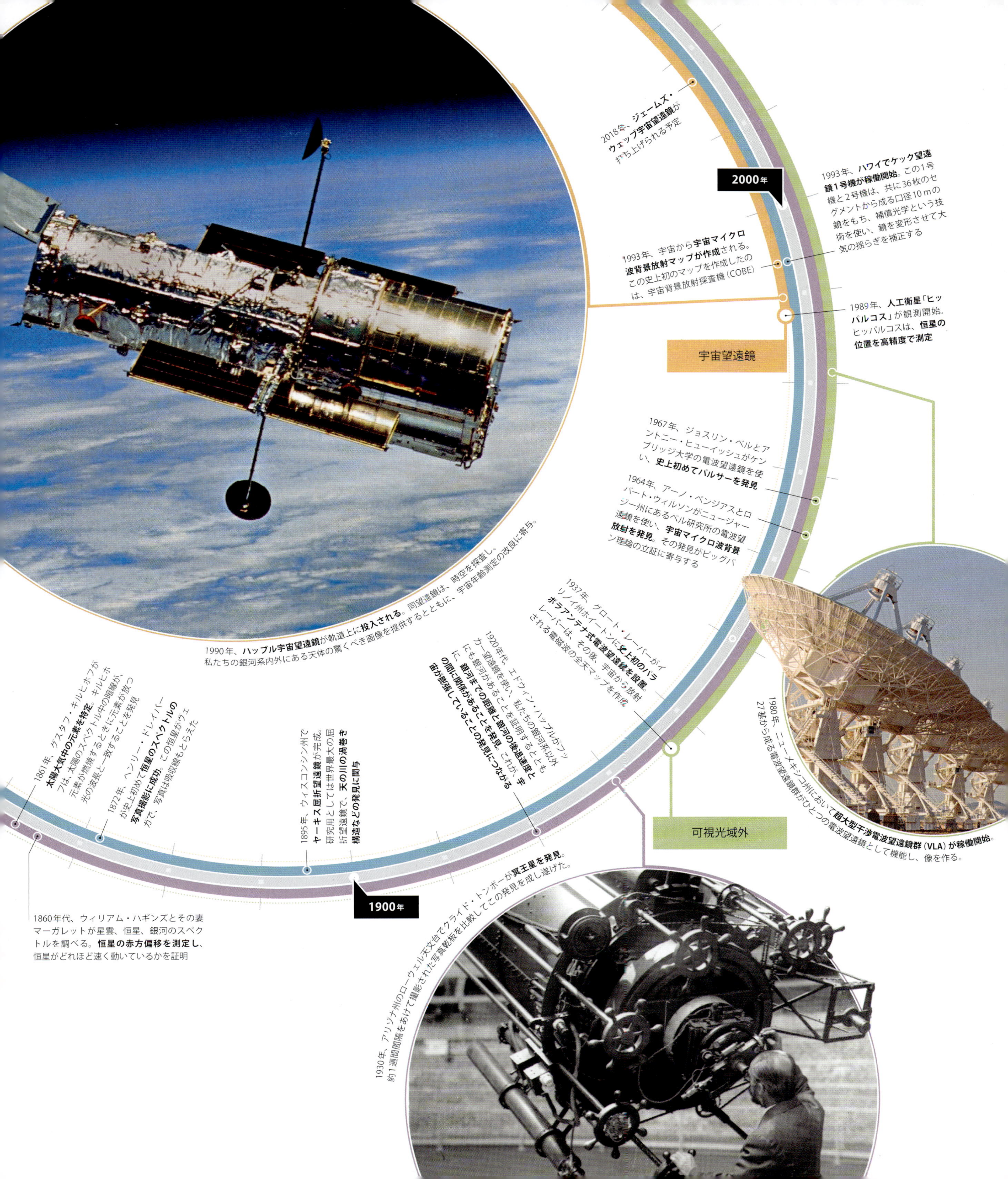

2018年、ジェームズ・ウェッブ宇宙望遠鏡が打ち上げられる予定
2000年
1993年、ハワイでケック望遠鏡1号機が稼働開始。この1号機と2号機は、共に36枚のセグメントから成る口径10mの鏡をもち、補償光学という技術を使い、鏡を変形させて大気の揺らぎを補正する
1993年、宇宙から宇宙マイクロ波背景放射マップが作成される。この史上初のマップを作成したのは、宇宙背景放射探査機（COBE）
1989年、人工衛星「ヒッパルコス」が観測開始。ヒッパルコスは、恒星の位置を高精度で測定
宇宙望遠鏡
1990年、ハッブル宇宙望遠鏡が軌道上に投入される。同望遠鏡は、時空を探査し、私たちの銀河系内外にある天体の驚くべき画像を提供するとともに、宇宙年齢測定の改良に寄与。
1967年、ジョスリン・ベルとアントニー・ヒューイッシュがケンブリッジ大学の電波望遠鏡を使い、史上初めてパルサーを発見
1964年、アーノ・ペンジアスとロバート・ウィルソンがニュージャージー州にあるベル研究所の電波望遠鏡を使い、宇宙マイクロ波背景放射を発見。その発見がビッグバン理論の立証に寄与する
1937年、グロート・レーバーがイリノイ州ホイートンに史上初のパラボラアンテナ式電波望遠鏡を設置。レーバーは、その後、宇宙から放射される電磁波の全天マップを作成
1920年代、エドウィン・ハッブルがフッカー望遠鏡を使い、私たちの銀河系以外にも銀河があることを証明するとともに、銀河までの距離と銀河の後退速度との間に関係があることを発見。これが、宇宙が膨張していることの発見につながる
1980年、ニューメキシコ州において超大型干渉電波望遠鏡群（VLA）が稼働開始。27基から成る電波望遠鏡群がひとつの電波望遠鏡として機能し、像を作る。
可視光域外
1861年、グスタフ・キルヒホフが太陽大気中の元素を特定。キルヒホフは、太陽のスペクトル中の暗線が、元素が燃焼するときに元素が放つ光の波長と一致することを発見
1872年、ヘンリー・ドレイパーが史上初めて恒星のスペクトルの写真撮影に成功。この恒星がヴェガで、写真は吸収線もとらえた
1895年、ウィスコンシン州でヤーキス屈折望遠鏡が完成。研究用としては世界最大の屈折望遠鏡で、天の川の渦巻き構造などの発見に関与
1900年
1930年、アリゾナ州のローウェル天文台でクライド・トンボーが冥王星を発見。約1週間間隔をあけて撮影された写真乾板を比較してこの発見を成し遂げた。
1860年代、ウィリアム・ハギンズとその妻マーガレットが星雲、恒星、銀河のスペクトルを調べる。恒星の赤方偏移を測定し、恒星がどれほど速く動いているかを証明

原子と宇宙

19世紀初頭から1920年代の終わりにかけて、自然科学において大発見が続いた。その結果、微視的世界と巨視的世界両方の仕組みや構造に関する私たちの理解も変容し、無限の宇宙という可能性も浮上してきた。

これらの発見が下地となり、1930年代〜1950年代には、宇宙が膨張していることの認識や、エネルギーと物質が亜原子レベルでどのように相互作用するかなど、さまざまな考えが生まれたり、数々の進展があった。宇宙論や素粒子物理学における新たな知見による画期的な発見は、やがてビッグバン理論の発展につながった。

物質とエネルギーの探究

物質が原子でできているという考えを最初に提唱したのは、古代ギリシャのデモクリトスであった（⇨p.22）。1800年代初頭にイギリスのジョン・ドルトンがその考えを復活させた。ドルトンは、原子は分割できないと考えたが、20世紀に入るころにニュージーランドのアーネスト・ラザフォードらの科学者が行った実験により、原子には下部構造があることが証明された。同じころ、ドイツの理論物理学者アルバート・アインシュタインが物質とエネルギーには等価性があることを証明した。同時に、新しい物理分野である量子論も、とりわけ、光が波としても粒子の流れとしても振る舞うことができるということを提唱していた。1920年代の終わりまでには、原子核が陽子と中性子から構成され、「強い力」という新たに発見された力で結合されていることは、すでに知られていた。このころ、反物質（電荷が逆であること以外は、対応する物質とまったく同じ亜原子粒子）が発見され、さらには物質と反物質は衝

▲ **ヘンリエッタ・リーヴィット**
20年かけてハーバード大学天文台で1777個の変光星を調べ、偶然、重要な発見を成し遂げた。

私たちが**物体や力として**観察しているものは、
空間構造の形や変化にすぎない。

エルヴィン・シュレーディンガー　オーストリアの理論物理学者　1887年〜1961年

▶ 原子の解明
1800年ごろから1920年代半ばまでの間に、原子構造の解明において段階的な進展があった。その後1920年代後期以降、物理学者たちによって、原子核が下部構造をもつことが発見された。

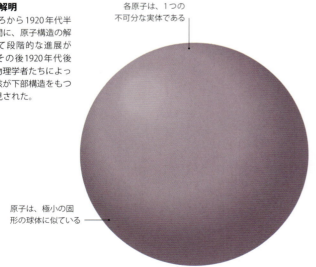
各原子は、1つの不可分な実体である
原子は、極小の固形の球体に似ている

ドルトンの原子（1803年）
イギリスの化学者ジョン・ドルトンがイメージした原子は、内部構造をもたず、それ以上分割することも、生成することも破壊することもできない、非常に小さなビリヤードボールに似た極小の球体である。

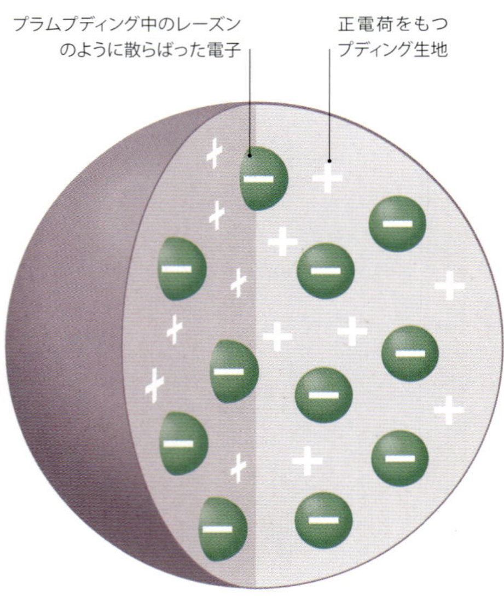
プラムプディング中のレーズンのように散らばった電子
正電荷をもつプディング生地

トムソンのプラムプディングモデル（1904年）
電子の発見者であるイギリスの物理学者J.J.トムソンが提唱する「プラムプディング」モデルでは、負電荷をもつ電子が正電荷をもつ球体に埋め込まれている。

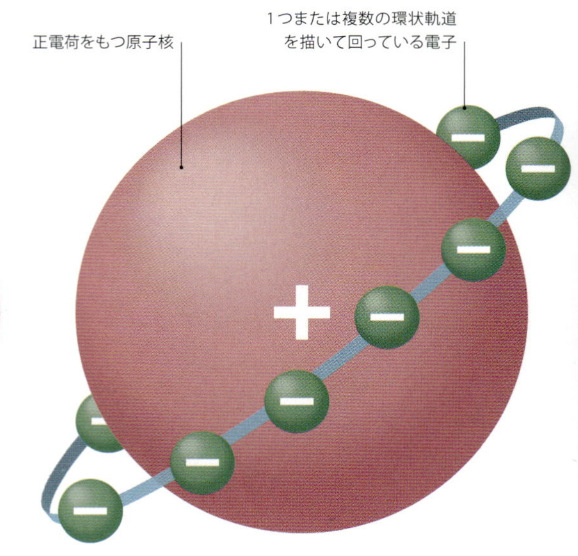
正電荷をもつ原子核
1つまたは複数の環状軌道を描いて回っている電子

長岡の土星型モデル（1904年）
日本の物理学者長岡半太郎は、原子には中心核があり、その周りを電子が土星の環のように1つまたは複数の環状軌道を描いて回ると提唱。

突すると対消滅して、純粋なエネルギーが生まれることも見出された。

恒星までの距離

ほぼ同時期に、宇宙の実際の大きさの解明に大きな進展があった。1838年に、ドイツの天文学者フリードリヒ・ベッセルが恒星視差という方法を用いて、太陽以外のある恒星までの距離について、史上初めて信頼できる測定を行った。その恒星は、太陽に最も近い恒星の1つであったが、当時は、ほとんど想像できないほどはるか遠く（現在では10.3光年の距離と見なされている）にあるように思われた。1912年には、さらに多くの遠方の恒星までの距離を推定する方法が見出された。それを発見したのは、ヘンリエッタ・リーヴィットというアメリカ人だった。彼女が成し遂げた大発見は、周期的に明るさの変わるケフェウス型（ケフェイド）変光星という恒星の一種に関するものだった。リーヴィットは、周期とこれらの恒星の明るさとの間に関係性があること、すなわち、その両方を測定できれば、地球から恒星までの距離を正確に推定できることを突き止めた。その後2、3年のうちに、数万光年離れた星がある一方で、当時「渦巻星雲」と呼ばれていた、大空にぼんやりと渦巻いて見える星雲状の斑点は、数百万光年離れているらしいということが明らかになった。

1光年、つまり光が
1年で宇宙空間を進む距離は
9.5兆km

偏移している星雲

1912年〜1917年に、アメリカの天文学者ヴェスト・スライファーが複数の「渦巻星雲」を調べ、その多くが高速で地球から遠ざかっているなか、ごく少数は地球に近づいていることを発見した。彼は、赤方偏移または青方偏移という、星雲から放たれる光の特性を測定することにより、それを突き止めた。銀河の他の部分と比べて星雲がそんな速度で移動しているのは奇妙に思われた。スライファーの発見も1つのきっかけとなり、1920年にワシントンDCにおいて、これらの星雲が私たちの銀河系以外の別の銀河である可能性について公式の議論が交わされた。その議論では結論が出なかった。しかし、数年のうちに、その答えが見出された。その発見者はエドウィン・ハッブルというもうひとりのアメリカの天文学者だった（⇨p.30〜31）。

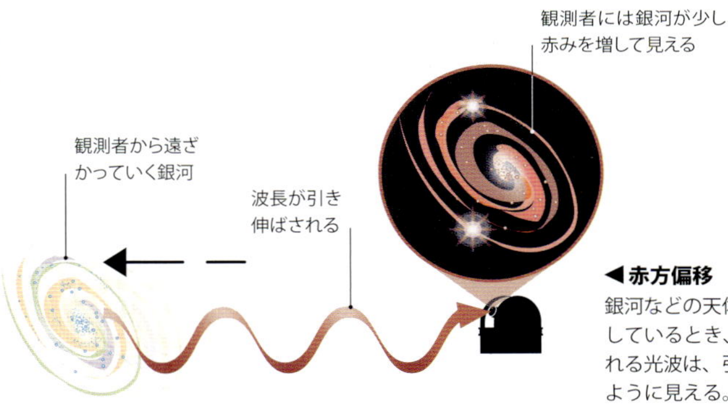
観測者には銀河が少し赤みを増して見える
観測者から遠ざかっていく銀河
波長が引き伸ばされる

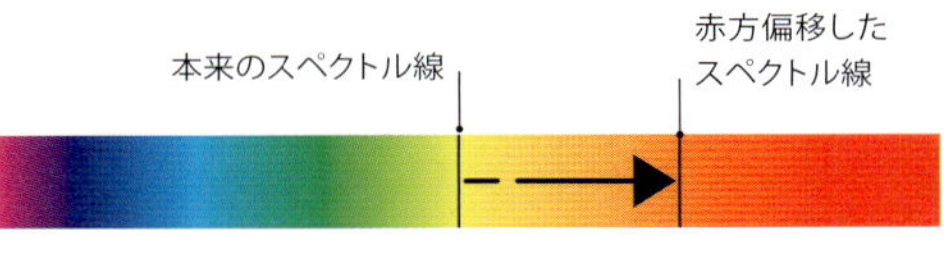
本来のスペクトル線
赤方偏移したスペクトル線
赤方偏移

◀赤方偏移
銀河などの天体が高速で後退しているとき、そこから放たれる光波は、引き伸ばされたように見える。その結果、銀河のスペクトル中の物質に固有の暗線〔吸収線フラウンホーファー線ともいう〕赤い側（長波長側）にずれる。これが赤方偏移である。

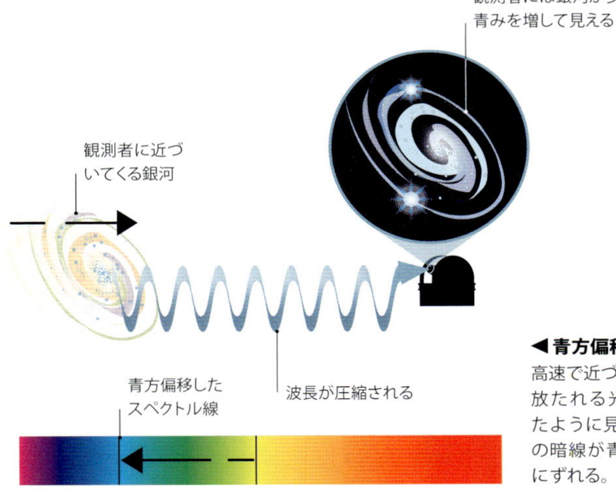
観測者には銀河が少し青みを増して見える
観測者に近づいてくる銀河
波長が圧縮される
青方偏移したスペクトル線
青方偏移

◀青方偏移
高速で近づいてくる天体から放たれる光波は、圧縮されたように見え、スペクトル中の暗線が青い側（短波長側）にずれる。これが青方偏移である。

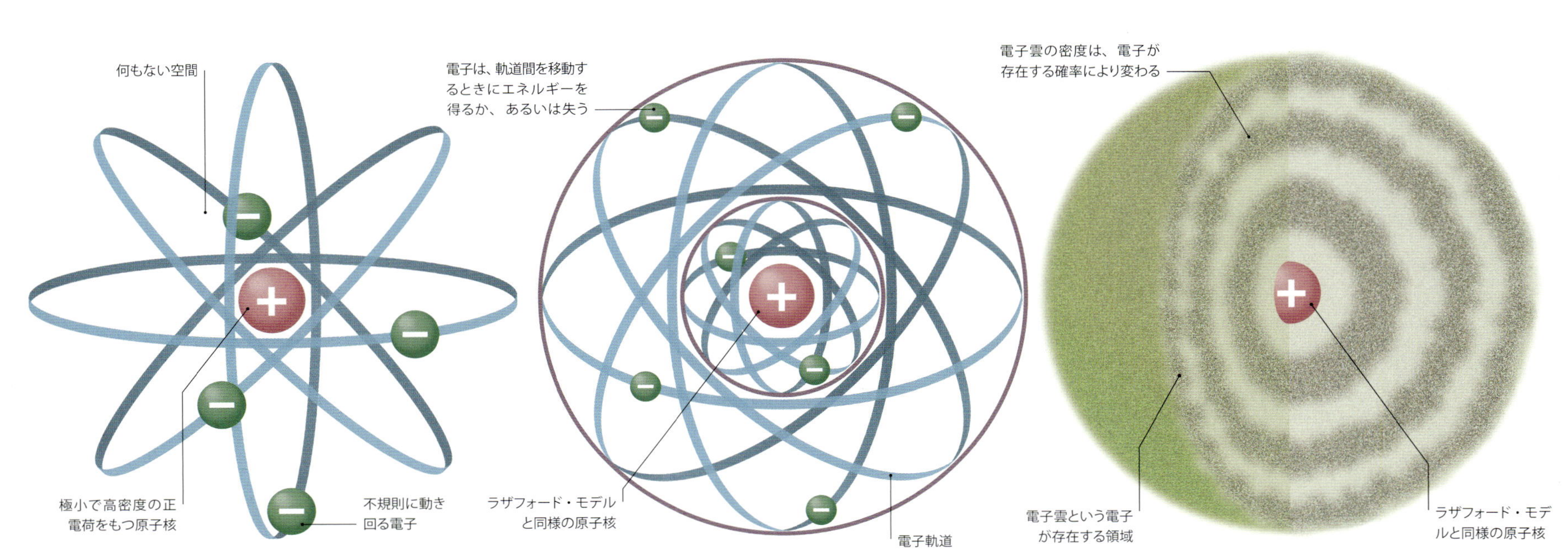
何もない空間
極小で高密度の正電荷をもつ原子核
不規則に動き回る電子
電子は、軌道間を移動するときにエネルギーを得るか、あるいは失う
ラザフォード・モデルと同様の原子核
電子軌道
電子雲の密度は、電子が存在する確率により変わる
電子雲という電子が存在する領域
ラザフォード・モデルと同様の原子核

ラザフォードと原子核（1911年）
原子核がそれまで考えられていたよりはるかに小さく密度も高いこと、および原子のほとんどの部分は何もない空間であることをラザフォードが実験で証明。

ボーアの電子軌道（1913年）
デンマーク人物理学者ニールス・ボーアは、電子が原子核から一定の距離にある球形軌道上を移動でき、しかも軌道間を「ジャンプ」できると提唱。

シュレーディンガーの電子雲モデル（1926年）
オーストリアの物理学者エルヴィン・シュレーディンガーのモデルによれば、原子中の電子の位置は不明で、確率的にしか表すことができない。

拡大する宇宙

1920年代に、宇宙の大きさや本質に対する理解に革命をもたらした2つの飛躍的な前進があった。いずれも天文学者エドウィン・ハッブルが成し遂げた発見によるものであった。

1919年、当時30歳だったハッブルは、カリフォルニア州にあるウィルソン山天文台に着任した。この時期には、当時世界最大の望遠鏡であった2.5mフッカー望遠鏡という反射望遠鏡が完成していた。

銀河論争の決着

当時、宇宙は天の川銀河のみでできている、というのが支配的な見方だったが、1920年に、有名な議論（⇨p.29）の場で、夜空にぼんやりと渦巻いて見える星雲、すなわち恒星を含むぼやけた天体が私たちの銀河系以外の恒星の集まりであるか否かについて考察がなされた。これらの星雲を研究していたハッブルはすでに、それらが私たちの銀河系以外のものではないかと強く感じていた。1922年～1923年に、彼は、フッカー望遠鏡を使い、現在アンドロメダ銀河と呼ばれているものを含む、星雲のいくつかの中にあるケフェウス型（ケフェイド）変光星という恒星の一種を観測した。ケフェイド変光星までの距離は、その平均光度と変光周期の長さを測定することにより推定できる。ハッブルは、自身が行った観測の結果として、1924年、アンドロメダ星雲と他の渦巻星雲があまりにも遠くにあり、天の川の一部であるはずがなく、私たちの銀河系以外の銀河にちがいないという説を発表することができた。ほぼ一晩で、宇宙は、それまで誰もが想像していたよりはるかに大きな空間になった。

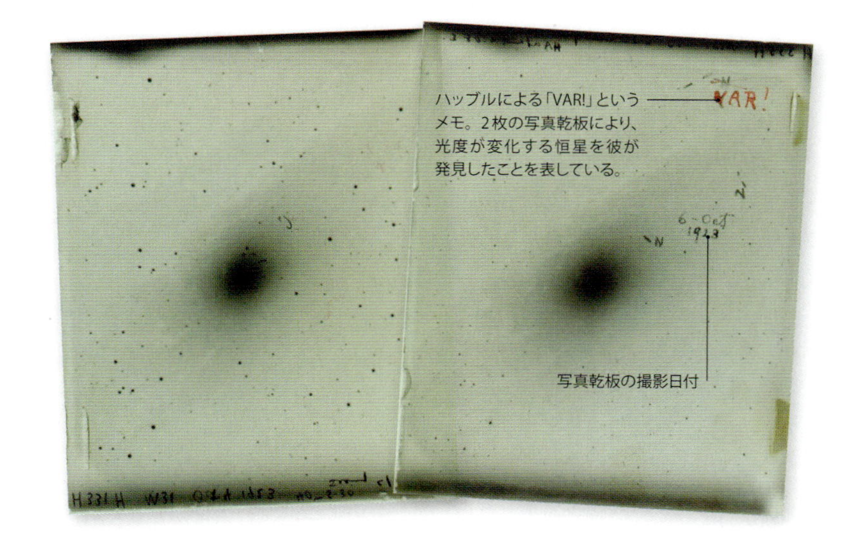
VAR!
6-Oct
1923
写真乾板の撮影日付

ハッブルによる「VAR!」というメモ。2枚の写真乾板により、光度が変化する恒星を彼が発見したことを表している。

▼証拠の写真
ハッブルは、2枚の写真乾板（ネガ）を使い、アンドロメダ銀河の中の特定のケフェイド変光星を発見した。アンドロメダ銀河が天の川の外にあることを証明するには、この恒星に関する研究が不可欠だった。

後退する銀河

ハッブルは、次に、ヴェスト・スライファーという天文学者がすでに指摘していた現象を研究した。渦巻銀河の多くで、スペクトルに大きな赤方偏移が見られるというもので、これは、銀河が高速で地球から遠ざかっていることを意味していた（⇨p.29）。ここでもハッブルは、ケフェイド変光星を観測するなかで、これらの銀河までの距離測定に着手し、赤方偏移の大きさと比較した。そして、遠い銀河ほど後退速度が速いという、驚くべきことに気づいた。後にハッブルの法則として知られるようになる関係性である。ハッブルは、1929年にこの観測結果を発表した。彼自身は、当初懐疑的だったが、他の天文学者からすれば、そこから導き出すことのできる結論は1つしかなかった。つまり、宇宙全体が膨張しているにちがいないことは歴然としていた。

天文学の歴史は、**地平線の後退の歴史**である。

エドウィン・ハッブル アメリカの天文学者 1889年～1953年

世界最大の望遠鏡
1917年に完成したフッカー望遠鏡は、約30年間、世界最大の望遠鏡の座にあった。この望遠鏡のガラス鏡は、100万分の数インチの精度で鋳込まなければならなかっただけでなく、熱を帯びて歪まないように、常に低温に維持する必要もあった。

膨張する宇宙

エドウィン・ハッブルの研究により、多くの銀河が距離に比例する速度で私たちから遠ざかっていることが証明された。すぐに、宇宙が膨張しているにちがいないと推測されたが、天文学者たちは、依然として、この膨張の本質と膨張する宇宙の起源を理解する必要があった。

1930年代初頭には、宇宙は常に存在していたのか、それとも宇宙には始まりがあったのか？という哲学者たちが数千年もの間思い巡らしてきた疑問に科学者たちも取り組み初めていた。そして、その疑問の解明に挑戦する立場にあったのが物理学者、数学者、天文学者であった。

アインシュタインの多元宇宙

宇宙が膨張していることに科学者たちが気づいた経緯は、1915年にアルバート・アインシュタインが発表した一般相対性理論までさかのぼる。この理論は、最大のスケールで重力がどのように作用するかを説いたもので、どのような宇宙が存在し得るかを定義している。アインシュタインの理論の一部は、宇宙の長期的かつ大スケールでの振る舞いを解明するために解かなければならない一連の方程式から構成される。

アインシュタインが最初に見つけた方程式の解は、宇宙が収縮していることを示唆していたが、彼はそれを信じることができず、静的宇宙を可能にするため、自身の理論を「修正」し、宇宙定数という膨張を引き起こす要素を加えた。1927年、ベルギーの天文学者ジョルジュ・ルメートルは、アインシュタインの方程式を研究する一方で、ハッブルが銀河までの距離を測定したことを聞き及び、空間全体が膨張していると提唱した。しかし、彼の仮説は、広く注目を集めることはなかった。ハッブルとアインシュタインがいずれも、当初は懐疑的であったにもかかわらず、ハッブルが後退する銀河に関する観測結果を1929年に発表すると、多くの天文学者には、宇宙が実際に膨張しているということは明白であると考えるようになった。宇宙の膨張の発見は、長い間ハッブルの功績とされてきた。しかし、現在では、その名誉は、ルメートルとハッブルが等分に共有するべきというのが多くの専門家の一致した意見である。

ビッグバンの発見

宇宙が膨張しているならば、時間を逆行させて、時間をさかのぼればさかのぼるほど、宇宙の密度が高くなる。しかし、ルメートルの推論によれば、時間をさかのぼると、やがて宇宙は潰れて、密度が無限大の一点になる。ゆえに、1931年にルメートルは、宇宙は最初は1個の超高密度の粒子、彼のいうところによれば「原始的原子」であり、それが爆発してばらばらになり、空間と時間が生まれ、宇宙が膨張し始めた、と提唱した。1933年には、すでにアインシュタイン（そのころには宇宙定数を撤回していた）がルメートルの理論に全面的に同意し、それを「宇宙創生に関して今まで聞いたなかで最も美しく申し分のない解説」と評した。

物理学からいえば、圧縮されて小さな点になった宇宙は超高温と考えられる。1940年代に、ロシア系アメリカ人の物理学者ジョージ・ガモフらがルメートルが仮定した宇宙の最初の瞬間、超高温状態にあるわずかな時間において何が起きたのかを詳細を解明した。その中には、ヘリウムなどの軽元素の原子核が陽子と中性子から始まり、どのように生成されるか、という点の解明が含まれていた。その研究により、「高温の」初期の宇宙が今日見られるような宇宙に進化することは、理論的には実現可能であることが証明された。1949年、イギリスの天文学者フレッド・ホイルが、ラジオ番組でインタビューを受けているときに、ルメートルとガモフが展開した宇宙モデルから「ビッグバン」という言葉を編み出した。ようやく、ルメートルの驚くべき仮説に名がつき、それ以来、その名が定着している。

“

宇宙空間の半径はゼロから始まった。膨張の第1段階が**急速膨張**で、これを決定づけたのは、原初の原子の質量であった。

ジョルジュ・ルメートル ベルギーの天文学者 1894年〜1966年

▼ジョルジュ・ルメートル
最初に宇宙が膨張していると提唱した人物といってよい。ルメートルは、神父であり、物理学者、天文学者でもあった。

初期の銀河団は、お互い現在より近くに位置していた
遊離ガスやチリがまだ銀河に吸収されていない
宇宙の始まりにおいては、すべての物質は1個の小さな粒子、つまりルメートルのいう「原始的原子」に凝縮されていたが、この粒子が爆発した

▶膨張する宇宙空間
宇宙の膨張は、銀河や銀河団が宇宙空間を「通り抜けて」互いに遠ざかっているのではなく、宇宙空間自体が膨張し、天体も一緒に運んでいるというのが最も正確な考え方である。これを宇宙論的膨張と呼ぶ。

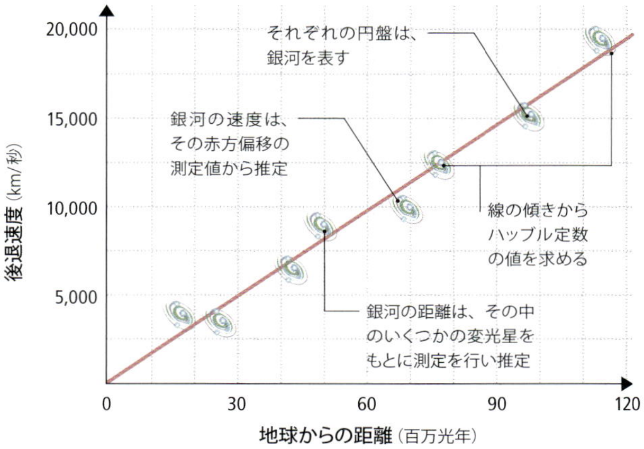

後退速度（km/秒）
20,000
15,000
10,000
5,000
0
30
60
90
120
地球からの距離（百万光年）

それぞれの円盤は、銀河を表す

銀河の速度は、その赤方偏移の測定値から推定

線の傾きからハッブル定数の値を求める

銀河の距離は、その中のいくつかの変光星をもとに測定を行い推定

▲ハッブル定数
多数の銀河の速度と距離の関係のデータを座標で示すと、すべての点の近くを通る「最良適合」線を引くことができる。線の傾きがハッブル定数の推定値で、ハッブル定数自体は、宇宙の膨張速度の尺度である。

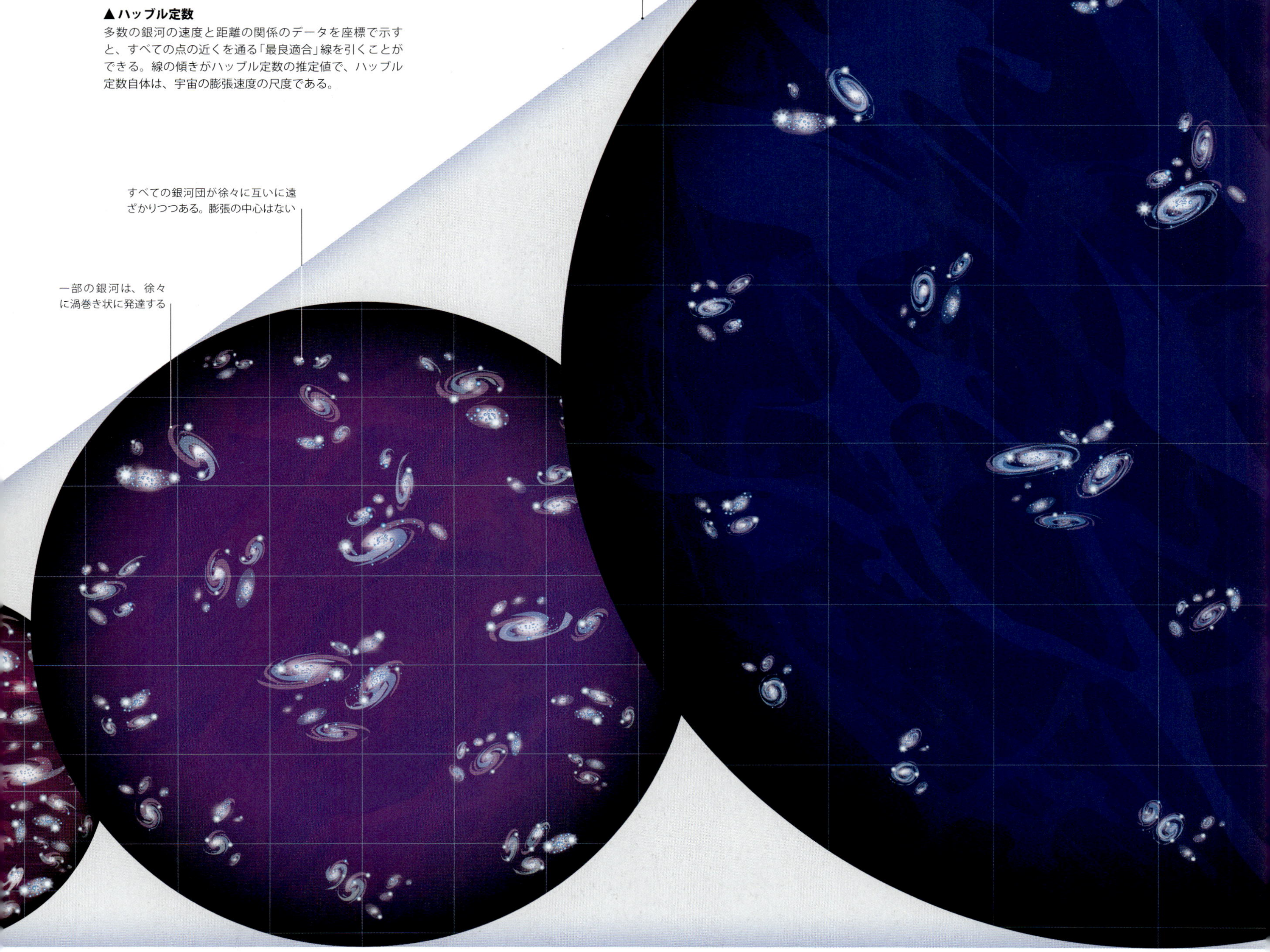

局所的に、重力が膨張を支配し、銀河団同士を結びつける

時間とともに、遊離ガスやチリが銀河に引き込まれ、銀河や銀河団の間の空間がからになる

1930年代には、膨張速度は、重力のために多少減速することはあるものの、一定、またはほぼ一定と考えられていた

すべての銀河団が徐々に互いに遠ざかりつつある。膨張の中心はない

一部の銀河は、徐々に渦巻き状に発達する

ビッグバン

ビッグバン理論が初めて提唱されたのは1930年代で、それ以降、物理学者と宇宙学者がこの理論の検証と発展、および宇宙誕生の最初の瞬間の詳細解明に取り組んできた。

ビッグバン理論を進歩させる研究の一環として、高エネルギー粒子を衝突させてビッグバンに似た状態を再現する実験が行われたが（⇨p.36〜37）、一方で、純粋に理論的な研究もなされ、方程式やモデルが作られた。実験的研究においては、多くの新たな亜原子粒子が発見された。研究のもう1つの焦点が、粒子の相互作用を司る基本的力であった。これらの力には、重力、電磁気力、強い力、弱い相互作用の4つがあることは、1930年代からわかっている。ビッグバン発生当初は、これらの力が統合されていたと理論づけられている。その後、宇宙が冷めるにつれて、これらの力が分離し、ビッグバンの新たな局面を迎えたと思われる。徐々に物理学者たちは、素粒子物理学の標準モデルというスキームに、既知のすべての粒子を当てはめていった。

1980年代にアメリカの物理学者アラン・グースが元の理論に重要な変更を加えた。彼は、宇宙の一部でごく初期段階に、宇宙のインフレーションというとてつもない急膨張が起こったと提唱した。グースの考えは、今日の宇宙に関するいくつかの点、たとえば、最大スケールにおいて物質とエネルギーがきわめて滑らかに分布するようだが、それはなぜなのか、といった点を解明するのに役立った。宇宙のインフレーションという現実は、現在は広く受け入れられている。

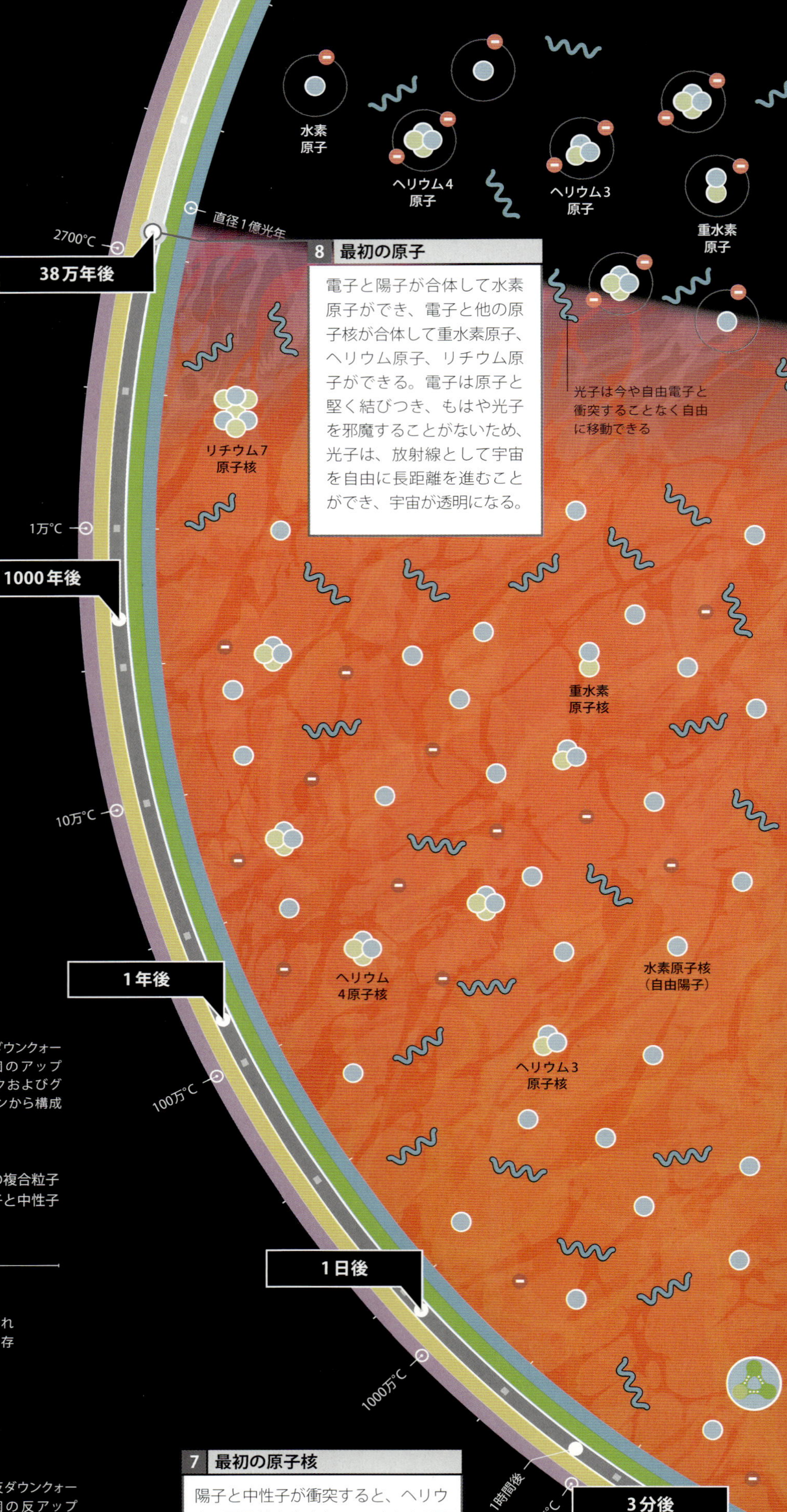
水素
原子
ヘリウム4
原子
ヘリウム3
原子
重水素
原子
直径1億光年
2700°C
38万年後
リチウム7
原子核
光子は今や自由電子と衝突することなく自由に移動できる
1万°C
1000年後
重水素
原子核
10万°C
ヘリウム
4原子核
水素原子核
（自由陽子）
1年後
ヘリウム3
原子核
100万°C
1日後
1000万°C
1時間後
1億°C
3分後
10億°C
60秒後

8 最初の原子

電子と陽子が合体して水素原子ができ、電子と他の原子核が合体して重水素原子、ヘリウム原子、リチウム原子ができる。電子は原子と堅く結びつき、もはや光子を邪魔することがないため、光子は、放射線として宇宙を自由に長距離を進むことができ、宇宙が透明になる。

7 最初の原子核

陽子と中性子が衝突すると、ヘリウム4原子核とともに、ヘリウム3原子核やリチウム7原子核などの他の原子核も少量できはじめる。これらの反応により、中性子はすべて取り除かれるが、自由陽子が多数残る。

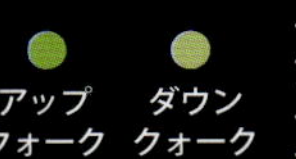
アップクォーク　ダウンクォーク
クォークは6種類存在する。アップクォークとダウンクォークは安定であり、最も多く存在する。

電子
負の電荷をもつ小さな亜原子粒子。

グルーオン
強い核力を媒介して、クォーク同士を結合させる。

光子
光または他の電磁放射線の小さなパケット。

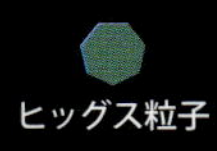
ヒッグス粒子
他の粒子に質量を与える場に関連している粒子。

▲素粒子
わかっている限り、素粒子は、これ以上分解できない粒子である。クォークなどの一部の素粒子は、物質の構成要素であり、グルーオンや光子などの他の素粒子は、力を媒介する粒子である。

陽子
2個のアップクォークと1個のダウンクォークおよびグルーオンから構成される。

中性子
2個のダウンクォークと1個のアップクォークおよびグルーオンから構成される。

▲複合粒子
より小さな他の粒子から構成される。多数の種類の複合粒子が発見されているが、安定性のあるタイプは、陽子と中性子のみである。

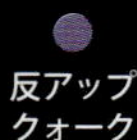
反アップクォーク　反ダウンクォーク
6種類のクォークそれぞれに対応する反クォークが存在する。

陽電子
電子と絶対値が等しい正の電荷をもつ。

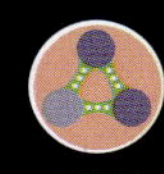
反陽子
2個の反アップクォークと1個の反ダウンクォークおよびグルーオンから構成される。

反中性子
2個の反ダウンクォークと1個の反アップクォークおよびグルーオンから構成される。

▲反粒子
対応する粒子と質量が同じで電荷が逆の粒子。

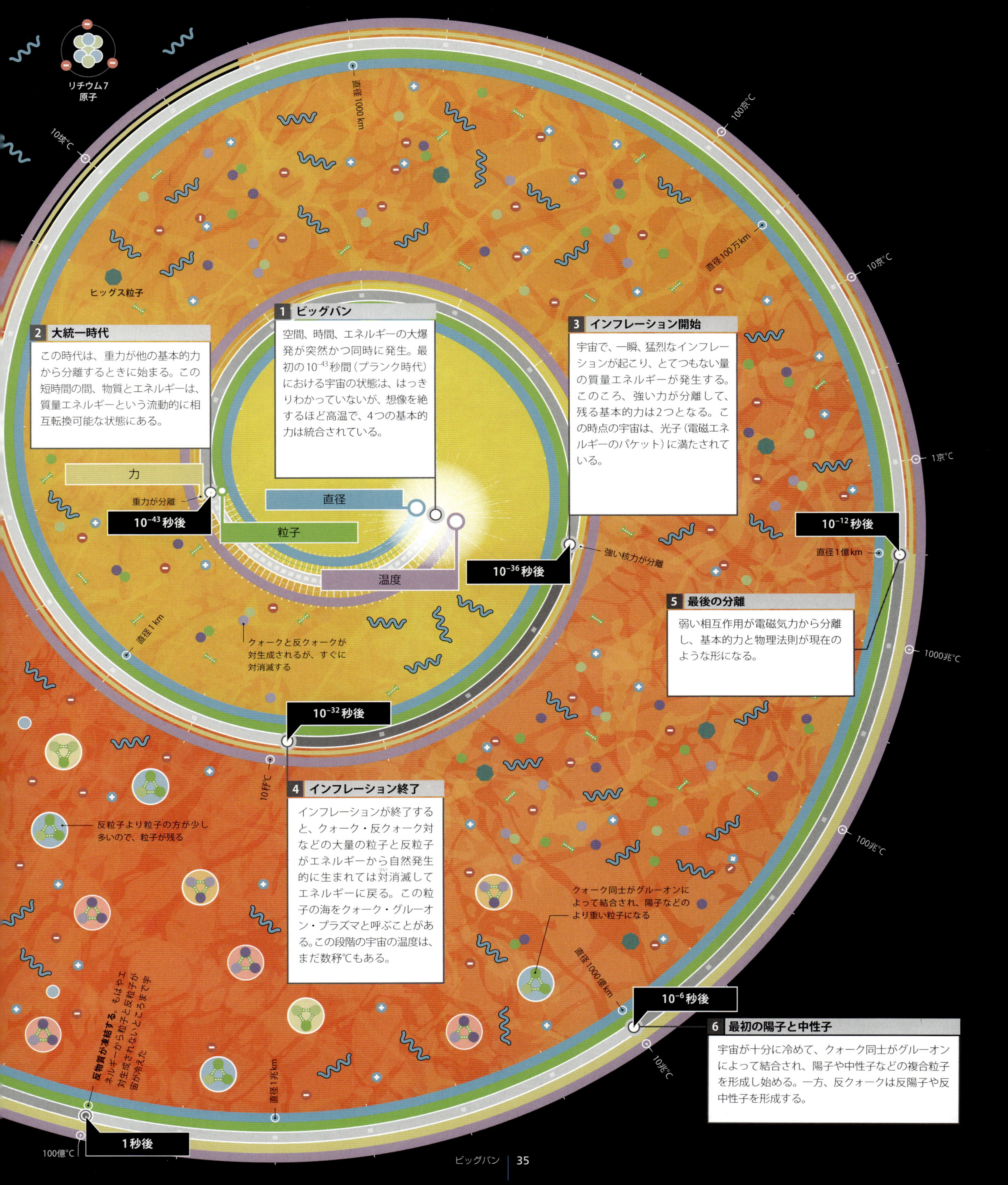

リチウム7
原子
10垓℃
直径1000 km
100京℃
直径100万km
10京℃
1京℃
ヒッグス粒子
1 ビッグバン
空間、時間、エネルギーの大爆発が突然かつ同時に発生。最初の10^{-43}秒間（プランク時代）における宇宙の状態は、はっきりわかっていないが、想像を絶するほど高温で、4つの基本的力は統合されている。
2 大統一時代
この時代は、重力が他の基本的力から分離するときに始まる。この短時間の間、物質とエネルギーは、質量エネルギーという流動的に相互転換可能な状態にある。
3 インフレーション開始
宇宙で、一瞬、猛烈なインフレーションが起こり、とてつもない量の質量エネルギーが発生する。このころ、強い力が分離して、残る基本的力は2つとなる。この時点の宇宙は、光子（電磁エネルギーのパケット）に満たされている。
力
直径
粒子
温度
重力が分離
10^{-43}秒後
強い核力が分離
10^{-36}秒後
10^{-12}秒後
直径1億km
5 最後の分離
弱い相互作用が電磁気力から分離し、基本的力と物理法則が現在のような形になる。
1000兆℃
直径1km
クォークと反クォークが対生成されるが、すぐに対消滅する
10^{-32}秒後
10秭℃
4 インフレーション終了
インフレーションが終了すると、クォーク・反クォーク対などの大量の粒子と反粒子がエネルギーから自然発生的に生まれては対消滅してエネルギーに戻る。この粒子の海をクォーク・グルーオン・プラズマと呼ぶことがある。この段階の宇宙の温度は、まだ数秭℃もある。
100兆℃
反粒子より粒子の方が少し多いので、粒子が残る
クォーク同士がグルーオンによって結合され、陽子などのより重い粒子になる
直径1000億km
10^{-6}秒後
6 最初の陽子と中性子
宇宙が十分に冷めて、クォーク同士がグルーオンによって結合され、陽子や中性子などの複合粒子を形成し始める。一方、反クォークは反陽子や反中性子を形成する。
10兆℃
反物質が凍結する。もはやエネルギーから粒子と反粒子が対生成されないところまで宇宙が冷えた
直径1兆km
1秒後
100億℃

壮大なスケールの物理学
ここで修理中の樽形の大型装置は、LHCの一部である電磁カロリメータという装置で、電子や光子のエネルギーを高精度で測定する。

ビッグバンの再現

欧州原子核研究機構(CERN)では、長年、研究者たちが世界最大の粒子加速器である大型ハドロン衝突型加速器(LHC)を使って超高速で粒子同士を衝突させて、ビッグバン直後の状態の再現に取り組んできた。

LHCは、これまでに製作された最も巨大で最も高度な科学装置である。フランスとスイスの国境の地下に設置されたこの装置は、全周約27kmのリング状につなぎ合わされたパイプの中で、2つの高エネルギー粒子ビームを互いに逆方向に走らせて加速する。随時、これらのビームを衝突させて、リングの周りに設置された検出器で結果を記録する。その典型例が短寿命のエキゾチック粒子の出現である。LHCの目的は、存在し得る亜原子粒子の範囲を突き止めることと、それらの相互作用を支配する法則を究明することにある。

物理学者たちは、これらの実験により、ビッグバンで何が起きたのかについての考えが進化すること、さらには、十分に解明されていない宇宙現象の究明に役立つことを願っている。ビッグバンのような状態の再現は、微小な規模に限られ、したがって、実験により新しいビッグバンを引き起こしたり、新しい宇宙が出現したりする可能性はない。

新しい発見

LHCの成果のひとつがクォーク・グルーオン・プラズマ、すなわち、ビッグバン発生から1マイクロ秒(100万分の1秒)後までの間に存在したと考えられている自由クォークとグルーオンの渦巻(⇨p.34)を作り出したことである。これは、2015年に、陽子と鉛原子核とを衝突させて極小の火球を作り出すという方法で達成されたが、この火球の中では、あらゆるものが一瞬にしてクォークとグルーオンに分解された。2012年に、ヒッグス粒子という、長年探索されてきた高質量で超短寿命の粒子が発見された。ヒッグス粒子が見つかったことにより、通過する粒子に質量を与えるヒッグス場というエネルギー場が存在することが証明された。ビッグバンにとって重要なのは、宇宙の最初の瞬間において、クォークなどの粒子がいかにして質量を得、結果的に減速しながら結合して陽子や中性子といった複合粒子を作ったのかを、これにより解明できる点である。

他の注目すべき成果のひとつとして、2014年にペンタクォーク(4個のクォークと1個の反クォークからなる)が発見された。この発見により、クォーク同士を結びつける強い力について、より詳細な研究が可能になるかもしれない。

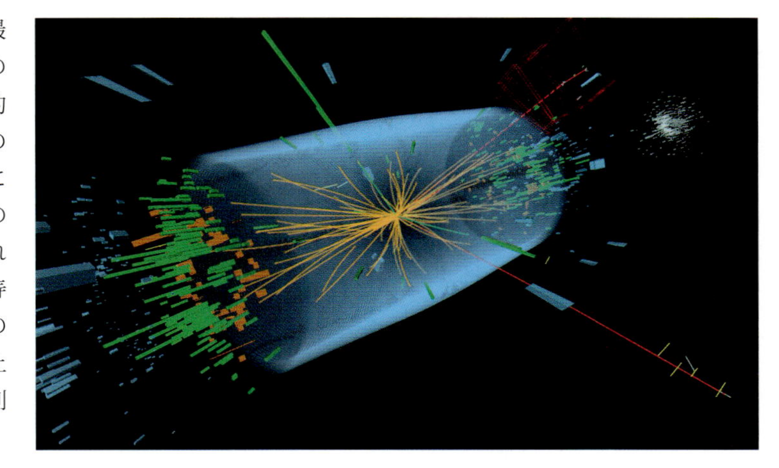

▲ヒッグス粒子の探索
このコンピューターグラフィックは、ヒッグス粒子を探索していたときに記録された粒子の衝突を表したものである。ヒッグス粒子が崩壊して他の2個の粒子に変わるときに現れると予想される特徴が示されている。電子対への崩壊(緑色のライン)とミューオンという粒子対への崩壊(赤色のライン)が見られる。

> 私たちは、他のあらゆる粒子とは著しく異なることがほぼ確実な**新しい粒子つまり、全く新しい粒子**を発見した。

ロルフ・ディエター・ホイヤー CERN所長 1948年生まれ ヒッグス粒子発見に際し

ビッグバン以後

ビッグバン・モデルは、現在ではほとんどの天文学者に受け入れられているが、このモデルを裏づける新たな証拠の探求も続けられている。また、この理論には、いくつかの解明すべき問題や、まだ理解されていない面もある。

ビッグバン・モデルが支持される一般的要点のひとつは、その根拠となる重要な仮定、すなわち宇宙原理（⇨p.39）が今までのところ真実であるということである。また、このモデルは、現在、宇宙論の柱と考えられている一般相対性理論（⇨p.32）の枠組みの中でも成立する。しかし、これらの事実は、必ずしもビッグバン理論が正しいという意味ではない。その正当性を確信するには、具体的な肯定的証拠が必要であるが、そのような証拠は数多くある。

具体的証拠

ビッグバンに関する最も重要な肯定的証拠は、宇宙マイクロ波背景放射（CMB）という天空から降り注ぐ非常に微弱だが一様な熱放射である。この放射の存在は、初期のビッグバン理論支持者たちの間で予測されていたが、1964年にアメリカの2人の電波天文学者によって検出された。ビッグバン直後に、光子（放射エネルギーの小さなパケット）が物質との相互作用から解放されて宇宙空間を自由に動き始めたとき、CMBが起きた。

数十億年前までさかのぼる深宇宙を観測することにより、さらに確固たる証拠を得ることができる。クエーサー（中心部から膨大なエネルギーを放出する特殊な銀河）という、現在は存在しないと思われる天体が発見されたのだ。また、最も遠い銀河、すなわち、100億年〜130億年前に存在した銀河は、現在の比較的近い銀河とは様子が異なる。これらの観測結果は、宇宙の年齢が有限であり、静止し不変だったのではなく、時間とともに進化してきたことを示唆している。

他の重要な証拠の1つが、宇宙では化学元素の水素とヘリウムが圧倒的に多いという点と、宇宙におけるそれらの元素の割合である。この2つの元素の異なる形の存在（同位体）の比率は、ビッグバン理論による予測とかなり一致する。

▼暗黒物質
地球から70億光年のかなたにあるエルゴルド（スペイン語で「太っちょ」を意味する）と呼ばれる「巨大質量銀河団」を映し出した画像。青色の靄は、重力で銀河団同士を結びつけているとみられるが、検出が難しい暗黒物質の分布を表している。ピンク色の靄は、X線の放出を表している。

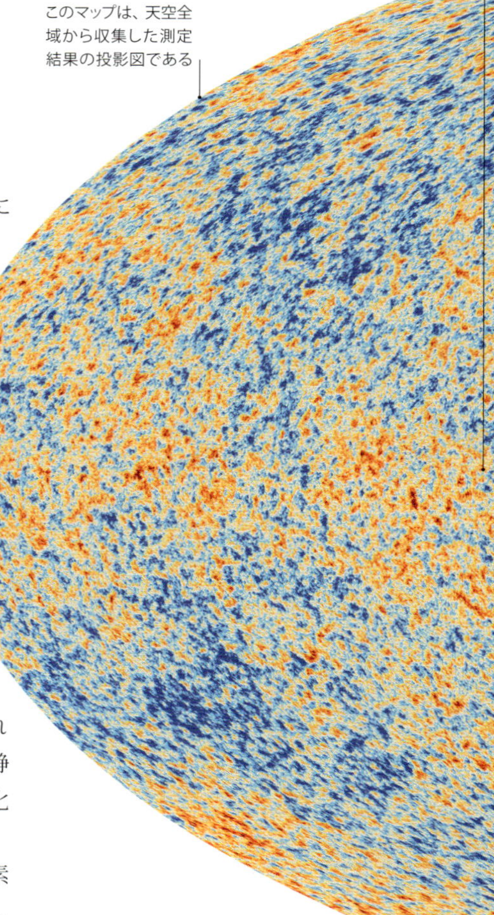

赤みがかったオレンジ色の斑点
これらの領域の温度は、CMBの平均温度より、わずかに0.0002℃高い

全天投影
このマップは、天空全域から収集した測定結果の投影図である

▲宇宙マイクロ波背景放射（CMB）
人工衛星「プランク」が測定したCMBの強度を温度差として示したマップ。CMBは、天空全域にわたって一様であるが、細かい階調のスケールを用いて、わずかな差異をカラー斑点として表示している。

未解明の疑問点

宇宙論全般における大きな課題の1つが、「暗黒物質」の性質と、ビッグバンでそれがどのように発生したかという点を解明することである。暗黒物質は、光や熱、電波、また他のいかなる種類の放射線も放出しない未知の物質である。それゆえ、検出が非常に困難であるが、他の物質と相互作用はする。もう1つの課題が、「暗黒エネルギー」について理解することである。過去60億年間、宇宙の膨張が加速してきたことが1998年に発見された。なぜ加速してきたかは、わかっていないが、暗黒エネルギーという不可解な現象がその原因として提唱されてきた。それについては、現時点では、ほとんどわかっていないが、暗黒エネルギーが存在するならば、宇宙全体に浸透するはずである。他の未解明の疑問点として、宇宙の最初の瞬間に反物質よりも物質の方が多く出現したのは

ものごとの起源は、**ビッグバンの最初期段階**にまでさかのぼることができるが、**何が、なぜ爆発したのか**は、まだわかっていない。それは、**21世紀の科学にとっての課題**である。

マーティン・リース イギリスの宇宙物理学者 1942年生まれ

ビッグバンの10^{-6}秒後 最初の陽子と中性子誕生
ビッグバンの3分後 最初の原子核誕生
ビッグバンの38万年後 宇宙の晴れ上がり
136億年前 最初の恒星誕生

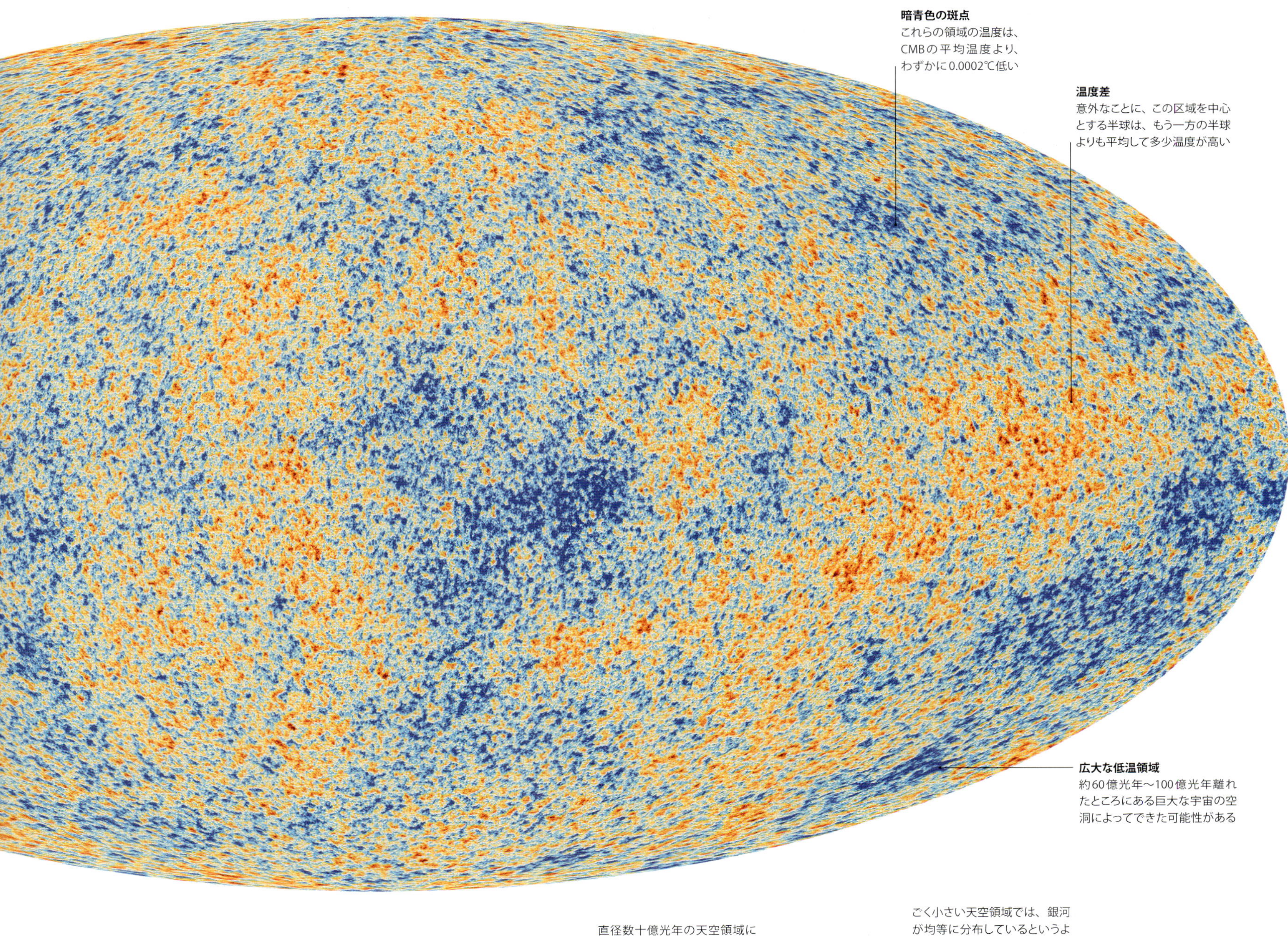
暗青色の斑点
これらの領域の温度は、CMBの平均温度より、わずかに0.0002℃低い
温度差
意外なことに、この区域を中心とする半球は、もう一方の半球よりも平均して多少温度が高い
広大な低温領域
約60億光年〜100億光年離れたところにある巨大な宇宙の空洞によってできた可能性がある

なぜかという点(そうでなければ、原子ができることはなかったかもしれない)、また現在宇宙で見られる物質の滑らかな分布を作り出した宇宙インフレーションは何によって引き起こされたか、などがある。最後の疑問点は、「何がビッグバンを引き起こしたか？」であるが、いうまでもなく、これが解明されることはないかもしれない。

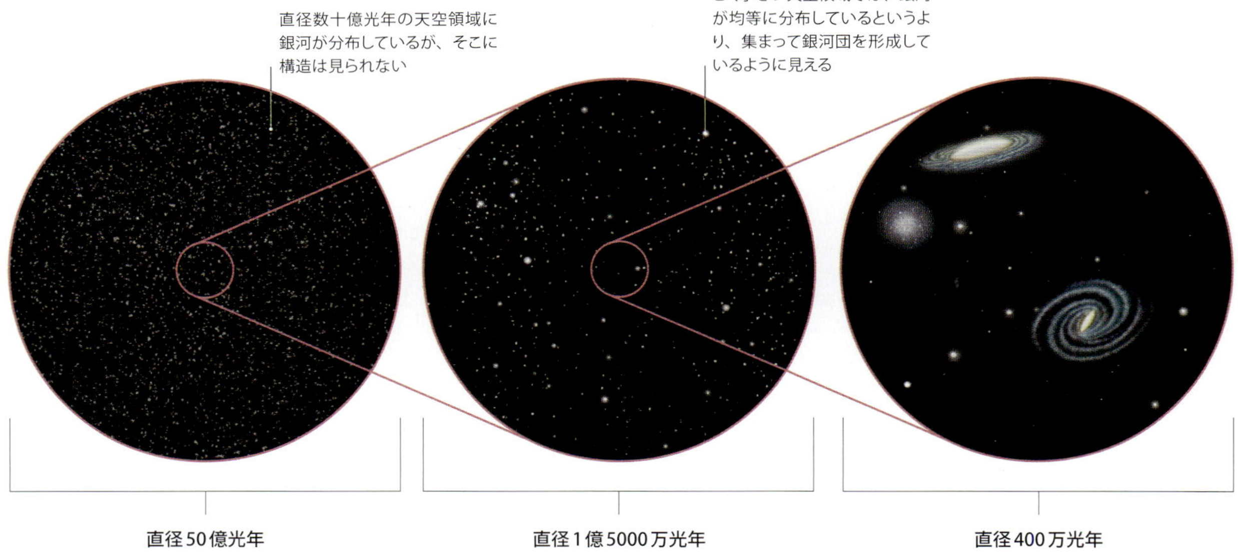
直径数十億光年の天空領域に銀河が分布しているが、そこに構造は見られない
ごく小さい天空領域では、銀河が均等に分布しているというより、集まって銀河団を形成しているように見える
直径50億光年
直径1億5000万光年
直径400万光年

▶ 宇宙原理
宇宙原理とは、小さなスケールで見ると銀河などの天体の分布に明確な差異があるが、相当大きなスケールで見ると宇宙は一様である、という見解である。宇宙原理によれば、宇宙には中心も周縁もない。

第 2 変革

Threshold 2

星の誕生

ビッグバンの後、空間、時間、物質、エネルギーが生まれると、新たなエネルギーの塊が現れはじめる。恒星である。重力の影響を受けて物質がどんどん密集して固まり、恒星ができる。その結果発生する超高温によって原子が融合し、大量のエネルギーを放出するとともに、宇宙に新たなレベルの複雑さをもたらす。

適応条件

初期の宇宙は、2つの成分から構成されていたが、両成分が出現したとき、宇宙はまだ誕生して1秒も経っていなかった。物質のわずかな密度差に重力が作用して、一連のプロセスが始まり、これが最初の恒星や銀河の形成につながり、最終的には、はるかに複雑な宇宙の形成につながった。

物質のわずかな密度差

物質同士を引き寄せる重力

物質の塊の密度と温度が上昇する

水素原子核

ヘリウム原子核

暗黒物質

何が変化したのか？

初期の宇宙は、水素とヘリウム、そして暗黒物質という別の形態の物質から構成されていた。また、完全な闇でもあった。重力の影響を受けて、物質が凝集しはじめ、その過程で物質が加熱されると、やがて核融合反応がはじまった。その結果、最初の恒星が形成され、宇宙が照らし出された。長い時間をかけて、新しい星が集まり銀河が形成された。

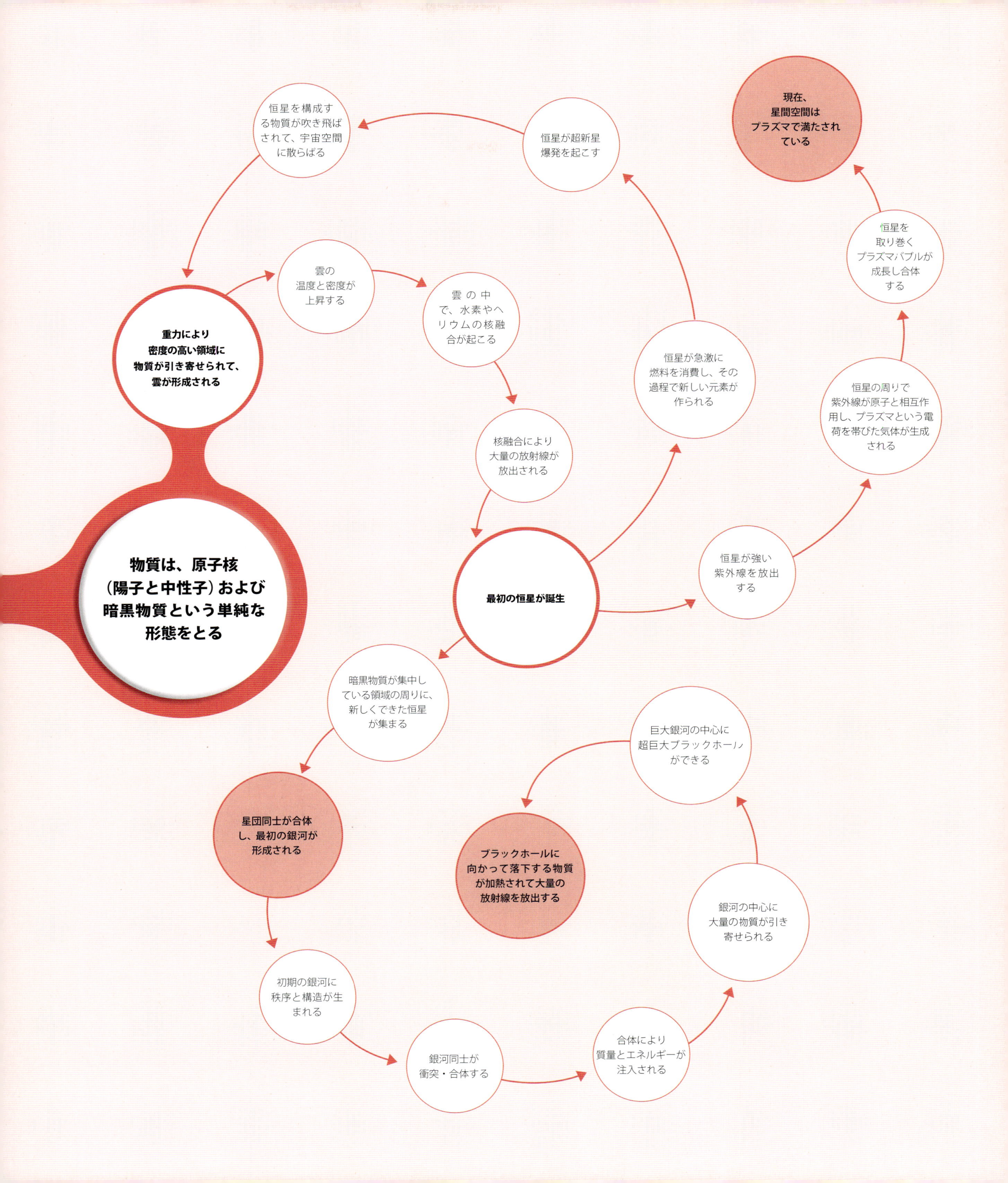
物質は、原子核（陽子と中性子）および暗黒物質という単純な形態をとる
重力により密度の高い領域に物質が引き寄せられて、雲が形成される
雲の温度と密度が上昇する
雲の中で、水素やヘリウムの核融合が起こる
核融合により大量の放射線が放出される
最初の恒星が誕生
恒星が急激に燃料を消費し、その過程で新しい元素が作られる
恒星が超新星爆発を起こす
恒星を構成する物質が吹き飛ばされて、宇宙空間に散らばる
恒星が強い紫外線を放出する
恒星の周りで紫外線が原子と相互作用し、プラズマという電荷を帯びた気体が生成される
恒星を取り巻くプラズマバブルが成長し合体する
現在、星間空間はプラズマで満たされている
暗黒物質が集中している領域の周りに、新しくできた恒星が集まる
星団同士が合体し、最初の銀河が形成される
初期の銀河に秩序と構造が生まれる
銀河同士が衝突・合体する
合体により質量とエネルギーが注入される
銀河の中心に大量の物質が引き寄せられる
巨大銀河の中心に超巨大ブラックホールができる
ブラックホールに向かって落下する物質が加熱されて大量の放射線を放出する

最初の恒星

宇宙は、最初の2億年間は真っ暗闇の空間だった。しかし、ガス雲が崩壊して最初の恒星が誕生すると、状況が劇的に変化した。恒星の内部で新しい元素が生み出され、その短い寿命が尽きると、爆発して元素を宇宙空間にまき散らした。

典型的な初代星
太陽

ビッグバン（⇨p.34）から38万年後の再結合期に、正電荷をもつ水素原子核やヘリウム原子核が負電荷をもつ電子と結合し、中性（電荷をもたない）原子が生まれた。それまで、光子〔光の素粒子〕は自由電子と衝突して直進できなかったが、これで、光を通せるようになり、宇宙は透明になった。しかし、光源がなかったため、なおも暗黒の宇宙だった。この時代を宇宙物理学者は、宇宙暗黒時代と呼ぶ。真っ黒な中性ガスのスープの中には、さらに濃い黒色の物質、すなわち暗黒物質があった。科学者たちも暗黒物質の性質については、ほとんどわかっていない。だが、膨大な量の暗黒物質が存在すること、暗黒物質は重力の影響を受けるが、光や他のいかなる形態の放射線とも相互作用しないことはわかっている。

恒星はどのように形成されるか

暗黒物質と水素ガスやヘリウムガスにはわずかな密度差があるため、巨大なガス雲が重力の影響を受けて崩壊し、巨大な球状の物質の塊ができた。暗黒物質が存在しない場合でも、この現象は起きただろうが、その速度は、はるかに遅かったはずである。あまりにも遅いため、今日に至るまで恒星が誕生することはなかったであろう。

崩壊の過程で解放された膨大なエネルギーに

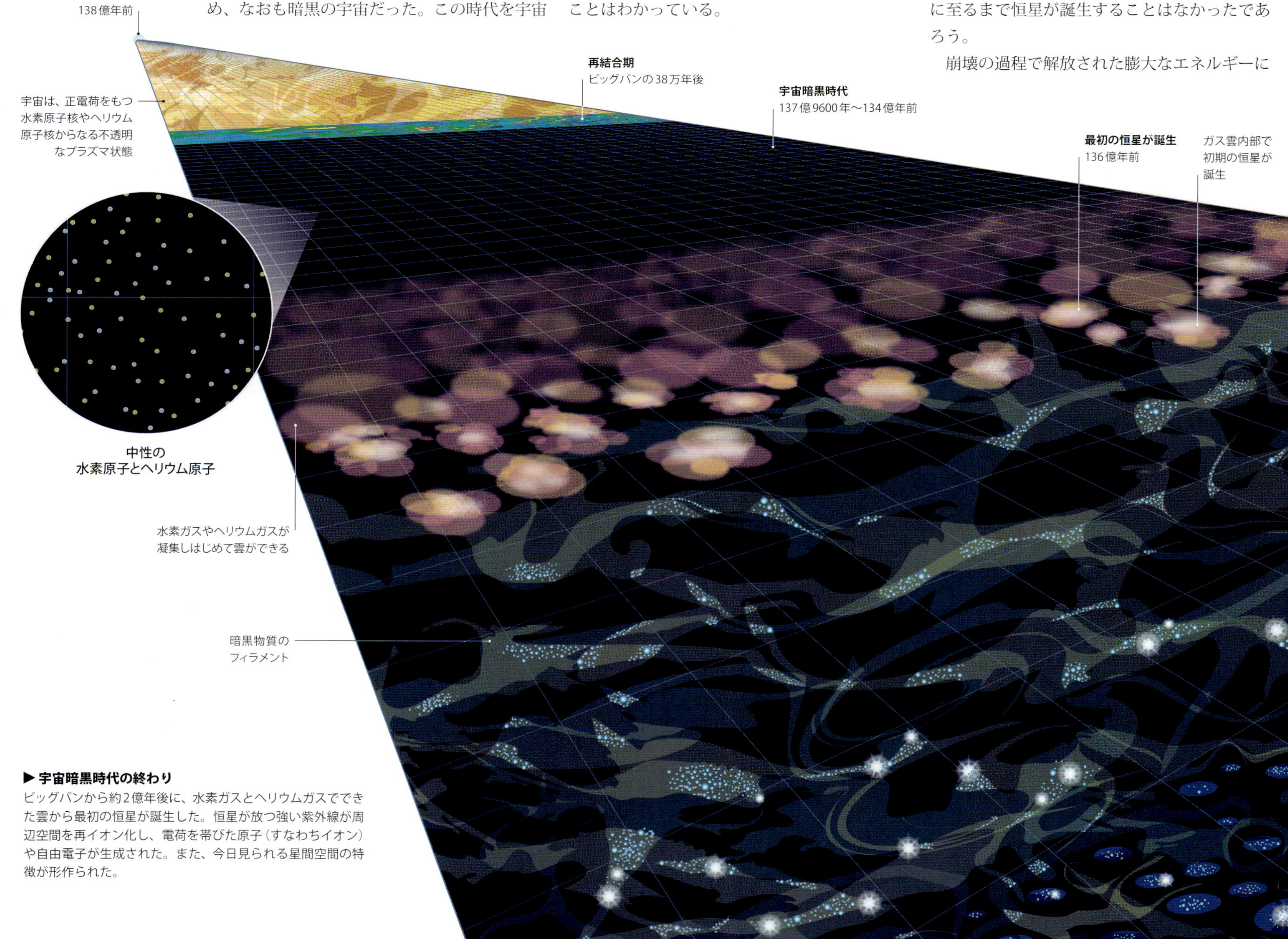
ビッグバン
138億年前
再結合期
ビッグバンの38万年後
宇宙暗黒時代
137億9600年〜134億年前
宇宙は、正電荷をもつ水素原子核やヘリウム原子核からなる不透明なプラズマ状態
最初の恒星が誕生
136億年前
ガス雲内部で初期の恒星が誕生
中性の
水素原子とヘリウム原子
水素ガスやヘリウムガスが凝集しはじめて雲ができる
暗黒物質の
フィラメント

▶ 宇宙暗黒時代の終わり
ビッグバンから約2億年後に、水素ガスとヘリウムガスでできた雲から最初の恒星が誕生した。恒星が放つ強い紫外線が周辺空間を再イオン化し、電荷を帯びた原子（すなわちイオン）や自由電子が生成された。また、今日見られる星間空間の特徴が形作られた。

◀初期の恒星の大きさ
天体物理学者によって作成された最も信頼できるモデルによると、ほとんどの初期の恒星は、太陽よりもはるかに巨大で、質量が太陽の数百倍もあった。

よってガス球が加熱された。ガス球は深部ほど密度が高く、しかも中心核では高温だったため、水素原子核やヘリウム原子核が衝突して、その一部に合体や、あるいは融合が生じた。この核融合により、水素原子核からさらに多くのヘリウム原子核が生成され、また新たに、ホウ素、炭素、酸素などのより重い元素が生成された(⇨p.58〜59)。

崩壊しつつあるガス球内部で起きた核融合により大量のエネルギーが放出され、それによってガスが信じられないほどの高温に加熱された。その結果、ガスが膨張して浮き上がり、さらなる崩壊が阻止された。また、高温のため、ガス球が明るく輝き出し、最初の恒星誕生となった。

超高温の最初の恒星は、大量の強い紫外線を放ち、それが広範囲に影響を及ぼした。宇宙空間に残存する中性水素原子や中性ヘリウム原子に強い紫外線が当たると、そのエネルギーにより、それらの原子の原子核から電子が分離された。再結合期以前の状態である。この「再イオン化(再電離)」により、宇宙空間の個々の恒星の周りに水素イオン、ヘリウムイオン、自由電子からなるプラズマバブルが発生した。現在、星間空間は、この再イオン化によって形成された超希薄なプラズマ状態で、ほぼすべての放射線がそこを通過できる。

短い寿命

最初の恒星は、巨大で質量も大きかった。おそらく、その直径は太陽の数十倍、質量は数百倍もあった。だが、そのような恒星は、短期間で燃え尽きた。後の世代の平均的な星の寿命が数十億年であったのに比べ、初代星の寿命は、おそらく、ほんの数百万年だった。恒星の中心核で「燃料」である水素やヘリウムが減少しはじめると、中心核が冷えて、再び崩壊が始まり、最終的に、超新星爆発を起こした(⇨p.60〜61)。爆発により、新元素と残存する未融合の水素やヘリウムからなるカクテルが宇宙空間にまき散らされた。このカクテルが第2世代の恒星の材料になった。

初代星の**寿命は、ほんの数百万年**で、寿命が尽きると**激しい超新星爆発**を起こした

◀初期の光
左はアーティストが描いた、小規模の明るい銀河CR7のイメージ画。127億光年のかなたのCR7は、ビッグバンから約10億年後の姿のままである。初代星に関しては、これが、今のところ、最も有力な証拠である。

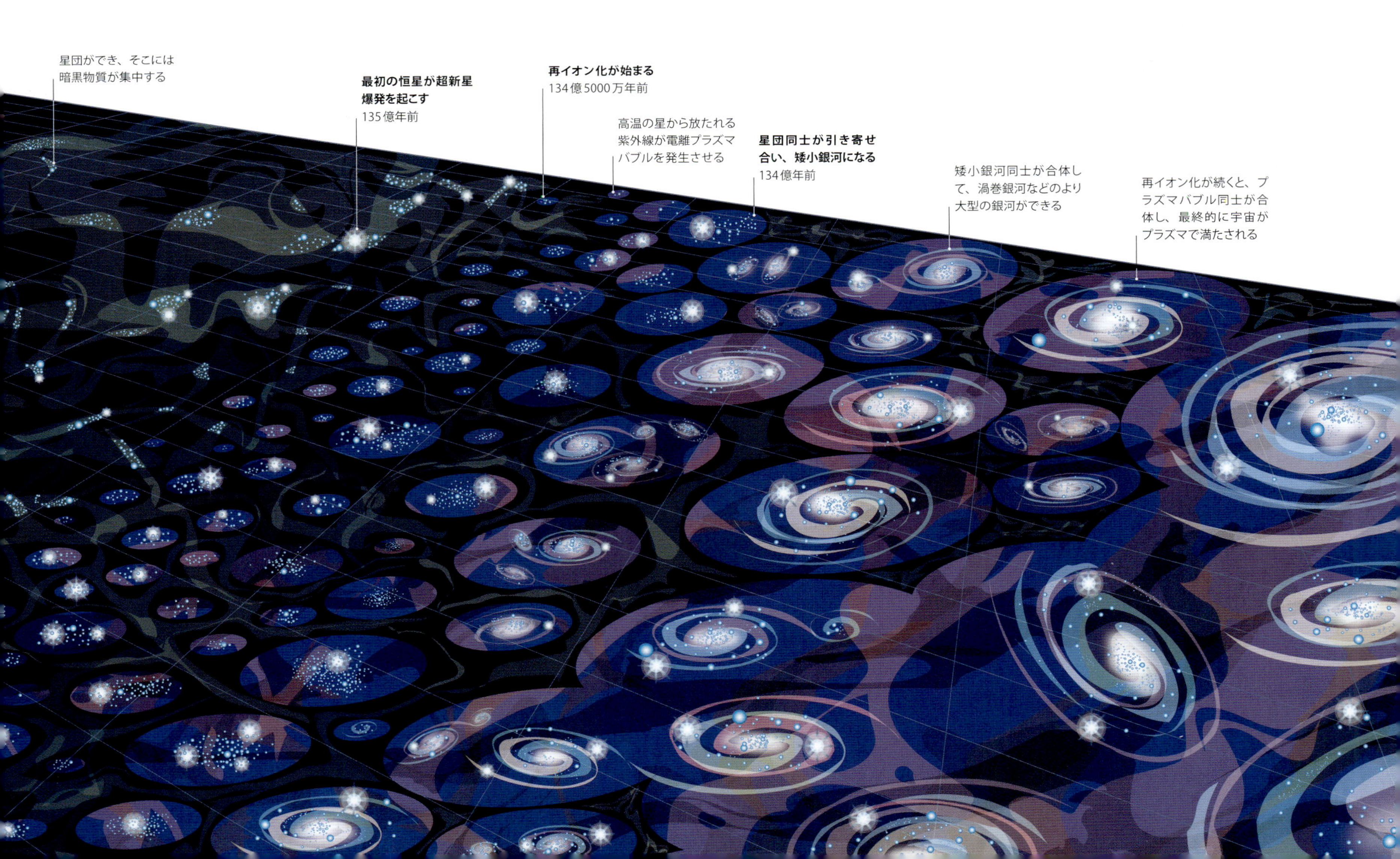
星団ができ、そこには暗黒物質が集中する
最初の恒星が超新星爆発を起こす
135億年前
再イオン化が始まる
134億5000万年前
高温の星から放たれる紫外線が電離プラズマバブルを発生させる
星団同士が引き寄せ合い、矮小銀河になる
134億年前
矮小銀河同士が合体して、渦巻銀河などのより大型の銀河ができる
再イオン化が続くと、プラズマバブル同士が合体し、最終的に宇宙がプラズマで満たされる

重力の謎

▼アイザック・ニュートン
1680年代後期に、ニュートンは、史上初の科学的な重力理論である万有引力の法則と運動の3法則の両方を発表した。

重力は、物質を凝集させるので、恒星や惑星の形成において重要な役割を果たす。現代的な重力理論であるアインシュタインの一般相対性理論が、重力の影響を正確に説明している。しかしながら、重力の真の性質は、謎のままである。

古代ギリシャの哲学者アリストテレスは、地球が宇宙の中心であり、あらゆるものは、本来、地球に向かって動く傾向があると考えた。アリストテレスによれば、重い物体ほど、その傾向が強く、落下速度も速い。このアリストテレスの単純な説は、表面上は、観察によって裏づけられていたが、17世紀にイタリアの科学者ガリレオ・ガリレイが行った実験により、彼の説が間違っていることが証明された。ガリレオの実験からは、空気抵抗がなければ、すべての落下物が同じ加速度で落下するとの正しい予測を導き出された。また、イギリスの科学者アイザック・ニュートンは、自身が発見した万有引力の法則を使い、ガリレオの予測が道理にかなうことを証明した。

ニュートンの重力

ニュートンは、地球上で物体を地面に落下させるものが、月を軌道上にとどまらせていることに気づいた。彼は、重力が力であると提唱し、2つの物体間に働く力の強さを予測できる方程式を導き出した。ニュートンの法則によれば、この力は、物体の質量と物体の中心間距離に左右される。

ニュートンは、自身の万有引力の法則と運動法則を組み合わせることにより、地球上の発射物から宇宙空間に浮かぶ惑星にいたるまで、重力の影響を受けるいかなる物体であれ、その運動を説明することができた。彼の理論は、200年にわたり受け入れられてきた。そして、科学者たちは、重力の影響を計算する必要がある場合はほとんど、今でもニュートンの方程式を使用している。しかし、19世紀に、惑星である水星の軌道の計算結果と観測結果が食い違っていたため、ニュートンの理論に欠陥があること

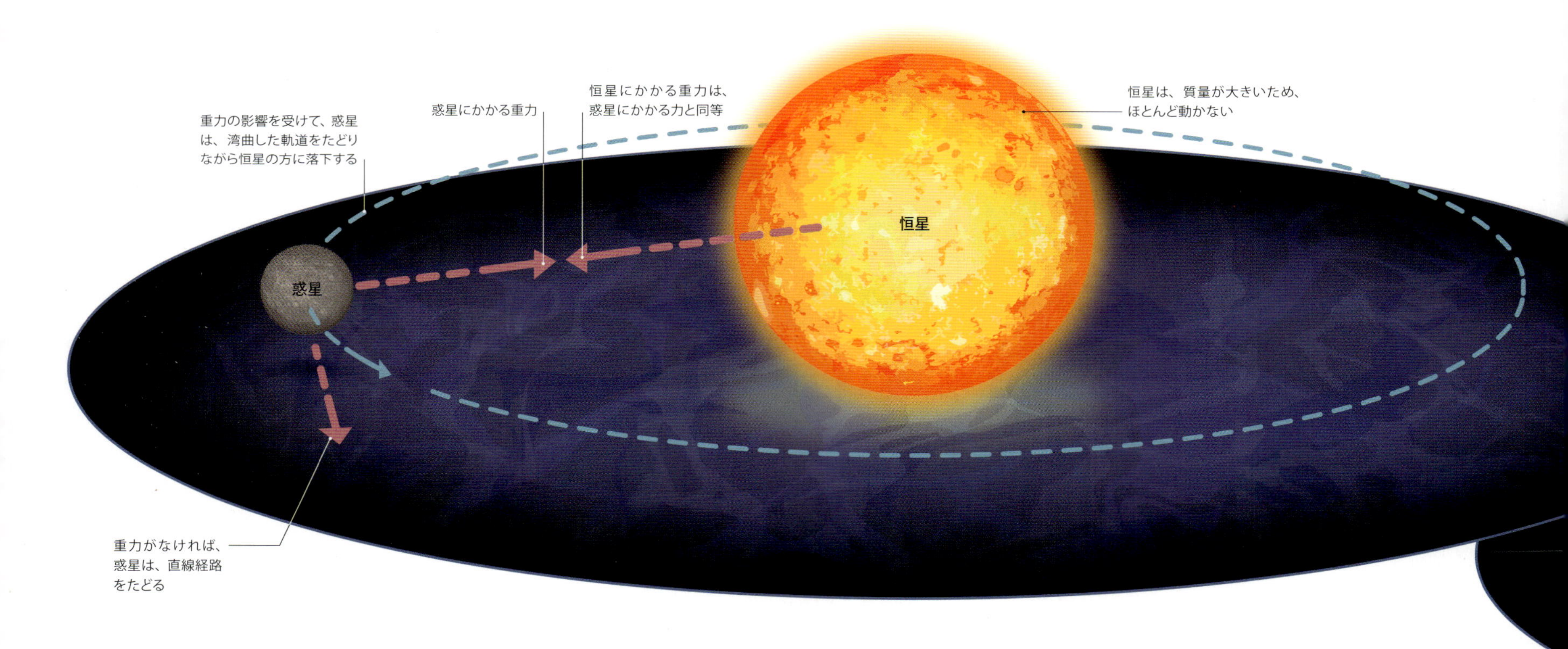
重力の影響を受けて、惑星は、湾曲した軌道をたどりながら恒星の方に落下する
惑星にかかる重力
恒星にかかる重力は、惑星にかかる力と同等
恒星は、質量が大きいため、ほとんど動かない
恒星
惑星
重力がなければ、惑星は、直線経路をたどる

▲ニュートンの理論
ニュートンの理論では、恒星と惑星は互いに引き合っている。両者が受ける力は等しいが、惑星のほうが質量が小さいので、受ける影響がより顕著である。

> **ニュートン**自身は、彼に続く歴代の学識ある科学者よりも、**自身の知識体系の弱点**をはっきりと**認識**していた。
>
> **アルバート・アインシュタイン** ドイツ人物理学者 1879年〜1955年

が証明された。1915年に、ドイツの物理学者アルバート・アインシュタインが正確な水星の軌道予測を可能にする斬新な重力理論、一般相対性理論を提唱した。アインシュタインの理論によれば、重力は力ではない。

アインシュタインの重力

一般相対性理論は、アインシュタインが1905年に発表した特殊相対性理論の延長線上にある。特殊相対性理論は、ニュートンの運動法則と1860年代に構築された電磁理論との間の矛盾の解決を試みるものであった。それを行うにあたり、アインシュタインは、空間と時間が絶対であるという概念から脱却しなければならなかった。すなわち、互いに相対的に運動している2者が測定する距離や時間間隔は異なり、その差は、相対速度が極端に高いときにのみ有意になる。特殊相対性理論の直接的成果のひとつは、空間の3つの次元同様、時間も1つの次元であるということ、またこれらの4つすべてが時空という4次元グリッド内に存在するため、物体は、空間ではなく時空中を移動するという認識だった。

重力を取り入れ、特殊相対性理論を一般化するにあたり、アインシュタインは、質量をもつ物体が時空を歪めることに気づいた。物体の質量が大きいほど、歪みも大きくなる。歪んだ時空中を自由に移動する物体がたどる経路は湾曲している。つまり、発射物や惑星は、歪んだ時空内で、直線に相当する経路をたどっているにすぎない。物体の経路を変えるには力が必要である。たとえば、立っている人間を地面が押し上げているので、その人間は、地球の中心に向かって「自由落下」しなくてすむ。恒星の場合、それを構成する高温ガスが膨張すると、恒星の崩壊を阻止するのに必要な力がもたらされる。その恒星が熱を発する限り膨張は続く(⇨p.56〜57)。

アインシュタインの予測

一般相対性理論は、幾度となく極めて高い精度で検証されてきた。同理論は、いくつかの重要な予測も打ち立てており、その1つが光も歪んだ時空の湾曲した経路をたどるはずであるとの考えである。それによって導き出されたのが重力レンズ効果という現象だ。遠方の銀河は、それが放つ光が手前にある銀河の近くを通るときに曲がるため、歪んで見えるということからはっきりと見て取れる。もうひとつの重要な予測が重力波、すなわち、大きなエネルギー事象から光速で伝わる時空の揺らぎの存在である。2015年には、2つのブラックホールの合体により発生した重力波の存在を証明する、史上初の確固たる証拠が発見された。

◀**重力波**
史上初めて検知された重力波は、2つのブラックホールの合体により発生したものである。ここでは、重力波を、時空を表す2次元シートに揺らぎとして表す。これらの揺らぎは、地球上に設置された高感度装置により検知された。

一般相対性理論は広く受け入れられてはいるが、同じく十分に検証され、現代科学の基礎をなす量子力学とは矛盾する。量子力学は原子や亜原子スケールでの物質の振る舞いを正確に解き明かすが、重力理論が解き明かすのは、それよりもはるかに大きいスケールでの物質の振る舞いである。しかしながら、これら2つの理論は相いれない。重力の量子論の探求が現代物理の大きな課題であり、そうなると、あらゆるスケールでの物質の振る舞いを解き明かすことのできる大理論の一部として、アインシュタインの重力理論が解釈しなおされるか、あるいは変わっていく可能性が高い。ひとつ確かなことは、重力の謎がまだ解明されていないということである。

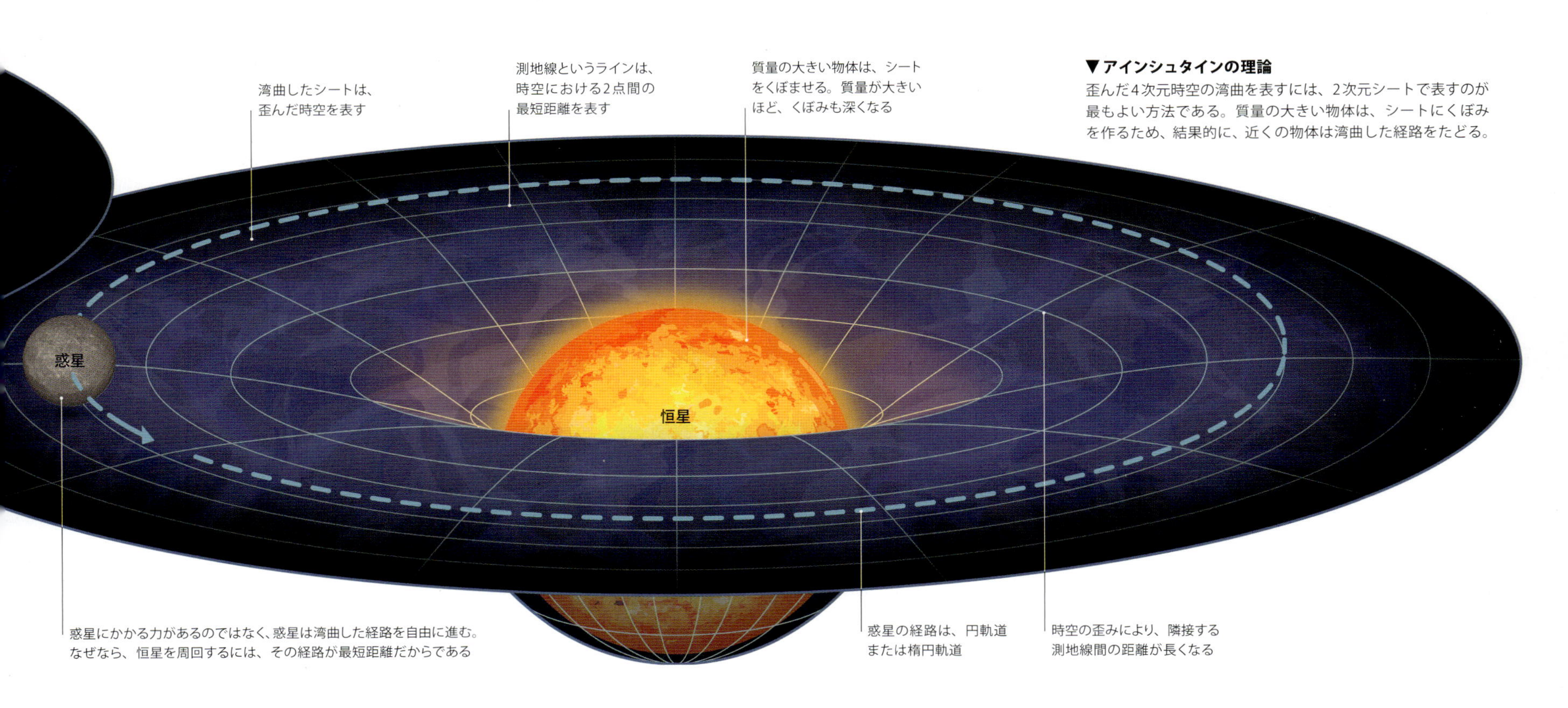
湾曲したシートは、歪んだ時空を表す
測地線というラインは、時空における2点間の最短距離を表す
質量の大きい物体は、シートをくぼませる。質量が大きいほど、くぼみも深くなる
惑星
恒星
惑星にかかる力があるのではなく、惑星は湾曲した経路を自由に進む。なぜなら、恒星を周回するには、その経路が最短距離だからである
惑星の経路は、円軌道または楕円軌道
時空の歪みにより、隣接する測地線間の距離が長くなる

▼**アインシュタインの理論**
歪んだ4次元時空の湾曲を表すには、2次元シートで表すのが最もよい方法である。質量の大きい物体は、シートにくぼみを作るため、結果的に、近くの物体は湾曲した経路をたどる。

最初の銀河

銀河は、共通の中心を周回する膨大な数の恒星の集まりである。暗黒物質の塊を中心にして、最初の恒星が生まれた直後に最初の銀河ができはじめた。これらの小さな銀河が互いの重力により合体し、そのたびに、恒星が次々に誕生した。

▼銀河の進化
直接的な観測結果が存在しないなか、天文物理学者たちは、最初の銀河がどのように形成されたかについての理論を検証するために、シミュレーションを構築する。以下の画像は、それらのシミュレーションのひとつから抽出したスナップショットである。

最初の恒星形成時と同様に(⇨p.44〜45)、最初の銀河形成においても暗黒物質が不可欠であった。初期の宇宙では暗黒物質のわずかな密度差が原因で、暗黒物質と水素やヘリウムガスの形態で存在する通常物質が凝集した。暗黒物質は複雑に入り組んだ、多様なスケールのフィラメント[ひも状構造の銀河団]とノード[集積の大きい部分]、またはハローのネットワークを形成した。凝集プロセスでは、物質の凝縮体が回転しはじめて加熱され、やがて核融合が起きて、個々の恒星形成に拍車がかかった(⇨p.56〜57)。さらに大きいスケールで、同じプロセスにより星団も形成された。個々の星団とそれを取り巻くガスが近くの星団に引き寄せられて、宇宙で最初の銀河が誕生した。

成長する銀河

物質が互いに向かって落下するにつれて、暗黒物質のハローが拡大し、銀河も大型化した。水が排水口を流れ落ちるように、物質の大半が回転しながら落下しはじめて、最も密度の高いハロー中心部を周回する軌道に乗った。その結果、不規則な形の塊として発生した銀河に秩序と構造が生まれはじめた。その多くが渦巻状のアームをもつ回転円盤状になったが、卵形をした楕円銀河も現れた。しかし、合体のたびに、構造が破壊され、構造の再生や形成に数百万年

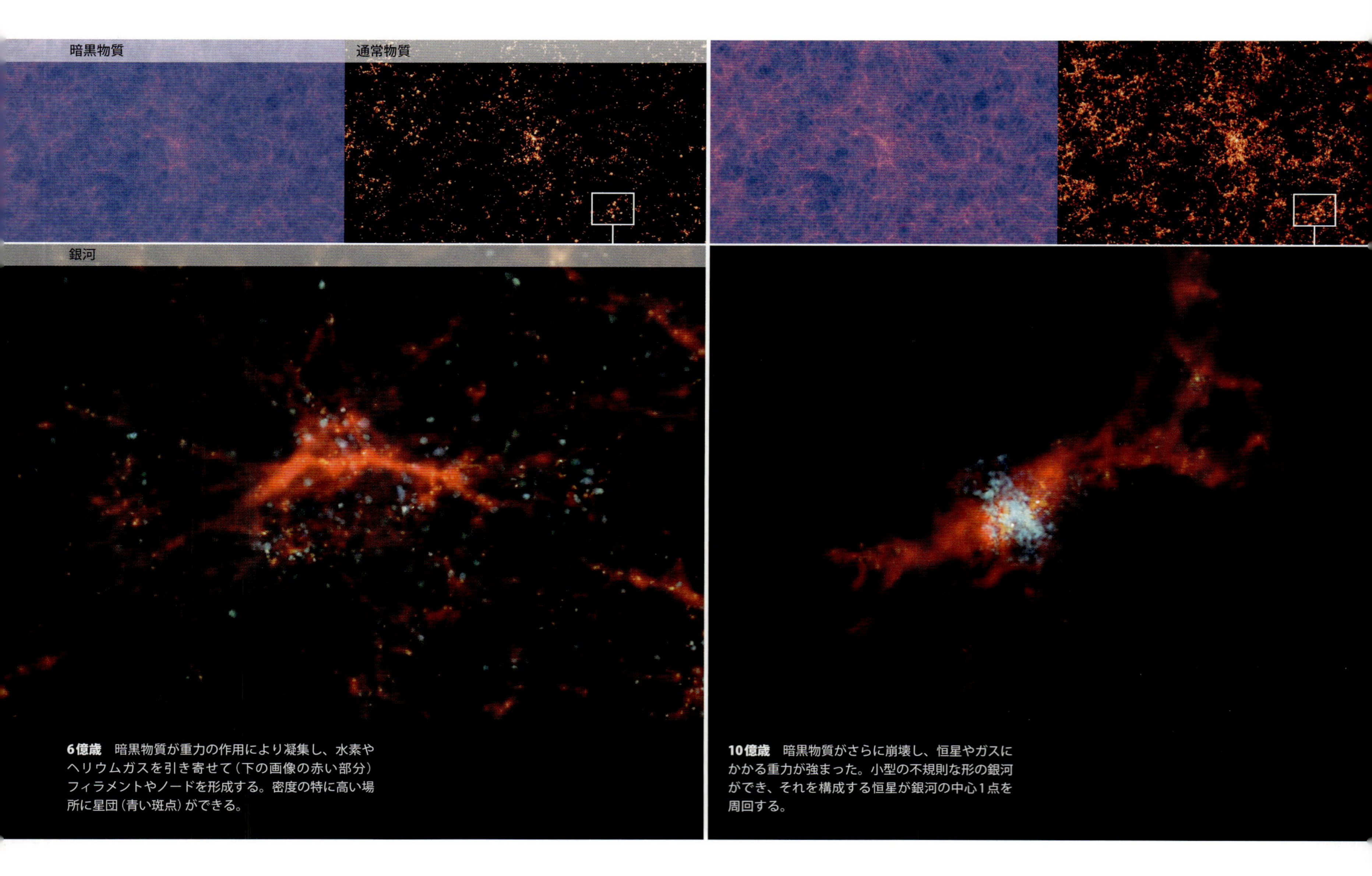
暗黒物質
通常物質
銀河

6億歳 暗黒物質が重力の作用により凝集し、水素やヘリウムガスを引き寄せて(下の画像の赤い部分)フィラメントやノードを形成する。密度の特に高い場所に星団(青い斑点)ができる。

10億歳 暗黒物質がさらに崩壊し、恒星やガスにかかる重力が強まった。小型の不規則な形の銀河ができ、それを構成する恒星が銀河の中心1点を周回する。

または数十億年も要した。合体によりエネルギーと質量も注入され、恒星の形成や死も加速された。若い銀河内部の個々の恒星は、激しい超新星爆発で必然的にその寿命を終えたが、超新星爆発により銀河は元素で満たされ、それが次の世代の恒星や、さらには惑星の種もまくこととなった。

超巨大ブラックホール

ガスの大半や恒星の多くは、個々の銀河の中心を周回する軌道にとどまったが、大量の物質が中心に向かって落下した。大型の銀河では、中心の密度が増大していき、そこに超巨大ブラックホール（⇨p.47）ができた。成長するブラックホールに向かって押し合いへし合いしながら突き進む物質が摩擦によって超高温に加熱され、高エネルギー（短波長）X線、紫外線、明るい可視光という形で大量のエネルギーが放出された。1950年代に天文学者によって、これらの活動的な銀河が初めて発見された。発見に際しては初期の電波望遠鏡が使用された。宇宙の膨張に伴い、短波長放射線が引き伸ばされて、長波長の赤外線や電波になって到達するからである。現在の宇宙に存在する、われわれの銀河をはじめとする、ほとんどの大型銀河にはその中心にまだ超巨大ブラックホールが存在する。

◀合体しつつある銀河
天文学者によって、合体しつつある銀河が数多く観測されている。これは、約2億9000万光年のかなたにある1対の衝突しつつある銀河、NGC4676である。マウス銀河ともいう。

［シミュレーションで］本物そっくりの**恒星や銀河**を作り出すことができる。しかし、**支配しているのは暗黒物質**である。

カルロス・フレンク教授 天体物理学者 1951年生まれ

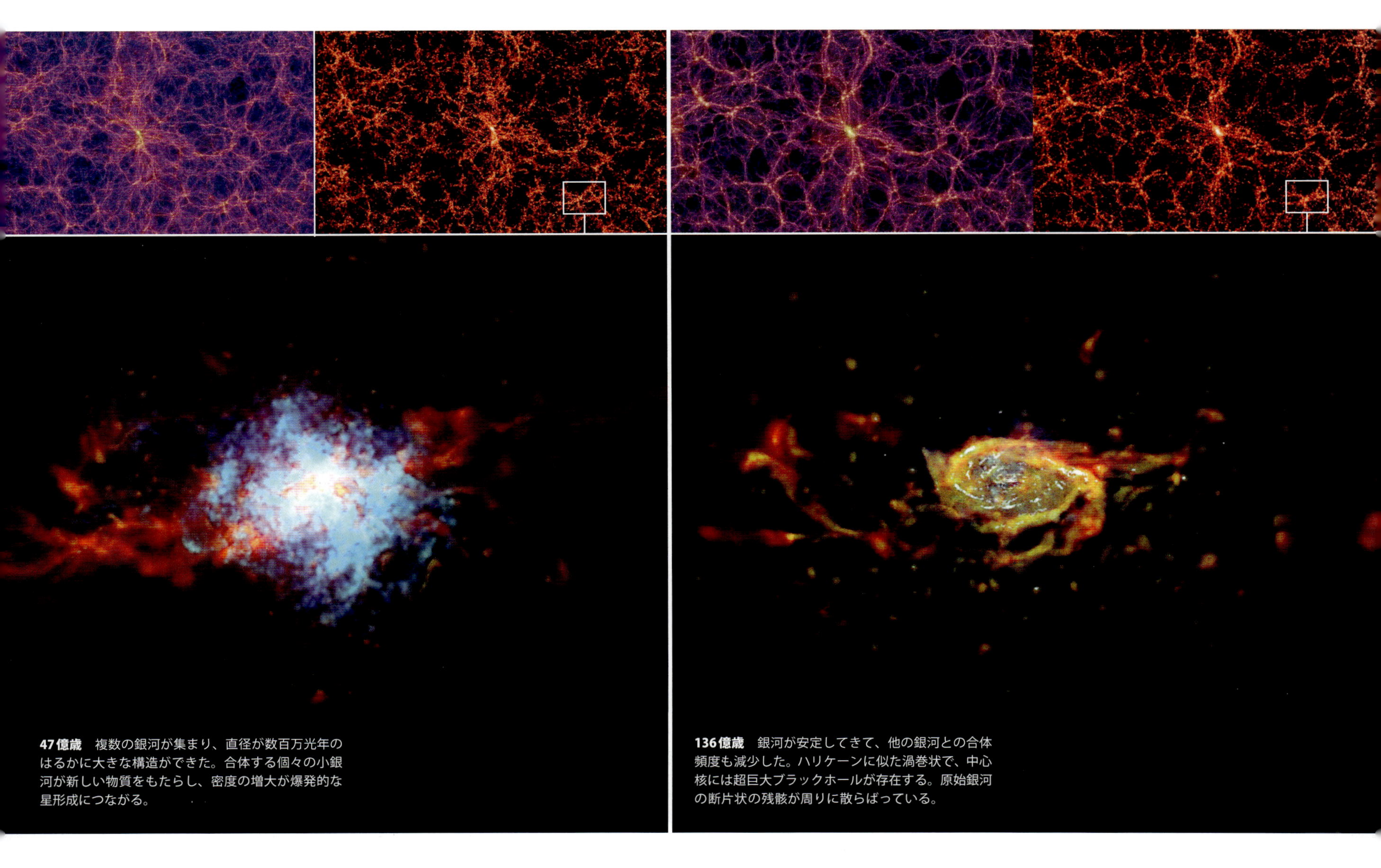

47億歳 複数の銀河が集まり、直径が数百万光年のはるかに大きな構造ができた。合体する個々の小銀河が新しい物質をもたらし、密度の増大が爆発的な星形成につながる。

136億歳 銀河が安定してきて、他の銀河との合体頻度も減少した。ハリケーンに似た渦巻状で、中心核には超巨大ブラックホールが存在する。原始銀河の断片状の残骸が周りに散らばっている。

ハッブル・エクストリーム・ディープ・フィールド

ハッブル宇宙望遠鏡で撮影されたエクストリーム・ディープ・フィールドは、天空の狭い領域にある数千の銀河から放たれたかすかな光を記録する。宇宙の史上最深部の姿をとらえたこの画像は、初期宇宙の恒星や銀河についての、現時点における最も確かな証拠である。

宇宙を探索するとき、実は、時間をさかのぼっている。なぜならば、遠方の天体から届く光は、はるか昔に放たれたものだからである。50億年前の銀河から放たれた光は、その銀河が当時、どんなに明るかったとしても、ごくかすかな光として見える。このような暗い天体を撮像するには、一般的な写真のように1秒の何分の1という時間ではなく、数百万秒もの長時間の露光が必要となる。

1995年に、天文学者たちがNASA（米航空宇宙局）のハッブル宇宙望遠鏡を140時間以上、天空のごく狭い領域に向けて撮影し、総数342枚の画像をハッブル・ディープ・フィールドという画期的な1枚の画像にまとめた。2004年には、NASAの科学者たちが、さらに画期的なハッブル・ウルトラ・ディープ・フィールドを作成した。露光時間をより長くして撮影された、天空の別の領域の画像である。その領域の観測はさらに8年間続き、2009年に望遠鏡に赤外線カメラが追加されたことにより、放つ光が可視スペクトルを越えて赤外線領域に赤方偏移している（⇨p.29）天体も見ることができるようになった。新たな観測結果がウルトラ・ディープ・フィールドと統合され、その結果が2012年にハッブル・エクストリーム・ディープ・フィールド（XDF）として発表された。XDFに写っている最も遠い銀河から放たれた光は、地球に到達するのに130億年以上かかっており、目に見えるその明るさは、肉眼で見える最も暗いものの100億分の1の明るさしかない。

銀河の合体（⇨p.49）、極度の赤方偏移、重力レンズ効果（⇨p.47）の証拠を収めたXDFは、宇宙の進化に関して現在最も説得力のある理論を裏づける重要な証拠である。

比較的近くの銀河は、赤く見える。それを構成する恒星の、燃料となる水素不足のためである
この前景の恒星は、私たちの銀河内に位置する
UDFj-39546284という、このごくかすかに光る銀河から放たれた光は、地球に到達するのに134億光年かかっている
この比較的近くの天体は、正面から見た天の川に似た渦巻銀河である

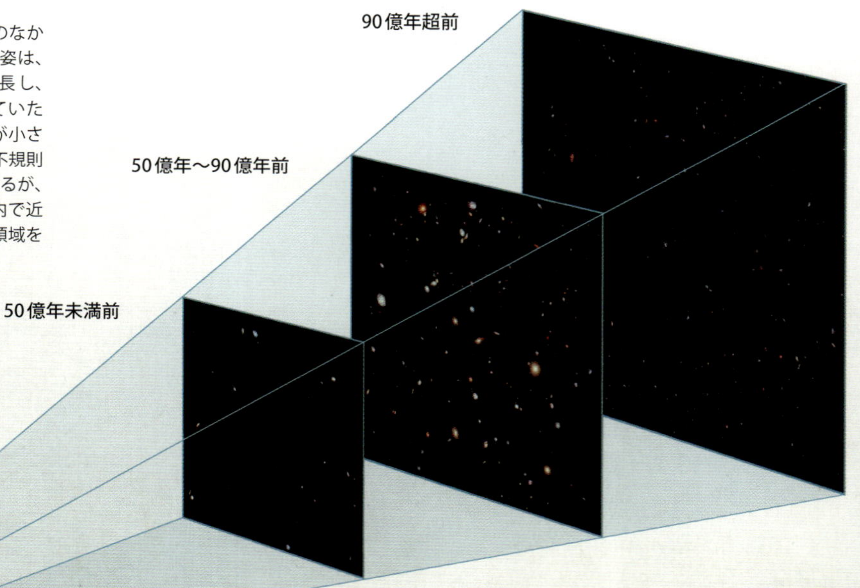
90億年超前
50億年〜90億年前
50億年未満前

▶ 時間遡行
XDFに写った最大かつ最も明るい天体のなかには成熟した銀河があるが、それらの姿は、約50億年〜90億年前、合体により成長し、第2または第3世代の恒星で構成されていたころのものである。後景の銀河のほうが小さい。90億年超前の姿を見せている若い不規則な銀河である。前景は、比較的空疎であるが、これは、XDFチームが、私たちの銀河内で近くにほとんど銀河や恒星が存在しない領域を選択したからである。

比較的最近の銀河は、
小型の古い銀河同士の
合体によってできた

遠方の銀河は、放つ
光が赤方偏移してい
るために赤く見える

視界

満月と並んで撮られたハッブル・エクストリーム・ディープ・フィールド（XDF）は、全天の2000万分の1に満たない、ごく狭い領域をカバーする。この画像を実物大で見るには、このページを約300m離して見る必要があるだろう。驚くことに、このような狭い視界内に7000個以上の銀河が見える。画像中の個々の小さな斑点が、時間の静止した数百万、数十億の恒星の集まりであると思うと驚くばかりである。

XDFの視界。比較対象の月も写っている

初期の銀河

XDFに映し出された銀河の特異な姿は、宇宙最初の数億年間に形作られたものである。このころ、銀河は、比較的小さく、不規則な形の恒星群だった。衝突・合体するにつれ、ほとんどの銀河が渦状になった。衝突が回転運動を引き起こしたからである。XDFにとらえられている光が若い銀河から放たれたころの宇宙は、今よりも小さかった。宇宙が膨張するにつれ、光も「引き伸ばされて」、その周波数がスペクトルの赤色側の端に向かってずれたか、あるいはその端を越えてしまったため、XDFに写っている銀河の多くは、赤味がかって見える。

極度に赤方偏移している銀河の合体をとらえた
クローズアップ画像

第3変革

Threshold 3

元素の生成

私たちはみな、元をたどれば一生を終えつつある恒星から生まれた。世界を形づくっているすべての元素が、そこから来ている。恒星はエネルギーに飢えており、燃料を使い果たしたある星は、年老い、ついには死を迎えて崩壊し、爆発的にエネルギーを発散させて姿を消す。だが、この恒星の死からこの世を形づくるもの、すなわち元素が新たに宇宙へと送り出され、新しい何かが始まるのだ。

適応条件

最初の恒星の形成は、非常に深遠な影響をもたらした。恒星は宇宙を明るくするだけでなく、化学工場の役目も果たし、宇宙の生物を含む他のあらゆる存在の材料となる、新たな化学元素も作り出したのである。

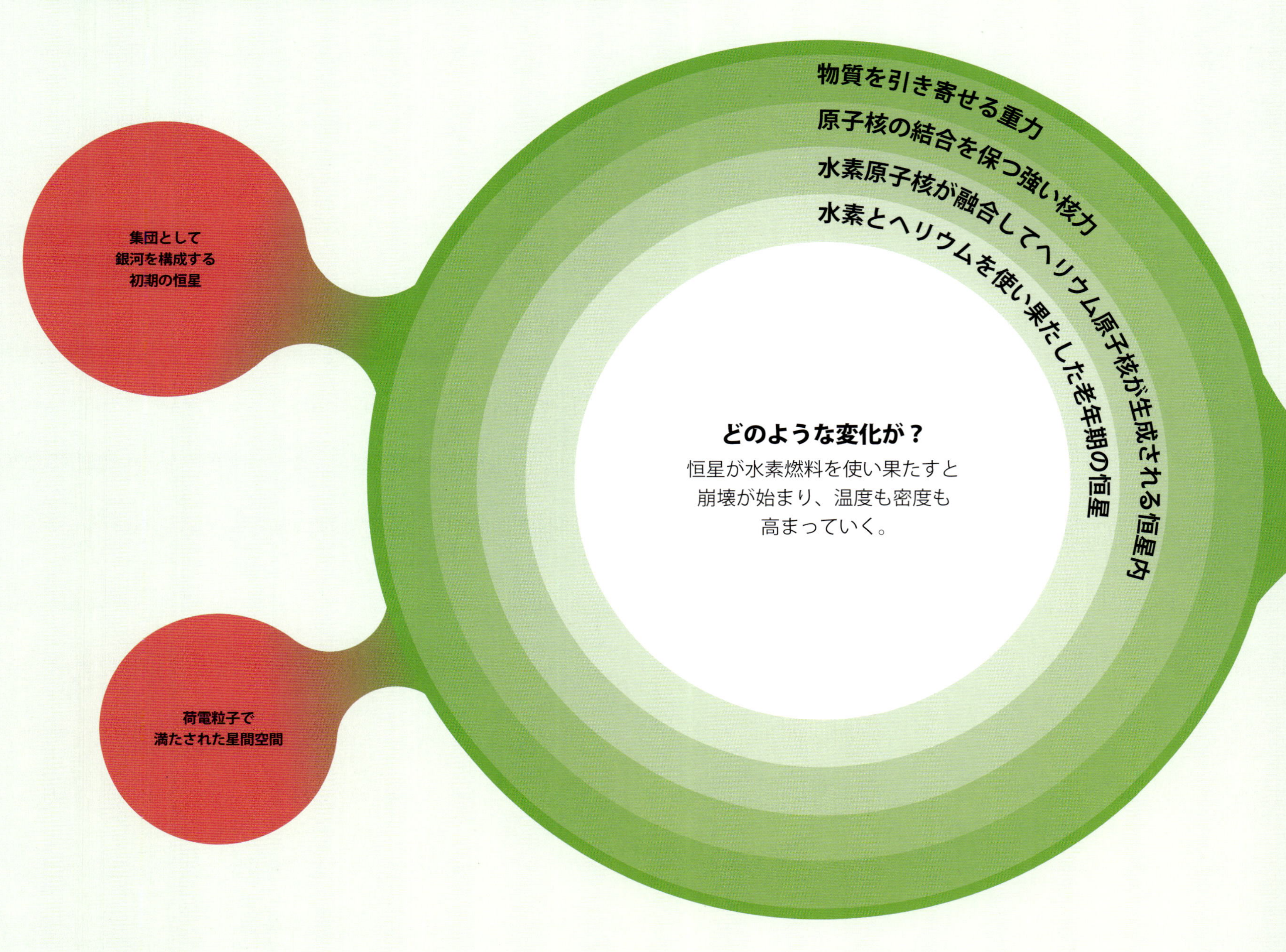
物質を引き寄せる重力
原子核の結合を保つ強い核力
水素原子核が融合してヘリウム原子核が生成される恒星内
水素とヘリウムを使い果たした老年期の恒星
集団として
銀河を構成する
初期の恒星
荷電粒子で
満たされた星間空間
どのような変化が？
恒星が水素燃料を使い果たすと
崩壊が始まり、温度も密度も
高まっていく。

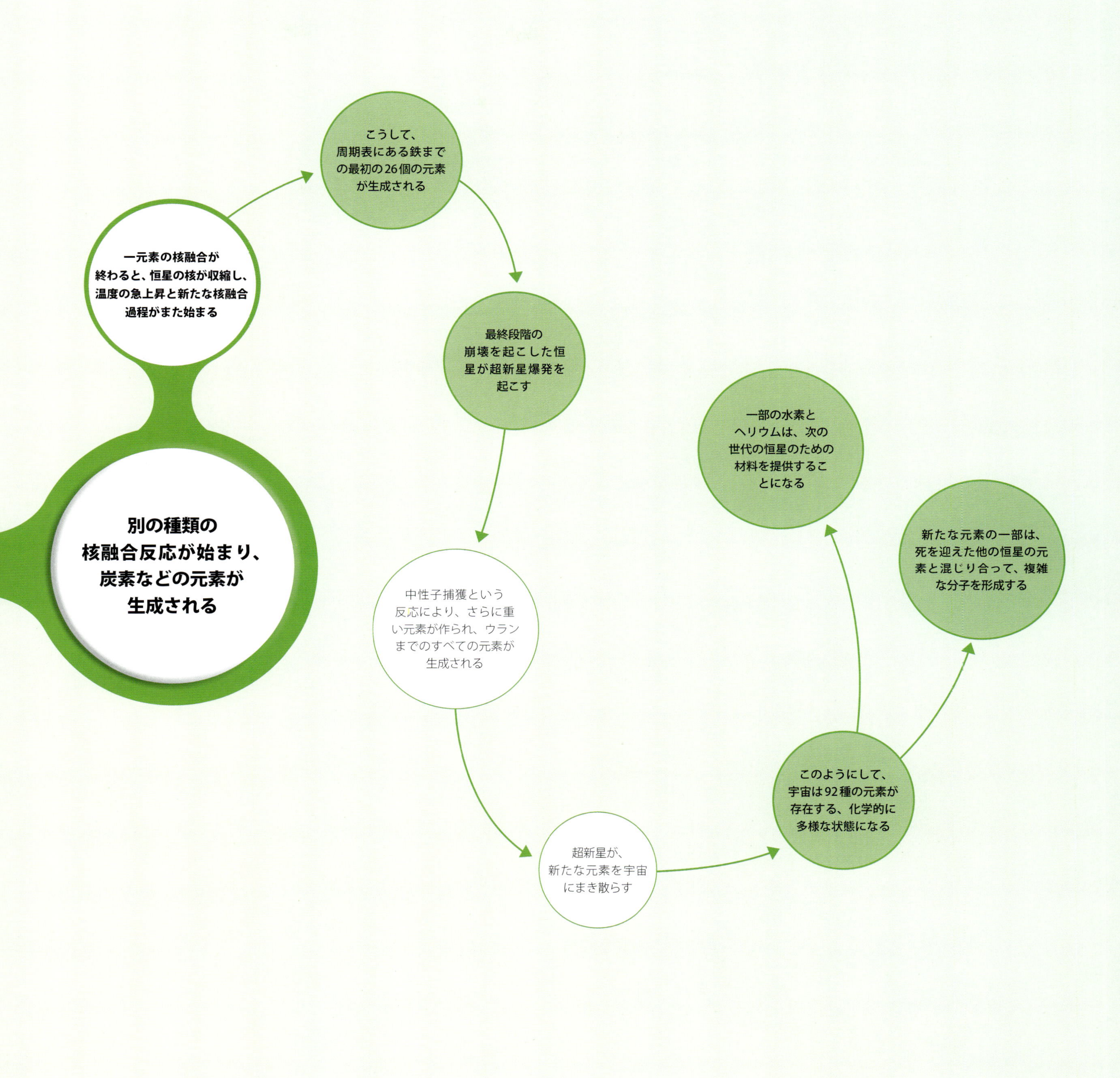
一元素の核融合が
終わると、恒星の核が収縮し、
温度の急上昇と新たな核融合
過程がまた始まる
こうして、
周期表にある鉄まで
の最初の26個の元素
が生成される
最終段階の
崩壊を起こした恒
星が超新星爆発を
起こす
中性子捕獲という
反応により、さらに重
い元素が作られ、ウラン
までのすべての元素が
生成される
超新星が、
新たな元素を宇宙
にまき散らす
このようにして、
宇宙は92種の元素が
存在する、化学的に
多様な状態になる
一部の水素と
ヘリウムは、次の
世代の恒星のための
材料を提供するこ
とになる
新たな元素の一部は、
死を迎えた他の恒星の元
素と混じり合って、複雑
な分子を形成する
別の種類の
核融合反応が始まり、
炭素などの元素が
生成される

恒星の一生

人間と同じように、恒星も誕生して年齢を重ねたのち、死を迎える。恒星の最期の迎え方はその質量によって異なり、極めて大きな恒星は超新星爆発を起こす。この爆発は、現在に至るまで宇宙により重い元素を供給しつづけ、新たな恒星の材料として再利用できる状態にしている。

結果的に、恒星の一生は、地球上の生命の出現においても、重要な役割を果たしたことになる。骨のカルシウムや血中の鉄分などの生命の必須元素は、恒星内部で作られたのち、超新星爆発によって広範囲にまき散らされたものである。

恒星の大きさは変化に富んでいる。天文学者は恒星を大きいものから小さいものまで7つの主要なグループに分けて、それぞれO型、B型、A型、F型、G型、K型、M型と分類している。太陽はG型であり、これより大きい恒星も小さい恒星も普通に存在するということだ。最小の恒星のグループは矮星で、ごくありふれている。例えばM型の恒星は、全恒星の75%以上を占めている。対照的にO型はわずか0.00003%である。恒星の大きさはその寿命をも左右する。大きければ大きいほど、核燃料の消費が早い。O型の一生は短く、ほんの数百万年で燃え尽きることも珍しくない。一方で最も小さい恒星は、数兆年にわたって生きながらえると考えられる。

超巨星の体積は**太陽の80億倍**もある

ライフステージ

恒星の一生は原始星からスタートする。これは宇宙塵が雲状に集まったものである（⇨p.44～45）。次いで恒星の中心核における核融合反応が、恒星を重力収縮に対抗して支える。このバランスは恒星の一生の大半において保たれるが、最終的に核融合が停止すると、変化が生じる。水素を核融合によりヘリウムに転換している恒星のことを、天文学者は主系列星と呼ぶ。この核融合が終わると、恒星は次の段階に進んで主系列から離れる。

最小レベルの恒星でなければ、中心核が収縮して、温度は1億℃程度まで上昇する。これほど高温になるとヘリウムが核融合により炭素に変換されるようになり、それまでのバランスを崩して、恒星を外側に膨張させるエネルギーを生み出す。そのあとは大きさによって、中心に白色矮星をもつ惑星状星雲になるか、超新星爆発を起こして中性子星かブラックホールを残すことになる。

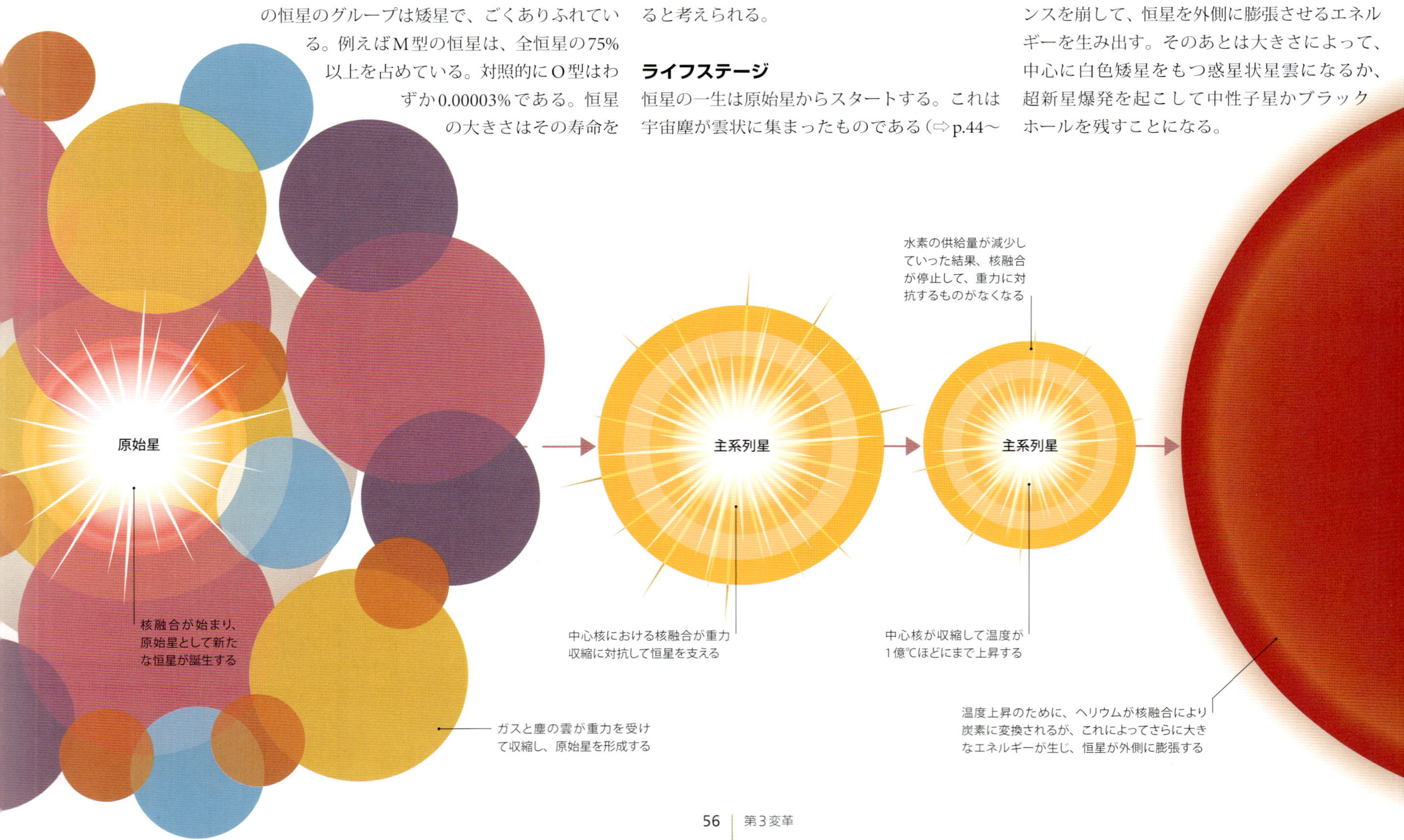
原始星
主系列星
主系列星
水素の供給量が減少していった結果、核融合が停止して、重力に対抗するものがなくなる
核融合が始まり、原始星として新たな恒星が誕生する
中心核における核融合が重力収縮に対抗して恒星を支える
中心核が収縮して温度が1億℃ほどにまで上昇する
ガスと塵の雲が重力を受けて収縮し、原始星を形成する
温度上昇のために、ヘリウムが核融合により炭素に変換されるが、これによってさらに大きなエネルギーが生じ、恒星が外側に膨張する

▼ 太陽に似た恒星
太陽に似た恒星の寿命は、一般に100億年前後である。赤色巨星の段階に突入すると惑星状星雲を形成するが、通常超新星爆発は起こさない。

90億年前 | 膨大な銀河団からなる宇宙

60億年前 | 宇宙の膨張が加速

46億年前 | 私たちの太陽系が形成

▶ 低質量星

比較的小さな恒星は内部の物質を混合することができる。つまり、中心核の水素の供給は、中心に向かって落下する外層によって補充される。そのため中心核は、ヘリウム融合に至るまで収縮することはない。

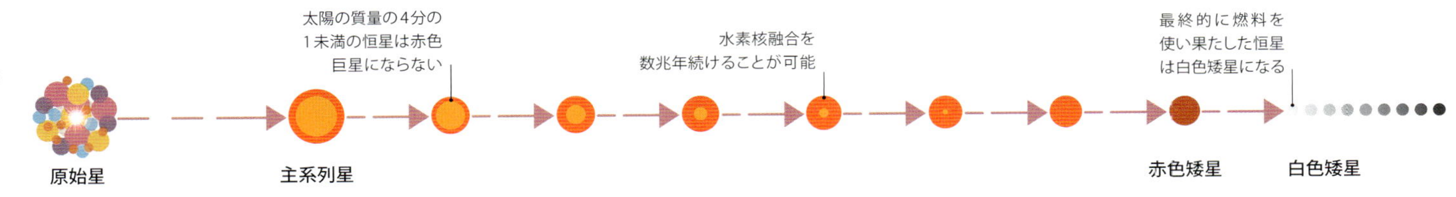

太陽の質量の4分の1未満の恒星は赤色巨星にならない
水素核融合を数兆年続けることが可能
最終的に燃料を使い果たした恒星は白色矮星になる
原始星
主系列星
赤色矮星
白色矮星

▶ 高質量星

質量の大きい恒星の進化は、最初の段階では太陽に類する恒星のそれに近い。だが、晩年には赤色巨星ではなく赤色超巨星となり、最終的に超新星となる。恒星の最終的な運命はその質量によって決まる。

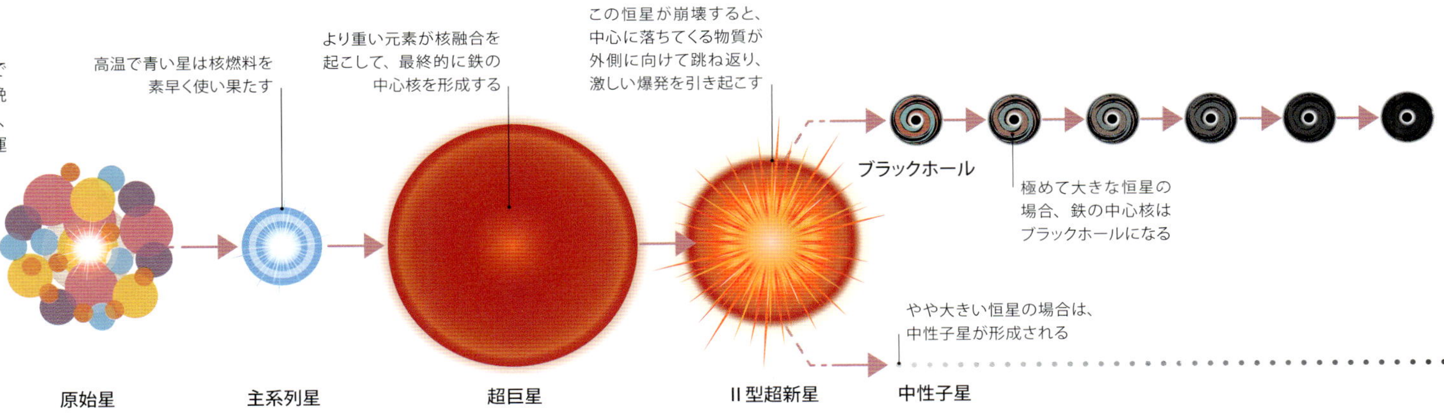

高温で青い星は核燃料を素早く使い果たす
より重い元素が核融合を起こして、最終的に鉄の中心核を形成する
この恒星が崩壊すると、中心に落ちてくる物質が外側に向けて跳ね返り、激しい爆発を引き起こす
ブラックホール
極めて大きな恒星の場合、鉄の中心核はブラックホールになる
やや大きい恒星の場合は、中性子星が形成される
原始星
主系列星
超巨星
II 型超新星
中性子星

恒星は、**誕生して歳を重ね**、しばしば数十億年も生き、そして**消滅する**……その様子は時には**壮観なもの**となる。

カール・セーガン　アメリカの天文学者　1934年～1996年

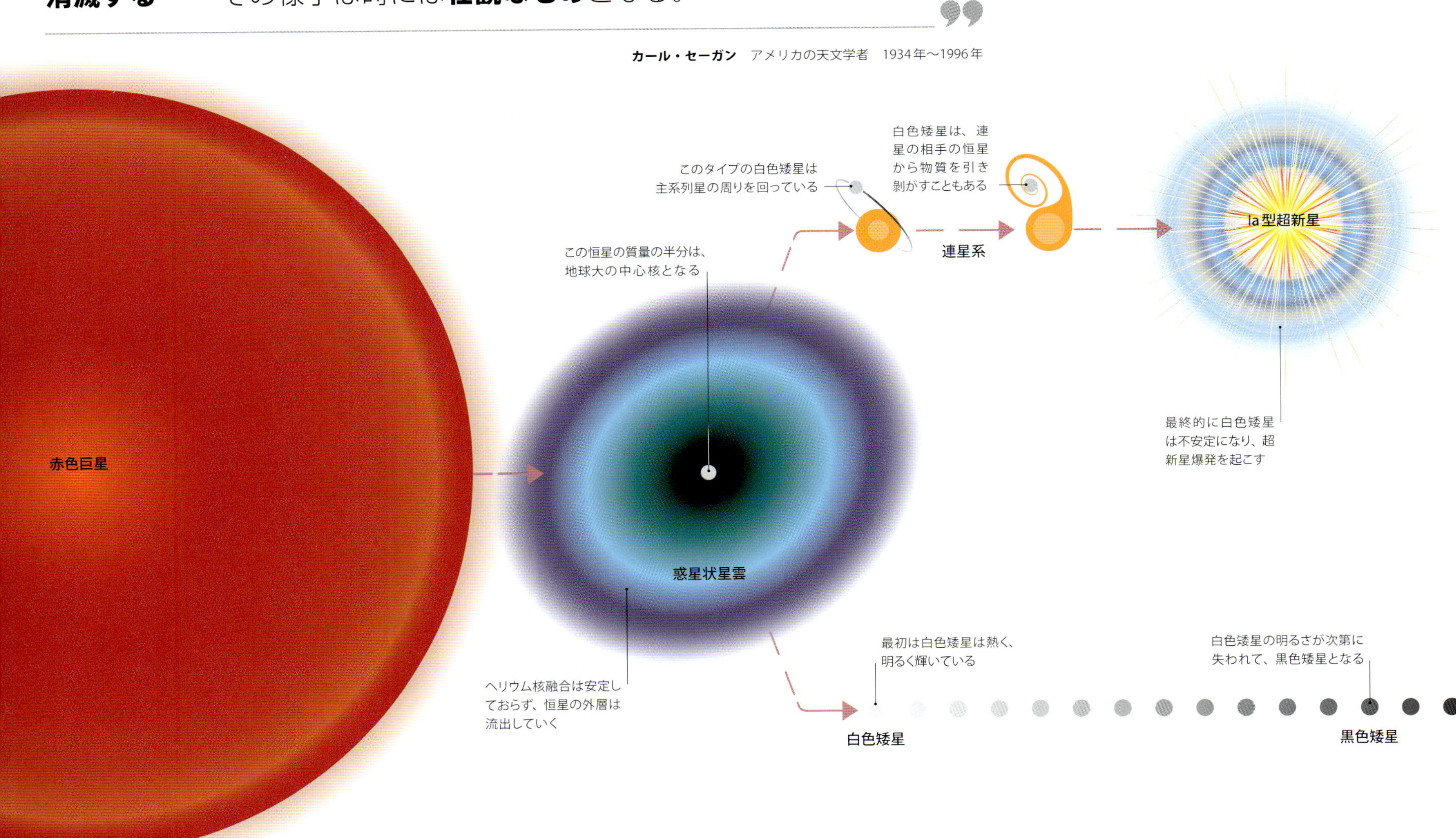

赤色巨星
このタイプの白色矮星は主系列星の周りを回っている
白色矮星は、連星の相手の恒星から物質を引き剝がすこともある
連星系
Ia 型超新星
この恒星の質量の半分は、地球大の中心核となる
最終的に白色矮星は不安定になり、超新星爆発を起こす
惑星状星雲
ヘリウム核融合は安定しておらず、恒星の外層は流出していく
最初は白色矮星は熱く、明るく輝いている
白色矮星の明るさが次第に失われて、黒色矮星となる
白色矮星
黒色矮星

恒星内における新たな元素の生成

最初の恒星が輝くまでは、宇宙にあるのは水素とヘリウム、それにビッグバン由来の残留エネルギーの海だけだった。現在の宇宙に見られる化学的多様性は恒星のおかげである。恒星は事実上、巨大な原子製造工場であり、原始的な物質を加工してより複雑な元素とし、死を迎えるとそれらを外に向けて放出する。

恒星内の温度は、原子核から電子を引き離すほどに高い。これが水素の場合は、単独の陽子(および電子)が恒星内をさまようことになる。この状態にある物質をプラズマという。同じ電荷を帯びているため、陽子は磁石の同じ極同士のように、互いに反発する。

恒星における新たな元素

ところが、恒星の奥深い中心核では、温度も圧力も非常に高く、陽子同士が連鎖反応を起こして、エネルギーを放出する。この過程が核融合として知られるもので、恒星の熱源となっている。これは内向きの重力に対抗する、外向きの圧力も生み出している。

最も単純な核融合の仕組みは、陽子−陽子連鎖反応(ppチェイン)と呼ばれるものだ。この最初の段階では、融合した陽子の1つが中性子となり、重陽子(デューテロン)という陽子−中性子の新たな組ができる。これが別の陽子から衝撃を受けると、ヘリウム3原子核が形成される。ヘリウム3原子2個が衝突すると、ヘリウム4の核とともに陽子が2個できて、一連の過程を再び始めることができる。ドイツ系アメリカ人の物理学者ハンス・ベーテが主導して、この過程を発見しており、その研究により1967年にノーベル物理学賞を受賞している。ppチェインによる生成物の全質量は、一連の反応に使われた陽子の質量よりも小さくなるという点が重要である。太陽の場合には、毎秒6億2000万トンの水素(陽子)が6億1600万トンのヘリウムに変化している。失われた400万トン分の質量は、アインシュタインの有名な方程式$E=mc^2$に従ってエネルギーに転換されたのである。

最終的に、恒星の中心核にある水素が使い果たされると、自己重力によって中心核が収縮する。この結果、温度が急上昇して、トリプルアルファ反応という新たな核融合の仕組みに移行するが、これはヘリウム4原子核(アルファ粒子)が主な燃料として用いられるものだ。この燃焼では、2個のヘリウム原子核が融合してベリリウム原子核となり、3個目のヘリウム原子核が加わって、炭素になる。太陽のような比較的小さい恒星の場合には、こうした原子を生成するこの過程はここで終了する。

ところがより大きな恒星の場合は、化学元素の多様化をさらに進めることができる。ひとつの核融合の道がいったん閉ざされても、中心核が収縮して温度が急上昇し、別の核融合の道が始まるのである。次に、炭素がヘリウムと核融合して酸素ができると、これは別のヘリウム原子核からの衝撃を受けてネオンを生成し、これ自体も似たような過程をへてマグネシウムになる。可能性のある元素合成反応の幅広さたるや、膨大なものだ。最終的には、炭素と酸素が核融合してケイ素を生成する。この時点で、中心核の温度は30億℃まで跳ね上がり、2個のケイ素原子核が結びついて鉄を生成できるだけの高い温度になる。このようにして中心部には鉄ができ、大量の元素が恒星内で殻(かく)状の重層構造となって、玉ねぎの皮のように蓄積していく。ただし、全元素のなかでは鉄が最も安定しているため、これ以上核融合が進んでほかの元素になることはなく、核融合は終了する。重い元素が生成されるにつれて、この反応過程は加速していく。恒星が水素を使い果たすまでに数百万年かかるが、ケイ素原子核が融合して鉄を形成するのには、ほんの1日しかかからない。

私はようやく**炭素**にたどり着いた。皆さんご存じのように、炭素の場合、その反応は**美しい**。

ハンス・ベーテ ドイツ系アメリカ人物理学者 1906年〜2005年

水素|1
ヘリウム|2
リチウム|3
ベリリウム|4
ホウ素|5
炭素|6
窒素|7
酸素|8
フッ素|9
ネオン|10
ナトリウム|11
マグネシウム|12
アルミニウム|13
ケイ素|14
リン|15
硫黄|16
塩素|17
アルゴン|18
カリウム|19
カルシウム|20
スカンジウム|21
チタン|22
バナジウム|23
クロム|24
マンガン|25
鉄|26

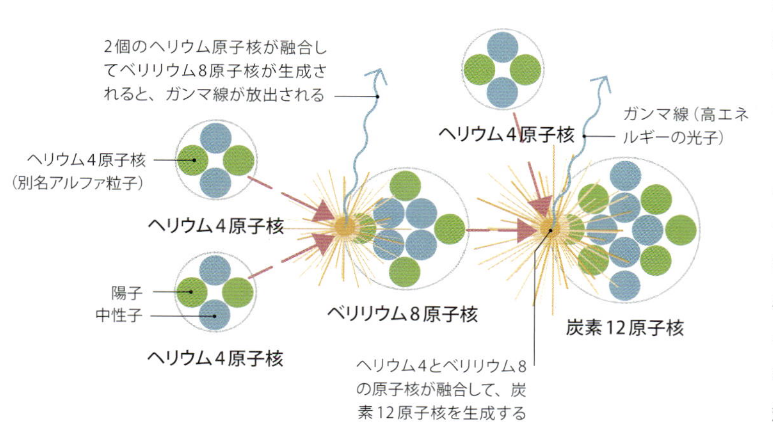
2個のヘリウム原子核が融合してベリリウム8原子核が生成されると、ガンマ線が放出される
ヘリウム4原子核
ガンマ線(高エネルギーの光子)
ヘリウム4原子核
(別名アルファ粒子)
ヘリウム4原子核
陽子
中性子
ベリリウム8原子核
炭素12原子核
ヘリウム4原子核
ヘリウム4とベリリウム8の原子核が融合して、炭素12原子核を生成する

▼トリプルアルファ反応
この反応では2個のヘリウム4原子核が融合してベリリウム8原子核となり、これが3つ目のヘリウム4原子核と合体し炭素12になる。ヘリウム4原子核はアルファ粒子とも呼ばれるため、この仕組みはトリプルアルファ反応として知られる。

超新星における新たな元素

鉄よりも重い元素は、大質量星が超新星爆発を起こしたときにのみ生成される。重い元素は中性子捕獲のs過程によって生成されるが、「s」はスロー（低速）の意味で、通常は数百年かかる。この過程は、実際は恒星内部で始まるものの、その相互作用は極めてゆっくりしている。スピードが上がるのは超新星の活動が始まってからである。炭素が酸素に、ネオンがマグネシウムに変換される初期の変化により、大量の中性子が余分に生成される。これらの余分な粒子が既存の原子核と緩やかに結合することで、ビスマスまでの重さの元素が生成される。ただし、この過程ではビスマスより重い元素が生成されることはない。ビスマスが中性子と結合できるようになる前に崩壊してポロニウムになるからだ。そこで、もっと速い中性子捕獲の仕組みが必要になる。それがr過程だ（「r」はラピッド（高速）の意味）。このr過程が起こるのは超新星の極限の状況のみである。爆発の間に中性子の密度が大幅に増すことで、新たな元素があっという間に生成されるのだ。このr過程が生成した原子核の一部はその後崩壊して、いずれの中性子捕獲過程によっても直接生成されない種類の新たな元素を生み出す。

複雑な化学

こうした大量の物質は超新星の力により、広大な宇宙へとまき散らされる。そして星間物質や他の死んだ恒星の残骸と混ざり合って巨大な分子雲となり、それが最終的に崩壊して新たな恒星を形成するのだ。個々の原子はこの雲の中で他の原子と結合して複雑な分子を形成するが、その一部は生命に欠かせないものである。天文学者や天体化学者はこうした分子が存在する証拠をすでに見つけている。最も単純なアミノ酸のグリシンが、天の川銀河の中心方向にあるガス雲内やその近くのオリオン大星雲で見つかっている。アミノ酸は生命に不可欠な要素と考えられているため、太陽が光り輝くよりもずっと以前に生命の基本材料が作られていた可能性があるのだ。

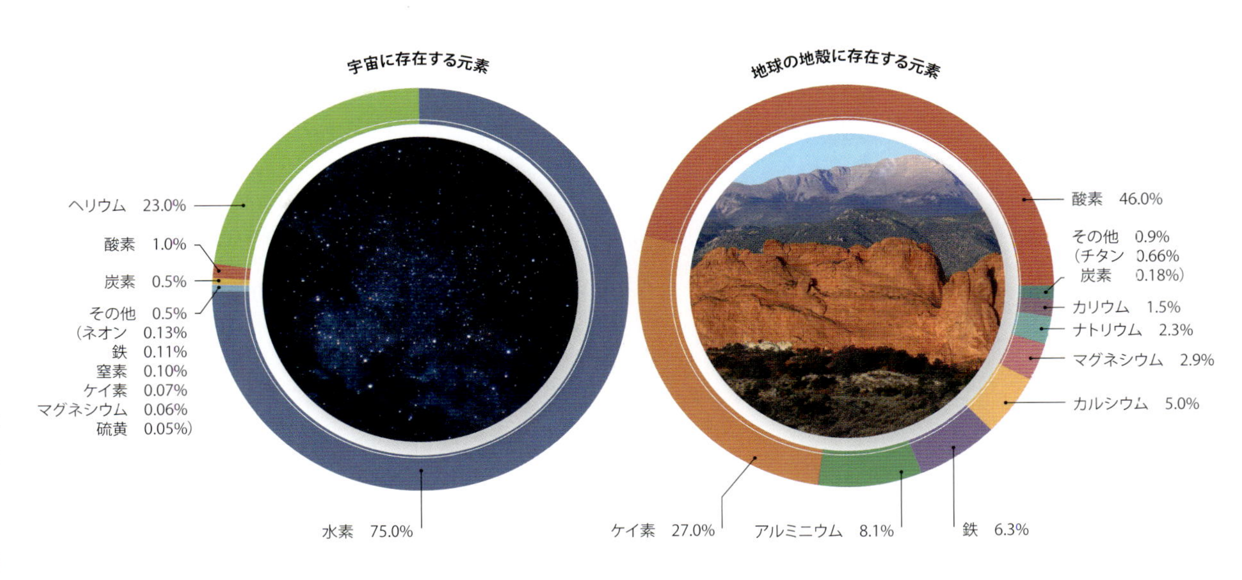
宇宙に存在する元素
ヘリウム 23.0%
酸素 1.0%
炭素 0.5%
その他 0.5%
（ネオン 0.13%
鉄 0.11%
窒素 0.10%
ケイ素 0.07%
マグネシウム 0.06%
硫黄 0.05%）
水素 75.0%
地球の地殻に存在する元素
酸素 46.0%
その他 0.9%
（チタン 0.66%
炭素 0.18%）
カリウム 1.5%
ナトリウム 2.3%
マグネシウム 2.9%
カルシウム 5.0%
ケイ素 27.0%
アルミニウム 8.1%
鉄 6.3%

▲元素の分布
地球上にある元素の構成比は宇宙全体とは大きく異なる。最も軽い元素である水素とヘリウムは、太陽が若い時期に地球の軌道から吹き飛ばした。地殻に最も豊富に存在する酸素は、生命が光合成によって二酸化炭素から糖を合成した際に作り出されたものである。

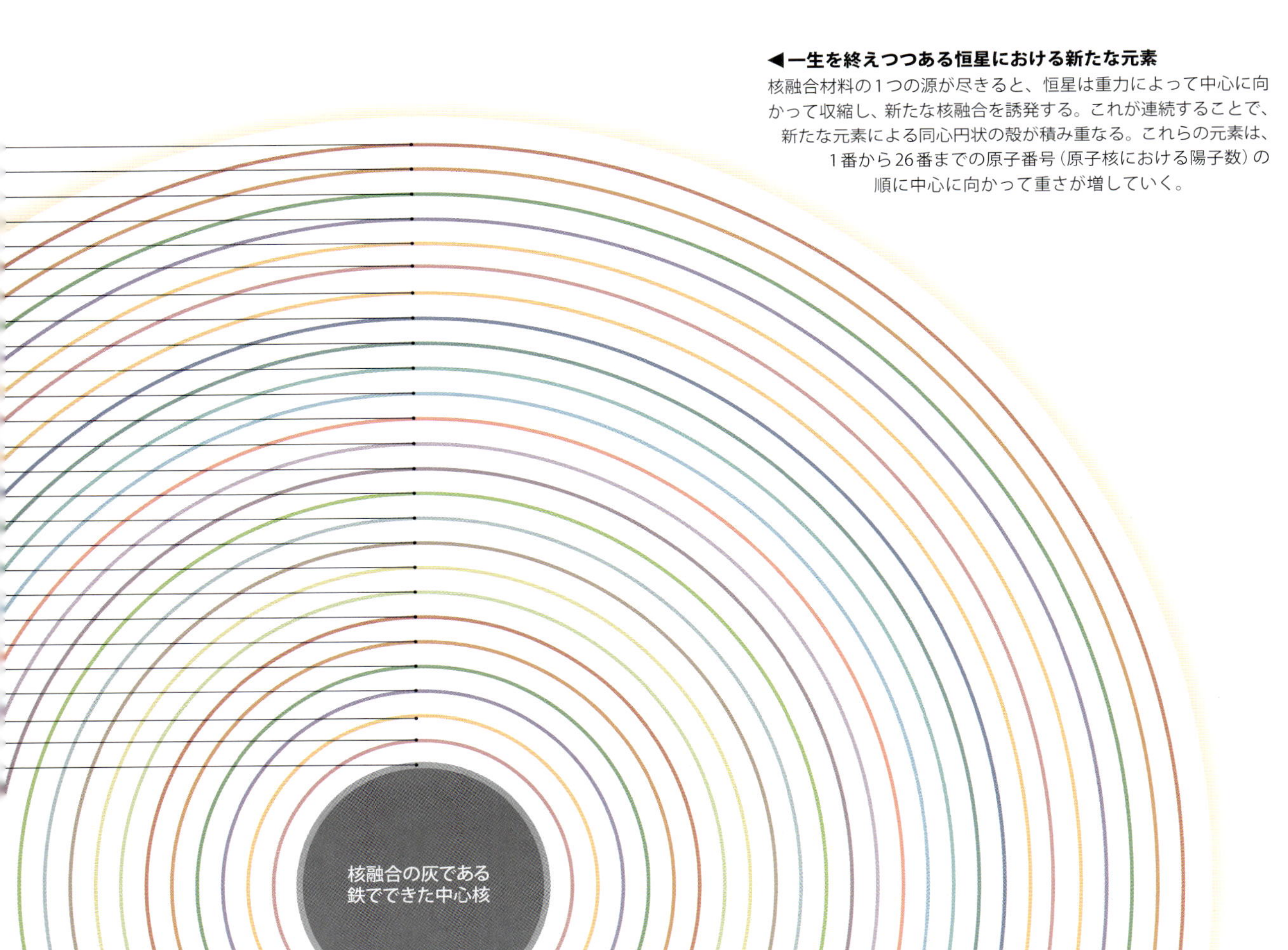
核融合の灰である
鉄でできた中心核

◀一生を終えつつある恒星における新たな元素
核融合材料の1つの源が尽きると、恒星は重力によって中心に向かって収縮し、新たな核融合を誘発する。これが連続することで、新たな元素による同心円状の殻が積み重なる。これらの元素は、1番から26番までの原子番号（原子核における陽子数）の順に中心に向かって重さが増していく。

▲宇宙における生命の起源
生命に欠かせない要素が、太陽系の最も近くで恒星が生まれている、オリオン座大星雲という領域で見つかっている。結合してタンパク質となるアミノ酸はDNAの必須の構成要素である。

巨星の爆発

現代の科学者は、超新星によって、鉄より重い元素が宇宙にまき散らされたことを明らかにした。だが、この灼熱の爆発を理解しようとする探求は、天文についての知識が深まるずっと以前にすでに始まっていた。人々はこの現象について約2000年にわたって記録してきたのである。

超新星の観測を裏づける記録の最古の例は、紀元185年の中国の天体観測者たちによるものである。その記録では、明るい輝きが空に急に現れて、それが視界から消えるまで8カ月もかかったという。似たような出来事は393年にもあり、中国の記録では、同様の現象と思われる出来事が20回近くあったとされる。ただし、現代の天文学者は、これらがすべて超新星であるとは確認できていない。

超巨星が超新星として爆発
する直前には、温度が1000億℃
ほどにまで達する

望遠鏡が発明される以前の時代で最も有名と思われる、まちがいなく超新星と思われる現象が1054年に目撃されている。これは中国のみならず、日本や中東でも観察された。日中でも見えるほどの明るい輝きが1カ月近くにわたって続き、それが約2年の間、夜空を彩っていたという。この巨大な爆発の残骸が、壮観なおうし座のかに星雲である。

望遠鏡の時代

この1054年の出来事からおよそ6世紀後、望遠鏡のない時代では最後となる1572年と1604年に超新星が観測された。1572年のものはティコの星として知られ、天の川銀河で観測された最新の超新星である。

最近では、1987年、銀河系の伴銀河（衛星銀河）の1つである大マゼラン雲で爆発があり、そこからの光が地球に届いた。このころになると、爆発後数日以内に、望遠鏡で観測することができるようになっていた。このときに最も外側の惑星に向かっていた探査機ボイジャーは、より詳しく観測できるように、爆発の方角へと向きを変えられた。SN 1987Aと名づけられたこの超新星は、天文学者を驚かせた。当時の理論で考えうるかぎり、その恒星は、爆発するはずがないと考えられていたからである。これは、天文学者が自説を検証しなおす貴重な情報源となる物証となった。SN 1987Aによって裏づけられた考えはいくつかあったが、特に、コバルト原子の放射性崩壊により、最初の爆発後も長期にわたって、超新星の残骸が輝きつづけることが明らかになった。それでも、未解明の謎もある。たとえば、一生を終えつつある恒星の中心で形成されたはずの中性子星がまだ発見されていない。

1054年の超新星もSN 1987Aも、どちらも大質量星の中心核崩壊によって発生したII型超新星である。最近では、比較的低質量の星によってできるIa型超新星にかなり近いものも、天文学者は見つけられるようになっている。たとえば、回転花火銀河にあるSN 2011fe、その近くの葉巻銀河にあるSN 2014Jなどである。

▼**チャコ・キャニオン**
ニューメキシコ州チャコ・キャニオンの洞窟の壁に描かれているのは、大きな星、三日月、それに手形の絵だ。1054年の超新星の記録として、地元のアナサジ族が描いたものとされている。

中心核崩壊の
5分後

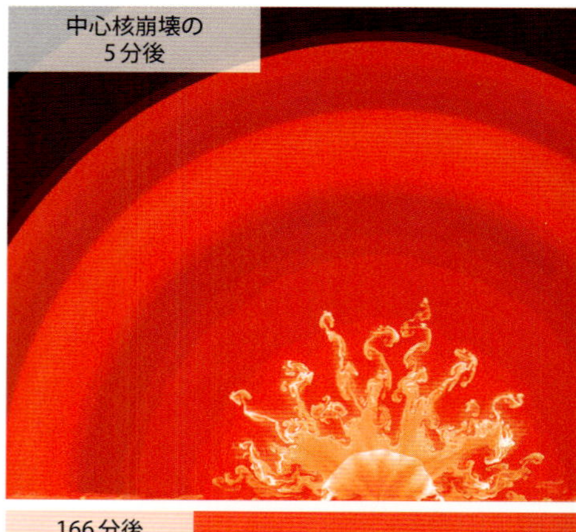

166分後

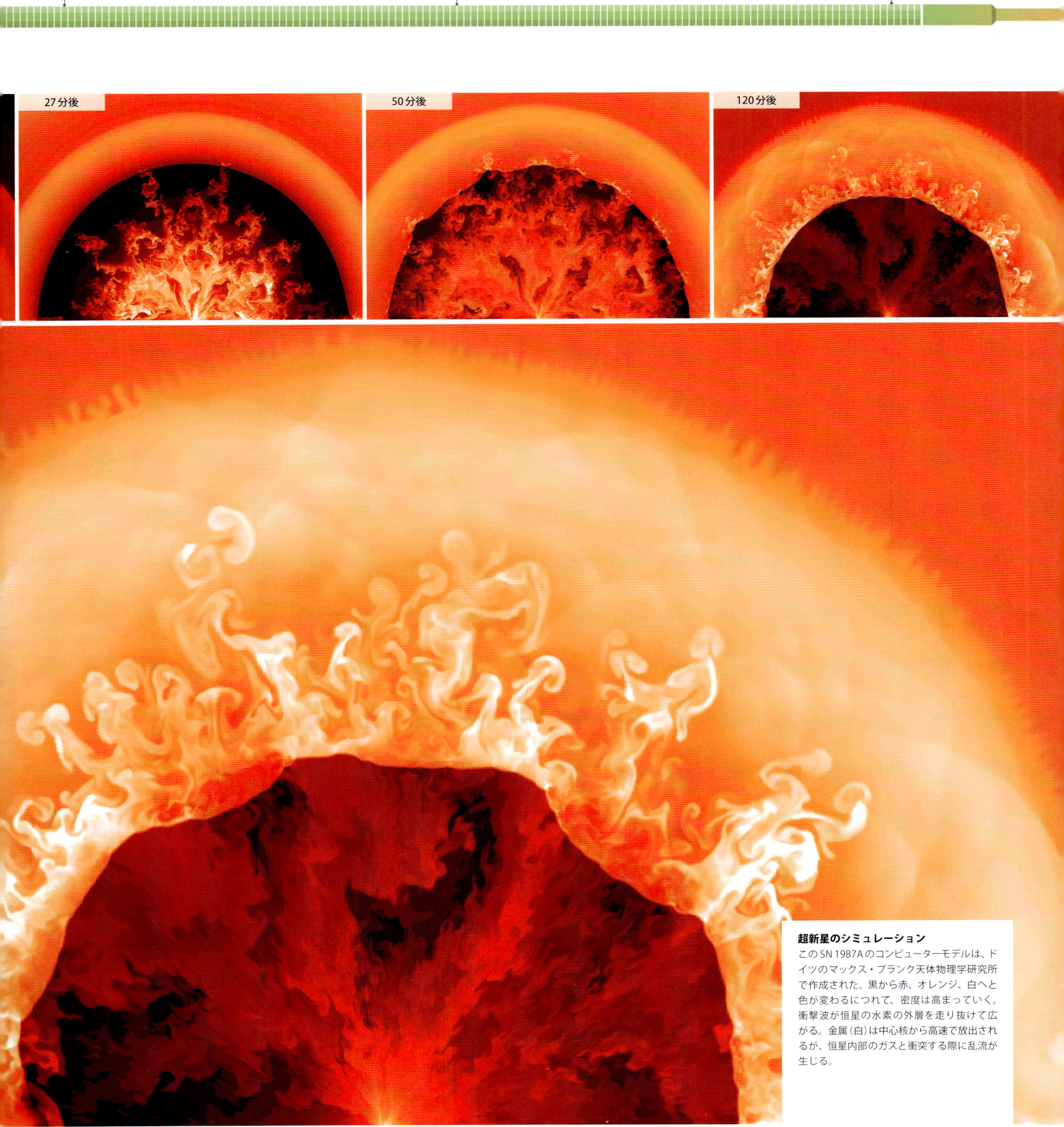
27分後
50分後
120分後

超新星のシミュレーション
このSN 1987Aのコンピューターモデルは、ドイツのマックス・プランク天体物理学研究所で作成された。黒から赤、オレンジ、白へと色が変わるにつれて、密度は高まっていく。衝撃波が恒星の水素の外層を走り抜けて広がる。金属(白)は中心核から高速で放出されるが、恒星内部のガスと衝突する際に乱流が生じる。

▼周期表
物質の主要な構成要素を示したおなじみの表が「周期表」である。驚くほど有用な形で元素がまとめられている。1869年3月6日、「周期体系」としてロシア化学会に提出されて初めてこの世に出た。〔ここに掲載した周期表はメンデレーエフの「周期体系」そのものではない。〕

欠けている元素
メンデレーエフは元素の挙動と構造に基づいて表中に配列したことで、このゲルマニウムのように未発見の元素があることを認識し、空欄を設けて対応することができた

原子番号
この番号は原子核内における陽子の数を示している。水素の「1」というのは、陽子が1個あるということである

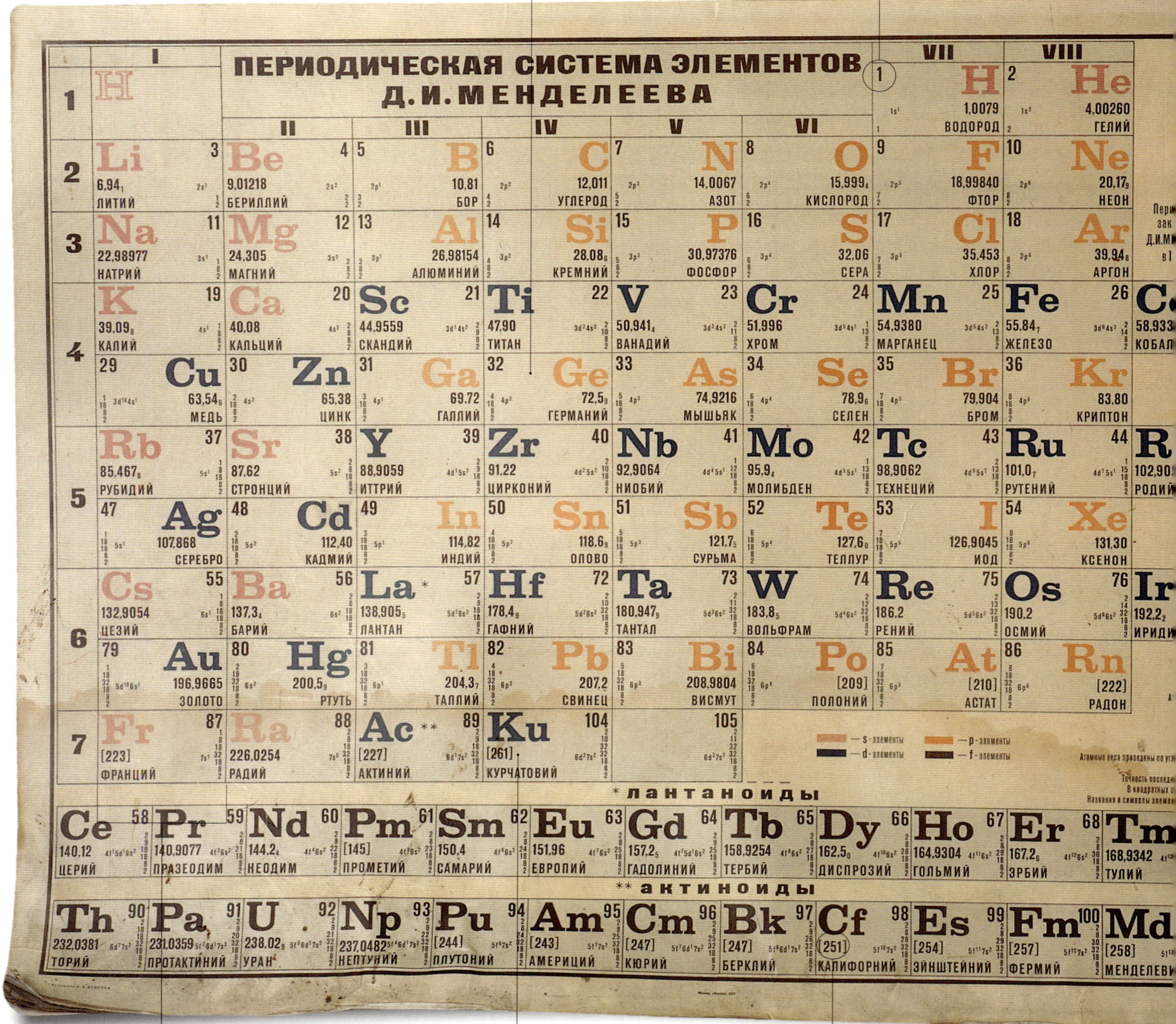

ПЕРИОДИЧЕСКАЯ СИСТЕМА ЭЛЕМЕНТОВ
Д.И.МЕНДЕЛЕЕВА

族
縦の列は族と呼ばれる。族を構成する元素は電子配置が似ているため、化学的性質も似ている。現在は公式に18族までの存在が認められている

不安定元素
元素のなかには、安定しておらず、自然に崩壊するものもある。クルチャトビウム（現在の名称はラザホージウム）の場合は、最も安定しているものでも、わずか1時間20分で崩壊して元の量の半分になる

相対原子質量
相対原子質量は原子質量単位（amu）で測られるもので、1amuは炭素原子1個の質量の12分の1に等しい。このために相対という言葉を冠しており、さまざまな元素の質量を比較する際に役立っている

元素の解明

元素周期表は、科学において最もなじみ深い図表のひとつだ。この表は、元素を原子構造に従って配列することで整理分類するという標準化された方法がとられている。表にある118個の元素のうち、92個が恒星内と超新星で生成されたものである。

ドミトリ・メンデレーエフ
周期表と言えばまずメンデレーエフの名が想起される。ノーベル賞は受賞していないが、彼の名にちなんだ元素（メンデレビウム）があるほか、月のクレーターの名前にもなっている

周期
横の並びが周期を表わす。その主な役割は同じような化学的性質をもつ元素が正しいグループに入るようにすることである。現在、周期の数は7つある

タイル状のマス目
タイル状の各スペースには、各元素の原子番号と相対原子質量数を示す情報とともに、（1文字もしくは2文字の）元素記号が記されている

科学革命が加速するにつれ、新たな元素が見つかるペースも上がった。そのうちに、それらの元素の化学挙動に一定のパターンが見いだされた。元素をグループ分けしようという最初の試みは18世紀後半に現れた。フランスの化学者アントワーヌ・ラヴォワジエが、元素を4つのグループつまり気体、非金属、金属、土類に分けたのである。1829年には、ドイツのヨハン・デーベライナーが、三つ組元素が似た化学的性質をもつことに気づく。重要だったのは、三つ組元素の1つの特性が残りの2つの特性から予測できる、とわかったことである。1860年代には、イギリスの化学者ジョン・ニューランズがオクターブの法則を発案する。これは、元素が8番目ごとに同じような化学的挙動を示すというものだった。ただし、2つの元素を同じマス内に押し込めなければならない場合もあったうえ、未知の元素用のスペースを用意していなかった。この問題点ゆえに、周期表の父と見なされるのはロシアのドミトリ・メンデレーエフであることが多い。メンデレーエフは1869年に、現在普及している表の元となった周期表の原案を発表し、既知の元素の「周期性」に基づいてスペースを空けておいたのである。

周期表の仕組み

各元素は原子量が大きくなる順に配置されている。横の列は周期として知られるもので、ある元素の挙動が繰り返されると、新たな周期が始まる。例えば、ナトリウムが必ずリチウムと同じ縦の列に入るように（どちらも極めて反応性に富むもの）、ネオンの後に新たな周期が始まるようになっている。族を表わすこの縦の列が、この表の非常に重要なポイントだ。メンデレーエフによる表には7族までしかなかったが、1890年代に希ガスが発見されて、8番目の族として表中に見事に組み込まれたことから、彼の分類法の高い有用性が立証されたのである。

元素が作られる場所

ビッグバン直後の最初の数分間における極端な高温により、宇宙にあった初期の水素は核融合によって一部がヘリウムに変化した（⇨p.58）。この核融合がわずか20分で終わると、宇宙の基本組成はおよそ75%の水素と25%のヘリウムに定まった。さらなる元素が現れるまでには数百万年を要した。鉄までの元素は恒星内の核融合によって生成されたが、鉄よりも重い多くの元素が生成されるのは超新星の大爆発によってのみである。

▲元素の配置
元素はその成り立ちによってグループ分けすることができる。ウランまでの元素は、大半が恒星における核融合反応や超新星によって生成された。ウランよりも重い元素は不安定で、めったに見つかることはない。

凡例
- ビッグバンにおいて生成（水素とヘリウム）
- 恒星内の核融合により生成（リチウムから鉄まで）
- 恒星内の中性子捕獲により生成（コバルトからウランまで）
- 不安定元素

> 自然界において普遍的な秩序の支配があることを明らかにし、その**秩序をつかさどる原因を見いだすこと**こそが、**科学の務め**である。
>
> **ドミトリ・メンデレーエフ** ロシアの化学者 1834年〜1907年

第4変革

Threshold 4

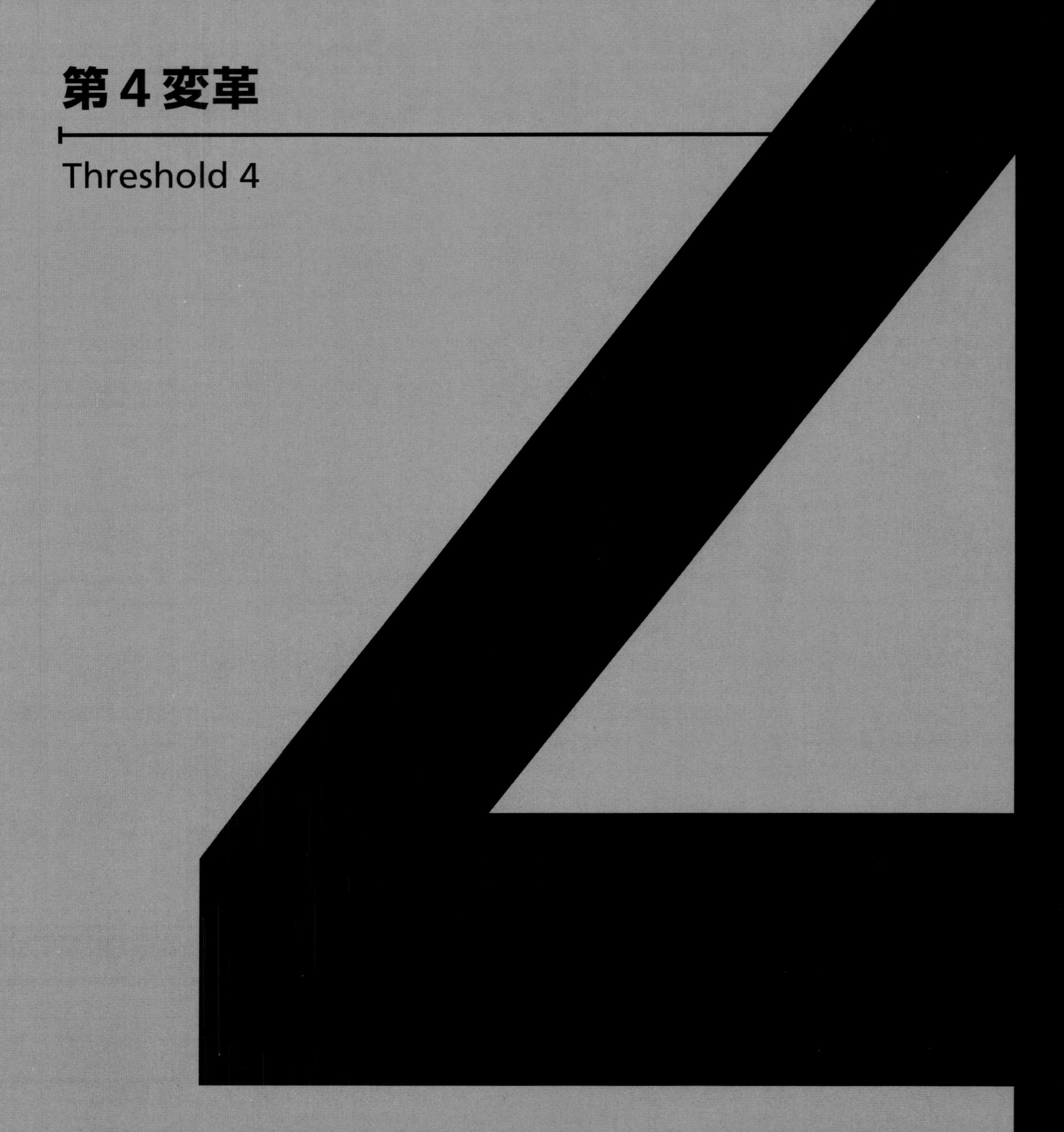

惑星の形成

私たちの太陽系にある太陽が激しく燃焼すると、その重力によって元素は集められて、太陽の周りの軌道に乗る。これらの元素がぶつかり合うことで、惑星の形成が始まる。軽い元素は外部領域へ吹き飛ばされて巨大ガス惑星を形成し、重い元素は太陽の近くにそのまま残って、岩石惑星を形成する。地球は後者に含まれており、私たちの故郷はこうして誕生した。

適応条件

かつての恒星の残骸から新たな恒星が誕生した際に、化学物質を豊富に含んだ物質が軌道上に残された。この残骸が重力と化学結合によって凝集し、ボール状の物質の塊になった。こうしてできた構造物が惑星で、それまでのいかなる物体よりもはるかに複雑だった。惑星が初めて登場したのは、私たちの太陽系よりもずっと前にあった太陽系においてであることがわかっている。

新たに形成された、太陽に似た恒星

新たな恒星の周りを回る、新しい化学元素と、豊富な化学物質からなる雲

重力、降着、ランダムに起こる衝突

どのような変化が？

恒星が形成されると、周囲を円盤（ディスク）状に周回する物質が残された。この恒星による激しい恒星風（太陽風）により、軽い、発散しやすい物質（特に水素とヘリウム）は恒星からはるかかなたへと吹き飛ばされた。このガスが、ゆくゆくは遠方で巨大ガス惑星を形成することになる。恒星に近いところでは、一生を終えた前世代の恒星に由来する、化学物質が豊富な重い塊や破片が、固体または液体の状態で集積していって岩石惑星となった。私たちの太陽系では、このような惑星のひとつが地球だった。

一生を終えつつある恒星からの物質

恒星の死から、初期宇宙の水素とヘリウム以外の、より重い元素が次々ともたらされて、材料が増えていく。この結果、結合して化合物を形成することのできる92個の元素からなる、化学的にかなり複雑な世界が誕生する。

恒星が育つ場所

一生を終えた恒星の物質からなる雲には、炭素、酸素、窒素、アルミニウム、ニッケル、鉄といった重元素が豊富にあり、重力と電磁気の弱い力の作用で寄り集まる。こうした雲が、新たな恒星が形成される場となる。

超新星からの衝撃波

近くで爆発した恒星からの衝撃波のような干渉が、雲の収縮を誘発して恒星の形成の引き金となることもある。この雲は、徐々につぶれていく過程で回転速度を増していき、円盤（ディスク）状になる。

破片の衝突合体によって形成された岩石惑星
地球形成のエネルギーは非常に大きいため、地球は灼熱の溶融したボール状になる
惑星内部は溶融状態にある間に層構造となる
固体金属の内核と液体金属の外核
核の動きにより、地球の磁場が生じる
磁場は太陽風の向きを逸らして、大気を守る
ガスの大気
半固体の岩石マントル
固体の地殻
液体の水からなる海
一度の巨大衝突（ジャイアント・インパクト）によって地球が砕けて、破片の一部から月がつくられる
月の重力により地球の潮汐が生じて、生命が生まれるきっかけになった可能性がある
月の重力により、地球の地軸と自転は安定している
地球の四季と気候は、比較的安定した状態を保っている
生命誕生の条件
熱水と鉱物が、新たな海洋地殻が形成される中央海嶺の表面から噴出する
地層が地質学上の記録を形成する。地球の岩石に刻まれた歴史である
核の保持する熱がその上層マントル内に対流を引き起こす
地溝から新たな海が誕生する
大陸地殻が浸食され、新たな岩石が層状に堆積する
火山と中央海嶺の活動から、新たな地殻が生まれる
プレートが他のプレートの下に沈み込む場所に、深い海溝ができる
地殻がプレートに分裂する。プレートはマントルの対流に引っ張られて、互いにぶつかるように動く
大陸塊が成長する
プレートの動きに従って大陸も移動する
生物が定住する多くの生息地が新たにできる
大陸地殻（軽い種類の新しい地殻）が形成される
プレートの衝突によって山脈ができる

恒星となって燃焼する太陽

さほど特徴的な領域でもなかった天の川銀河の片隅で、物質の巨大な雲が集まりだした。私たちの太陽は、温度が上昇していって自転し始め、そして爆発的な恒星活動を始めるという劇的な誕生を迎えたのである。

1 cm^3 あたりの気体分子が数個しかないという、目立たないガスと塵の集まりが、あてもなく宇宙に浮遊していた。これがようやく、自らの重力で、つぶれ始めたのである。

この凝縮は、近くの超新星の衝撃波を受けて始まったと考えられる。希少な種類のアルミニウムが太陽系で見つかっており、この超新星の痕跡と考えられている。

とどまることのない成長

原因が何であれ、この雲が数千万年もの間に、次第に密度を高めていったことがわかっている。この雲は中心部では密度が最も高くなり、高温となった。これが原始太陽で、約75%の水素と25%のヘリウムで構成されていた。極端な高温と圧力が自らの重力に反発して、氷や岩石、ガスを中心部から吹き飛ばした。これらの物質は平たい円盤（ディスク）状になり、原始太陽の周りを回転し始めた。

恒星としての激しい活動の段階に入った原始太陽は、その極から放射線を激しく噴出し始める。猛烈な太陽風により、水素やヘリウムなどの軽い元素は原始太陽の軌道の端へと吹き飛ばされた。やがて、原始太陽の温度と圧力がさらに上昇し、体積も増し、当初の原始太陽系星雲に由来とする物質の99.9%を吸収するまでになった。

これらの出来事がおよそ50億年前に起きたにもかかわらず、私たちは太陽の誕生に関する手がかりを現在も収集することができる。なぜなら、銀河のほかの場所で新たな恒星が誕生するようすを観測することができるからである。

> “**太陽**は、その周りを回るすべての惑星がありながら……それでも**この宇宙においてほかに何もすることがない**かのように、**ひと房の葡萄を熟させる**ことができる。”

ガリレオ・ガリレイ　天文学者　1564年〜1642年

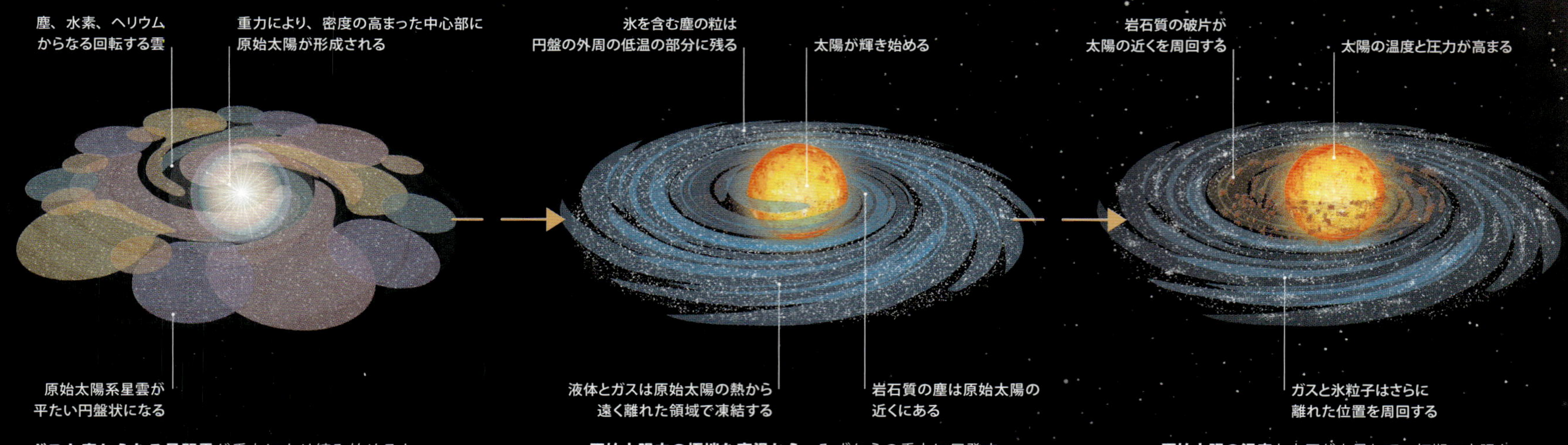
塵、水素、ヘリウム
からなる回転する雲
重力により、密度の高まった中心部に
原始太陽が形成される
原始太陽系星雲が
平たい円盤状になる
氷を含む塵の粒は
円盤の外周の低温の部分に残る
太陽が輝き始める
液体とガスは原始太陽の熱から
遠く離れた領域で凍結する
岩石質の塵は原始太陽の
近くにある
岩石質の破片が
太陽の近くを周回する
太陽の温度と圧力が高まる
ガスと氷粒子はさらに
離れた位置を周回する

ガスと塵からなる星間雲が重力により縮み始めると、その過程で回転しながら熱を帯びていく。密度が高く

原始太陽内の極端な高温から、みずからの重力に反発するエネルギーが生じる。原始太陽に近い位置の氷とガス

原始太陽の温度と内圧が上昇して、初期の太陽となる。太陽の周りを回る岩石と氷の塊が衝突し

恒星活動の始まり
塵とガスをのみ込んでいきながら、極から強力な放射線を激しく噴出する原始太陽。猛烈な太陽風が周囲の岩石や氷にあたり、やがて惑星が形成される。

岩石惑星の誕生
微惑星が凍結線より内側の軌道で若い太陽を周回していた時期に、外部から飛来した物質が加速して接近してきた。度重なる衝突によって成長が促進され、物質をさらに引き寄せることになった。

惑星の形成

太陽系の各惑星は、ガスと微小塵粒子として、その生涯をスタートさせた。若い太陽の重力によってその周囲を回る円盤の形となり、数百万年にわたり激しい衝突を繰り返した末にガスと塵は個性的な惑星群となり、そのうちのひとつが私たちの故郷となったのである。

現在ある惑星の前段階として存在していたのが微惑星であり、惑星の基本的な材料となるものである。小さな塊が集積して大きな塊になる過程を降着という。

惑星の成り立ち

主に固体からなる物質が若い太陽の周りを不規則な軌道を描いて回ることで、衝突が頻繁に発生し、降着が生じた。まず、センチメートル大だった粒子が、メートル大の塊になった。その後数千万年から数億年かけて、それらの塊の集団が重力によって集積していき、最終的に直径数キロメートルもの大きさをもつ微惑星に成長した。

最大級の微惑星には、さらに物質を有無をいわせずに引き寄せるほどの重力があった。暴走的降着というこの過程によって形成された微惑星が、惑星の胚子と呼ばれる段階を生み出したのである。

異なる種類の惑星

こうした惑星の胚子が、太陽からどれだけ離れた位置で形成されたかによって、最終的に主に岩石からなる惑星になるのか、ガスからなる惑星になるのかが決定された。

太陽系の内側の高温リングにおいては、鉄、ニッケル、ケイ素など、融点が非常に高い物質のみが残って原始惑星に取り込まれ、水星、金星、地球、火星という岩石惑星を構成した。

太陽からの距離が遠い、天文学者が凍結線と呼ぶ境界より外側の領域では、水やメタンといった物質は非常な低温で凍結した。獲得できる個体が多くなるため、こうした大きな微惑星の重力は強くなった。その結果、水素やヘリウムといった軽い元素が比較的容易に獲得されて、木星、土星、天王星、海王星に典型的に見られる、膨大なガスの大気が形づくられた。

惑星の形成は桁外れに大きな雪合戦のようなものだ……周囲にある**雪をすべてかき集めて**、惑星大のボールにするのである。

クロード・アレグレ 科学者・政治家 1937年生まれ

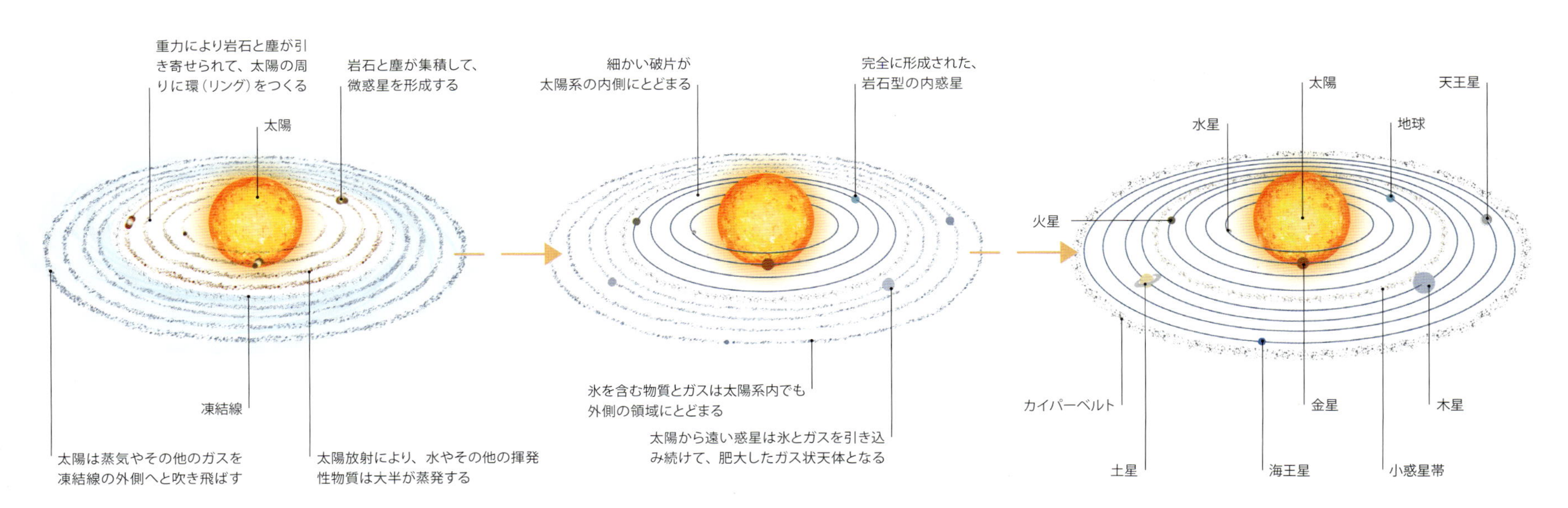
重力により岩石と塵が引き寄せられて、太陽の周りに環（リング）をつくる
岩石と塵が集積して、微惑星を形成する
太陽
凍結線
太陽は蒸気やその他のガスを凍結線の外側へと吹き飛ばす
太陽放射により、水やその他の揮発性物質は大半が蒸発する
細かい破片が太陽系の内側にとどまる
完全に形成された、岩石型の内惑星
氷を含む物質とガスは太陽系内でも外側の領域にとどまる
太陽から遠い惑星は氷とガスを引き込み続けて、肥大したガス状天体となる
太陽
天王星
水星
地球
火星
カイパーベルト
金星
木星
土星
海王星
小惑星帯

太陽形成時の名残である物質や残骸が、若い太陽の周りを環状に回っていた。内側の環は金属と岩石からなり、凍結線より外側の環には、岩石、凍結水、ガスが含まれていた。

大型の微惑星は比較的小さい粒子を引き寄せ、さらに成長し続けるにつれ、その重力場は強くなっていった。軌道上にあった物質の大部分は、最終的に一掃された。

太陽系が安定するまでに、数億年を要した（⇨p.74〜75）。原始惑星の重力の相互作用が落ち着いて、ようやく現在のような安定軌道が形成された。

イミラック隕石

隕石、つまり宇宙から飛来して地球に落下した物質の破片は、大昔のデータが入った小さなタイムカプセルといえる。隕石は太陽系が誕生したときから宇宙を漂流しているため、地球より古い情報を保持している場合が多い。

太陽系が形成された当時付近に残された物質は、現在も彗星や小惑星として太陽の周りを回っている。初期太陽系の遺物であり、地質学的活動がないことから、比較的変化していない。隕石として地球に落下したこうした物質を調べることで、過去へさかのぼり、太陽系や地球の成り立ちに関する理論を検証することが可能になる。地球には毎年、10g以上の重さの隕石が何万個と降り注いでいるが、そのどれもが数十億年前の太陽系の状態に関する貴重な情報をもたらしてくれる。

右の標本は「イミラック」という名の隕石の断面だ。単独の隕石衝突として、チリのアタカマ砂漠に落下した1トンほどの隕石の一部の小さな破片である。網状の金属が結晶を包み込むような形となっていることから、石鉄隕石（パラサイト）に分類されている。他の石鉄隕石と同じく、もともと微惑星の金属からなる中心核と岩石マントルとの境界付近にあったものであり、この微惑星はおそらく原始太陽の重力により、太陽系形成時にバラバラになったものと考えられる。その過程で、マントルの破片が溶融した中心核に落ち込む。その塊が冷えて、ここに見られるように結晶が金属の中にちりばめられた状態になるまでには、少なくとも100万年はかかっている。

石鉄隕石は太陽系の年齢の特定に寄与するのみならず、その初期の化学組成を知る手がかりももたらしてくれる。このような石鉄隕石が地球上で見つかるのは非常に珍しく、科学者が採集した隕石全体のわずか0.4%を占めるにすぎない。

▲軌道を周回する証拠
2014年〜2015年に探査機によって調べられた67P彗星［チュリュモフ・ゲラシメンコ彗星］にあるこの氷の山は、太陽系と同じくらいに古いものである。この彗星の内部に氷が存在するということは、太陽系の形成時に水または氷が存在したことを示している。

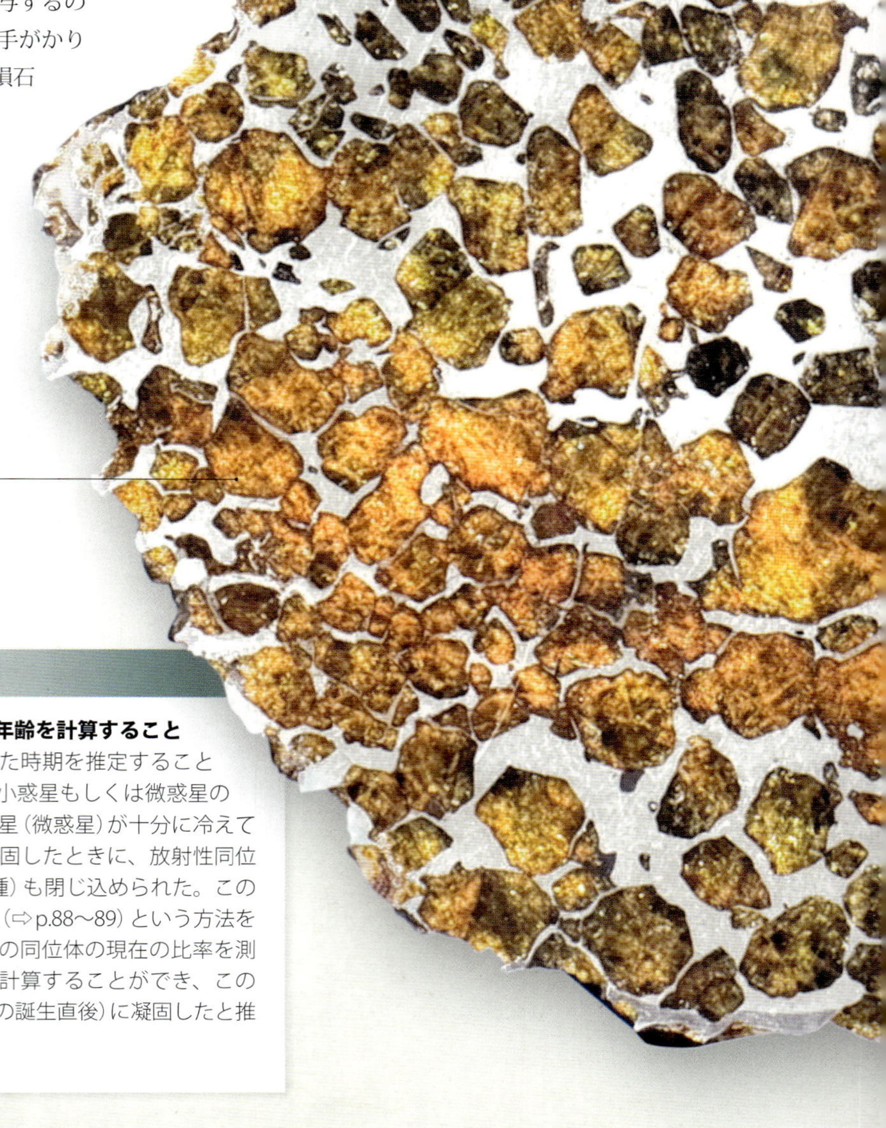
結晶を取り囲む
金属の部分は鉄と
ニッケルからなる
透明な部分は
かんらん石の結晶

年齢を知るには？

宇宙に由来するこのような破片の**年齢を計算すること**で、地質学者は、太陽系が誕生した時期を推定することができる。この隕石は、かつては小惑星もしくは微惑星の熱い内部の一部だった。その小惑星（微惑星）が十分に冷えて溶融していた岩石および金属が凝固したときに、放射性同位体（原子番号が同じで不安定な核種）も閉じ込められた。この状態になった時期は放射年代測定（⇨p.88〜89）という方法を用いて特定することができる。この同位体の現在の比率を測定することで、放射性崩壊の量を計算することができ、この小惑星（微惑星）が45億年前（太陽の誕生直後）に凝固したと推測することができるのである。

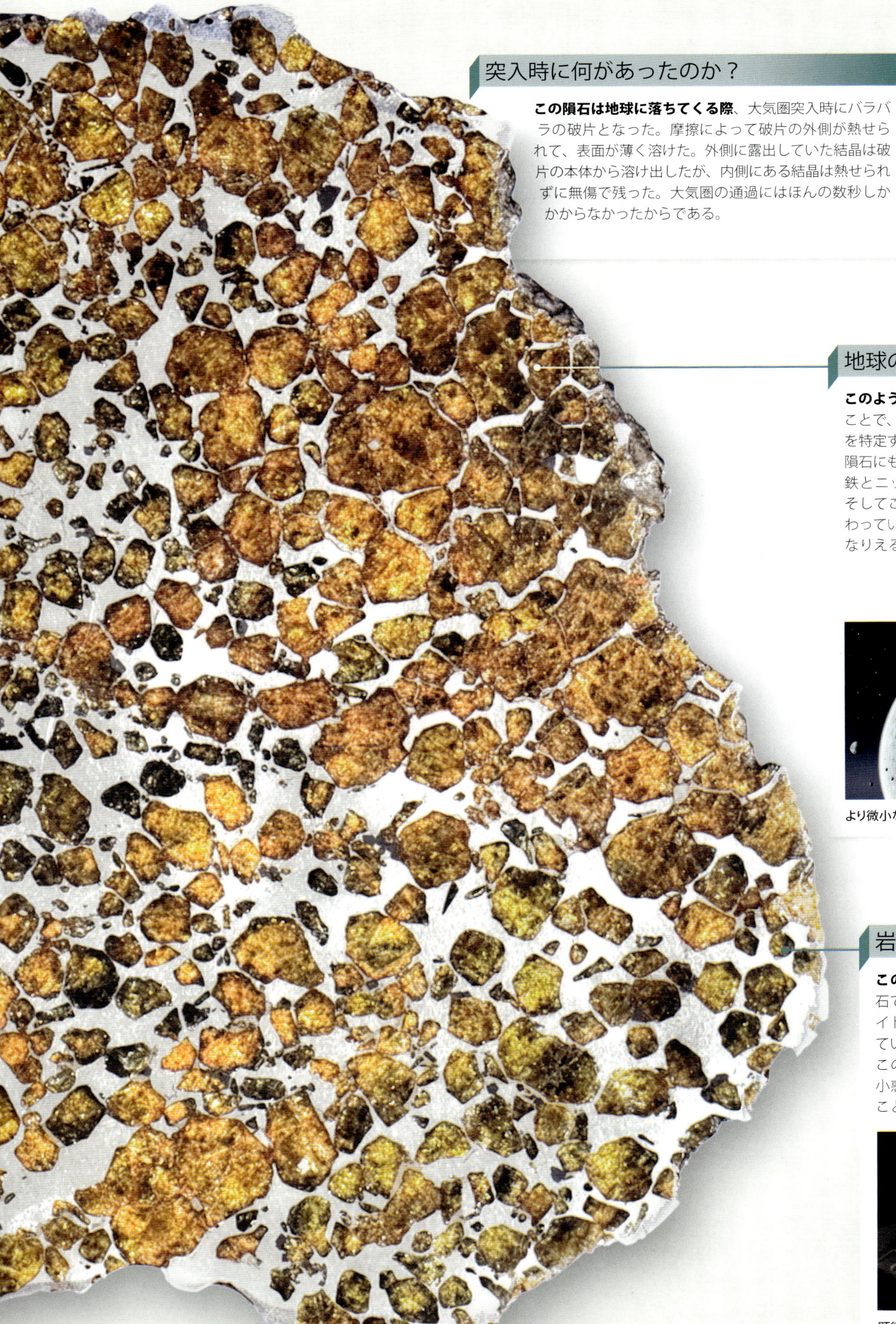

突入時に何があったのか？

この隕石は地球に落ちてくる際、大気圏突入時にバラバラの破片となった。摩擦によって破片の外側が熱せられて、表面が薄く溶けた。外側に露出していた結晶は破片の本体から溶け出したが、内側にある結晶は熱せられずに無傷で残った。大気圏の通過にはほんの数秒しかかからなかったからである。

地球の構成要素なのか？

このような隕石の組成を地球の組成と比較分析することで、地球を形成するべく集積した微惑星の種類を特定することができる。地球と同じように、この隕石にも地球の中心核を構成すると考えられている鉄とニッケルが含まれている。小惑星、準惑星、そしてこの石鉄隕石は、初期の太陽系のころから変わっていないため、その歴史を解明する手がかりとなりえる。

より微小な天体から形成される微惑星

岩石マントル由来の結晶

この隕石の結晶はペリドットなどのかんらん石でできている。こうした結晶がテトラテーナイトという、優れた保磁力をもつ鉱物に含まれている。これらの鉱物粒子を顕微分析すると、この隕石が小惑星の一部だったときに、その小惑星の中心核が凝固するまで磁場があったことがわかる。

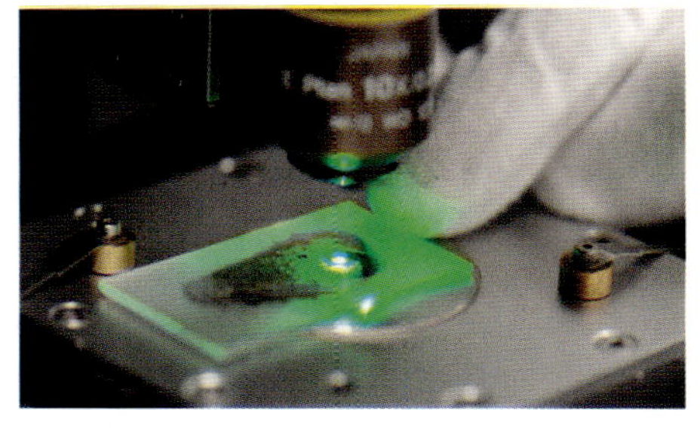

顕微鏡にかけられる隕石の薄片

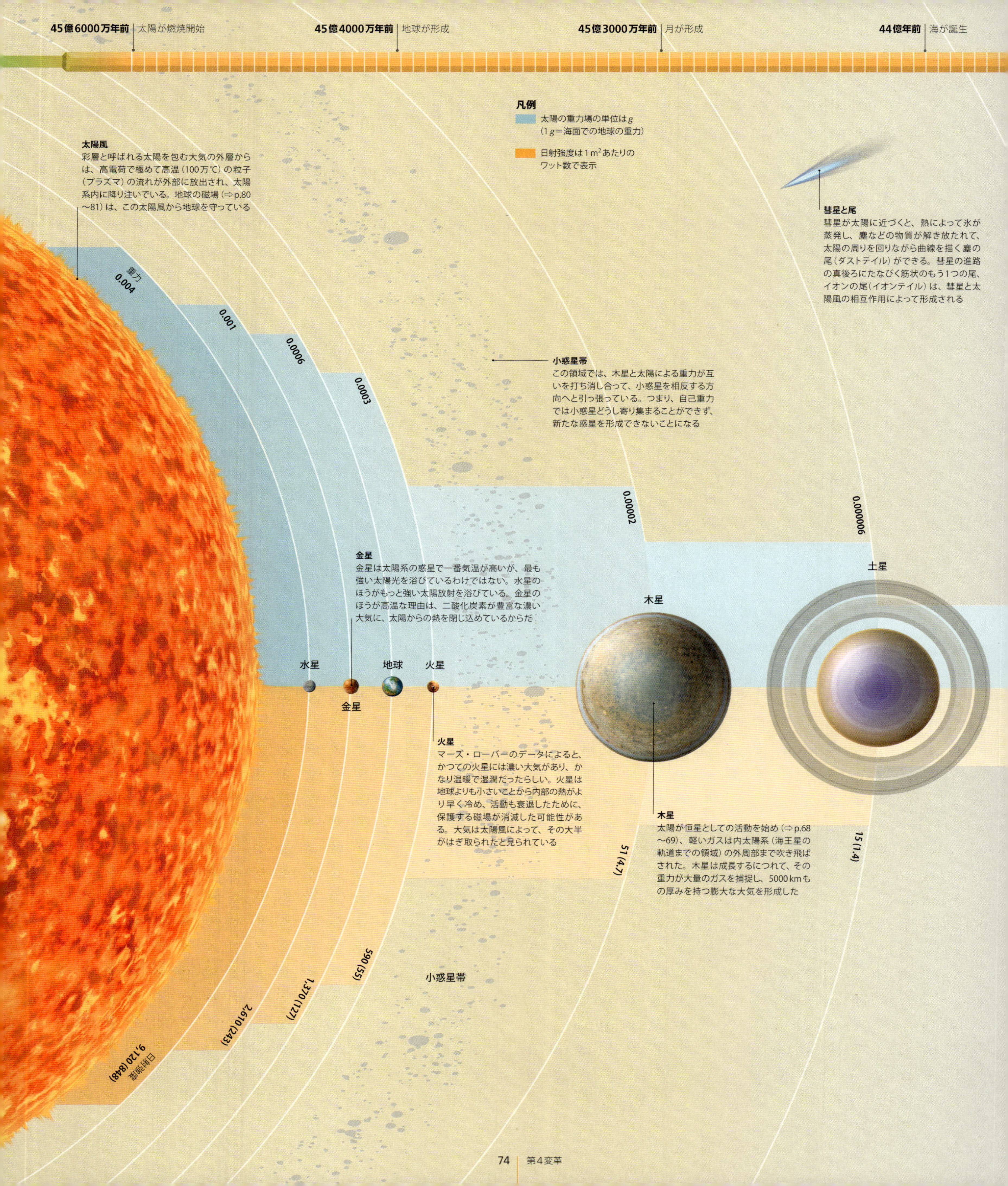

45億6000万年前 太陽が燃焼開始
45億4000万年前 地球が形成
45億3000万年前 月が形成
44億年前 海が誕生
凡例
太陽の重力場の単位はg（1 g=海面での地球の重力）
日射強度は1 m^{2}あたりのワット数で表示
太陽風
彩層と呼ばれる太陽を包む大気の外層からは、高電荷で極めて高温（100万℃）の粒子（プラズマ）の流れが外部に放出され、太陽系内に降り注いでいる。地球の磁場（⇨p.80〜81）は、この太陽風から地球を守っている
彗星と尾
彗星が太陽に近づくと、熱によって氷が蒸発し、塵などの物質が解き放たれて、太陽の周りを回りながら曲線を描く塵の尾（ダストテイル）ができる。彗星の進路の真後ろにたなびく筋状のもう1つの尾、イオンの尾（イオンテイル）は、彗星と太陽風の相互作用によって形成される
重力
0.004
0.001
0.0006
0.0003
小惑星帯
この領域では、木星と太陽による重力が互いを打ち消し合って、小惑星を相反する方向へと引っ張っている。つまり、自己重力では小惑星どうし寄り集まることができず、新たな惑星を形成できないことになる
0.00002
0.000006
金星
金星は太陽系の惑星で一番気温が高いが、最も強い太陽光を浴びているわけではない。水星のほうがもっと強い太陽放射を浴びている。金星のほうが高温な理由は、二酸化炭素が豊富な濃い大気に、太陽からの熱を閉じ込めているからだ
土星
木星
水星
地球
火星
金星
火星
マーズ・ローバーのデータによると、かつての火星には濃い大気があり、かなり温暖で湿潤だったらしい。火星は地球よりも小さいことから内部の熱がより早く冷め、活動も衰退したために、保護する磁場が消滅した可能性がある。大気は太陽風によって、その大半がはぎ取られたと見られている
木星
太陽が恒星としての活動を始め（⇨p.68〜69）、軽いガスは内太陽系（海王星の軌道までの領域）の外周部まで吹き飛ばされた。木星は成長するにつれて、その重力が大量のガスを捕捉し、5000 kmもの厚みを持つ膨大な大気を形成した
51 (4.7)
15 (1.4)
590 (55)
1,370 (127)
2,610 (243)
日射強度
9,120 (848)
小惑星帯

太陽の支配する領域

41億年から38億年前の間に重力分裂が連続した結果、惑星の軌道が変化した。この変化により、現在まで安定している8個の惑星が軌道上に残った。しかし、太陽はこれらの惑星だけではなく、周辺の空間に存在するより多くの天体や物質にも影響を及ぼしている。

◀内太陽系（海王星軌道内の領域）
8個の惑星がある領域は内太陽系と呼ばれるが、これが太陽の周りを回る天体のすべてではない。海王星の先にも、準惑星や彗星を含め、数多くの天体が存在している。太陽からの光と重力はあらゆる方向に及んでいるが、距離に反比例してどちらも急速に力が弱まる。

0.000002
天王星
3.7 (0.35)
0.0000007
海王星
1.5 (0.14)

天王星
光の強度は距離の二乗に反比例して弱まる。距離が2倍になると、太陽光は4分の1に衰える。天王星の軌道は、太陽から地球の軌道まで20倍も離れているため、太陽光の強度は地球に比べて400分の1しかない

科学者は長い間、太陽系はいかにして現在の形になったのかという問題に取り組んできた。太陽を取り巻く環境の進化をモデル化するにあたり、惑星の位置が昔からずっと変わっていないと仮定すると、現状を説明することは困難だったのである。

ニースモデル

太陽系の現在の配置は、4個の巨大ガス惑星が当初はもっと近接した状態にあったという説明があてはまる。木星が内側に向かって動いたのに対して、残りの3個は太陽から遠ざかっていった。天王星と海王星は順番が入れ替わった可能性さえある。海王星が外向きに移動した影響により、太陽系にあった小天体の多くが、カイパーベルトとして知られる領域に散らばったと考えられている。

このシミュレーションは、発案した研究者たちの拠点となったフランスの都市にちなんで、ニースモデルと呼ばれている。太陽系形成からおよそ6億年後に巨大ガス惑星の移動があったと仮定すると、後期重爆撃期という出来事を説明できる可能性もある。つまり、巨大ガス惑星の動きが急激に変化した際に、それらのガス惑星の重力場の影響により、地球を含む内太陽系に小惑星が恐るべき勢いで降り注いだのである。アポロ計画の宇宙飛行士が地球へ持ち帰った月の石の標本には、約39億年前に連続した隕石の衝突の痕跡が残っている。ニースモデルによれば、惑星大移動がその原因と考えられる。

行方不明の惑星

初期太陽系のシミュレーションによると、太陽がかつてはもっと多くの惑星を抱えていた可能性が示されている。このモデルに第五のガス惑星を加えると、現在の惑星の配置と非常によく似たものになることに、研究者は気づいた。ただし、現在第五のガス惑星が存在しないため、これは太陽系からはじき出された可能性が高い。近年の観測で、浮遊惑星（主星を持たずに宇宙空間をさまよう惑星）が見つかっていることから、この考えは当初の印象ほどは奇抜なものではなくなっている。

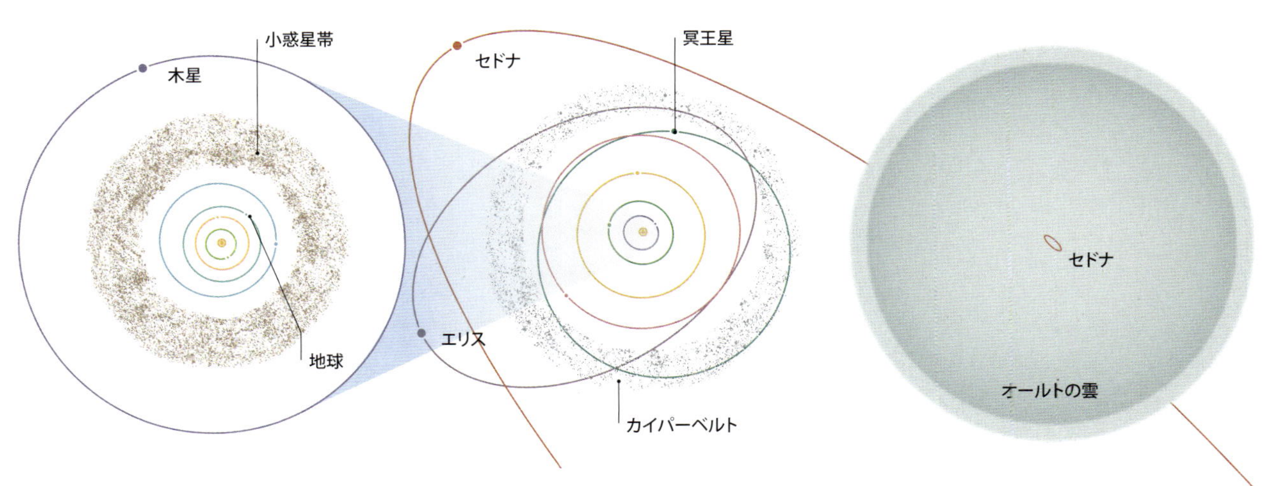
小惑星帯
木星
地球
セドナ
冥王星
エリス
カイパーベルト
セドナ
オールトの雲

▲太陽系の中心部
太陽の重力は、水星、金星、地球、火星の4個の岩石惑星および小惑星帯をとらえている。その外側で巨大ガス惑星（木星、土星、天王星、海王星）も太陽の周りを回っている。

▲カイパーベルト
地球と太陽の距離の30〜50倍離れた領域に位置する、冥王星を含む主に氷でできた天体の集団をカイパーベルトという。準惑星のエリスや小惑星のセドナといった天体が、さらに外側を回っている。

▲太陽系の外縁部
彗星がまばらに存在する巨大な球状の領域がオールトの雲である。太陽の重力が最大1光年離れた軌道にまで及んでおり、そこまでが太陽系の範囲となる。

新たな太陽系の発見

何世紀も前から天文学者は、恒星は遠くにあるものの、自分たちの太陽と同様の星であると認識していた。恒星はあまりに遠く離れたところにあるため、恒星の周りを回る惑星の存在を知り、新たな太陽系を発見できたのは、ようやく20世紀も後半になってからだった。

恒星は惑星の何百万倍もの大きさである場合が多いため、その強い明るさのせいで、随伴する惑星がたまたま光を反射していてもまったく目立たないものにしてしまう。恒星と地球の間には途方もない距離があることから、恒星自体も地球からは小さな光の点にしか見えない。一番近くにある恒星でも、40兆km以上離れている。そのような恒星の周りを回る未知の天体を突き止める技術を科学者が開発したのは、ここ数十年のことだ。

光を遮る

惑星は、小さすぎたり暗すぎたりするために直接観測することはできないが、主星の前を横切る(「トランジット」する)際に、主星の光の一部を遮る。この単純な現象から、天文学者は少しずつだが豊富な情報を集めることができる。例えば惑星の大きさは、遮られた光の量によって明らかになるのである。地球がトランジットした場合、太陽の明るさには0.01%の変化が生じる。

トランジットと次のトランジットの間隔から、その惑星が軌道を回る所要時間がわかり、それによって軌道距離も明らかになる。軌道距離が短ければ、その惑星は恒星により近い位置にあるということである。そこで天文学者はこの距離から、惑星の温度を推定したり、生命の存在が可能かどうかを判断したりする。

重力の揺らぎ

新たな太陽系を見つける、もう1つの主な方法は、重力の双方向の性質を利用するものである。よく知られているように、恒星は惑星を引き寄せるが、惑星のほうも恒星を引き寄せている。この微力な綱引きにより、恒星はその場でかすかに揺らいでいる。このわずかな変化が、恒星の放つ光の見え方に影響を与えているのである。恒星が地球に向かって揺らいでいる場合には、恒星の光はスペクトル測定で青方偏移が、恒星が遠ざかっている場合は、赤方偏移が観測される(⇨p.28〜29)。比較的質量の大きな惑星が、比較的大きな重力で恒星を引き寄せる場合は、この色の偏移ははっきりするため、天文学者はその惑星の質量を推定することができる。

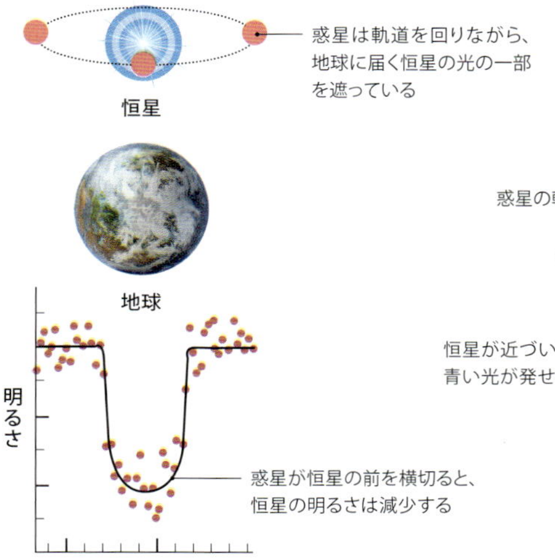

惑星は軌道を回りながら、地球に届く恒星の光の一部を遮っている
恒星
地球
明るさ
惑星が恒星の前を横切ると、恒星の明るさは減少する
時間

▲遠方の惑星を見つける
恒星の明るさ(赤い点)のサンプルを多数回抽出したもの。実線は、横切る惑星によって減少した明るさの平均を示している。

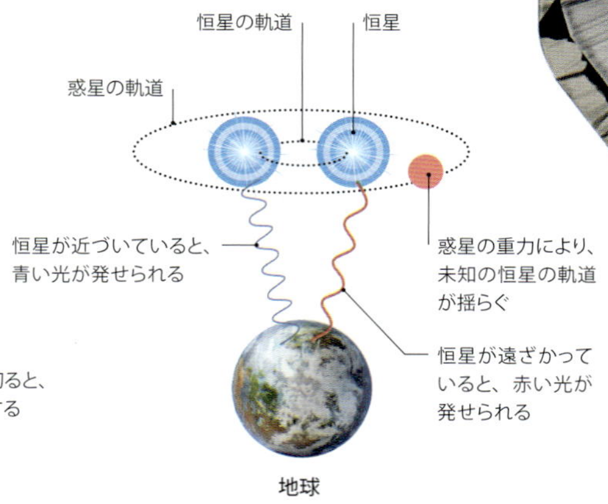

恒星の軌道
恒星
惑星の軌道
恒星が近づいていると、青い光が発せられる
惑星の重力により、未知の恒星の軌道が揺らぐ
恒星が遠ざかっていると、赤い光が発せられる
地球

▲遠方の恒星の動きを追う
恒星が揺らぐと光の色に偏移が生じ、地球に近づく、もしくは遠ざかる恒星の速度がわかる。

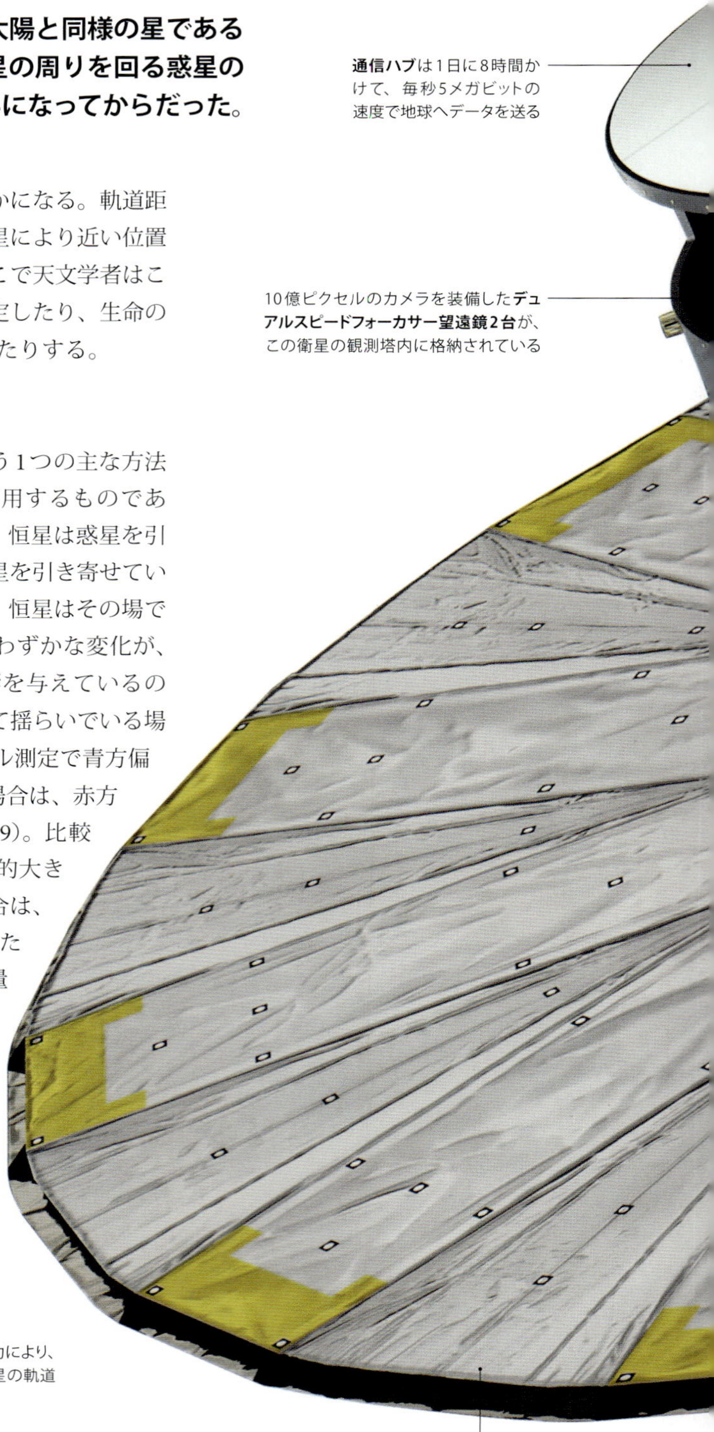

通信ハブは1日に8時間かけて、毎秒5メガビットの速度で地球へデータを送る
10億ピクセルのカメラを装備した**デュアルスピードフォーカサー望遠鏡2台**が、この衛星の観測塔内に格納されている
温度変化に強い材質で、−170℃〜70℃の環境に対処することができる

41億年前 | 生命と見られるものの最初の痕跡

40億年前 | 地球の層が形成

38億年前 | 地球の大陸の形成が開始

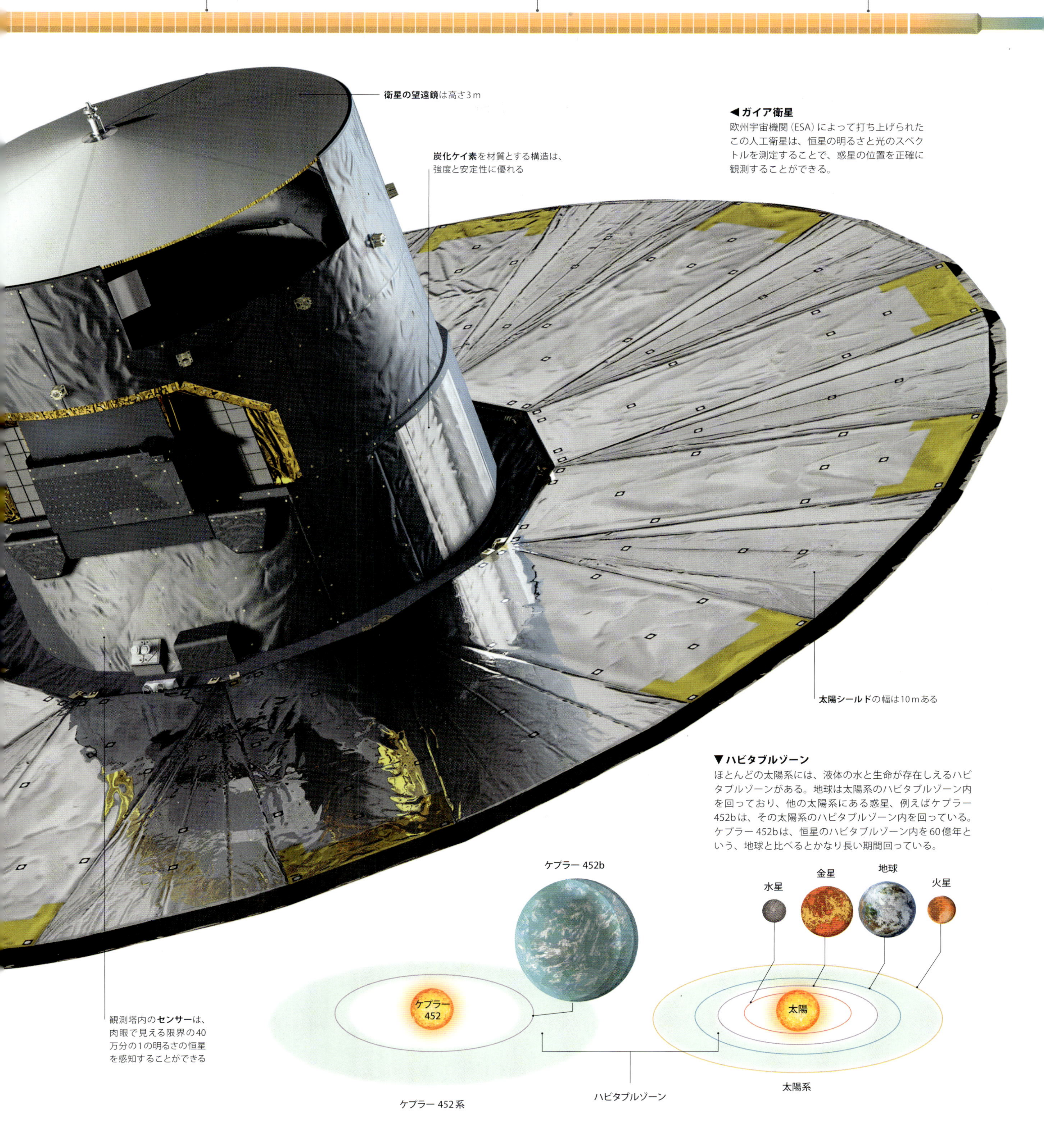
衛星の望遠鏡は高さ3m
炭化ケイ素を材質とする構造は、強度と安定性に優れる
太陽シールドの幅は10mある
観測塔内の**センサー**は、肉眼で見える限界の40万分の1の明るさの恒星を感知することができる
ケプラー 452b
水星
金星
地球
火星
ケプラー 452
太陽
ケプラー 452系
ハビタブルゾーン
太陽系

◀ガイア衛星
欧州宇宙機関（ESA）によって打ち上げられたこの人工衛星は、恒星の明るさと光のスペクトルを測定することで、惑星の位置を正確に観測することができる。

▼ハビタブルゾーン
ほとんどの太陽系には、液体の水と生命が存在しえるハビタブルゾーンがある。地球は太陽系のハビタブルゾーン内を回っており、他の太陽系にある惑星、例えばケプラー452bは、その太陽系のハビタブルゾーン内を回っている。ケプラー452bは、恒星のハビタブルゾーン内を60億年という、地球と比べるとかなり長い期間回っている。

地球の冷却

初期の地球は、温暖で青い現在の惑星とは大きく異なっていた。激動の時代だった初期には、太陽系の他の場所から飛来した物体が、頻繁に地球に衝突していた。当初の地球は、溶融状態のマグマでできた巨大な球体だったが、次第に生命の営みに適した世界となっていった。

およそ45億6000万年前に、初期の太陽の周りを回る岩石と氷が衝突して、重力の影響により小さな岩石惑星となった。このときの地球は大気も海もなく、まったく異なった外観を呈していた。衝突はまだ始まったばかりで、その後も依然として数多くの天体が衝突し続け、なかには惑星ほどの大きさがある天体もあった。そうした中、火星ほどの大きさの惑星が衝突したケースがあり、1億年後に月が形成される原因になったと考えられている（⇨p.82〜83）。

地球への爆撃

これらの衝突によるエネルギーは、重い元素の放射性崩壊から放出されるエネルギーとともに、初期の地球を非常な高温の状態に保った。地球の物質の大部分は溶融したままで、そのため鉄やニッケルなどの重い元素は、地球の中心に向かって深く沈んでいき、溶融マグネシウムや酸化ケイ素などの密度の低い岩石鉱物は、表面へと浮かんだ。こうした、地質学者が「分化」と呼ぶ作用により、地球の構造が安定したと考えられている（⇨p.80〜81）。

地獄のような惑星

地球の最初の時代は地獄のような状態と考えられたため、冥王代（Hadean Era）と名づけられた。ギリシャ神話における冥府の支配者ハデス（Hades）にちなんだ名称である。地球の表面の大部分は数億年にわたって溶融状態のままだったと考えられていたが、近年の研究成果からこの考えは覆され、地球はもっと短期間のうちに冷え始めたことが示されている。火山活動によって放出された水蒸気が液化して水になったため、地球には形成から2億年とたたないうちに、海が存在した可能性がある。

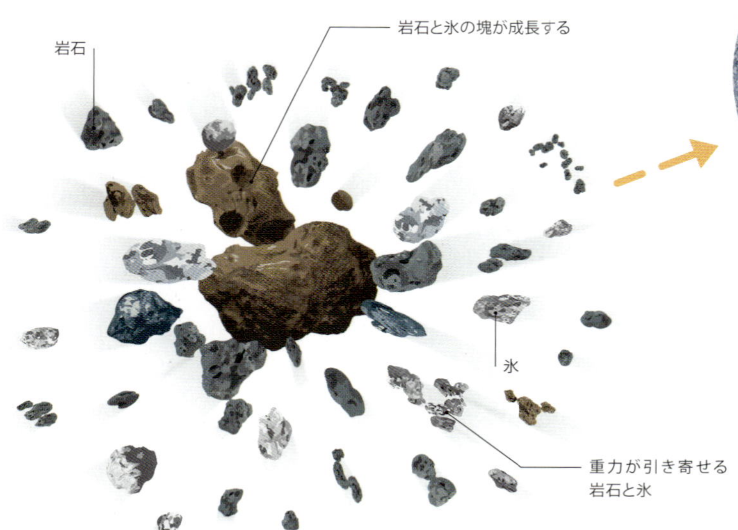
岩石
岩石と氷の塊が成長する
氷
重力が引き寄せる
岩石と氷

何百万年にも及ぶ**降着**により、集積が進む岩石と氷の塊（微惑星）はますます成長していった。これが惑星の胚子の段階になると、さらに大量の物質を引き寄せた。太陽の熱を受けても蒸発することなく保たれた氷の塊は、のちに地球の初期の水源となった。

質量の増大と重力場の成長によって球状になった地球
衝突によってできたクレーター

絶え間ない衝突の傷を負いながら、**小さな地球が形づくられだした**。デコボコの表面はその後も新たに降り注ぎ続けた衝突物による。重力により、地球はほぼ球状になった。

局所的な熱による岩石の溶融

初期地球の**重力の影響**が大きくなり、太陽系内を猛スピードで動いていた小惑星などの天体が引き寄せられた。そうした衝突体は、地球の質量と重力を次第に増大させた。これがさらに、後に続く衝突体の加速度とエネルギーを増大させた。

地球が形成され、
内部の層構造が安定し始めた冥王代は、
46億年〜40億年前の時代

41億年前 | 生命と見られるものの最初の痕跡

40億年前 | 地球の層が形成

38億年前 | 地球の大陸の形成が開始

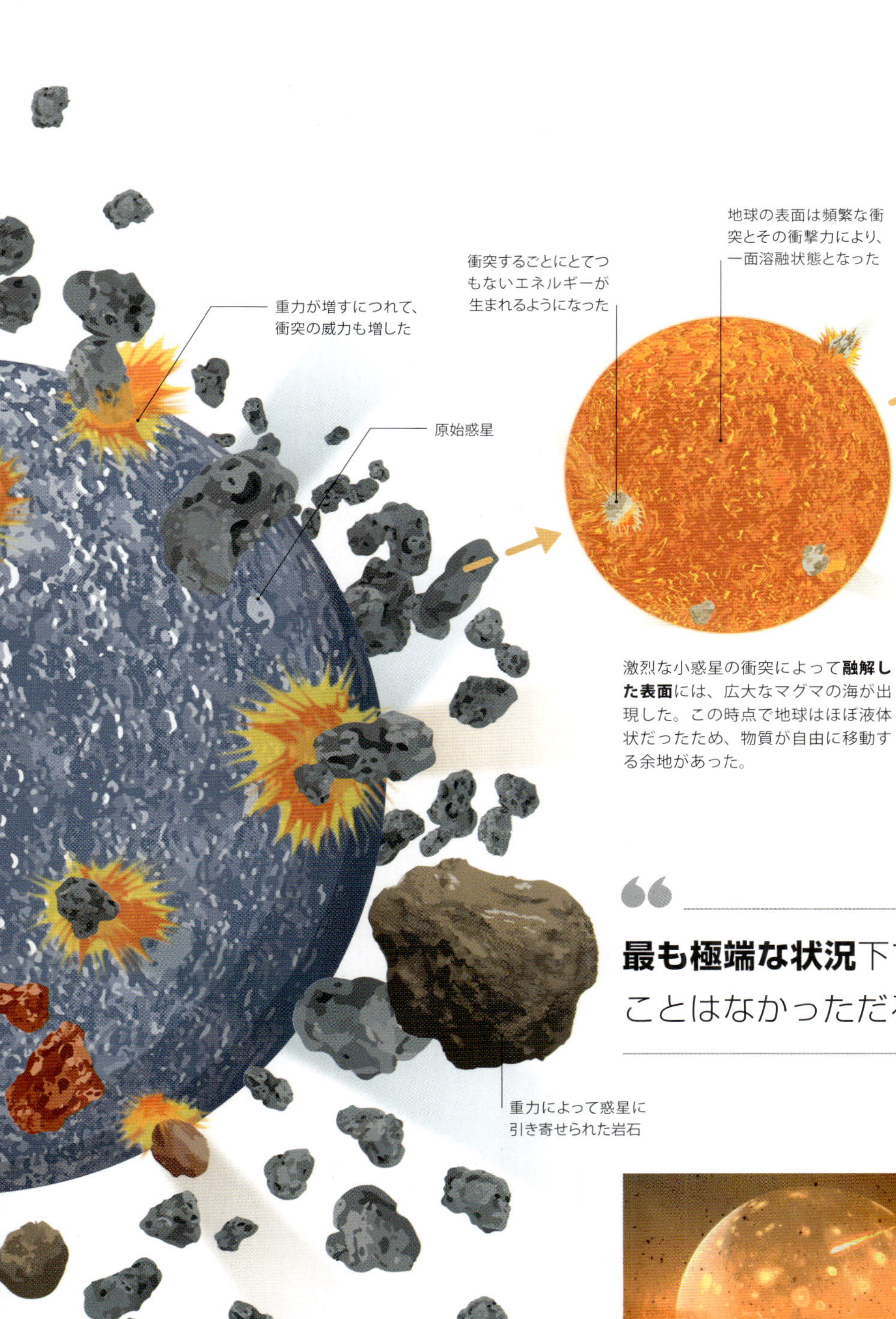
重力が増すにつれて、衝突の威力も増した
原始惑星
衝突するごとにとてつもないエネルギーが生まれるようになった
地球の表面は頻繁な衝突とその衝撃力により、一面溶融状態となった
重力によって惑星に引き寄せられた岩石
表層部に上昇してきた軽い溶岩
鉄などの重い元素は中心へと沈んだ

激烈な小惑星の衝突によって**融解した表面**には、広大なマグマの海が出現した。この時点で地球はほぼ液体状だったため、物質が自由に移動する余地があった。

分化（地球の物質の移動）が始まった。重い元素はマグマの海の底へ沈み、軽い元素は表面に向かって浮上してきた。

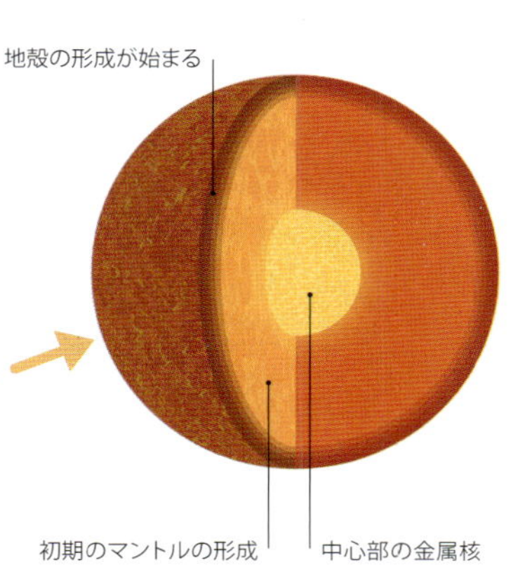
地殻の形成が始まる
初期のマントルの形成
中心部の金属核

分化が進むにつれて、地殻やマントル、中心核といった**層**の形成が始まった（⇨p.80〜81）。天体の衝突の頻度が下がるにしたがって、表面が冷えて凝固し、地殻となった。地球の中心部では鉄とニッケルが金属核を形成した。

> **最も極端な状況**下でも……**地球**が**爆撃**によって**完全に不毛になる**ことはなかっただろう。

オレグ・アブラモフ　科学者・天文学者　1978年生まれ

◀冥王代の地球
冥王代の地球では、地表は溶岩に覆われ、大気に酸素はなかった。現在よりもずっと地球に近い位置にあった月が巨大な潮汐を引き起こす一方で、大量の天体が空から降り注いでいた。

地球の層の形成

地球は異なる層からなり、それぞれの層は他の層とは異なる物質で構成されている。この構造をもたらした作用は数十億年前に始まり、現在にいたるまで地球の姿に、影響を与え続けている。

地球は形成されてから数億年間、溶融した塊の状態だった。自らの重力により収縮し続け、太陽系形成で取り残された物質が依然として降り注いでいた。どちらの作用も、熱を発生させた。地殻は固まったが、地球の分化は続き、現在の層が形成された。

中心核から大気まで

地球の中心部の物質は、硬化して固体の内核になり、主に液体状の外核に包まれる形となった。この外核の流体は滑らかに流動していて、その中で起きた運動が現在に至るまで地球の磁場をもたらす一因となったと考えられている。外核の外側にあるのが一番厚い層、マントルだ。その次の層がマントルから噴出した溶岩によってできた地殻だが、その厚さは地球の厚さのわずか0.5%しかない。

分化が進行する一方で、初期の火山活動によって放出された水蒸気が液化して水になり、それが原初の海になった。およそ41億年〜39億年前の後期重爆撃期（⇨p.74〜75）において、地球に落下してくる衝突体の数が、2度目の著しい急増を見せた。このとき落下した小惑星や彗星が、原始海洋となった水分をかなり増量したと考えられている。

最も軽い物質であるガスが火山を経由しマントルから放出されると、二酸化炭素が豊富だった大気の一部になった。水素とヘリウムは太陽風によって吹き飛ばされたものの、地球の重力により、二酸化炭素、窒素、水蒸気、アルゴンは引きとめられた。この大気に気体の酸素はなかった。地球の酸素はすべて、岩石や水と結合していたからである。

地球の中心核の温度は6700℃以上と推定されている

地球の内部を探る

地球の深部は非常に熱く、極めて高い圧力下にあることから、私たちは地殻でさえまだ貫通したことがない。そこで科学者は別の方法で地球内部の姿を推測してきた。中心には非常に重い物質があるに違いないと考えられていた。地球の平均密度が地表の密度よりも大きいからである。地震波の伝わり方と磁場の現れ方の研究により、地球の内部構造に関するさらなる手がかりが得られている。

▼地球の層
44億年〜38億年前に形成され始めた地球の層は6層に分けることができる。すなわち固体の内核、液体の外核、半固体のマントル、固体の地殻、液体の海、そして気体の大気だ。

固体の核は、地球の形成直後に中心部に沈んだ鉄とニッケルからなる

内核

外核

外核における液体の鉄とニッケルの循環が地球の磁場を生みだしている

マントル

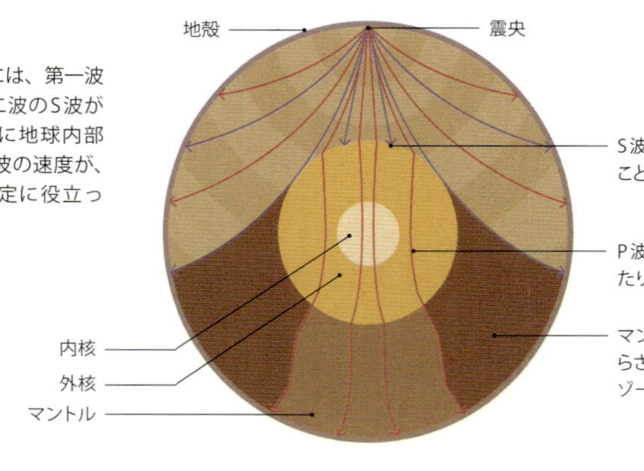
地殻
震央
S波は液体の外核内を通ることはできない
P波は異なる層を通過するたびに屈折したり揺らいだりする
マントルと中心核との境界で地震波が逸らされるため、どの波も通らないシャドーゾーンという部分が存在する
内核
外核
マントル

▶地震波
地震による振動には、第一波であるP波と第二波のS波がある。地震の際に地球内部を伝播する地震波の速度が、地球の構造の特定に役立っている。

比重が大きく薄い海洋地殻は海面より低い位置でマントルの上部にあり、深海盆を形成している
比重が小さく軽くて厚い大陸地殻は海面上に一部が表れ、熱いマントルの上部に浮いていて、縁の部分に浅い海が接する陸地を形成している
大気
厚さ約120 kmの空気の層には、酸素、窒素、アルゴン、それに少量の二酸化炭素が含まれている
平均水深3.7 kmという水の層が、地球表面の3分の2を覆っている
海
地殻
マントル内の半固体の岩石は非常にゆっくりと対流しており、それによって地殻におけるプレート運動（⇨p.92〜93）が生じている
磁場の作用によって荷電粒子（プラズマ）が滞留する領域。オーロラ（極光）として目に見えることもある
バウショック（弧状衝撃波）
地球
太陽
磁力線は磁場の形状と強さを示している
地球の磁場によって向きが変わった太陽風

▲自然の盾
地球の磁場は、太陽からの有害な粒子の流れ（太陽風）を逸らすように働く。この磁場をつくり出しているのが、液状の鉄を含んだ中心核内の電流である。

月の役割

地球は比較的小さな惑星でありながら、太陽系の衛星では5番目という、とりわけ大きな衛星に恵まれている。月は地球にとって唯一の衛星で、私たちの地球に多大な影響を与えてきており、地球の生命の誕生に一役買った可能性まで指摘されている。

地球誕生からの歴史を1日に圧縮した場合、月が形成されたのは1日が始まって10分後という早い時点である。地球の不変のパートナーである月がなかったなら、私たちは存在していなかったとさえいえる可能性がある。

地球ができたばかりのころに、巨大な岩石の塊がこの幼い地球に激突したと考えられている。この激突で飛び散った岩石が地球の軌道上にある間に寄り集まって、月となった。月が形成されたばかりのころ、地球との距離は、現在の10分の1の近さだったという。

月と生命

地球の幼年期には、月との距離が近かったことから、現在よりもかなり強い引力が生じていたと見られている。潮汐が極端で、巨大な潮流により物質が激しくかき混ぜられたことが、生命が海中で誕生するに至った大きな要因だと推測する生物学者もいる。数百万年にわたり、月の軌道速度が徐々に加速した結果、月は地球から遠ざかっていった。現在、潮の満ち引きを主に左右している月は、1年に3.8cmのペースで地球から遠ざかり続けている。わずかでも月が離れるにつれて、潮汐力は弱まっている。

潮汐によって海がかき混ぜられたことで極地から赤道地域へと熱が拡散し、若い地球の温度調節に役立った。月の重力のおかげで、地球の地軸の傾きは安定しており、そのおかげで季節が規則的に訪れて、見通しの立つ1年が繰り返されている。月は地球を長年にわたって安定させており、おかげで生命が繁栄する機会がもたらされたのである。

プレート形成への関与

地質学者は地球が、初期の月の強い重力によってプレートテクトニクス（⇨p.92〜93）が適用できるようになった唯一の惑星であると、推測してきた。地球が冥王代にあったときに、月はマグマがあふれる原始海洋に引力を及ぼしていたという。冷えつつある溶岩を月が引っ張ることで、地球が現在のようにはっきり分離した地殻を持つようになったとする説である。

▼ 極端な潮汐
カナダ大西洋岸のファンディ湾は、地球上で最も干満の差が大きい場所だ。海は毎日2回、最大16mもの差がある干満を繰り返して、下と右の写真からわかるように、ホープウェル・ロックスを定期的に水没させている。

▼月の引く力
月の重力は、地球の両側に海水の膨らみ（潮汐バルジ）を出現させる。月に面した側では、月の重力が海を月の方向へ引きつけるので、満潮になる。一方で重力は、引きつける力と同時に、遠ざける力も地球に及ぼしている。直感的には理解しにくいが、これによって月に面していない側にも第2の満潮が出現する。

月の形成が……地球上の**生命の発生につながった**可能性は、検討に値する。

リチャード・レイズ 分子生物学者 1950年ごろ生まれ

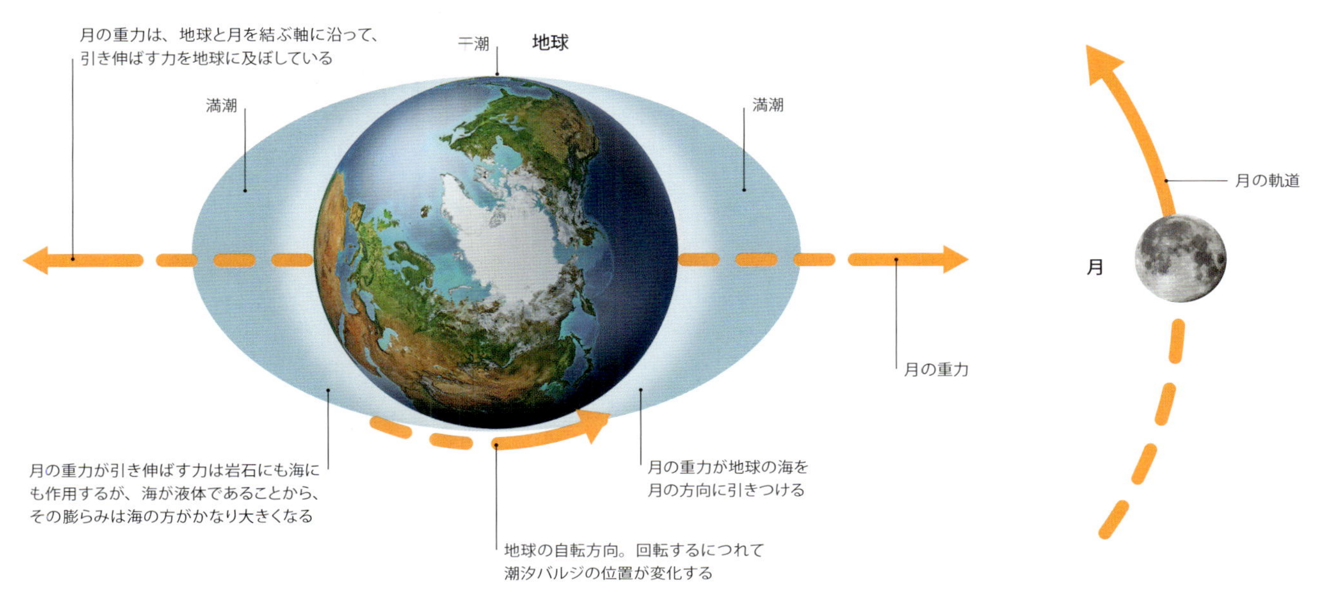
月の重力は、地球と月を結ぶ軸に沿って、引き伸ばす力を地球に及ぼしている
干潮
地球
満潮
満潮
月の軌道
月
月の重力
月の重力が引き伸ばす力は岩石にも海にも作用するが、海が液体であることから、その膨らみは海の方がかなり大きくなる
月の重力が地球の海を月の方向に引きつける
地球の自転方向。回転するにつれて潮汐バルジの位置が変化する

大陸の誕生

およそ40億年前に地球の地殻が動き始め、そのあおりで一部がマントルへと沈み込んだ。それによって噴出したマグマが冷えると、新種の比重が軽い地殻になった。それが大陸地殻である。周囲の岩石よりも高くせり上がり、最初の陸塊を造り出した。地球の表面の約3割は大陸からなり、この活動は現在も続いている。

広い土地に若木が育つのと同じように、大陸の前にはクラトン（陸塊）があった。このクラトンは、最初の大陸地殻から形成された連続した島からなるものである。この生成は始生代（40億年〜25億年前）に始まった。冥王代以降、地球は冷えたが、現在よりもまだまだ熱かった。それでも、層が固定されたため、海が固体の地殻上に形成された。

現在の地球の地殻は、重い海洋地殻と軽くて厚い大陸地殻からなる。原始地殻は均一だったが、マントル内の流れが下へと引っ張り始めると（⇨p.92〜93）、この地殻も動き出して、プレートへと分かれていった。プレートが衝突すると、一方のプレートが他方の下へと入り込んだ。これによってさらなる分化が引き起こされ、原始地殻は一部が溶けて軽い物質をつくり出し、表面に上がってきて凝固し、島を形成した。数百万年の間に、地殻の動きに

マグマが冷えて、結晶質岩（通常は花崗岩）からなる火山島ができると、最初の大陸地殻が形成された

浅い海

火山島

原始地殻

沈み込む地殻

マントル

地殻は押し込まれるように熱いマントル内に沈み込んで融解した

溶けた地殻は、ケイ素や酸素、アルミニウム、ナトリウム、カリウムなどの軽い元素に富んだマグマを形成した

原始地殻は、当初は地球を覆っていた。地殻変動により2つのプレートが正面からぶつかりあい、一方が他方の下に沈み込んだ。マントル内では軽い物質が先に溶け、湧き上がるように地表に出てきた。

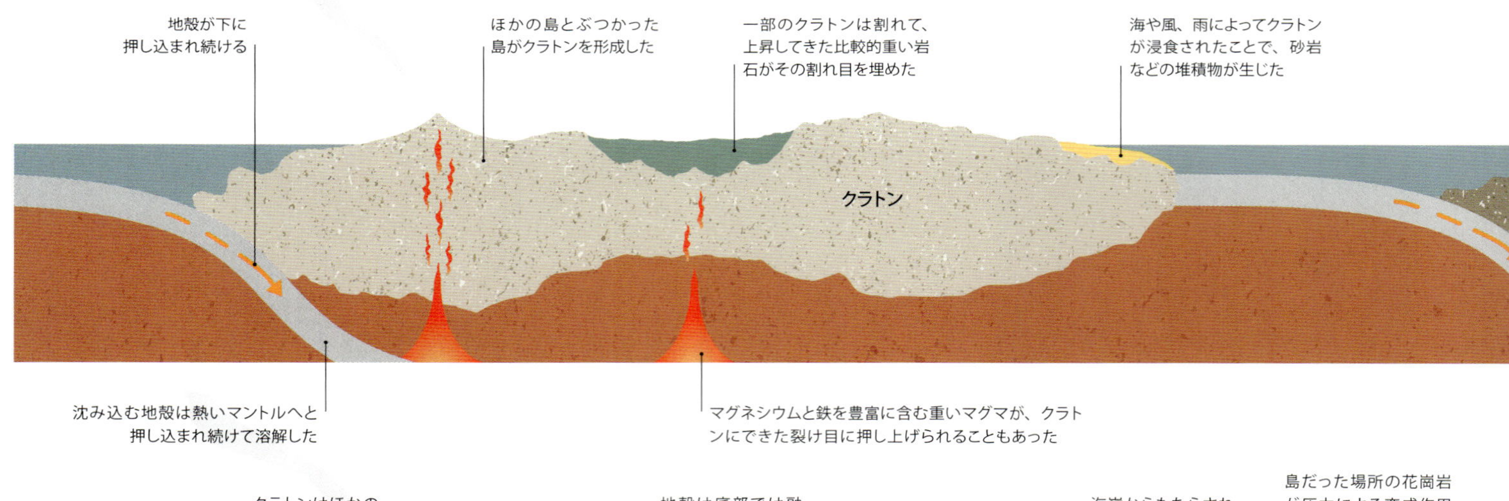
地殻が下に
押し込まれ続ける
ほかの島とぶつかった島がクラトンを形成した
一部のクラトンは割れて、上昇してきた比較的重い岩石がその割れ目を埋めた
海や風、雨によってクラトンが浸食されたことで、砂岩などの堆積物が生じた
クラトン
沈み込む地殻は熱いマントルへと押し込まれ続けて溶解した
マグネシウムと鉄を豊富に含む重いマグマが、クラトンにできた裂け目に押し上げられることもあった

地殻の動きが近隣の島々を寄せ集め、軽量の岩石からなる、クラトンと呼ばれる大きな陸塊を次第に成長させていった。これとは別に、2種類の活動が進行していた。クラトンが割れた場所には重い岩石が表面に浮上し、また、プレートが海で分かれる場所に重い海洋地殻が新たに形成された。

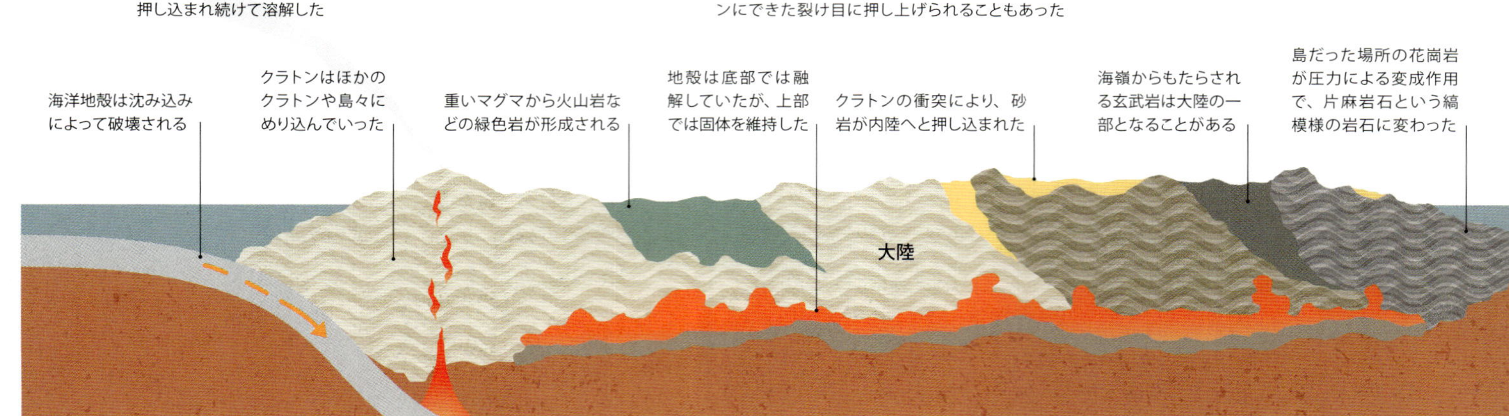
海洋地殻は沈み込みによって破壊される
クラトンはほかのクラトンや島々にめり込んでいった
重いマグマから火山岩などの緑色岩が形成される
地殻は底部では融解していたが、上部では固体を維持した
クラトンの衝突により、砂岩が内陸へと押し込まれた
海嶺からもたらされる玄武岩は大陸の一部となることがある
島だった場所の花崗岩が圧力による変成作用で、片麻岩石という縞模様の岩石に変わった
大陸

最初の大陸がクラトンや島の衝突を経て、ついに形づくられた。こうした大陸は軽いため、表面にとどまったが、さまざまな種類の岩石で構成されるようになっていった。海洋地殻は比較的重いために沈み込み続けており、古いまま残ることがなく複雑化することもない。海嶺での海底拡大により地殻が更新されるからである。

よって島が集合し、小さな始原大陸であるクラトンになった。最終的には、これらのクラトンが衝突して寄り集まり、さらに大きな陸塊（最初の大陸）を続々と形づくったのだった。

最初の超大陸

25億年前の始生代末には、地球の表面に現在の陸塊の80%が存在しており、その大部分はひとつにまとまって、バールバラという超大陸を形成していた。このバールバラは、カープバールとピルバラというクラトンがぶつかって形づくられた。これらの陸塊は現在まで残っており、カープバールはアフリカ南部に、ピルバラはオーストラリアにあって、どちらにも36億年〜27億年前の岩石がある。またこれらの陸塊は、複数回にわたって離合集散を繰り返しており（⇨p.158〜159）、最初の大陸を形成したクラトンが現代の各大陸に散らばっていることがわかっている。大陸は変化するが、クラトンは安定した核として残っている。

大陸の形成は現在も続いている。海洋地殻はほかの海洋地殻の下にと沈み込み続けている。それによってマグマが地表へ押し上げられ、カリブ海の島々のように冷えて火山島弧となる。

岩石が現存している
最古の大陸は、
古代シュメール人の都市にちなんで
「ウル」と呼ばれる

◀西之島
2013年、日本の小笠原諸島の西之島沖に新島が発見された。激しい火山活動により溶岩が地殻を突き抜けてその後冷えるという、40億年前に大陸ができたときと同じ過程をたどって新島が出現した。

海洋下のプレートが離れていった
古い地殻が分かれる海嶺に重くて新しい海洋地殻が形成された。新しくできた岩石は重い玄武岩だった
大陸地殻の形成が続いたため、引き続き新たな列島やクラトンが生まれた
火山島
火山島
重いマグマが上昇して、地殻の分かれた後にできた割れ目を埋めた

新しい海洋地殻が海底拡大が発生する海嶺で形成され続けた

海洋地殻

“**大陸の核**（クラトン）は……安定したリソスフェアを構成する。
その形成は……何十億年も前に起きたものだ。”

ニコラス・ウィギントン　『サイエンス』誌編集者　1970年ごろ生まれ

地球の年齢

地球の年齢という問題が解決されたのは、ここ数十年のことである。知識が増し、科学技術が向上した結果、地球の推定年齢は、数千年から数十億年へと延びていった。現在、地球の年齢はおよそ45億4000万歳であることがわかっている。

▲危険な思想
ベルナール・パリッシー（1509年〜1589年）は陶工として生涯の大半を過ごしたが、科学者でもあった。彼は、化石は聖書に出てくる大洪水によるものではなく、先史時代の生物だとする、当時としては過激な考えを提唱した。そのため、フランス当局に収監された。

そもそも地球に起源があったということさえ、時代によってははっきりしていなかった。アリストテレスを始めとした古代ギリシャの哲学者たちは、この地球を永遠のもの、つまり、常に存在していてこれからも存在し続けると信じていた。起源に関しては、ほとんどの文明でそれぞれ独自の神話があったが（⇨p.18〜19）、近代科学の登場以前は、地球の起源に関する考えは主に創世記のような記述がよりどころとなっていた。よく知られているように、1645年にアイルランドの大司教ジェームズ・アッシャーは、聖書に出てくる系譜を用いて、地球創造の日を紀元前4004年10月23日と計算した。

初期の科学的概念

若い地球という概念を、誰もが信じていたわけではない。さかのぼって16世紀には、フランスの思想家のベルナール・パリッシーが、岩石の浸食が風雨によって徐々に削られてもたらされたとすると、地球は数千年よりもはるかに齢を重ねているはずだと主張した。フランスの博物学者ブノワ・ド・マイエは、海洋化石が高地で見つかる理由を説明しようとして、地球の海面が昔ははるかに高かったはずであるという誤った結論を導いていた。このことは、プレートテクトニクス（⇨p.90〜91）の理論が生まれるずっと前の話である。浸食の速度という着想を再び取り上げたのは、18世紀後半のスコットランドの地質学者ジェームズ・ハットンで、そのころには、地球はずっと長い年齢を重ねているという考え方が一般的になりだしていた。ハドリアヌスの城壁はローマ人によって1000年以上も前にイングランド北部に築かれたにもかかわらず、ほとんど浸食されていないと、ハットンは主張した。つまり、大きく浸食された他の岩石は、それよりもずっと長い時間存在していたに違いないのである。ハットンは、岩石の層が連続的に生成されるのではなく、かけ離れた時代と物質による不連続な堆積により、しかも数千年どころではなく、数百万年もかかって形成された「不整合」を生み出した点にも注目した。ヴィクトリア女王時代の地質学者チャールズ・ライエルもハットンとは同意見だったが、地球はゆっくりと絶え間なく変化する状態にあるという点を強調した。現代において観測される変化の速度は、過去の変化の速度の推測に用いることができるという考え方だ。

▼岩石が示す手がかり
スコットランドのジェドバラの岩石層を描いた1787年のスケッチ。縦方向に伸びる層とその上に位置する岩石の水平な層は、それぞれ異なる時代のものということがわかる。この不整合は、地球が非常に古いという、地質学者ジェームズ・ハットンの主張の根拠となった。

激化する議論

19世紀半ばになると、地球の年齢を特定しようという試みが熱を帯びてきて、さまざまな分野の多くの科学者が推測していた。1862年には、物理学者のウィリアム・トムソン（のちのケルヴィン卿）が幼年期の地球を球状の溶岩に見立てて、それが現在の温度まで冷えるのにかかる年数を計算し、2000万年〜4億年という結論を出した。当時まだ発見されていなかった現象である放射能の影響は、考慮されていなかった。ライエルはこの結論をあまりに控えめであり、自分が岩石層の堆積から導き出した結論と整合しないとして、批判した。チャールズ・ダーウィンもこの議論に加わり、イングランドにある白亜層が現在の状態となるまで浸食されるには、地球は少なくとも3億歳のはずだと、『種の起源』の中で述べた。ダーウィンの息子で天文学者のジョージ・ダーウィンは、月は地球から形成されたと考えていた。その場合、月が現在の距離に達するまでに最短でも5600万年はかかったと推測した。20世紀に入る頃、地球の年齢に関しては、数千年から、数億年とまではいわないが数千万年へとする考えが大勢を占めるに至った。

放射能の時代

1896年のアンリ・ベクレルによる放射能の発見のおかげで、科学者は地球の年齢の具体的な論拠を得られるようになった。岩石中の放射性原子の崩壊は数百万年という尺度で起こるものであるため、残存する不安定原子の比重を測定することで、その岩石の年齢が明らかにされる（⇨p.88〜89）。その後30年にわたり、多くの科

化石化した樹木が
アンデス山脈の標高1800m地点の
先史時代の海底の上にあったことから、
チャールズ・ダーウィンは**地球が**
非常に古いと確信した

学者が放射年代測定を用いて、世界中の岩石を分析した。そして、9200万年から30億年という幅で、岩石の年齢を導き出したのである。

1960年代までに、岩石試料の年代を推定するために放射能を用いる数々の方法が考案された。それらの技術の精度と算出された年代の正確さは、着実に向上していった。今では、地球が誕生してからの年数は45億4000万年（プラスマイナス5000万年）に近いということがわかっている。この数字は、地球よりも少しだけ古いと思われる隕石の年齢によって裏づけられている。

> 人間が観察できる限りにおいて、**世界には始まりもなければ終わりもない。**
>
> **ジェームズ・ハットン** 地質学者 1726年〜1797年

▼岩石に刻まれた歴史
ギリシャの海岸のこの石灰岩からは、堆積後に褶曲したり、浸食されたりした、長い歴史が明瞭に見て取れる。こうした岩石は、18世紀ないし19世紀の先駆的な地質学者たちに、地質学的変化に必要な時間について考えさせる、一種のよりどころとなった。

ジルコンの結晶

太古の結晶の中には、地球上に44億年前から存在していたものがある。そのおかげで、地球の歴史を探り、生命の起源や原初の海についてさらに深く知るという、またとない機会がもたらされている。

オーストラリア西部のジャック・ヒルズでは、地球最古の物質が発見されている。それが小さなジルコンの結晶で、大きさはチリダニほどしかないが、その中には波乱に満ちた幼年期の地球の秘密が詰まっている。この最古の結晶は巨大衝突（ジャイアント・インパクト）が地球を見舞い、月が生まれてから1億年後の44億年前に形づくられた。地球の固体の地殻は、こうした結晶がその中で形成されたのだから、少なくとも同じ年齢ということになる。ジルコンとは、ジルコニウムという元素を含んだ鉱物のことである。耐熱性が高く、化学作用にも強く、非常に硬度の高い鉱物で、浸食その他の地質学的作用の影響を受けず、地球の歴史を記録できる優れた媒体となっている。

ジルコンの結晶は赤みがかったものが多いが、調査のために科学者が電子を照射したところ、青色を帯びることもあった。この結晶の分析結果は、初期の地球の状況に関するそれまでの考えを覆しつつある。幼年期の地球は地獄さながらのところで、液体の水も生命も維持することができないほど過酷な世界と、長い間考えられてきた。ところが、この結晶が形成されるには低温の条件が必要だったことから、地球は比較的すぐに冷えたのではないかという意見に変わってきているのである。

結晶の組成

放射年代測定には質量分析計という装置が用いられる。まず岩石試料の構成原子を（電荷を帯びた状態の）イオンとして放出させる。イオンがこの装置を通過する際に、磁石がイオンの質量に従ってそれらを選り分ける。軽いイオンのほうが磁石によって軌道を逸らされやすいという性質があるからである。これにより、試料中のさまざまなイオンを識別して、その正確な比率を測定することができるため、この岩石の年齢を特定できるのだ。

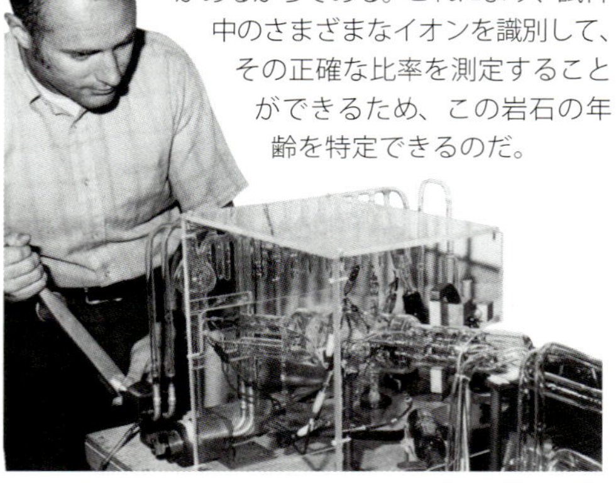

質量分析計

▼ 放射年代測定の仕組み
ウラン原子は非常に重く不安定なため、崩壊する（放射線を発しながら、より安定した原子になる）が、その速度が一定であることが知られている。放射性崩壊の最終的な生成物（鉛）に対する岩石内のウランの比率を測ることで、この岩石の形成以来、放射性崩壊がどの程度進行したか、つまりどれだけの時間が経過したかがわかるのである。

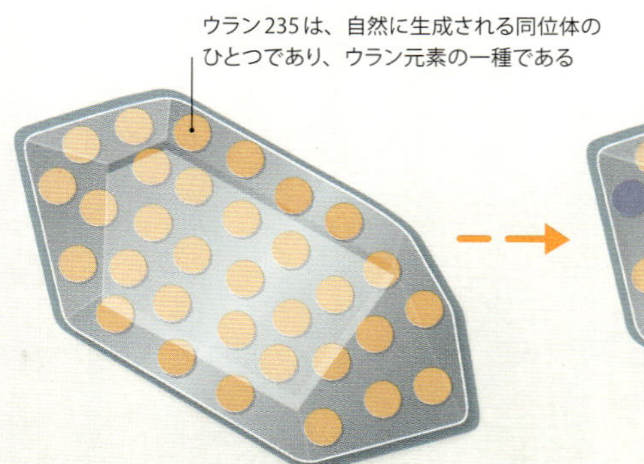
ウラン235は、自然に生成される同位体のひとつであり、ウラン元素の一種である

岩石が形成されたとき、溶岩から凝固して結晶化したこの試料には、ウランだけが含まれていた。

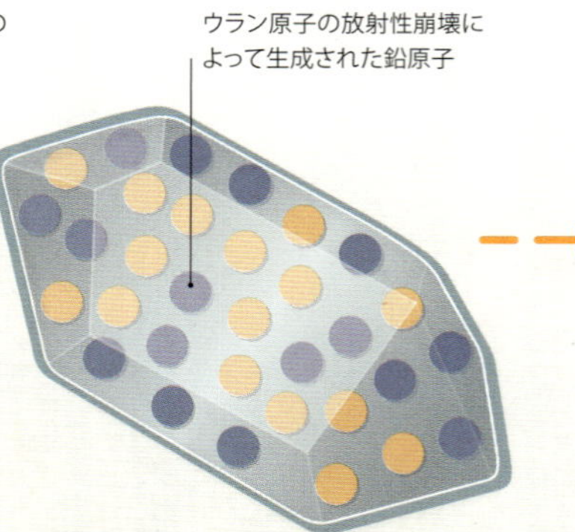
ウラン原子の放射性崩壊によって生成された鉛原子

7億400万年後に、ウラン原子が崩壊して、放射線を出しながら鉛原子へと変化した。

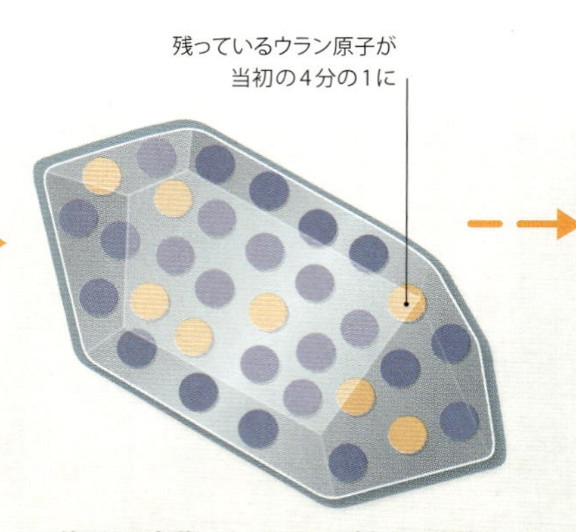
残っているウラン原子が当初の4分の1に

14億600万年後、ウラン原子がさらに崩壊した。岩石内に鉛が増えるにつれて、試料は歳月を重ねていった。

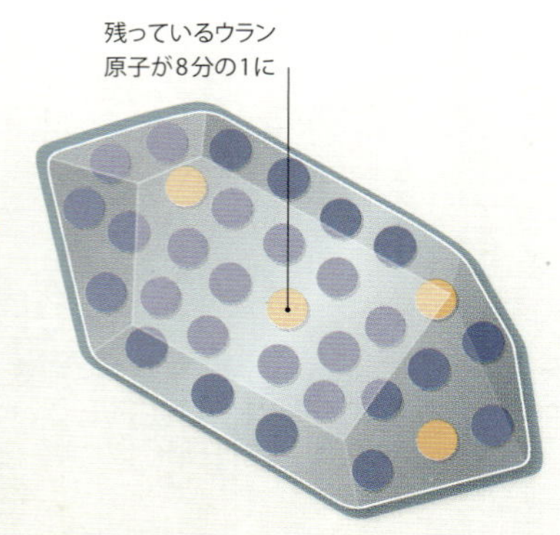
残っているウラン原子が8分の1に

そして**現在**、この岩石内にある鉛に対するウランの比率を測定した**地質学者**は、21億1200万年前のものと推定している。

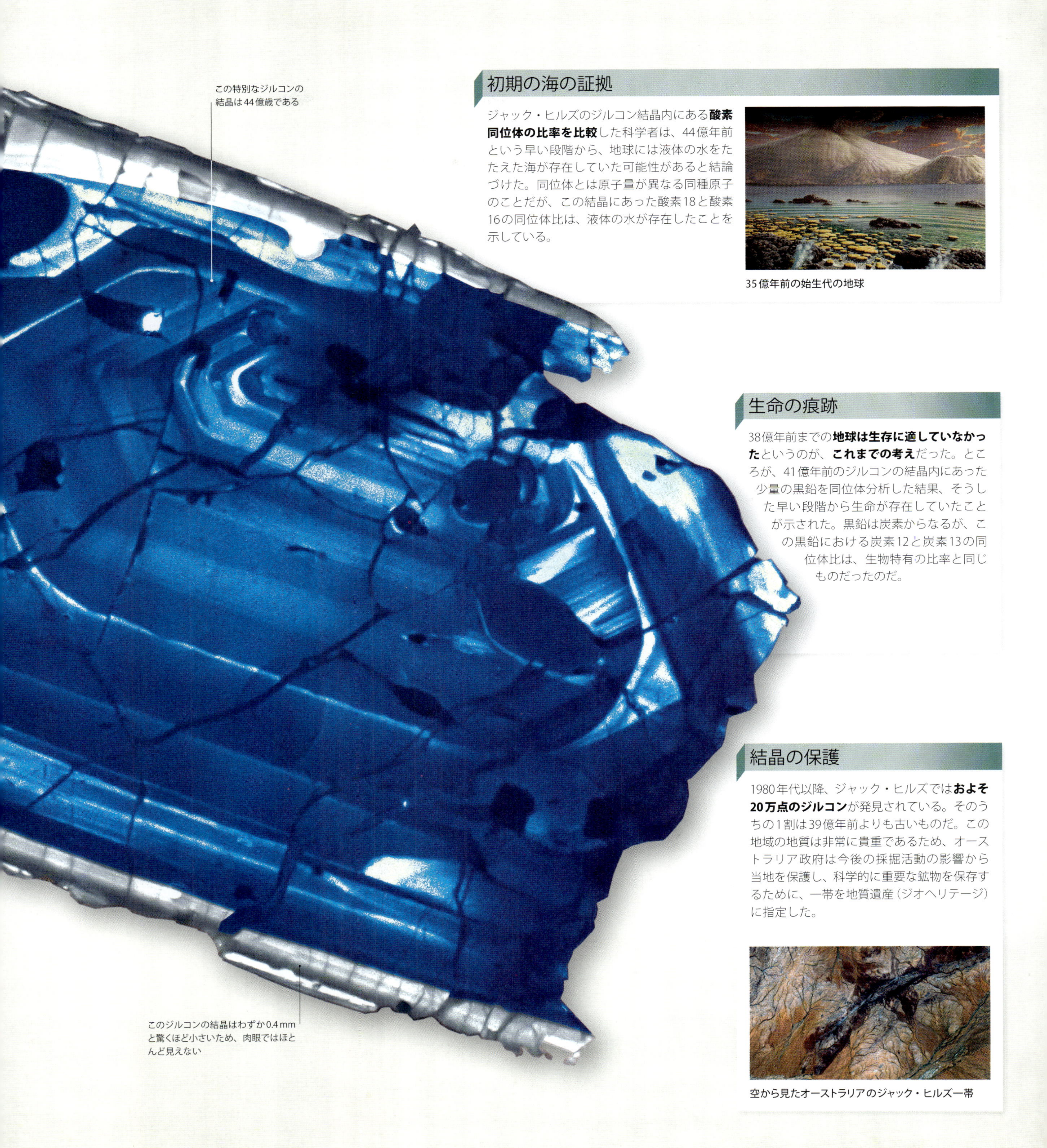
この特別なジルコンの結晶は44億歳である
このジルコンの結晶はわずか0.4mmと驚くほど小さいため、肉眼ではほとんど見えない

初期の海の証拠

ジャック・ヒルズのジルコン結晶内にある**酸素同位体の比率を比較**した科学者は、44億年前という早い段階から、地球には液体の水をたたえた海が存在していた可能性があると結論づけた。同位体とは原子量が異なる同種原子のことだが、この結晶にあった酸素18と酸素16の同位体比は、液体の水が存在したことを示している。

35億年前の始生代の地球

生命の痕跡

38億年前までの**地球は生存に適していなかった**というのが、**これまでの考え**だった。ところが、41億年前のジルコンの結晶内にあった少量の黒鉛を同位体分析した結果、そうした早い段階から生命が存在していたことが示された。黒鉛は炭素からなるが、この黒鉛における炭素12と炭素13の同位体比は、生物特有の比率と同じものだったのだ。

結晶の保護

1980年代以降、ジャック・ヒルズでは**およそ20万点のジルコン**が発見されている。そのうちの1割は39億年前よりも古いものだ。この地域の地質は非常に貴重であるため、オーストラリア政府は今後の採掘活動の影響から当地を保護し、科学的に重要な鉱物を保存するために、一帯を地質遺産（ジオヘリテージ）に指定した。

空から見たオーストラリアのジャック・ヒルズ一帯

漂流する大陸

現代の世界地図に私たちはすっかりなじんでいるが、大陸の配置が現在のようになったのは、地球の歴史においては比較的最近のことである。これらの大陸はみな、何億年もの時間をかけて分裂し離れていったのだ。この考えが受け入れられたのは、ようやく20世紀も後半になってからである。

地球の陸塊が長い時間をかけて移動してきたという事実は、世界地図を見ると納得しやすい。パズルのピースのように、組み合わせられそうな大陸があるからである。ただ、広大な陸塊が動くという考えは、科学界では長らく異端とされてきた。この考えは脇に押しやられながらも、何世紀も前から取りざたされていた。フランダースの地図作成者アブラハム・オルテリウスは、16世紀末にこのような考えを表明した最初の人物として広く知られている。

隙間を埋める

19世紀にアントニオ・スナイダー＝ペレグリーニが、さまざまな大陸の曲がりくねった海岸線がぴったり収まって、1つの巨大な超大陸を形成する可能性を、2つの地図を使ってわかりやすく示した。遠く離れた大陸がつながっていたというさらなる証拠は、化石資料（⇨p.158〜159）によってもたらされた。近縁種の動物、また固有の同じ植物の化石が、今は広い海で隔てられた場所から出ていることに、科学者が気づきはじめたのだ。だがこれは、大陸がかつては巨大な橋のような陸地でつながっていて、それが浸食されたり沈降したりしたという陸橋説によって、片づけられてしまった。

アフリカ大陸の西岸は南米大陸の東岸にぴったり合いそうな形となっていた

▲最初の手がかり
南米大陸の東海岸とアフリカ大陸の西海岸がうまくかみ合いそうであることに、探検家らは気づいた。この2つの地図は、地理学者のアントニオ・スナイダー＝ペレグリーニが1858年に作成したもの。

地質学者を悩ませていたもうひとつの厄介な問題が、ヒマラヤ山脈などの山脈の成り立ちだった。19世紀の主流の考えは、山頂は地球が冷えて縮んだ際の皺として形成されたものということだった。もしもこれが事実なら、山脈は地表に均等に存在するはずである。しかし、現実にそうなってはいない。

20世紀の変わり目を迎えても、諸説が尽きることなく出てきた。チャールズ・ダーウィンの息子のジョージは、月はかつて地球の一部であり、地球からなくなったその部分こそが陸地のない広大な太平洋となったと提唱し、月が分裂していった際に大陸が分かれたとしていた。そのほかにも地球が膨張しているという説があった。地球が大きくなるにつれて、陸塊も広がらざるを得ないというのである。正確な物理的メカニズムが説明できなかったため、どちらの説も次第に支持を失った。

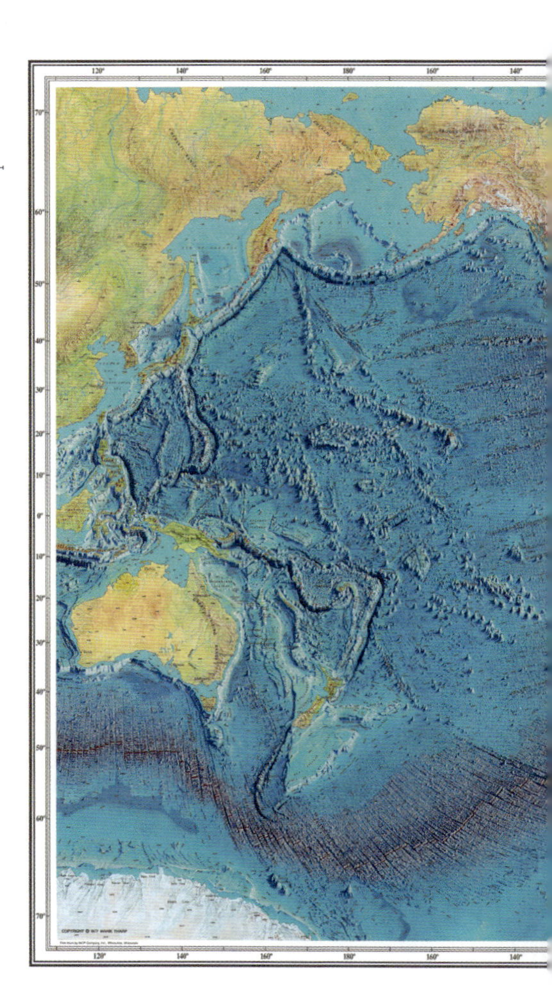

▶大胆な考え
ドイツ人科学者、アルフレート・ヴェーゲナー（1880年〜1930年）はグリーンランドへの4度目の探検旅行で、自身の大陸移動説の確かな証拠を得ようと努めていたが、キャンプ用の物資を集めていた際に命を落とした。

新たな考え

1912年、ドイツの科学者アルフレート・ヴェーゲナーが大陸移動説に基づく主張を展開した。彼は、異なる大陸において合致する化石資料を示したばかりでなく、岩石の種類やその他の地質構造も類似していると断言した。そしてこの考えは、現在は水没した陸橋という説とは相容れないとして、大陸そのものが動いて離れていったと提唱した。この考えは、山脈の成り立ちという難問も説明できそうだった。もしも大陸が自由に移動するのなら、長い間にはぶつかることもあるだろうからだ。インドがもともとのアジア大陸に激突していたとすれば、大陸に皺が生じた結果がヒマラヤ山脈であろう。

ヴェーゲナーは同年に自らの研究結果を発表し、地球の陸塊は長い年月をかけて、海を押しのけるように移動してきたと提唱した。彼の研究に対する科学界の反応は鈍かったが、その一因は、大陸が漂流する説得力のある理由

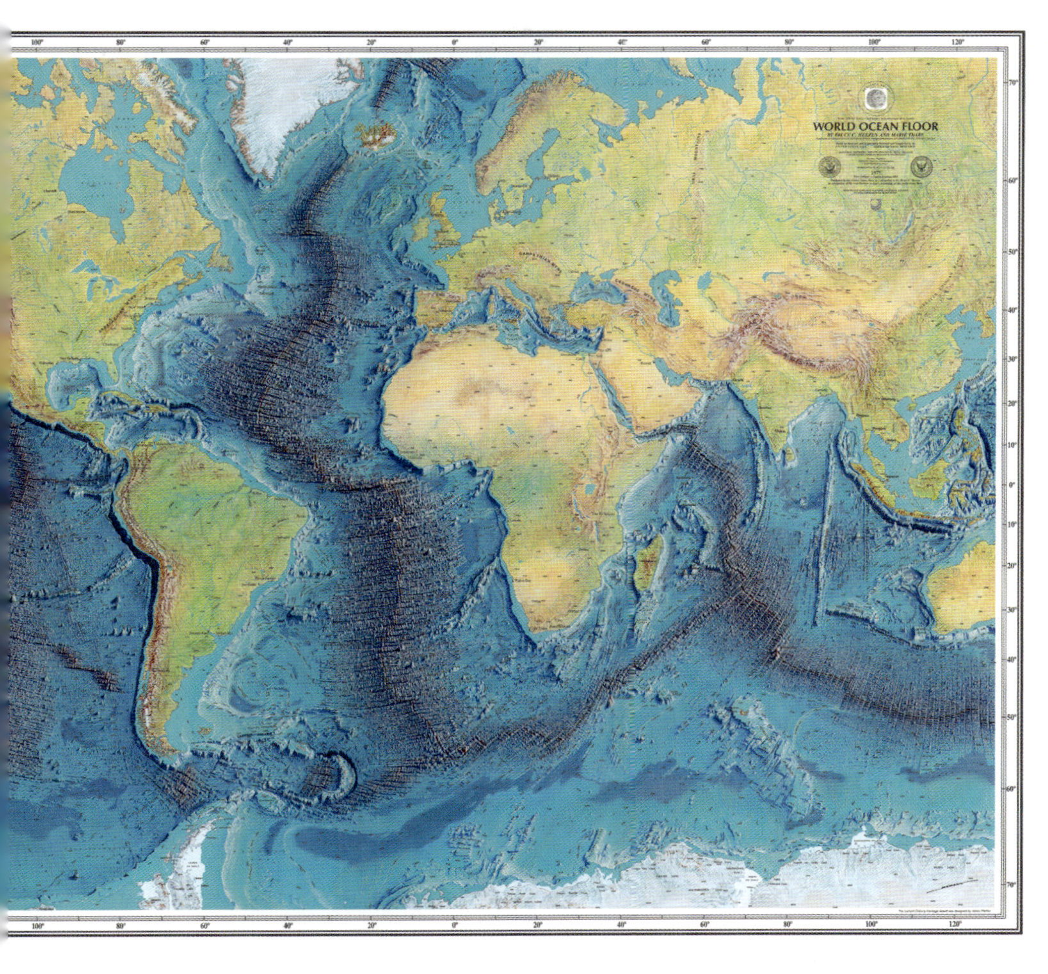
WORLD OCEAN FLOOR

◀大陸の傷跡
海洋学者で地図製作者でもあるマリー・サープとブルース・ヒーゼンによるライフワークの成果として1977年に発行された地図。海底の様子を新たに細部まで明らかにして、プレートテクトニクスの決定的な証拠をもたらした。

を提示できなかったからである。彼が算定した大陸の動く速度は誤っていて、現在受け入れられている数値と比べて100倍も速く見積もりすぎていた。

ヴェーゲナーの研究者としての経歴も妨げになっていた。天文学と気象学が専攻だったことから、専門知識が欠けていると、地質学界の多くの人が思っていたのである。それでも、支持者がいないわけではなかった。イギリスの地質学者アーサー・ホームズは彼の考えを支持して、地球のマントルには地殻の一部を動かす流れがあると、早くも1931年に主張していた。

海底からの手がかり

世論がヴェーゲナーを認めるようになったのは、1950年代になってからだった。1953年にインドで採取された岩石を分析した結果、それがかつては南半球にあったことが示されて、ヴェーゲナーの主張する造山運動が裏づけられたのである。同じころに、海底にある巨大な山脈（大洋中央海嶺）が発見された。これは地球上で最も長い山脈で、すべての海に広がっているものである。当時の地質学者は、この海嶺の存在についても説明せざるを得なくなった。これらの発見を理論的にまとめたのが、アメリカ海軍の元将校で地質学者のハリー・ヘスだった。彼は第2次世界大戦時にソナーを使って海底地形図を製作したことがあったが、大陸は確かに「海洋底拡大」という活動によって徐々に離れていった、と1960年代初めに提唱した。1958年にはオーストラリアの地質学者サミュエル・ケアリーが、地球の表面すなわち地殻はプレートで構成されていると提唱していたが、ヘスは、地殻がプレート境界で裂けることによってマグマがマントルから噴出すると主張して、この考えに同調した。このマグマが凝固すると海嶺が形成され、海底を押し開くのである。つまり、大陸が海洋地殻上

大陸移動説が
事実として受け入れられるまで、
実に**300年以上**かかった

を移動するというヴェーゲナーの考えとは異なり、海底そのものが伸張して大陸を載せて運ぶ、動くプレート（⇨p.92〜93）の一部なのだ。

現在では、これらの考えはプレートテクトニクス理論としてまとめられている。この理論は、観測衛星を利用し、地球においてわずかでも重力異常が発生していればそれを検知して地図上に示す測地学によっても裏づけられている。長い時間単位でたびたび逆転する（磁界の向きが南北逆になる）ことが知られている地球磁場の極性に関する研究も、この理論に説得力を与えている。地磁気の逆転は、海嶺の両側に伸びる磁気を帯びた岩石に帯状に記録されており（⇨p.94〜95）、これによりそれぞれの帯の形成された年代と海底の拡大する速度を推定することができる。

プレートテクトニクスが一般に受け入れられたのはようやく1970年代になってからだった。マリー・サープとブルース・ヒーゼンが製作した海底地形図などのおかげで、大陸移動の根拠となる海底の拡大が確実視されるようになったからである。

“私は学生時代に講師のひとりに尋ねたことがある……もしも**大陸を動かせる力があると証明できたら**どうするかと。彼はあざけるように、その時になったら考えてみるよといっただけだった。当時は**馬鹿げた考え**だったんだよ。”

デイヴィッド・アッテンボロー　自然科学者、BBCの自然史番組などを担当　1926年生まれ

地殻の動き

私たちの地球の表面は、その下にあるマントル層内の極めてゆっくりとした対流によって形を変えつつある。地球はプレートテクトニクスのメカニズムにより、表面が常に変化していて、活発な地質学的活動があるために、太陽系の他の岩石惑星とは異質の存在となっているのだ。

地球の表層である地殻は、主に7つのプレート（アフリカ、南極、ユーラシア、北アメリカ、南アメリカ、太平洋、インド・オーストラリア）と、いくつかの小さなプレートからなる。これらの固体のプレートは、マントルという半固体の層の上に浮かんでいる。プレートの動きは信じられないほど緩慢なもので、身近なたとえでいえば人間の爪や髪の毛が伸びる程度の速度だ。地球の層構造が40億年前に固定されて以来、これらのプレートは絶え間なく動きつづけている。

▼火山噴火
溶融マグマを噴出するアイスランドのエイヤフィヤトラヨークトル火山は、火山灰の黒雲も噴き上げ、これが降り積もって地殻上に新たな層を形成した。

地殻変動現象

プレート同士が出合うところではさまざまな地殻活動が起こるが、その活動は正確には地殻の構成物質と運動方向によって決まる。プレート境界は、主に3種類ある。プレート同士が横ずれするトランスフォーム境界、プレート同士が離れていき、開いた割れ目にマグマが入り込んで冷えて新たな地殻となる発散境界、そしてプレート同士が正面からぶつかる収束境界である。地殻の一部は沈み込み帯で沈んで溶けるが、別の場所で火山や、海洋地殻が分かれる一帯の中央海嶺において新たな地殻が生まれている。

地殻の急激な動きである地震は、プレート境界で発生する。発散境界とトランスフォーム境界では、震源が浅くなりがちなのに対して、収束境界におけるプレート衝突は極めて深い震源の地震を引き起こす。

2つのプレートがぶつかる場所では大陸地殻が押し上げられて、ヒマラヤ山脈のような山脈が形成される。ヒマラヤ山脈の場合は、およそ5000万年前にインドプレートがユーラシアプレートにぶつかってできたものだ。

海底火山が噴出する溶岩は冷えて、新しい海洋地殻になる

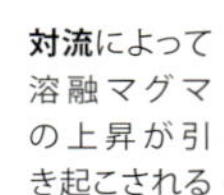

対流によって溶融マグマの上昇が引き起こされる

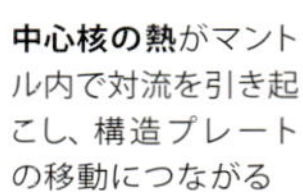

中心核の熱がマントル内で対流を引き起こし、構造プレートの移動につながる

動く地球表面

マントル内の対流は、マントルに伝わる中心核の熱によって生じている。マントルはほぼ固体だが、地殻の基底部を牽引してプレートを動かしながら、非常に緩慢に流れている。地殻には2種類ある。マグネシウムと鉄が豊富な高密度の岩石からなる海洋地殻と、アルミニウムなどの軽い元素を含む岩石からなる大陸地殻である。プレート端部が海洋地殻からなるところでは、その比重が大きいため、軽い地殻の下へと沈み込む。そして熱いマントルへと深く沈み込むことで、地殻の表面に上昇する溶融マグマの噴出、つまり火山の出現につながる。

▶活動的な表面
地球の地殻は、マントル内の対流により、その上に浮いているプレートが動くため、常に変化している。プレート同士の相互作用の仕方によって、地震が起き、火山や山脈が形成される。

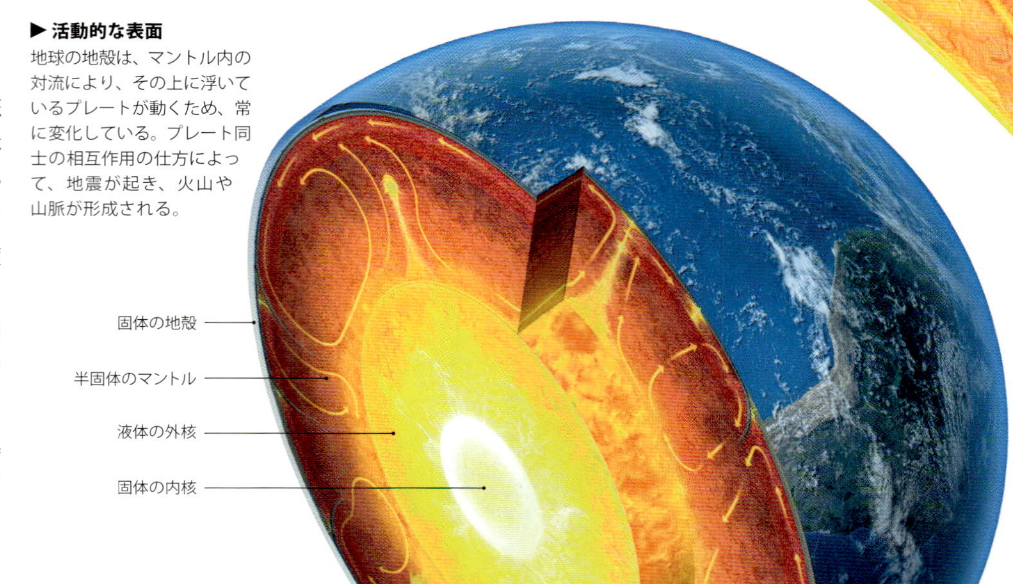
固体の地殻
半固体のマントル
液体の外核
固体の内核

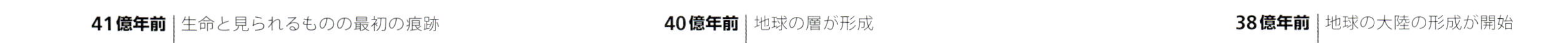
41億年前 生命と見られるものの最初の痕跡
40億年前 地球の層が形成
38億年前 地球の大陸の形成が開始

大陸移動……地震、火山活動は……**間違いなく**大がかりな規模で**つながっている**。

アルフレート・ヴェーゲナー 地質学者・気象学者 1880年〜1930年

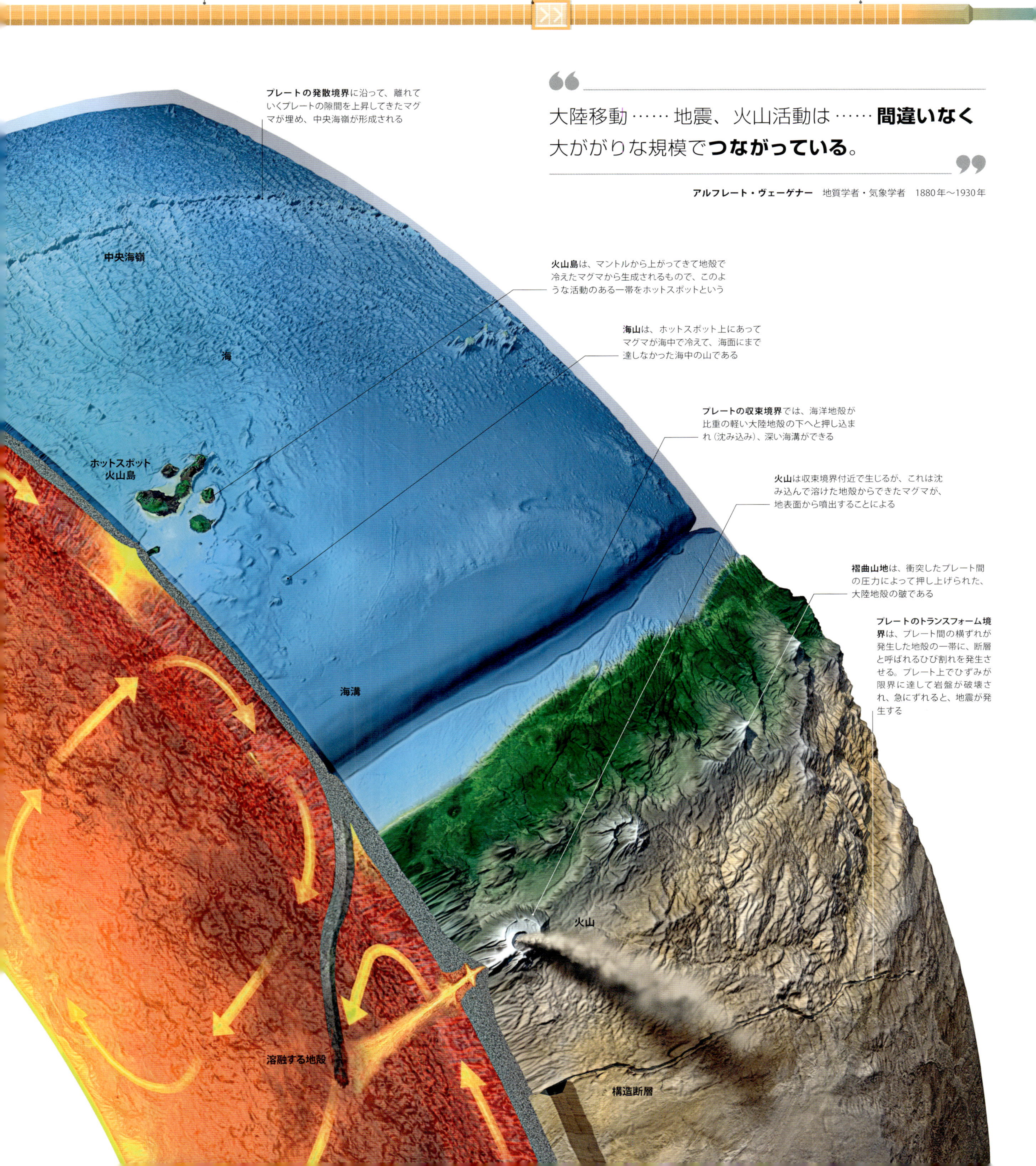
プレートの発散境界に沿って、離れていくプレートの隙間を上昇してきたマグマが埋め、中央海嶺が形成される
中央海嶺
海
ホットスポット火山島
海溝
溶融する地殻
火山
構造断層
火山島は、マントルから上がってきて地殻で冷えたマグマから生成されるもので、このような活動のある一帯をホットスポットという
海山は、ホットスポット上にあってマグマが海中で冷えて、海面にまで達しなかった海中の山である
プレートの収束境界では、海洋地殻が比重の軽い大陸地殻の下へと押し込まれ（沈み込み）、深い海溝ができる
火山は収束境界付近で生じるが、これは沈み込んで溶けた地殻からできたマグマが、地表面から噴出することによる
褶曲山地は、衝突したプレート間の圧力によって押し上げられた、大陸地殻の皺である
プレートのトランスフォーム境界は、プレート間の横ずれが発生した地殻の一帯に、断層と呼ばれるひび割れを発生させる。プレート上でひずみが限界に達して岩盤が破壊され、急にずれると、地震が発生する

海底

海底は、多方面にわたる地球の歴史のガイドであり、それを調べることが、地球の過去にまつわる謎を解き明かす助けになっている。海底探査によって、生命の起源に関する手がかりさえも科学者は得てきた。海底地形図を製作することで、さまざまな地殻変動を伴う、多様で活発な海底の様相が明らかになっている。

深海は冷たくて暗く、とてつもなく厳しい環境である。最も深い地点では、1 cm^2あたり1.2トンの水圧がかかる。これほどまでに極端な状態であるため、海洋学者は海上からソナーを使って、海底の形状を探る手段を取っている。海底の地形図を作るよりも火星の画像を撮るほうが、実は簡単なのだ。

海底は近づくことが困難だが、地球の地殻および生命の発展を理解するうえで、不可欠な手がかりを与えてくれる。深海探査により、プレートテクトニクス(⇨p.90〜91)に関する知識は深まっている。海底火山によって生じた化学成分を豊富に含んだ物質と熱から、生物学者は海底のそうした地点こそが生物が最初に現れた場所と考えるに至ったのである(⇨p.106〜107)。

海底で最も深い場所は、2つの海洋プレートが出合って、海底の谷を形成しているところで、一方のプレートがもう一方のプレートの下にもぐり込み(沈み込み)、V字型の溝を形づくっている。最も深い海溝は太平洋のマリアナ海溝で、最深地点は海面下1万994mである。これは、仮にエベレストを沈めても、まだ2000mほど余裕があるという深さである。

大西洋のプエルトリコ海溝は8400m以上の深さがある。この海溝がある、カリブプレートと北アメリカプレートとの境界は、海底活動が特に活発である。その他に類を見ないプレート境界と珍しい現象により、科学研究の資料には事欠かない。海洋学者、生物学者、地震学者、測深学者(湖や海の水中の地形を研究する学者)といった研究者たちが、海底の謎を解き明かそうと、この一帯の調査に取り組んでいる。

ソナー測量の仕組み

海洋学者のマリー・サープ

マルチビームソナーは、海底に当たった音が跳ね返るのにかかった時間を記録して、海洋深度を測っている。海洋学者はこのデータを用いることで、海底の起伏を示すカラー地図を作成することができる。サイドスキャンソナーはさらに正確で、エコーの強度によって海底が岩石質(強い)か、砂状(弱い)かがわかる。マリー・サープとブルース・ヒーゼンは1950年代に海底地形図を製作した(⇨p.90〜91)。

カリブプレートは東に向かって進んでいる

ムエルトストラフ

▲西

カリブプレート

◀南

アンティル島弧

アンティル諸島はこのプレート境界における褶曲と火山活動の両方によって形成された

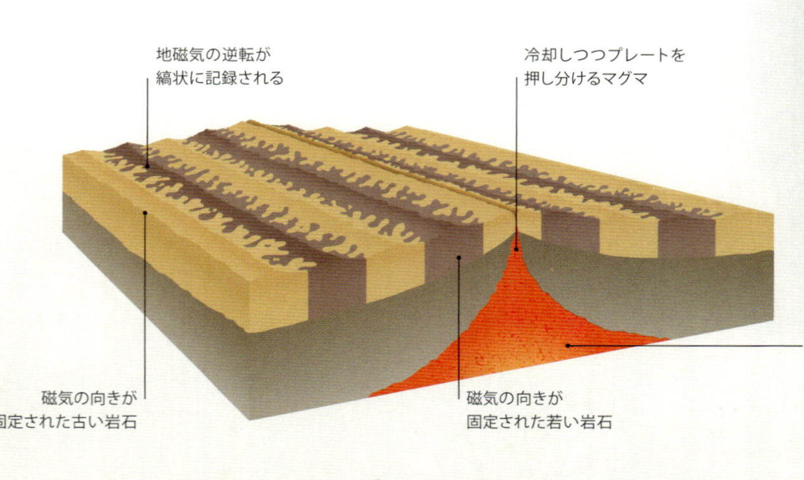

地磁気の逆転が
縞状に記録される
冷却しつつプレートを
押し分けるマグマ
磁気の向きが
固定された古い岩石
磁気の向きが
固定された若い岩石
マントルの溶融物質
(マグマ)が地殻を突
き破る

▶ 海底にある手がかり
マントルのマグマは地殻を突き破り、プレートを押し分ける(⇨p.92〜93)。このマグマが冷えて新たな地殻を形成する際に、マグマ内の鉱物は地球の磁場の向きに合わせて磁化する。理由は不明ながら、地磁気の南北の極性がときどき入れ替わるため、何百万年にもわたって、この逆転現象が海底に縞状に記録されている。

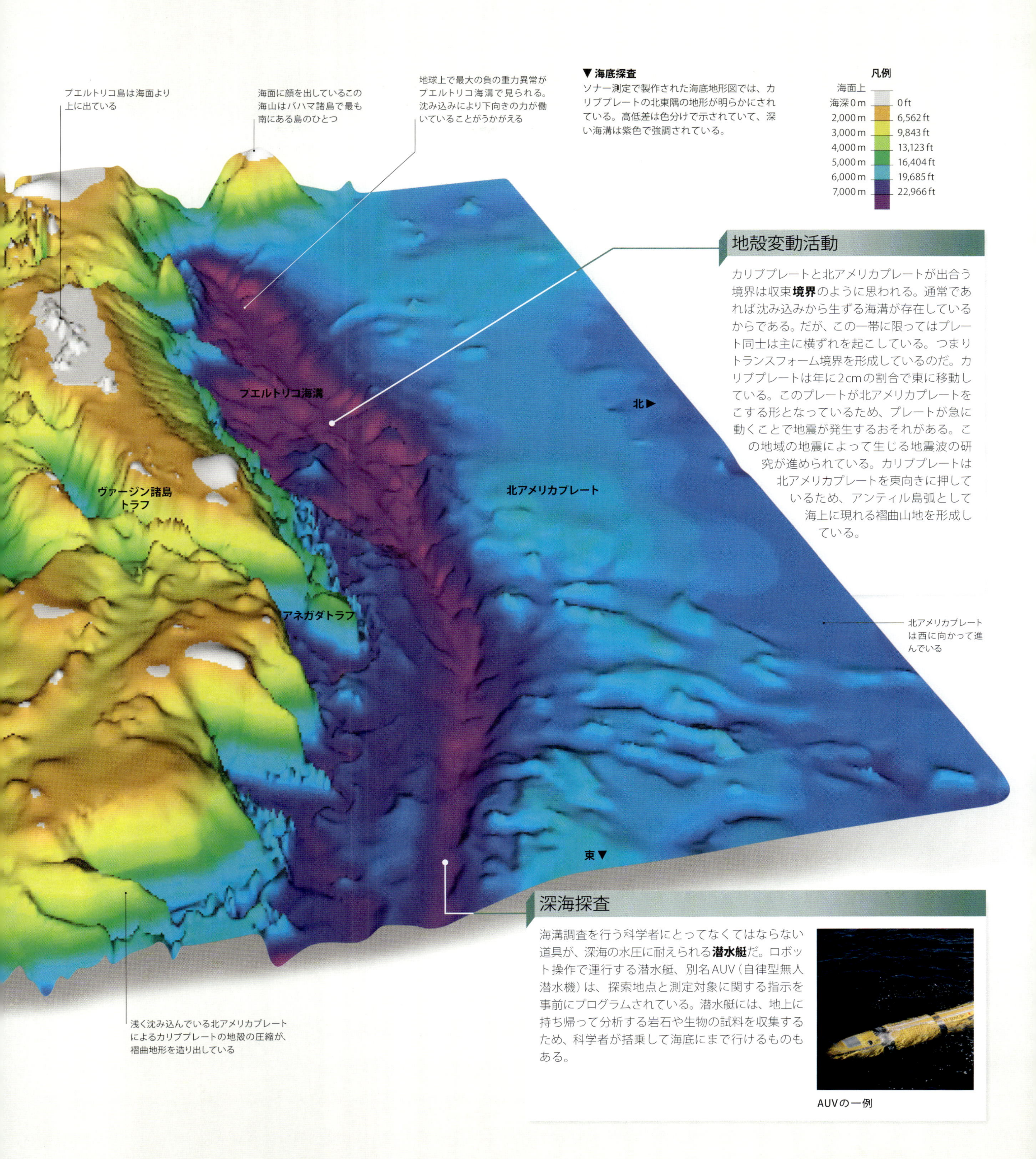
プエルトリコ島は海面より上に出ている
海面に顔を出しているこの海山はバハマ諸島で最も南にある島のひとつ
地球上で最大の負の重力異常がプエルトリコ海溝で見られる。沈み込みにより下向きの力が働いていることがうかがえる
凡例
海面上
海深0 m
0 ft
2,000 m
6,562 ft
3,000 m
9,843 ft
4,000 m
13,123 ft
5,000 m
16,404 ft
6,000 m
19,685 ft
7,000 m
22,966 ft
プエルトリコ海溝
北▶
ヴァージン諸島
トラフ
北アメリカプレート
アネガダトラフ
北アメリカプレートは西に向かって進んでいる
東▼
浅く沈み込んでいる北アメリカプレートによるカリブプレートの地殻の圧縮が、褶曲地形を造り出している

▼海底探査

ソナー測定で製作された海底地形図では、カリブプレートの北東隅の地形が明らかにされている。高低差は色分けで示されていて、深い海溝は紫色で強調されている。

地殻変動活動

カリブプレートと北アメリカプレートが出合う境界は収束**境界**のように思われる。通常であれば沈み込みから生ずる海溝が存在しているからである。だが、この一帯に限ってはプレート同士は主に横ずれを起こしている。つまりトランスフォーム境界を形成しているのだ。カリブプレートは年に2cmの割合で東に移動している。このプレートが北アメリカプレートをこする形となっているため、プレートが急に動くことで地震が発生するおそれがある。この地域の地震によって生じる地震波の研究が進められている。カリブプレートは北アメリカプレートを東向きに押しているため、アンティル島弧として海上に現れる褶曲山地を形成している。

深海探査

海溝調査を行う科学者にとってなくてはならない道具が、深海の水圧に耐えられる**潜水艇**だ。ロボット操作で運行する潜水艇、別名AUV（自律型無人潜水機）は、探索地点と測定対象に関する指示を事前にプログラムされている。潜水艇には、地上に持ち帰って分析する岩石や生物の試料を収集するため、科学者が搭乗して海底にまで行けるものもある。

AUVの一例

第5変革

Threshold 5

生命の出現

太陽系のなかで地球は特別に恵まれた位置にある。寒すぎることも暑すぎることもないため、水を液体に保っていられる場所なのだ。この水という重要な要素があったからこそ、生命は誕生した。そして自然選択の過程を経て、生命は単純な細菌から複雑な脊椎動物へと進化し、この地球を形作り、驚くほどの多様性で満たしていった。

適応条件

地球では、無生物の複雑な化学物質から、生物が現れた。生物は「代謝」を行うことができた。つまり、周囲にあるものからエネルギーを得ることができたということである。また、自然選択の過程を経て、自己複製を行ったり環境に適応することもできた。

豊富にある複雑な化合物とミネラル

固体の地殻と液体の水がある惑星

熱エネルギー源をもつ、おそらく深海にある安定した生息地

どのような変化が？

化学反応により、一層大きく、複雑な分子ができるようになった。自己複製能力をもつ分子がよく見られるようになり、さらに複雑な分子を生成するためのエネルギーと手段の両方をもたらす反応が起きた。生命を構成する化学物質は膜の内側に詰め込まれて、原始細胞を形成した。これが本当の意味での最初の生物である。

複雑な化学物質

地球のような岩石惑星は、酸素、ケイ素、鉄、ニッケル、アルミニウム、窒素、水素、炭素などのさまざまな元素からできている。なかでも炭素は、ほかの元素と結合して、多数の分子をつくることができる。

地球の中心核の熱

放射性物質と、すさまじい形成過程がもたらした熱により、地球の内部は熱かった。この熱エネルギーは火山や熱水噴出孔により、地表に達した。

無機触媒

生命を構成する、大きくて複雑な分子をつくり出す化学変化には、化学反応を促進させる、触媒による作用が必要だった。深海の熱水噴出孔から出てくるマントル内のミネラルが、こうした触媒の源だったのではないかと考えられている。

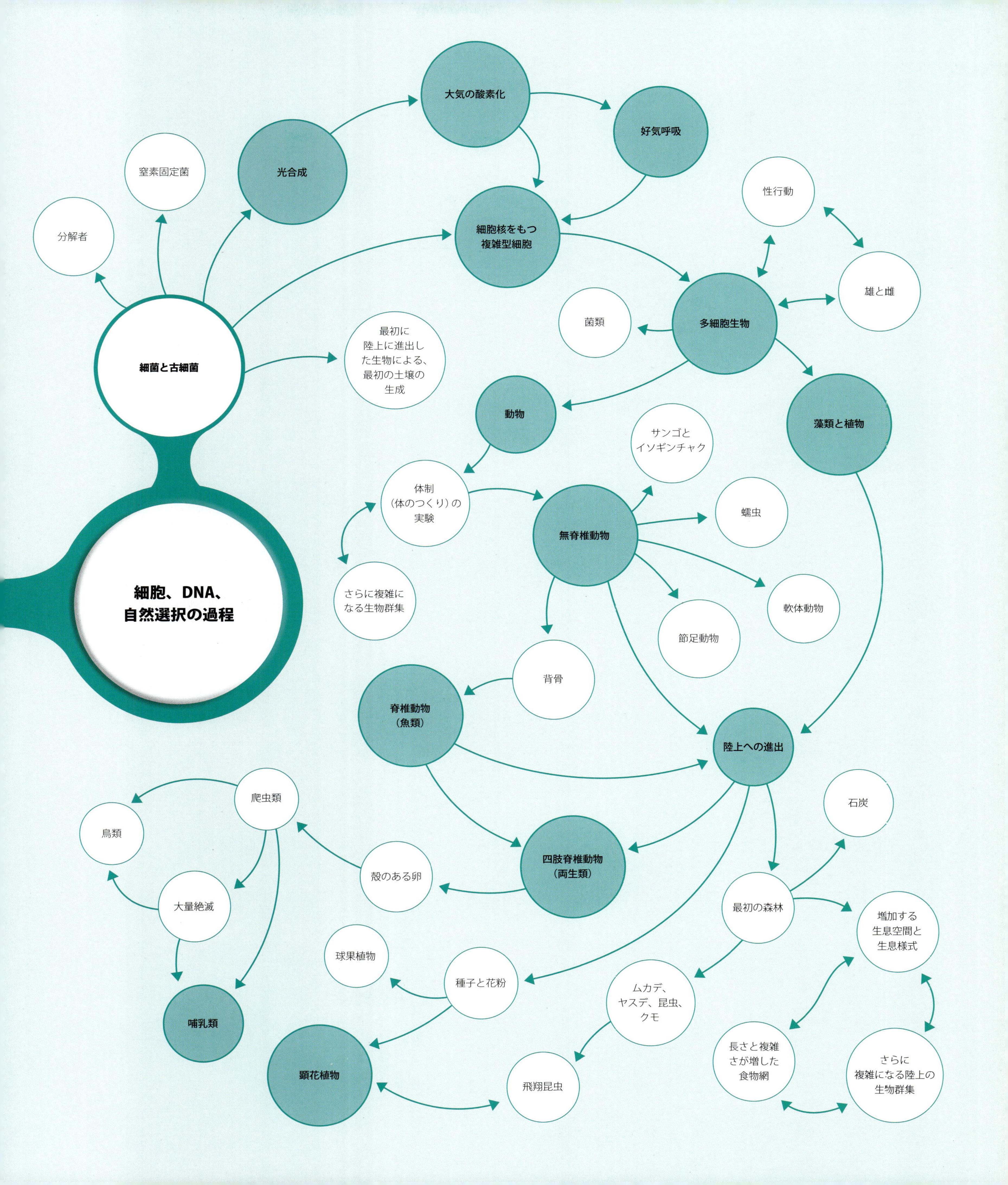

細胞、DNA、
自然選択の過程
細菌と古細菌
分解者
窒素固定菌
光合成
大気の酸素化
好気呼吸
細胞核をもつ
複雑型細胞
多細胞生物
性行動
雄と雌
菌類
最初に
陸上に進出し
た生物による、
最初の土壌の
生成
動物
藻類と植物
サンゴと
イソギンチャク
体制
（体のつくり）の
実験
無脊椎動物
蠕虫
さらに複雑に
なる生物群集
軟体動物
節足動物
背骨
脊椎動物
（魚類）
陸上への進出
石炭
爬虫類
鳥類
殻のある卵
四肢脊椎動物
（両生類）
大量絶滅
最初の森林
増加する
生息空間と
生息様式
球果植物
種子と花粉
ムカデ、
ヤスデ、昆虫、
クモ
哺乳類
長さと複雑
さが増した
食物網
さらに
複雑になる陸上の
生物群集
顕花植物
飛翔昆虫

生命の歴史

生命は40億歳を超えている。生命が最初に出現したのは、地球が現在の年の10分の1のときだった。だが、そんなごく初期ですら、顕微鏡でなければ見えないほどの生命はすでに、私たちがよく知っている宇宙のなかでも最も複雑なものだったのだ。

地球はその誕生が激しかったことから、生命の誕生が可能であるばかりか、必然的でもある惑星になっていた。陸地が冷えて恒久的な海ができると、最初の原始細胞が現れた。おそらく若い海底にある、化学物質が豊富な割れ目の周囲の深海においてだろう。そして数百万年のうちに、この原始細胞は微生物になった。その後の数十億年の間は、この世界は彼らだけのものだった。エネルギーを得るさまざまな方法を進化させ、他の生命の多様化の基礎を作ったのである。

最も大きくて複雑な生物（多細胞生物）が進化したのは、地球の歴史上で最後の10億年の間だけだ。進化を遂げて、現代のよく知られた動植物になった生物である。この間に、生命は微細なものから誕生することができ、緑の草木や素早く動く生物で海や陸を満たすまでになった。

1 生命の起源

41億歳となるオーストラリアの岩石にある炭素の痕跡は、生命の最古の「印」と考えられる。（生物の）DNA鑑定の結果は、生命の始まりに関するやや早い時期の推定を示し、現在の全生物の祖先はLUCA（全生物の最後の共通祖先）という仮の微生物までたどることが可能と予測された。

2 複雑型細胞

真核生物には核をもつ複雑型細胞があり、これには植物、動物、菌類、その他多くの微生物が含まれる。ステロイド状の物質（真核生物に特有のもの）の痕跡は24億年前の岩石から発見されたが、直接証拠は22億年前の化石ディスカグマ（菌類と見られる）から得られた。

3 多細胞生物

多細胞生物の最古の化石は12億年前のもので、バンギオモルファという海藻である。この化石は、茎のような「吸着器官」と思われるものと生殖器を備えている。これはまた、現存する紅藻類に属する最古の複合生物（真核生物）でもある。

地球

微生物

植物と緑藻類

動物

40億年前

30億年前

20億年前

10億年前

44億年前に**最初の恒久的な海がおそらく形成されて**、生命にとって最初の生息地がもたらされた

現存する生物のDNA鑑定によると、42億年前に**細菌**と**古細菌**が共通祖先のLUCAから分かれた

後期重爆撃期（41億年〜39億年前にかけて宇宙からの衝突体がピークに達した時期）により、おそらく大気が失われて、初期の生命は全滅した

現代のDNA鑑定によると、38億年前に現れた**古細菌の一種**は、複雑型細胞の核を形成することになる

35億5000万年前に細菌のコロニーによってできた**ストロマトライト**は、生命の最古の化石記録をもたらす存在である

陸上生活する細菌の起源の時期を推定するDNA鑑定によると、31億8000万年前に**細菌が陸上へ進出した**

有機物が豊富な29億年前の土から、陸上での最初の生命の証拠がもたらされている

27億年前の**酸素化された生息地の痕跡**から、光合成生物が酸素で空気を満たし始めたことが示されている

DNA鑑定によると、27億3000万年前に**核を持つ複雑型細胞**が現れた

26億年前の**化石土壌の表面の細菌**は、陸上における生命の最初の痕跡である

24億年前の「**大酸化イベント**」により、地球の大気中に酸素が含有された

20億年前に、複雑型細胞でエネルギー製造工場の役目を果たす**ミトコンドリア**が現れた

16億年前に、**真核生物（複雑型細胞がある生物）**が、植物のようなグループと動物のようなグループに分かれた

15億年前に**葉緑体**が登場して、複雑型細胞が太陽の光からエネルギーを集められるようになった

現代のDNA鑑定によると、9億3400万年前に**植物が現れた**

DNA鑑定によると、7億5000万年前に最初の動物である**海綿動物**が現れた

6億5000万年前の**超大陸の分裂**によってイアペトゥス海ができ、エディアカラ紀とカンブリア紀の進化の爆発が誘発された可能性がある

6億3500万年前に、**最古とされる動物の胚**と刺胞動物（クラゲやイソギンチャクの仲間）が化石化された

化石ストロマトライト

ストロマトライト（細菌のコロニー）は現在もオーストラリアの海岸で形成されている。

チャルニア（上）を含むエディアカラ紀の「実験的な」動物は5億5000万年前に現れた。

> この世界には**400**万種の異なる動植物がいる。
> つまり、**生きつづける**という**問題**に対して、
> 400万とおりの解決策があるわけである。

デイヴィッド・アッテンボロー　自然史分野の放送関係者　1926年生まれ
『ライフ・オン・アース』［1979年のテレビ番組］より

現在
2500万年前に類人猿が現れた
ドイツのメッセル採掘場にはタイムカプセルのごとく、4700万年前の初期の霊長類ダーウィニウスを含む、哺乳類の進化が保存されている
5600万年前の化石記録に、霊長類が初めて現れた
6500万年前の小惑星の衝突により、恐竜、翼竜、大型の海生爬虫類が絶滅し、大型の哺乳類と鳥類が爆発的に進化することになった
ダーウィニウス
1億年前
1億2000万年前に、アルカエフルクトゥスやモントセキアを含む顕花植物が現れた
化石始祖鳥は、1億5000万年前に鳥類が飛べるようになったことを示している
化石被毛の痕跡から、1億6500万年前に哺乳類が毛を得たことが証明されている
1億9000万年前に種子植物が多様化した
2億年前
2億1000万年前の哺乳類に、母乳の産生が現れた
2億3100万年前の最古の化石恐竜は、巨大爬虫類時代の到来を告げるものである
アデロバシレウスなどの哺乳類が、2億2500万年前に爬虫類の祖先であるキノドン類から進化した
2億6000万年前に化石化されたキノドン類は、さまざまな歯、強力な顎の構造、大きな頭蓋が見られる。どの特色も、のちの子孫である哺乳類の特徴となるものである
2億5000万年前のペルム紀末の大量絶滅により、すべての三葉虫と、既知の動植物種の70%以上が死に絶えた
3億年前
化石球果は、3億500万年前の植物が種を守る構造を進化させたことを示している
単弓類という哺乳類型爬虫類は3億1200万年前に化石化された
3億1800万年前の化石爬虫類は、水辺の生息地から離れていく脊椎動物がいることを示している
3億7200万年前の化石種は、植物には水辺の生息地が不要となって、陸地で生活環を完結できることを証明している
化石四肢動物（肢のある脊椎動物）は、3億7500万年前に脊椎動物が陸上に進出したことを示している
3億8000万年前に化石樹木が保存されて、森林の証拠をもたらしている
4億年前
4億3600万年前の板皮類の魚類の化石には、顎が初めて含まれていた
4億2800万年前の化石ヤスデには、空気呼吸と体内受精（陸上生活する動物に必須の進歩）が見られる
4億7000万年前に化石化された陸生植物の胞子は、苔状の植物が陸上に進出したことを証明している
DNA鑑定によると、4億8300万年前に昆虫が現れた
5億年前
5億500万年前に、カナダのバージェス頁岩で複数の動物の体制が化石化された
5億1000万年前に、骨のような組織（魚の象牙質）が化石化された
5億3000万年前の生物の歩行跡は、特定されていないが、陸上にいた節足動物の形跡を示している。また、知られている最古の魚類（ミロクンミンギアとハイコウイクチス）が化石化された
6億年前
クラゲと思われるエディアカラ紀の化石
陸上の地被植物はクックソニアなど、丈夫な維管束組織をもった4億2000万年前の最初の植物から始まった。上方へそびえ立っているのが、菌状の、謎のプロトタキシーテスである。

生命の構成要素の形成

地球の地殻は数十種の化学元素からなるが、そのうち、炭素、水素、酸素、窒素などごく一部だけが生物を構成する要素となっている。これらの原子がしっかり組み合って複雑な分子となった。生命の起源をもたらしたのはこの種の化学的集合である。

地球の鉄の中心核を囲んでいるのは、大部分がケイ素系の岩石である。炭素は少ないながら、私たちの知っている生命体はどれもが炭素を基盤としている。ケイ素原子も炭素原子もほかのものとはよく結合するが、ケイ素が結合しやすいのは主に酸素である（地球の岩石の多くを占める二酸化ケイ素をつくり出す）のに対して、炭素は万能で、水素、窒素、リンなどの元素とも結合する。

複雑な生命には複雑な分子が必要になる。激しかった誕生のあと、まだ冷え続けている岩石と、液体の水が凝縮して海がつくられていた地球は、生命の誕生にちょうど適した条件を提供した。

地球の最初の大気は、二酸化炭素や水素、窒素、水蒸気など、呼吸できないほどの濃いガスに満ちていたが、生命体の要素の源は存在していた。反応する酸素ガスがない世界では、水素は他の元素と結びついて、メタン（CH_4）やアンモニア（NH_3）を生成する。1953年にアメリカの化学者スタンリー・ミラーとハロルド・ユーリーが、研究室において稲妻を模した火花を用いて、初期の地球の模擬実験を行った。そして、十分な熱とエネルギーがあれば、地球の大気にある化学物質から単純な有機分子（生命のもととなる炭素系の化学物質）をつくることができることを示したのである。

さらに大きな分子

だが生命には、もっと多くのものが必要だった。アミノ酸の長鎖であるタンパク質、そしてDNAである。現在、タンパク質で満たされたプールがあれば、空腹の生物によって空になるだろう。だが、初期の地球は暖かさと、触媒の働きをする多くのミネラルによってエネルギーを得て、特定の化学反応を増進させた。巨大分子は長く生きのびて皮膜内に入ることができた。これが細胞の先駆体である。

大気は二酸化炭素を含んで重かったため、現在よりも大気圧は高く、そのため水は現在の沸点よりかなりの高温でも液体のままだった

現在と同じように、**水滴の雲**が空を満たしていたであろう

液体の水は、最初の生命が生じたところであるが、44億年〜42億年前にかけてのある時期、最初は海として残っていたと見られる

▶生命のつくり方
できたばかりの地球には、6個にみたない原子からなる小分子が豊富にあった。これらが、結合した炭素原子の「骨格構造」と反応して、大きな有機分子を形成した。さらにこれらがつながって、長鎖分子を形成した。

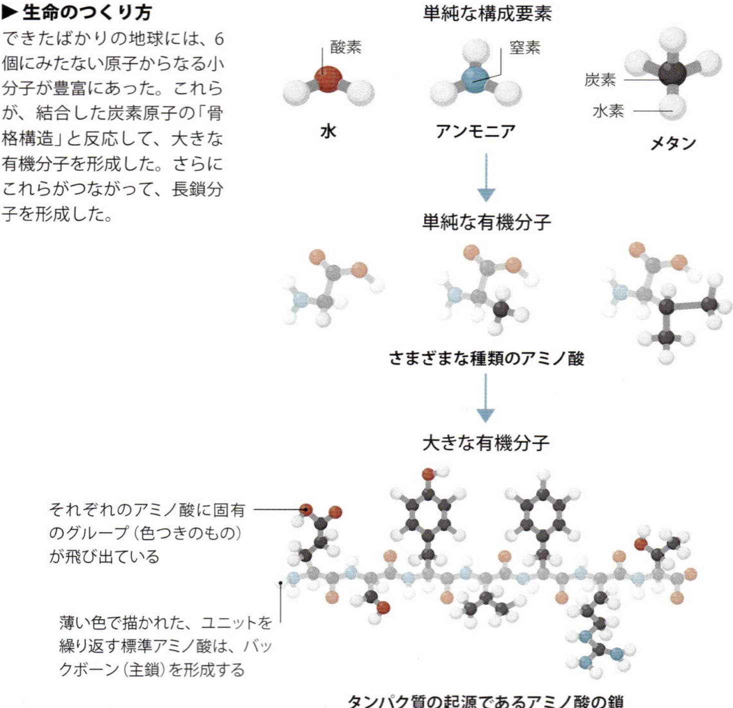
単純な構成要素
酸素
水
窒素
アンモニア
炭素
水素
メタン
単純な有機分子
さまざまな種類のアミノ酸
大きな有機分子
それぞれのアミノ酸に固有のグループ（色つきのもの）が飛び出ている
薄い色で描かれた、ユニットを繰り返す標準アミノ酸は、バックボーン（主鎖）を形成する
タンパク質の起源であるアミノ酸の鎖

▼包みこまれた生命
生命をつくり出した化学物質には、凝縮することのできる区画が必要だった。リン脂質という油性分子（現在の細胞膜のすべてに存在するもの）によってもたらされた可能性があるが、これは水中で自然と集まって膜状になる。これが球形になると、生命のもととなる化学物質を中に閉じ込めることができる。

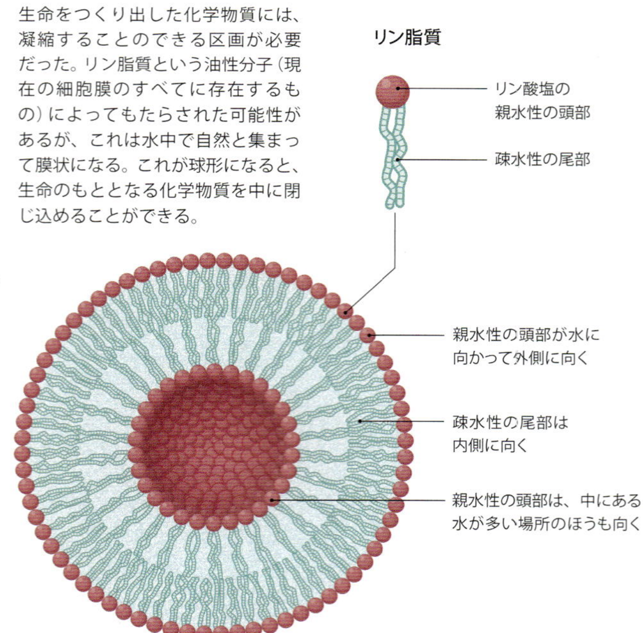
リン脂質
リン酸塩の親水性の頭部
疎水性の尾部
親水性の頭部が水に向かって外側に向く
疎水性の尾部は内側に向く
親水性の頭部は、中にある水が多い場所のほうも向く
球形になる膜

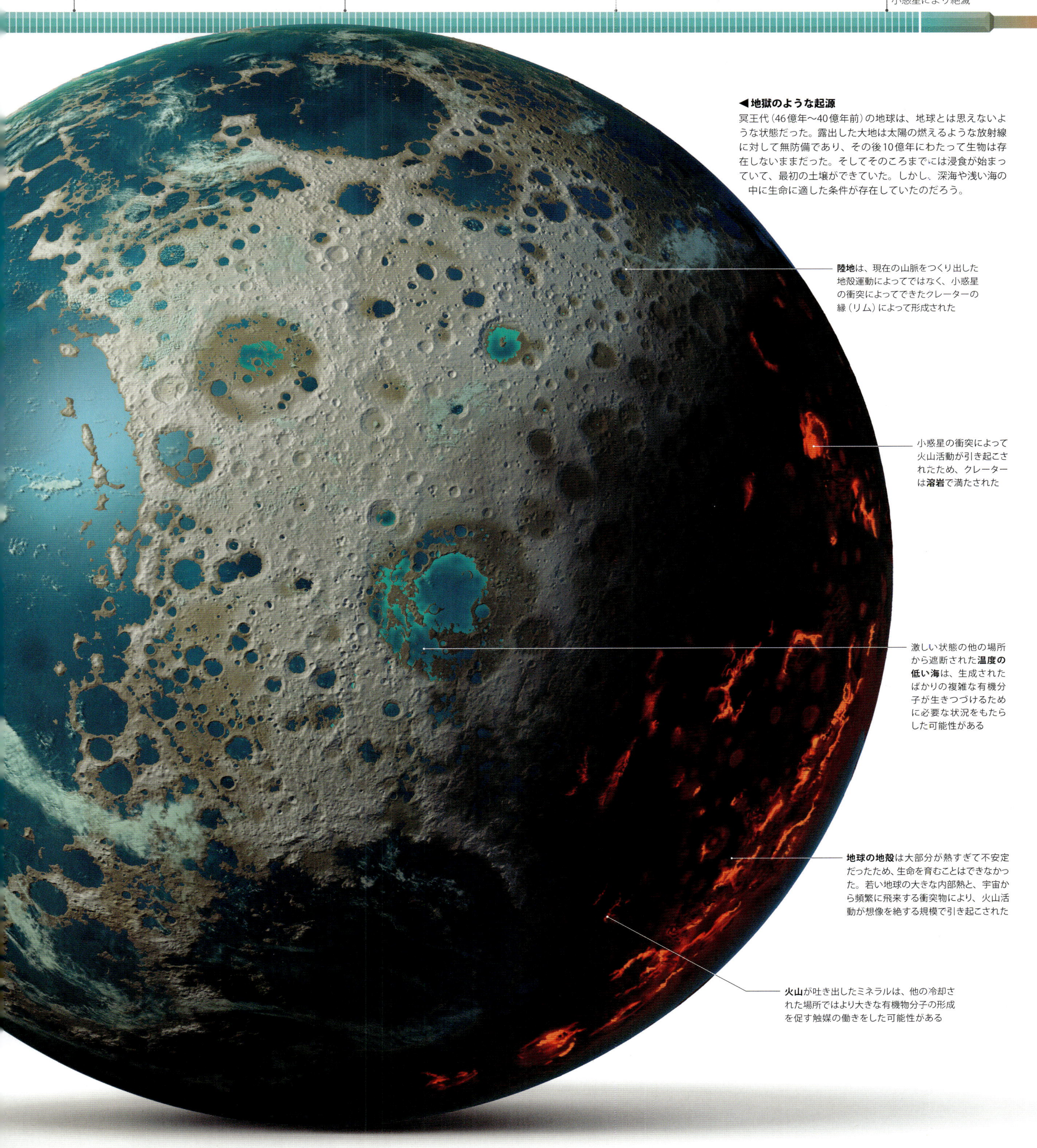

◀地獄のような起源
冥王代（46億年〜40億年前）の地球は、地球とは思えないような状態だった。露出した大地は太陽の燃えるような放射線に対して無防備であり、その後10億年にわたって生物は存在しないままだった。そしてそのころまでには浸食が始まっていて、最初の土壌ができていた。しかし、深海や浅い海の中に生命に適した条件が存在していたのだろう。

陸地は、現在の山脈をつくり出した地殻運動によってではなく、小惑星の衝突によってできたクレーターの縁（リム）によって形成された

小惑星の衝突によって火山活動が引き起こされたため、クレーターは**溶岩**で満たされた

激しい状態の他の場所から遮断された**温度の低い海**は、生成されたばかりの複雑な有機分子が生きつづけるために必要な状況をもたらした可能性がある

地球の地殻は大部分が熱すぎて不安定だったため、生命を育むことはできなかった。若い地球の大きな内部熱と、宇宙から頻繁に飛来する衝突物により、火山活動が想像を絶する規模で引き起こされた

火山が吐き出したミネラルは、他の冷却された場所ではより大きな有機物分子の形成を促す触媒の働きをした可能性がある

遺伝情報

生物は、私たちの知っている宇宙では最も精密で規則正しいものである。生体の組み立てと維持には指令と統制が必要である。その全体的な働きを率いているのが、生命の始まりから存在していた、自己複製を行う核酸分子（DNAとその祖先）である。

DNA（デオキシリボ核酸）の正確な形状が1953年に発見されるまでは、生物が遺伝情報を次の世代に伝える方法は謎だった。DNAの形状が明らかになると、DNAが二本鎖構造をしていることから細胞が2つに分裂するたびに情報が受け継がれていく仕組みがわかってきた。その後は実験によって、DNAは遺伝の単位（遺伝子と呼ばれるもの）を運んでいるだけでなく、驚くほど複雑な方法で影響を及ぼしていたことも立証されたのだった。

DNAは**コンピューターのプログラム**と似ているが、**これまでの**どのようなソフトウェアよりも、ずっとずっと**はるかに進んでいる。**

ビル・ゲイツ テクノロジー関係のパイオニア・慈善家 1955年生まれ

情報担体

DNAはタンパク質やセルロース、その他多くの生体分子と同様の、巨大な長鎖分子である。だが、セルロースが同一のサブユニットの単調な繊維状であるのに対して、DNA、そしてタンパク質は、種類が異なる。まるでいくつかの文字が1つの単語を作るかのように、さまざまなサブユニットが、情報伝達の配列上に並んでいる。DNAは、核酸という長鎖の情報担体の種類に属している。DNAを構成する糖およびその他の要素は、生命の原始の構成要素にあったと考えられている。RNAという種類と見られる最初の核酸は、おそらく自らの複製反応を増大することができたのだ。その鎖は、新たな平行鎖の組み立てを導く、テンプレートの役目を果たしたに違いない。テンプレートからの複製は、現在の生物のDNAも行っているが、それは、二重らせんの2つの鎖が細胞分裂に備えて分かれるときのみに起きている。そうでない場合には、一方の鎖は梯子の側面のように、もう一方に固定される。この複製が2つの二重らせんとなり、同一の情報をもつそれぞれは、新たな娘細胞になる。こうして、遺伝情報は複製されて受け継がれていく。

情報の利用

DNAは単体では何の務めも果たすことができない。他の分子（タンパク質）に対して、生物の維持と発達という作業を行うよう指令を出している。DNAの単一分子には数百の遺伝子があり、それぞれが特定のタンパク質を生成するための指令を運んでいる。生きている細胞では、タンパク質の生成のために遺伝子が露出されるたび、DNAの各部分は巻かれたりほどかれたりを繰り返している。

▼ 単純だった過去
現在のDNAには、複製のためにはタンパク質が、その他のあらゆる機能を行うためのタンパク質の生成にはRNAが、それぞれ必要である。生命が始まった段階では、このような複雑なことはなかった。最初期の複製分子（おそらくはRNA）には、データを運ぶことと、他からの助けを受けずに自己増殖をすることの両方の能力があった。

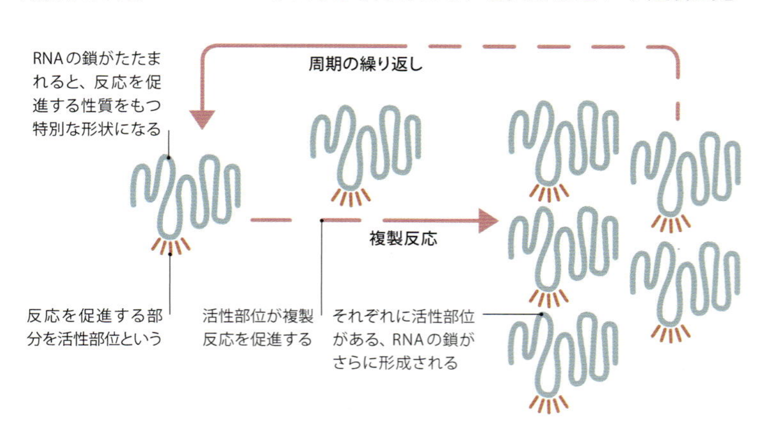
RNAの鎖がたたまれると、反応を促進する性質をもつ特別な形状になる
周期の繰り返し
複製反応
反応を促進する部分を活性部位という
活性部位が複製反応を促進する
それぞれに活性部位がある、RNAの鎖がさらに形成される

▶ 情報の解読
生きている細胞の核内では、RNA、さらにタンパク質を生成するために遺伝子を利用できるよう、DNAの二重らせんがほどかれる。このとき、RNAの鎖は、DNAの塩基に対して特定の（符合する）組み合わせとなる塩基（化学成分）によって生成され配列を複製していく。このRNAの鎖は、ひきつづき生命にとって有用な特異的なタンパク質分子をつくることになる。RNAの塩基配列こそ、正しいタンパク質を生成するための化学成分の特異的な配列情報なのである。

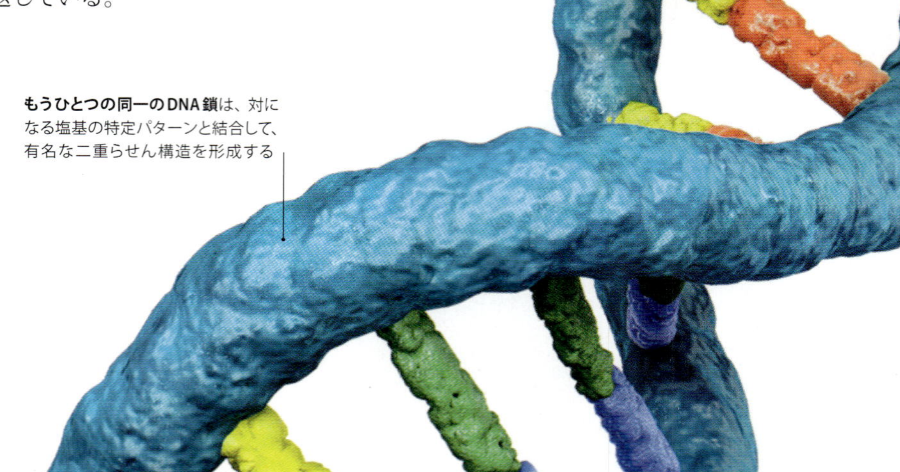

DNAのバックボーンをつなぐ**横棒**は、核酸塩基または単に塩基と呼ばれる化学成分だ。各塩基はデジタル情報的に働くひとつの単位である

黄色く塗られた塩基はアデニンで、ほかの3種類は、グアニン（緑色）、シトシン（青色）、チミン（オレンジ色）だ。それぞれはほかの1種類の特定の塩基のみと結びつく

もうひとつの同一のDNA鎖は、対になる塩基の特定パターンと結合して、有名な二重らせん構造を形成する

億3000万年前 最初の陸生動物
3億8000万年前 最初の樹木と森林
2億2000万年前 最初の哺乳類と恐竜
6500万年前 優勢を誇っていた爬虫類が小惑星により絶滅

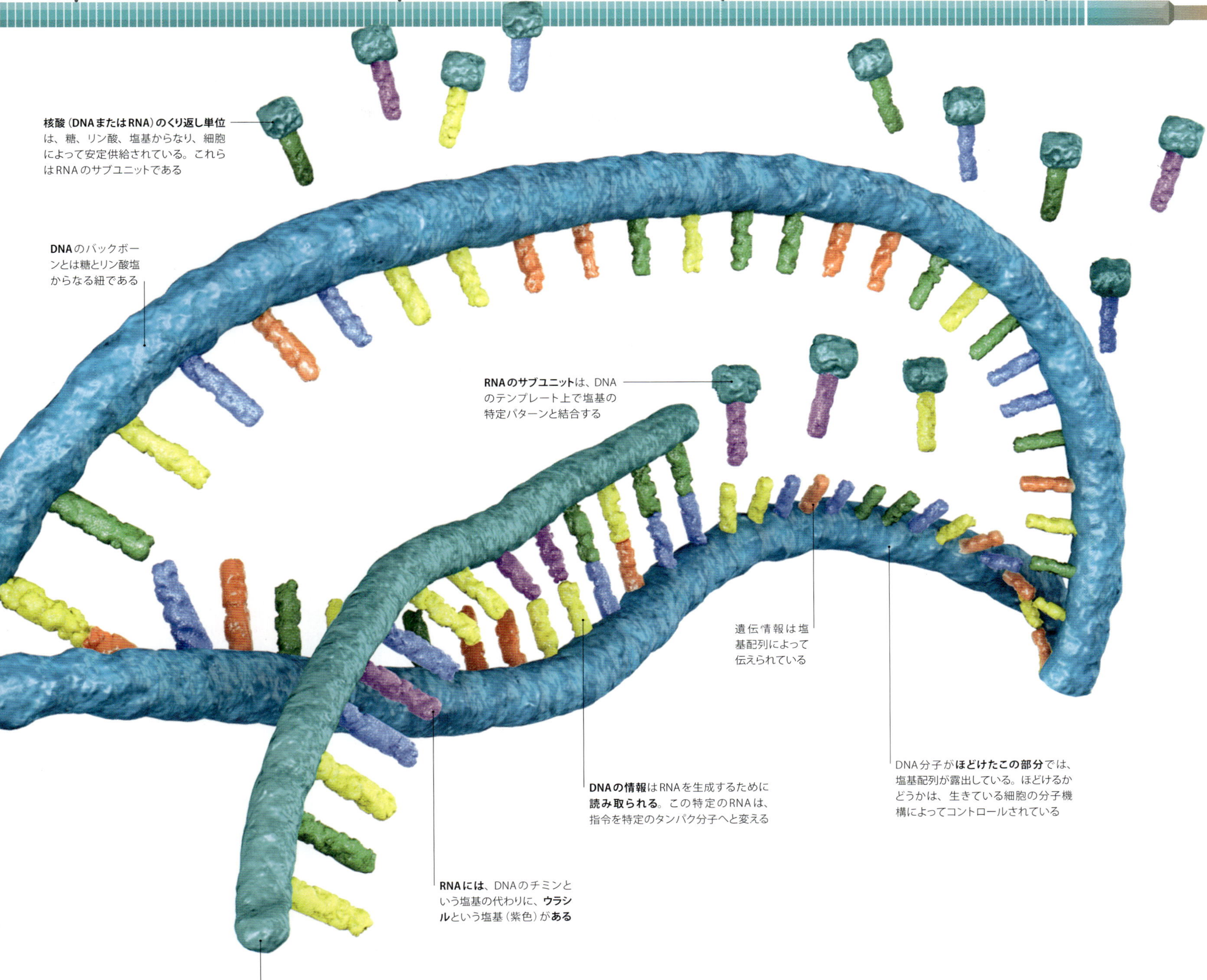
核酸（DNAまたはRNA）のくり返し単位は、糖、リン酸、塩基からなり、細胞によって安定供給されている。これらはRNAのサブユニットである
DNAのバックボーンとは糖とリン酸塩からなる紐である
RNAのサブユニットは、DNAのテンプレート上で塩基の特定パターンと結合する
遺伝情報は塩基配列によって伝えられている
DNA分子が**ほどけたこの部分**では、塩基配列が露出している。ほどけるかどうかは、生きている細胞の分子機構によってコントロールされている
DNAの情報はRNAを生成するために**読み取られる**。この特定のRNAは、指令を特定のタンパク分子へと変える
RNAには、DNAのチミンという塩基の代わりに、**ウラシル**という塩基（紫色）が**ある**
RNAのバックボーンにはDNAとは異なる糖がある

DNAは**分子のなかで最も長い**——人体の場合は**8.4 cmの長さ**があり、**2億4900万個**の塩基対を含んでいる

◀DNAの発見
1953年、ケンブリッジ大学の科学者が突破口を開いた。アメリカ人生物学者のジェームズ・ワトソン（写真左）とイギリス人生物学者のフランシス・クリックが、DNA（デオキシリボ核酸）は規則的な二重らせんの形状をしており、遺伝情報を伝えられる性質をもっていると推測したのである。

生命の始まり

生命は、複雑なものが集まるという過程によって、無生物から生じた。自己複製分子が触媒（化学反応を促進する物質）と混ざり合ったことで集合体がどんどん自律的に組み立てられ、最初の細胞つまり、よく知られた生命の特徴をもつ生物となった。

すべての生命は、細胞膜内に生命活動に必要な化学物質を抱えた細胞からなる。生物は、病気や死に至る崩壊に抵抗しながら、絶えず活動している。生命が無生物の地球からどのように現れたのかは謎だが、生化学と初期の地球環境についての知見を応用すれば、どういったことが起きたかを推測できる。この変化には特別な環境が必要で、ちょうど約40億年前の状況に相当するかもしれない。

養分をただで得るための支払い

深海の熱水噴出孔には化学物質が豊富にあって温かかったが、大きな分子を分解するほどの高温ではなかった。何十億年も前は、これらの噴出孔は降り注ぐ小惑星や強烈な太陽光線から逃れることができる安全な場所でもあった。現在の噴出孔は、海水が冷えるにつれて、金属硫化物で覆われている。こういったミネラル（無機物）が触媒作用を引き起こし、その一部は二酸化炭素を酢酸に変えている。酢酸は現在のあらゆる生命の代謝において、極めて重要な位置を占める。さらに、酢酸を生成するある反応では、エネルギーまで生み出すことができる。養分を生みだすこととエネルギーに変えることへの支払い（代償）という組み合わせは、すべて触媒作用の積み重ねによりしかけられたものである。これが生命の「孵化場」だったかもしれない。

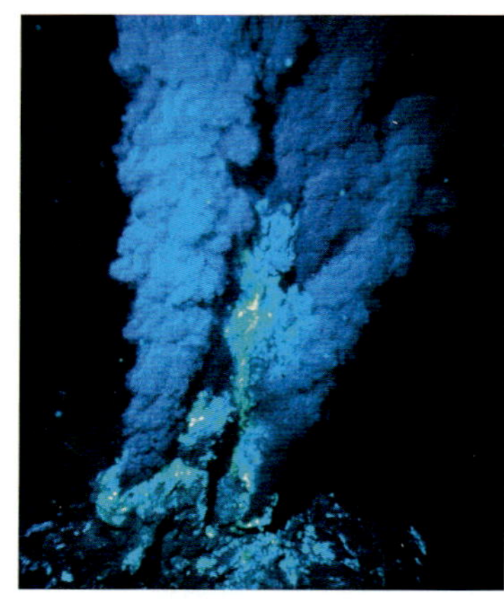

▲熱い生息環境
深海熱水噴出孔から水が噴出すると、多数の鉱物によって「チムニー」が築かれ、黒色の硫化鉄の噴煙を上げているように見えるものもある。このような生息環境は、現在も変わった生物を支えている。彼らはこの放出物に含まれる無機物に完全に依存している。

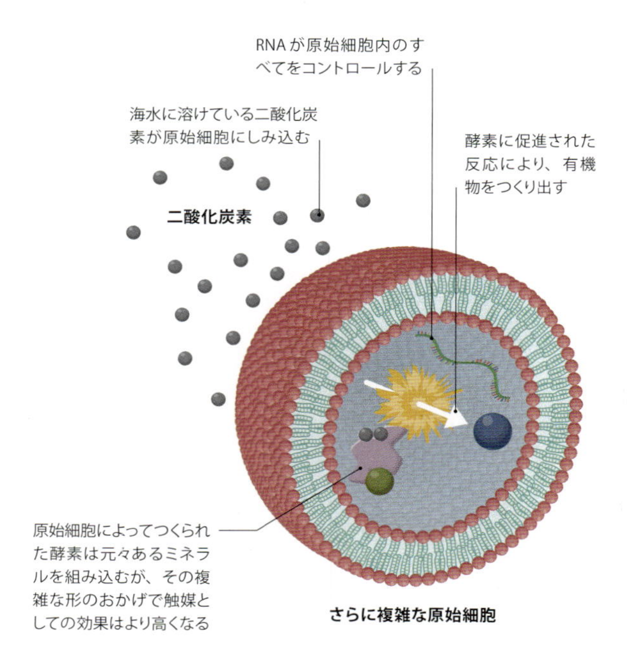
RNA が原始細胞内のすべてをコントロールする
海水に溶けている二酸化炭素が原始細胞にしみ込む
酵素に促進された反応により、有機物をつくり出す
二酸化炭素
原始細胞によってつくられた酵素は元々あるミネラルを組み込むが、その複雑な形のおかげで触媒としての効果はより高くなる
さらに複雑な原始細胞

▶生命の起源
深海熱水噴出孔のチムニー内や細胞膜内にある鉱物により促進された化学反応が、最初の生命である「原始細胞」の基礎となった可能性がある。より複雑な原始細胞がのちに、自ら触媒をつくりはじめ、さらに反応を促した。そもそも、これらの触媒はRNAだった可能性がある。だが結局は、原始細胞が酵素と呼ばれるタンパク質触媒をつくり出した。RNA（そして最終的にはDNA）は全体の組み立てをコントロールする役目を引き継いだ。

> 現在、**地球上のあらゆる細胞**内のDNAは……**最初の分子**を拡大して**精密**にしたものである。
>
> **ルイス・トマス** 医師・著述家・教育者 1913年～1993年

チムニーからの分散

最初の「原始細胞」ができたのは、脂質の細胞膜が、熱水噴出孔の煙突状のチムニー内で生じた化学物質を包み込んだときである。海水により、原始細胞はチムニーから分散することができ、その中にあった触媒として作用する鉱物は原始的な代謝の維持を手助けしたのである。

炭素元素（酢酸の骨格を形成するもの）がもつ多様性とは、その原子が集まるとさまざまな分子になれるということを意味する。ミネラル（無機物）の触媒作用によって生成された分子のなかには、独自の触媒能力を発達させたり、さらには、自律形成まで行えた分子もあっただろう。これらの分子がRNA（現在のすべての細胞にある物質）と関係していた可能性はある。RNA（もしくはそれに似た分子）は、生体情報の出現にも関与した。そういった分子は、新たに現れる生命の属性を細胞が維持する方法をコントロールできたのである。

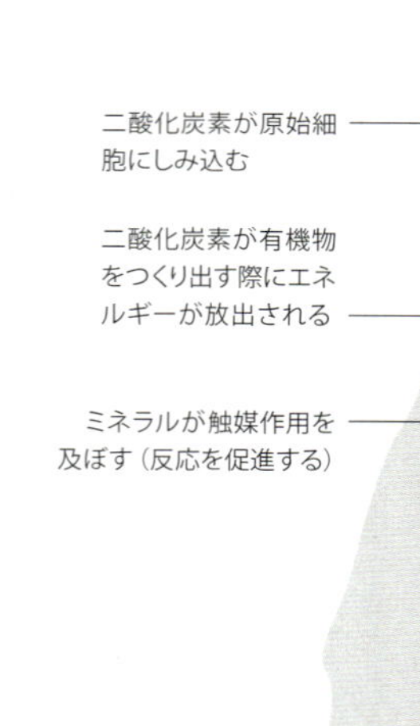
周囲の海水へと分散する原始細胞
ミネラル
熱水噴出孔から吐き出されたミネラルによって形成されていくチムニー
ミネラル
糖や酢酸といった有機物がつくられる
二酸化炭素が原始細胞にしみ込む
二酸化炭素が有機物をつくり出す際にエネルギーが放出される
ミネラルが触媒作用を及ぼす（反応を促進する）
深海熱水噴出孔のチムニー
原始細胞
原始細胞としての一生が徐々に始まる

億3000万年前 最初の陸生動物
3億8000万年前 最初の樹木と森林
2億2000万年前 最初の哺乳類と恐竜
6500万年前 優勢を誇っていた爬虫類が小惑星により絶滅

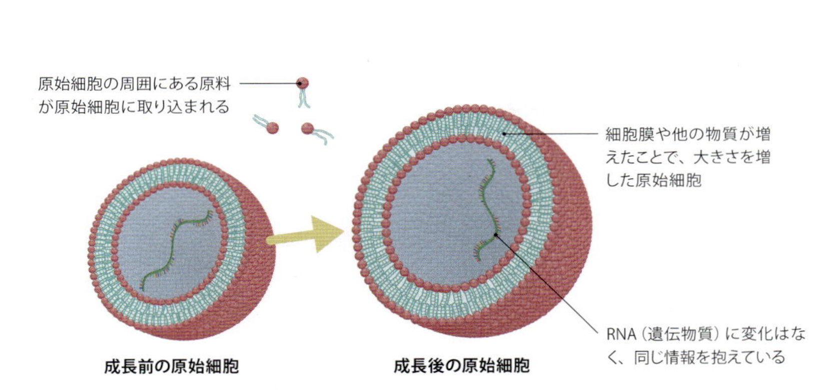

原始細胞の周囲にある原料が原始細胞に取り込まれる
細胞膜や他の物質が増えたことで、大きさを増した原始細胞
RNA（遺伝物質）に変化はなく、同じ情報を抱えている
成長前の原始細胞
成長後の原始細胞

▲成長
原始細胞が有機分子を取り込み、それがさらに増えていくと、これらは自らの構造内に組み込まれ、成長することとなった。細胞膜にはより膨張性が出たが、分子2個分の厚さのまま変わらない構造は、現在のあらゆる細胞膜に共通している。

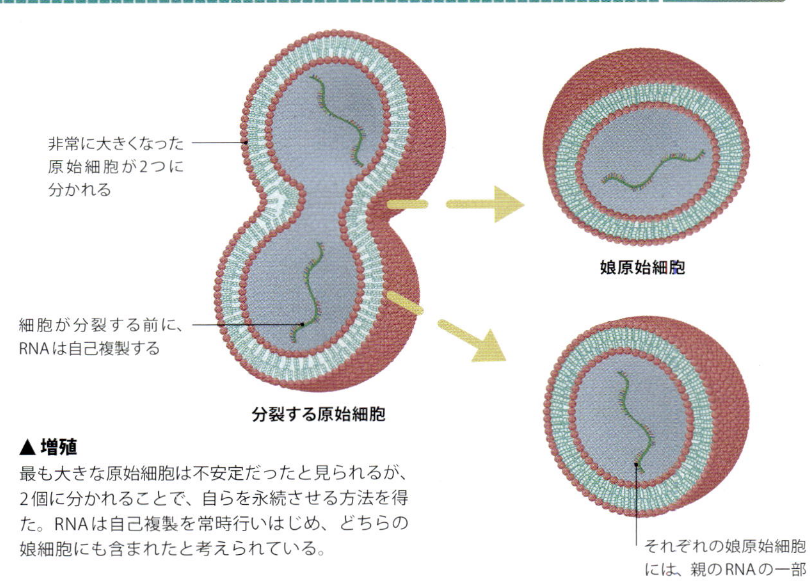

非常に大きくなった原始細胞が2つに分かれる
細胞が分裂する前に、RNAは自己複製する
分裂する原始細胞
娘原始細胞
それぞれの娘原始細胞には、親のRNAの一部が含まれている

▲増殖
最も大きな原始細胞は不安定だったと見られるが、2個に分かれることで、自らを永続させる方法を得た。RNAは自己複製を常時行いはじめ、どちらの娘細胞にも含まれたと考えられている。

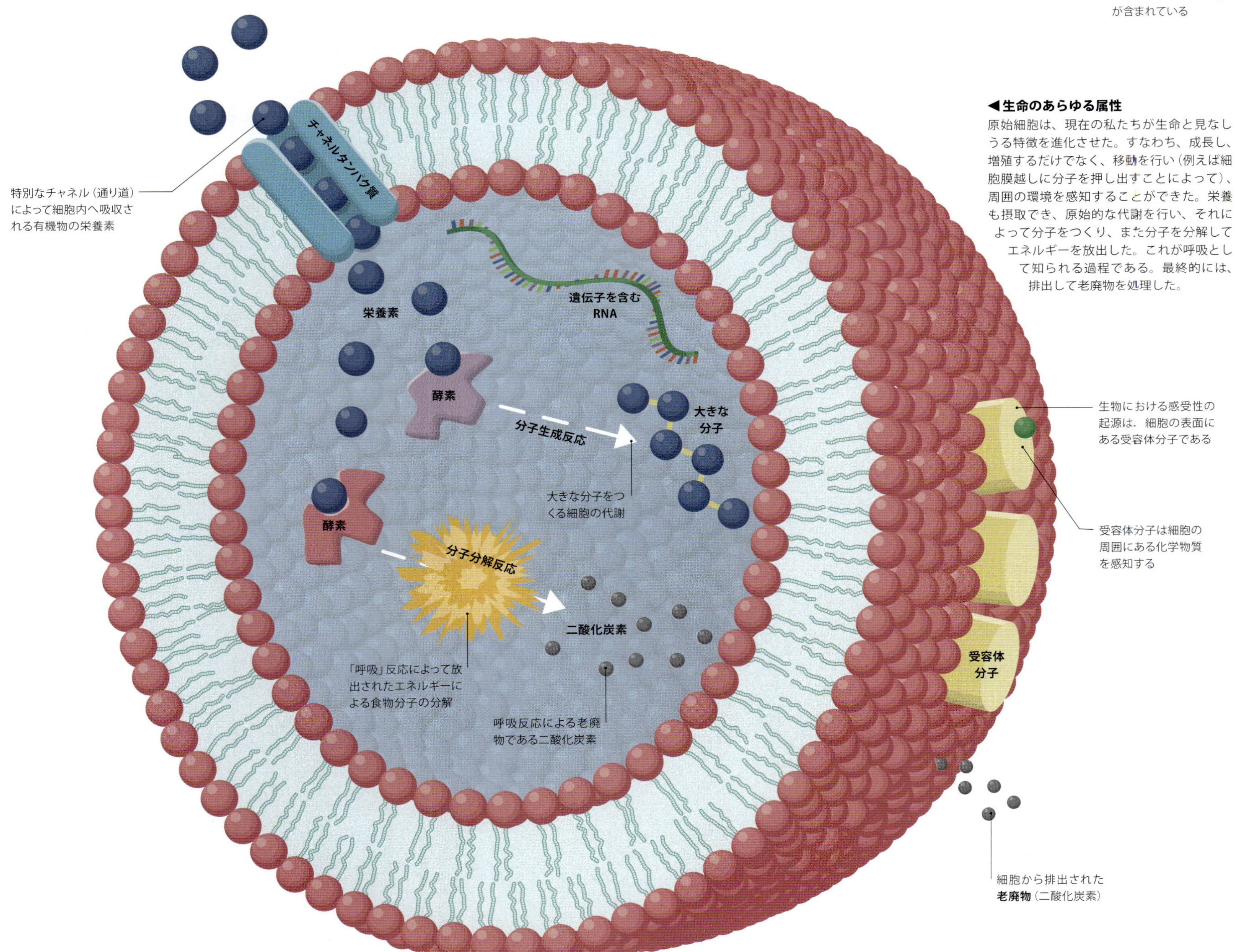

チャネルタンパク質
特別なチャネル（通り道）によって細胞内へ吸収される有機物の栄養素
栄養素
遺伝子を含むRNA
酵素
分子生成反応
大きな分子
大きな分子をつくる細胞の代謝
酵素
分子分解反応
二酸化炭素
「呼吸」反応によって放出されたエネルギーによる食物分子の分解
呼吸反応による老廃物である二酸化炭素
生物における感受性の起源は、細胞の表面にある受容体分子である
受容体分子は細胞の周囲にある化学物質を感知する
受容体分子
細胞から排出された老廃物（二酸化炭素）

◀生命のあらゆる属性
原始細胞は、現在の私たちが生命と見なしうる特徴を進化させた。すなわち、成長し、増殖するだけでなく、移動を行い（例えば細胞膜越しに分子を押し出すことによって）、周囲の環境を感知することができた。栄養も摂取でき、原始的な代謝を行い、それによって分子をつくり、また分子を分解してエネルギーを放出した。これが呼吸として知られる過程である。最終的には、排出して老廃物を処理した。

生命のあらゆる特徴を獲得した原始細胞

生命の進化

生命は生まれたばかりの段階でさえ、進化の過程がすでに進行していた。生命は変化を続け、あらゆる新しいことのおおもとには突然変異があった。突然変異はDNAが複製をつくる際のミスである。このコピーミスのおかげで多様性が生じたが、変化しやすい地球環境のもとでは、成功した変異もあればそうでないものもあった。

あらゆる生物は生きている間に変化を遂げる。だが個体群というレベルで見ると、大規模な変化は何世代にもわたって起きている。生物は増殖する際にはDNAを丸ごと複製するが、このデジタル的な情報量は100万個以下から数十億個にも及ぶ。この大仕事では、分子データのとてつもない量がやり取りされているのだ。自然のシステムチェックが機能していても、突然変異というコピーミスは起こる。多様性のもととなる突然変異には、ほとんど影響の出ないものもあれば発達を止めるものもあり、有益なものはごくわずかである。

> **進化に長期目標はない。**選択の基準となるはるか遠くのゴールも、**最終的な理想もない**のだ。
>
> リチャード・ドーキンス　進化生物学者　1941年生まれ

環境による選択

突然変異が偶然のものだからといって、進化はでたらめに起こるのではない。突然変異体は自然選択され、有益な突然変異を生じた生物が選ばれる。その生物は繁殖して、「優良な遺伝子」を少なくとも子孫の一部に伝える。生存や生殖能力に害を及ぼすような突然変異を生じた生物は、減少したり死滅したりする。

環境の変化や、生命体の生息環境とそこでの生き残り戦略が、突然変異が有益か害になるかの決め手となる。深海魚には暗闇でも獲物をとらえられるように大きな目と光る仕掛けをもつものがあり、砂漠のサボテンは水分を蓄えるとげで身を守る。光る仕掛けもサボテンのとげも、それが現れるには遺伝的多様性が必要だが、正しい場所に現れるように選んでいるのは環境だ。突然変異体を広める際には、特に個体数が少ない場合は偶然が一役買うこともあるが、そういった適応の説明がつくのは自然選択だけである。環境に対して生物を適応させているのだ。

新種

突然変異のなかには、明らかに珍しいものがいきなり生じる場合もあるが、進化的変化というものは概してゆっくりとして漸進的である。自然選択は通常、大きさや形といった主要な特徴をコントロールする遺伝子のセットに作用する。だが、生物の多様性は連続するものではなく、種と呼ばれる不連続な単位で起きている。新種が発生するのは、2つの個体群がそれ以上交配できなくなったときだ。遺伝子を交換できないため、進化の道筋から離れていくのである。この分岐は障害物が新たに発生することにより起こることもある。例えば川や山脈である。だが突然変異そのものが、例えば染色体全体が関係する場合(特に植物)は、交配を防いだり個体群を隔離したりすることもある。

現在は何百万という種が生きているが、そのすべてが(過去にいた無数のものも含めて)環境によって形作られた進化的変化の産物なのである。

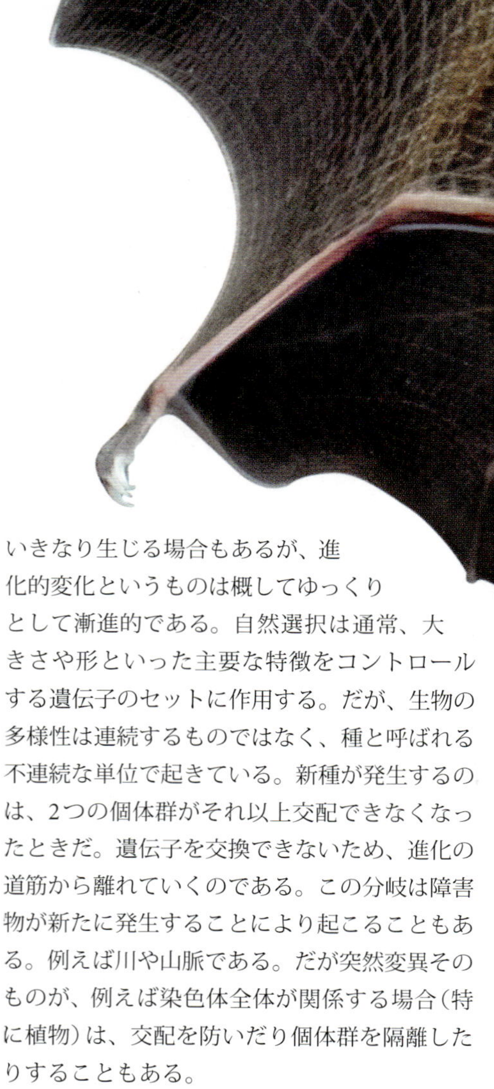

▶ 極限への到達
酸性の熱水泉の端を鮮やかな色で目立たせている数種の微生物は、遺伝的変異および適応によって極限環境で生きられることを示す証拠である。

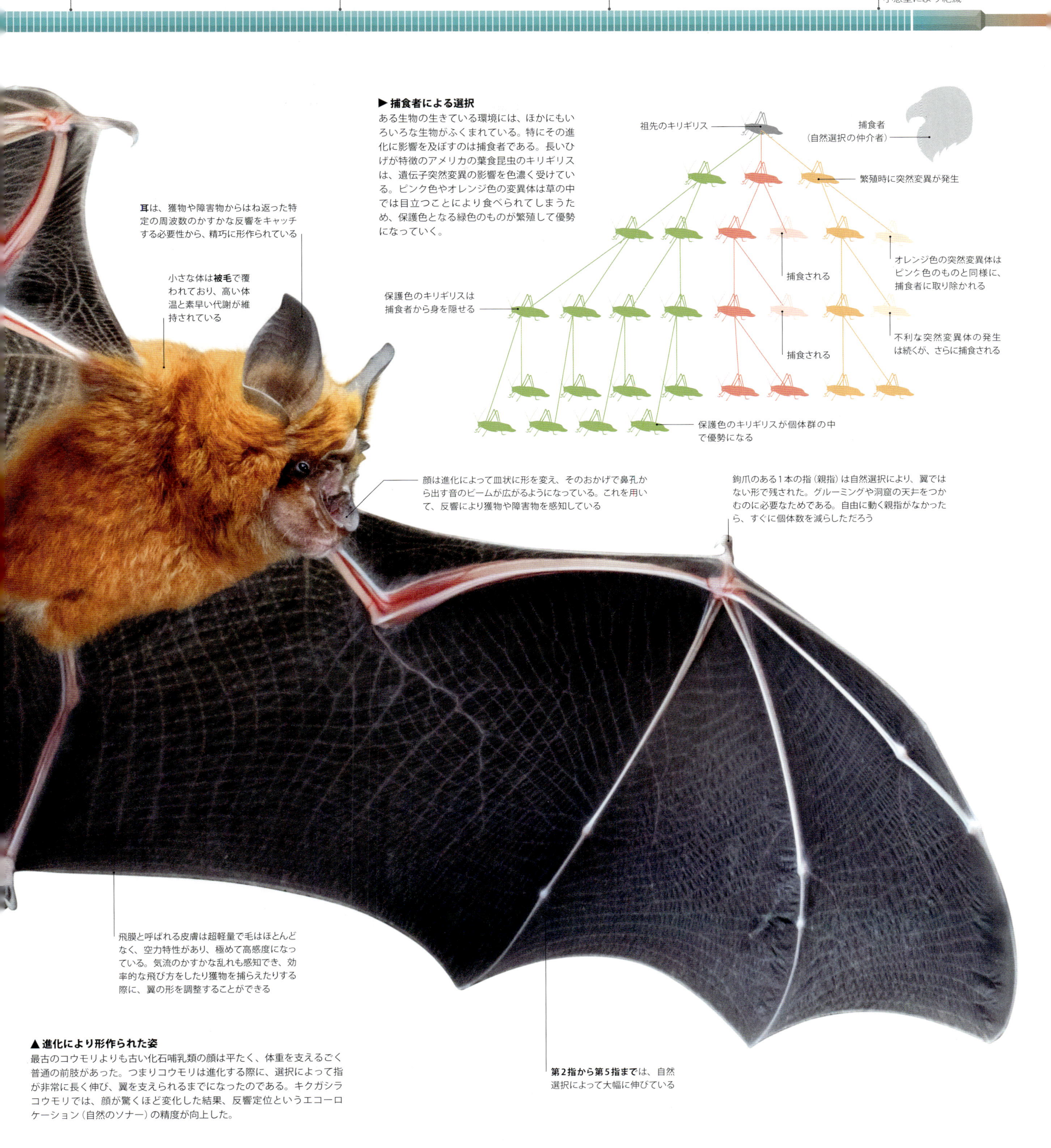
祖先のキリギリス
捕食者
（自然選択の仲介者）
繁殖時に突然変異が発生
捕食される
オレンジ色の突然変異体はピンク色のものと同様に、捕食者に取り除かれる
保護色のキリギリスは捕食者から身を隠せる
捕食される
不利な突然変異体の発生は続くが、さらに捕食される
保護色のキリギリスが個体群の中で優勢になる
耳は、獲物や障害物からはね返った特定の周波数のかすかな反響をキャッチする必要性から、精巧に形作られている
小さな体は**被毛**で覆われており、高い体温と素早い代謝が維持されている
顔は進化によって皿状に形を変え、そのおかげで鼻孔から出す音のビームが広がるようになっている。これを用いて、反響により獲物や障害物を感知している
鉤爪のある1本の指（親指）は自然選択により、翼ではない形で残された。グルーミングや洞窟の天井をつかむのに必要なためである。自由に動く親指がなかったら、すぐに個体数を減らしただろう
飛膜と呼ばれる皮膚は超軽量で毛はほとんどなく、空力特性があり、極めて高感度になっている。気流のかすかな乱れも感知でき、効率的な飛び方をしたり獲物を捕らえたりする際に、翼の形を調整することができる
第2指から第5指までは、自然選択によって大幅に伸びている

▶ 捕食者による選択
ある生物の生きている環境には、ほかにもいろいろな生物がふくまれている。特にその進化に影響を及ぼすのは捕食者である。長いひげが特徴のアメリカの葉食昆虫のキリギリスは、遺伝子突然変異の影響を色濃く受けている。ピンク色やオレンジ色の変異体は草の中では目立つことにより食べられてしまうため、保護色となる緑色のものが繁殖して優勢になっていく。

▲ 進化により形作られた姿
最古のコウモリよりも古い化石哺乳類の顔は平たく、体重を支えるごく普通の前肢があった。つまりコウモリは進化する際に、選択によって指が非常に長く伸び、翼を支えられるまでになったのである。キクガシラコウモリでは、顔が驚くほど変化した結果、反響定位というエコーロケーション（自然のソナー）の精度が向上した。

▶ ガラパゴス諸島のフィンチ
ガラパゴス諸島の鳥の標本が、くちばしの形や大きさがどれも異なっているにもかかわらず、いずれもフィンチだと知ったダーウィンは、これらは単一の共通祖先から多様化したと考えるようになった。

ビッグアイデア

進化の歴史

地球上でこれまでに存在してきたあらゆる生物は、鳥のドードーや珪藻から、キャベツや王様にいたるまで、たった1つの共通祖先に由来するということが、有史以来の考え方だった。だが、生命の進化の可能性を考える卓越した思考の持ち主たちもいた。そして、ある偉大な人物が生涯をかけて「種の問題」を探ったことにより、どのようにして起こったかが解明されたのである。

生物は、何千年も何百万年もかけて変化する。ある生物から次の世代が誕生するが、生きている環境によって多少変化する。次の世代はその環境で生き延びるためにさらに適応するが、前の世代の特徴のいくつかはもちつづける。これが自然選択による進化であり、その過程は化石記録によってたどることができる。

初期の手がかり

古代の哲学者たちは、進化に関する考えを先取りしていた。すべての生物は人間を頂点にして階層制に並べることができるという可能性を考えた者もいた。

17世紀～18世紀、西洋の博物学者らが世界を探索した結果、博物館には化石があふれた。化石を絶滅した動物のものとしたのは、宗教的観点からだった。動物は神によって、現在の姿につくられたと考えられていたからである。地球上のあらゆる種は、ずっと存在していて、変わるはずはないとした。化石は、聖書に出てくる大洪水の際に死んだ動物のものとされたのである。だが、さまざまな動物の構造を比較した科学者は、種の間に多くの類似点があるのを見て取った。そうした類似点は、動物の一定のグループ間に類似性が存在するという考えを支持するものだった。例えばアフリカのヒヒは、アメリカにいる小さなマーモセットよりも、アジアにいるマカクザルのほうに間違いなく近かった。同様に、チンパンジーは人間に近い存在に思われたのである。この近さとは一体何を意味するのだろうか。

もうひとつの世界観

敬虔な上流社会に生まれたチャールズ・ダーウィンだったが、この解剖学的類似性には注意を引かれた。彼はビーグル号での5年間の航海旅行を勧められ、世界各地の標本を集めた。

ダーウィンは自分の標本に見られる、予想外の地域的な類似性に考えをめぐらせた。何千kmも離れた土地にいる種の間の類似点は、自発的な一度きりの天地創造の出来事という考えとは相いれないように思われた。ガラパゴス諸島の動

> 歴史は私たちに警告している……**新たな真実**が異説として**始まる**ことは**常である**と……。

トマス・ヘンリー・ハクスリー
生物学者　1825年～1895年

物は南米大陸にいるものに似ており、オーストラリアの変わった野生動物はまったく別の天地創造に属しているかのようだった。イギリスに帰国したのち、彼がガラパゴス諸島で集めた鳥を、鳥類学者のジョン・グールドが調べた。ダーウィンはそれらが複数の科に属するものと考えていたが、グールドは実際には同じ科に属する、近縁種のフィンチであると説明した。ダーウィンは自らの経験から、これらの新種はそれまでの種から変化したということだけでなく、おそらくすべての生物には共通祖先がいると確信した。進化は多くの年月をかけたごくわずかな変化の積み重ねによって起こり、生き残ることのできる形質をもつ動物はより繁殖しやすくなり、その「有利な」特徴を次の世代に伝える可能性が高いという自説に深く思いをめぐらしたのだった。

1858年、イギリスの博物学者アルフレッド・ラッセル・ウォレスが同じ内容の考えを、ダーウィンに手紙で告げた。1年後、ダーウィンは自分の考えを本にして発表する。1859年出版の有名な『種の起源』である。この本は科学界に騒ぎを巻き起こした。聖書に出てくる天地創造を疑問視する内容だったため、ダーウィンには非難の声が浴びせられる。それでも彼の説はかなりの支持者も得ていた。彼の主張を擁護した友人のイギリス人博物学者トマス・ヘンリー・ハクスリーもそのひとりである。数年のうちに、自然選択による進化は教科書のなかで賞賛された。哲学者のハーバート・スペンサーは『生物学原理』のなかで、ダーウィンの考えと同義の「適者生存」という言葉を考え出している。

理論の統一

ダーウィンの『種の起源』には証拠が徹底して記載されていたが、遺伝の謎は残ったままだった。生命は長い間に変化するものと彼は理解していたが、ではその変化は正確にはどのように起こるのだろうか。遺伝形質は両親からのものが混ざるというのが一般的な考えで、これは異なる色の絵の具を混ぜ合わせるようなものである。だが、こういった形質が物理的に存在しているのかどうかは、誰にもわからなかった。実際には、このように混ぜ合わせると、新たな変化は生じずに変異は薄まることになるため、この説明では十分ではなかったのだ。

突破口は思わぬところからもたらされた。

> **議論が巻き起こる**と
> わかっていたため、
> **ダーウィンは23年**待ってから
> 自身の考えを公表した

オーストリアの聖アウグスティノ修道会の修道士グレゴール・メンデルが、1860年代に行ったさまざまなエンドウマメの交配実験により、遺伝はのちに遺伝子と呼ばれる粒子によるものと、推測したのである。有性生殖は遺伝子を再交配することで、独特の組み合わせを生みだしており、その一部がのちの世代で姿を見せることがある。このことは2つの謎を説明していた。世代をまたいだ形質の出現と、生き残り（自然選択）を手助けする形質の持続である。メンデルが黄色い豆と緑色の豆をかけ合わせたところ、次の世代の豆はどれも黄色だった。つまり、ほかよりも発現しやすい形質が存在したのである。この世代の豆どうしをかけあわせたところ、できた豆にはどちらの色もあり、形質は世代をまたぐことも示されたのだった。

メンデルの発見はダーウィンの発見を補強しただけでなく、それぞれがお互いの研究について何も知らない状態でありながら、当時よく知られていた対抗理論の誤りを暴いた。例えば「ラマルク説」である。これはフランスの博物学者ジャン＝バティスト・ラマルクが提唱したもので、大きくて強い筋肉など、生きている間に得られる特徴は子孫に伝わるという説だった。メンデル説が再発見されたのは1900年になってからで、進化について遺伝を念頭に置いて考えるようになった科学者が増えたからである。自然科学の興味深い新分野としての遺伝学とともに、遺伝子の新たな変化は突然変異によって偶然生じることが明らかになったのだ。自然選択は、最も有用なものを選択し維持することによって、これらの変化に影響を与えているのである。1940年代までには、ドイツ系アメリカ人の生物学者エルンスト・マイヤーが、個体群が分散したら、進化は単独の祖先というコースから外れてさまざまな道をたどり、新たな種をつくることになると説明した。

化石は進化の過程を記録している。魚のひれが両生類の肢になり、それが鳥の翼になり、海生哺乳類の肢はひれのような形に戻るといった記録である。現在ではDNA解析により、生物は下等だろうが高等だろうが起源は同じであることが、疑う余地なく証明されている。

> **化石がひとつ**でも**異なる順番**で出てきたら……**進化は論破されうる**。進化はこのテストに見事に合格してきているのだ。

リチャード・ドーキンス　生物学者　1941年生まれ

微生物の登場

細菌はどの種類の生物よりもはるかに長く存在している。光合成を行ったのも、養分を摂取したのも、細菌が最初で、しかも、光のないところでもエネルギー源をつくり出せる生物は、いまだに細菌だけである。何十億年も前に、海と陸の両方で開拓者となったのだ。

細菌は細胞生物のなかで最も単純なものだが、圧倒的なまでに広範囲に及んで豊富に存在している。動植物の細胞よりもはるかに小さく、ほとんどは、人間の皮膚細胞の10分の1程度の大きさである。原核生物（英語では“prokaryotic”といい、核“karyon”をもつ前“pro”という意味）と呼ばれるが、これらの細胞には細胞核が存在しないからである。

細菌の構造は均一のように見えるが、そこには注目すべき化学的多様性が隠されている。1977年に、生物学者らは原核生物のいくつかの種類を新たに区分して、それを古細菌と名づけた。この古細菌はほとんどが塩湖や酸性の熱水泉などの過酷な環境にいるが、他のどの生物とも異なる、エーテルで構成される独特の細胞膜をもっている。メタンを放出するなど、変わった化学反応を行えるものもある。

細菌は広く分布しており、**地殻**3km**の深さ**で、**放射性ウラン**からエネルギーを得ているものもいる

▼バチルス
細菌の形は球状かららせん状までさまざまだが、バチルスと呼ばれる桿菌にみられるこのような棒状の形はよくある形である。現代の細菌に見られるさまざまな特徴を有しているが、初期の細菌の大半には、髪の毛のような線毛も、外側の莢膜も存在していなかった。

プラスミド 多数ある短い環状DNAのひとつ

主要ゲノム 長くねじれて閉じた環状のDNA。遺伝子を数千個含んでおり、細胞中央に緩く固定されている

防御する層

初期の細菌の進化は、他の微生物が多くいる世界で起きた。そしてこれら初期の生物の多くが、栄養やスペースを求めて争いながら、他の細菌を抑制する物質である抗生物質を作り出していた。そのため細菌は、防御する細胞膜層をもっている。どの生物にも共通する薄い細胞膜の外側に丈夫な細胞壁を備えていて、ほとんどの種類には抗生物質の侵入を防ぐ第2の膜もある。そして現在も、内膜と外膜の間に挟まれた壁をもつ細菌は、抗生物質に対する耐性がより強い。

化学的多様性

細菌の養分摂取は動植物に見られるあらゆるパターンを網羅するのみならず、その多くが、無機質からエネルギーを引き出すという、生物の最古の祖先による栄養生産能力を保持しつづけている。細菌の一部は土壌に侵入して、窒素などの元素を再循環させることで、他の生物にとって不可欠な存在となった。また、シアノバクテリアは光合成を発達させ、太陽光から養分を作り出し、大気に酸素を送り出す最初の生物となった。だが、微生物の世界がより複雑なものへ進化するにつれて、多くが養分をとりこむようになり、周囲から養分を吸収するようになった。数十億年後に動植物の体に（死骸にも生体にも）入り込んで分解したり、病気を引き起こす寄生生物となったのが、このような細菌だったのである。

▼動物内の細菌
栄養を摂取する生物である多くの細菌は、動物の内臓に生息している。例えばこの写真のように、ヒトの結腸の内側にいる。そのほとんどが、栄養分（ヒトの場合は消化に必須のもの）を宿主と交換し合う協力関係を維持している。一方で、病気を引き起こすものもわずかにいる。

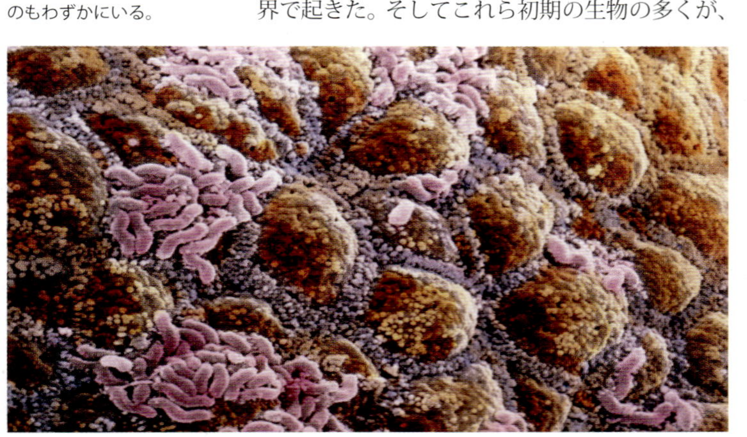

3000万年前　最初の陸生動物
3億8000万年前　最初の樹木と森林
2億2000万年前　最初の哺乳類と恐竜
6500万年前　優勢を誇っていた爬虫類が小惑星により絶滅

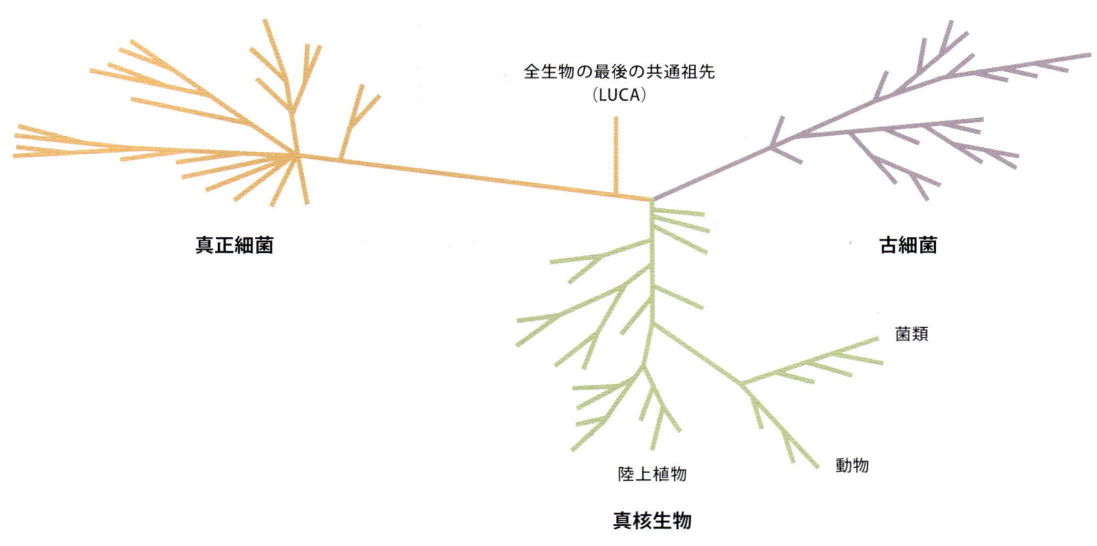

全生物の最後の共通祖先
（LUCA）
真正細菌
古細菌
菌類
陸上植物
動物
真核生物

◀生命の樹（系統樹）
左の図はDNA解析に基づいた全生物の分岐関係を示している。解析によると、現存するすべての細胞の起源は共通している。「LUCA」と呼ばれる未知の祖先から進化し、大きく3つのドメインへと枝分かれした。真正細菌、古細菌、真核生物である。

凡例
- 真正細菌。原核生物であり、すべて単純な単細胞の微生物。
- 古細菌。細菌と同じく原核生物で、細菌と似ているが、化学的にはまったく異なり、遠縁にすぎない。
- 真核生物。ずっと複雑だが（⇨p.118～119）、分枝の大半もまた微生物である。植物、動物、菌類は、系統樹の真核生物という大きな枝の先の、ごく小さな枝にすぎない。

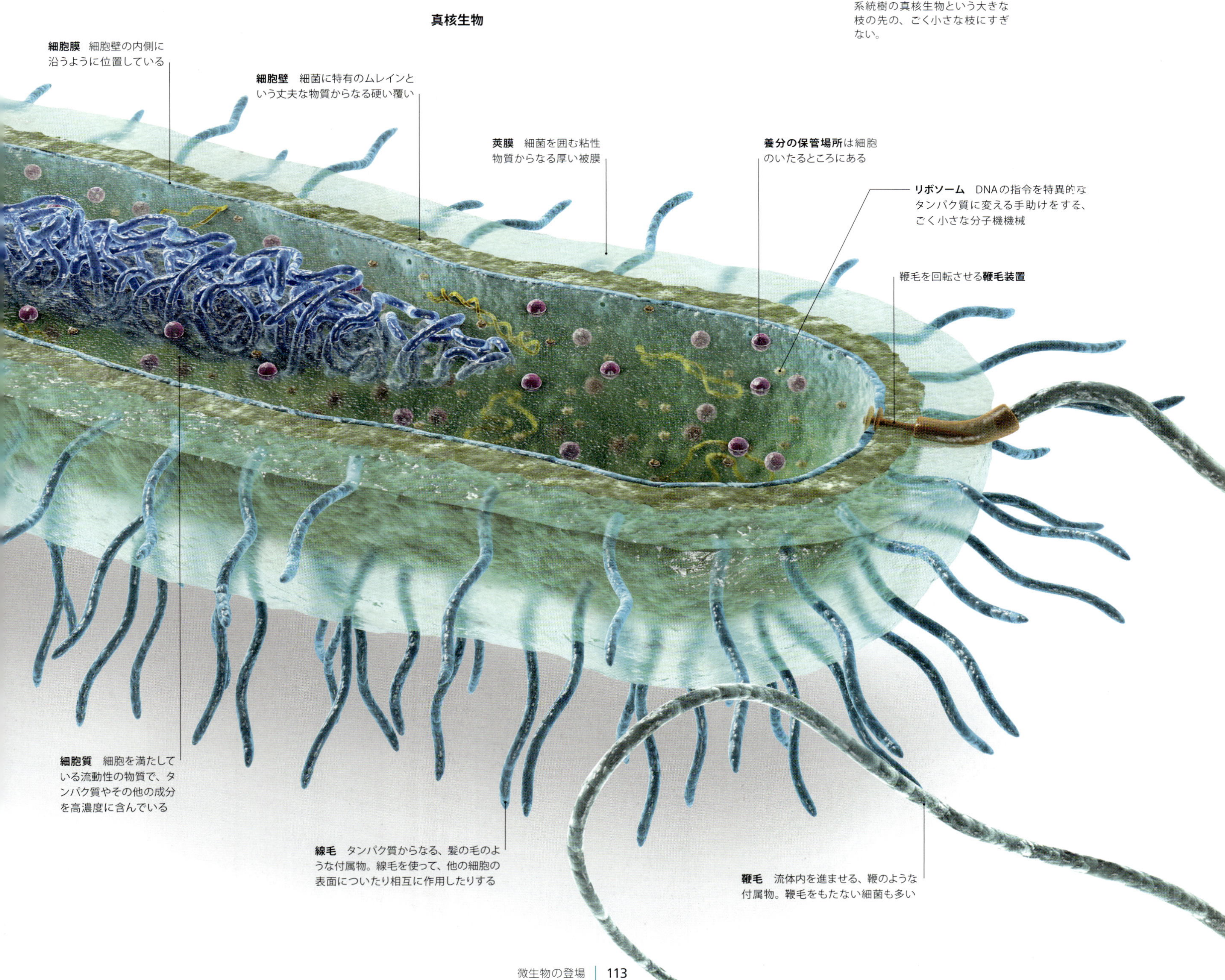

細胞膜　細胞壁の内側に沿うように位置している
細胞壁　細菌に特有のムレインという丈夫な物質からなる硬い覆い
莢膜　細菌を囲む粘性物質からなる厚い被膜
養分の保管場所は細胞のいたるところにある
リボソーム　DNAの指令を特異的なタンパク質に変える手助けをする、ごく小さな分子機械
鞭毛を回転させる**鞭毛装置**
細胞質　細胞を満たしている流動性の物質で、タンパク質やその他の成分を高濃度に含んでいる
線毛　タンパク質からなる、髪の毛のような付属物。線毛を使って、他の細胞の表面についたり相互に作用したりする
鞭毛　流体内を進ませる、鞭のような付属物。鞭毛をもたない細菌も多い

太陽の光を発見した生命

生命にはエネルギーが必要だ。最初の生物は無機物からエネルギーを得て、深海の暗闇で栄養を作っていたが、その後の生物は別の場所でエネルギーを見つけた。浅瀬で太陽の光をとらえたり、他の細胞が作った栄養を摂取したりしたのである。動植物の祖先である。

生きているあらゆるものは(微生物から最も高い木まで)エネルギーを消費して、小さな分子を大きなものに変え、生命に必要な物質を細胞へ送り込み、腐敗しないようにしている。その直接的なエネルギー源となるのが栄養物質だ。糖質や脂肪といったエネルギーを豊富に含む物質は、細胞内の仕組みによって燃焼される。化学物質が燃焼されて機械を動かす方法と同じである。ただ、点火する代わりに、細胞は分子触媒(いわゆる酵素)を使って、安全かつ簡単な方法で、栄養物を燃焼させてエネルギーを生み出している。この過程が呼吸である。

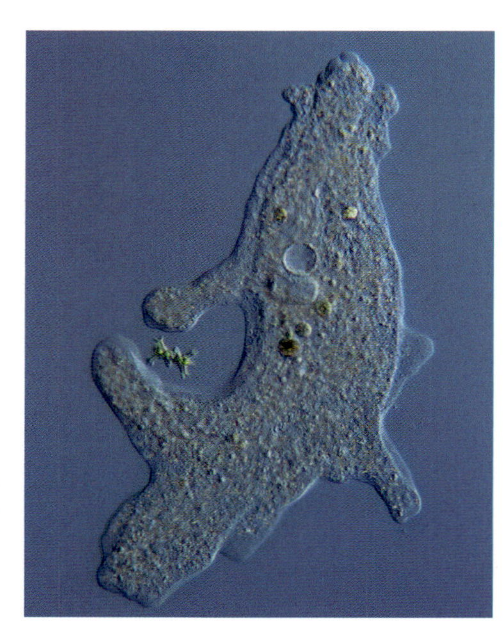

▶小さな捕食者
アメーバは、藻類などの小さな生物を包み込むと、消化酵素を使いながら分解して栄養をとっている。つまりアメーバは暗闇でも生きられるが、生きつづけるには獲物が必要ということである。

地中から得た水と無機物を、**上空から得た太陽の光**と二酸化炭素と融合することで、緑色植物は**大地と空を結びつけている。**

フリッチョフ・カプラ 物理学者 1939年生まれ

栄養を得るための最大の自給自足戦略は、糖質や脂肪、タンパク質などの栄養素を、栄養物質以外のものから作ることだ。大気中もしくは水に溶けた二酸化炭素は、炭素と少量の酸素をもたらす。水は水素を供給し、さらに、硝酸塩やリン酸塩、硫酸塩などの無機物は、窒素、リン、硫黄をもたらす。現在の世界は、植物に覆われているが、その植物は太陽のエネルギーを使って、このようにして栄養素を生じさせている。だが、栄養素を作りだす生物の全容ははるかに壮大だ。

栄養物質の産生

栄養素を生み出しているのは植物だけではない。あらゆる生物のなかで徹底した自給自足を行っているものは、光がなくても生き、無機物が含まれた水だけで生きていける。このような生物(細菌や古細菌)は、無機物による化学反応からエネルギーを得ることができ、それを使って栄養素を作り出しているのである。無機物が豊富な深海で繁栄していた最初の生命体のなかに、この化学的な栄養産生を行う生物がいた。その一部は現在も自然界の見えざる再循環役を務めており、無機物を変化させるその能力で、枯れた植物や死んだ動物から窒素を他の生き物に戻す手助けをしている。

太古の微生物の能力の重大な変化は、太陽に照らされた浅瀬に進出した際に起きた。新しい細菌が太陽光を利用して養分を作ったのだ。光合成と呼ばれる作用である。養分を作れるのは昼間だけだが、これを行って得る利益は、暗闇で養分を作るよりもはるかに大きかった。太陽の光には無機物よりもずっと多くのエネルギーが含まれているからである。これらの微生物は、岸に近い海で光を浴びながら繁栄していった。化学反応の過程を組み替えて作りなおし、太陽光を用いる新しい化学反応に変えたのである。これは、光エネルギーを吸収してとらえる、葉緑素などの色素を用いて行われた。

▲太陽光によるエネルギー
現生するストロマトライトの上の、シアノバクテリアによる薄いマットは、緑色の葉緑素を使って太陽の光をとらえる。このエネルギーは二酸化炭素と水による有機物生成に使われ、その副産物として酸素が泡となって出てきている。

最初に光合成を行った生物は、硫化水素から取り出した水素を用いて、二酸化炭素を糖に変えた。この過程で出る硫黄の黄色い残留物が岩石に残っていたため、科学者はこのことを知ることができた。光合成はのちに改良されて、生物は水から水素を得られるようになった。このときに残る物質、酸素が、やがては大気を満たし(⇨p.116〜117)、のちに細胞が呼吸によって養分をより効率よく燃焼することに一役買った。こういった先駆者となっていたのは、おそらく現在のシアノバクテリアである。シアノバクテリアは粘り気のあるフィルム状の細胞の集合となりそこに堆積物が蓄積する。そのため数千年をかけて、シアノバクテリアの

コロニーがストロマトライト(「ストロマ」はベッド、「ライト」は岩石の意)という岩のような層状の堆積物を形成した。ストロマトライトは現在も数カ所の温暖な海岸域で生息している。その場所は、塩分濃度が特別に高いため草食動物が近づかないが、そのため化石記録は豊富に存在する。

養分の消費

一部の生物が養分を作り出すと、近道をするものが現れた。生産者にはならずに、新たな戦略を展開させる生物が出てきたのである。ほかの生物が作り出した養分を食べる生物である。自ら養分を作り出すことをやめて、消費者となったのだ。すぐにとれるものから直接栄養を得るのである。このような方法で有機物を摂取しているのが、動物、菌類、そして微生物全般である。消費者となった最初期の生物は、おそらく近くにある、糖質などの溶け込んだものから養分を吸収していたにすぎなかっただろう。菌類などの分解者は現在もこのようにして養分を得ている。近くにある有機物を、より吸収しやすくなるように消化液を出して分解しているのである。次の段階では、ある生物が他の生物を食べて消化するという積極的な捕食が行われ、アメーバなどの複雑細胞がこの手法を発展させて、より小さな生物を包み込んでいった。この捕食行動が現れたときに、ごく小さな規模で食物連鎖が始まったのである。

現在、生産者と消費者は、より大きな食物連鎖内のエネルギー移動によってつながっている。海の生命と陸の生命の始まりは、どちらも太陽をエネルギー源とする藻類と植物だが、これらが世界のほとんどすべての食糧源となっている。草食動物と捕食者が摂取する規模は膨大だが、一方で生きているすべての生物は、無機物をさまざまな方法で再利用する菌類や細菌に依存しているのである。

▼光合成の場

光合成は現在生きている生命にとって、養分を生み出す主要な過程である。植物と藻類は、陸や海にいる動物を支える食物連鎖における生産者である。

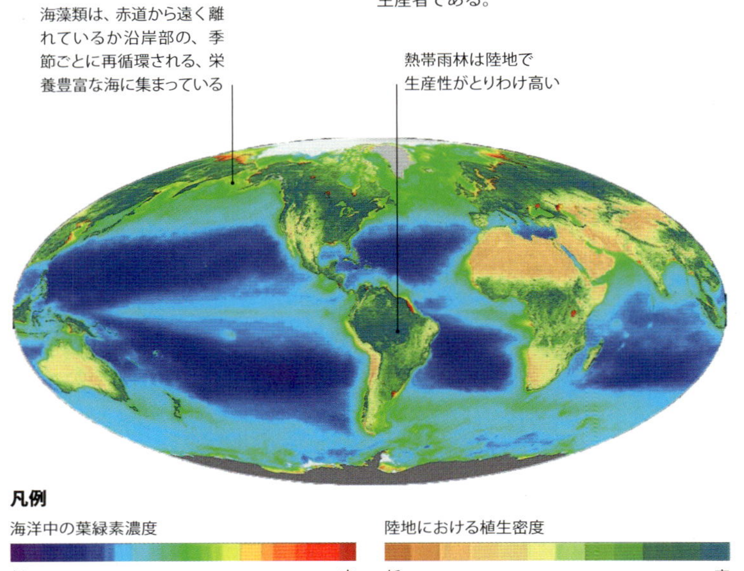
海藻類は、赤道から遠く離れているか沿岸部の、季節ごとに再循環される、栄養豊富な海に集まっている
熱帯雨林は陸地で生産性がとりわけ高い
凡例
海洋中の葉緑素濃度
低
高
陸地における植生密度
低
高

大気を満たす酸素

およそ25億年前に、地球の大気が劇的な変化を遂げた。酸素化したのである。この極めて重大な出来事は、新種の微生物が引き起こしたものであり、全生物の将来にとってとてつもなく重要なことだった。

太陽の光が当たる浅瀬にいた新種の微生物が酸素を生み出し、その後に続く生物がそれまでとは違うものになることが確実となった。

酸素は驚くべき元素である。火をもたらし、それによって有機物は灰になるが、DNAなどの複雑な分子の構成要素でもある。ほとんどの生物が、呼吸をして生きていくために酸素を必要としている。現在、酸素ガスは大気の化学組成の約5分の1を占めているが、地球の歴史の前半においては、気体状の酸素はほとんど存在していなかった。その代わり、酸素はすべて水や岩石のなかに化合物として存在していた。養分を作る際に水と酸素を分けることで酸素を放出した最初の生物が、光合成微生物である（⇨p.114〜115）。

初期の大気は、窒素や二酸化炭素などの比較的反応性が低いガスがかなりを占めていて、空は赤色だった

太陽光が浅瀬へと浸透

ほとんどの生物は海底で生息し、光合成はしなかった

浅瀬へと移動した微生物が光合成を始めた

生命は、太陽光が届かない**深海で始まったとみられる**。初期の生物が新たな生息環境へと広がり、太陽光に照らされた浅瀬にたどり着いた生物が、食物を作る新たなエネルギー源を見つけた。太陽光エネルギーだ。

酸素化の影響

初期の生物は酸素濃度が高くなることに慣れていなかったため、劇的な変化が生じた。鉄を腐食して錆を生じさせるのと同じ酸素が、十分な防御機構のない繊細な構造の細胞に大打撃を与えたのである。初期の生物の大半は、酸素のない生息環境で進化してきたため、この新しい、有害な酸素の猛攻によって死に絶えた。だが、生き延びる手段をもっていた微生物もわずかにいた。酸素を安全な分子の中に閉じこめて被害を受けないようにするための酵素をもっていたのだ。さらに、ある生物は一段階先に進んで、酸化は有害であると同時に有益でもあるという事実を利用した。

酸素の反応の激しさが意味するのは、酸化はエネルギーを放出するということだ。酸化の際には相当量のエネルギーが放出されるため、この反応では熱をもつ。細胞は数十億年にわたって、あらゆる生命活動を行うために、エネルギーを得る方法に磨きをかけてきた。そして酸素の存在により、新たな代謝の道（好気呼吸）が開かれたのである。酸素を有機分子と反応させ（⇨p.102〜103）、放出されたエネルギーを利用するのである。この仕組みがエネルギーを作り出すのに非常に効率がよかったため、その後の10億年の間に、地球上のほぼすべての生物が酸素呼吸するようになったのである。

チャート岩の層

鉄を豊富に含む層

◀証拠の集まり
発掘された、大酸化イベント以前の岩石には、赤鉄鉱の縞が見られる。酸素が放出されていた海で形成された。

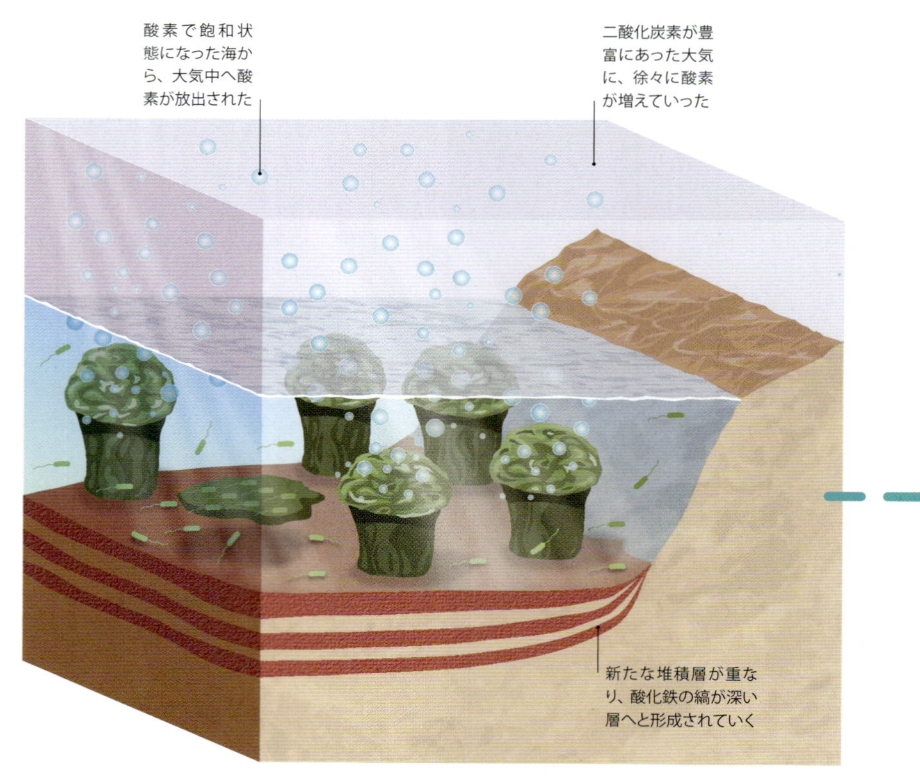
酸素で飽和状態になった海から、大気中へ酸素が放出された
二酸化炭素が豊富にあった大気に、徐々に酸素が増えていった
新たな堆積層が重なり、酸化鉄の縞が深い層へと形成されていく

何億年にもわたり、光合成によって作られた酸素は海中の鉄と結びつき、鉄の縞が築かれた。これが現在の重要な鉄鉱石鉱床になっている。およそ24億年前に海中の鉄が尽きると、海水は酸素の飽和状態になり、やがて酸素は大気を満たしはじめた。

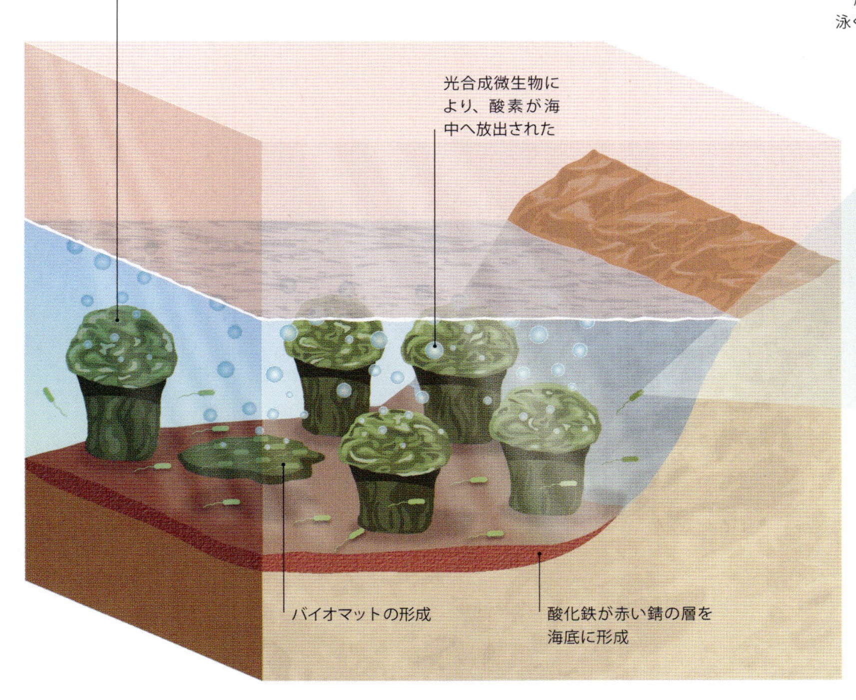
ストロマトライトは、太陽のエネルギーを求める微生物によって鉱物質が層状に蓄積されて形成された
光合成微生物により、酸素が海中へ放出された
バイオマットの形成
酸化鉄が赤い錆の層を海底に形成

38億年〜32億年前の間に、**浅瀬にいた微生物が光合成を始めた**。コロニーを形成し、バイオマットとなって集まり、ストロマトライトを形成した。海水から水素を得て酸素を放出したが、この酸素は大気へは漏れ出なかった。海中に溶けている鉄と反応し、海底の酸化鉄へと変化した。

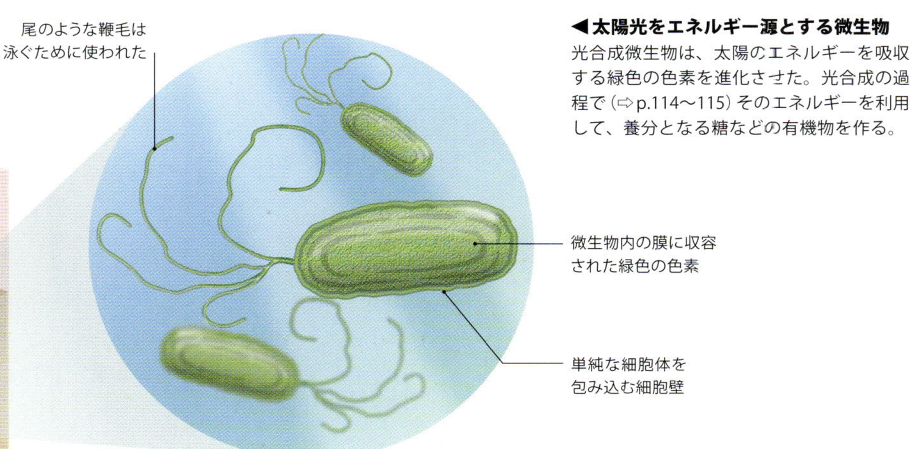
尾のような鞭毛は泳ぐために使われた
微生物内の膜に収容された緑色の色素
単純な細胞体を包み込む細胞壁

◀太陽光をエネルギー源とする微生物
光合成微生物は、太陽のエネルギーを吸収する緑色の色素を進化させた。光合成の過程で（⇨p.114〜115）そのエネルギーを利用して、養分となる糖などの有機物を作る。

> **動物が進化**するための**環境**が整い、さらにいえば進化の「時間」を決定づけたのはこの状況だと考えられる。

ティモシー・ライオンズ 生物地球化学教授 1960年ごろ生まれ

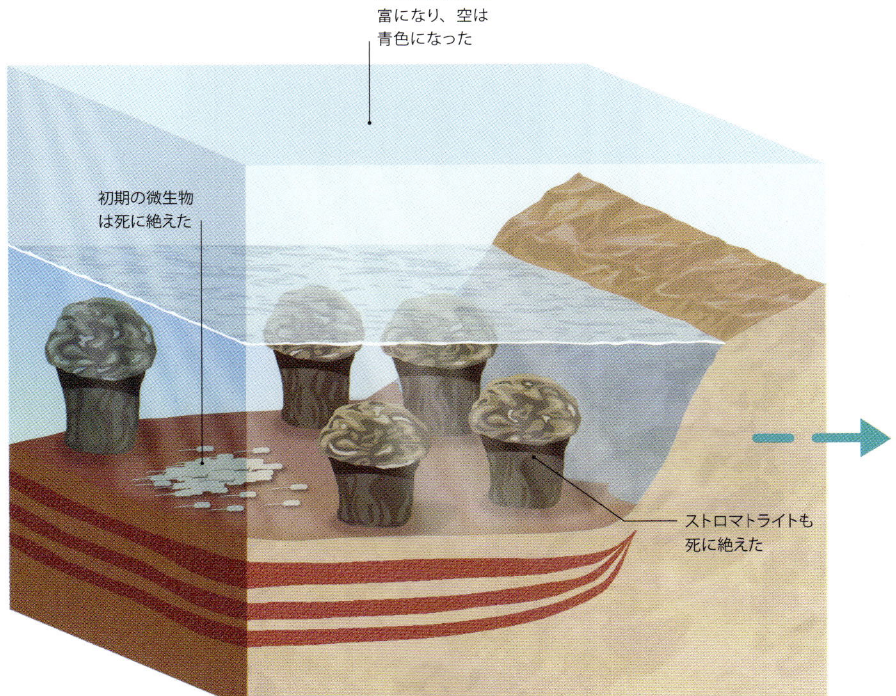
大気は酸素が豊富になり、空は青色になった
初期の微生物は死に絶えた
ストロマトライトも死に絶えた

24億年前以降は、海は酸素で満たされ、大気も酸素が豊富になった。生物は酸素の少ない生息環境で進化してきたため、新しい状況はその大半に被害を与えた。酸素に抵抗する手段をもっていたごくわずかの生物だけが、生き延びることができた。

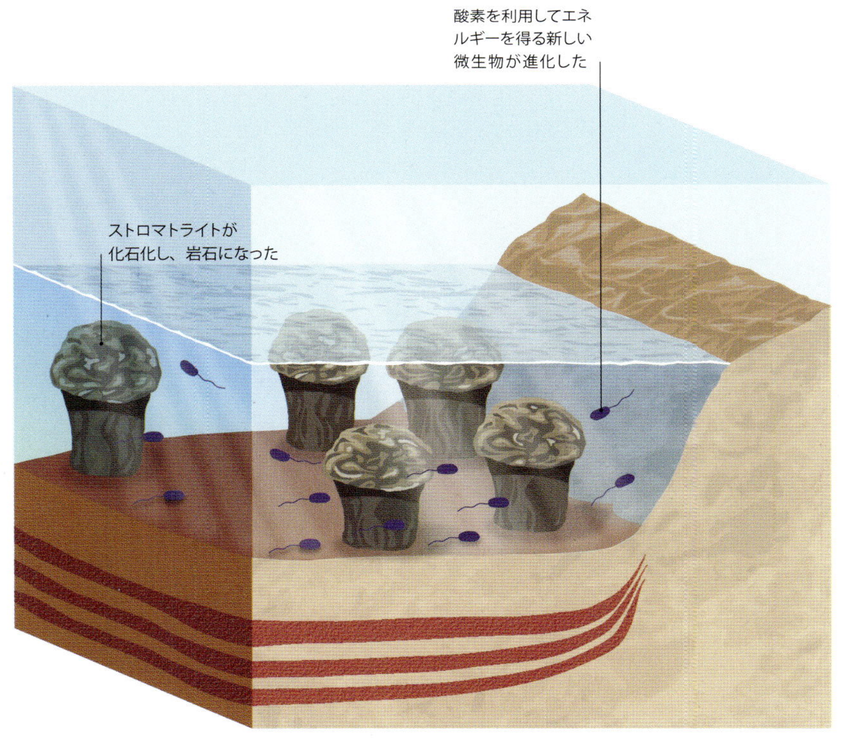
酸素を利用してエネルギーを得る新しい微生物が進化した
ストロマトライトが化石化し、岩石になった

新種の微生物が進化を遂げ、**酸素を利用**して養分からエネルギーをさらに得られるようになった。やがて、酸素が豊富な新しい生息環境で、支配的な生物になっていく。嫌気性の微生物は、酸素が届かないドロドロの泥の中などで、わずかに生き残った。

複雑細胞の進化

微生物に満ちていた27億年前の世界で、生命は先へ進む方法を発見した。単純な細菌がもっと大きな細胞と結合して顕微鏡的な協力関係をつくり、融合と協力によって複雑な新しい細胞が形成された。このような細胞が動植物を構成する生命の単位となるのである。

細菌がもつ能力は、その単純な構造ゆえに限られている。もっと複雑な生物でも不可能な化学的な技を行うこともできるが、動きや社会性に限りがあるのだ。その可能性が大きく広がったのが、小さな微生物が大きな微生物に飲み込まれ、その中で生きたままにされたときだった。

細胞内の区画

動植物の細胞は真核細胞（「真核」は「核をもつ」の意味）といい、核と呼ばれる部分が中心にある。さらに、生体膜で包まれたさまざまな区分が多数あることが、複雑細胞と細菌との違いである。それぞれの区分は細胞小器官（オルガネラ）と呼ばれる。その用途が、もっと大きな体における各器官の機能に似ているからだ。

細胞小器官のなかでも、特に葉緑体とミトコンドリアは、自由生活性細菌を思い起こさせる。つまり、先史時代の共同体で微生物が食物として小さな細胞を包み込んだ際、それを消化せずに捕らえておき、その生命過程を維持したことで生じたのではないかと考えられる。こうして、かつての光合成細菌の一部が現在の葉緑体となった。

酸素を使って呼吸するミトコンドリアの場合は、酸素呼吸を行う細菌に由来する。核もこのように生じた可能性はあるが、古細菌が祖先であることを示すようなものはほとんどない。いずれの場合でも、捕らえられたものは「育てられ」、宿主が繁殖するたびに伝えられていった。数百万年にかけて、宿主と細胞小器官は完全に共依存の状態になったのである。真核生物は細菌以上の拡大を遂げ、光合成を行う葉緑体を利用して藻類や植物になったり、あるいは食物を食べるものではアメーバや菌類、動物になった。ごくわずかだが、なかにはユーグレナ（ミドリムシ）などのように、日なたでは光合成を行い、暗闇では養分を吸収するという切り替えができる生物もいる。だが、複雑さの上昇において原動力でありつづけたのは、細胞間の相互作用だった。そのため真核生物は、やがて地球上で最大かつ最も複雑な生物へと進化したのである。

外被（ペリクラ）という畝状の表面は丈夫で、身を守ることができるが、一方で、獲物を包み込めるほどの柔軟性もある

ゴルジ体は、タンパク質やその他の細胞生産物から不純物の除去と選別の手助けをする、小嚢の集まりである

葉緑体は光合成によって糖を作り出す。祖先は太古のシアノバクテリアと見られ、ミトコンドリアと同じく、独自のDNAがあり、約100個の遺伝子をもつ

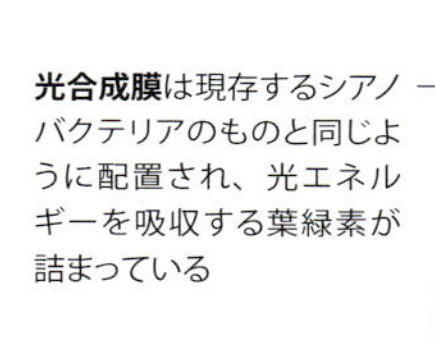

光合成膜は現存するシアノバクテリアのものと同じように配置され、光エネルギーを吸収する葉緑素が詰まっている

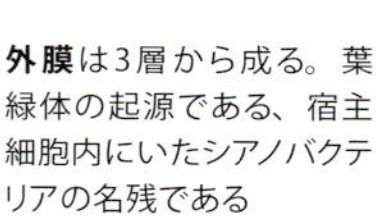

外膜は3層から成る。葉緑体の起源である、宿主細胞内にいたシアノバクテリアの名残である

葉緑体

外膜は好気呼吸に必要な有機分子を通す

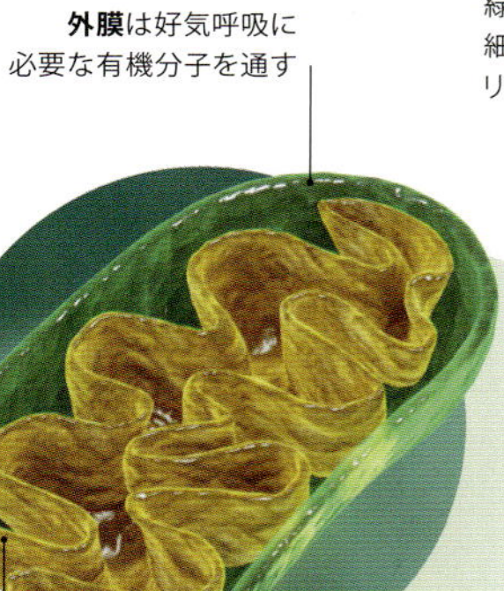

ミトコンドリア

内膜は、好気呼吸（エネルギーを得るため、酸素を使い養分を分解する過程）を行う多くの酵素が収まるよう、ひだ状に折りたたまれている

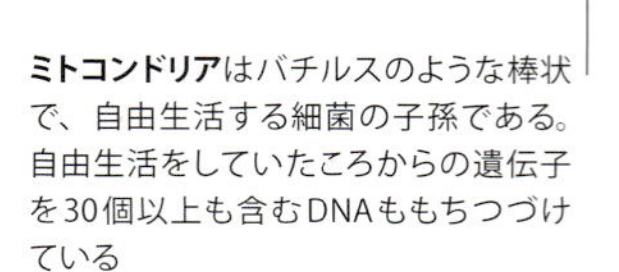

ミトコンドリアはバチルスのような棒状で、自由生活する細菌の子孫である。自由生活をしていたころからの遺伝子を30個以上も含むDNAももちつづけている

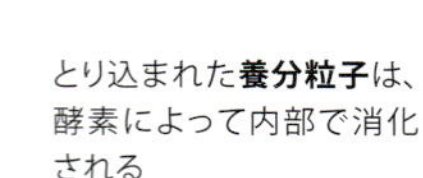

とり込まれた養分粒子は、酵素によって内部で消化される

粗面小胞体は扁平な袋状の膜が積み重なったもの。その大半は、タンパク質を作るリボソームという小粒に覆われているが、油性物質生成の手助けをする場合もある

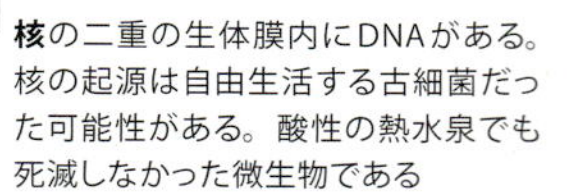

核の二重の生体膜内にDNAがある。核の起源は自由生活する古細菌だった可能性がある。酸性の熱水泉でも死滅しなかった微生物である

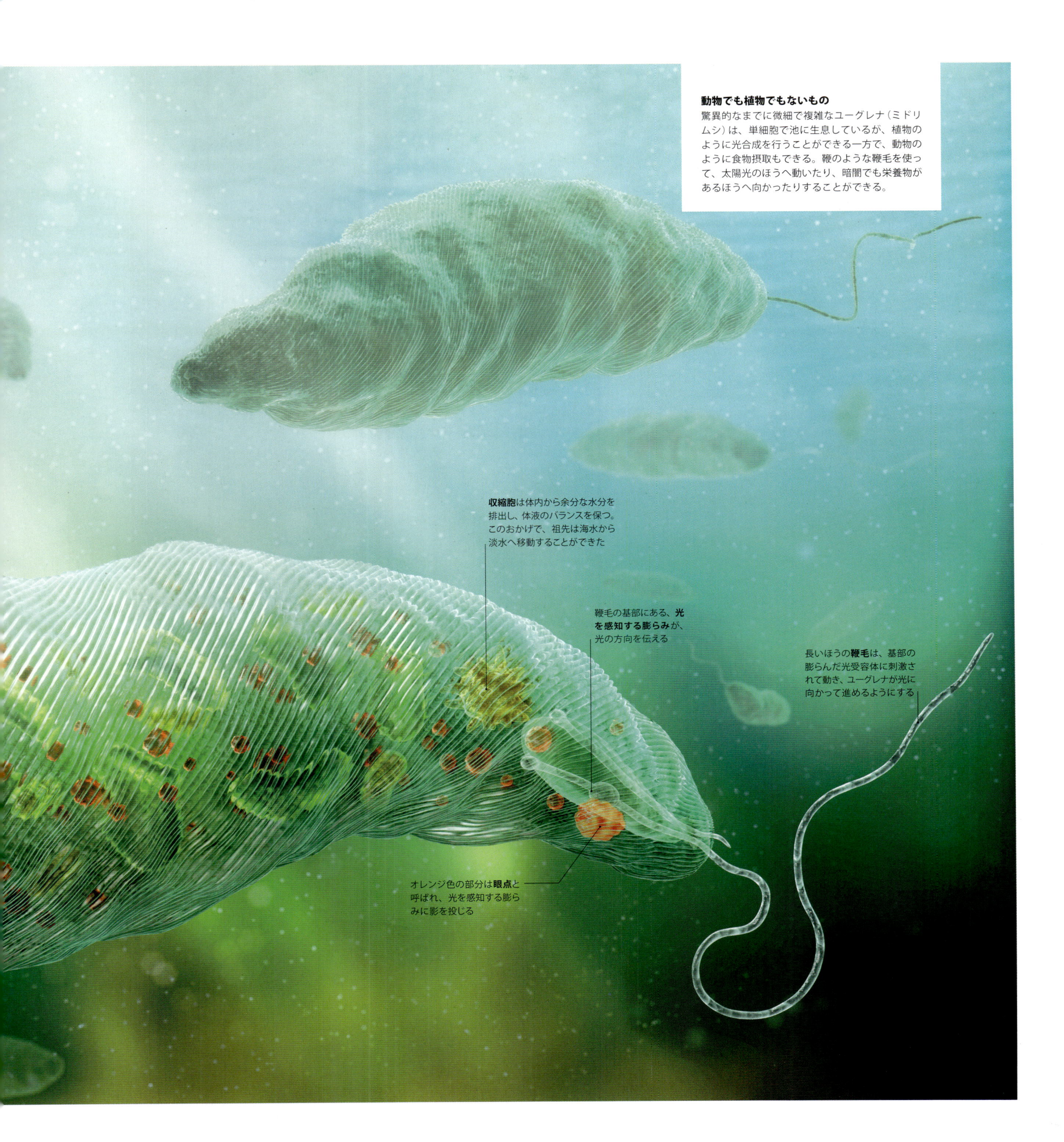
収縮胞は体内から余分な水分を排出し、体液のバランスを保つ。このおかげで、祖先は海水から淡水へ移動することができた
鞭毛の基部にある、光を感知する膨らみが、光の方向を伝える
長いほうの鞭毛は、基部の膨らんだ光受容体に刺激されて動き、ユーグレナが光に向かって進めるようにする
オレンジ色の部分は眼点と呼ばれ、光を感知する膨らみに影を投じる

動物でも植物でもないもの
驚異的なまでに微細で複雑なユーグレナ（ミドリムシ）は、単細胞で池に生息しているが、植物のように光合成を行うことができる一方で、動物のように食物摂取もできる。鞭のような鞭毛を使って、太陽光のほうへ動いたり、暗闇でも栄養物があるほうへ向かったりすることができる。

性行動による遺伝子の混合

遺伝物質の複製時における間違いにより、新たな遺伝子や形質が生じることがある。突然変異である。だが、遺伝物質を混ぜ合わせて、固有の個体を生み出しているのは、生物の性行動である。性的特質は知られているすべての生物の基本性質であり、進化においては相当に早い段階で現れたと見られている。

生物には、性行動がなくても繁殖するものがおり、子は親の遺伝子とまったく同じものをもつ。世代間で変化する唯一の方法は、突然変異によって変種を生じさせることである。だがほとんどの生物は、性別があるために、もっと頻繁に変化を遂げることができる。植物種では、花の色や背の高さは、遺伝的に決まってきたとされる。こうした変異体は突然変異（⇨p.108〜109）によって生み出されるが、性行動によってDNAが混ざることで、背の高いものも背の低いものも、どちらの色の花もつけることができるのである。

最も単純な種類の性行動は、細菌がDNAの一部を交換するというものである。その一部が分かれる際は、それぞれが遺伝的に変化しているが、新たに細胞は作られない。つまり細菌は性行動を行うが、有性生殖はしていないのである。

膨大な量のゲノムを混ぜるには

動植物や菌類の真核細胞（⇨p.118〜119）は、細菌のような方法で遺伝子を交換することはできない。DNAを半分だけもつ特別な生殖細胞を作り出し、もう一方の個体による半分のDNAと融合、つまり受精するのである。

半分にし、受精を行うには、それぞれの遺伝子の「分量」が2つ分必要となる。減数分裂という半分にする過程により、生殖細胞へ分けられ（通常は精子と卵子）、受精によって倍の分量に戻される。こうして確実にそれぞれの遺伝子は受け継がれ、失われる情報はない。

ヒトが作り出す**精子と卵子**による可能な遺伝子の組み合わせは**800万**とおりある

精子と卵子の変種

減数分裂の前段階として、DNAは生殖器官の細胞内で混ぜられる。ひとつの親による精子細胞または卵細胞のすべてを遺伝子的に異なるものにするためである。

動植物やその他の複雑な生物は、それぞれの能力に応じて、性的な生活スタイルを進化させた。極めて小さな菌糸で成長する菌類は、細菌を思わせる手法を採り入れた。精子も卵子も生み出さずに、菌糸がその場で融合するのである。また、地面に根を生やす植物は、分散する胞子や花粉を用いる生活スタイルを進化させた。すべての生物において、性行動は自然選択の素材（変種）を増やす役目を果たしたのである。

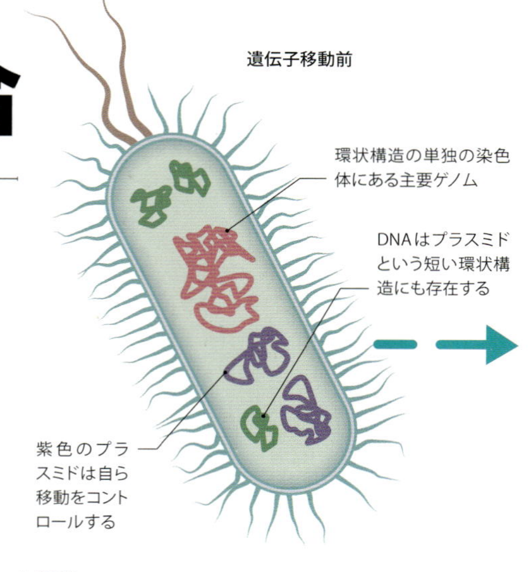
遺伝子移動前
環状構造の単独の染色体にある主要ゲノム
DNAはプラスミドという短い環状構造にも存在する
紫色のプラスミドは自ら移動をコントロールする
▲細菌
細菌は他の個体へDNAを移すことで性行動を行う。この交換をコントロールする遺伝子の一部は、実際には移動するDNA内にあるため、DNA鎖は独立した生物のように、自らの移動をコントロールしている。

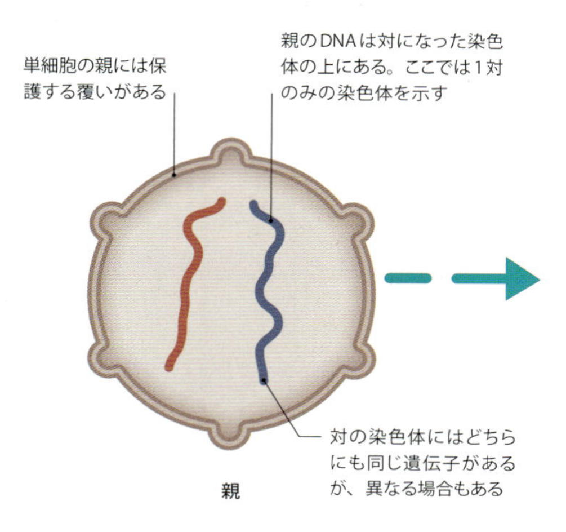
単細胞の親には保護する覆いがある
親のDNAは対になった染色体の上にある。ここでは1対のみの染色体を示す
対の染色体にはどちらにも同じ遺伝子があるが、異なる場合もある
親
▲複雑な微生物
コナミドリムシ（クラミドモナス）は単細胞の微生物だが、複雑細胞（真核生物）として、同量の染色体の対に分かれるDNAの「分量」を倍の量もっている。染色体の対のそれぞれには、相手と同等の遺伝子があるが、これらは数百万年の間に蓄積された突然変異により、異なっている可能性がある。

▼産卵
生殖細胞は大量に生み出される場合が多い。サンゴは何百万という精子と卵子を同時に放出する。外洋で受精する可能性を高めるためである。

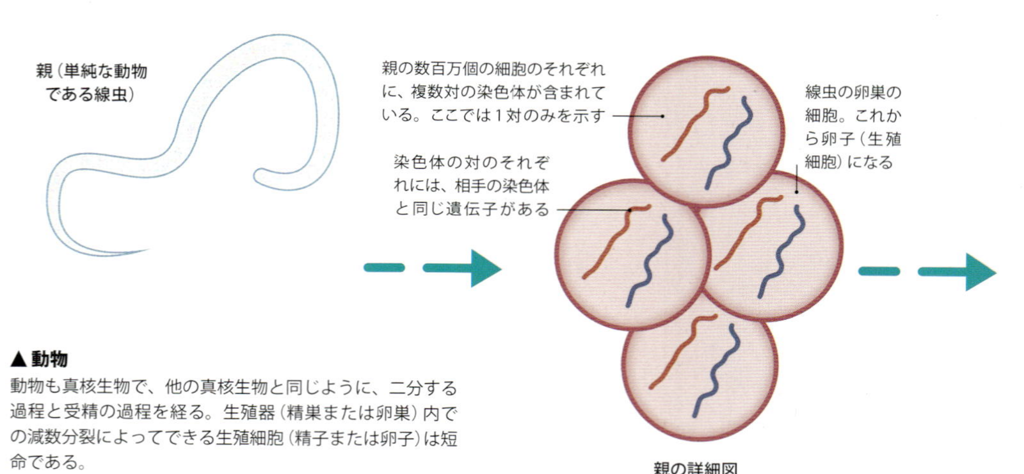
親（単純な動物である線虫）
親の数百万個の細胞のそれぞれに、複数対の染色体が含まれている。ここでは1対のみを示す
染色体の対のそれぞれには、相手の染色体と同じ遺伝子がある
線虫の卵巣の細胞。これから卵子（生殖細胞）になる
親の詳細図
▲動物
動物も真核生物で、他の真核生物と同じように、二分する過程と受精の過程を経る。生殖器（精巣または卵巣）内での減数分裂によってできる生殖細胞（精子または卵子）は短命である。

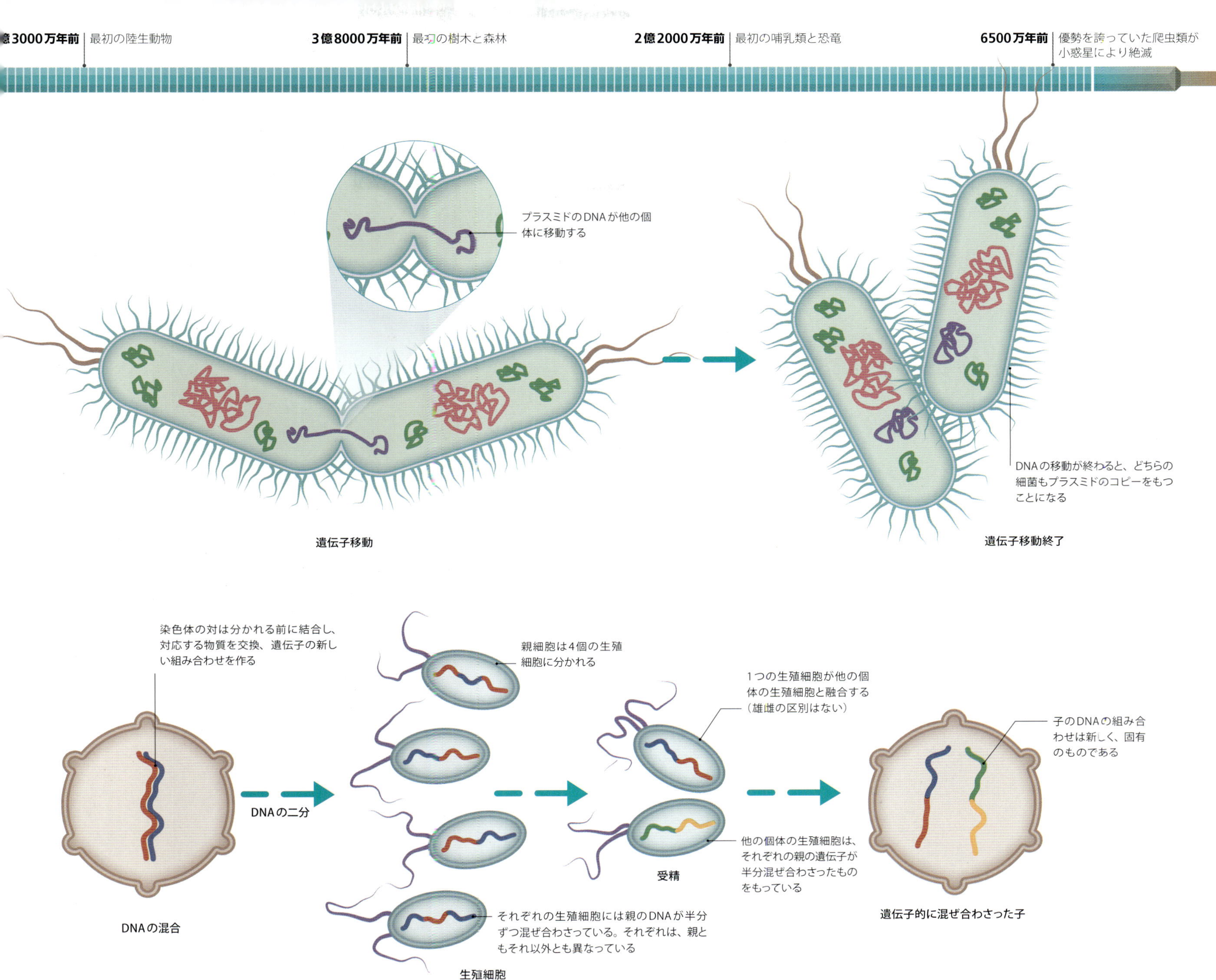

億3000万年前 最初の陸生動物
3億8000万年前 最初の樹木と森林
2億2000万年前 最初の哺乳類と恐竜
6500万年前 優勢を誇っていた爬虫類が小惑星により絶滅
プラスミドのDNAが他の個体に移動する
DNAの移動が終わると、どちらの細菌もプラスミドのコピーをもつことになる
遺伝子移動
遺伝子移動終了
染色体の対は分かれる前に結合し、対応する物質を交換、遺伝子の新しい組み合わせを作る
親細胞は4個の生殖細胞に分かれる
1つの生殖細胞が他の個体の生殖細胞と融合する（雄雌の区別はない）
子のDNAの組み合わせは新しく、固有のものである
DNAの二分
他の個体の生殖細胞は、それぞれの親の遺伝子が半分混ぜ合わさったものをもっている
受精
それぞれの生殖細胞には親のDNAが半分ずつ混ぜ合わさっている。それぞれは、親ともそれ以外とも異なっている
DNAの混合
遺伝子的に混ぜ合わさった子
生殖細胞

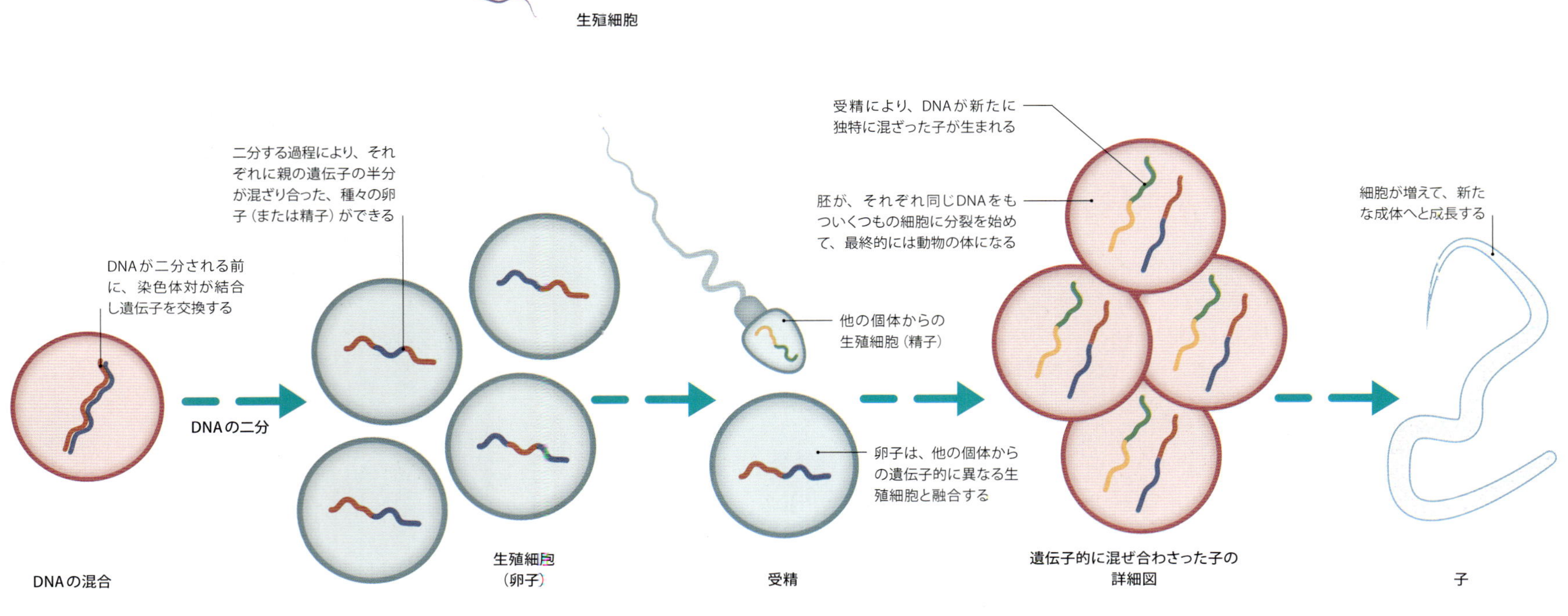

受精により、DNAが新たに独特に混ざった子が生まれる
二分する過程により、それぞれに親の遺伝子の半分が混ざり合った、種々の卵子（または精子）ができる
胚が、それぞれ同じDNAをもついくつもの細胞に分裂を始めて、最終的には動物の体になる
細胞が増えて、新たな成体へと成長する
DNAが二分される前に、染色体対が結合し遺伝子を交換する
他の個体からの生殖細胞（精子）
DNAの二分
卵子は、他の個体からの遺伝子的に異なる生殖細胞と融合する
生殖細胞（卵子）
受精
DNAの混合
遺伝子的に混ぜ合わさった子の詳細図
子

体を作りはじめた細胞

極めて小さな単細胞微生物から、何兆個もの細胞をもつ動植物などの生物へいたる段階は、生命の複雑さにおける新たな大飛躍だった。多細胞生物内で秩序を保つには、細胞が正しく結合しているだけでなく、体全体がきちんと発達できるよう伝達し合うことも求められる。

単細胞微生物にできることは限られている。一定の大きさ以上になった細胞は制御不能となる。拡散により生命活動に必要な物質をごく短い距離で体から出し入れするものの、細胞が大きくなりすぎると脂質の細胞膜が破裂するからである。細胞はある段階に達すると分裂するため、微生物は極めて小さいままである。協力して働く器官をもつ大きな生物の場合は、生きるために新たな方法を発達させることができるが、そのためには多細胞になる必要がある。微生物のなかには、分裂後に離れようとしないものもあり、その場合はこれらの細胞はコロニー内で結合したままとなる。この仕組みの明快さ（分離なき分裂）は、多細胞性そのものが偉業というわけではないことを示している。体のそれぞれの部分（つまり細胞）に別々な作業を行わせることは、また別の問題だということだ。

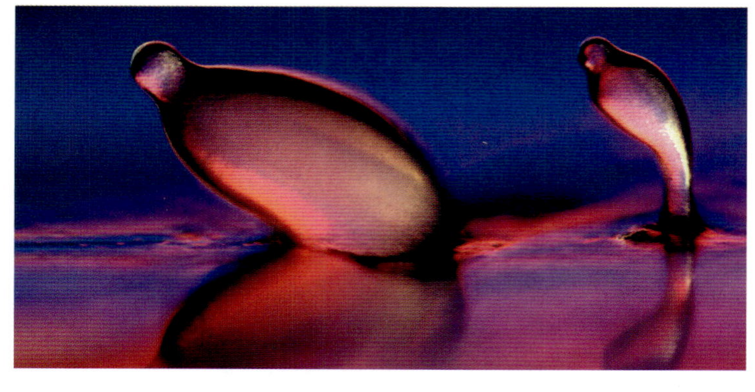

▲仮の体
多細胞性の変わり目に位置しているのが粘菌である。通常は単独の、アメーバ状の単細胞だが、非常時には他のものと一緒になって、写真のような多細胞の子実体となる。

細胞の分業

本来の多細胞性は、1つのコロニーの多数の細胞が、周囲の細胞からの化学的な合図を頼りに、協力し合って分化するときに生じる。コロニー内のすべての細胞は、それぞれの細胞が分裂するときに複製されたDNAのコピーをもっている。ところが、細胞は、同一の遺伝子の青写真はもち続けているものの、特定の作業に集中するために、選択された遺伝子の働きを断ってしまうのである。そしてその不足分を周囲の他の細胞にだんだん頼るようになる。

先カンブリア時代の海には、最初の多細胞生物のなかに濾過摂食性の海綿動物が数種いたが、それらはゆるやかなコロニーを形成する手前の段階にあった。海綿動物は、それぞれの分かれた細胞から新たな個体を生じることができたが、単純な藻類の一部でも同様だ。やがて、もっと複雑な動植物が、特定の役目を果たすための特化した細胞をもつようになった。皮膚や筋肉、その他の組織になる、といったそれぞれの運命は、初期の胚によって決まる。組織は、太陽光をエネルギー源とする葉や拍動する心臓といったさまざまな器官になり、これらの細胞はもはや単独では生きられない。

多細胞性により、細胞はいつまでも依存状態になっているのかもしれないが、大きな体にとっては多大な恩恵を得ている。これにより、刺す触手や生殖器官といった働きをもつ器官を進化させることができたのだ。さまざまな体の大きさは、自然群落の複雑さを増し、サンゴから樹木にいたるまで、より大きな生物によって形成された複雑な食物網や生息環境が生じることとなった。

割れ目は、細胞が1個から2個へと、最初の分裂を行ったばかりの胚であることを示す
2細胞期

16細胞期
襟
鞭毛が動いて、養分を細胞へ運ぶ水流を作る
襟鞭毛虫のコロニー

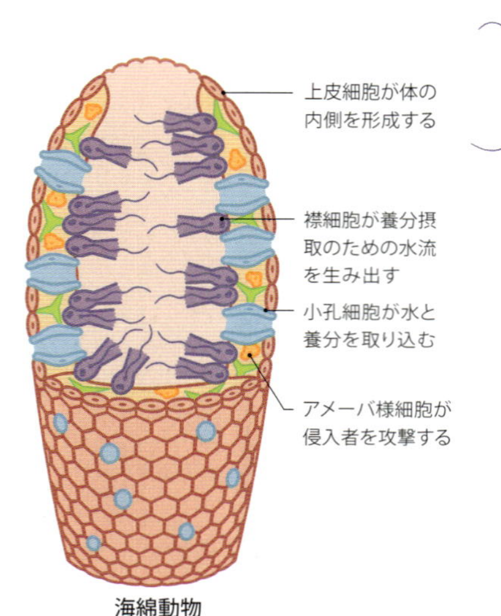
上皮細胞が体の内側を形成する
襟細胞が養分摂取のための水流を生み出す
小孔細胞が水と養分を取り込む
アメーバ様細胞が侵入者を攻撃する
海綿動物

◀生物かコロニーか？
細胞のコロニーなのか本物の多細胞生物なのかという区別は、常にはっきりしているわけではない。襟鞭毛虫という単細胞微生物は、柄があるコロニーを形成する。海綿動物にある多くの細胞は、見た目も挙動もこれとほとんど変わらない。単独では生きられない、異なる、特化した細胞をもつことにより、その生物がコロニー以上のものとなるのである。

化石にある**4個の細胞のうちの1つ**は、分裂を2度経た胚であることを示す
粒状組織は化石化の鉱化作用による
動物の胚と同じく、**細胞膜**が細胞を包んでいる

4細胞期

8細胞期

この「胚」にある**細胞**は、より丸みを帯びている。包み込む細胞膜が失われたためと見られる

32細胞期

この**細胞膜**は細胞でできた玉のようなものを包んでいる。動物の胚の場合は、胞胚という

胞胚期

> **高等動物の祖先**は……**単細胞生物**に違いない。川や水たまり、湖に生息する……**アメーバ**に似たものだ。

エルンスト・ヘッケル　進化生物学者　1834年～1919年　『自然創造史』より

▲ 発達停止
中国・貴州省のドウシャントゥオ（陡山沱）層から出土したこれらの驚くべき化石は、細胞分裂のごく初期の段階で凍結した胚のようだ。1個の卵細胞が2個、4個、8個と増えている。この分離しない、細胞分裂こそ、多細胞性の根本である。最も初期の多細胞動物の誕生は、およそ6億3500万年前であることを示す化石といえるだろう。

誇示行動
昼間の視力がよい種では、多くの雄が色を使って雌の気を引く。大きな目をもつハエトリグモもその一例だ。この派手な雄は、色と振り付けを織り交ぜた求愛行動をする。

雄と雌の分岐

動植物は複雑な多細胞の体を発達させただけでなく、2つの性に分かれた。動物のどの種においても、半分は雌になり、卵子や妊娠によって子を育てることに重点を置くようになった。もう一方の雄は、戦ったり自分を誇示するものになった。

雄と雌の違いが、非常に際立っている場合がある。ゾウアザラシの雌の体は雄の5分の1しかなく、逆にアンコウの雌の体は雄の40倍もある。雌雄のあるどの生物も、子を残すことに関しては遺伝的に共通した努力を行うが、次の世代を生み出す方法に対する関心については、雄と雌の間で(相補的ではありながらも)違いが見られる。

ることに関しては、選り好みをするようになっている。

それに比べると、精子の産生にかかる犠牲ははるかに少ない。自分の遺伝子を伝えたいという意欲において、雄は卵子を受精させるためには、競争であれ闘いであれ、誇示行動によって雌をその気にさせる方法であれ、他の雄を倒すことのほうにもっと力を注いでいる。そのた

> **雌**が……**雄が飾り立てる華やかな色**やその他の飾りに**影響**されないというのは、ほとんど信じられないことである。
>
> **チャールズ・ダーウィン** 生物学者 1809年〜1882年 『人間の進化と性淘汰』より

交配型と性別

生物で最も下等なものは、雄と雌の別がまったくないながらも、有性生殖を行おうとしている。多くの微生物や菌類には、見た目は同一だが、さまざまな「交配型」が存在する。わずかな化学的相違により、融合して遺伝子の混合ができるかが決まるのである。

交配型では生殖に関する責任を同等にもっている。だが、異なる性に進化したことで、これが変化した。それぞれの性は遺伝情報を同量提供しながらも、雌は栄養豊富な卵黄を備えた卵子で遺伝情報を伝えるのに対して、雄が提供するのは卵子と融合するための競争に専心する軽量の精子だ。養分の詰まった卵子に向かって精子が泳ぎだして、雄と雌の争いが始まるのである。

選り好みする雌と目立とうとする雄

雌のなかには(多くの昆虫や魚類など)何百個もの卵を産めるように、それぞれの卵にはごく少量の卵黄しかない場合もある。一方で、卵黄が大きな、数少ない卵を産んだり、犠牲の大きな妊娠を経て子を産む雌もいる。いずれにしろ、次世代に対して体ごと多くの努力をしていることから、雌は相手を選んで自分の遺伝子を伝え

め、クワガタの大きな顎からゴクラクチョウの羽飾りにいたるまで、雄の特徴は派手なものになっているのだ。翼竜の雄の頭頂部などの化石は、これが目新しいものではないことを示している。だが、色や声、動きを頼りとする雄の誇示行動は、何も痕跡が残らない。現在は、これらの属性のおかげで、自然界の最大級の驚異を目にすることができる。雄は交尾に成功するために、闘ったり踊ったり、歌ったりしているのである。

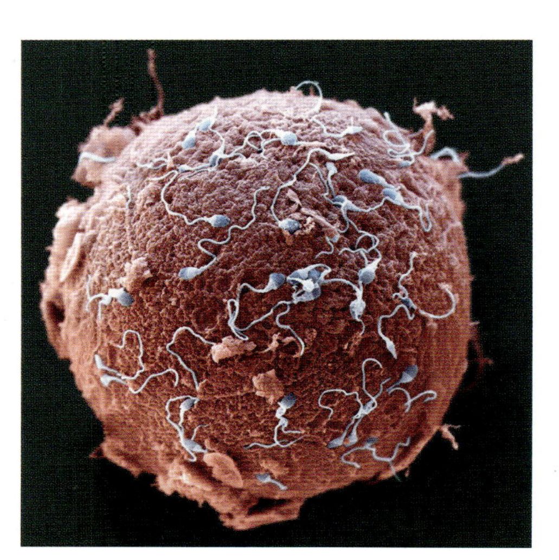

◀大きさの比較
卵子には細胞質と卵黄が詰まっているため、細胞のなかでも最も大きな種類のひとつである。最小の細胞のひとつである精子は鞭のような鞭毛により、たった1個のミトコンドリアからエネルギーを得て泳ぐ。

脳を得た動物

すべての動物には、変化を感知して反応する神経系統がある。だがごく一部の動物は、もっと複雑な行動ができるようになった。この進化を果たした動物は、泳いだり這ったりしはじめた。一揃いの感覚器官と意思決定を行う脳を発達させて、他に先んじる存在となっていった。

クラゲなどの初期の動物の一部は、体から全方向に広がる触手を使って動いた。体には上下はあったが、前後の区別はなく、つまり頭部も尾部もなかった。だが、食物や危険に反応するには十分だった。互いにつながっている長い神経細胞からなる神経系統があったからだ。いかなるものであれ、周囲からもたらされる刺激により、神経細胞の線維に電気信号（インパルス）が放たれ、その信号が筋肉に届くと、筋肉は収縮して体の一部を引っぱった。ただ、複雑な挙動は不可能だった。感覚情報を分析して判断を下す脳がなかったからである。

考えるための頭

6億年以上前に、前進運動を行う動物が新機軸を取り入れた。一方向に続けて動く場合には、体の一部つまり前部が常に新たな領域に最初に出くわす。そこで、この部分に感覚器官を集めて、もたらされるすべてのデータを処理し、対応する神経細胞の塊を発達させたのだ。初めて、脳を備えた頭部が生じたのである。中央経路（神経索）は体内に電気信号を伝え、脳と筋肉と感覚器官の間の情報伝達を図った。要するに基本的な配置換えが行われたのである。細長くなってきた体の両側がお互いの鏡像として発達し、この新たな動物種に、体の正中線を境にした対称軸をもたらしたのだ。この体制（体のつくり）が、最も単純な扁形動物から最も複雑な脊椎動物にいたる動物にまで行き渡るようになった。

脳の力によって複雑な挙動が可能となり、例えばクモは獲物を捕らえるために巣をかけることができるようになった。だが、行動パターンが固定されている限りは「生来」のままで、遺伝子によって決まったものである。真の多様性は、脳の電気的活動を通じて、挙動に影響を及ぼすような記憶が残された場合に示される。哺乳類や鳥類など、大きな脳をもつ動物は、経験から学ぶことができる。さらにそのなかには、わずかだが、洞察力をもつようになった動物もいた。人間の創造性の前兆となるような、脳の力の究極的な発現である。

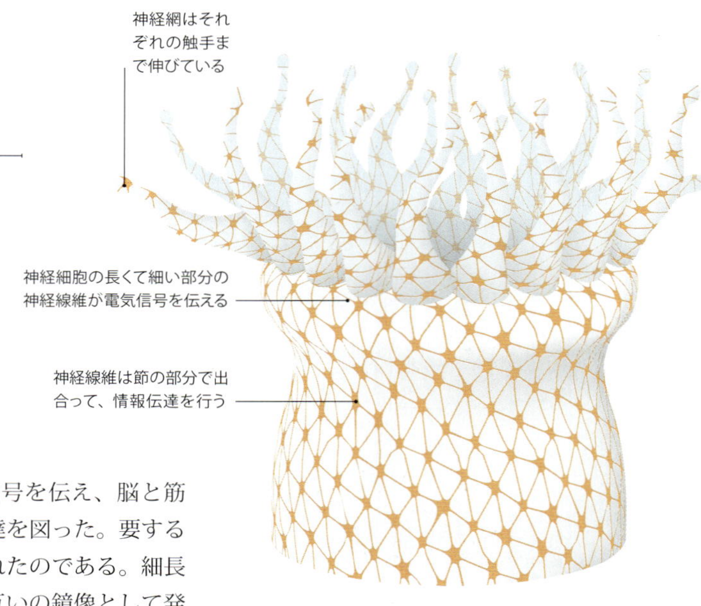
神経網はそれぞれの触手まで伸びている
神経細胞の長くて細い部分の神経線維が電気信号を伝える
神経線維は節の部分で出合って、情報伝達を行う

▲ 神経網
イソギンチャクには、神経細胞が集まった脳は存在しない。その代わりに、情報を集める感覚細胞と、筋肉との情報伝達を行うより深くにある神経細胞が網状に並んでいる。動きとしては最も単純な刺激反応である。

▼ 化石脳
脳などの軟組織はめったに化石化しない。だが、カンブリア紀の、このエビに似たフキシャンフィアの頭部の印象化石は、脳の詳細がよくわかる。大きな視葉は、この動物が視覚を頼りにしていたことを示すものである。

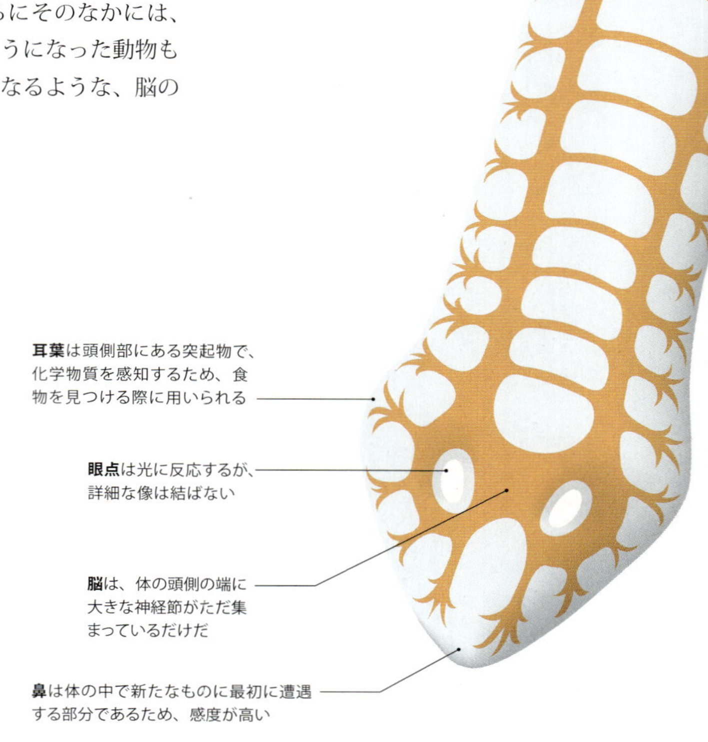
神経索（神経線維が太く束になったもの）の2本のうちの1本は体の腹側に沿って走っている
耳葉は頭側部にある突起物で、化学物質を感知するため、食物を見つける際に用いられる
眼点は光に反応するが、詳細な像は結ばない
脳は、体の頭側の端に大きな神経節がただ集まっているだけだ
鼻は体の中で新たなものに最初に遭遇する部分であるため、感度が高い

億3000万年前 | 最初の陸生動物
3億8000万年前 | 最初の樹木と森林
2億2000万年前 | 最初の哺乳類と恐竜
6500万年前 | 優勢を誇っていた爬虫類が小惑星により絶滅

> さまざまな動物の脳の各部が**拡大し**、**重要度が増した**……すべて、**種の生息様式**が求めるものに従ってのことである。

スーザン・グリーンフィールド 神経科学者 1950年生まれ

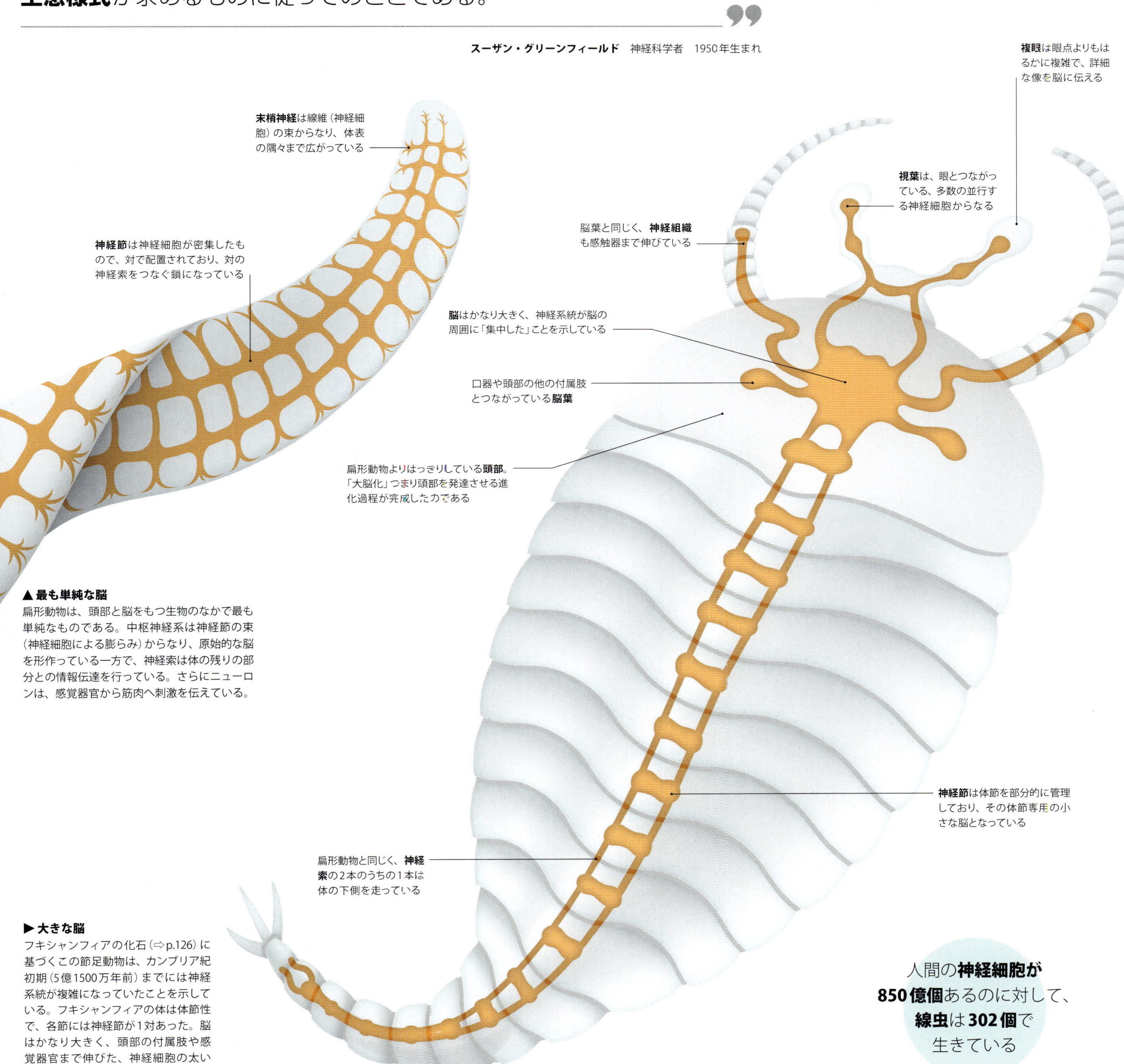

末梢神経は線維（神経細胞）の束からなり、体表の隅々まで広がっている
神経節は神経細胞が密集したもので、対で配置されており、対の神経索をつなぐ鎖になっている
複眼は眼点よりもはるかに複雑で、詳細な像を脳に伝える
視葉は、眼とつながっている、多数の並行する神経細胞からなる
脳葉と同じく、**神経組織**も感触器まで伸びている
脳はかなり大きく、神経系統が脳の周囲に「集中した」ことを示している
口器や頭部の他の付属肢とつながっている**脳葉**
扁形動物よりはっきりしている**頭部**。「大脳化」つまり頭部を発達させる進化過程が完成したのである
神経節は体節を部分的に管理しており、その体節専用の小さな脳となっている
扁形動物と同じく、**神経索**の2本のうちの1本は体の下側を走っている

▲最も単純な脳
扁形動物は、頭部と脳をもつ生物のなかで最も単純なものである。中枢神経系は神経節の束（神経細胞による膨らみ）からなり、原始的な脳を形作っている一方で、神経索は体の残りの部分との情報伝達を行っている。さらにニューロンは、感覚器官から筋肉へ刺激を伝えている。

▶大きな脳
フキシャンフィアの化石（⇨p.126）に基づくこの節足動物は、カンブリア紀初期（5億1500万年前）までには神経系統が複雑になっていたことを示している。フキシャンフィアの体は節性で、各節には神経節が1対あった。脳はかなり大きく、頭部の付属肢や感覚器官まで伸びた、神経細胞の太い筋がある。

人間の**神経細胞が850億個**あるのに対して、**線虫**は**302個**で生きている

動物の爆発的増加

動物の最初の爆発的増加は6億年ほど前に起きた。藻類や微生物がすでにひしめいていた海においてである。海底の爬行(はこう)動物（這って進む動物）や草食動物としてひっそりと誕生した動物が、またたく間に現在のような主要なグループへと進化したのだ。

最古の完全体の化石が地質の記録としていきなり現れたかのように見えるため、動物の進化の第1章は「爆発」と呼ばれる。もっと大きな全体像を見ると、実際には爆発が連続して起きていたらしいことがわかる。初期の進化の波により世界中に化石が残ったが、特に顕著なのがカナダのニューファンドランドとオーストラリアのエディアカラ・ヒルズにおいてで、後者はエディアカラ紀（6億3500万年〜5億4100万年前）という時代区分の名前にまでなった。保存された動物は、円盤形のものもあれば葉状体のものもあり、識別ができないため、科学者は現生のどの生物群にも位置づけることができずにいる。だが、これらが最初の動物ではない。DNA鑑定では、先カンブリア時代のもっと初期を起源としているが、最古のものはわずかな痕跡程度しか残していない。化石痕跡のほうは、豊富なデータをもたらしてくれると同時に、動物の生息様式や生物群集についても教えてくれる。

カンブリア紀の**始め**から**終わり**までの間に、動物が**掘り進んだ穴の深さ**は1cmから**1m**にまで増えた

初期の再循環者

動物は単細胞生物から進化した。先カンブリア時代の痕跡は、これらの最初の動物の生息が海底の堆積物と結びついていたことを示している。堆積物の表面を這ったり、スポンジ状のマットに成長するものがいたのである。すでに筋肉系統を進化させていたが、その点が他の多細胞生物と異なるところだった。筋肉のおかげで、自らの生息環境を積極的に形成することができたのだ。堆積物の上にいた先駆者のなかに、溶存食物を求めて掘穴動物へと進化して、それまでになかったやり方で堆積物を激しくかき回しはじめたものがいた。これにより、海水と海底の泥がかき混ぜられた。堆積物に酸素が加えられ、双方の生息環境の間で有機物と無機物が交換されたのである。

▼海底のコロニー化
最初期の動物は海底から離れなかったが、多様性と生態環境が段階的に増すにつれ、海底深くまで掘り進むものや水中上方へと向かうものが出てきた。新たな生き残り戦略を見つけたり、複雑な生物群集を築くようになったのである。

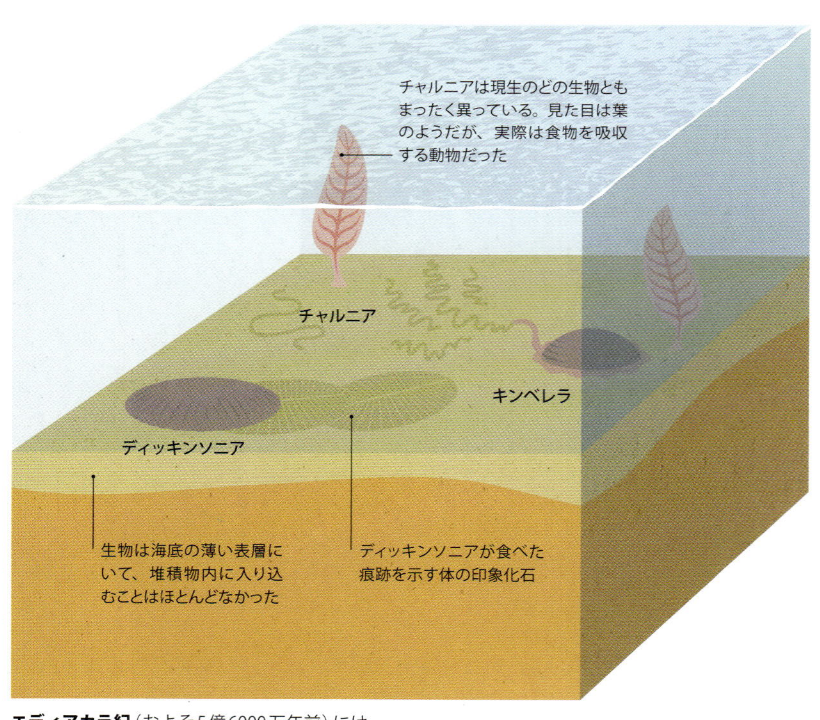
チャルニアは現生のどの生物ともまったく異っている。見た目は葉のようだが、実際は食物を吸収する動物だった
チャルニア
キンベレラ
ディッキンソニア
生物は海底の薄い表層にいて、堆積物内に入り込むことはほとんどなかった
ディッキンソニアが食べた痕跡を示す体の印象化石

エディアカラ紀（およそ5億6000万年前）には、海底は藻類や微生物、それにおそらくは海綿動物によってマット状のコロニーができていた。初期の動物（キンベレラも含むと思われる）が藻類を食べた跡も見られる。

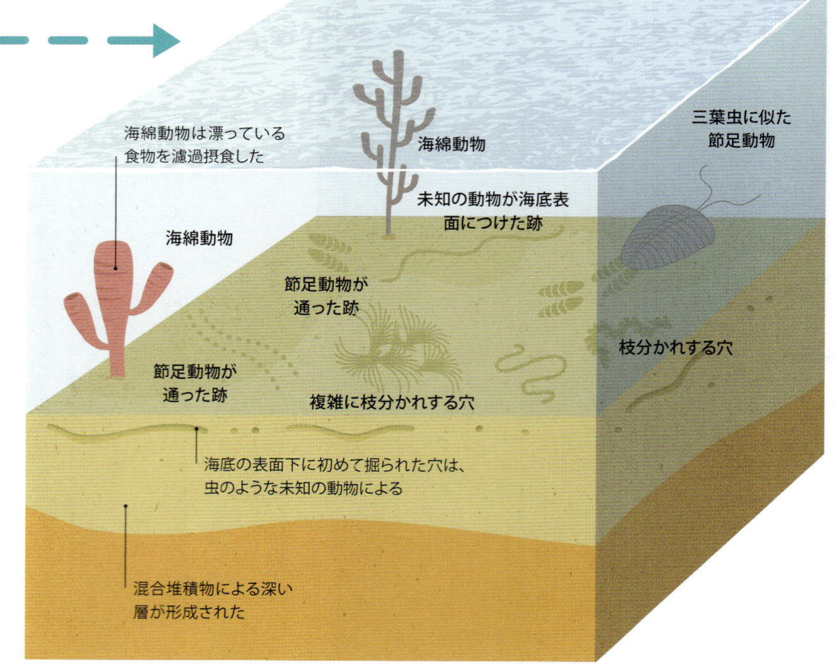
海綿動物は漂っている食物を濾過摂食した
海綿動物
三葉虫に似た節足動物
未知の動物が海底表面につけた跡
海綿動物
節足動物が通った跡
枝分かれする穴
節足動物が通った跡
複雑に枝分かれする穴
海底の表面下に初めて掘られた穴は、虫のような未知の動物による
混合堆積物による深い層が形成された

カンブリア紀初期（およそ5億4000万年前）には、動物が海底を掘り進んだことで、混ざったり再循環されたりした深い堆積物層ができた。知られているなかで最古の節足動物で、三葉虫に似ていると思われるものの痕跡がある。最古の三葉虫の体が化石化されるよりもはるか以前である。

海底の生物群集

カンブリア紀の初期のころまでには、生物群集は海底やその周辺で繁栄していた。多くの動物に脆いが外骨格があったため、この時期の化石記録はそれほど不完全ではない。外骨格は、他者から身を守ると同時に、大きくなった体やコロニーを支えることができたのである。大きな生物とともにプランクトンが増えると、その死骸や排出物がさらに沈んでいった。ここで初めて、水中にいる生物が原始的な食物連鎖によって、海底にいる生物と強く結びついた。堆積物食動物が、この降り注ぐ食物の雨に頼るようになったのである。

そして、いよいよカンブリア爆発にいたるが、これは有名なカナダのバージェス頁岩の化石群集に記録されている（5億500万年前）。扁形動物、軟体動物、節足動物も含む生物の主な種類はすべて進化を遂げた。だが、それ以外のなじみの薄い種類も、共に進化していた。現生のどの動物にも似ていないものの存在を示す化石もあり、科学者の多くはこの時期を、体の形成における実験の時期と表現している。これらの古代種の多くは、その後に続く子孫を残すことなく姿を消したが、地球の生物界を埋め尽くすことになるものもいた。

◀実験的な体制（体のつくり）
オパビニアは、バージェス頁岩から発見された、実験的な体制をもつ典型的な生物だ。現生のどの動物とも関係していないため、体制の実験に失敗して、間もなく死滅したと見る専門家もいる。

> **15〜20のバージェス種**は**既知のどの動物群**にも属さない。そのうちのいくつかを拡大して見てみると…… **SF映画**のセットにいるような気持ちになる。
>
> **スティーヴン・ジェイ・グールド** 古生物学者・進化生物学者 1941年〜2002年
> 『ワンダフル・ライフ』より

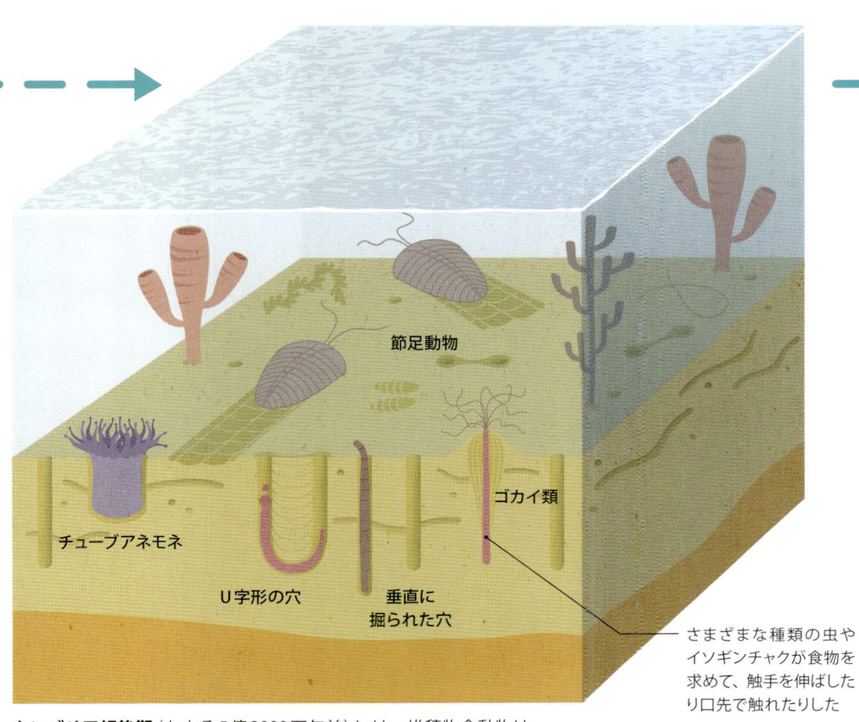
節足動物
ゴカイ類
チューブアネモネ
U字形の穴
垂直に
掘られた穴
さまざまな種類の虫やイソギンチャクが食物を求めて、触手を伸ばしたり口先で触れたりした

カンブリア紀後期（およそ5億2900万年前）には、堆積物食動物は上から「雨」のように降ってくるプランクトンの残骸（デトリタス）を食べていた。食物をつかむ触手をもつ動物、現生のゴカイに似た掘穴動物などである。また、三葉虫似の多様な節足動物が、海底を歩いたさまざまな痕跡が残った。

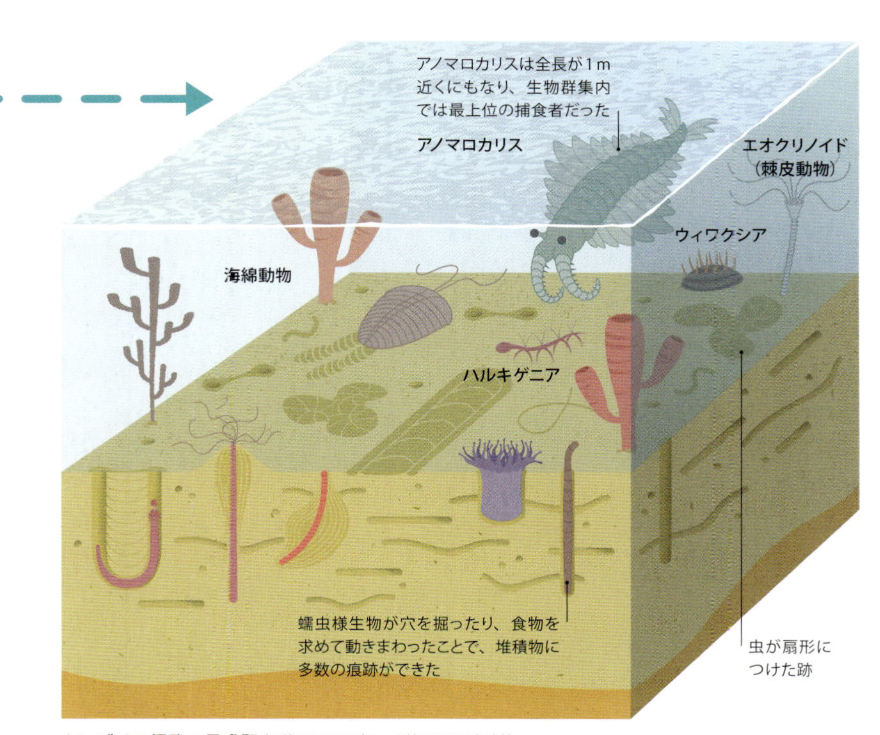
アノマロカリスは全長が1m近くにもなり、生物群集内では最上位の捕食者だった
アノマロカリス
エオクリノイド
（棘皮動物）
ウィワクシア
海綿動物
ハルキゲニア
蠕虫様生物が穴を掘ったり、食物を求めて動きまわったことで、堆積物に多数の痕跡ができた
虫が扇形に
つけた跡

カンブリア爆発の最盛期（5億2000万年〜5億500万年前）には、新たな生息様式や実験的な体制がいよいよ本格化した。アノマロカリスやウィワクシア、ハルキゲニアといった独特な動物が進化を遂げたが、子孫を残すことには成功しなかった。

背骨を得た動物

魚類から哺乳類まで含む脊椎動物の誕生は、カンブリア紀の進化上の爆発時に現れた、小さな幼虫のような濾過摂食動物にまでさかのぼる。進化させた内骨格によって、それまでよりはるかに大きな体を支えられるようになっていった。

脊椎動物（脊柱がある動物）は、5億年以上前のカンブリア紀の海にいた、筋肉が発達した小さな泳ぐ動物から誕生した。これらには、先が細くなった体の背に沿って、弾力のある棒（脊索）が走っており、収縮する筋肉の塊がこの棒を左右に曲げていた。魚類は現在もこれと同じ方法で泳いでいる。だが、大半の動物では、この棒は胚の中でのみ形成され、成体になるとより硬い背骨に置き換わる。カンブリア紀に背中にこの棒をもっていたのは濾過摂食動物だったが、背骨はその子孫に劇的なまでに新しい生息様式をもたらした。

軟骨による始まり

最初期の骨格は軟骨でできていた。軟骨は、コラーゲンが詰まった、丈夫だがしなやかな組織である。ハイコウイクチスなどの最初の魚類の頭部で大きくなり、脳を守って、えらの割れ目の鰓裂（さいれつ）の間の弓状部分を支えた。その後の動物では、軟骨は脊索でも発達して脊髄も守り、正に最初の脊柱といえるものとなった。この脊柱のおかげで力強く泳ぐことが可能となり、軟骨で支えられたひれによって操作性と安定性が向上したのである。

支えとなる軟骨がある体は、より大きく敏捷になることができたが、食物と酸素もさらに必要とした。最古の魚類はえらで水を濾してこの両方を得ていたが、摂取機能はのちに口と喉に取って代わり、えらは自由に酸素を得るようになった。この変化は、海底にいて体が骨板で覆われている、無顎類の甲冑魚で生じ、咽頭筋を使って泥の中から食物を吸った。甲冑魚は、他の点でも先駆者だった。つまり、初めて骨を持ったのである。

骨のある体

骨には、最低でも70%の無機物で硬化されたコラーゲンが含まれている。これは、素早く動く筋肉と神経の働きに必要な、さらなるカルシウムとリン酸塩をためる貯蔵器官として発達したと見られている。だが、明らかな構造上の恩恵もある。甲冑魚（「甲冑」は体が骨板で覆われていたことから）は、生きた細胞を締め出すほど無機物が詰まった骨を、外側の覆いとして用いていた。その後の魚類は、生命を維持させる微細な通路を骨に行き渡らせたが、これは内骨格となって、内側から大きくなれるということである。現生の脊椎動物の大半は体幹骨があり、軟骨は主に関節の周りにある。サメやエイなどごく一部は、もっと軽い軟骨性骨格へ逆戻りしたが、硬骨魚は、気体が詰まって浮力のある浮袋で骨の重さを相殺した。さらに体幹骨は、その後の陸上脊椎動物の進化には不可欠なものだった。最大級の恐竜の体重を支えられたのは、巨大な骨だけだったのである。

頭骨（頭蓋）は脳を包んでいる。初期の脊椎動物では蓋のないかご状だったが、のちに閉じられて保護する度合いが増した

下顎骨は元々は鰓弓で、進化によって顎に作り直された

▼着実な進化
脊柱の進化がカンブリア紀（5億4100万年～4億8500万年前）に起きたことは、化石からわかる。まずは脊索（弾力のある棒）によって背中が硬くなると、最初は軟骨からなる脊柱、その後は本当の背骨として鉱化したものからなる脊柱という段階を経ていった。

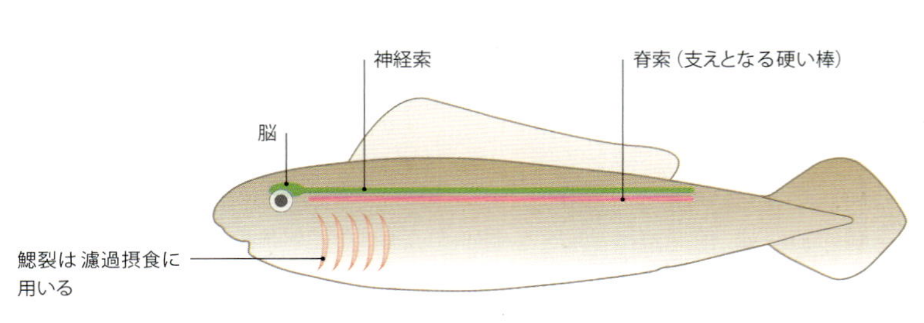
神経索
脊索（支えとなる硬い棒）
脳
鰓裂は濾過摂食に用いる

脊索動物（脊索のみがある原始の魚）

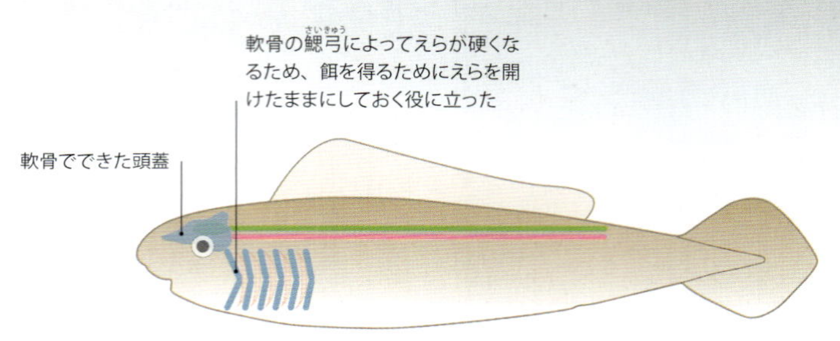
軟骨の鰓弓（さいきゅう）によってえらが硬くなるため、餌を得るためにえらを開けたままにしておく役に立った
軟骨でできた頭蓋

有頭動物（頭蓋のある原始の魚）

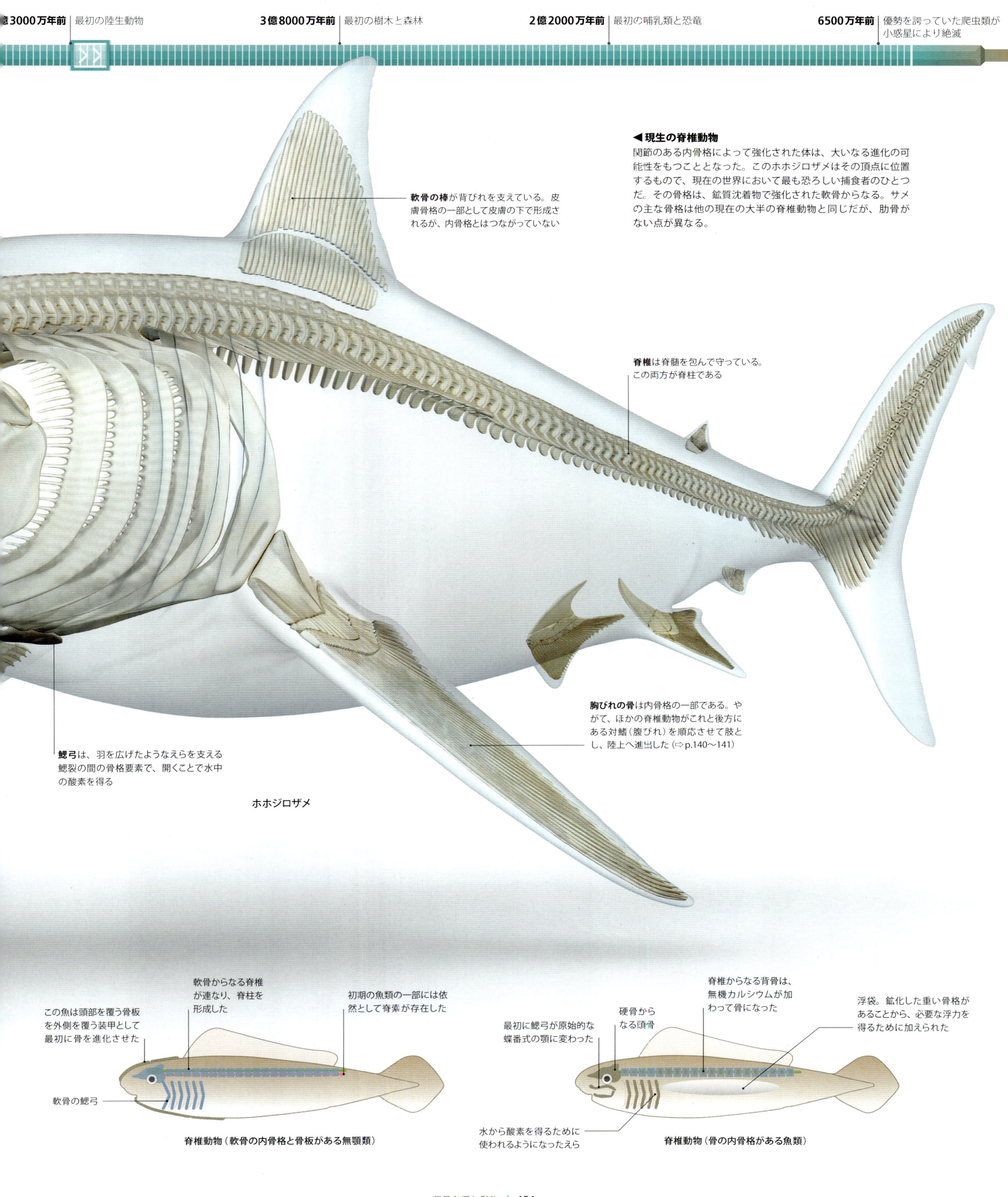
軟骨の棒が背びれを支えている。皮膚骨格の一部として皮膚の下で形成されるが、内骨格とはつながっていない
脊椎は脊髄を包んで守っている。この両方が脊柱である
鰓弓は、羽を広げたようなえらを支える鰓裂の間の骨格要素で、開くことで水中の酸素を得る
胸びれの骨は内骨格の一部である。やがて、ほかの脊椎動物がこれと後方にある対鰭（腹びれ）を順応させて肢とし、陸上へ進出した（⇨p.140〜141）
ホホジロザメ
この魚は頭部を覆う骨板を外側を覆う装甲として最初に骨を進化させた
軟骨からなる脊椎が連なり、脊柱を形成した
初期の魚類の一部には依然として脊索が存在した
軟骨の鰓弓
脊椎動物（軟骨の内骨格と骨板がある無顎類）
最初に鰓弓が原始的な蝶番式の顎に変わった
硬骨からなる頭骨
脊椎からなる背骨は、無機カルシウムが加わって骨になった
浮袋。鉱化した重い骨格があることから、必要な浮力を得るために加えられた
水から酸素を得るために使われるようになったえら
脊椎動物（骨の内骨格がある魚類）

◀ 現生の脊椎動物

関節のある内骨格によって強化された体は、大いなる進化の可能性をもつこととなった。このホホジロザメはその頂点に位置するもので、現在の世界において最も恐ろしい捕食者のひとつだ。その骨格は、鉱質沈着物で強化された軟骨からなる。サメの主な骨格は他の現在の大半の脊椎動物と同じだが、肋骨がない点が異なる。

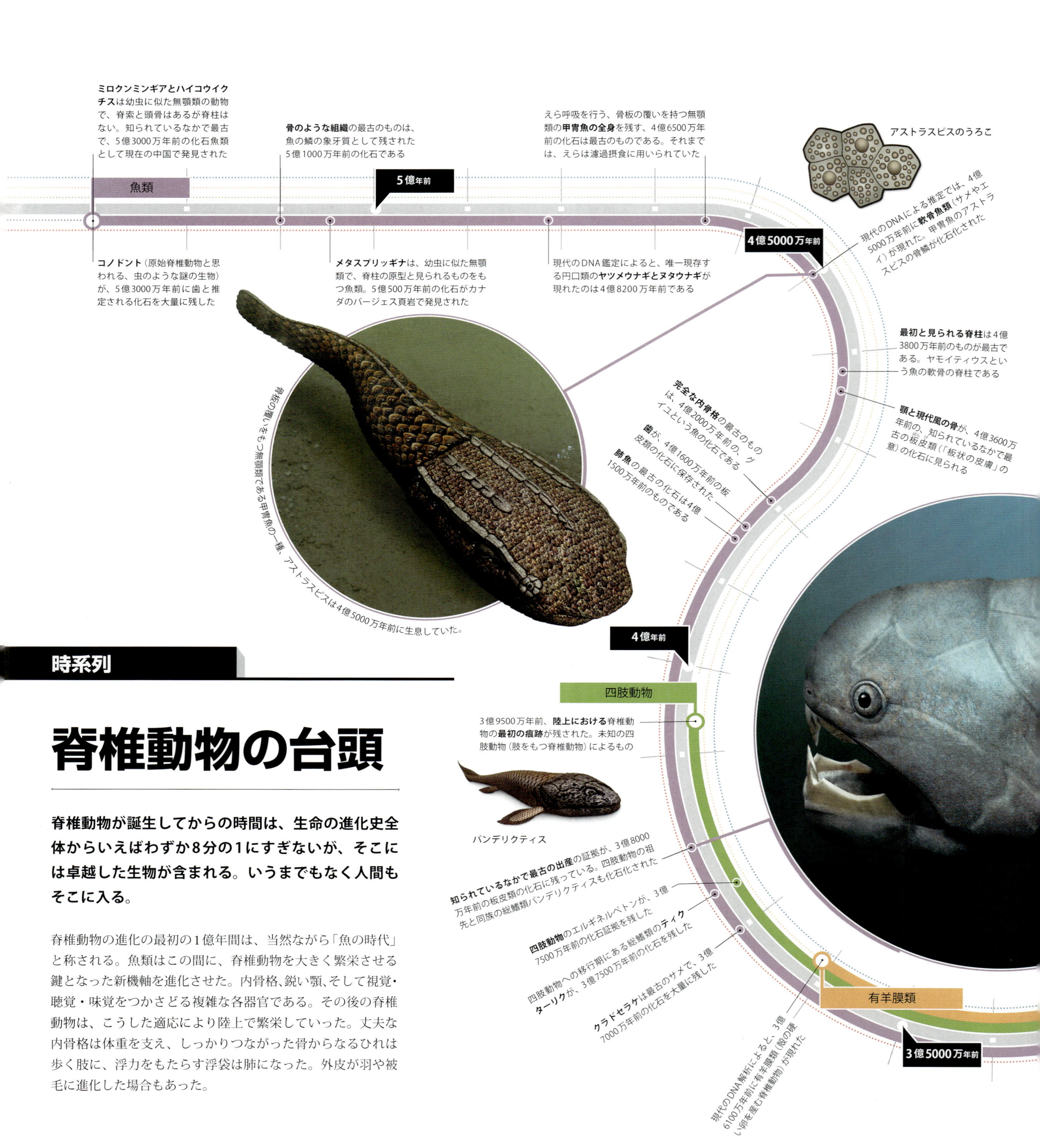

ミロクンミンギアとハイコウイクチスは幼虫に似た無顎類の動物で、脊索と頭骨はあるが脊柱はない。知られているなかで最古で、5億3000万年前の化石魚類として現在の中国で発見された
骨のような組織の最古のものは、魚の鱗の象牙質として残された5億1000万年前の化石である
えら呼吸を行う、骨板の覆いを持つ無顎類の甲冑魚の全身を残す、4億6500万年前の化石は最古のものである。それまでは、えらは濾過摂食に用いられていた
アストラスピスのうろこ
魚類
5億年前
4億5000万年前
コノドント（原始脊椎動物と思われる、虫のような謎の生物）が、5億3000万年前に歯と推定される化石を大量に残した
メタスプリッギナは、幼虫に似た無顎類で、脊柱の原型と見られるものをもつ魚類。5億500万年前の化石がカナダのバージェス頁岩で発見された
現代のDNA鑑定によると、唯一現存する円口類のヤツメウナギとヌタウナギが現れたのは4億8200万年前である
現代のDNAによる推定では、4億5000万年前に軟骨魚類（サメやエイ）が現れた。甲冑魚のアストラスピスの骨鱗が化石化された
最初と見られる脊柱は4億3800万年前のものが最古である。ヤモイティウスという魚の軟骨の脊柱である
顎と現代風の骨が、4億3600万年前の、知られているなかで最古の板皮類（「板状の皮膚」の意）の化石に見られる
完全な内骨格の最古のものは、4億2000万年前の、グイユという魚の化石である
歯が、4億1600万年前の板皮類の化石に保存された
肺魚の最古の化石は4億1500万年前のものである
4億年前
四肢動物
3億9500万年前、陸上における脊椎動物の最初の痕跡が残された。未知の四肢動物（肢をもつ脊椎動物）によるもの
パンデリクティス
知られているなかで最古の出産の証拠が、3億8000万年前の板皮類の化石に残っている。四肢動物の祖先と同族の総鰭類パンデリクティスも化石化された
四肢動物のエルギネルペトンが、3億7500万年前の化石証拠を残した
四肢動物への移行期にある総鰭類のティクターリクが、3億7500万年前の化石を残した
クラドセラケは最古のサメで、3億7000万年前の化石を大量に残した
有羊膜類
現代のDNA解析によると、3億6100万年前に有羊膜類（殻の硬い卵を産む脊椎動物）が現れた
3億5000万年前

骨板の覆いをもつ無顎類である甲冑魚の一種、アストラスピスは4億5000万年前に生息していた。

時系列

脊椎動物の台頭

脊椎動物が誕生してからの時間は、生命の進化史全体からいえばわずか8分の1にすぎないが、そこには卓越した生物が含まれる。いうまでもなく人間もそこに入る。

脊椎動物の進化の最初の1億年間は、当然ながら「魚の時代」と称される。魚類はこの間に、脊椎動物を大きく繁栄させる鍵となった新機軸を進化させた。内骨格、鋭い顎、そして視覚・聴覚・味覚をつかさどる複雑な各器官である。その後の脊椎動物は、こうした適応により陸上で繁栄していった。丈夫な内骨格は体重を支え、しっかりつながった骨からなるひれは歩く肢に、浮力をもたらす浮袋は肺になった。外皮が羽や被毛に進化した場合もあった。

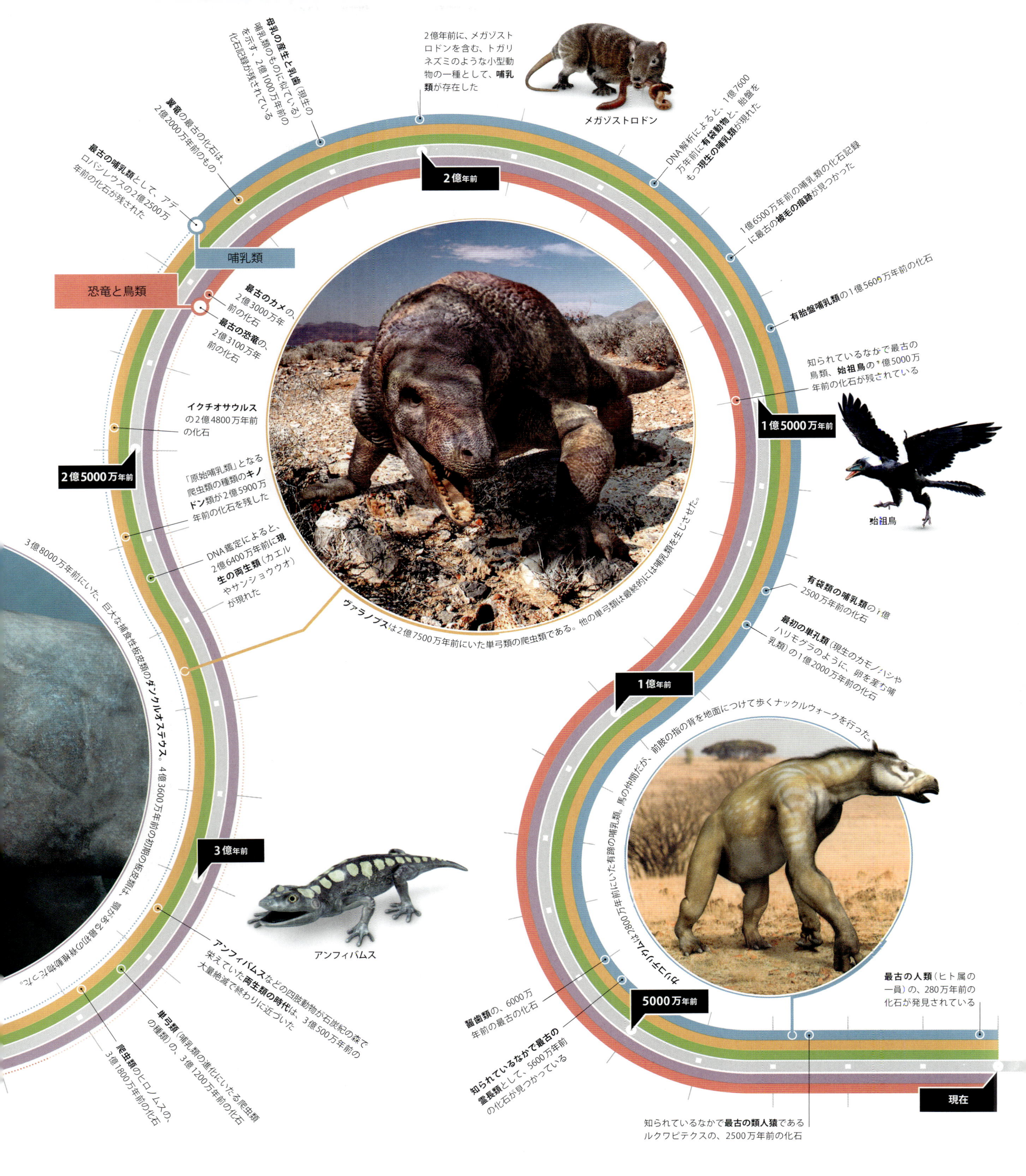

2億年前に、メガゾストロドンを含む、トガリネズミのような小型動物の一種として、哺乳類が存在した
メガゾストロドン
母乳の産生と乳歯（現生の哺乳類のものに似ている）を示す、2億1000万年前の化石記録が残されている
翼竜の最古の化石は、2億2000万年前のもの
最古の哺乳類として、アデロバシレウスの2億2500万年前の化石が残された
哺乳類
恐竜と鳥類
2億年前
DNA解析によると、1億7600万年前に有袋動物と、胎盤をもつ現生の哺乳類が現れた
1億6500万年前の哺乳類の化石記録に最古の被毛の痕跡が見つかった
有胎盤哺乳類の1億5600万年前の化石
知られているなかで最古の鳥類、始祖鳥の1億5000万年前の化石が残されている
1億5000万年前
始祖鳥
最古のカメの、2億3000万年前の化石
最古の恐竜の、2億3100万年前の化石
イクチオサウルスの2億4800万年前の化石
2億5000万年前
「原始哺乳類」となる爬虫類の種類のキノドン類が2億5900万年前の化石を残した
DNA鑑定によると、2億6400万年前に現生の両生類（カエルやサンショウウオ）が現れた
ヴァラノプスは2億7500万年前にいた単弓類の爬虫類である。他の単弓類は最終的には哺乳類を生じさせた。
有袋類の哺乳類の1億2500万年前の化石
最初の単孔類（現生のカモノハシやハリモグラのように、卵を産む哺乳類）の1億2000万年前の化石
1億年前
カリコテリウムは2800万年前にいた有蹄の哺乳類。馬の仲間だが、前肢の指の背を地面につけて歩くナックルウォークを行った。
3億8000万年前にいた、巨大な捕食性板皮類のダンクルオステウス。4億3600万年前の初期の板皮類は、顎がある最初の脊椎動物だった。
3億年前
アンフィバムス
アンフィバムスなどの四肢動物が石炭紀の森で栄えていた両生類の時代は、3億500万年前の大量絶滅で終わりに近づいた
単弓類（哺乳類の進化にいたる爬虫類の種類）の、3億1200万年前の化石
爬虫類のヒロノムスの、3億1800万年前の化石
齧歯類の、6000万年前の最古の化石
知られているなかで最古の霊長類として、5600万年前の化石が見つかっている
5000万年前
最古の人類（ヒト属の一員）の、280万年前の化石が発見されている
知られているなかで最古の類人猿であるルクワピテクスの、2500万年前の化石
現在

盾のような胸郭の骨と頭骨の間にある**首関節**は本当の首ではないが、魚類には珍しく、自由に動いた
後頭部の柔軟な関節のおかげで、**顎筋**をここまで引っぱることができ、大きく噛みつくのに役立った
ギザギザの顎骨により、獲物を噛み切ることができた。サメが刃のような歯を進化させる1億年も前のことである
上顎と下顎をつなぐ関節は、丈夫で素早く反応する筋肉によって動き、顎を閉じてしっかりと噛めるようになっていた
胸の盾は骨板で、口を素早く開けるために下顎を引く筋肉を固定した

▼ デボン紀の海の恐怖
ダンクルオステウスは、動きの速い獲物を素早く動く顎で捕らえた、最初の捕食者の属のひとつである。化石化された頭骨を調べたところ、脊椎動物史上最大級の噛む力を備えていた可能性が出てきた。

最上位捕食者を作り出した顎

生物がお互いに食べ合うという能力を発達させて以来、捕食者は自然界の一部だった。だが、脊椎動物の始まりは、海底の泥を吸う濾過摂食動物だった。脊椎動物が長い食物連鎖の頂点にいられるようになったのは、顎を発達させてからのことである。

多くの無脊椎動物（捕食性の虫、ウミサソリ、ムカデなど）は、獲物を捕らえることのできる鋭い顎を発達させてきた。だが脊椎動物は軟骨と硬骨を使って、顎を大きく、より強くした。最初の有顎脊椎動物は、えらを支える弓状部分を配置しなおすことで進化していった。前面の弓状部分は何世代もかけて口蓋と口底へと変化させ、頭骨の後ろで蝶番関節を形成した。

スーパー捕食者

鰓弓を動く顎に作りなおしたことで、えらはより多くの酸素を取り込めるようになっただろうが、強い筋肉の発達により、顎で嚙むこともできるようになった。これにより、魚類は獲物を捕らえ、殺して嚙み切ることができるようになったのである。自然選択によって、大きな魚にはより強力な顎が与えられ、さらに野心的な捕食法が始まった。

知られているなかで最古の有顎脊椎動物は板皮類で、その大部分はデボン紀（4億1900万年～3億5900万年前）に栄えた、骨板で覆われた魚である。最大級のものがダンクルオステウスで、その化石は世界中で見つかっており、繁栄していた証拠となっている。自動車の全長の倍ほども大きくなるダンクルオステウスは、当時最大の捕食者で、その顎は同時期に生息していた生物の硬い覆いを簡単に貫くことができた。この大きさと力があったため、他の捕食者も含めて、より大きな動物を捕食できた。デボン紀の海には、食物連鎖の特別なつながりがあった。それは、最上位捕食者の存在である。

> **勢いよくやって来て**……**デボン紀**に［無顎類の］大半を一掃した**脊椎動物**は、**顎を持つ**ものだった。
>
> コリン・タッジ　生物学者・著述家　1943年生まれ

多様な食物

板皮類は明らかに最上位にいたものの、長続きしなかった。デボン紀後期の大量絶滅で姿を消したからである。酸素濃度の低下が引き金になったと考えられる出来事だ。だが、ほかの有顎脊椎動物（特にサメ）はこの間に進化を遂げ、生き延びた。その顎は曲がりやすい軟骨でできていたが、刃のような歯があり、これは次々と生え替わった。おそらく板皮類にはできなかったことである。ただ、顎と特にエナメル質で覆われた硬い歯を新たなレベルへと引き上げたのは、骨の多い脊椎動物だった。ワニ、恐竜、哺乳類は、抵抗する獲物にも負けない、深く根を張った歯を発達させたのである。食物連鎖で下位にいる動物でも、歯の状態には変化があった。草食哺乳類は臼歯を発達させて、嚙み切るための顎は咀嚼用の顎になった。脊椎動物の生態的な範囲が、それまで以上に広がったのである。

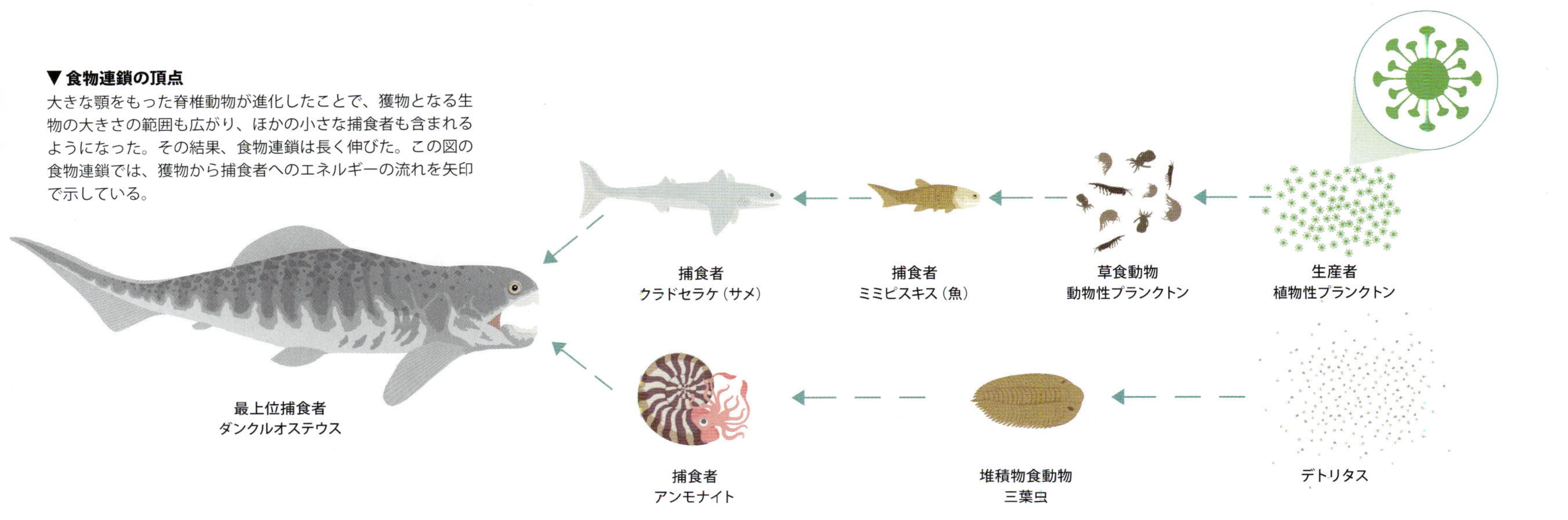
捕食者
クラドセラケ（サメ）
捕食者
ミミピスキス（魚）
草食動物
動物性プランクトン
生産者
植物性プランクトン
最上位捕食者
ダンクルオステウス
捕食者
アンモナイト
堆積物食動物
三葉虫
デトリタス

▼食物連鎖の頂点
大きな顎をもった脊椎動物が進化したことで、獲物となる生物の大きさの範囲も広がり、ほかの小さな捕食者も含まれるようになった。その結果、食物連鎖は長く伸びた。この図の食物連鎖では、獲物から捕食者へのエネルギーの流れを矢印で示している。

植物の気孔
松の葉を走査電子顕微鏡（SEM）で見てみると、気孔が並んでいるのがはっきりとわかる。これらが開いたり閉じたりして、気体の通過をコントロールし、陸上生活に効果的に適応している。

陸上に進出した植物

陸地が緑色になってきた最初の兆候は、おそらく藻類が海岸沿いの潮間帯に這い進んだときだろう。だが、常に乾燥している内陸の環境へ植物がさらに進出するには、植物を土に固定する根と、乾燥した空中にまっすぐ伸びていく茎が必要だった。

植物は陸上に進出するはるか前は、水中で繁茂していた。藻類は、太陽光エネルギーを捕らえる幅広い葉状体と、岩に固定させる「付着根」を発達させてきた。これらの海藻は、現在も海中で生息している。その多くは、干潮時に周期的に太陽にさらされても死なないが、あまりに薄くてもろいため、乾燥した陸地では長くはもたない。

葉を防水に

水は太陽のエネルギーを多少は遮断する。陸地では、植物は太陽の強い放射エネルギーを浴びる一方で、乾ききってしまう危険を冒している。陸生植物は、表皮に蠟状の防水膜を施した。細胞の表面の「被膜」である。表皮にある小孔を気孔といい、光合成（⇨p.114〜115）や呼吸などの際に、気体の移動を助ける役目を果たしている。最古の陸生植物は現生の蘚類（せんるい）や苔類（たいるい）のように、匍匐（ほふく）茎で大地に何とかしがみつくかのように、仮根（かこん）で固着していた。原始的な根として機能した、地面にはほとんど突き通らない微細な毛である。

直立

まっすぐ立つには力がいる。植物細胞は丈夫な繊維質のセルロースでできた枠で囲まれており、あちこちで太くなっているこの壁のおかげで、茎はある程度の重さを支えることができる。苔類も同じことができるが、苔類の場合は立ってもたかだか数センチだ。ほかの植物はもっと高く育つことができたが、これはリグニン（木質素）という複雑な物質が進化したためである。微細な輸送管をリグニンで覆ったことで、水と無機物を茎へ運ぶことができる耐水性の管が形成されたのだ。木質化された道管は物理的にも丈夫だったため、これらの新しい植物は成長すると縦方向に枝分かれした。丈夫な道管は下にも伸び、枝分かれした丈夫な根が土に刺さって重さを支え、水に溶け込んだ無機物を吸収したのである。背が高く伸びたこれらの植物の多くは、種をつけることにより、陸上生活には既に適していた。木質化して太くなった木質部という組織により、幹はより太くなり、木はさらに高くなったのである。

> 動物による**最初の陸地への進出**は、**植物による陸地の緑化**次第だった。これはさらなる大気への侵略だった。
>
> **カール・ニクラス** 植物科学教授 1945年生まれ

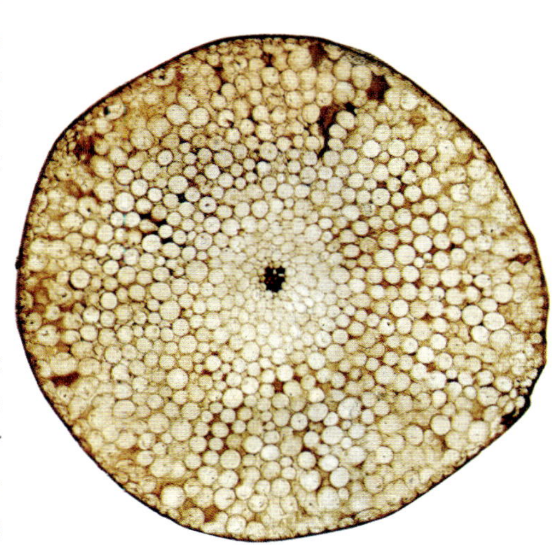

◀しっかりとした茎
およそ4億1000万年前のデボン紀の化石植物（リニア）の断面からは、水と栄養分を運ぶ耐水性の道管が見て取れる。

ウェンロック石灰岩

化石化された痕跡を残す生物はほとんどいないが、状況によっては、生物群集のすべてが驚くほどしっかりと保存される場所もある。種が豊富で、詳細がよくわかる素晴らしい化石は、当時の動植物群の生と死を物語る貴重な証拠である。

ウェンロック・エッジ（ウェールズとイングランドの境にある石灰岩の露頭）では、そのような化石群が見られる。いわゆる「ラーゲルシュテッテン」と呼ばれる場所である。4億2000万年以上前の熱帯礁の動物が密集しているのだ。当時のこの場所は、地球上の動物の多くが進化を遂げた、古代のイアペトゥス海の海岸にまたがるように広がっていた。これらの化石からは、サンゴや海綿動物、三葉虫、腕足類が、温かい浅瀬で繁栄していたことが見て取れる。

ラーゲルシュテッテンは、保存を促すような条件下で形成される。ウェンロックの化石群には、壊れたり、引き剥がされたりした殻の硬い動物が含まれている。打ちつける波によって、断崖の下の泥に残骸がたまったということである。つまり、ウェンロックのたった1枚の石板（スラブ）には、あちこちにいたさまざまな動物が含まれているのである。生物群集が無傷で保存されているラーゲルシュテッテンも見られる。カナディアンロッキーにあるバージェス頁岩には、5億800万年前の泥流で窒息死した動物の軟らかい体の印象化石も残っている。それぞれの体の向きはばらばらだが、姿勢から判断するに、一瞬で死んだと考えられている。ただし、すべてのラーゲルシュテッテンが猛烈な破壊によって生じたわけではない。北アメリカのグリーンリバー層は湖水盆地に残された5000万年前の堆積物からなり、魚、葉、昆虫、さらには羽毛がきちんとついた小鳥まで出てくる。酸素が乏しい湖底の泥の中では、バクテリアによる分解に時間がかかり、もろい部分も損なわれることなく化石になったのである。同様の作用はドイツのメッセル湖でも似たような時期に起きている。

絶滅した動物の特定

同じ時代の**化石が豊富**にあると、相互に作用していた先史時代の動物たちの生息状況の再現に役立つだけでなく、その多様性の分析にも有効である。種は標本に基づいて記載されるが、化石標本は不完全である場合が多い。だが、非常に多くの個体が一緒に保存されている場合には、生物学者は多数の例に基づき、その生体構造をより詳しく見ることができる。種の区別に役立つのである。

玉虫色が損なわれずに残っている巨大な羽アリ

化石化された羽毛が完全に残っている鳥

軟らかい体の輪郭まで残っているカエル

◀ メッセル採掘場の化石発掘現場
ドイツのメッセルにあるこの採掘場跡地には、4700万年前の生物群集が実に見事に保存されている。この一帯にあるメッセル湖から有毒ガスが出たという特殊な状況もあり、それによって動物が一瞬で死んだだけでなく、腐肉食動物に食べられる前に遺骸を石化させることができたのである。

四射サンゴは絶滅した角状のもので、現生のサンゴと同系統だった

二枚貝。現生のホタテガイのように、自由遊泳性の濾過摂食動物だった

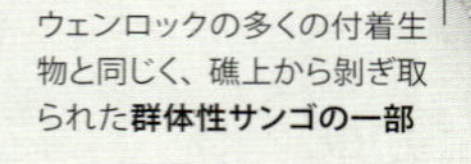

ウェンロックの多くの付着生物と同じく、礁上から剝ぎ取られた**群体性サンゴの一部**

コケムシという小さな濾過摂食動物が集まり、扇形のコロニーを形成しているフェネステラ（一部）
ウミシダやコマチともいう**ウミユリ**（ヒトデの仲間）の、枝分かれした腕部分の破片がたくさん残っている
絶滅したヒトデの仲間、**ウミリンゴの上部**
腕足類には、蝶番のようなものでつながった2つの殻があった。二枚貝に似ているが、関連はない
ウミユリの茎のような支持体は強い潮流によって簡単に折れたため、石灰岩にはふんだんに見られる
殻を両方とも開いたまま死んだ腕足類
腕足類

この生物群集はなぜ急に埋まったのか？

化石学（化石の歴史）を研究する科学者は、この石板には軽量の動物（腕足類、ウミユリ、コケムシ）はたくさんいるものの、殻や覆いの大部分が割れていることに着目している。礁に波が当たって砕け、破片が潮流で流され静かな場所に集まり、そこで遺骸が埋まったというのが、彼らの考えだ。ほかにも、ここには、体の一部を丸めた三葉虫の化石が見られる。生き埋めだったことを示すものだ。

身を丸めて防御の態勢を取っている三葉虫

動物たちはどこで生きていたのか？

この石板は遺骸群集を示している。つまり一緒に死んだ動物から構成されているということだ。古生態学者（古代の生態環境を研究する科学者）がこれらの生物が生きていた場所の様子をつかむには、化石がもっと必要である。生きたまま化石化された動物の遺骸からは、太古の礁の上には、硬い殻の腕足類（波の作用により耐えられるもの）が海岸線よりも高いところに生息していたこと、一方で自由遊泳性の動物はもっと深い水中にいたことがわかっている。

過去の復元

先史時代の生物を再現するため、古生物学者はあらゆる化石証拠を用いて、生物たちの見た目や行動に関する仮説を挙げているが、その結論は確かなものではない。ウェンロックの動物相は付着生物（ウミユリやハチノスサンゴ）からなっていて、礁という生息環境を形成したが、一方で海底捕食生物の三葉虫や捕食性のオルトセラス（殻を持つイカの仲間）も含まれていた。

オルドビス紀の海にいるオルトセラスの復元図

陸上に進出した動物

数十億年にわたり、大半の生物の生息地は海や湖、川に限られていた。すなわち、最古の複雑な生物も最初は水の中にしかいなかったということである。だが、陸地は新たな機会を数多くもたらしてくれたため、陸地への移住は1度だけではなく、何度となく行われた。

◀空気呼吸をした最初の生物
この現生のヤスデには、4億2800万年前にいたプネウモデスムスというヤスデに似た装甲状の体節がある。プネウモデスムスは、陸地を歩いて空気呼吸したことが知られている動物の中で、最古の体化石だ。その外骨格の破片は、気門の小孔があったことを示している。

最初の微生物が陸地に進出したのは、生命が誕生してから10億年以内のこととされる。細菌にとって、海の波が打ち寄せる濡れた岩場や湿った堆積物は、自分たちの生息環境の自然な広がりのようなものだった。30億年以上前に浸食とデトリタスによって最初の土壌が形成されると、細菌がその土壌の粒子の間で生息を始めた。最古の掘穴動物は海岸堆積物をかき混ぜて、菌類やその他の分解者にとって養分となる有機物をさらに加えた。こうして土がかなり豊かになってきた4億7000万年前には、陸地は植物にとっても魅力的な場所になっていた。

陸上での生息

とはいえ、陸上での生息は簡単ではなかった。単細胞生物であれ多細胞生物であれ、周りに水分がなければ細胞は生存できないからである。陸生植物は、水分を保つと同時に気体の出し入れを行う（⇨p.136〜137）、蝋を主成分とする厚い外層（クチクラ）を発達させて生き延びた。

最初の陸生動物にも、同じように保水機能を果たすクチクラはあったが、動き回るだけでも克服すべき問題がほかにもあった。カンブリア紀（5億4100万年〜4億8500万年前）には、海生動物はかなり巨大になっており、陸地ではこの大きさは命取りだったのである。水中では体が浮いて事実上軽くなるが、陸地では同じ動物でも重すぎて動けないのだ。初期の陸生動物は、丈夫な筋肉と支える骨格が必要だったため、その代償として、体を小さくした。最初は虫のような陸生動物は、地中か岩の裂け目などの湿った微小生息域（ミクロハビタット）で生き延びたとされるが、こういった小型生物は皮膚呼吸をしていた可能性もあった。

初期に陸地に移り住んだものには、関節肢をもつ節足動物もいた。現生のカニやクモの仲間である先史時代の節足動物は、すでに海では繁栄していた。関節でつながった肢と骨板の外皮により、陸地でも生きていける可能性があったのだ。化石とDNA鑑定によればヤスデやムカデは、おそらく5億年以上前に、陸地に移住した最初の大きな一群に含まれていたのではないかという。関節でつながった、外皮のある体のおかげで、乾燥することなく地面を這うことができ、外皮にある気門という小孔を発達させて、大気から酸素を直接得ていた。ヤスデは陸生植物を最初に食べた動物種であり、ムカデは陸上の生態系における最初の捕食者だった。

> 肢と指をもつ**四肢動物**には**私たち人間も含まれる**ため、デボン紀にあったこの**遠い昔の出来事**は、地球だけでなく**人間にとっても実に大きな意味**をもっている。
>
> **ジェニファ・クラック** 古生物学者 1947年生まれ
> 『Gaining Ground: the Origin and Evolution of Tetrapods』より

森を満たす

化石証拠は、3億8000万年前ごろには、陸地にはすでに最初の樹木が育っていたことを示している。石炭紀が始まるまでには（3億5900万年前）、地球は生命であふれ、湿地の多い豊かな森林が広がる地となっていた。植物の背は伸びたが、これはリグニンなど、高さを支えるのに必要な丈夫な物質が合成されるようになったためである。森林は陸上の生態系に高い場所

足跡の間にあるすじは、この生物が腹部を引きずっていたことを示している
小さくて細長い足跡は、脚が最低でも8対あったことを示している

◀生命の最初の一歩
5億3000万年前のカンブリア紀初期の砂丘で見つかった、化石化されたこの足跡は、陸上動物の痕跡としては発見されたなかで最古のものである。陸上と海中の両方で生息していた節足動物によるもの。

をつくり、木登り動物や飛翔動物に新たな適所（ニッチ）をもたらした。このおかげで、全陸生動物のなかでも最大の拡散となったのが、昆虫だった。陸地での生命の進化は、新たな生態的相互作用を行う、まったく新しい種類の動物を生み出していった。巣を張る捕食性のクモ、採食する昆虫、草を食べるカタツムリという具合である。多様性と豊富さに関しては、陸地を動き回る生物は、海の中で泳ぐ生物に匹敵していたのだ。

▲移行期の化石
ティクターリクは進化上の奇跡だ。見た目は魚に似ているが、首は実際の魚よりもかなり自由に動き、ひれは小さいながらも関節が丈夫なため、陸上で体重を支えたと見られている。

陸上に進出した祖先

無脊椎動物が陸地を征服したとき、脊椎動物の生息環境はまだ水辺に限定されていた。無脊椎動物の場合と同じく、脊椎動物も3億9500万年〜3億7500万年前のデボン紀に陸地へ進出しはじめた際は、体の変化を必要とした。

魚類は対になったひれ（対鰭（ついき））で泳ぎを安定させるが、ひれを補助的に用いて海底を「歩く」ものはわずかである。ほとんどの魚の場合、ひれは脚の代わりになるほど丈夫ではないからだ。ところがある分類群の「総鰭類」には利点があった。肺魚やシーラカンスといった少数が現存しているが、デボン紀にはさまざまな形のものがたくさんいた。これらは他の魚類とは異なり、対鰭のそれぞれを丈夫な骨で支えていたのである。その関節は自由に動くため、ひれを水面下で歩くために用いることができ、のちには水から出て陸上を這うのに役立った。総鰭類がこれを行ったのは、現生の肺魚と同じく、干ばつのときだった可能性がある。総鰭類が陸地をさらに動き回るにつれて、ひれは指をもつ肢へと進化していった。

ティクターリクは
3億7500万年前に生息していた。
最初の化石は2004年に**カナダの北極圏**で見つかっている

魚類には陸上生活に備えた、ほかの特徴もあった。ほとんどの種は浮力の調節に、気体が詰まった浮袋を使っている。現生の魚類はこの浮袋が変化し、この袋によって空気を直接やり取りして呼吸し、えらを使って水中から得る酸素を補うことができる。初期の総鰭類の、この呼吸という新しい仕組みが、のちに横隔膜のような胸部筋肉の力により初めて空気呼吸を行う肺になったのである。

肺をもった最初の脊椎動物はしばしば両生類と呼ばれるが、これらの生物は大昔に絶滅した。現生のカエルやイモリの遠縁である。これらは初の四本足の脊椎動物「四肢動物」であり、現生の両生類だけでなく、爬虫類、鳥類、そして哺乳類すべての祖先だった。驚くほど完全な化石記録には、「四肢魚」とも呼ばれる中間型を経た、魚類から四肢動物への移行の痕跡が残されている。

四つ足で空気呼吸をする体制は、進化における大きな一歩だった。脚は失われたり腕や翼になったりしたものもあったが、陸上にいるほとんどの現生脊椎動物の基礎となっている。

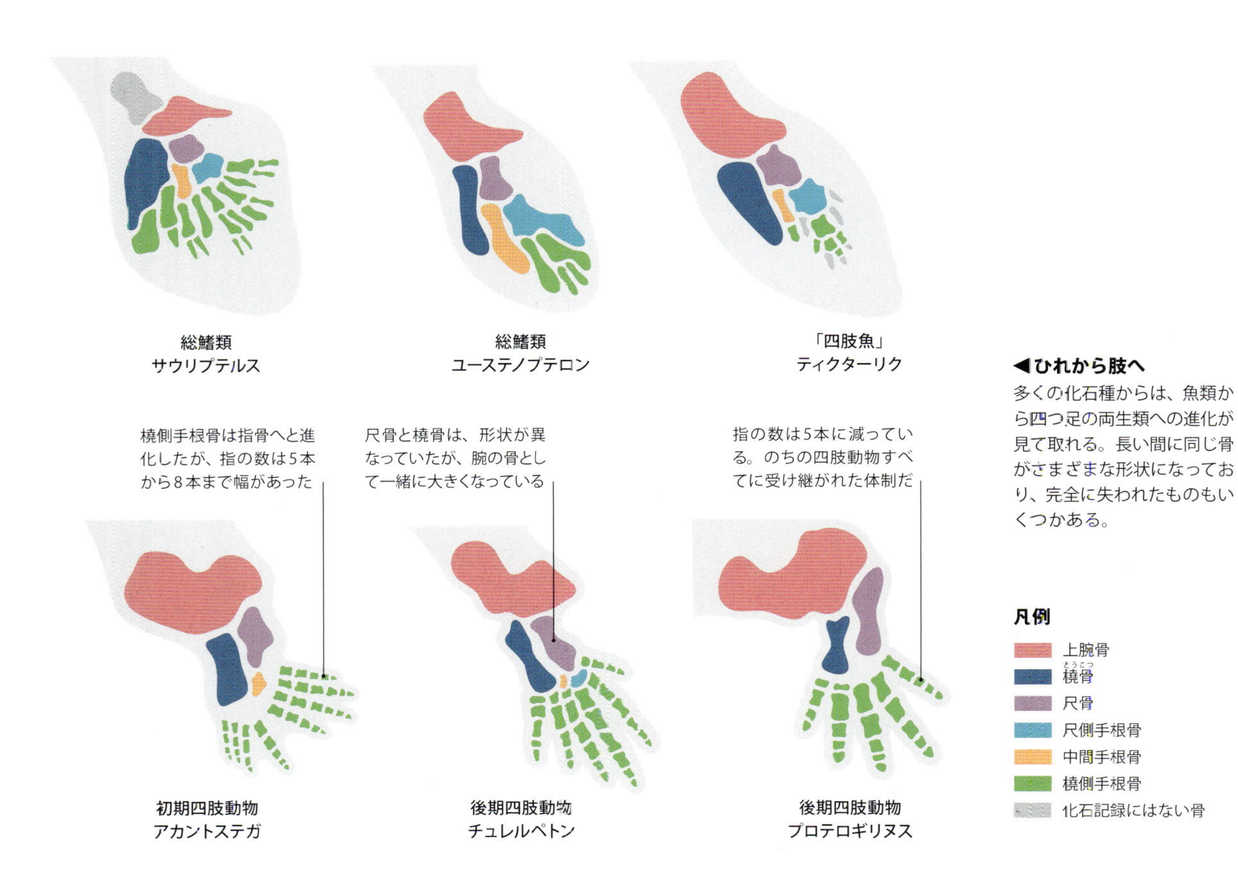
総鰭類
サウリプテルス
総鰭類
ユーステノプテロン
「四肢魚」
ティクターリク
橈側手根骨は指骨へと進化したが、指の数は5本から8本まで幅があった
尺骨と橈骨は、形状が異なっていたが、腕の骨として一緒に大きくなっている
指の数は5本に減っている。のちの四肢動物すべてに受け継がれた体制だ
初期四肢動物
アカントステガ
後期四肢動物
チュレルペトン
後期四肢動物
プロテロギリヌス
凡例
上腕骨
橈骨（とうこつ）
尺骨
尺側手根骨
中間手根骨
橈側手根骨
化石記録にはない骨

◀ひれから肢へ
多くの化石種からは、魚類から四つ足の両生類への進化が見て取れる。長い間に同じ骨がさまざまな形状になっており、完全に失われたものもいくつかある。

翼の改良

生物に見られる類似点は祖先が共通であるがゆえの場合が多いが、すべてがそうではない。例えば、飛ぶのに必要な上下に動く翼は、少なくとも4つの動物群においてそれぞれ独自に進化したもので、その時期も異なる。

生物はその生息様式に合うように、適応を進める。時には自然選択によって、同じような新たな工夫が、関連性のない別個の動物群に生じることがある。これが収斂進化である。

特徴の共有

種をつける植物はみな、祖先が共通している。クラゲの針とサンゴのトゲが関係しているのと同様である。だが時には自然選択により、無関係の動物群において同じような適応が生じる場合がある。イクチオサウルス（爬虫類）とイルカ（哺乳類）のひれ足が、その一例である。

環境や時代が異なる別個の生物が、構造上や行動上の類似性を共有している場合、ある種の適応を要する同じような環境に生息しているという理由であることが多い。イクチオサウルスとイルカは時代が何百万年も離れているものの、捕食動物から逃げたり敏捷な獲物を捕らえたりするには、どちらも速く泳ぐ必要があり、そのためにひれ足が発達したのだ。

飛翔の進化

飛ぶことのできた最初の生物は昆虫で、既存の肢を流用せずに羽を発達させた唯一の飛翔動物である。脊椎動物の場合は、既存の肢を作り変えて飛翔動物になった。前肢や手が、長い間にさまざまな種類の翼になったのである。翼竜はおそらく初めてこのようにして翼を獲得し、飛ぶ爬虫類のなかでは最もよく知られるものだが、恐竜とともに絶滅した。鳥類は二足歩行の恐竜から進化して、うまく対処していった。鳥類は大量絶滅を生き抜いたが、その理由には、恒温性、哺乳類とともに栄えたこと、そしてさまざまな種に多様化したことが挙げられるだろう。その後、哺乳類は、飛翔動物の分類群のなかで最も特化したもののひとつを進化させた。コウモリである。そのほとんどは夜間に空を飛ぶことができ、超音波によるエコーロケーション（反響定位）を使って、暗闇でも飛び回って狩りをすることができる。

鳥類は初めて飛んだ動物である。ラナーハヤブサは、羽を広げることで翼を空気ブレーキ代わりに使うことができる。

コウモリは本当の意味で飛翔する技術を身につけた唯一の哺乳類である。ホモンガやムササビは滑空しているにすぎない。

恐竜の近縁種の**翼竜**は、翼を上下に動かして飛べるように進化した最初の脊椎動物である。ジュラ紀（1億6600万年〜1億4500万年前）にいたランフォリンクスが初期の代表例だ。

▼大空へ

飛翔動物の歴史は数億年に及ぶ進化の歴史である。4つの時点で、異なる動物群が飛翔能力を発達させていった。

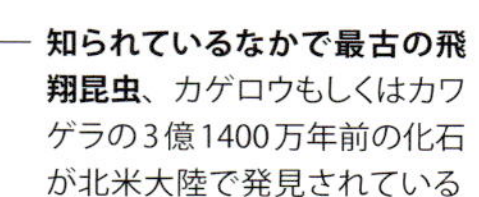

知られているなかで最古の飛翔昆虫、カゲロウもしくはカワゲラの3億1400万年前の化石が北米大陸で発見されている

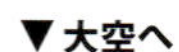

4億年前
3億年前
節足動物
爬虫類

この現生のトンボのように、**昆虫の翅**は大気中の酸素がピークに達して、より活動的な生息様式がもたらされた結果、進化した可能性がある。

▲翼の進化
最古の原始の翼は、昆虫の体にあった蓋のようなもので、えらや、水面を進むためのオールの役目を果たしていた。木登り昆虫はこれを使ってパラシュートのように降下し、やがては上下に動く翅へと進化して、空中でコントロールできるようになったのかもしれない。翼竜、鳥類、そして最後にコウモリが飛べるようになったのは、新たに付属器官が生じたからではなく、既存のものを適応させたからである。

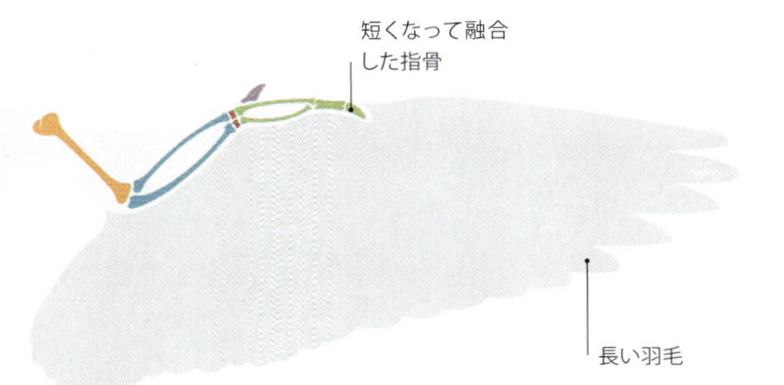
伸びた飛膜は体に付着している
長い5番目の指

鳥類やコウモリの翼と比べると、**翼竜**の翼はかなり原始的だ。飛膜は主に1本の指で支えられている。翼竜には飛行を調整する筋肉組織がなかったため、上昇気流を頼りに移動していたと見られている。

◀翼の構造
翼竜、鳥類、コウモリの翼は、どれも腕と手の骨を用いているが、進化によって骨の形はそれぞれ異なる。翼竜とコウモリの翼の形状は、皮膚でできている飛膜を骨がどれだけ広げられるかによる。鳥類の翼の表面は羽毛からなり、その形状は羽毛の形によって決まる。

短くなって融合した指骨
長い羽毛

凡例
- 上腕骨
- 橈骨と尺骨
- 手根骨
- 指骨
- 親指の骨

鳥類には、翼をうまくコントロールする短めの腕と指骨がある。より強い力が出せる筋肉があるので、長い風切羽などを備えた翼をさらに大きくはばたかせ、翼竜よりも力強い飛行ができる。

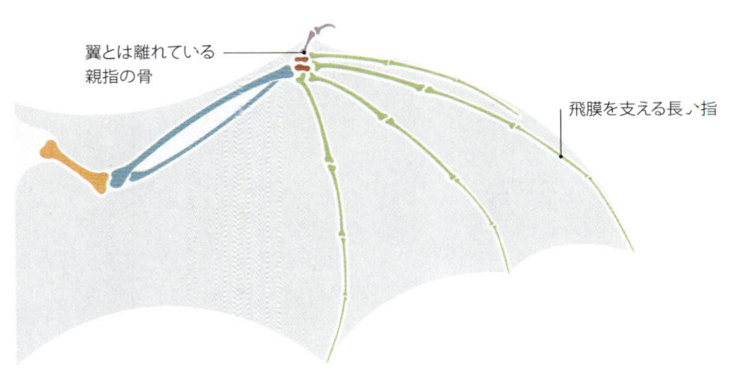
翼とは離れている親指の骨
飛膜を支える長い指

コウモリは他の飛翔脊椎動物よりも指骨の数が多い。翼は4本の指で支えられている。このため鳥類の翼よりも柔軟性のある形状で、機動性が高く、エネルギーを節約する飛び方ができる。

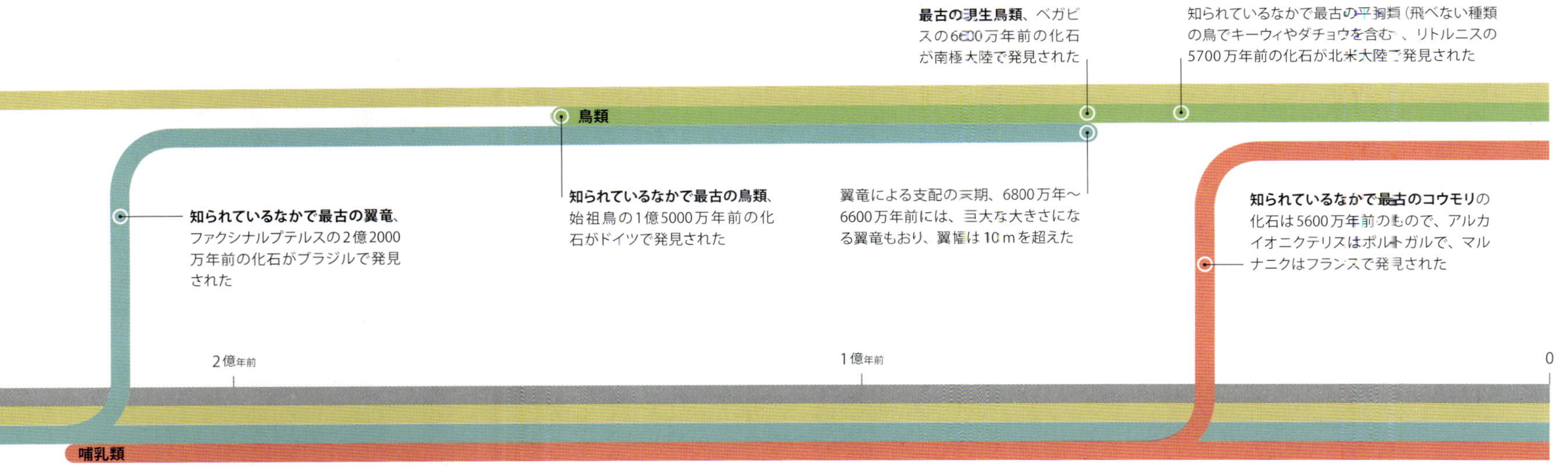
最古の現生鳥類、ベガビスの6600万年前の化石が南極大陸で発見された
知られているなかで最古の平胸類（飛べない種類の鳥でキーウィやダチョウを含む）、リトルニスの5700万年前の化石が北米大陸で発見された
鳥類
知られているなかで最古の翼竜、ファクシナルプテルスの2億2000万年前の化石がブラジルで発見された
知られているなかで最古の鳥類、始祖鳥の1億5000万年前の化石がドイツで発見された
翼竜による支配の末期、6800万年～6600万年前には、巨大な大きさになる翼竜もおり、翼幅は10mを超えた
知られているなかで最古のコウモリの化石は5600万年前のもので、アルカイオニクテリスはポルトガルで、マルナニクはフランスで発見された
2億年前
1億年前
0
哺乳類

> **種子**の中で**完全に守られている胚**は……**大きな強み**をもっている。

ダグラス・ホートン・キャンベル アメリカの植物学者 1859年～1953年

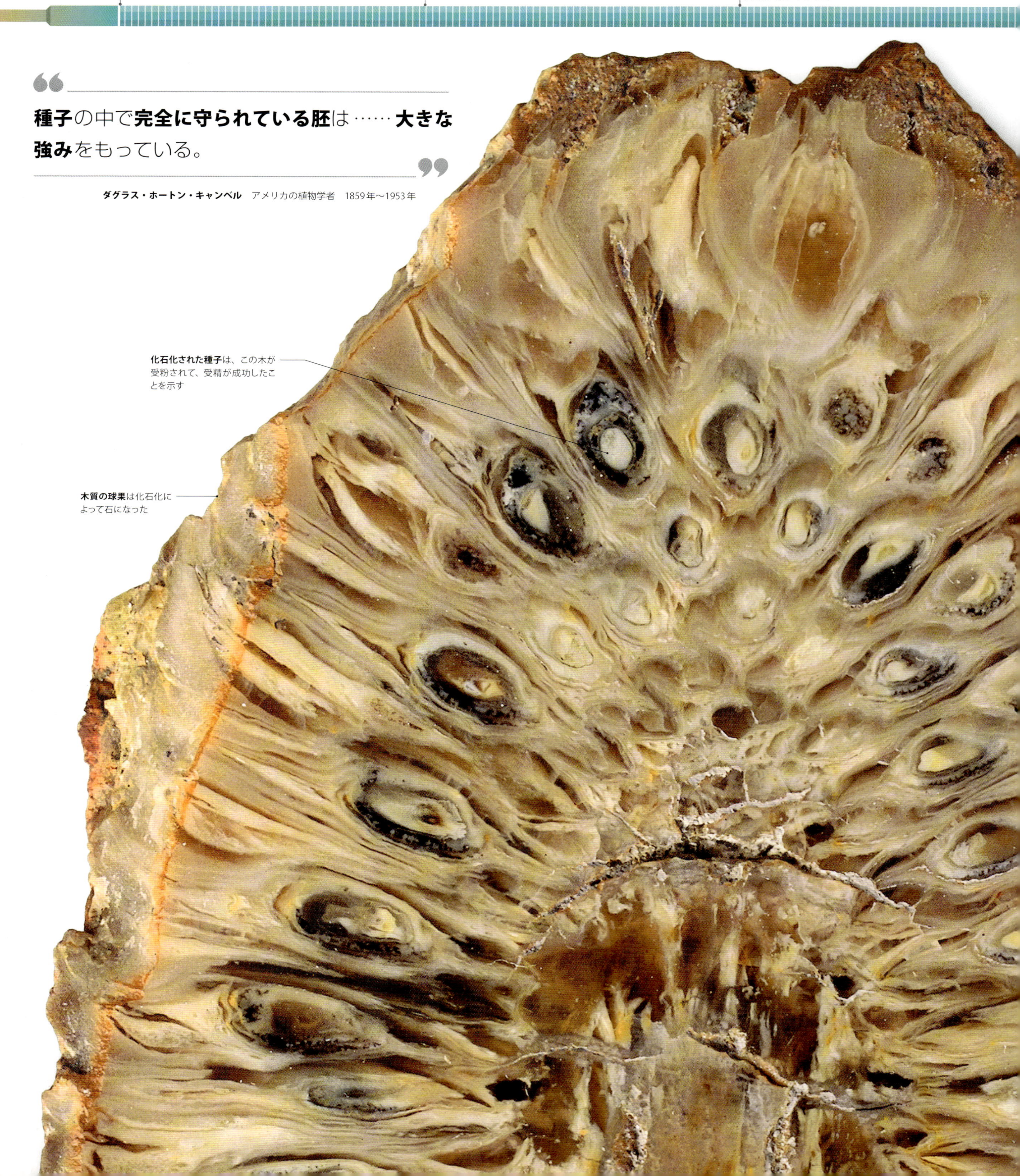

化石化された種子は、この木が受粉されて、受精が成功したことを示す

木質の球果は化石化によって石になった

最初の種子

およそ3億7000万年前、新たな種類の植物が生まれた。胚のための究極のサバイバルキット、つまり養分の詰まった、保護する皮に包まれた種子をつけたのである。種子が生命の歴史を形作り、先史時代に重要な役割を果たしていく。

◀チリマツ
化石化されたこの球果は1億6000万年前のものだが、現生の木による球果と驚くほど似ている。アラウカリア・アラウカナというこの種はチリマツとして知られ、現在でもアルゼンチンやチリに分布している。

球果内の鱗片は、種子を守る葉が変化したもの

藻類に似た最初の植物が水中で、胞子と配偶子（卵細胞や精細胞）による生殖を交互に繰り返してその生活環を完結させた。その子孫のコケやシダがさらに内陸へ進出していくと、胞子が空中に拡散された。しかし、精細胞が卵細胞に泳ぎ着くには、まだ水滴が必要だった。深い根や丈夫な葉によって干ばつをどれほど切り抜けようと、植物が繁殖するには周期的な降雨が依然として必要だったのである。

新しい種類の植物は、水とのこの制限的なつながりを断ち切った。受精の場を地面から離れた生殖シュートに移動させたのである。雌性のシュートは胞子をそのままもち、これは卵子になった。雄性のシュートの胞子は花粉粒となり、内陸へと飛ばされて雌性のシュートに付着した。最も原始的な種子植物では、精子は花粉粒から飛び出てシュートの中を泳ぎ、卵子にたどり着いた。現生のソテツでも見られるものである。だがほとんどの種子植物では、精子は過剰となった。そこで、それぞれの花粉粒から小さな糸（花粉管）が出て、雄性細胞の裸の核をまっすぐ卵子まで運び、泳ぎを丸々省いたのである。花粉のおかげで、これらの植物は水に依存していた仲間よりも、さらに内陸まで広がることができたのだ。さらに、次世代の胚を耐乾性の容器に入れることによって、水との関係を完全に断ち切った。これが種子である。

メドゥロサ、つまり
3億5000万年～2億5000万年前の
原始的な種子植物の**種子は、鶏の**
卵ほどの大きさがあった

種子の仕組み

卵細胞は胚珠という薄い壁の嚢内で育つ。花粉が胚珠を受精させると、この壁が厚くなって種子になる。最初は、胚珠は葉上や球果の鱗片上にむき出しの状態で育つ。基部でつながった硬い鱗片からなる生殖シュートで、現生のソテツや球果植物の球果によく似たものである。最終的には、ほとんどの種子植物は胚珠を、花の下のシュートの奥深くに埋めた（⇨p.160～161）。この胚珠が種子になると、その周囲の多肉組織が果実となる。そして種子植物は、異なる複雑系生命の動物を誘う手段を展開させて、その生息戦略の一部になっている（⇨p.164～165）。

種子とその成功、そして人間

花粉という受精方法と、種子という分散方法はどちらも大きく成功したため、種子植物は陸地を基盤とする世界中のあらゆる生態系と食物網（人間を最上位に置くものも含めて）の根幹をなしている。種子をつけない植物（蘚類、シダ類、苔類）も広く分布しているが、陸上の生息環境を支配することはもはやない。

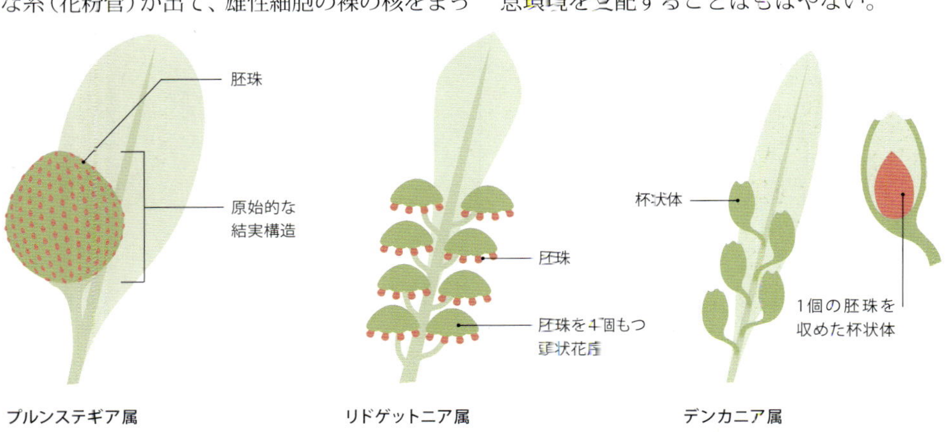
胚珠
原始的な結実構造
プルンステギア属
胚珠
胚珠を4個もつ頭状花序
リドゲットニア属
杯状体
1個の胚珠を収めた杯状体
デンカニア属

◀原始的な種子植物
葉の形から最初の種子植物はシダ種子植物と呼ばれるが、現生のシダとの関係はない。これらは、葉に付着した包みの中で胚珠を育てた。球果と花が最終的に進化したのは後期の種類においてである。

▼殻の中の生命
恐竜も含む先史時代の爬虫類は、殻のある卵を産んだ先駆者だった。胚は乾燥することなく、殻の中で成長できたのである。現生の多くの爬虫類や鳥類と同様、親は卵を捕食者から守っていたと見られている。

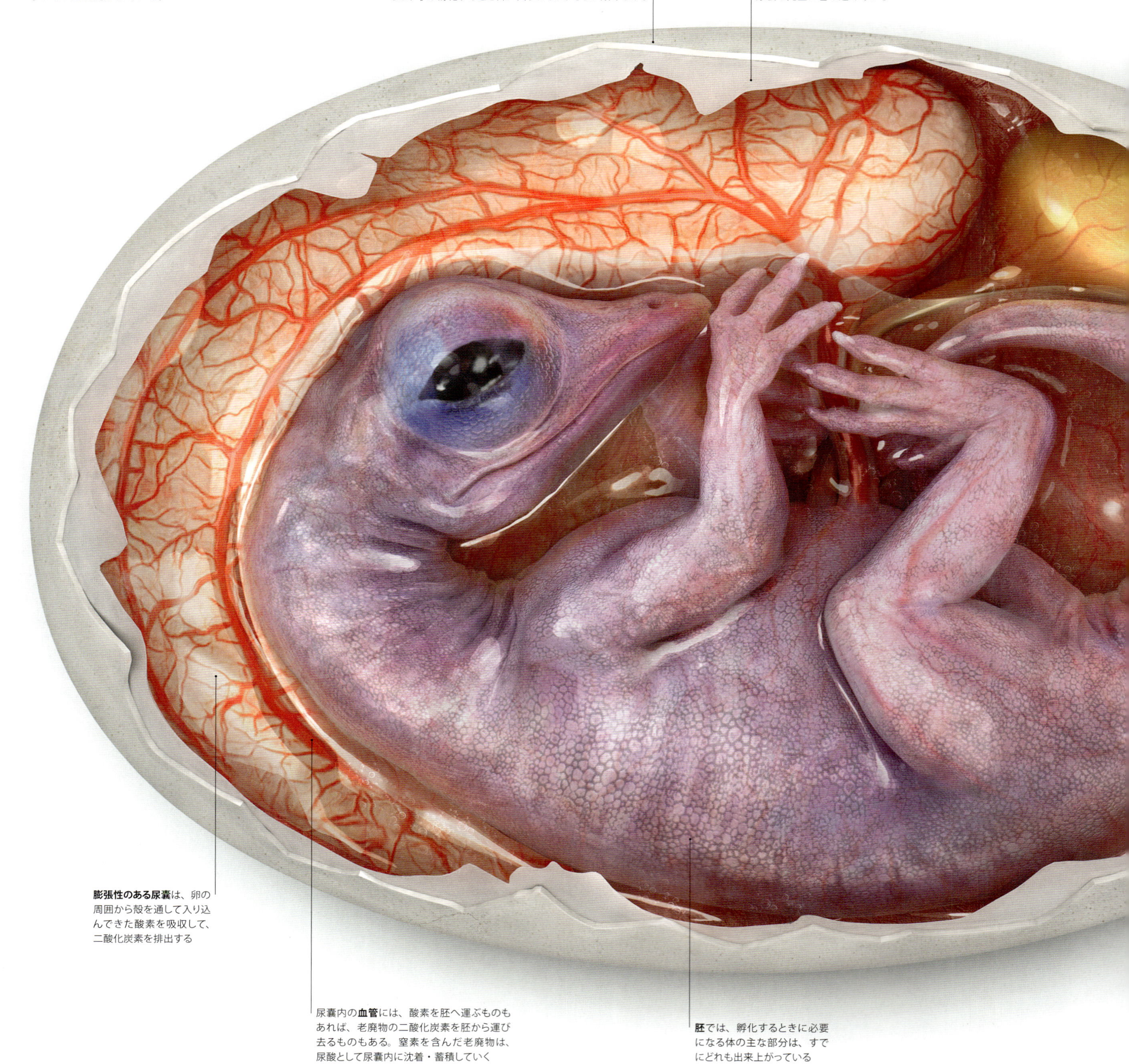
殻は炭酸カルシウムを基にした白亜質からなる。損傷に耐えられるだけの硬さと、呼吸のガス交換を行える透過性があるが、子が孵化するとき外に出られるようもろい殻でもある
白い卵殻膜の陰にあるのが絨毛膜。透明な胚膜で、胚、羊膜、卵黄嚢、尿嚢を完全に包み込んでいる
膨張性のある尿嚢は、卵の周囲から殻を通して入り込んできた酸素を吸収して、二酸化炭素を排出する
尿嚢内の**血管**には、酸素を胚へ運ぶものもあれば、老廃物の二酸化炭素を胚から運び去るものもある。窒素を含んだ老廃物は、尿酸として尿嚢内に沈着・蓄積していく
胚では、孵化するときに必要になる体の主な部分は、すでにどれも出来上がっている

殻のある卵の誕生

最初に陸上で生息するようになった脊椎動物には、脚があったので歩くことができ、呼吸もできた。だが、初期の両生類は、水から離れられないでいた。繁殖のためには、濡れた場所が必要だったからだ。このつながりを断ち切ったのが爬虫類である。乾燥した陸地で成長できる硬い殻のある卵を産んだのだ。

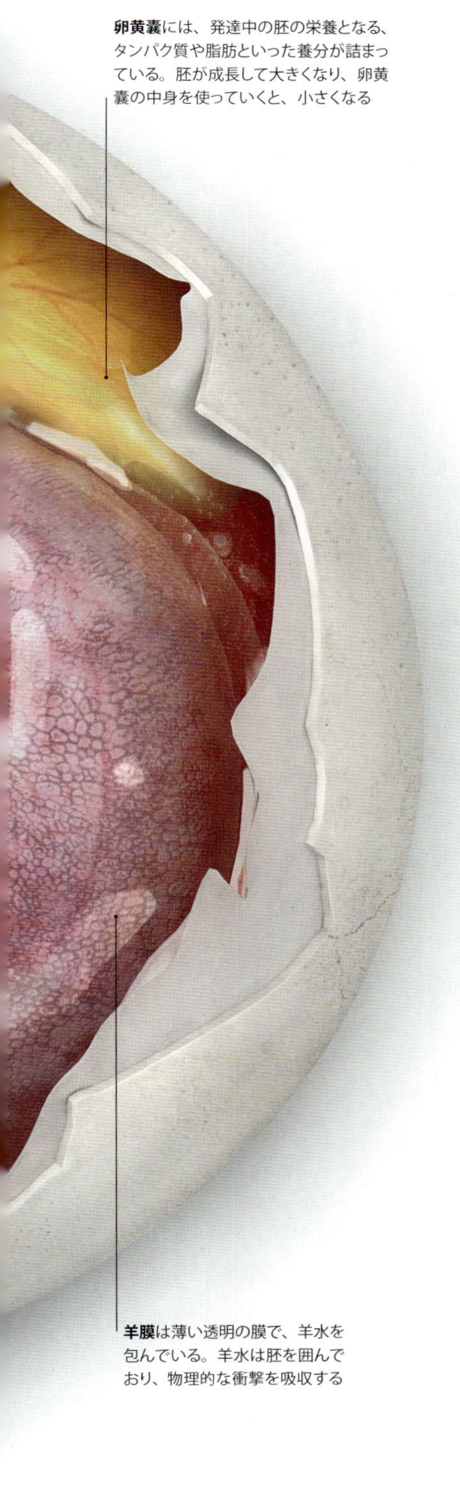

卵黄嚢には、発達中の胚の栄養となる、タンパク質や脂肪といった養分が詰まっている。胚が成長して大きくなり、卵黄嚢の中身を使っていくと、小さくなる

羊膜は薄い透明の膜で、羊水を包んでいる。羊水は胚を囲んでおり、物理的な衝撃を吸収する

脊椎動物の起源は水にある。魚類と両生類は水中で、ゼリー状の保護膜のみで包まれた柔らかい卵を産んだ。爬虫類は、乾燥を防ぐ、防水で鱗状の硬い皮膚を発達させただけでなく、繁殖習性まで変えた。陸上で、胚を包み込んで守れるだけの硬さをもちつつ、それでいて呼吸ができるように透過性のある硬い殻で、卵を保護したのである。

胚というサバイバルキット

大半の爬虫類と全ての鳥類が産む有殻の卵は驚異の構造をしており、胚が発達するのに必要なものがすべて入っている。この卵が登場するまでは、生きている胚はすべて流体に囲まれた状態で育っていた。この流体の状態を陸上でも再現するために、簡単に扱えるちょっとした進化の一段階として、膜内に流体を閉じ込めたのである。この膜のことを羊膜といい、これを最初に備えた動物には、よく知られた「爬虫類」と同じく、「有羊膜類」の名が与えられた。魚類や両生類と同じように、卵の中には胚のための食料貯蔵場所である卵黄嚢がある。そしてさらに、祖先には存在しなかった、老廃物処理用の尿嚢という袋もある。胚が育つ間、呼吸をして老廃物がたまると、卵黄嚢は小さくなり、尿嚢は大きくなる。最後の膜の絨毛膜は、胚全体を包み込み「サバイバルキット」としての役目を果たしている。

爬虫類の場合は、卵がかえるころには、自立した生活を送る準備がすでに整っている。これに対して、ほとんどの鳥類の雛には、しばらくは親の世話が必要である。ただし、どちらの子も、卵からかえったと同時に、食べたり呼吸したりすることができる。

陸上生活に備えて

殻のある卵と生命を維持するための膜のおかげで、有羊膜類は生活環を陸上で完成させることができた。陸上で交尾を行い、乾いた巣に卵を産んだのである。現生爬虫類には、卵を産む方法を放棄して、生児出生を行うものがわずかにいる。だが、有羊膜類の一群である哺乳類は、生児出生を大きな利点へと変えた。2つの膜（尿嚢と絨毛膜）の代わりに、母親の血液から酸素と栄養分を直接得る胎盤を備えたのである。哺乳類は胚を母体内で育てることで、幼生を産んだ祖先よりも子の生存率を高めたのだ。

殻のある卵を産んだ
最古の動物は、**3億3000万年前**に
生息していた有羊膜類の
パレオティリスと
考えられている

◀陸上に進出した動物
2億9000万年〜2億7000万年前にいた爬虫類のディメトロドンは、初期有羊膜類の一種だ。殻と羊膜のある卵を産むことができたため、水がすぐ手に入らない乾燥した生育環境に移り住むことができた。

石炭の形成

地球で最初の森を形成した樹木は、腐敗にあらがった巨大なシダに似た植物だった。これらが枯れて積み重なると、炭素とエネルギーが地下に閉じ込められた。石炭の森である。そして3億年後、圧縮されたこの遺骸が産業革命をもたらすこととなった。

石炭紀（3億5900万年〜2億9900万年前）には、かつてなかったほど多くの生命が陸上で栄えた。樹木は苔のような祖先から成長し、昆虫はすでに無脊椎動物でひしめく大地の上空を飛び、巨大な両生類は爬虫類へと進化していた。地球の歴史におけるこの時代は、人間の歴史にも大きな意味合いをもっている。

最初の森

陸上生物が初めて樹木のある環境で生息するようになった。樹木がさらなる豊かさをもたらしたのである。ヤスデ、昆虫、クモ形類動物を含む、陸生動物による最初の大量進出はすでに起きていたが、これらの動物群が、クモやサソリ、ムカデといった捕食者を含んだ多数の種へ爆発的に増えた。石炭紀の樹木は高く背を伸ばすことができた。これは保護層を形成するリグニンという、高さを支えるのに必要な丈夫な物質が合成されるようになったからだ。これがゆくゆくは、炭素を豊富に含んだエネルギーを貯蔵する石炭になるのである。樹木は、現生のものより10倍以上もの量のリグニンを組織内に集めていた。これにより、草食動物を遠ざけただけでなく、腐敗にもあらがえた。リグニンを分解できる微生物がほとんどいなかったからである。樹木が枯れても、倒れた幹はそのまま残った。リグニンは、そこに含まれる炭素とともに、腐敗すると二酸化炭素（CO_2）に変わるが、湿地へと沈んだ場合には、化学エネルギーが閉じ込められる。大気中のCO_2が減少するにつれて酸素は増加する。これは、通常であれば分解という同じ作用によって酸素が消費されるところが、抑制されたからだ。大気中に酸素がたまって、3分の1以上を占めるようになった。現在では、大気中に酸素が占める割合は5分の1程度である。当時、酸素濃度がこれほどまでに高いと、その影響は異様だったと思われる。すぐに火がつくために野火になり、皮膚や体表による受動的呼吸に頼っていた動物は、体が大きくなった。石炭紀における巨大化により最大級の昆虫が出現し、両生類はワニほどの大きさにまでなったのである。

石炭の起源

石炭紀の樹木の大部分はそのまま湿地の底へ沈み、泥炭（ピート）と呼ばれる堆積物を何層も形成した。泥炭は酸素が少なく酸性度が高いため、分解せずに、炭素に富む残存物がたまっていく。この泥炭が自らの重さで圧縮され、水分と気体が絞り出された結果、まずは褐炭という岩石状になり、やがてはとりわけ炭素を高濃度に含む、硬くて高密度の石炭になる。

リンボクは石炭紀に40 mの高さにまでなった

▶ **石炭の形成過程**
石炭の始まりは、枯れた樹木の分解されていない部分である。この上に、枯れたものがさらに積み重なっていくと、圧力が増して圧縮される。何百万年にもわたって圧力と温度が高まるうちに、これがまず褐炭になり、やがては石炭になった。

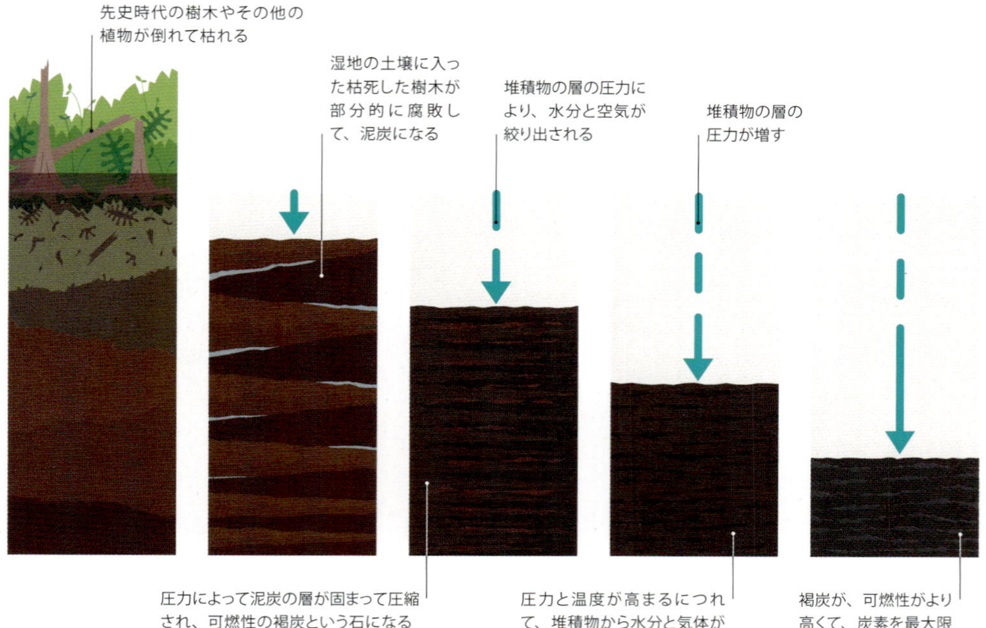
先史時代の樹木やその他の植物が倒れて枯れる
湿地の土壌に入った枯死した樹木が部分的に腐敗して、泥炭になる
堆積物の層の圧力により、水分と空気が絞り出される
堆積物の層の圧力が増す
圧力によって泥炭の層が固まって圧縮され、可燃性の褐炭という石になる
圧力と温度が高まるにつれて、堆積物から水分と気体が抜けて、炭素濃度も高まる
褐炭が、可燃性がより高くて、炭素を最大限に含んだ石炭になる

◀ 先史時代に由来するエネルギー
岩の間に詰まっている黒い帯状の石炭層が、はっきりと見て取れる。ドイツ・ライン川下流域の炭鉱にて。

石炭鉱床は陸生植物の進化以前の岩石に見られるため、藻類が由来と考えられている。だが石炭鉱床は石炭紀のものが特に豊富である。その形成にちょうど適した状況だったといえる。

紀元前1000年ごろの文明も、石炭を燃料として用いる可能性は認識していた。石炭と炭が似ていたからだ。どちらも燃やすと大量の熱を放出するが、これは石炭内に長年閉じ込められてきた炭素が、ついに二酸化炭素として放出されたためだ。大規模な採炭（⇨p.306〜307）が始まったことで、地下深くで層になっている鉱床を利用できるようになった。その後、化石燃料の需要が高まり、あまりにも短期間に大量の二酸化炭素が放出されたため、人類にとっては大きな問題となっている。増えつづける人口にはエネルギーが必要だが、化石燃料を燃やしてきたことで、温室効果ガスが増えて地球温暖化の一因となった。現代文明は、自ら作り出した環境問題に対処しなければならない。これは全世界に影響を与えている問題である。

石炭、石油、ガスは……**化石燃料**である。そのほとんどが化石となった遺骸からできているからで……その**化学エネルギー**は、**太古の植物がかつて蓄積していた太陽光**が保存されたようなものといえよう。

カール・セーガン 天文学者・サイエンスライター 1934年〜1996年

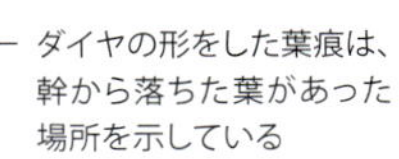

▶ 石炭の成分
石炭紀に多数見られたリンボクの幹が化石化されたもの。高さのあるこの幹には樹皮がなかったが、丈夫なリグニンの層により太くなっていた。

ダイヤの形をした葉痕は、幹から落ちた葉があった場所を示している

琥珀のなかのトカゲ

地球上の岩や石に残された痕跡、もしくは化石は、絶滅種が現生種とは異なっていたことを明白に表している。絶滅種の生態を解明するには、科学者は探偵になってみる必要がある。

地球上にかつて存在していた種のうち、99%以上が今や絶滅している。つまり私たちが生命の歴史について知っていることは、化石証拠に大きく頼っているわけである。

化石はさまざまな経緯を経てできる。死んだ生物が、食べられてしまう前にすぐに堆積物に埋まると、その遺骸と堆積物は石化する。大陸が何百万年もかけて位置を変えるうちに、このような化石を含んだ岩石が崩れたり上に出てきたりし、周囲の岩が浸食されて、化石が露出する。

化石化のプロセスは決して完全なものではなく、保存状態の質には大きな差がある。体が軟らかくて年代を重ねた種の痕跡は、体が硬くて歳を重ねていない種よりももろい。骨格など、体のなかで硬い部分が最も化石化されやすく、足跡、卵、糞も化石になる。適切な状況下では、皮膚や羽毛、葉、さらには単細胞といった極めて壊れやすいものでさえ化石になりうる。なかにはこのページのトカゲのように、琥珀の中に化石が入っている例もある。琥珀は固まった木の樹脂が化石化したもので、その中にとらわれて窒息死した動物は見事に保存される。

古生物学者が化石証拠を解釈する際には、その成り立ちを考える必要がある。地理学や解剖学といった複数の分野からの手がかりを調べることで、過去にいたさまざまな種類の生物の実態を解明するのだ。

遺骸について

化石学の研究では、動物の遺骸が腐敗もしくは化石化する際に、その遺骸を変化させるプロセスが重要となる。木の樹脂も有機物であるため、やはり腐敗する。この樹脂の塊は見事に化石化しているが、これは形成直後に堆積物の下に押し込まれたからだ。その結果、このトカゲは完璧に保存されて、腐食動物や浸食に対して封がされたのである。

同じく琥珀に閉じ込められた先史時代のクモ

植物の手がかり

ポーランドの針葉樹林

バルト海で見つかったこの琥珀を分析した結果、針葉樹の一種のものとわかり、このトカゲの生息地が針葉樹林だったことが示された。化石化された琥珀の存在は、こうした針葉樹がそのころすでに樹脂（傷口を塞いだり草食動物を遠ざけたりする、粘り気のある液体）を出すようになっていたことを示す。おそらく、こうした樹木を餌として摂取していた先史時代の草食動物に対抗するためだったと思われる。

▼化石の成り立ち
生物の体が化石化するには何百万年もかかる。生物の遺骸は腐敗し、やがて硬化する。

死んだ魚が海底にとどまる

死んだ動物が食べられないまま残ると、腐敗する。損傷を受けなかった魚の鱗は、そのまま残って化石骨格の輪郭として保存される。

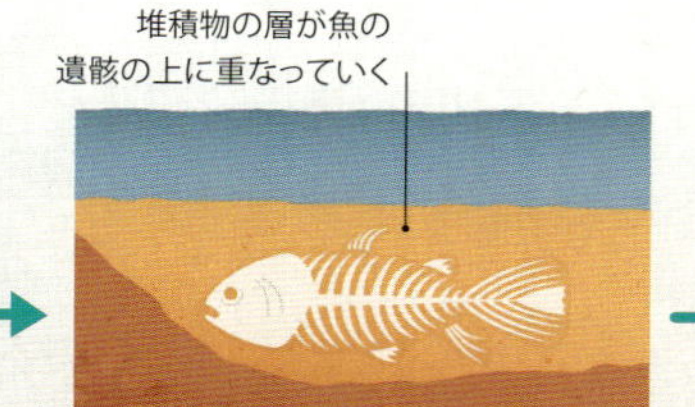
堆積物の層が魚の
遺骸の上に重なっていく

堆積物の下に**埋まる**と、腐食動物から逃れることになり、水中の無機物が骨へと染み込んで、骨の結晶化と硬化をもたらす。

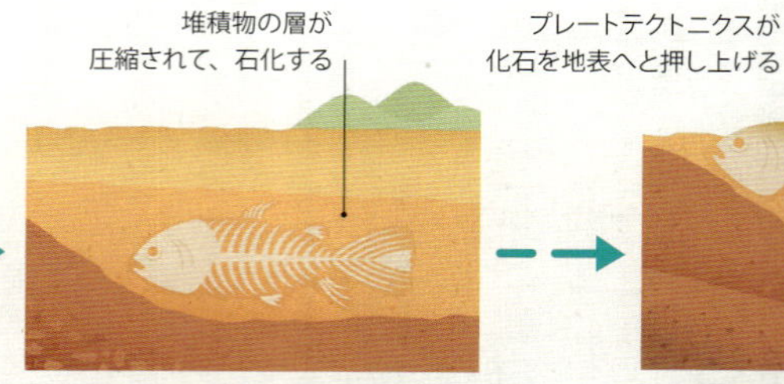
堆積物の層が
圧縮されて、石化する
プレートテクトニクスが
化石を地表へと押し上げる

堆積物の層や岩石の**圧力**が何百万年分も蓄積すると、遺骸の有機物部分は完全に無機物に取って代わられる。

大陸移動によって化石が地表へ押し上げられ、浸食によって岩がすり減り露出すると、化石は**発見**される可能性がある。

生息地の特定

現在化石が見つかる場所は、もともとの生息地からは大きく異なる場合もある。例えば琥珀に閉じ込められたこのトカゲは、バルト海沿岸の汽水域で発見された。トカゲが死んだ5400万年前、その生息地はもっと内陸の森だった可能性がある。この化石は、川が琥珀の塊を温暖な針葉樹林から下流の沿岸まで運んだことを示唆する。

構造の比較

化石になって残された体の構造や痕跡は、関連する化石や現生種のものと比較することができる。この琥珀には、トカゲの頭部、体の前部、右の前肢しか保存されていないが、古生物学者がトカゲの一種と認識するには十分だ。この標本では、よく発達した足指の裏に肉球があり、まぶたがないことが明らかになっている。岩石の中で化石化した遺骸からは失われてしまうが、琥珀の場合には保存される特徴である。

トカゲモドキ

トカゲとともに閉じ込められた昆虫は獲物だった可能性がある

目を覆う、固定された透明な鱗は、現生のトカゲ種に似ている

▶ パンゲア
3億年前から1億7500万年前にかけて、南半球で諸大陸が結合しひとつになった。内陸では森が砂漠化し、一方で海岸線がなくなったために、多くの海洋生物が絶滅した。

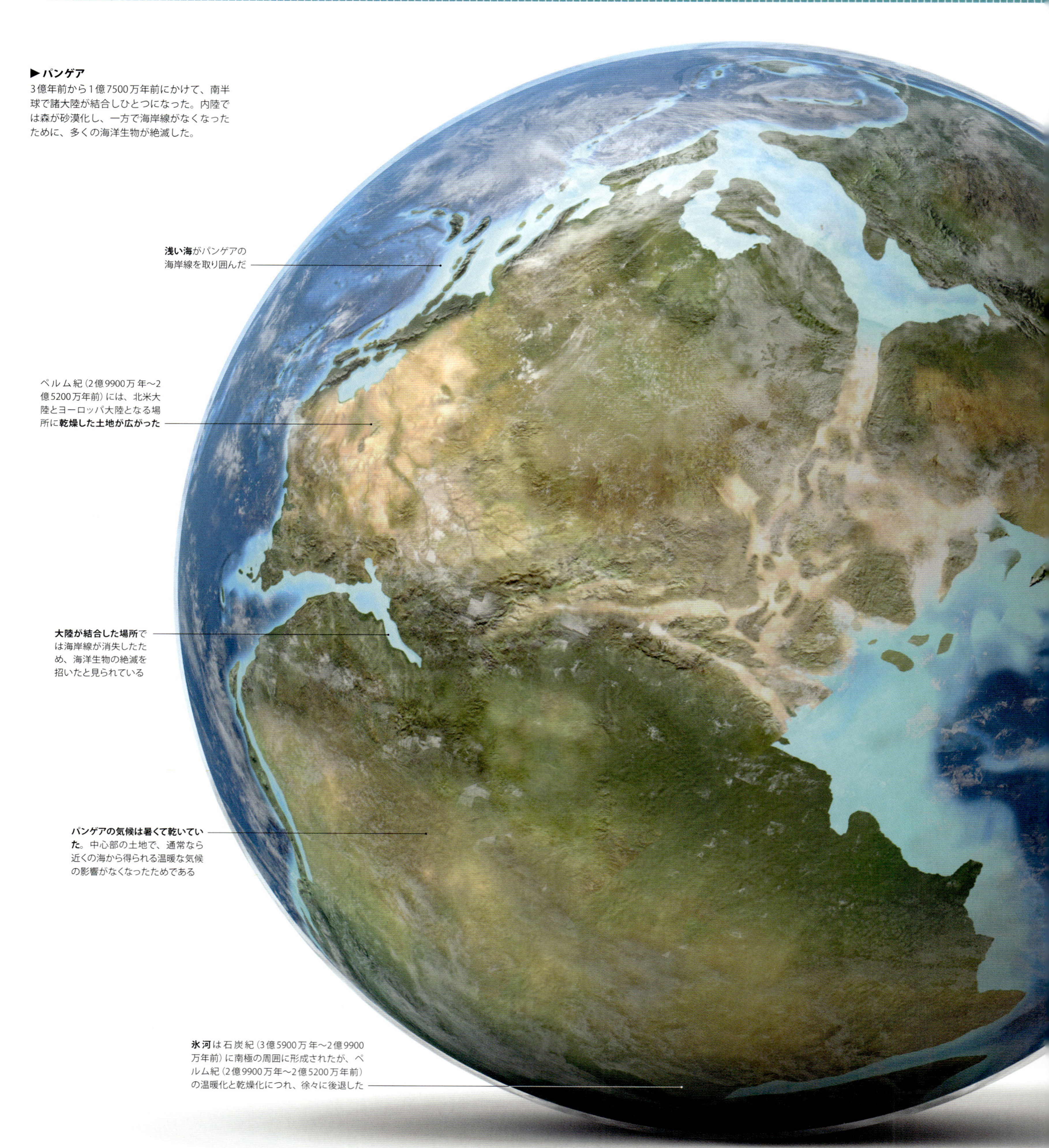
浅い海がパンゲアの海岸線を取り囲んだ
ペルム紀（2億9900万年〜2億5200万年前）には、北米大陸とヨーロッパ大陸となる場所に**乾燥した土地が広がった**
大陸が結合した場所では海岸線が消失したため、海洋生物の絶滅を招いたと見られている
パンゲアの気候は暑くて乾いていた。中心部の土地で、通常なら近くの海から得られる温暖な気候の影響がなくなったためである
氷河は石炭紀（3億5900万年〜2億9900万年前）に南極の周囲に形成されたが、ペルム紀（2億9900万年〜2億5200万年前）の温暖化と乾燥化につれ、徐々に後退した

乾燥する大地

湿地の多い石炭の森で陸生生物が栄えたのち、5000万年にわたって地球規模の干ばつが続いたことで、生命の進化の方向に変化が生じた。植物はさらに丈夫な葉をつけるようになり、湿地は干上がって、湿った皮膚をもつ両生類から鱗のある最初の爬虫類が生まれた。

海岸地帯は湿った熱帯気候となり、湿地の多い石炭紀の森という最後の逃げ場も、おそらくほかの地帯と同じように乾燥しただろう

およそ3億年前に地球のすべての陸塊がぶつかって、パンゲアという1つの超大陸が形成された。これにより、陸生生物に劇的な変化がもたらされた。気候変動はすでに石炭紀（⇨p.148〜149）における湿地の多い森林の崩壊を引き起こしていたが、それがペルム紀の始めには、新しい超大陸の地表の大部分で砂漠化が始まるようになった。

ペルム紀の**爬虫類**の**化石**の多くは、**哺乳類**の頭部や歯の予兆となる**特徴**を有している。

R・ウィル・バーネット 生物学者 1945年生まれ

新たな皮膚、大きくなる体

爬虫類は森で進化を遂げたが、それが今や干上がった新たな世界にも進出していた。この新しい脊椎動物は、陸上に対しては両生類の祖先よりもかなり適応していた。ケラチンという丈夫な線維性タンパク質でできた硬い鱗を発達させたことで、乾燥を防いでいたのである。ケラチンはのちに、哺乳類と鳥類の髪の毛や羽の主成分になる。殻の硬い卵（⇨p.146〜147）を最初に産んだ爬虫類は、産卵時に水を必要とすることもなかった。これは両生類の祖先とは異なる点である。これにより、脊椎動物による陸地への進出がかつてないほど促進された。

爬虫類による支配の始まりにおいて、その主群が2つに分かれた。ひとつは双弓類といい、のちに恐竜や鳥類、現生のトカゲをもたらす。ペルム紀には、もう一方の単弓類が乾燥した土地を支配するようになった。このなかからは、当時最大の陸生動物さえ生まれた。背が帆のようになった肉食性のディメトロドンは自動車ほどの大きさになり、ほかにも最初の大型草食動物になったものもいた。のちの単弓類には、哺乳類の祖先となる小型爬虫類も含まれた。

だが、ペルム紀は激しい終わりを迎えた。すさまじい大量絶滅が起こり、生物の7割以上が死滅したのである。異常なまでの火山活動が起きて有毒ガスが放出され、この最大規模の大量絶滅によって多くの爬虫類も姿を消した。それでも、双弓類と単弓類のいずれの子孫も十分な数が生き延びて、再び陸地に住みついた。最初は恐竜と哺乳類が、次いで鳥類が生じた。

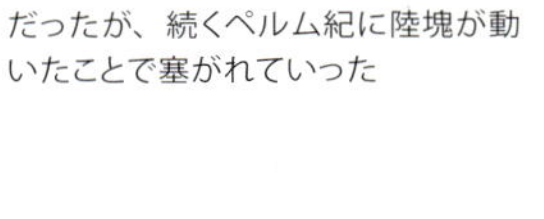

古テチス海はデボン紀〜石炭紀（4億1900万年〜3億年前）には最大規模だったが、続くペルム紀に陸塊が動いたことで塞がれていった

◀モスコプス
乾燥したペルム紀を生き延びた、ずんぐりした体のモスコプスは、砂漠の硬い植物を食べていた。数多い単弓類（顎が強い爬虫類で、やがては哺乳類を生じさせるもの）の一種である。

多様化する爬虫類

種の入れ替わりが生命の歴史における区切りとなる。乾燥した超大陸ができた結果訪れた爬虫類の時代に、地球上で最も驚異的といえる動物が生まれた。その多様化がピークに達して、巨大な爬虫類が空・陸・海を制したのである。

爬虫類の時代は2億年以上に及んだ。乾燥したパンゲア（⇨p.152〜153）の大地から始まり、小惑星の衝突によって終わりを迎えたが、恐竜が滅んだあとでも、サイズこそ小さくなりながら、爬虫類は優勢を誇った。現在では、トカゲやヘビは陸上の脊椎動物の種のおよそ3分の1を占めている。

中生代の怪物たち

中生代は、さらに三畳紀、ジュラ紀、白亜紀に分かれるが、トカゲのような小型爬虫類群（双弓類）が多様化して華々しい結果をもたらした。双弓類のなかには、遠い祖先の生息地だった海へ戻るものもいた。アルバートネクテスなどを含む、イクチオサウルスやプレシオサウルスは、肢からひれ足を進化させて泳ぎが上達し、魚を捕らえるようになった。

最も有名な双弓類は体をさらに極限まで大きくした。この爬虫類（主竜類）がワニ、翼竜、恐竜、そして最終的には鳥類になった。丈夫な四肢の筋肉があるおかげで胸を張り出すようにして歩くことができた。腹を引きずっていた初期の爬虫類のぎこちない足取りが改良されたのである。

大型動物と小型動物

このときに最も栄えて多様化していた主竜類の恐竜は、数々の捕食者、草食動物、腐肉食動物になった。ブラキオサウルスのように巨大で首が長い、草食性の竜脚類は、陸生動物として可能な限り最大の大きさになった。草食動物が巨大化すると、その捕食者も大きくなった。恐竜のうち、二足で走ることのできる獣脚類は、ほぼすべて肉食動物だった。ティラノサウルスなど、これらのなかで最大のものは、地球上で最も恐ろしい捕食者となった。一方で進化により、恐竜にも小型化が生じた。小型の獣脚類のある群は、羽が生え、恒温動物になり、やがては鳥類になったのである。

大量絶滅

巨大爬虫類による時代は白亜紀の大量絶滅で終わりを迎えた。地球に衝突した小惑星もしくは彗星が原因であるのは、ほぼ確実である。野火、酸性雨など破滅的な状況が続き、粉塵による雲が地球を覆って太陽光を遮り、食物をもたらす光合成がしばらくできなくなった。

急激に変化した状況に即座に対応できずに、首長竜、翼竜、恐竜、モササウルス、ワニの巨大な祖先を含む巨大爬虫類はすべて死滅した。だが、トカゲ、ヘビ、カメ、それに現生のワニは生き延びた。これらとともに生き延びたのが、地球の支配を爬虫類から引き継ぐことになる、その子孫の鳥類と哺乳類である。

> “**現在の爬虫類で最大のものをはるかに凌駕している生物**は……別個の類という区分を設ける理由としては十分に思われる……つまり**恐竜類**である。”
>
> **リチャード・オーウェン** 古生物学者 1804年〜1892年

プテラノドン

ヴェロキラプトル

エドモントサウルス

デイノスクス
プラケリアス
ジフィドントサウルス
ティタノボア
キチパチ
イグアノドン
ティラノサウルス
プラテオサウルス
ラホナヴィス
プシッタコサウルス
パラサウロロフス

◀多様化
恐竜は、何百万年にもわたって地球を支配してきた数多くの爬虫類群のひとつである。恐竜と同時期に生きていたのが、空を飛ぶ翼竜に、海を泳ぐ首長竜とモササウルスである。さらに、カメやトカゲ、ヘビ、ワニが、初めて登場した。

ステゴサウルス
エウオプロケファルス
モササウルス
トリケラトプス
アルバートネクテス
アーケロン

空を飛ぶ鳥類

鳥類は飛翔脊椎動物のなかで最も多様で、現生種は1万を超える。その起源は恐竜にあるが、科学者は150年にわたって化石を調べ、その進化の変遷について理解を深めようとしてきた。

鳥類が爬虫類から進化した経緯を知ることは、生物学者にとって進化の仕組みのより深い理解につながる。ある生物から、本質的にまったく異なる別の生物が生じるということは、一見したところでは両者の間に関係は何もないと思われる。ところが、生物の構造や化石記録、ゲノムの分子解析を詳しく調べると、無関係に見える両種の間に驚くべきつながりがあるとわかるのである。

爬虫類と鳥類は、見かけ上は大きく異なっている。現生鳥類の見た目は、現生爬虫類とは著しく異なる。その祖先が獣脚竜という、二足を有する主に捕食性の恐竜という爬虫類であってもだ。ただ、獣脚竜はすでに進化を果たして、現生爬虫類とは大きく異なるものになっていた。羽があるだけでなく、恒温性の動物になっていたと思われるものもいたのである。

飛ぶための準備

獣脚竜はいろいろな意味で、飛ぶ準備が整っていた。ただし、その理由ははっきりわかっていない。後肢で直立歩行していたが、これはつまり、前肢は翼になることができたことを意味する。小型種には中空骨をもつものがおり、そのためすでに軽量だった。滑空を行う種には、羽のある幅広の腕を支える長い指があったため、地上の短い距離を滑空したり枝から枝へと飛び移ったりする揚力を得ていた。ただ、翼を上下に動かす本物の飛行には、少なくともさらに2つの改良が必要だった。硬い羽になる主翼羽と、羽ばたきを継続できる強力な筋肉である。

鳥類が長い時間をかけて進化する間に、胸骨は竜骨突起という隆起した骨になり、そこにはさらに多くの飛翔筋がついた。竜骨突起の大きい鳥ではさらに多数の胸筋が密になり、翼を動かした。飛ぶことを会得した鳥類は、恐竜後の世界の森や草原、湿地帯で繁栄を果たした。昆虫を捕らえ、種を砕き、花蜜をなめるなど、食物を得る方法を改良したり考え出したりしたのである。祖先の肉食の習性に戻るものもおり、ダチョウなど少数のものは飛ぶことを完全にやめて、大地を走り回った。

長くて非対称な主翼羽により、孔子鳥の翼は細長くなっている

1億5000万年前

始祖鳥
爬虫類の特徴が多く残っている。長い骨からなる尾、歯、羽毛の生えた翼にある鉤爪などである。飛行のための筋肉が十分発達していないことから、滑空に大きく頼っていたと見られる。

1億2500万年〜1億2000万年前

孔子鳥
歯のないくちばしをもつ鳥として知られた最初のもので、鳥に似た尾と胸骨の竜骨突起がある。始祖鳥と同じく、肩関節の曲がる角度が現生鳥類よりも小さいため、「羽ばたき」の上下動が制限されている。

現在

ヨーロッパコマドリ
ヨーロッパコマドリのような現生鳥類の竜骨突起のある胸骨は、大きな飛翔筋（鳥の体重の1割に相当）を支えており、しっかり飛ぶことができる。

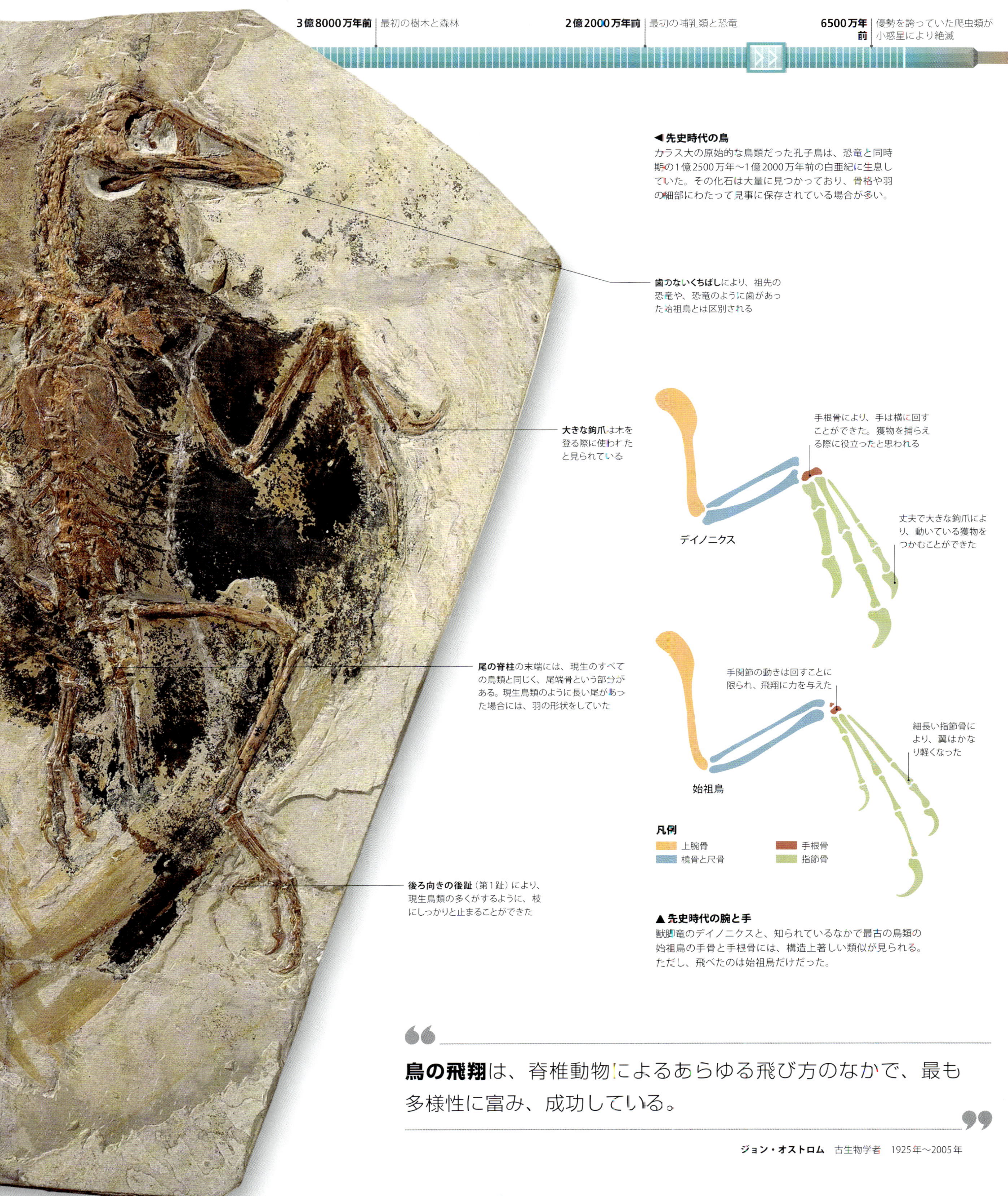
3億8000万年前 最初の樹木と森林
2億2000万年前 最初の哺乳類と恐竜
6500万年前 優勢を誇っていた爬虫類が小惑星により絶滅
歯のないくちばしにより、祖先の恐竜や、恐竜のように歯があった始祖鳥とは区別される
大きな鉤爪は木を登る際に使われたと見られている
尾の脊柱の末端には、現生のすべての鳥類と同じく、尾端骨という部分がある。現生鳥類のように長い尾があった場合には、羽の形状をしていた
後ろ向きの後趾（第1趾）により、現生鳥類の多くがするように、枝にしっかりと止まることができた
手根骨により、手は横に回すことができた。獲物を捕らえる際に役立ったと思われる
丈夫で大きな鉤爪により、動いている獲物をつかむことができた
デイノニクス
手関節の動きは回すことに限られ、飛翔に力を与えた
細長い指節骨により、翼はかなり軽くなった
始祖鳥
凡例
上腕骨
橈骨と尺骨
手根骨
指節骨

◀ 先史時代の鳥
カラス大の原始的な鳥類だった孔子鳥は、恐竜と同時期の1億2500万年〜1億2000万年前の白亜紀に生息していた。その化石は大量に見つかっており、骨格や羽の細部にわたって見事に保存されている場合が多い。

▲ 先史時代の腕と手
獣脚竜のデイノニクスと、知られているなかで最古の鳥類の始祖鳥の手骨と手根骨には、構造上著しい類似が見られる。ただし、飛べたのは始祖鳥だけだった。

“**鳥の飛翔**は、脊椎動物によるあらゆる飛び方のなかで、最も多様性に富み、成功している。”

ジョン・オストロム 古生物学者 1925年〜2005年

大陸移動と生物の分岐

大陸が動く際には、何百万年もかけて進化してきた生物群集も一緒に移動する。陸塊が分かれたり衝突したりすることで、種は引き離されたり他の種と一緒になったりする。極地と赤道の間で陸地が動くと、気候も種に影響を及ぼす。

陸地に生息する生物は、動く大陸プレート上にいる。プレートは、地殻が地球の内部へ入り込んだり、再びつくられたりすることで（⇨p.92～93）、押されたり引っぱられたりしている。地殻の間にある海が広がったり縮んだりすると、沿岸にいる生物や海洋生物も現れたり消えたりする。地球の表面が変化していることは、海底にいた生物の化石がヒマラヤ山脈の高地に現れるなど、思いもよらない場所に化石が出てくることで説明できる。

陸地での生命の始まり

カンブリア紀（5億4100万年～4億8500万年前）という地球の歴史のかなり早い時期に、巨大な陸塊が形成されては分かれて、生命が多様化した海が生じた。植物と無脊椎動物が陸地に進出して多様化すると、陸塊は進化の中心地となった。はるか昔に起きたことであるため、現生の植物や無脊椎動物の分布にその跡はほとんど見られない。だが、一部の両生類が爬虫類へ進化し、一部の胞子植物が種子植物（⇨p.144～145）へ進化していた3億年以上前に、大陸の動きがさらに継続的な影響を与えるようになっていった。

陸生生物の分岐

石炭紀（3億5900万年～2億9900万年前）になると、北にあった陸塊と南にあった陸塊がぶつかって、パンゲアという超大陸が形成された（⇨p.152～153）。この大陸は赤道をまたぐように位置して、地球の陸地の大部分を占めた。気候に与えた影響は劇的で、乾燥した内陸は寒い極地とは大きく異なっていた。これに、沿岸の生息環境の多くが失われたことが加わって、多くの種が絶滅へと追いやられたが、種子植物や爬虫類（⇨p.154～155）などが多様化する一因にもなった。

南米大陸

> **あらゆる地球科学は**……大昔のこの地球の状態を明らかにする**証拠**を示さなくてはならない。
>
> **アルフレート・ヴェーゲナー** 地質学者・気象学者 1880年～1930年

▶現代にある手がかり
アフリカのダチョウは、飛べない鳥の平胸類の一種だ。平胸類はほかに南米のレアやオーストラリアのエミューなどがおり、ゴンドワナ大陸における平胸類の分布の証拠となっている。

1億年後の中生代になると、パンゲアの分裂が始まった。これによって地上にいる生物には海という障害物が生じて、動植物は2つの超大陸に隔てられた。北に分かれたローラシア大陸と、南に分かれたゴンドワナ大陸である。地上の生物は、現在は大きく離れている5つの大陸をさまようことになった。分裂がさらに進むと、見分けのつく陸塊となった。ローラシア大陸は北米大陸とユーラシア大陸に、ゴンドワナ大陸は南米大陸、アフリカ大陸、インド、南極大陸、オーストラリアに、それぞれ分かれたのである。

ゴンドワナ大陸が、多様化を促した豊富な熱帯雨林に覆われていたことが、今ではわかっている。現生の多くの動物群（現生の有袋類など）が生じ、次第にゴンドワナ大陸中に広がったが、ローラシア大陸までは到達しなかった。現在、有袋類は南米大陸とオーストラリアに限られていて、化石は南極大陸から出てくる。オーストラリアのエミューなど、飛べない鳥の平胸類にも、ゴンドワナ大陸の分布の名残りが見られる。サンショウウオやイモリなど、ローラシア大陸で進化を遂げたものは、北半球にある大陸に限定された。

化石化した種の分布は大陸移動（⇨p.90～91）の証拠である。大陸のパターンと動きは、その後のすべての生物の分布に紛れもなく大きな影響をもたらしている。

3000万年前
最初の陸生動物
3億8000万年前
最初の樹木と森林
2億2000万年前
最初の哺乳類と恐竜
6500万年前
優勢を誇っていた爬虫類が小惑星により絶滅
アフリカ大陸
ゴンドワナ大陸
インド
南極大陸
オーストラリア

◀ゴンドワナ大陸に関する手がかり
1億5000万年前のゴンドワナ大陸がどの大陸とつながっていたのかについては、以下の4つの種の化石産出地から結論を出すことができる。いくつかの種はローラシア大陸でも見つかっているため、パンゲアの分裂以前に進化したことを示している。

凡例

グロッソプテリス
パンゲアの分裂以前に分布していたこの木は、ゴンドワナ大陸にもローラシア大陸にもあった。化石はゴンドワナ系の大陸でよく見つかっており、その諸大陸の大部分が森林に覆われていたことを示している。

キノグナトゥス
哺乳類に似たこの原始爬虫類はパンゲア分裂以前に生息していたが、化石はゴンドワナ系の大陸でしか見つかっていない。

リストロサウルス
哺乳類に似た爬虫類のリストロサウルスは、分裂前のパンゲアで繁栄していた。化石は南アフリカに豊富にあるが、インドや南極大陸、ユーラシア大陸でも見つかっている。

メソサウルス
水生爬虫類のメソサウルスの化石は、南米大陸と南アフリカでしか見つかっていないため、その分布がかつてのゴンドワナ大陸の最南部に限られていたことを示している。

花で満ちる地球

種子植物のある群により、地球には色があふれるようになった。植物は花をつけることで、花粉をまき散らし、種を実らせるという、さらに効果的な方法を得たのである。恐竜が絶滅する前の段階から、森やその他の生息環境には花が咲き誇り、受粉媒介者も飛びかっていた。

ハナハマサジ

グズマニア・リングラタ

知られている限りの植物種のおよそ9割は顕花植物である。高木や低木、つる植物が熱帯雨林を占めている一方で、イネ科植物は開けた土地を埋め尽くしている。顕花植物は最も乾燥した砂漠でも繁茂し、高い山の岩や北極のツンドラにもしがみつくように生えている。マングローブなど一部のものは、海岸沿いの海水による潮汐氾濫にも耐えている。命にかかわる毒を作り出すものもあれば、人間の食料の大部分をもたらすものもある。どれもいろいろな形で、動物に生息環境をもたらしている。これほどまでに見事な多様性は、独自に成功を収めた生殖シュートつまり花に由来するのである。

> **これ以上の壮大な植物群落**を思い描くのは難しい……**満開の花々**の塊……特に白いランは……茎も雪のように白くなっている。
>
> **ジョセフ・ダルトン・フッカー** 植物学者 1817年～1911年 『ヒマラヤ紀行』より

最初の花

顕花植物の最初の一群である被子植物は、1億2000万年前ごろに現れた。小さな花をつける水生植物のモントセキア・ヴィダリは、その祖先(⇨p.144～145)に似て、水中で花粉を放出させたと考えられている。被子植物は3000万年後に多様化しはじめ、繁栄に不可欠な花を咲かせる構造へと進化させた。スイレンやモクレンは最も原始的な種であり、何百万年にもわたって変化していない。

花粉の移動

花は、雄性器官から雌性器官への花粉の移動を進歩させている。雄性の花部である雄しべは、ちょうどよいタイミングではじけて、成熟した花粉粒を放出する。受粉媒介者が活動していて、雌花が受け入れ状態にあるというタイミングである。雌性部である心皮には特殊な突起状の柱頭があり、これで花粉粒をキャッチする。花粉の放散には風を利用する植物が多いが、進化の初期の段階には、動物に運んでもらっている植物もあった。昆虫が多様化するにつれて、花の種類も多様化していった(⇨p.164～165)。

種をまく

花とともに進化したのは昆虫だけではない。顕花植物のもうひとつの進化である果実は種を包み、熟すと香りを出して色づいた。これは、においを嗅ぎ分ける鼻をもつ哺乳類や、色を見分ける目をもつ鳥類を引きつけるには申し分ないものだった。そして種のほうも、肥料となるものが備わった糞とともにまき散らされるべく、消化作用に対して耐久性を得たのである。

植物が繁殖に初めて花を用いたとき、広範囲に影響が及ぶ進化の道筋に踏み出すことになった。数千年後、人間も含む糖を好む生物が果実などの甘い食物を手に入れると、種はさらにまき散らされて、新たな実生の草木が育ったのである。

スイレン

セイヨウオキナグサ

セイヨウヤチヤナギ

グロブラリア・アリプム

▶ 花盛り
現在、25万種を超える顕花植物が、地球を彩っている。受粉媒介者と特別な共生関係を築いている植物もあり、そうした媒介者がいなければ増えることはできない。

クンゼア・バクステリ

アガパンサス

アウストロバイレヤ・スカンデンス

アサダ

ラッパスイセン

アンテリクム・リリアゴ

デルフィニウム・カージナル

エリオステモン・スピカータ

ヨウシュツルキンバイ

ハマナス

メキシカンオレンジ

セイヨウトチノキ

マグノリア・キャンベリー

キリ

ヨーロッパナラ

ブンカンカ

キバナノクリンザクラ

プロテア・キナロイデス

カリステモン・ヴィリディフロルス

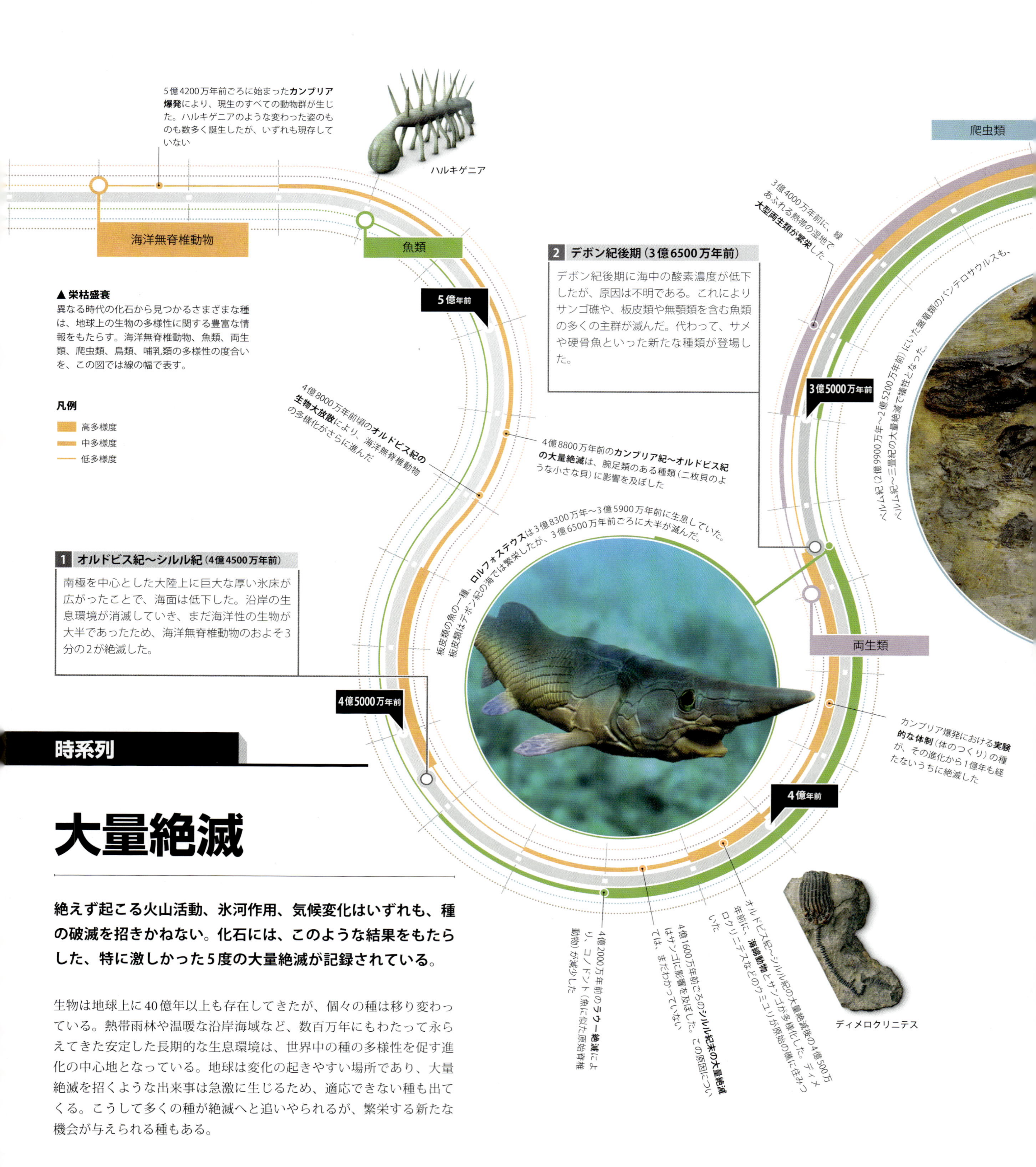
5億4200万年前ごろに始まったカンブリア爆発により、現生のすべての動物群が生じた。ハルキゲニアのような変わった姿のものも数多く誕生したが、いずれも現存していない
ハルキゲニア
海洋無脊椎動物
魚類
爬虫類
両生類
5億年前
4億5000万年前
4億年前
3億5000万年前
▲栄枯盛衰
異なる時代の化石から見つかるさまざまな種は、地球上の生物の多様性に関する豊富な情報をもたらす。海洋無脊椎動物、魚類、両生類、爬虫類、鳥類、哺乳類の多様性の度合いを、この図では線の幅で表す。
凡例
高多様度
中多様度
低多様度
4億8000万年前頃のオルドビス紀の生物大放散により、海洋無脊椎動物の多様化がさらに進んだ
4億8800万年前のカンブリア紀～オルドビス紀の大量絶滅は、腕足類のある種類（二枚貝のような小さな貝）に影響を及ぼした
1 オルドビス紀～シルル紀（4億4500万年前）
南極を中心とした大陸上に巨大な厚い氷床が広がったことで、海面は低下した。沿岸の生息環境が消滅していき、まだ海洋性の生物が大半であったため、海洋無脊椎動物のおよそ3分の2が絶滅した。
2 デボン紀後期（3億6500万年前）
デボン紀後期に海中の酸素濃度が低下したが、原因は不明である。これによりサンゴ礁や、板皮類や無顎類を含む魚類の多くの主群が滅んだ。代わって、サメや硬骨魚といった新たな種類が登場した。
3億4000万年前に、緑あふれる熱帯の湿地で大型両生類が繁栄した
ペルム紀（2億9900万年～2億5200万年前）にいた盤竜類のパンテロサウルスも、ペルム紀～三畳紀の大量絶滅で犠牲となった。
板皮類の魚の一種、ロルフォステウスは3億8300万年～3億5900万年前に生息していた。板皮類はデボン紀の海では繁栄したが、3億6500万年前ごろに大半が滅んだ。
カンブリア爆発における実験的な体制（体のつくり）の種が、その進化から1億年も経たないうちに絶滅した
4億2000万年前のラウー絶滅により、コノドント（魚に似た原始脊椎動物）が減少した
4億1600万年前ごろのシルル紀末の大量絶滅はサンゴに影響を及ぼした。この原因については、まだわかっていない
オルドビス紀～シルル紀の大量絶滅後の4億500万年前に、海綿動物とサンゴが多様化した。ディメロクリニテスなどのウミユリが原始の礁に住みついた
ディメロクリニテス

時系列

大量絶滅

絶えず起こる火山活動、氷河作用、気候変化はいずれも、種の破滅を招きかねない。化石には、このような結果をもたらした、特に激しかった5度の大量絶滅が記録されている。

生物は地球上に40億年以上も存在してきたが、個々の種は移り変わっている。熱帯雨林や温暖な沿岸海域など、数百万年にもわたって永らえてきた安定した長期的な生息環境は、世界中の種の多様性を促す進化の中心地となっている。地球は変化の起きやすい場所であり、大量絶滅を招くような出来事は急激に生じるため、適応できない種も出てくる。こうして多くの種が絶滅へと追いやられるが、繁栄する新たな機会が与えられる種もある。

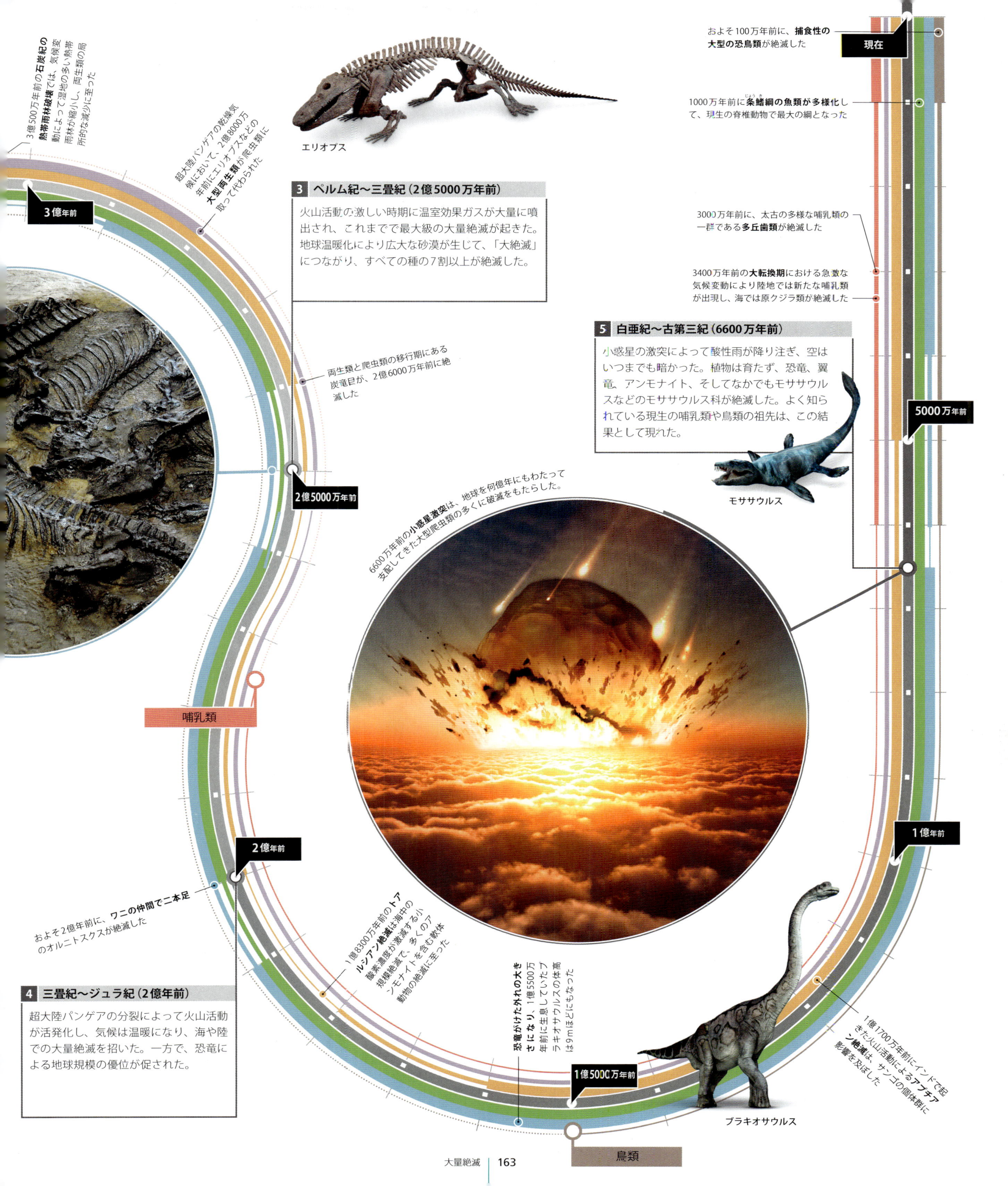
3億500万年前の**石炭紀の熱帯雨林破壊**では、気候変動によって湿地の多い熱帯雨林が縮小し、両生類の局所的な減少に至った
超大陸パンゲアの乾燥気候において、2億8000万年前にエリオプスなどの**大型両生類**が爬虫類に取って代わられた
エリオプス
3億年前
3 ペルム紀～三畳紀（2億5000万年前）
火山活動の激しい時期に温室効果ガスが大量に噴出され、これまでで最大級の大量絶滅が起きた。地球温暖化により広大な砂漠が生じて、「大絶滅」につながり、すべての種の7割以上が絶滅した。
両生類と爬虫類の移行期にある炭竜目が、2億6000万年前に絶滅した
2億5000万年前
およそ100万年前に、**捕食性の大型の恐鳥類**が絶滅した
現在
1000万年前に**条鰭綱の魚類が多様化**して、現生の脊椎動物で最大の綱となった
3000万年前に、太古の多様な哺乳類の一群である**多丘歯類**が絶滅した
3400万年前の**大転換期**における急激な気候変動により陸地では新たな哺乳類が出現し、海では原クジラ類が絶滅した
5 白亜紀～古第三紀（6600万年前）
小惑星の激突によって酸性雨が降り注ぎ、空はいつまでも暗かった。植物は育たず、恐竜、翼竜、アンモナイト、そしてなかでもモササウルスなどのモササウルス科が絶滅した。よく知られている現生の哺乳類や鳥類の祖先は、この結果として現れた。
5000万年前
モササウルス
6600万年前の**小惑星激突**は、地球を何億年にもわたって支配してきた大型爬虫類の多くに破滅をもたらした。
哺乳類
2億年前
およそ2億年前に、**ワニの仲間で二本足**のオルニトスクスが絶滅した
1億8300万年前の**トアルシアン絶滅**は海中の酸素濃度が激減する小規模絶滅で、多くのアンモナイトを含む軟体動物の絶滅に至った
4 三畳紀～ジュラ紀（2億年前）
超大陸パンゲアの分裂によって火山活動が活発化し、気候は温暖になり、海や陸での大量絶滅を招いた。一方で、恐竜による地球規模の優位が促された。
恐竜がけた外れの大きさになり、1億5500万年前に生息していたブラキオサウルスの体高は9mほどにもなった
1億5000万年前
1億年前
1億1700万年前にインドで起きた火山活動による**アプチアン絶滅**は、サンゴの個体群に影響を及ぼした
ブラキオサウルス
鳥類

受粉媒介者
ホシホウジャクの長い口吻はジャスミンやスイカズラなどの筒状花に届くので、花蜜を得ることができる。花粉が容易につくため、この種が最高の受粉媒介者となる。

昆虫を頼りとする植物

種は自然選択を経て、周囲の環境によって形作られる進化の産物である。だが、孤立した状態では進化せず、相互に作用し合っている。同じ食物を求めて衝突するものもいれば、協力することになるものもいる。

自らの生息環境で繁栄するため、種は繁殖のためにはどんなことでもしなければならない。互いに協力関係にある種は、変化する世界への適応方法を示す興味深い例となっている。

生命に影響を及ぼす生物

顕花植物と受粉媒介昆虫との関係ができたということは、進化上の重要で画期的な出来事だった。顕花植物と昆虫が植物と動物のなかで最も多様な群であるのは、偶然ではない。顕花植物は25万種、昆虫はおよそ100万種が存在している。植物が昆虫に栄養ある花蜜を与え、昆虫が受粉を行うことで、それぞれはともに多様化を果たした。花が受粉媒介者をおびき寄せるために色とにおいを発達させたのに対して、昆虫は褒美を得られるように口器を発達させた。

1964年、アメリカの生物学者のポール・エーリックとピーター・レーヴンが、共適応の例の説明に「共進化」という用語を用いて、蝶の系図と顕花植物の系図に一致が見られる資料を示した。進化上の道筋がほぼ一致していたのである。共進化が起こるのは、2つの種が互いに対して選択的影響を与えるときである。自然選択によってどちらも進化するが、それぞれにとって相手の種が選択要因となる。これによって協力関係は依存といいうますます狭い道へと進み、やがて両者は互いに完全に依存するようになるのである。多くの植物種の花は、特定の昆虫によってのみ受粉が成功する。マダガスカルのランの一種には、特別に長い「距」(中空の筒)があり、その中まで届くだけの長い口吻(舌)をもつスズメガの一種によって受粉される。

昆虫による花の受粉は相利共生(お互いに恩恵を受けている2種間の関係)の重要な例だ。捕食者や草食動物が被捕食者を利用するといった一方的な利益も、共進化となる場合がある。共進化は、相利共生的な関係を築くのと同様に、このような関係も形作るのである。

> **受粉媒介者**は …… **要となる種**だ。アーチの要石と同じである。この**要石を取り外す**と、**アーチ全体が崩れてしまう。**
>
> 
>
> **メイ・ベーレンバウム** 動物学者 1953年生まれ

◀花粉集め
ミツバチは花蜜好きとして知られるが、多くの植物種にとっては花粉を拡散してくれる重要な存在である。

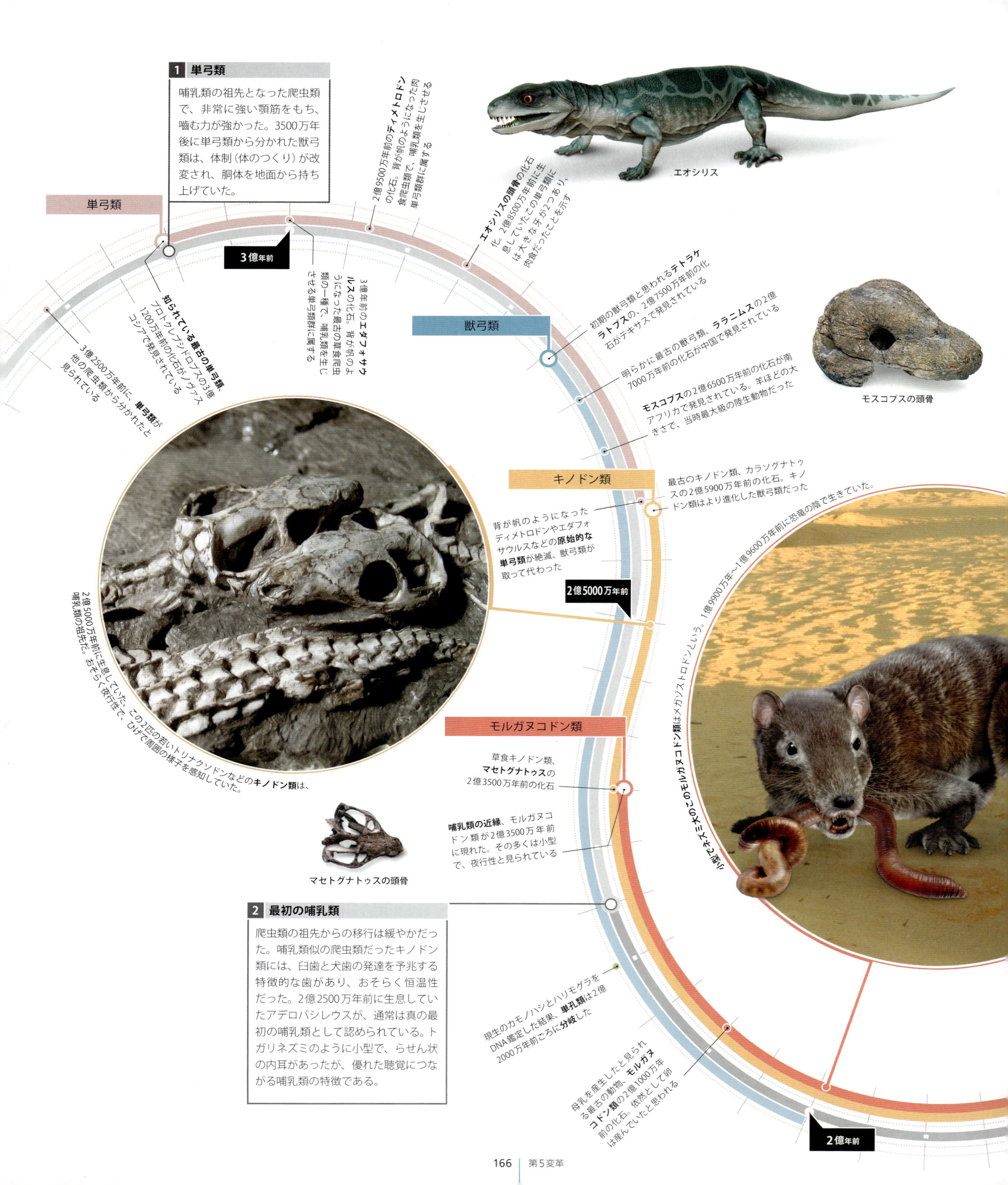

1 単弓類
哺乳類の祖先となった爬虫類で、非常に強い顎筋をもち、噛む力が強かった。3500万年後に単弓類から分かれた獣弓類は、体制（体のつくり）が改変され、胴体を地面から持ち上げていた。
単弓類
3億年前
2億9500万年前のディメトロドンの化石。背が帆のようになった肉食爬虫類で、哺乳類を生じさせる単弓類群に属する
エオシリスの頭骨の化石。2億8500万年前に生息していたこの単弓類には大きな牙が2つあり、肉食だったことを示す
エオシリス
知られている最古の単弓類、プロトクレプシドロプスの3億1200万年前の化石がノヴァスコシアで発見されている
3億年前のエダフォサウルスの化石。背が帆のようになった最古の草食爬虫類の一種で、哺乳類を生じさせる単弓類群に属する
3億2500万年前に、単弓類が他の爬虫類から分かれたと見られている
獣弓類
初期の獣弓類と思われるテトラケラトプスの、2億7500万年前の化石がテキサスで発見されている
明らかに最古の獣弓類、ララニムスの2億7000万年前の化石が中国で発見されている
モスコプスの2億6500万年前の化石が南アフリカで発見されている。羊ほどの大きさで、当時最大級の陸生動物だった
モスコプスの頭骨
キノドン類
最古のキノドン類、カラソグナトゥスの2億5900万年前の化石。キノドン類はより進化した獣弓類だった
背が帆のようになったディメトロドンやエダフォサウルスなどの原始的な単弓類が絶滅、獣弓類が取って代わった
2億5000万年前
2億5000万年前に生息していた、この2匹の若いトリナクソドンなどのキノドン類は、哺乳類の祖先だ。おそらく夜行性で、ひげで周囲の様子を感知していた。
小型でネズミ大のこのモルガヌコドン類はメガゾストロドンという。1億9900万年〜1億9600万年前に恐竜の陰で生きていた。
モルガヌコドン類
草食キノドン類、マセトグナトゥスの2億3500万年前の化石
哺乳類の近縁、モルガヌコドン類が2億3500万年前に現れた。その多くは小型で、夜行性と見られている
マセトグナトゥスの頭骨
2 最初の哺乳類
爬虫類の祖先からの移行は緩やかだった。哺乳類似の爬虫類だったキノドン類には、臼歯と犬歯の発達を予兆する特徴的な歯があり、おそらく恒温性だった。2億2500万年前に生息していたアデロバシレウスが、通常は真の最初の哺乳類として認められている。トガリネズミのように小型で、らせん状の内耳があったが、優れた聴覚につながる哺乳類の特徴である。
現生のカモノハシとハリモグラをDNA鑑定した結果、単孔類は2億2000万年前ごろに分岐した
母乳を産生したと見られる最古の動物、モルガヌコドン類の2億1000万年前の化石。依然として卵は産んでいたと思われる
2億年前

アルファドン
ティラノサウルスやトリケラトプスといった大型恐竜とともに、小型有袋類、**アルファドン**の8000万年前の化石が見つかっている
最古の齧歯類と思われる、**ヘオミス**の6000万年前の化石が中国で発見されている
知られている最古の象、**エリテリウム**の5600万年前の化石がモロッコで発見されている
最古のクジラ目、**ヒマラヤケトゥス**の5200万年前の化石がインドで発見されている。このクジラ目の分類群はのちにはクジラとイルカを含む
知られている最古のアルマジロの4800万年前の化石がブラジルで発見されている
ウインタテリウム
肉食哺乳類、**ラヴェニクティス**の6200万年前の化石がカナダで発見されている。肉食動物はのちに、犬、猫、熊、その他多くの群へと多様化する
知られている最古の偶蹄哺乳類、**ディアコデキシス**の5500万年前の化石。偶蹄哺乳類は、鹿や豚、レイヨウ、羊、ヤギ、牛、ラクダ、クジラ目へと多様化する
5000万年前
1億年前
ウインタテリウムの4500万年前の化石。かつて多数生息していたブロントテリウム科の、絶滅した草食動物の一群である
カナダで発見された、3700万年前のヘスペロキオンの化石により、化石記録に**犬**が登場した
象の遠縁である**アルシノイテリウム**の3000万年前の化石
アンドリューサルクスは、進化史上最大級の肉食哺乳類。4500万年〜3600万年前に生息していたが、犬や猫とは無関係の有蹄動物だった。
アルシノイテリウム
現生の哺乳類群は1億2000万年前ごろに、ゾウやマナティー、アルマジロやナマケモノの祖先とともに、ほかから**分岐**した
カモノハシ似の単孔類、**テイノロフォス**の1億2000万年前の化石がオーストラリアで発見された
シノデルフィスは知られている最古の有袋類で、1億2500万年前の化石を中国で残した。有袋類は小さな子を産むと、腹部などにある袋の中で育てる
有袋類
有蹄動物が900万年前ごろに**多様化**。大型化したり、開けた草原を素早く駆け抜ける能力を伸ばしたりした
現在
知られている最古の単孔類の仲間、**アンボンドロ**の1億6500万年前の化石がマダガスカルで発見されている。この哺乳類は殻の軟らかい卵を産んだ
有胎盤哺乳類
単孔類
現生種をDNA鑑定した結果、**有袋類**は1億7600万年前ごろに**分岐**した

3 有胎盤哺乳類

有胎盤哺乳類は、栄養分と老廃物を母体の血液と交換する胎盤によって、胎児を子宮で育てる。1億6000万年前に生息していた、木登りするネズミ似の哺乳類のジュラマイアの化石が、有胎盤哺乳類の最古のものである。そのころまでには、ほとんどの哺乳類は生児出生を行い、体はおそらく毛に覆われていた。

時系列

哺乳類の台頭

哺乳類は恐竜と同じころに、初めて登場した。大型爬虫類を滅ぼした大量絶滅を切り抜け、哺乳類はその後の地球で優位を占めることになる。

哺乳類は超大陸パンゲアが乾燥化した際に（⇨p.152〜153）、他の爬虫類から分かれた爬虫類群を祖先とする。およそ1億年後、恐竜が巨大化してきたころ、この祖先はキノドン類という、おそらく恒温性で穴を掘る、小型の「原始哺乳類」へと進化し、世界中に広がった。キノドン類もやはり卵を産んだことから、ある意味では爬虫類のままともいえる。だが、変革を遂げつつあった。体を覆う被毛を伸ばすようになり、寒い夜でも活動を続けられたのだ。毛で覆われた皮膚は腺も含むようになって、毛を防水にする脂や、子を育てる母乳を分泌した。やがて一部の哺乳類は生児出生を始めた。恐竜が繁栄するにつれて、哺乳類は複数の群が多様化し、そして死滅した。現在まで残っているのは3つの群のみである。人間も含む哺乳類の9割以上は有胎盤哺乳類と呼ばれる。長い妊娠期間中、胎盤を通じて栄養分を送り、胎内で子を育てるからだ。

41億年前 生命と見られるものの最初の痕跡
24億年前 酸素が大気を満たす
9億3600万年前 藻類と植物が出現したとみられる

草原は**大部分が未発見**の**国家的遺産**というべき宝物である。

フランシス・モール 環境史家 1940年生まれ

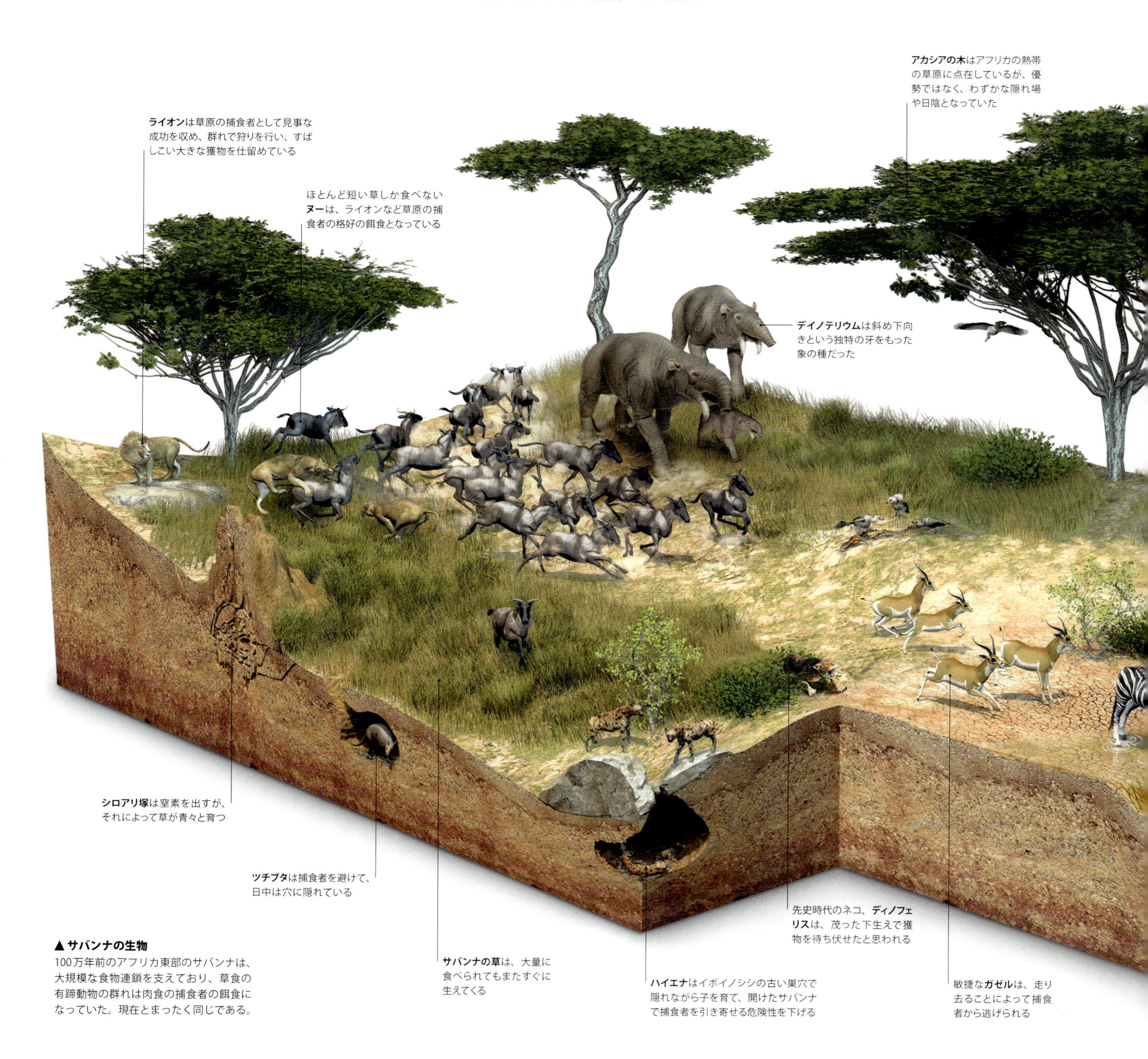
アカシアの木はアフリカの熱帯の草原に点在しているが、優勢ではなく、わずかな隠れ場や日陰となっていた
ライオンは草原の捕食者として見事な成功を収め、群れで狩りを行い、すばしこい大きな獲物を仕留めている
ほとんど短い草しか食べない**ヌー**は、ライオンなど草原の捕食者の格好の餌食となっている
デイノテリウムは斜め下向きという独特の牙をもった象の種だった
シロアリ塚は窒素を出すが、それによって草が青々と育つ
ツチブタは捕食者を避けて、日中は穴に隠れている
先史時代のネコ、**ディノフェリス**は、茂った下生えで獲物を待ち伏せたと思われる
サバンナの草は、大量に食べられてもまたすぐに生えてくる
ハイエナはイボイノシシの古い巣穴で隠れながら子を育て、開けたサバンナで捕食者を引き寄せる危険性を下げる
敏捷な**ガゼル**は、走り去ることによって捕食者から逃げられる

▲サバンナの生物
100万年前のアフリカ東部のサバンナは、大規模な食物連鎖を支えており、草食の有蹄動物の群れは肉食の捕食者の餌食になっていた。現在とまったく同じである。

草原の拡大

環境や生態学的な意味合いでは、イネ科植物が地球上で最も重要な植物群といえるだろう。栽培される作物種のおよそ4分の3がイネ科である。だが、その登場はそれほど古いわけではなく、約5500万年前のことだった。

イネ科植物が現れたのはおよそ5500万年前だが、草原という生息環境の確立は1500万年〜1000万年前だった。適切な状況下では、イネ科植物は地下茎によってまたたく間に広がり、開けた土地では勝手に育っていく。竹など、木のように高く育つ種もわずかにあるが、ほとんどは花をつけて種をまき散らすまでは低いままだ。これが現在よく見られる、開けた生息環境を占めている種であり、唯一の種によって広大な平地や草原を支配している。現在では、地球の植被の5分の1が草原である。

食べられないために

イネ科植物は味がよさそうに見えることもあるが、ほとんどの種では葉の縁を無機質のシリカの顆粒で強化している。豊富に含まれたシリカにより、葉の縁が研磨材のようになっていたり、皮膚が切れるほど鋭くなっている種もある。この適応によって草食動物を遠ざけたが、草食動物のほうも顎を丈夫にしたり消化器官の回復力を高めたりした。するとイネ科植物は新たな手段に出た。葉を先端からではなく基部から生やすことにして、地面に近いところで食べられても再生することを可能にしたのである。このような匍匐茎は、重い蹄に踏まれても再生シュートを伸ばすことすらできるのだ。こうしてイネ科植物は、大量に食べられてしまう環境においても、他の植物に打ち勝ち、残ることができるのである。

草食動物の大型化

草原が世界中に広がるにつれて、生物のほうも進化した。植物がますます豊富になったことで、さらに大型の草食動物も支えることができ、しかも、大きな体は草の消化にはうってつけだった。大型の草食哺乳類は、発酵用の樽のような働きをする消化器官を発達させ、食物繊維の分解に、腸内細菌を頼りとした。だが、恵みを与えてくれる草原にもマイナス面はあった。捕食者から身を隠す場所がないのである。そのため草食哺乳類は足が速くなり、安全のために群れをなすようになった。

現在の草原は、地球上の野生生物のうち、いくつかの大規模集団を支えている。最初の人間は200万年前にこの草原の食物連鎖に加わった。哺乳類と人類の進化において(⇨p.186〜187)、これほどまでに強い影響力をもつ陸上の生息環境は、ほかにはなかった。

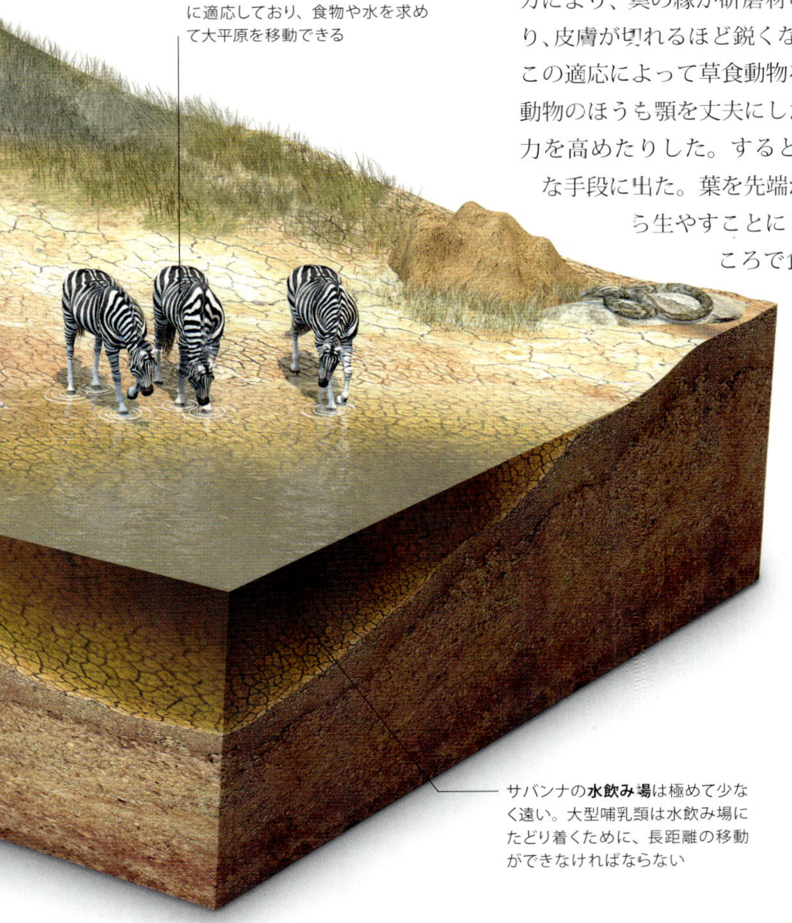
シマウマは草原での暮らしに完全に適応しており、食物や水を求めて大平原を移動できる
サバンナの**水飲み場**は極めて少なく遠い。大型哺乳類は水飲み場にたどり着くために、長距離の移動ができなければならない

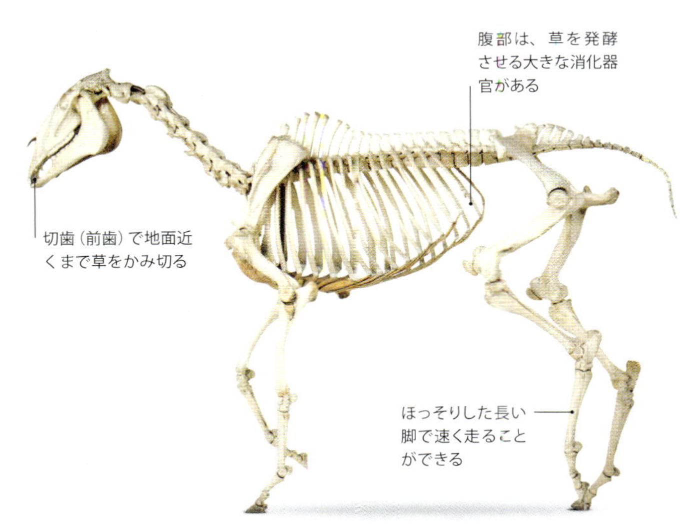
腹部は、草を発酵させる大きな消化器官がある
切歯(前歯)で地面近くまで草をかみ切る
ほっそりした長い脚で速く走ることができる

◀草原に適応した体
馬などの草食動物は開けた場所で丈の短い草を食べる。大きな脚筋は脚の上部に集まり、ほっそりした下部に分厚い筋肉はない。そのため軽くて動かしやすく、素早く逃げられる。

生物を変化させる進化

進化は遺伝子の些細な変化によって生じる。このような変化は世代から世代へと受け継がれ、何百万年もの間に増幅されうる。新たな生息様式をもつ、新しい種が登場するまでには、とてつもない時間が流れている。

短時間で繁殖するため、進化の様子を直接観察できる生物もいる。例えば、抗生物質に対する耐性は、30分ごとに2倍に増える細菌を介して広がる。だが、もっとゆっくり繁殖して、長い時間をかけて進化する生物の変化を研究するには、科学者は遺伝子、体の構造、化石といった複数の情報源から証拠を調べて、進化が長年にわたって地球上の生物を形作ってきた様子を解明する必要がある。

変化と分岐

自然選択は、適応（⇨p.108〜109）をもたらす突然変異によってつくられた変種に作用する。生物は何世代にも及ぶ進化により、その構造や挙動が大幅に変わるため、見分けがつかないほどになることもある。地形が変化し、生息環境が現れては消えるなかで、個体群が分かれていく。さまざまな動物群が枝分かれした道を進み、さまざまな種に進化が生じる。脊椎動物の場合はこれに数百万年かかるが、繁殖の早い微生物の場合は人間の一生の間に起こりうる。

関係性の追跡

遺伝子の塩基配列を分析すると、種（⇨p.172〜173）の間の関係性を明らかにすることができる。例えばこの分析で、人間はチンパンジーに最も近い「姉妹種」だが、遺伝子同士の類似点がほとんどないテナガザルとは遠縁であることもわかる。遺伝子によれば、クジラ目（クジラ、イルカ、ネズミイルカ）はカバと祖先を共有しており、それゆえ有蹄動物類に由来することになる。科学者は、突然変異によって長い間に積み重なる偶発的な遺伝子変化の割合を推測して、種がいつごろに分岐したのかを計算できる「分子時計」を考え出した。そしてこの分子時計を使って、クジラとカバの祖先が5000万年〜6000万年前に分岐したと結論を出

カバは水中で出産し、
子に乳を飲ませる。
これは、最も近縁の現生種である
クジラやイルカと同じだ

▼陸から海へ
陸上を拠点としていた祖先に始まるクジラの進化は、何百万年にも及ぶ大規模な遺伝子変化の一例である。

インドハイアスが水中へと移り住んだ理由はいくつも考えられる。捕食者から逃げたり、新しい食料源を見つけるためだ
インドハイアスの歯牙構造は、水生植物が常食の一部だったことを示している

インドハイアスという小型の有蹄動物は、クジラやイルカにいたる系統の最古のものである。その化石を化学分析した結果、淡水に生息していた時期があることがわかった。頭骨は外耳道の部分が厚くなっており、水中で食物を見つけるのに役立ったと思われるすぐれた聴力を示している。

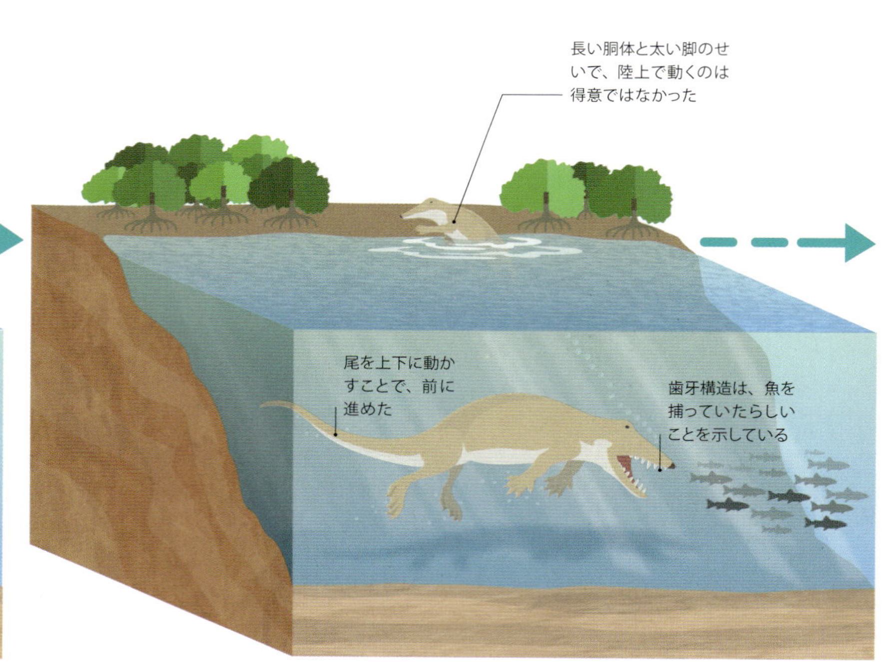
長い胴体と太い脚のせいで、陸上で動くのは得意ではなかった
尾を上下に動かすことで、前に進めた
歯牙構造は、魚を捕っていたらしいことを示している

アンブロケトゥスは半水生動物で、名前の意味は「歩くクジラ」だ。ただし、最も適していた生息環境は淡水と海水の両方だった。陸上での動きが不得意だった一方で、泳ぎは得意だった。力強い尾は上下に動いた。現生のクジラの尾と同じである。

億3000万年前 最初の陸生動物　3億8000万年前 最初の樹木と森林　2億2000万年前 最初の哺乳類と恐竜　6500万年前 優勢を誇っていた爬虫類が小惑星により絶滅

すのである。だが、遺伝子は全体像の一部を示すにすぎない。祖先がどのような姿をしていたかについては遺伝子ではわからないため、その点に関しては科学者は化石に頼る。

化石により、先史時代の生物の構造と現生種を比べることができる。DNAは劣化していても、その構造は、たとえ断片的なものであれ、重要な関係性を明らかにしてくれる。化石は時代を推定できるため、重要な出来事が起きた時期を確定したり、分子時計を裏づけたりすることになる。科学者は、化石化した生物が現生種の直接の祖先であるかについては確信がもてないものの、化石という証拠は生命の樹（系統樹）における相対的な位置をしっかりと示してくれる。数十点の化石がクジラ目の系図の一番下に位置している。現生のクジラの何千万年も前のことだ。歩くための肢が泳ぐためのひれ足に進化したことが示されるだけでなく、その動物が淡水と海水のどちらにいたのかも、化学分析からわかるのである。

40億年に及ぶ進化を経て、現在の地球には多様な無数の種があふれている。だが、かつて生息し、絶滅した生物の数はもっと多い。大きな生命の樹にあるすべてのものは、過去と、そしてお互いとが、つながっているのである。

▼進化の道筋
体の構造とDNAの証拠から、クジラとイルカが有蹄動物から進化して、カバが現生の近縁種であることがわかった。たくさんの化石種が分岐図に詳細を加えている。

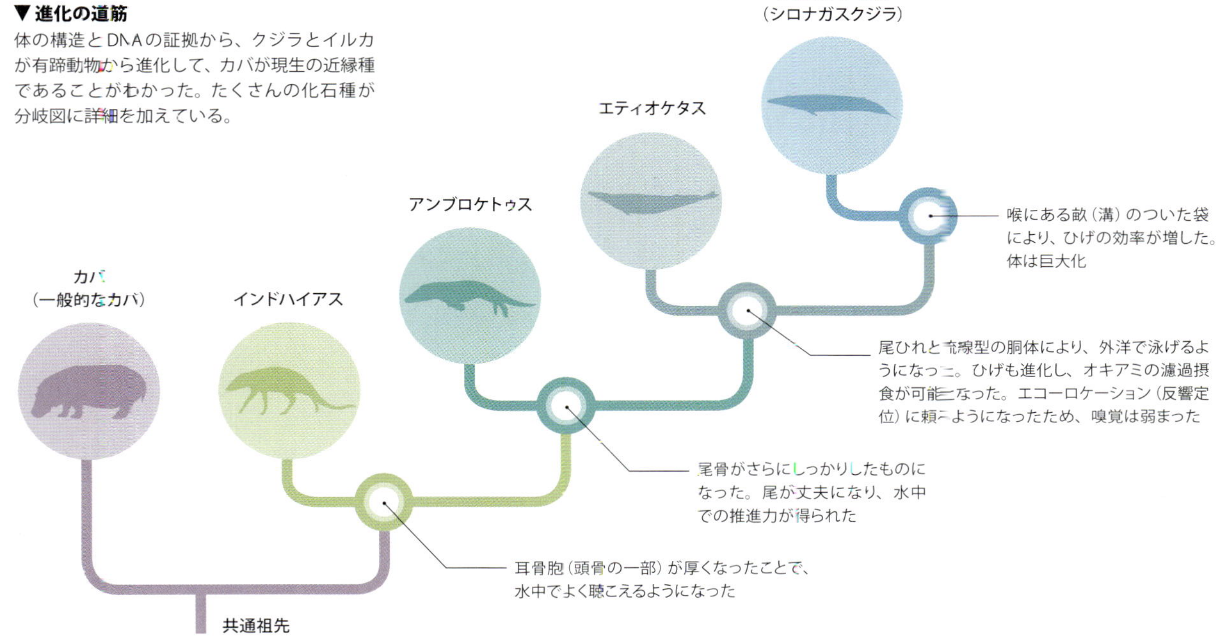

ナガスクジラ属
（シロナガスクジラ）
エティオケタス
アンブロケトゥス
カバ
（一般的なカバ）
インドハイアス
喉にある畝（溝）のついた袋により、ひげの効率が増した。体は巨大化
尾ひれと流線型の胴体により、外洋で泳げるようになった。ひげも進化し、オキアミの濾過摂食が可能になった。エコーロケーション（反響定位）に頼るようになったため、嗅覚は弱まった
尾骨がさらにしっかりしたものになった。尾が丈夫になり、水中での推進力が得られた
耳骨胞（頭骨の一部）が厚くなったことで、水中でよく聴こえるようになった
共通祖先

> **人類**は……豊かに茂った**生命の樹**の先の**わずかな小枝にすぎない**……もし種から**植えなおされたら、この小枝がまた生じることはないだろう。**
>
> **スティーヴン・ジェイ・グールド**　古生物学者　1941年～2002年

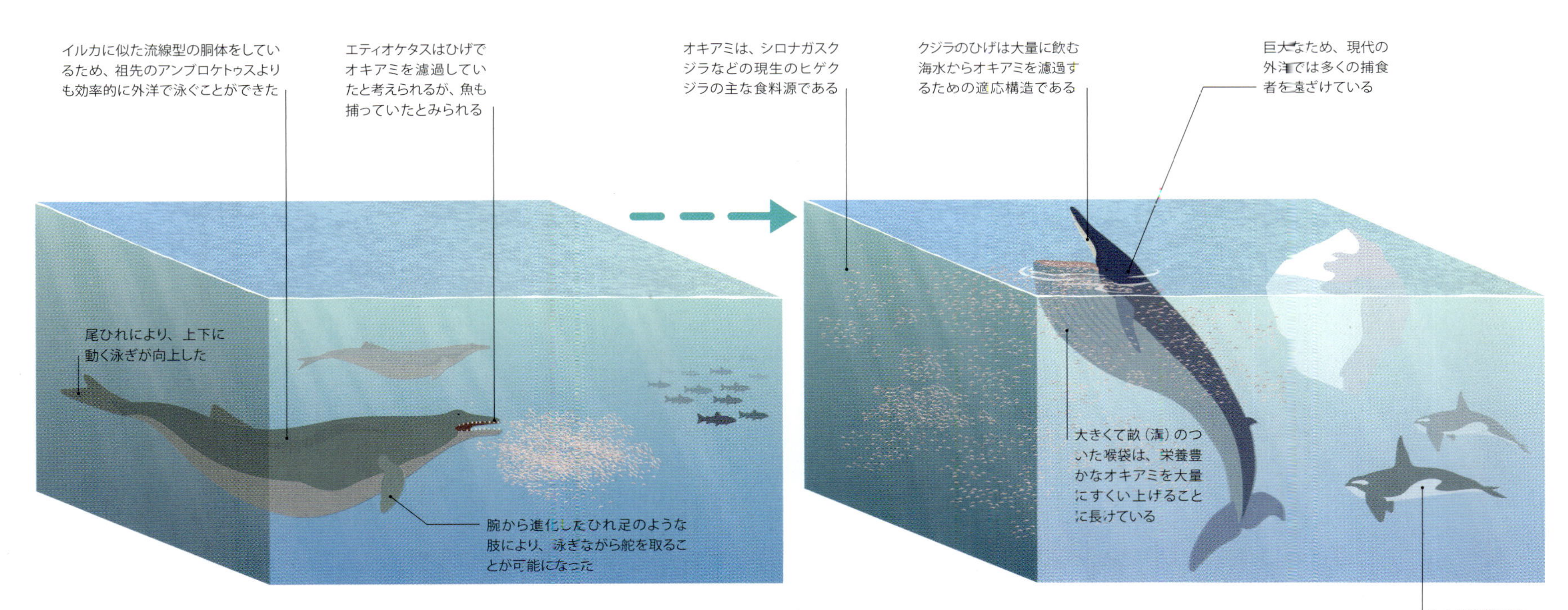

イルカに似た流線型の胴体をしているため、祖先のアンブロケトゥスよりも効率的に外洋で泳ぐことができた
エティオケタスはひげでオキアミを濾過していたと考えられるが、魚も捕っていたとみられる
尾ひれにより、上下に動く泳ぎが向上した
腕から進化したひれ足のような肢により、泳ぎながら舵を取ることが可能になった
オキアミは、シロナガスクジラなどの現生のヒゲクジラの主な食料源である
クジラのひげは大量に飲む海水からオキアミを濾過するための適応構造である
巨大なため、現代の外洋では多くの捕食者を遠ざけている
大きくて畝（溝）のついた喉袋は、栄養豊かなオキアミを大量にすくい上げることに長けている

エティオケタスはすぐにクジラだとわかる。 陸上で動くことはもうできず、首は短く、嗅覚は弱まり、ひれ足のような肢と尾ひれができ、外耳はない。くちばしはあるが、現生のクジラとは違い、口には歯とひげ（プランクトンを濾過するための角状の房毛）の両方があり、まさに移行期の動物であることを表している。

現生哺乳類で最大のシロナガスクジラには歯がなく、オキアミを主とするプランクトンの濾過には完全にひげを頼りとしている。畝（溝）状の喉は広がり、ひと飲みで大量の食物を得られる。クジラが体を大きくしたのは、摂取する食物の量を最大にするためだった可能性もある。もしくは、先史時代の巨大なサメに捕食されるのを避けるためである。

シャチは群れでシロナガスクジラを狩ることがある

博物学者は生物を理解しようと考えたその当初から、分類を行ってきた。初期の分類は、特定の必要性によるものだった。例えば、薬屋が行う、薬効成分に応じた植物の分類などである。古代ギリシャの思想家のアリストテレスは自然の階梯、つまり「生命の梯子」によって動植物を分類し、一番下にある鉱物と一番上にある神の間で、それぞれの種に「完成度」を与えた。アリストテレスによる分け方のうち、脊椎動物や無脊椎動物など現在でも使われている分類もある。だが、それぞれの生物種に理想形、つまり「本質」があるという彼の考えは、生物学的概念としてチャールズ・ダーウィン（1809年〜1882年）のころまで浸透し、自然変異（⇨p.110〜111）に基づいた進化の概念を妨げた。

初期の博物学者

16世紀以降、古代の哲学者による知識に頼らず、研究者が直接観察を新たに行ったことで、植物学と動物学は発展した。アンドレアス・ヴェサリウス（1514年〜1564年）などのルネサンス期の解剖学者は、解剖して人体を調べ、その100年後には、新発明の顕微鏡によって細胞と微生物がいる世界が広がった。博物学者は分類法を自ら考え出すようになり、解剖の正確な知識に基づいた、意味のある比較を行った。例えばイギリスの博物学者のジョン・レイ（1627年〜1705年）は、クジラは魚類ではなく哺乳類だと認識した。動植物に関する幅広い著作を残し、生物学的な種という概念を考え出した最初の洞察力ある人物である。これは、繁殖により、常に同じ形のものになる生物ということである。だが、種がさらに発見されていく一方で、標準となる命名法が欠けていた。それを変えることになるのが、スウェーデンのひとりの植物学者だった。

ダーウィンは1837年に**生命の樹**を描いている。これが**一般的になる**100年も**前**のことだ

生物の命名

植物学者のカール・フォン・リンネ（1707年〜1778年）（のちにカロルス・リンナエウスとラテン語風にされた）は花の構造の研究を行い、その一部を生殖器官と特定したり、多様性を

ビッグアイデア

生物の分類

生物の分類とは、単に自然界の秩序を明らかにするということではない。現代の生物学者たちは、祖先の関係性に基づいて種を分類している。その分類法は、解剖学、古生物学、遺伝学といった多様な分野における、200年以上におよぶ研究により向上してきたものだ。

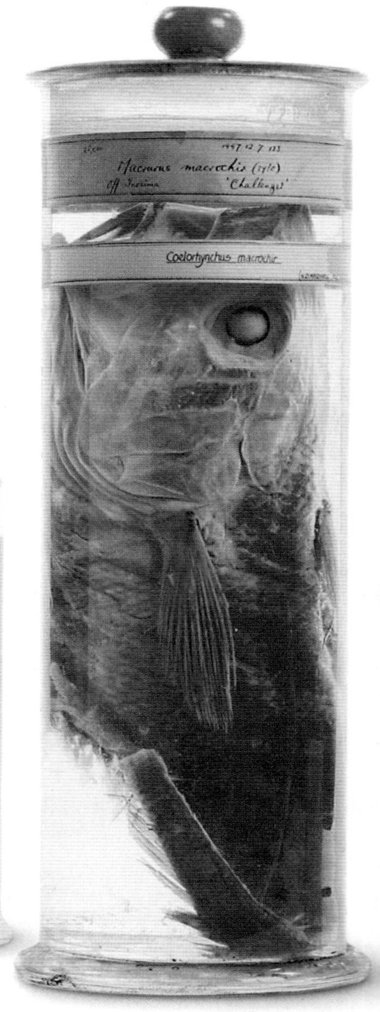

▶標本の収集
新種はいわゆる「基準標本」に基づいて記載される。「基準標本」は博物館や研究機関で保管されている。

> **ダーウィン**は……**自然群**が存在する理由と、「**本質的**」**特性を共有している**理由を示した。

エルンスト・マイヤー 生物学者
1904年〜2005年

目録にしたりした。1735年には『自然の体系』という小冊子を発行する。これはもともとは、種類別に定義された、知られているすべての生物の階層的な分類体系を概略したものだった。綱(爬虫類、鳥類、哺乳類など)は、目(ハト、フクロウ、オウムなど)に分かれ、それがさらに属に分かれていた。この属の階級において、クマやネコ、バラといった生物の基本形が定義されたのである。当時の慣習として、それぞれの種類(ジョン・レイの種に相当)は相変わらず厄介なラテン語で記述された。1753年、リンナエウスの『植物の種』では、植物を一単語の名に変え、1758年の『自然の体系』第10版では、動物に関しても同じことを行った。例えばヒグマ(1735年にはクマ属[Ursus]に記載されていた)は、ヒグマ(Ursus arctos)という種名を与えられた。リンナエウスによる1753年と1758年の著作が、植物と動物のそれぞれの認められた学名の始まりとなったのである。この二名法は生物学では広く採用され、最初の名(Ursus)が属を、二番目の名(arctos)が種を表す。リンナエウスによるこの命名法は現在も使われているが、多少の修正や階層の追加もあった。種の関係性についての人間の知識が増えるにつれて、多くの種で属が変わり、二語からなる学名に変化が生じている。

> **分岐解析**は、**鳥類**が**恐竜に最も近い**ことを示している

生物の組織化

19世紀になっても、個々の生物における変異については、理想形から不完全に逸脱したものと見る人がまだまだ多かった。進化にとっての変異の重要性をダーウィンが認識したことで、アリストテレスによる観点からの転向につながる。1900年代初めまでには、種は変化に富んだ個体群からなることが知られ、変異の遺伝的基盤に対する理解が増したのだ(⇨p.108〜109)。

1960年代になると、ドイツの生物学者ヴィリ・ヘニッヒ(1913年〜1976年)が、生物の分類に対しより厳格な進化上の基準を当てはめた。どの階級のグループにも、共通祖先を由来とするすべての種を入れるべきとしたのである。こういったグループはクレード(分岐群)、それを示す枝分かれした図は分岐図、この新しい方法は分岐論と呼ばれた。これ以降、分岐論は生物を分類する適切な方法として広く採用された。この方法だと、ある生物が他の生物とどの程度関係があるのかが、はっきりわかるからである。現在の分類には進化上の関係性が反映されており、分類群は共通祖先の系統に基づいて定義しなおされている。種の近縁度がわかるというのは、ただ単に似ていると知っていることよりも役に立つ。ある植物が命を救うような薬を産生するとわかれば、それと近縁の他の植物の存在もわかる。この薬のための新たな資源の探索に集中すればよいのだ。

分岐論は分類学者によるリンネのグループ分けの見方を変えた。かつて分類学者は、哺乳類と鳥類を爬虫類に対して同じ階層のグループ(綱)であると理解していたが、分岐論のグループ分けではこの考えに手が加えられたのである。それにより、哺乳類と鳥類が爬虫類から進化して、爬虫類は両生類から進化したものであるといったことが、今の私たちにはわかるのだ。それゆえ分岐論は、哺乳類と鳥類を、爬虫類も入る大きなクレード内に位置する別個の2つのクレードに分類している。それぞれが唯一の共通祖先を共有しているからである。

現在、分類学者は、進化上の関係性の発見にとって解剖よりもすぐれた手段をもっている。生物学者は、引き継がれた遺伝子がDNA内に蓄えられると認識して以来、DNAを情報源としてきた。DNAには遺伝暗号が含まれている。鎖に沿った化学成分の配列である。近縁種は似たような配列をもっている。現代の分析技術を強力なコンピュータープログラムとともに用いることで、複数の種でDNAを比較でき、種の間の関係性について統計上の可能性を作り出すことができるのだ。さらに生物学者はDNA情報を用いることで、2つの生物が分岐(⇨p.170〜171)した時期の計算までできる。そして、それぞれの分岐点に時期の推定値を当てはめた分岐図を作り出せるのだ。このような生物の「時間の樹」を用いることで、数百万年から数十億年間の進化の歩みを図示できるのである。分類群は系統の点だけではなく、起源と分岐の推定時期によっても定義されるということだ。

> **植物群**が示しているのは、あらゆる面にある**関係性**で……**地図上の国々**のようなものだ。
>
> **カロルス・リンナエウス** 植物学者 1707年〜1778年

氷床コア

氷床コアは、何度も大きく変動した気候の状態について、多くの手がかりをとらえた標本である。琥珀に閉じ込められた生物と同様に、地球の過去のわずかな残存物が氷床コアの中に収められている。

地球の氷床は、過去の気候の証拠が詰まった巨大な宝庫である。ここに示す3本の氷床コアは長さがそれぞれ1mで、厚さ2000m以上のグリーンランド氷床を掘削して得た円筒形標本（コア）である。氷床は降雪によってできたため、大気ガスや浮遊微小粒子がとらえられており、氷床形成当時の状況の記録が氷に混ざっている。氷は毎年積み重なっていくため、掘り進めるにつれて、さらに古い記録に到達するわけである。この氷床コアには11万1000年に及ぶ気候の歴史が記録されている。

気候学者は氷床コアを分析して、地球の過去の気候に関する手がかりを得ている。氷にとらえられた塵に放射性元素が含まれている場合には、放射年代測定（⇨p.88〜89）を用いることで、時期を推定することができる。氷床コアは過去の平均気温や、大気中の気体の割合を教えてくれる。これにより、過去数十年間の二酸化炭素（CO_2）濃度の増加を長期的な視点で分析することができるのだ。南極大陸のボストーク基地など、極地にある調査基地は、40万年以上もさかのぼるCO_2濃度の記録を取得することに成功した。南極大陸のドームCでは、さらに長い氷床コアが掘り出されている。その長さは3270mに及び、その中に過去65万年間のメタン濃度やCO_2濃度といったデータが含まれている。氷床コアには、火山灰や塵、砂、さらに花粉までもが含まれている。こういった手がかりから、火山活動や砂漠の広がり、そして過去のさまざまな植生の広がりについても知ることができる。

気候変動に影響を与えるものに、ミランコビッチ・サイクルとして知られる、地球の軌道の周期的変化や地軸の変化がある。それ以外の自然の要因には、太陽そのものの変化やプレートテクトニクス、火山活動が挙げられる。科学者は氷床コアを調べて、気候に対するこういった自然による影響について知ったり、急激な気候変化（⇨p.352〜353）をもたらしているとされる現在の人間の活動と自然の影響が、どのような相互作用をする可能性があるかを予測したりしている。

大気ガス

グリーンランド氷床に降り注いだ雪によるそれぞれの層には、雪が圧縮されて氷になった際にとらえられた大気中のガスが含まれている。気候学者は様々な深さにおける氷床コア内のガス濃度を比較することで、地球の気候の過去に関するタイムラインを作り出すことができる。大気中の二酸化炭素濃度は前の千年紀にかけては安定していたが、19世紀の初めになると増加が始まった。産業革命（⇨p.304〜305）以前と比べると、現在は40%も高くなっている。

「フィルン」とは、新雪と硬い氷河氷の層の間にある、圧縮された氷の状態を指す

これは深さ53〜54mの氷から掘り出した、氷床コアの一番上の部分で、およそ173年前のものだ

一番上の氷床コア

▼ミランコビッチ・サイクル

地球の軌道や自転の長期的な変化をミランコビッチ・サイクルという。これが季節のタイミングや寒暖の度合等を変化させるが、このサイクルと氷河期（⇨p.176〜177）などの定期的な気候変動の時期は一致しているようだ。

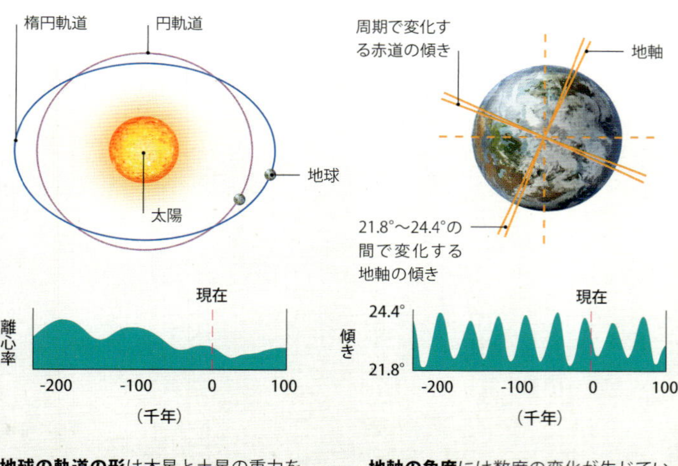

楕円軌道
円軌道
地球
太陽
現在
離心率
-200
-100
0
100
（千年）

地球の軌道の形は木星と土星の重力を受けて、円軌道から楕円軌道へと（より「偏心」的に）変化している。これが季節の長さを変え、気候パターンに変化をもたらす。

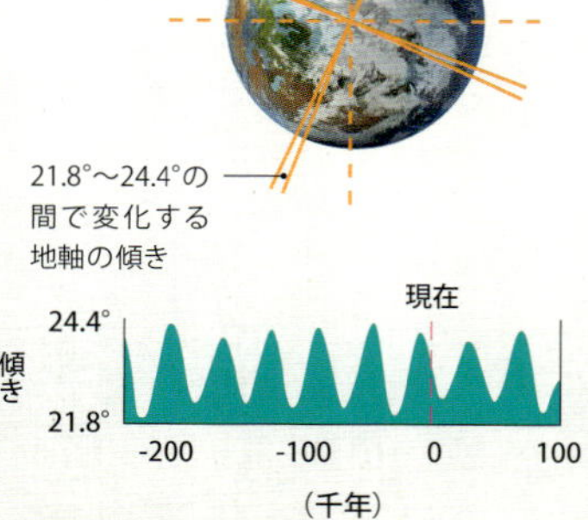

周期で変化する赤道の傾き
地軸
21.8°〜24.4°の間で変化する地軸の傾き
現在
24.4°
傾き
21.8°
-200
-100
0
100
（千年）

地軸の角度には数度の変化が生じている。傾きが大きくなると、北半球もしくは南半球がより太陽のほうへと傾いて、季節に極端な差異が生じる。

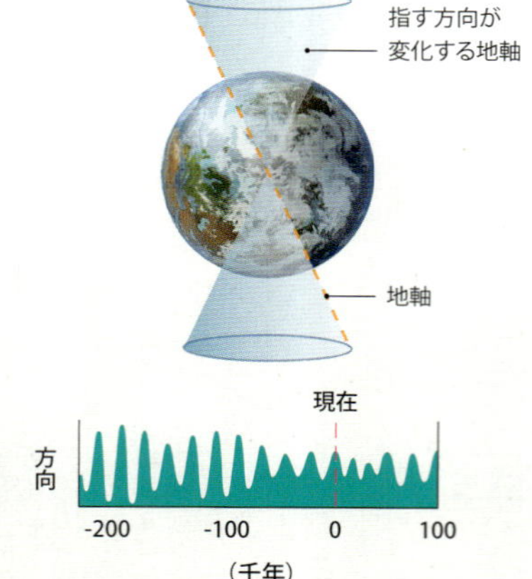

指す方向が変化する地軸
地軸
現在
方向
-200
-100
0
100
（千年）

地球は完全な球体ではないため、ぐらついており、地軸はおよそ2万6000年をかけて、円を描くように動いている。これにより、夏至、冬至のタイミングにずれが生じている。

氷床コアの掘り出し

氷床コア（氷の円筒形標本）は主にグリーンランド氷床と南極氷床において、1950年代から掘り出されてきた。大勢の科学者がチームを組み、氷床に穴を開けて利用可能な氷床コアを掘り出す。掘り出されたコアは、保存とひび割れ防止のため、−15℃以下で保管される。

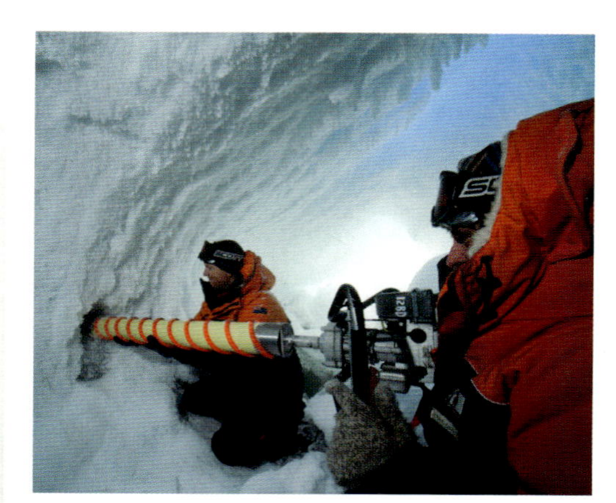

南極の氷に穴を開ける科学者

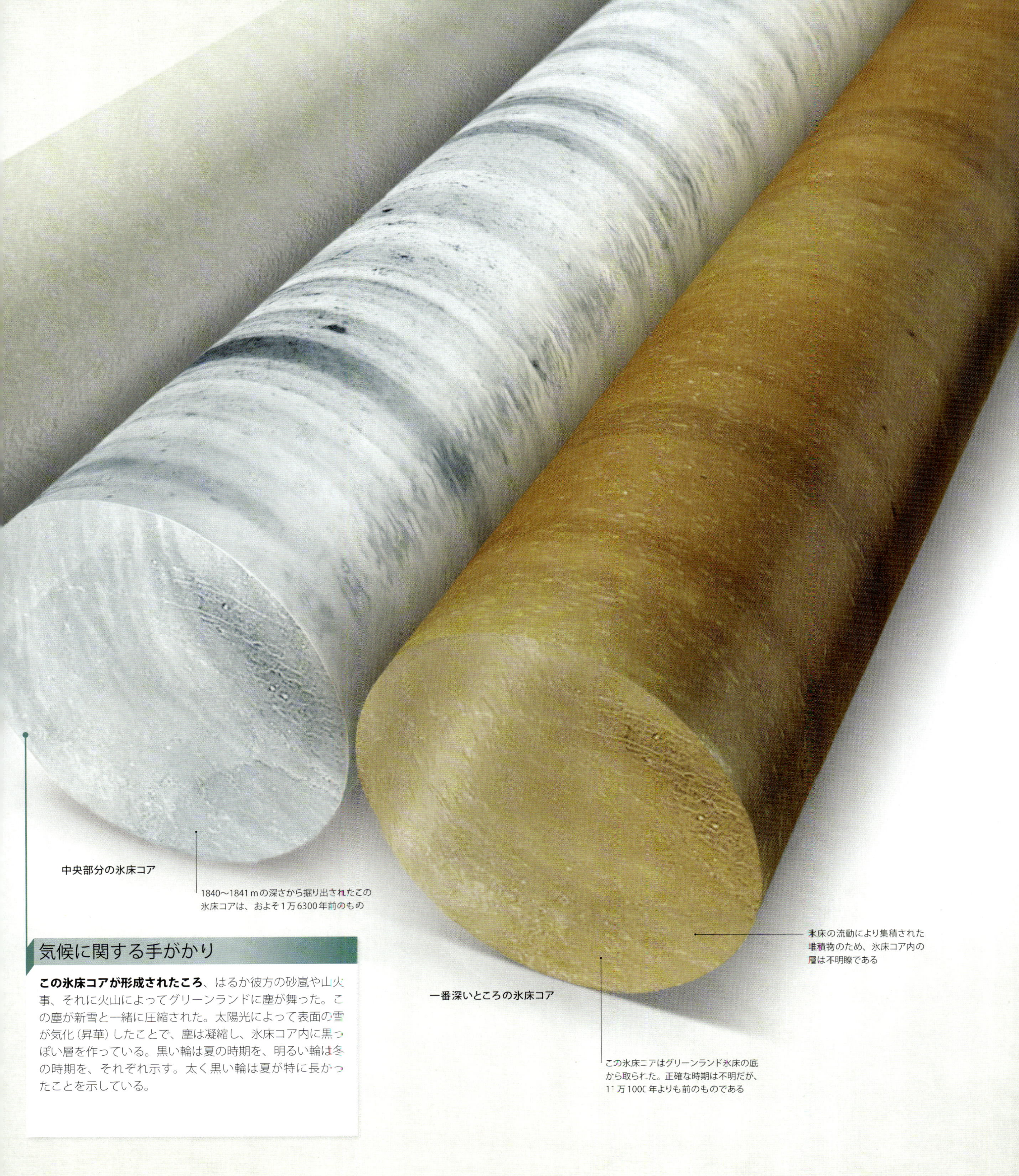
中央部分の氷床コア
1840〜1841 mの深さから掘り出されたこの
氷床コアは、およそ1万6300年前のもの
一番深いところの氷床コア
氷床の流動により集積された
堆積物のため、氷床コア内の
層は不明瞭である
この氷床コアはグリーンランド氷床の底
から取られた。正確な時期は不明だが、
11万1000年よりも前のものである

気候に関する手がかり

この氷床コアが形成されたころ、はるか彼方の砂嵐や山火事、それに火山によってグリーンランドに塵が舞った。この塵が新雪と一緒に圧縮された。太陽光によって表面の雪が気化（昇華）したことで、塵は凝縮し、氷床コア内に黒っぽい層を作っている。黒い輪は夏の時期を、明るい輪は冬の時期を、それぞれ示す。太く黒い輪は夏が特に長かったことを示している。

凍りつく地球

地球が形成されて以来、気候変化は自然に起こる地球の歴史の一部だった。何度となくあった氷河期のなかでも最も厳しかった最寒冷期には、生命に多大な影響を及ぼす氷床が最も拡大した。絶滅に追いやられる種があった一方で、進化を遂げる種もあった。

氷河期は、地球の表面温度が急激に低下し、広大な氷床が大きくなりはじめると起こる。その要因はひとつではなく、地球の軌道変化と大気の変化の双方が関与しているようだ。影響は気候だけにとどまらない。海の水は永久的な塊（氷床や氷河）になり、海面は低下して、かつて分かれた陸地をつなげることになる。熱帯気候に順応していた個体群が、赤道のほうへ集まったり、さらには完全に姿を消したりする一方で、寒さに順応した種が躍進することもある。

地球は**歴史上で2度、ほぼ完全に凍りついた。氷床の厚さは1000 m**ほどにもなった

氷河期

5億2000万年前の生物のカンブリア爆発以前に、大きな氷河期は少なくとも2度あった。地球のほぼすべてが氷で覆われ、「スノーボール」となった。次の氷河期は、海が魚で満ちていた4億6000万年～4億2000万年前に起きた。4度目の氷河期は、最初の森が育った3億6000万年～2億6000万年前で、このときはゴンドワナ大陸が南極付近を漂って、極氷冠が広がりだした。最後となる氷河期（わずか250万年前に始まった）は進行中である。北のグリーンランドを中心とした氷床と、南の南極大陸を中心とした氷床は、氷期と間氷期の間で増減を繰り返している。氷床がまだなくなっていないことから、かなり温暖な間氷期とはいえ、地球はまだ氷期にあるといえる。最近の氷河の痕跡は浸食された谷や氷河堆積物などに見られ、気温や海面の変化から、現代生活が氷期の所産であることがわかる。

広大な北米氷床は、最大時には大陸の中心部まで到達した

▶ 氷河期
現代に最も近い氷河期では、氷河はおよそ2万年～1万5000年前に最大範囲に達した。地球の海の大部分が氷に閉じ込められたため、海面は下がり、気候は全般に乾燥した。

▶ 海面の上昇
4000万年前には、北極にも南極にも氷冠は存在していなかった。極氷がなかったということは、外洋水が大量にあったということであり、その結果、海面は上昇して、沿岸域や低地域は洪水に見舞われた。

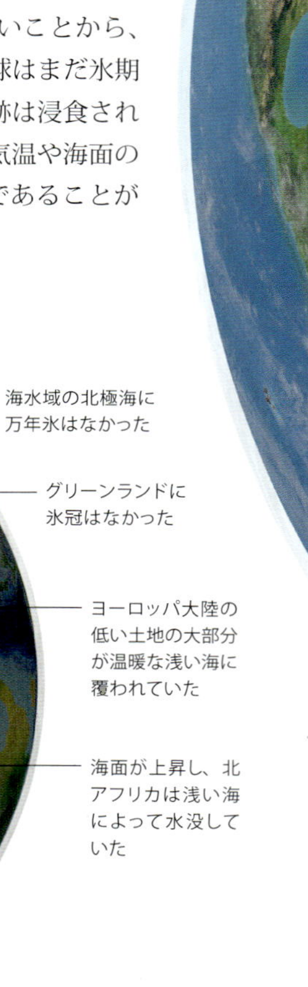
海水域の北極海に万年氷はなかった
グリーンランドに氷冠はなかった
ヨーロッパ大陸の低い土地の大部分が温暖な浅い海に覆われていた
海面が上昇し、北アフリカは浅い海によって水没していた
フロリダは大部分が水没していた
北米大陸と南米大陸はまだぶつかっていない

4000万年前

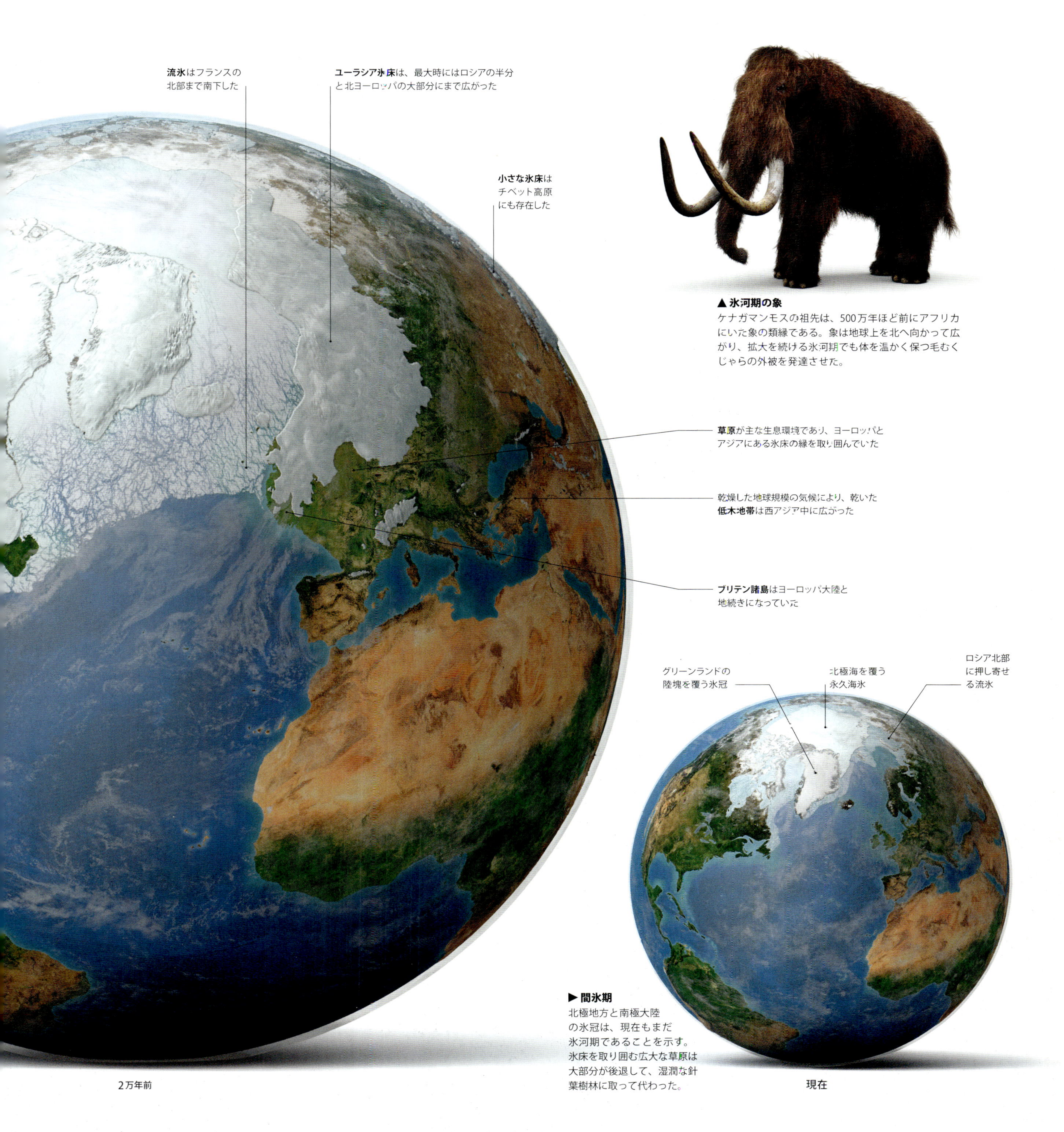
流氷はフランスの北部まで南下した
ユーラシア氷床は、最大時にはロシアの半分と北ヨーロッパの大部分にまで広がった
小さな氷床はチベット高原にも存在した
草原が主な生息環境であり、ヨーロッパとアジアにある氷床の縁を取り囲んでいた
乾燥した地球規模の気候により、乾いた**低木地帯**は西アジア中に広がった
ブリテン諸島はヨーロッパ大陸と地続きになっていた
グリーンランドの陸塊を覆う氷冠
北極海を覆う永久海氷
ロシア北部に押し寄せる流氷
2万年前
現在

▲ 氷河期の象
ケナガマンモスの祖先は、500万年ほど前にアフリカにいた象の類縁である。象は地球上を北へ向かって広がり、拡大を続ける氷河期でも体を温かく保つ毛むくじゃらの外被を発達させた。

▶ 間氷期
北極地方と南極大陸の氷冠は、現在もまだ氷河期であることを示す。氷床を取り囲む広大な草原は大部分が後退して、湿潤な針葉樹林に取って代わった。

第6変革

Threshold 6

進化する人類

ほかのすべての物質と同様、私たちも星にその起源をもち、類人猿と共通の祖先をもっている。では、他に類を見ない人間の特徴とは何だろう。人間には工夫する能力、学習する能力、経験を共有する能力があり、これはほかのどの種にも見られない。記号言語を使うことにより、また集団で知識を共有し、その上にさらに知識を積み上げることによって、私たち人間の祖先は圧倒的な支配力をもつようになる。

適応条件

人類が現生人類であるホモ・サピエンスに進化したのは、比較的最近（約20万年前）のことである。記号を使って意思を伝え合う能力、アイデアを交換する能力、そして前の世代が得た知識の上に知識を積み上げていく能力のおかげで、ホモ・サピエンスはそれまでになく複雑な社会を築き、地球上で最も強く、最も影響力の大きい種になることができた。

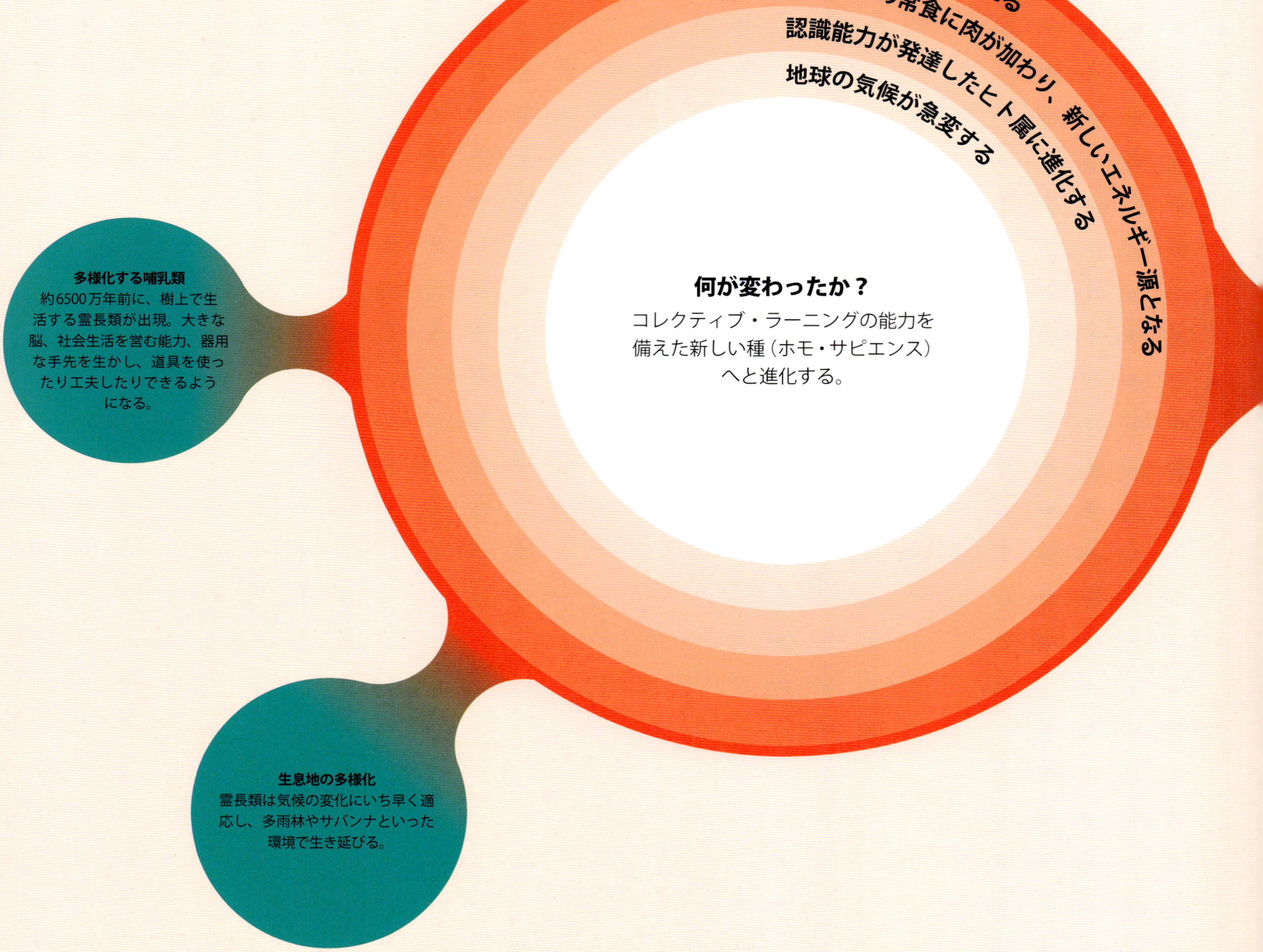

類人猿が自然選択される

ホミニンの常食に肉が加わり、新しいエネルギー源となる

認識能力が発達したヒト属に進化する

地球の気候が急変する

何が変わったか？
コレクティブ・ラーニングの能力を備えた新しい種（ホモ・サピエンス）へと進化する。

多様化する哺乳類
約6500万年前に、樹上で生活する霊長類が出現。大きな脳、社会生活を営む能力、器用な手先を生かし、道具を使ったり工夫したりできるようになる。

生息地の多様化
霊長類は気候の変化にいち早く適応し、多雨林やサバンナといった環境で生き延びる。

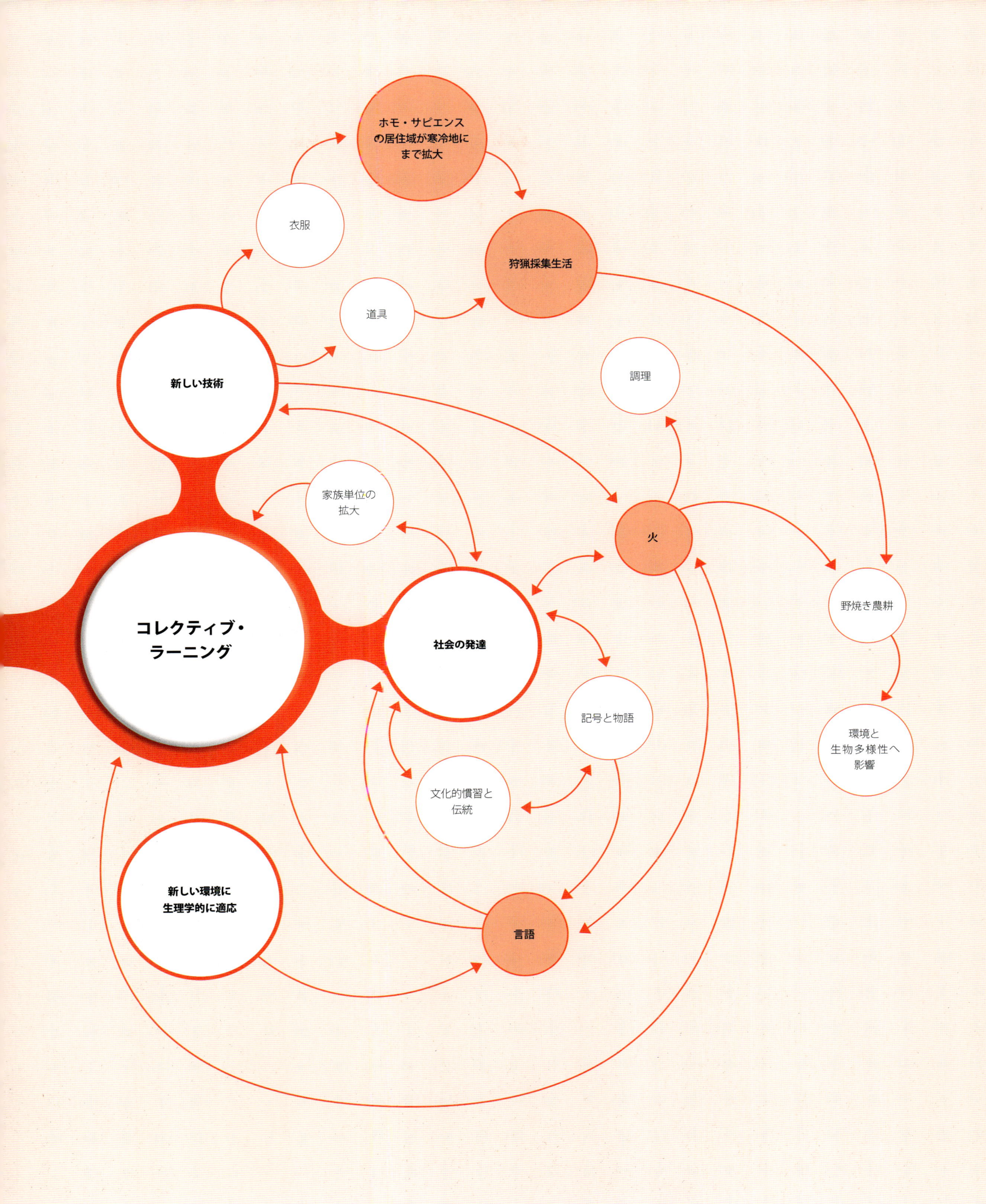
ホモ・サピエンスの居住域が寒冷地にまで拡大
衣服
狩猟採集生活
道具
新しい技術
調理
家族単位の拡大
火
野焼き農耕
コレクティブ・ラーニング
社会の発達
記号と物語
環境と生物多様性へ影響
文化的慣習と伝統
新しい環境に生理学的に適応
言語

家族の絆
人間の行動の多くは、他の霊長類にも見ることができる。例えばこの写真では、オランウータンの親が赤ん坊の面倒を見ている。オランウータンの子は、生後10年間は母親に頼りきって過ごす。

霊長類

大きな脳や器用な指を備え、極めて複雑な社会構造を発達させた私たちが霊長類に属するのは明白な事実と思われる。だが霊長類といってもさまざまで、多くの種が共有する特徴はあるが、すべての種に共通した身体的特徴はない。

今日では、ごく小さいメガネザルから堂々としたゴリラまで、約400種が霊長類に含まれる。ホモ・サピエンスは、身体的にも遺伝学的にもこのグループ(具体的には類人猿の系統)を祖先とすることは間違いない。だがその類人猿も、枝分かれしたのは最近のことにすぎない。最初の霊長類はネズミに似た小型のプルガトリウス(6500万年前)で、これがキツネザルに似たダーウィニウスに進化するまでに2000万年かかっている。このころになると、霊長類は主に2系統に分かれて繁栄していた。ひとつはロリスやキツネザルにつながる系統で、もうひとつはメガネザルにつながる系統である。4000万年前には真猿類が出現していた。この真猿類が、サル類、類人猿、そして最終的には人類へとつながっていく。これら真猿類はアジアで生まれたと思われる。その化石からは、霊長類の顔が、鼻は突き出てはいるものの、平たくなってきているのがわかる。

ヒトに近づく

今から2500万年前には、森林地帯にさまざまな種類のサルが生息するようになっていた。尾のないプロコンスル(2500万年~2300万年前に東アフリカに生息)には類人猿とサルの特徴が同居していたが、そこからやがて、多くの種が完全な類人猿としてヨーロッパやアジアなど四方に広がっていった。これが現在の霊長類の始まりである。DNAの調査から、オランウータンやゴリラにいたる系統が分かれたのは、それぞれ約1600万年前および900万年前と推定される。そのそれぞれに、アジアのシヴァピテクス、エチオピアのチョローラピテクスというように、その時代の近縁種が存在した。約900万年前以降になると、アジアに大型類人猿のグループ(ギガントピテクスと呼ばれる)が出現する。その一部はごく最近まで生存していたと考えられている。人類の系統につながったと考えられているのが、アフリカで生まれた最古の人類種のひとつであるサヘラントロプス・チャデンシス(700万年~600万年前)で、その生息時期は、人類の祖先がチンパンジーとの共通祖先から分かれた時期とほぼ同じである。

初期の類人猿は、行動面で、現代の霊長類と同程度の高度な器用さ、知性、適応性を身につけていたと思われる。また、強い絆と複雑な伝達方法を特徴とする、同じように多様化したコミュニティで暮らしていただろう。今日の類人猿やオマキザルの類と同様、種によっては道具を使っていた可能性がある。

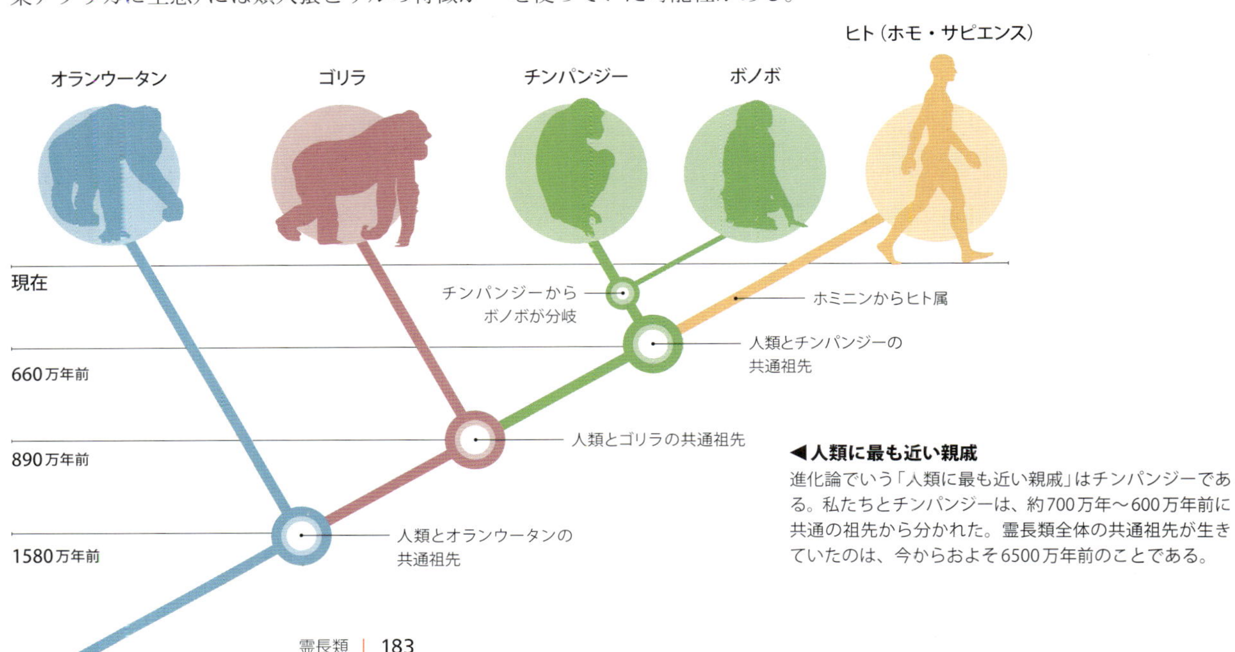
ヒト(ホモ・サピエンス)
オランウータン
ゴリラ
チンパンジー
ボノボ
現在
チンパンジーから
ボノボが分岐
ホミニンからヒト属
人類とチンパンジーの
共通祖先
660万年前
890万年前
人類とゴリラの共通祖先
1580万年前
人類とオランウータンの
共通祖先

◀人類に最も近い親戚
進化論でいう「人類に最も近い親戚」はチンパンジーである。私たちとチンパンジーは、約700万年~600万年前に共通の祖先から分かれた。霊長類全体の共通祖先が生きていたのは、今からおよそ6500万年前のことである。

ホミニンの進化

人間（ヒト）は、霊長類の下位系統であるホミニン（ヒト亜族）に属する。これは700万年にわたって発達を続けてきた系統で、現生人類、絶滅した人類種（化石人類）など、人間に最も近い祖先のすべてが含まれている。

私たち人間のルーツをたどるとき、その「高度な」特質（二足歩行や道具を使う能力など）は、ただ1種類の生物が複雑な進化を遂げ獲得したものだと考えたくなる。ところが事実は違う。初期のホミニンは多様であり、こうした特質は最初のヒト属（ホモ属）のホモ・ハビリスとそれ以前の初期ホミニンのアウストラロピテクス属によってさまざまな組み合わせで共有され、そこから個別に進化したものと思われる。

化石を調べると興味深いことがわかる。今から400万年～300万年前、ほっそりした体格のアウストラロピテクス属が現れ、そこからもっとがっしりした体格で丈夫な歯をもつ種が分かれていく。ただ、最古のホモ・ハビリスが確認されているのが240万年前で、ヒト属の登場までにはかなりの空白期間がある。この橋渡しになると思われる化石が2013年にエチオピアで発見された。280万年～275万年前の顎の骨である。この化石の年代はちょうどこの空白の期間に相当し、ヒト属の特徴をある程度備えている。ただし、頭蓋骨の残りの部分は発見されず、脳の大きさを知る手がかりもないため、この顎の持ち主がどちらの系統に属していたかは判別できない。

進化論では、ヒト属の主な特徴は、食性を変えることによってさまざまな環境に適応する能力である。なかでも重要な意味をもつのが、肉を多く食べるようになったことだ。狩りをするには何らかの道具が必要である。道具を工夫することで脳が刺激され、200万年後には大きく進化することになる（⇨p.188～189）。大きな脳を獲得したヒト属はさまざまな社会的・環境的変化を経てホモ・エレクトス、ホモ・ネアンデルターレンシスと進化し、ついにホモ・サピエンスの出現に至るのである。

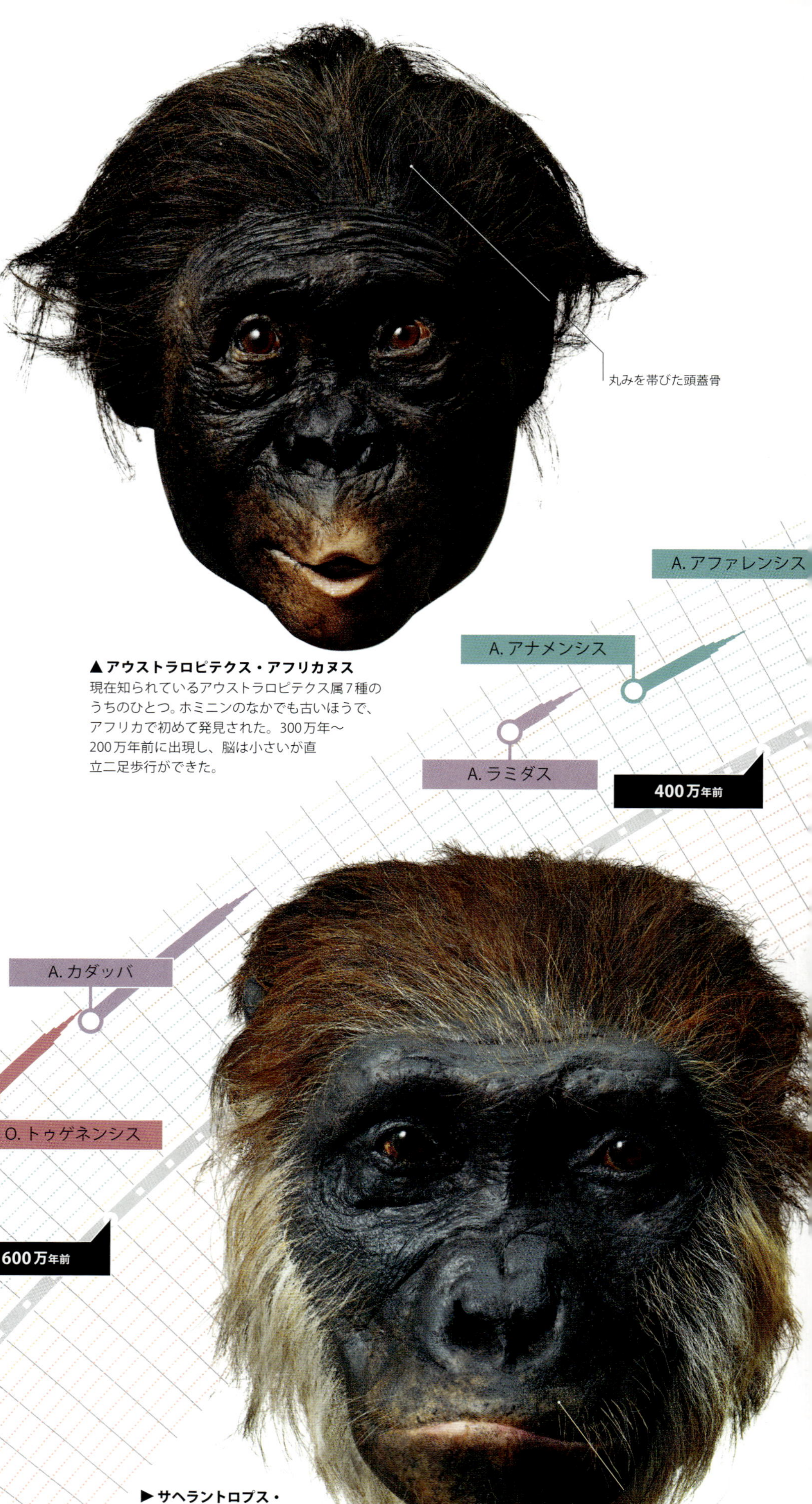
丸みを帯びた頭蓋骨
A. アファレンシス
A. アナメンシス
A. ラミダス
400万年前
A. カダッバ
O. トゥゲネンシス
600万年前
S. チャデンシス
700万年前
類人猿に似た平たい顔は、濃い色素によって紫外線から保護されていた

▲アウストラロピテクス・アファリカヌス
現在知られているアウストラロピテクス属7種のうちのひとつ。ホミニンのなかでも古いほうで、アフリカで初めて発見された。300万年～200万年前に出現し、脳は小さいが直立二足歩行ができた。

▶サヘラントロプス・チャデンシス
ホミニンのなかでも最古のサヘラントロプス属は、類人猿と人類の共通祖先と同じころ（700万年～600万年前）に生息していた。身長は約1mで、二本足で歩いていたと思われる。

▶ホミニンの系統樹
ホミニンでは、これまでに7つのグループ（属と呼ばれる）が知られている。一部の属には複数の種が含まれる。たとえばアルディピテクス属には、アルディピテクス・カダッバとアルディピテクス・ラミダスという2つの種がある。

凡例
- サヘラントロプス属
- オロリン属
- アルディピテクス属
- ケニアントロプス属
- パラントロプス属
- アウストラロピテクス属
- ヒト属（ホモ属）

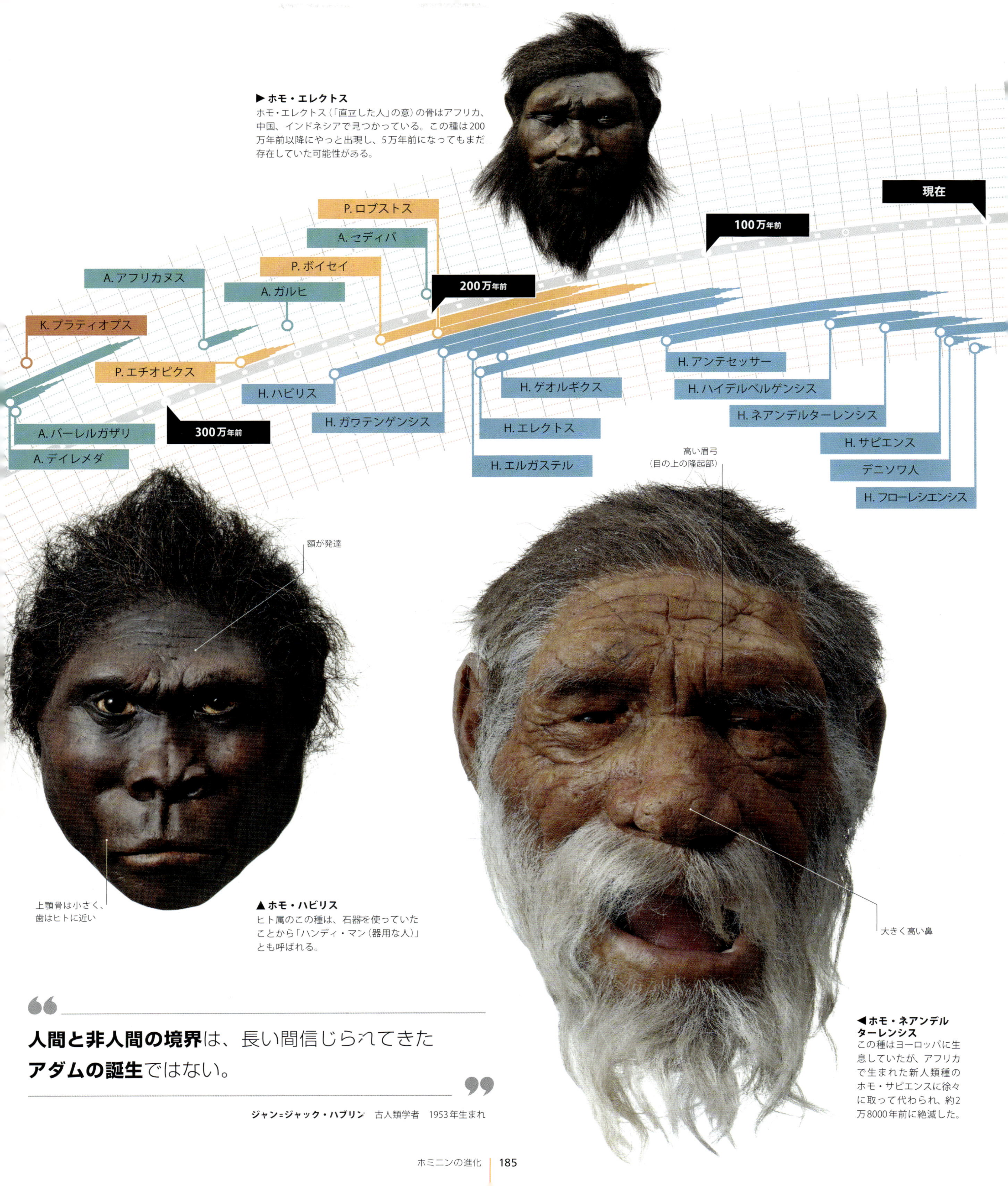
現在
100万年前
200万年前
300万年前
P. ロブストス
A. セディバ
P. ボイセイ
A. アフリカヌス
A. ガルヒ
K. プラティオプス
P. エチオピクス
A. バーレルガザリ
A. デイレメダ
H. ハビリス
H. ガウテンゲンシス
H. ゲオルギクス
H. エレクトス
H. エルガステル
H. アンテセッサー
H. ハイデルベルゲンシス
H. ネアンデルターレンシス
H. サピエンス
デニソワ人
H. フローレシエンシス
高い眉弓
（目の上の隆起部）
額が発達
上顎骨は小さく、
歯はヒトに近い
大きく高い鼻

▶ホモ・エレクトス
ホモ・エレクトス（「直立した人」の意）の骨はアフリカ、中国、インドネシアで見つかっている。この種は200万年前以降にやっと出現し、5万年前になってもまだ存在していた可能性がある。

▲ホモ・ハビリス
ヒト属のこの種は、石器を使っていたことから「ハンディ・マン（器用な人）」とも呼ばれる。

◀ホモ・ネアンデルターレンシス
この種はヨーロッパに生息していたが、アフリカで生まれた新人類種のホモ・サピエンスに徐々に取って代わられ、約2万8000年前に絶滅した。

“

人間と非人間の境界は、長い間信じられてきた**アダムの誕生**ではない。

”

ジャン=ジャック・ハブリン 古人類学者 1953年生まれ

直立歩行を始めた類人猿

樹上生活の類人猿から地上を歩く人類への進化には、骨格の大きな変化がかかわっていた。370万年前の足跡（あしあと）を見ると、私たちの祖先はそのころすでに現在の人間のように歩いていたことがわかる。ただし、走れるようになるまでにはさらに200万年に及ぶ進化の過程が必要だった。

3500万年前以降、地球は冷たく乾燥した時代に入り、生息域は森林から開けた草原を含むもっと多様な環境へと移り変わった。約700万年～400万年前に、樹上生活の類人猿が二本足で地上を歩く「二足歩行」の動物に変わったのはこれが原因だと長い間考えられてきたが、実際はそれほど単純ではない。最古の二足歩行の化石の一部は当時の密林から発見されているからだ。しかし、その理由が何であれ、これらの化石には地上生活に移行した形跡が見られる。

地上生活への適応

地上生活への変化はプロコンスルから始まったと考えられる。プロコンスルは類人猿の系統樹の基部に近いところに位置する種で、手足を使って木の枝をつかみ、木に登ったり枝伝いに走り回ったりして移動していた。

700万年前以降の化石には、一部にそれ以前と対照的な特徴が見られる。それがホミニン（⇨p.184～185）で、現生人類もこのグループに属している。そのなかで最古のサヘラントロプス属に、すでに背骨がまっすぐに伸びていた形跡がある。つまり、脊髄が脳へとつながるための頭蓋骨の開口部が、現在の類人猿のように頭蓋骨の後ろ側ではなく、下側にある。この属から進化して、やがて、さらに地上での生活に適した特徴を備えた別のホミニンが誕生する。450万年～430万年前に現在のエチオピアに生息していたアルディピテクス・ラミダスである。この種はほぼ直立して歩くことができたが、完全な直立二足歩行ではなかった。

完全な直立二足歩行になるには、足の指すべてが横一列に並び、骨と腱が弾性のあるアーチ状になって、地上歩行にかなったものになる必要があった。アフリカで発見されたホモ・エルガステルと思われる種が残した足跡からは、有名なラエトリの足跡（⇨写真下左）から150万年～200万年でそのような特徴が発達したと推測できる。ホモ・エルガステルなどヒト属の種には走る能力が備わっていた。腰の上に載った胴、その中央にある平たく幅の広い骨盤、垂直方向にかかる衝撃を吸収するS字状の背骨などがバランスを保ち、しっかりした足取りで歩行できるようになったのである。100万年前になると、ホミニンはアフリカ、アジア、ヨーロッパの大半の地域に進出していた。

密林に生息
森林での生活に
適した四足歩行
親指は強くて他の指と対向する位置にあり、足でも木の枝などをつかむことができる
長くて曲がった指はものをつかむのに都合がよい
小さな足の骨は柔軟な動きを実現
手
足

▶ 樹上から地面へ
地上での二足歩行に変わっていく過程は、ここに示す3段階に要約できる。

プロコンスルは初期の類人猿の一種で、アフリカで発見された。2300万年前に熱帯の密林に生息していたこの種は、四つ足で移動し、木登りが得意だった。ただし尾はなく、樹上生活の重要性が低下していたことがうかがえる。

▶ 太古の足跡
右の写真は、アウストラロピテクス・アファレンシスの大人と子どもが370万年前に現在のタンザニアのラエトリで残した足跡の化石である。この足跡全体の形状を現生人類の足跡と比較すると、彼らが類人猿のように膝を曲げて体を揺らしながら歩いていたのではなく、人間と同様の足取りで歩いていたことがわかる。

20万年前 ホモ・サピエンスが出現
13万5000年前 最初の記号の使用
11万年前 最後の氷河期始まる
4万1000年前 最古の洞窟壁画
1万2000年前 最後の氷河期終わる

▶ 寒冷化と同時に予測がつきにくくなった地球
氷床から採取したコアサンプル（⇨p.174〜175）や深海の堆積物を分析すると、地球の気候は最近600万年で寒冷化したばかりでなく、変わりやすくもなってきていることがわかる。ホミニンに新しい種が誕生するのは、変動が激しくなった時期とほぼ一致しているようだ。このことは、環境の変化によって多様化が進んだことを示唆している。ホミニンの骨格は適応性が高く、そのため各個体は開けた土地や森林、湿潤な土地や乾燥地など、さまざまな環境で暮らすことができたと考えられる。

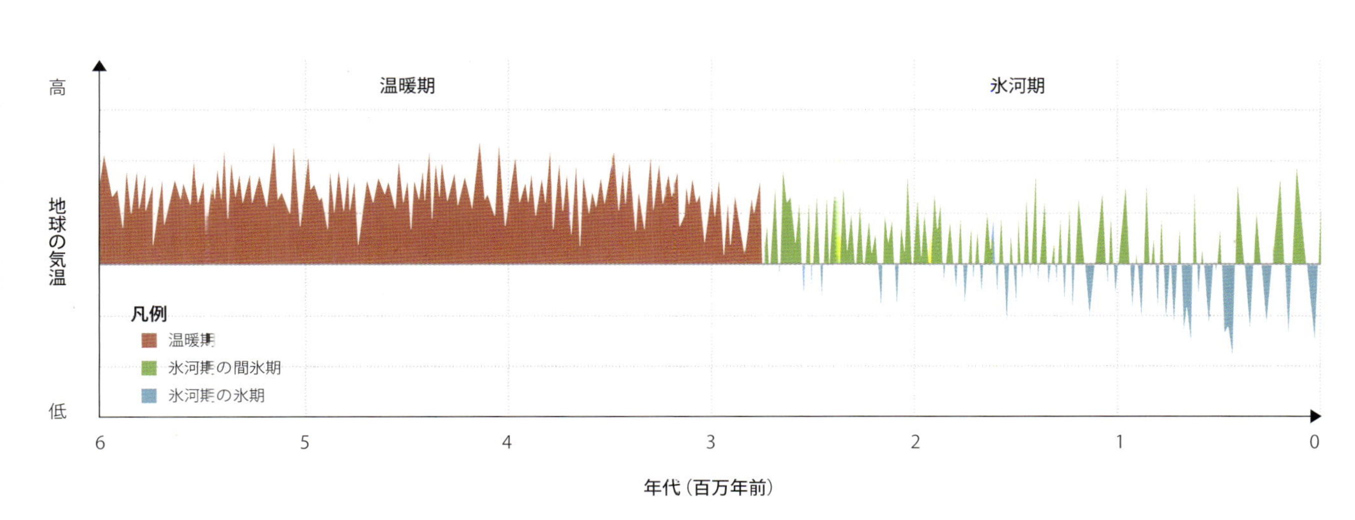
高
低
地球の気温
温暖期
氷河期
凡例
温暖期
氷河期の間氷期
氷河期の氷期
6
5
4
3
2
1
0
年代（百万年前）

最古のホミニンである**サヘラントロプス属**は700万年前には**直立歩行**をしていたと思われる

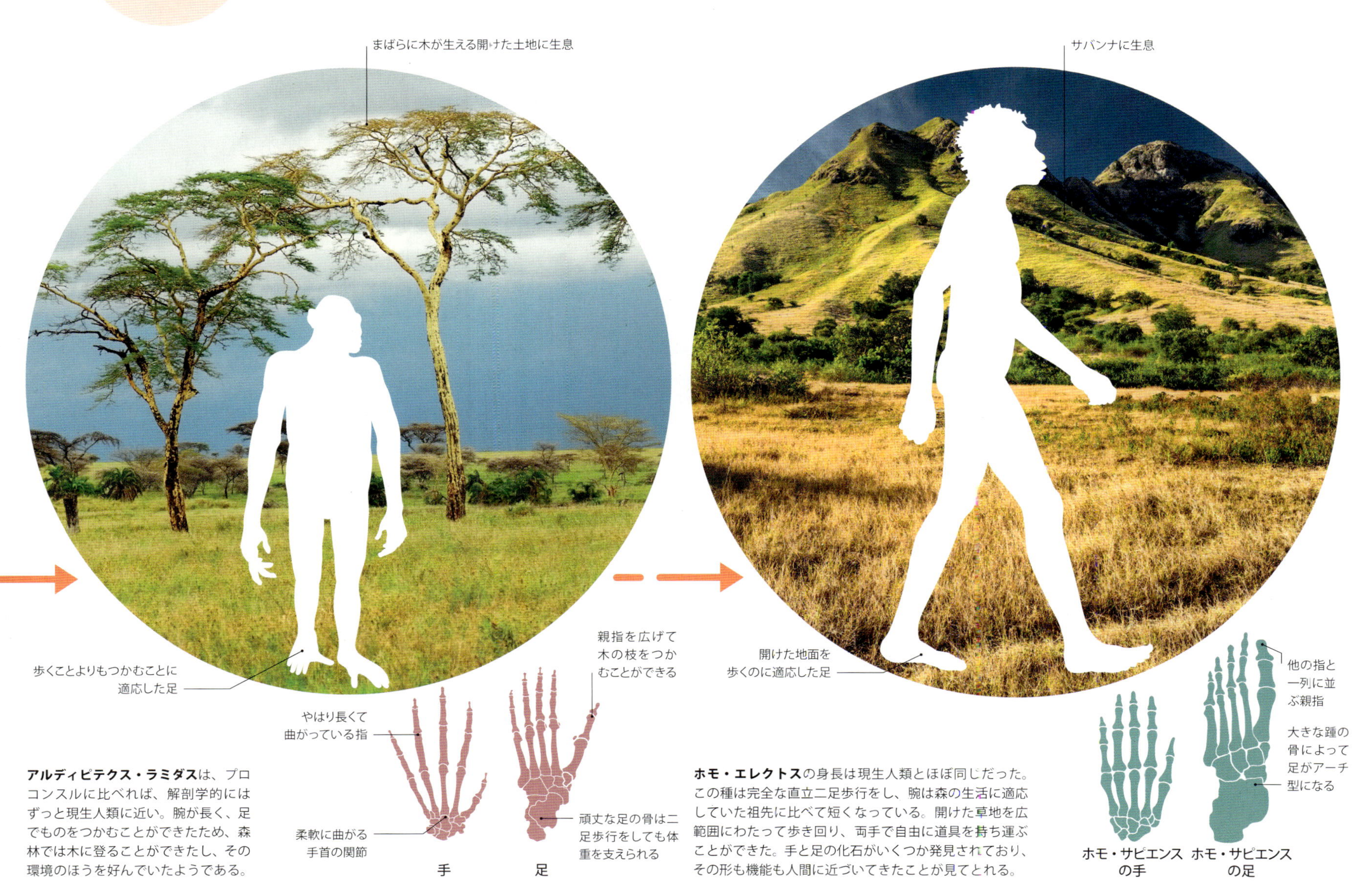
まばらに木が生える開けた土地に生息
サバンナに生息
歩くことよりもつかむことに適応した足
親指を広げて木の枝をつかむことができる
開けた地面を歩くのに適応した足
やはり長くて曲がっている指
柔軟に曲がる手首の関節
頑丈な足の骨は二足歩行をしても体重を支えられる
手
足
他の指と一列に並ぶ親指
大きな踵の骨によって足がアーチ型になる
ホモ・サピエンスの手
ホモ・サピエンスの足

アルディピテクス・ラミダスは、プロコンスルに比べれば、解剖学的にはずっと現生人類に近い。腕が長く、足でものをつかむことができたため、森林では木に登ることができたし、その環境のほうを好んでいたようである。

ホモ・エレクトスの身長は現生人類とほぼ同じだった。この種は完全な直立二足歩行をし、腕は森の生活に適応していた祖先に比べて短くなっている。開けた草地を広範囲にわたって歩き回り、両手で自由に道具を持ち運ぶことができた。手と足の化石がいくつか発見されており、その形も機能も人間に近づいてきたことが見てとれる。

▲肉をエネルギー源に？
このバイソンの絵は、スペインのアルタミラで発見された旧石器時代の洞窟壁画である。一部には、ホミニンの脳が大きくなった原因を、肉食を含む食生活の変化に求める説もある。

脳の発達

生物学者は100年にわたり、動物界全体で脳の大きさと知性の違いについて研究してきた。霊長類では大脳化（体の大きさに比例して脳の質量が増える）が進む傾向が見られ（その顕著な例がホモ・サピエンス）、そのおかげで各種の環境に適応できるようになった。

脳はその成長と維持にたくさんのエネルギーを必要とする器官である。人類が大きな脳を発達させた理由とその過程を理解することは、進化のさまざまな局面について考察することでもある。体の大きさに対する脳の大きさの比率は重要だと思われる。霊長類や他の哺乳類と比べると、大きく発達した球形の頭蓋骨に巨大な脳を包み込んだ人類は、目立つ存在である。

思考を促す食べ物

脳の比率が大きくなったのは食性の変化に関連するという説がある。霊長類のなかで、チンパンジーを含む数種は肉食の習慣があるが、通常その消費量は極めて少ない。これに対し、ホミニンの考古学上の資料からは、肉食が普及するにつれて消化管が短くなってきた様子が見てとれる。これは、消化しにくい植物性食物の消費量が少なくなったことを示している。肉類、さらには調理した食べ物を摂取するようになるとカロリーや脂肪の摂取量が増え、それがエネルギーを求めていた脳に栄養を与えてその進化をも促したのだろうか。ある程度の影響があったことは間違いないだろうが、時期的につじつまが合わないところもある。300万年以上前に石器を作る技術が発明され、それによってホミニンは動物の死骸を解体して高カロリーの食べ物を手に入れることができるようになった。ところが、アウストラロピテクス属が初めて石器を作ってから初期のヒト属までの100万年で、脳はごくわずか（約100 cm^3）しか大きくなっていない。脳の容量が倍になったのは、今から50万年前のホモ・ハイデルベルゲンシスの時代になってからのことである。

社会脳

最近の理論では、脳全体の大きさだけではなく、意思の伝達、視覚処理、計画および高度な機能（問題解決など）を受けもつ脳の各領域の変化の過程にまで考察が及んでいる。特に興味深い

霊長類の脳は
同じ大きさの哺乳類の脳の
ほぼ2倍である

のが、新皮質（脳の外側の部分）の大きさと社会的知性との関連である。運動の制御から知覚、意識、言語まで、脳の多くの機能に新皮質が関係している。新皮質が比較的大きな霊長類のほうが大きな社会集団を形成する傾向があることから、多くの個体間の関係を把握する脳の特別な「処理能力」は、新皮質が担っているという推測が成り立つ。もっとも、数値だけが問題なのではない。霊長類の社会生活には、他者の行動を予測し、さらにはそれに対応して適切な行動をとることまでが含まれる。ホミニンの社会でネットワークが拡大すると、脳にはますます大きな投資が必要になったのである。

このような考えは、複数の種で注目されている脳の大きさの別の局面とも符合する。たとえば、目の大きな動物は脳も大きい傾向がある。視覚が鋭敏になるとより大きな処理能力を必要とするためだろう。複雑な社会生活を送るようになったホミニンは、視覚が発達することで、食べ物や敵を早く見つけられるだけでなく、相手がどこを見ているかを正確に判断したり、かすかな合図に気づいたりすることもできる。

哺乳類から鳥類まで、脳が大きな種のほうが自制力も強い傾向にある。衝動を抑え、目先の充足感にとらわれず、代わりに以前の経験に基づいて別の行動をとることができる。霊長類では、社会集団が大きくなると自制心も強くなるとは限らないが、ホミニンの場合は、自制心を発達させたことで、状況に応じて対処したり社会集団のなかで「頭角を現したり」するためにも、一定の決まりに従って生活することができたとはいえるだろう。

複雑な答え

結局、ホミニンの脳が大きく発達したのは、ホミニンにはさまざまな競争要因があり、それが積み重なってより高いレベルの処理能力が要求されたためと考えられる。食性に目を向けることは重要だが、ただ肉食が取り入れられたということより、摂取する食べ物の種類が増えたことのほうが決定的だろう。植物性の食べ物や肉に加え、初期のヒト属の人類によって魚以外の水生生物などの「特殊な」食べ物も活用されるようになったのが、200万年近く前のことである。ケニアのコービ・フォラで、ナマズやカメを食べた形跡が見つかっている。狩猟採集の範囲が広がり、特に道具を使う機会が増すと、基本的な運動能力、記憶力、柔軟性を伸ばす必要があった。多くの場合、この種の活動は共同作業になるので、学習能力、自制力、および緊密な社会的ネットワークに参加する能力が必要になる。

過去2万年で私たちの脳が大きくなってきた背景にはさまざまな理由が考えられるが、実は人間の脳は再び縮みはじめている。ホモ・サピエンスの脳の働きに関する研究がさらに進めば、脳の大きさだけではなく、各領域をつなぐ回路がますます精密になってきたこともまた、知性の決定要因になることがわかるだろう。

▲社会脳
現在カラハリ砂漠に土着しているサン族は、他の狩猟採集民族と同様、固く結ばれた社会集団のなかで生活している。このような複雑な交流の仕組みは、脳が大きく発達して初めて可能になったものである。

“**脳は巨大で渾沌としているが美しい。**何十億という神経細胞がクモの巣のように絡み合い、われわれが脳を真似て作ったどのシリコン量子コンピューターをもはるかにしのぐ**認識力を発揮**する。

ウィリアム・F・オールマン ジャーナリスト 1955年生まれ

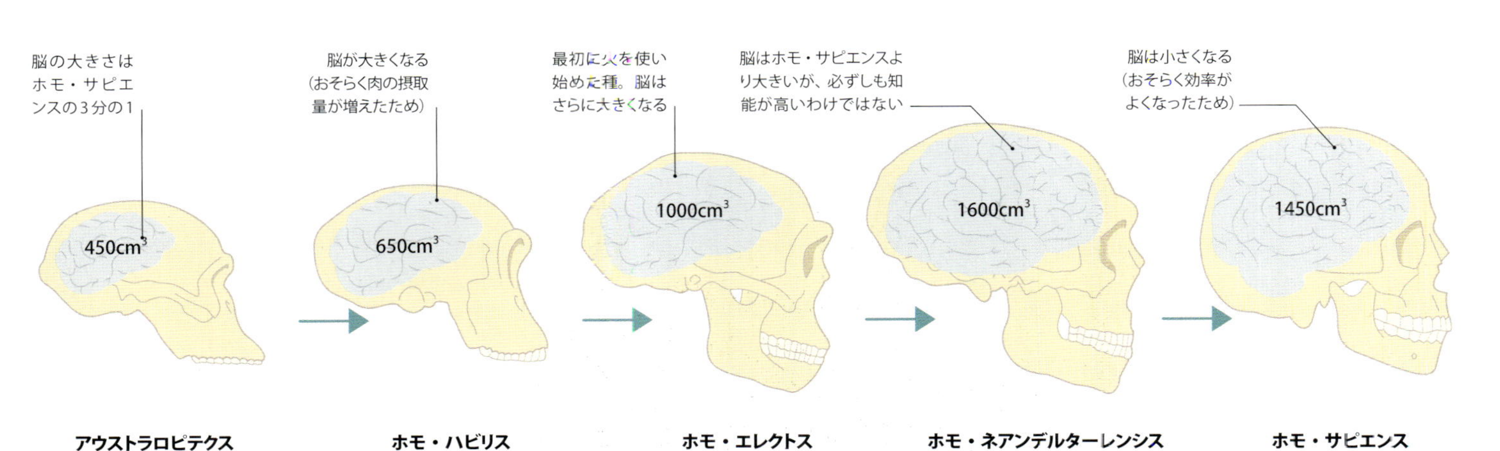
脳の大きさはホモ・サピエンスの3分の1
450cm³
アウストラロピテクス 400万年前
脳が大きくなる（おそらく肉の摂取量が増えたため）
650cm³
ホモ・ハビリス 240万年前
最初に火を使い始めた種。脳はさらに大きくなる
1000cm³
ホモ・エレクトス 180万年前
脳はホモ・サピエンスより大きいが、必ずしも知能が高いわけではない
1600cm³
ホモ・ネアンデルターレンシス 40万年前
脳は小さくなる（おそらく効率がよくなったため）
1450cm³
ホモ・サピエンス 20万年前

◀ホミニンの脳の進化
ホミニンの脳は過去700万年で3倍の大きさになったが、その肥大の大半はこの200万年の間にわたって起こっている。太古の脳の大きさは、頭蓋骨の化石の大きさに基づいて計算されるが、化石のなかには内容物の痕跡が残っているものもある。

ネアンデルタール人

ネアンデルタール人はホミニンのなかで私たち現生人類に近い親戚のひとつだが、数百年もの間、人類の歴史を理解するうえで特別な役割を果たしてきた。長期にわたって栄えたこの古人類について研究することで、私たちが自分自身を見る視点が変わってきたのである。

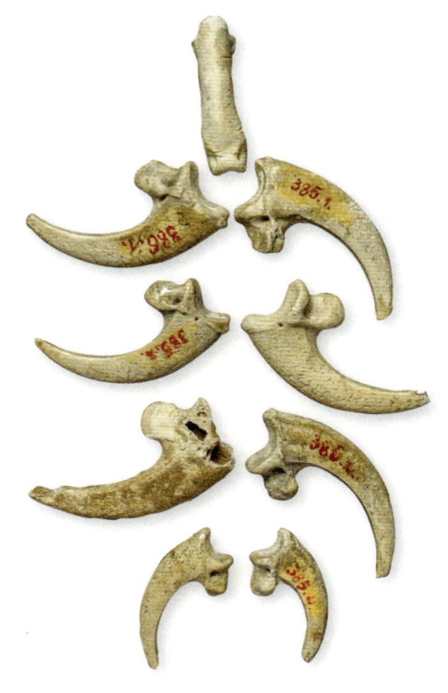

▲ワシの爪の装飾品
クロアチアにある30万年前のネアンデルタール人の洞窟から、8個のワシのカギ爪が見つかった。こすれた跡があるのは、かつてこれらがひと連なりになっていたためである。

ホミニンの系統樹からネアンデルタール人とホモ・サピエンスに至る枝が分かれたのは、約60万年前のことである。また「ネアンデルタール人のような」特徴が初めて現れるのが、およそ40万年前である。これらは多数発見されているネアンデルタール人の化石から明らかだ。これまでに断片を含む275を超える個体が見つかっており、ほぼ完全な骨格も数体存在する。解剖学的には、頭蓋骨はネアンデルタール人のほうが私たちよりわずかに大きく、下顎はあまり目立たないが、眉弓（びきゅう）の隆起が大きいなど、現生人類との間に微妙な違いがある。歯の形も違っていた。またネアンデルタール人は一般にホモ・サピエンスより背が低く、胸は厚みがあった。四肢のバランスも現生人類とは異なり、指先は私たちより太かった。ただし服を着ていれば、現生人類とほぼ同じに見えただろう。

広い範囲に生息していた狩人

ネアンデルタール人は氷河期に生きていたように描かれることが多いが、実際にはそれよりはるかに長い年月にわたって生存していた。氷期と間氷期（現代より温暖だった時期もある）が何度か繰り返される間も生き延びて、落葉樹林にも、ステップからツンドラに至る開けた場所にも、同じように適応していた。ネアンデルタール人の遺跡は、ウェールズ、イスラエル、シベリア、ウズベキスタンなど、広範囲に数百カ所も見つかっている。年代が複雑に絡み合っているため、どの遺跡がいちばん新しいかを確定するのは困難だが、最後のネアンデルタール人が生きていたのは約3万年前と推定される。

現在では、ネアンデルタール人が「絶滅した」とは考えられていない。核ゲノムの分析から、現生人類とネアンデルタール人が交配を繰り返していたことが明らかになったからだ。ネアンデルタール人のDNAは、おそらく、かつてネアンデルタール人が生息していたころよりもたくさん現生人類のなかに伝わっているだろう。

ネアンデルタール人の遺骨には、現代の**ロデオ騎手と同じような傷痕**がある

ネアンデルタール人の文化と認識能力についても、現在では見方が変わってきている。彼らが使っていた石器は地域によってさまざまな種類があり、時代とともに発達もしていた。彼らは刃物を作ったが、これは世界最古の複数の部品を組み合わせた道具であり、最古の合成素材（カバノキの樹皮を接着した）である。また木製のさまざまな器具も製作した。さらに、ネアンデルタール人は間違いなく腕のいい狩人であり、生息域に応じてさまざまな植物やカメなどの小さな獲物を常食していた。

現生人類が何度もネアンデルタール人と関係したという事実、その結果生まれた子どもたちが生き残ったという事実は、彼らが異種と認識されていなかったことを意味する。ネアンデルタール人は赤と黒の顔料を用い、貝殻を集め、鳥（特に大型猛禽類）の羽や爪に独特の関心を示した。一方、氷河期後期の人類が残したものに匹敵するネアンデルタール人の美術は見つかっていない。これは認識力の違いに原因がありそうだ。ネアンデルタール人の消滅は、食べ物の奪い合い、気候変化、病気など、さまざまな原因が複雑に絡み合った結果だと思われる。

▶ネアンデル谷
ネアンデルタールという名前は、ドイツのデュッセルドルフ近郊にあるネアンデル谷に由来する。1856年、この谷の洞窟でネアンデルタール人の最古の化石がいくつか発見されたのである。

▶もう1種類の人間
ネアンデルタール人は、数千年にわたってホモ・サピエンスと交配してきたため、ホモ・サピエンスと非常によく似ている。現生人類には、ネアンデルタール人のDNAが最大で20％残っていると考えられている。

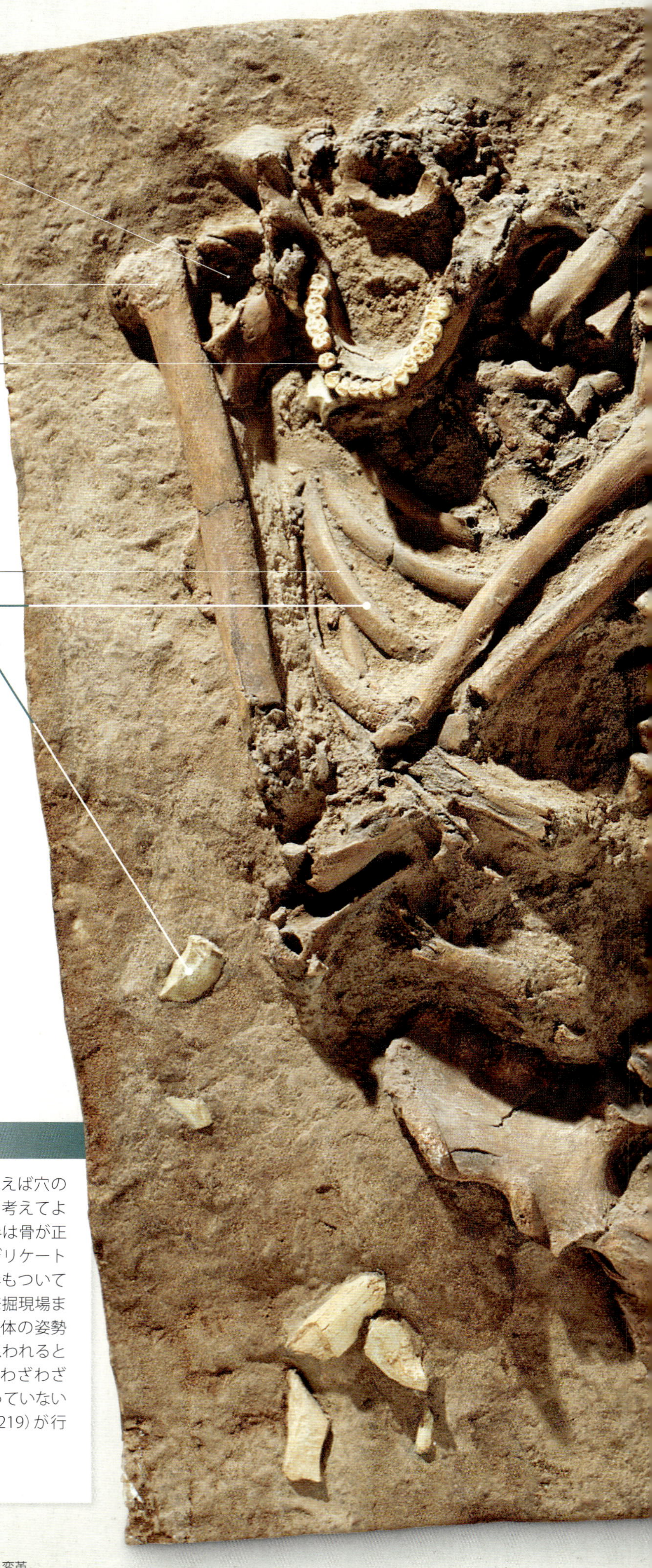
頭蓋骨は下顎以外失われている。かけらも発見されなかったことから、分解されたと考えられる
厚みのある骨と大きな関節から、腕と手は筋肉質で強かったことがわかる
歯は激しくすり減っている。ネアンデルタール人は、動物の皮などを処理する際に自分の歯を万力のように使ってそれらを固定していたようだ
胸郭が比較的完全な形で残っており、肋骨の湾曲から胸部の形を再現できる

ネアンデルタール人の解剖学的特徴

モーシェの場合、その胸郭から胸が厚く肺も大きかったことがわかる。ヨーロッパのネアンデルタール人は、寒さに適応するために肺が大きくなったと考えられていた。寒冷地で暮らすとエネルギーをたくさん消費するため、より多くの酸素を取り込んで体内でエネルギーを作り出す必要がある。吸い込んだ空気を暖め、湿らせるにも大きな肺が有利である。しかしモーシェが暮らしていたのは温暖な東地中海地方なので、今ではこの理論を疑問視する科学者もいる。大きな肺はもともとあった解剖学的特徴で、アフリカに生息していた初期のホミニンから受け継がれ、エネルギーをたくさん消費するネアンデルタール人の狩猟生活で有利に働いたというのである。ただし、それがヨーロッパの寒い地域に移動するうえでも役に立ったということはいえるだろう。

年代測定技術

考古学者はさまざまな技法を駆使して遺物の年代を特定する。そのうちの2つ、熱ルミネセンス（TL）法と電子スピン共鳴（ESR）法は、自然環境中の放射線源および宇宙線によって物質に時とともに蓄積される放射線損傷の量を計器から放出される電子の量で測定する。TLが石器に使用されるのに対して、ESRはヒトや動物の歯に適用される。ケバラで発見された焦げたフリントやガゼルの歯は、測定の結果、約6万年前のものであることがわかっている。

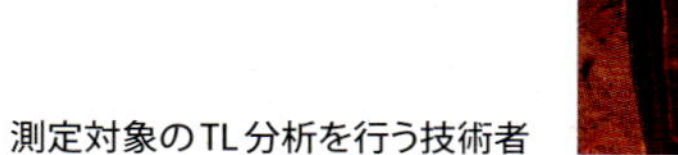

測定対象のTL分析を行う技術者

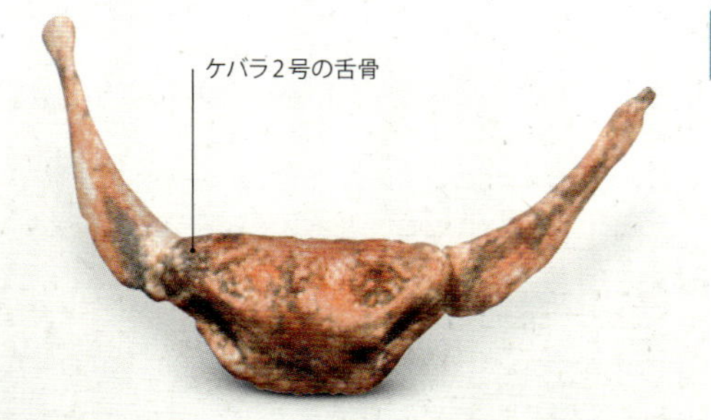
ケバラ2号の舌骨

▲唯一の舌骨
モーシェの舌骨はホモ・サピエンスのものとほぼ同じである。この骨は、現生人類では喉頭を取り巻く軟骨についていて喉の筋肉を固定し、発声を助ける。ケバラで舌骨が発見されたことで、ネアンデルタール人にも言語能力（⇨p.202～203）が備わっていた可能性が浮上してきた。

埋葬

関節でつながっている骨が特定の状況（たとえば穴の中）で見つかった場合は、埋葬されたものと考えてよい。モーシェの場合、見つかった骨格の大半は骨が正しくつながった状態にあり、舌骨のようなデリケートな骨も破損していなかった。肉食動物の歯形もついていないので、動物によって食べられたり、発掘現場まで引きずってこられたりしたわけではない。体の姿勢と、肉体がその場所で自然分解したように思われるという事実からも、モーシェは死後その穴にわざわざ安置されたと考えられる。副葬品は見つかっていないので、埋葬に際して何らかの儀式（⇨p.218～219）が行われたかどうか推測することはできない。

確実な証拠

ケバラのネアンデルタール人

1983年、保存状態のよい成人のネアンデルタール人の部分骨格が、カルメル山（イスラエル）のケバラ洞窟で発掘された。化石化した状態でもそうでない状態でも、このような遺物の発見は、現生人類の親戚筋である人類種に関する貴重な情報源になる。

ケバラでは、最大で17個体の部分骨格が発見された。そのなかで、KMH2（ケバラ2号）と名づけられたものは成人で、片腕を胸に、もう片方の腕を腹部に置いた状態で穴の中に仰向けに横たわっていた。骨の成長状態や歯の摩滅、骨盤の形から25～35歳の男性だとわかる。「モーシェ」というニックネームで呼ばれるようになるこの男性の身長は約170cmで、ネアンデルタール人の平均よりわずかに高い。頭蓋骨と脚のほとんどが失われているが、ネアンデルタール人の肋骨と脊椎、骨盤がこれほど完全な形で見つかったのは初めてで、話す能力の可能性を示す舌骨が見つかったのも初めてである。

骨に含まれる炭素と窒素の比率を化学的に分析することで、どんなものを食べていたかが推測できる。ネアンデルタール人の骨は炭素の比率が高いが、これは肉をたくさん食べていたことを示すものである（植物性の食事が中心だと窒素の比率が高い）。切断されたり焼かれたりした跡のあるガゼルや鹿の骨が多数ケバラで見つかっていることも、その裏づけになる。だが、ネアンデルタール人の歯に関する最近の研究からは、骨の分析とは異なる情報が明らかになっている。これまで科学者が考えていたよりも植物性食物の摂取量が多かったのではないかというものだ。ケバラ洞窟では、炭化した豆など、植物性の遺物も見つかっており、ネアンデルタール人が野生の豆、イネ科植物、種子、果実、木の実など多様な食べ物を摂取していたことがわかるが、量については確認できていない。

モーシェの骨には怪我の痕は見られなかったが、多くのネアンデルタール人に骨折が治った痕があった。おそらく、大型の動物を近距離で仕留めるときに負傷したのだろう。健康な状態だけでなく、病気や怪我の兆候も、集団の中でどの程度の世話が行われていたかを推測する手がかりになる。イラクのシャニダール洞窟から発見されたネアンデルタール人の男性シャニダール1号は、頭蓋骨に打撃を受けていた。そのせいでおそらく視力を失い、脳にも障害が残ったと思われる。また、片腕は萎えていて、もう片方の腕は肘から先が完全に失われていた。年齢は40～45歳と推定されるが、だれかが世話をしなければとてもここまで生き延びられなかっただろう。

埋葬場所

モーシェは洞窟の生活区域に横たわっていた。炉の跡と動物の骨もこの部分に集中している。モーシェは黒ずんだ炉の滓が厚く積もった場所に掘られた浅い穴の中で見つかった。この墓には、炉のまわりの地層とは異なる黄色い堆積物が含まれている。これは、遺体を穴に納めたあとで埋めたという証拠である。

モーシェが発見されたケバラ洞窟

▼世界中に広がる
考古学者は、ホミニンの骨格および加工品（石器や骨角器など）の分布から拡散のルートを再現する。ルートとその時期は、新たな証拠が見つかるたび常に更新されている。

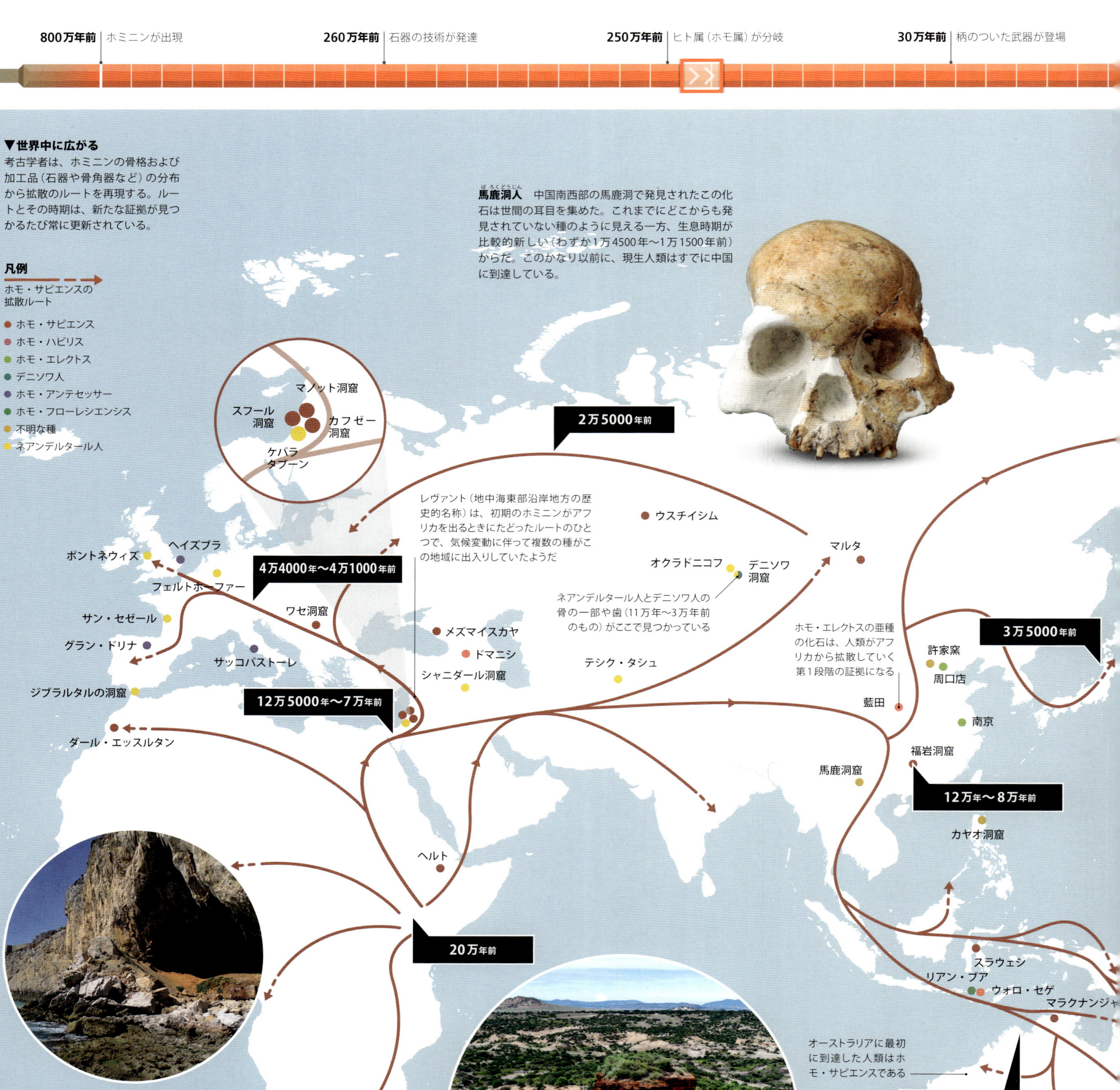
凡例
ホモ・サピエンスの拡散ルート
ホモ・サピエンス
ホモ・ハビリス
ホモ・エレクトス
デニソワ人
ホモ・アンテセッサー
ホモ・フローレシエンシス
不明な種
ネアンデルタール人
マノット洞窟
スフール洞窟
カフゼー洞窟
ケバラ
タブーン
2万5000年前
レヴァント（地中海東部沿岸地方の歴史的名称）は、初期のホミニンがアフリカを出るときにたどったルートのひとつで、気候変動に伴って複数の種がこの地域に出入りしていたようだ
ウスチイシム
マルタ
オクラドニコフ
デニソワ洞窟
ネアンデルタール人とデニソワ人の骨の一部や歯（11万年〜3万年前のもの）がここで見つかっている
ポントネウィズ
ヘイズブラ
フェルトホーファー
4万4000年〜4万1000年前
サン・セゼール
ワセ洞窟
グラン・ドリナ
サッコパストーレ
メズマイスカヤ
ドマニシ
シャニダール洞窟
テシク・タシュ
ジブラルタルの洞窟
12万5000年〜7万年前
ダール・エッスルタン
ホモ・エレクトスの亜種の化石は、人類がアフリカから拡散していく第1段階の証拠になる
3万5000年前
許家窯
周口店
藍田
南京
福岩洞窟
馬鹿洞窟
12万年〜8万年前
カヤオ洞窟
ヘルト
20万年前
スラウェシ
リアン・ブア
ウォロ・セゲ
マラクナンジャ
オーストラリアに最初に到達した人類はホモ・サピエンスである
5万5000年前
ブロンボス洞窟
12万年前

馬鹿洞人　中国南西部の馬鹿洞で発見されたこの化石は世間の耳目を集めた。これまでにどこからも発見されていない種のように見える一方、生息時期が比較的新しい（わずか1万4500年〜1万1500年前）からだ。このかなり以前に、現生人類はすでに中国に到達している。

ゴーラム洞窟　この石灰岩の洞窟は、ネアンデルタール人が居住していた形跡を示す遺跡としては最も新しい部類に入る（約2万8000年前）。現在はジブラルタルの海岸線に面しているが、人類が初めて住み着いた5万5000年前には約5km内陸に位置していた。

この洞窟で注目すべきなのは、約7万5000年前にここで生活が営まれていた痕跡が残っていることだ。洞窟の住人は黄土を使って絵を描き、陸生動物、魚、貝などを食べていた

オルドヴァイ渓谷　タンザニア北部にあるこの大渓谷は、湖の堆積物、火山灰、溶岩流の間を川が流れ下って形成された。地層のなかに数種の人類種の遺物が含まれているばかりでなく、その年代を正確に特定することもできる。ここは、約175万年前から1万5000年前までの長期にわたる人類の進化が記録されている貴重な場所である。

20万年前 ホモ・サピエンスが出現　13万5000年前 最初の記号の使用　11万年前 最後の氷河期が始まる　4万1000年前 最古の洞窟壁画　1万2000年前 最後の氷河期が終わる

フローレス島(インドネシア)のリアン・ブア洞窟で発見された**ホミニン**は身長が約1mで、これまで発見されたなかで**最も背が低い**

ベーリング海峡 過去200万年の間、ヨーロッパとアジアはベーリング地峡と呼ばれる狭い陸地でつながっていることが多かった。しかしそのほとんどの時期、この地峡を渡るルートは巨大な氷床で阻まれていた。

初期の人類の拡散

最初期のホミニンはアフリカでしか見つかっていない。だが新しい環境に適応する能力が幸いして、ヒト属の人類は各地に拡散し、やがて地球上のほぼすべての地域に居住するようになる。

アフリカのサバンナに生息していた初期の人類は、少なくとも2つの段階を経て世界各地に広がっていった。最初の波は約200万年前に始まったと考えられる。ジョージアのドマニシでホモ・ハビリスに似た種の化石が発見されたが、これは180万年前のものである。中国やインドネシアで160万年～110万年前の化石が発見されたのも、同じ拡散の結果と見てよいが、こちらの種はむしろホモ・エレクトスに近い。そのあとに来るのが後期の波で、ホモ・アンテセッサーがヨーロッパに進出し、少なくとも90万年前にはスペインやブリテン島に達していた。

この2段階の拡散を経て、ホミニンの各種はアフリカ、アジア、ヨーロッパへと居住圏を広げていった。種は多様化して枝分かれし、新しい種へと進化した。例えば、50万年～40万年前にはヨーロッパにネアンデルタール人が生まれ、同時期、アジアには別の種(デニソワ人など)が出現していた。

15万年～12万年前のある時期に、現生人類(ホモ・サピエンス)のいくつかの集団がアフリカを離れ、最初はアジアに、後にはヨーロッパに移り住んだ。5万5000年前には海を渡るという冒険に挑んでニューギニアやオーストラリアに到達したが、北米および中南米への移住は、最後の氷河期の最盛期(約1万8000年前)を経てベーリング海峡が陸続きになるまで待たなければならなかった。

初期のホミニンに比べて、現生人類は比較的短い期間で拡散した。新しい環境に適応するためには、新しい食料源を確保すること、これまでより寒く、季節の変化がはっきりするようになった気候に慣れること、そして気候変化に耐えることが必要だった。現生人類が生き残った決定的要因は、新しい技術を発明し、新しい技能を学び、資源や情報を交換する能力である。

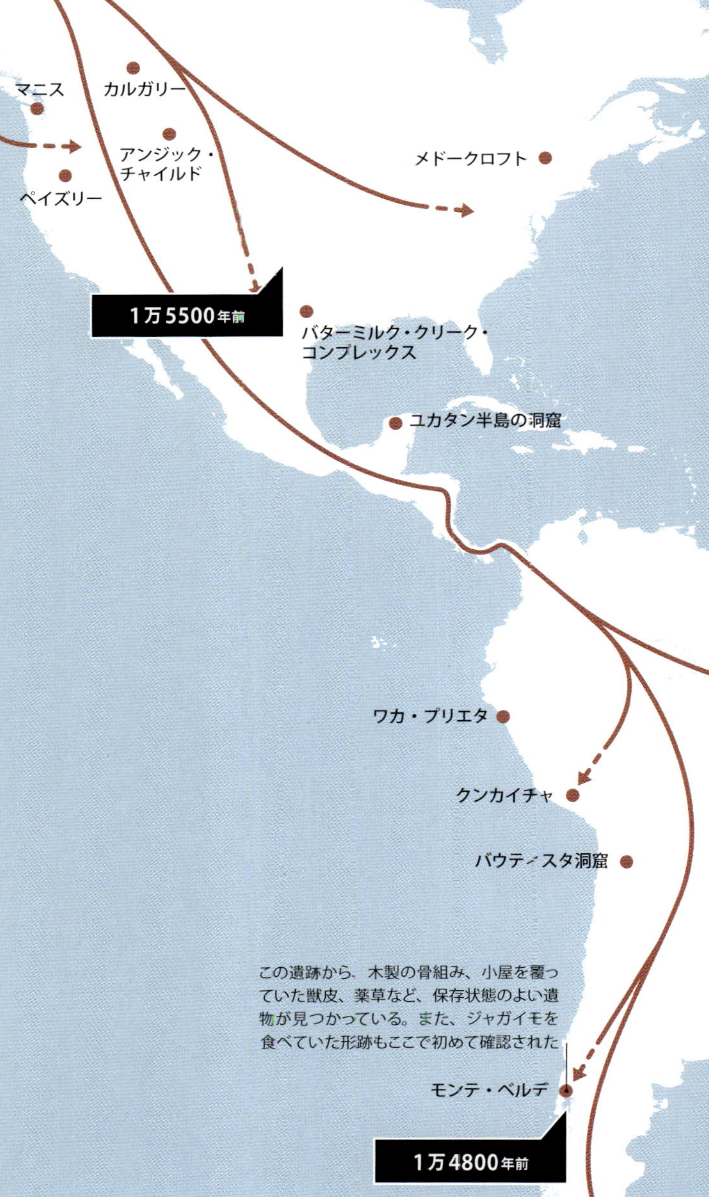

1万8000年前
マニス
カルガリー
アンジック・チャイルド
ペイズリー
メドークロフト
1万5500年前
バターミルク・クリーク・コンプレックス
ユカタン半島の洞窟
ワカ・プリエタ
ペードラ・フラーダ
クンカイチャ
パウティスタ洞窟
この遺跡から、木製の骨組み、小屋を覆っていた獣皮、薬草など、保存状態のよい遺物が見つかっている。また、ジャガイモを食べていた形跡もここで初めて確認された
モンテ・ベルデ
1万4800年前

太古のDNA

ここ10年で太古のDNA（細胞に含まれる遺伝子情報）の分析技術が進歩し、人類の進化に関する理解が大いに深まるとともに、いくつかの驚くべき事実が発見された。

DNA（デオキシリボ核酸）は非常に長い分子で、1つが複数の小さなユニットで構成されている。DNAはあらゆる生物の細胞に存在し、この小さなユニットの順序が暗号化された命令（遺伝子）のセットになり、これによってその個体の性質が決まる。

これまでに採取された最古のDNAは、スペインのシマ・デ・ロス・ウエソスで発見された40万年前のネアンデルタール人のもので、その分析から、ホモ・サピエンスは76万年〜55万年前に古代のほかのホミニン種から分かれたと推測される。このサンプルやその他のサンプルからわかるのは、ユーラシアが常に人種のるつぼだったということと、太古の種族同士および太古の種族とホモ・サピエンスの間には、化石や考古学的証拠から私たちが以前考えていたよりも多くの交流や交配があったということだ。

ルーマニアのワセで発見された1体の人骨は4万年前のもので、ネアンデルタール人の祖先からわずか4世代しか離れていないと考えられている。ヒト科の分岐はすべて、ホモ・サピエンス以外は遺伝的に「行き止まり」である。シベリアのウスチイシムで見つかった4万5000年前の個体はネアンデルタール人の系統だが、その遺伝子が後のホモ・サピエンスに受け継がれたということはない。同様にヨーロッパでは、ホモ・サピエンスの最古の移住者から現代までの間に種族の大規模な入れ替わりが少なくとも4回あった。

この太古のDNAについては解読が始まったばかりで、種によって遺伝子が異なることが彼らの（そして私たち現生人類の）繁栄にどのような影響を与えたかについてもまだわからないことが多い。技術が進歩して太古の種族のDNAが解読されれば、特にアフリカやアジアの遺物から、私たちの起源や移動経路、独自の適応性についてさらなる秘密が解き明かされ、人類の系統樹の枝と枝をつなぐ環が明らかになることが期待される。

ミトコンドリアDNA

私たちは母親からミトコンドリアDNA（mtDNA）を受け継いでいる。このDNAは、細胞核のなかではなく別の細胞構造（ミトコンドリア）のなかにある。mtDNAは母系のもののみを受け継ぐため、数千人規模の被験者から採取したサンプルを調べることで、現在生きている私たち全員に共通する女性の祖先を示す遺伝的な「系統樹」を構成することができる。この「ミトコンドリアのイブ」には多くの同世代人がいたが、いずれも私たちのmtDNAには痕跡を残していない。このイブが生きていたのは今から20万年〜10万年前で、アフリカ系か、あるいはユーラシアに最初に移住したホモ・サピエンスのひとりだったと思われる。

mtDNAは母系

mtDNAは環状

mtDNA

現代人のmtDNAはただ1人の女性から受け継がれてきた

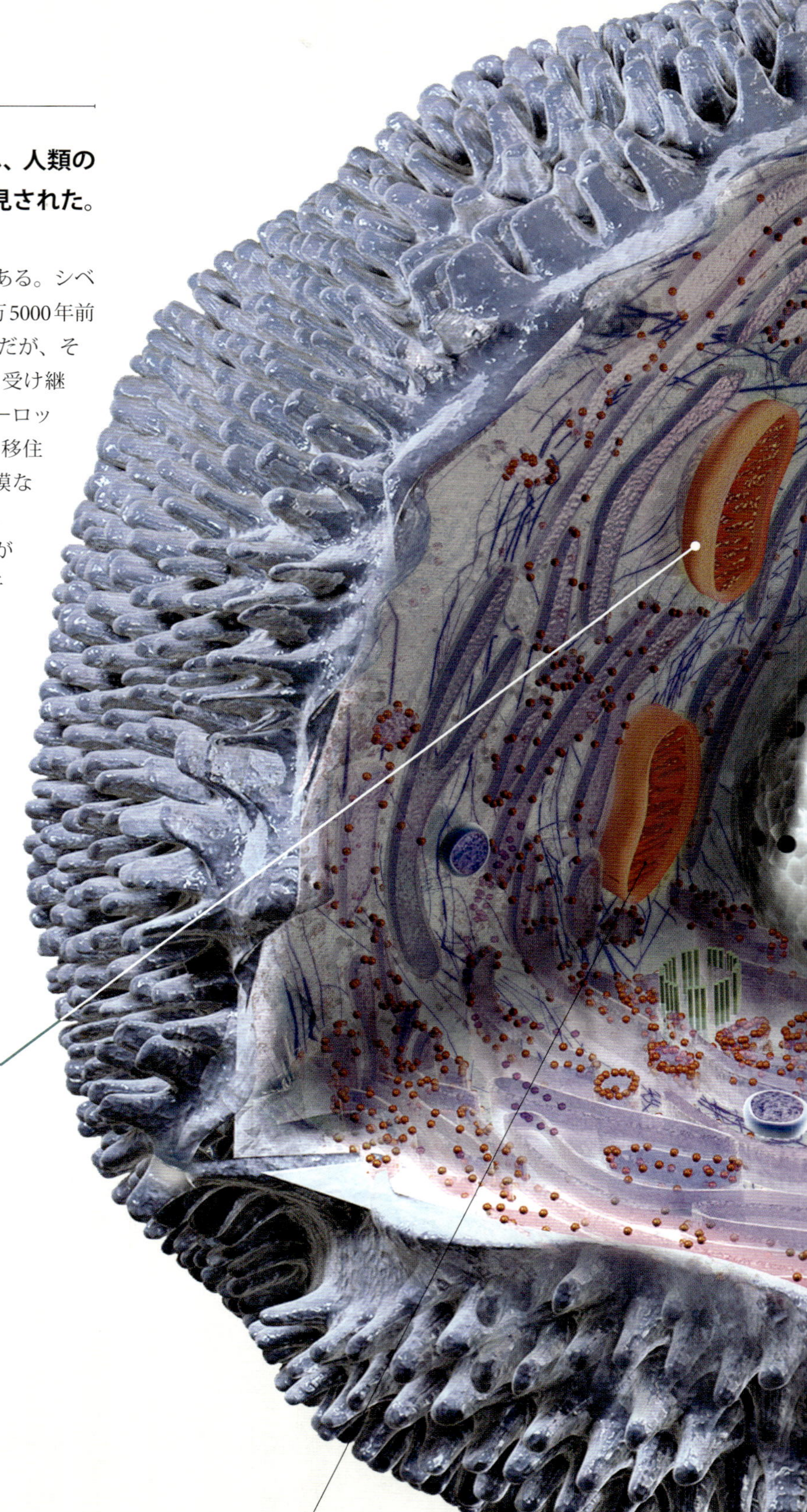

ミトコンドリアは細胞内にある小さなカプセルで、ここで糖質が酸化され、細胞で使われるエネルギーに変えられる。ミトコンドリアにはそれぞれに独自のDNAがあり、そこに含まれる37個の遺伝子によって機能を果たしている

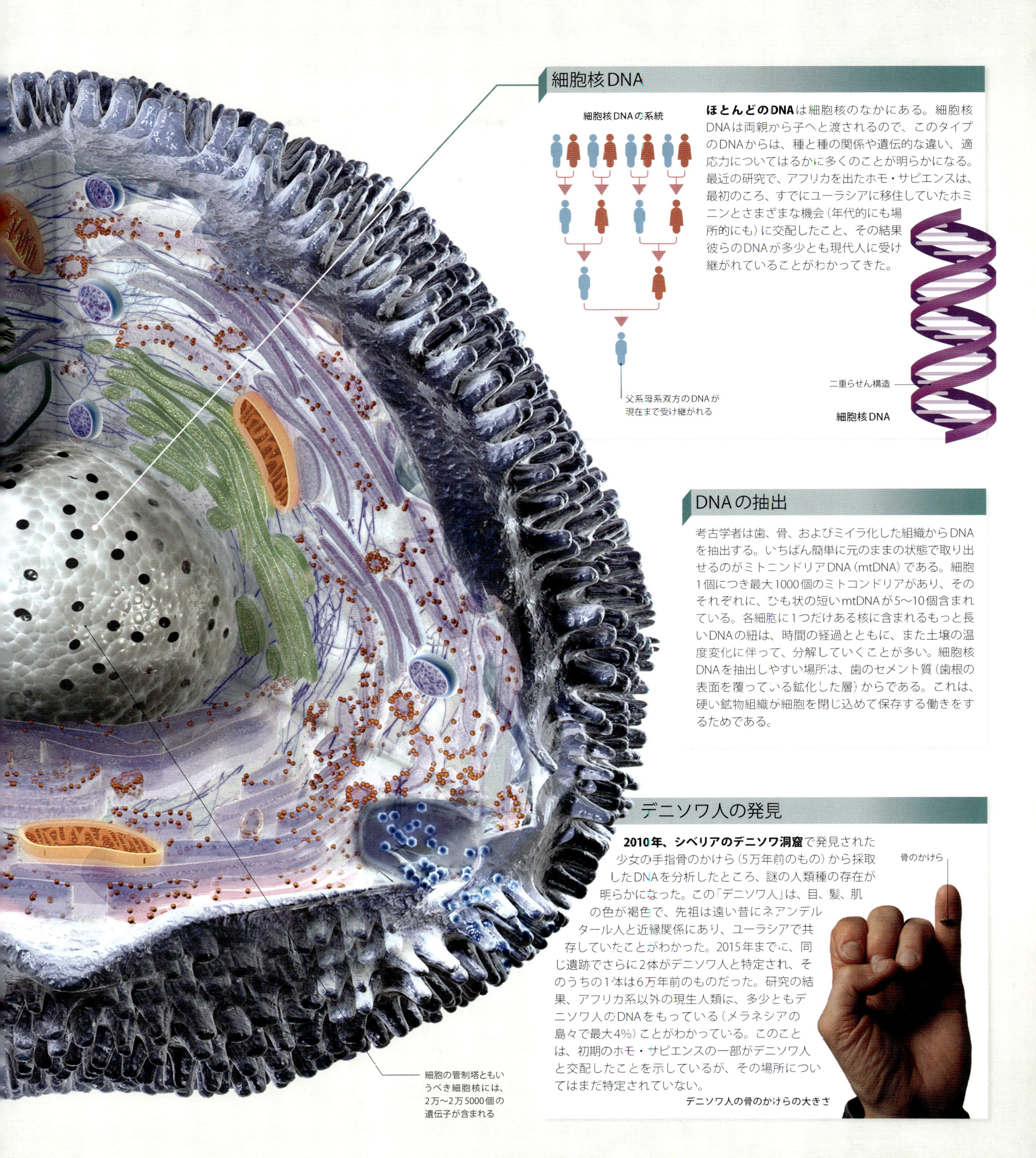
細胞核DNAの系統
父系母系双方のDNAが
現在まで受け継がれる
二重らせん構造
細胞核DNA
骨のかけら
細胞の管制塔ともいうべき細胞核には、2万〜2万5000個の遺伝子が含まれる

細胞核DNA

ほとんどのDNAは細胞核のなかにある。細胞核DNAは両親から子へと渡されるので、このタイプのDNAからは、種と種の関係や遺伝的な違い、適応力についてははるかに多くのことが明らかになる。最近の研究で、アフリカを出たホモ・サピエンスは、最初のころ、すでにユーラシアに移住していたホミニンとさまざまな機会（年代的にも場所的にも）に交配したこと、その結果彼らのDNAが多少とも現代人に受け継がれていることがわかってきた。

DNAの抽出

考古学者は歯、骨、およびミイラ化した組織からDNAを抽出する。いちばん簡単に元のままの状態で取り出せるのがミトコンドリアDNA（mtDNA）である。細胞1個につき最大1000個のミトコンドリアがあり、そのそれぞれに、ひも状の短いmtDNAが5〜10個含まれている。各細胞に1つだけある核に含まれるもっと長いDNAの紐は、時間の経過とともに、また土壌の温度変化に伴って、分解していくことが多い。細胞核DNAを抽出しやすい場所は、歯のセメント質（歯根の表面を覆っている鉱化した層）からである。これは、硬い鉱物組織が細胞を閉じ込めて保存する働きをするためである。

デニソワ人の発見

2010年、シベリアのデニソワ洞窟で発見された少女の手指骨のかけら（5万年前のもの）から採取したDNAを分析したところ、謎の人類種の存在が明らかになった。この「デニソワ人」は、目、髪、肌の色が褐色で、先祖は遠い昔にネアンデルタール人と近縁関係にあり、ユーラシアで共存していたことがわかった。2015年までに、同じ遺跡でさらに2体がデニソワ人と特定され、そのうちの1体は6万年前のものだった。研究の結果、アフリカ系以外の現生人類は、多少ともデニソワ人のDNAをもっている（メラネシアの島々で最大4%）ことがわかっている。このことは、初期のホモ・サピエンスの一部がデニソワ人と交配したことを示しているが、その場所についてはまだ特定されていない。

デニソワ人の骨のかけらの大きさ

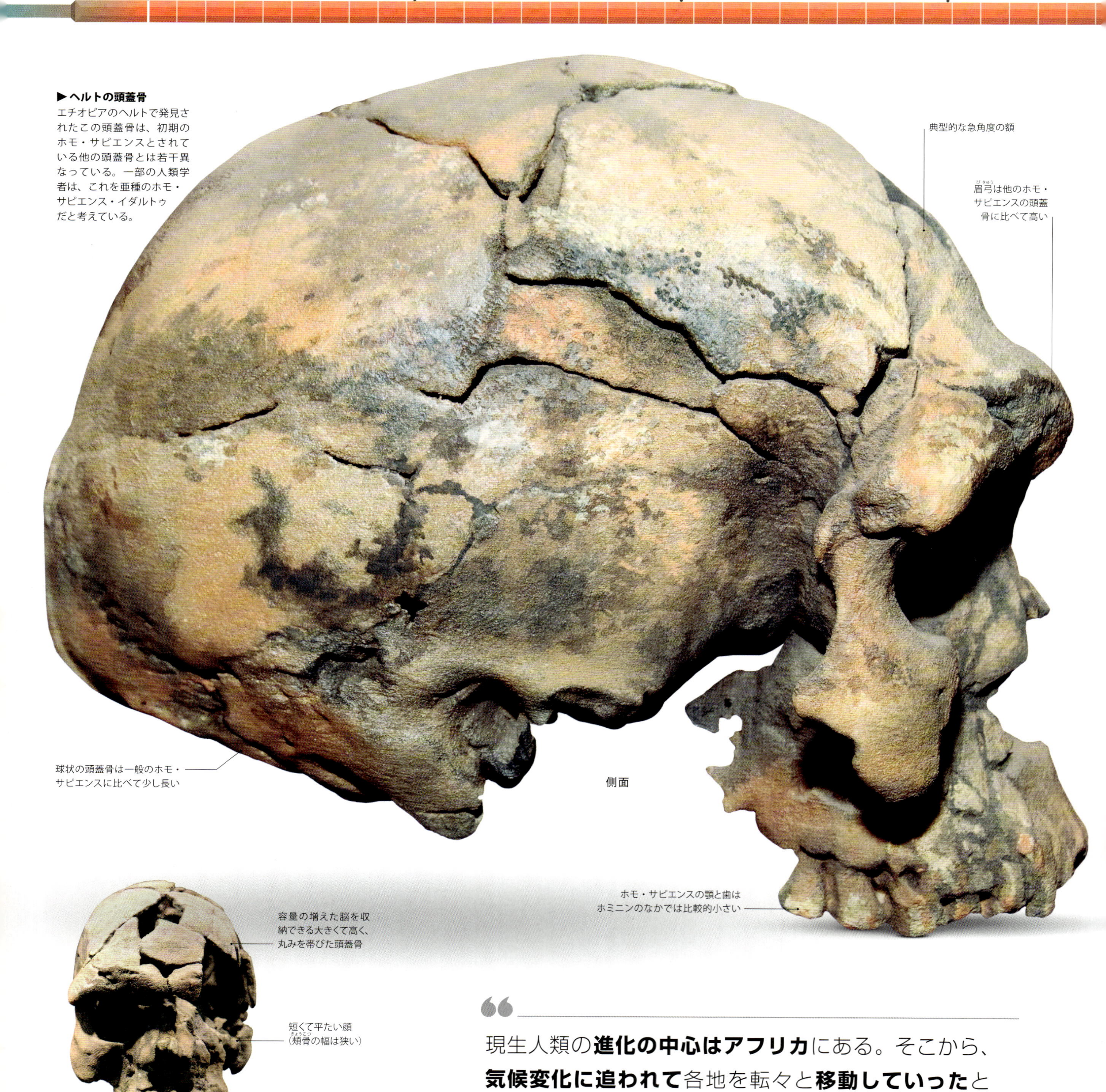
典型的な急角度の額
眉弓は他のホモ・サピエンスの頭蓋骨に比べて高い
球状の頭蓋骨は一般のホモ・サピエンスに比べて少し長い
側面
ホモ・サピエンスの顎と歯はホミニンのなかでは比較的小さい
容量の増えた脳を収納できる大きくて高く、丸みを帯びた頭蓋骨
短くて平たい顔（頬骨の幅は狭い）
前面

▶ヘルトの頭蓋骨
エチオピアのヘルトで発見されたこの頭蓋骨は、初期のホモ・サピエンスとされている他の頭蓋骨とは若干異なっている。一部の人類学者は、これを亜種のホモ・サピエンス・イダルトゥだと考えている。

> 現生人類の**進化の中心はアフリカ**にある。そこから、**気候変化に追われて**各地を転々と**移動していった**と思われる。
>
> **クリス・ストリンガー**　人類学者　1947年生まれ

20万年前 ホモ・サピエンスが出現
13万5000年前 最初の記号の使用
11万年前 最後の氷河期が始まる
4万1000年前 最古の洞窟壁画

最初のホモ・サピエンス

ホミニンのすべての種、ヒト属のすべての人類種のなかで、唯一ホモ・サピエンスだけが最後の氷河期という難関を生き延び、現在まで生き残っている。これは、ホモ・サピエンスだけがもつ解剖学的構造（ほぼ20万年前にアフリカで発達した）のおかげである。

現生人類ホモ・サピエンスを他と区別する解剖学的特徴はいくつかあるが、それらは約50万年前から徐々に発達してきた。主な特徴は、球状の頭蓋骨、大きく発達した脳、短くて凹凸のある顔、小さな歯などで、それに細くて軽い骨格、脚に比べて短い腕、幅の狭い肋骨が加わる。これらの変化は複雑に絡まり合って出現し、その時期や場所も組み合わせもさまざまだったが、脳だけは一貫して大きくなりつづけた。

ホモ・サピエンスの化石はエチオピアのオモ・キビシュで発見されたものが最も古く、約19万5000年前までさかのぼる。ここで見つかった2個体の頭蓋骨と骨格の断片には、現生人類の形態（形状と構造）が見られるが、それぞれの進化の状態には違いがある。ほかに、エチオピアのヘルト、スーダンのシンガ、タンザニアのラエトリ、モロッコのジェベリルー、南アフリカのボーダー洞窟とクラシーズ河口でも、初期の現生人類の化石が発見されている。これらはすべて20万年〜10万年前のもので現生人類の特徴を備えているが、その形態には多少の変異が見られる。

長距離移動の始まり

12万年〜8万年前には、初期のホモ・サピエンスはすでに中東や西アジアに移動していた。イスラエルのスフール洞窟およびカフゼー洞窟から回収された20を超える個体の化石骨には、依然として一部に形態上の違いが見られる。ただし、何千キロも東に位置する中国・道県の福岩洞窟でも、歯冠が平たく歯根が細いという現生人類の特徴を備えた47本の歯が見つかっている。このことから、ホモ・サピエンスがアジアへの長い道のりを移動したと思われる広い帯状の地域からは化石が見つかっていないこと、この時期のルート沿い（たとえばインド）で発見された石器の一部は解剖学的に現生人類といってよい人々が作ったものであることが明らかになった。さらに、オーストラリアで発見された最古の石器（5万5000年前）もおそらくはホモ・サピエンスの手によるものと思われる。つまり、このはるか以前に、彼らはアジアまで到達していたということになる。

ホモ・サピエンスがアフリカを出て各地に分散し、最終的に世界各地に生息する唯一の種になるきっかけについては、よくわかっていない。技術の進歩がきっかけだった可能性は少ない。彼らが使っていた石器はその10万年前に比べてほとんど進歩していないからだ。人口増加と気候変化が関係していた可能性はあるが、ちょうど同じころ、知能と社会に重大な変化が起こっていた。15万年前以降、記号を用いた表現が増え、それとホモ・サピエンスの脳が現代人とほぼ同じ大きさにまで発達したこととが重なって、数々のイノベーション（技術革新）が実現したのである。

スフール／カフゼー
ジェベリルー
シンガ
ヘルト
オモ・キビシュ
ラエトリ
ボーダー洞窟／クラシーズ河口

▶ 起源はアフリカ
初期のホモ・サピエンスの化石はアフリカ各地の遺跡で見つかっている。遺伝子や骨格の調査から、12万年前にはすでに地域による違いが生じていたことがわかる。

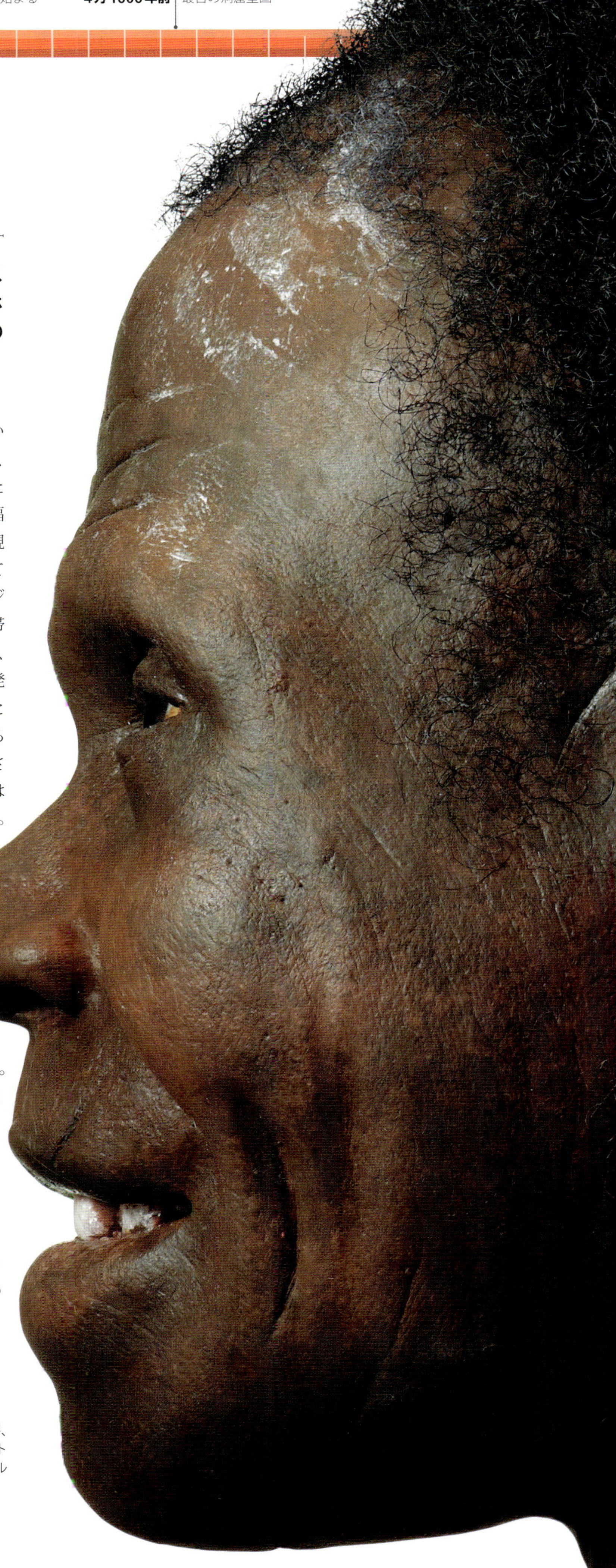

▶ 唯一の生き残り
ホモ・サピエンスはホミニンの最後の種だが、長期間にわたり、他の人類（ホモ・エレクトス、ホモ・フローレシエンシス、ネアンデルタール人など）とも共存していた。

家族みんなで
他の霊長類の子どもとは違って、人間の子どもは十数年にわたって親、祖父母、そして一家の友人たちに面倒を見てもらう。この長期間の子ども時代に、社会に出るのに十分な知識が蓄えられる。

子育て

人類の生殖サイクルが変化したことは、ホモ・サピエンスの繁栄に重要な役割を果たした。脳が大きくなったため出産が難しいものになったと考えられるが、そのためかえって、人類は比較的未成熟な状態で生まれてくる子を育てるために必要な文化を育むことができた。

ホモ・サピエンスの陣痛は長時間続き、苦痛もリスクも大きい。赤ん坊は体も頭も大きいが、ほとんど何もできない状態で生まれてくる。脳の大きさは成人の30％にすぎない。チンパンジーの新生児と同じぐらい成熟した子を産むには、16カ月の妊娠期間を要する。子どもの成長期も長く、その間は両親ばかりか他の家族や友人までもがその世話に忙殺される。

このような面倒な事態の説明としてよくいわれるのは、脳が大きくなる（⇨p.188〜189）と同時期に二足歩行に移行した（そのため骨盤が狭くなった）ことの代償だという説である。妊娠期間を短くして赤ん坊を早期に産むことで、出産が最悪の結果になることはある程度避けられた。約50万年前にはホミニンがすでに難産を経験していた可能性は高い。また、陣痛のときに妊婦に手を貸したり、少なくともそばに付き添ったりということが行われていた可能性もある。社会生活を営む他の霊長類（ボノボなど）にも同じような行動が見られる。ただ、二足歩行を行わない霊長類は産道にしっかりとした適合性があり、オマキザルの仲間やチンパンジーの赤ん坊は脳が比較的未発達の状態で生まれてくる。人間の妊娠期間は実は体の大きさから予想されるよりも長い。妊娠期間の上限は、実際には代謝との関係で決まるのかもしれない。つまり、成長する胎児を母親が生物学的に支えきれなくなったときに出産が始まるということである。

共同育児

解剖学的な身体構造の変化は、子育てにも影響を及ぼした。アウストラロピテクスの足から木登りに適応した「他の指と対向する親指」が姿を消すと、赤ん坊の母親にしがみつく力が弱くなり、十分気をつけて世話をする必要が生じた。動物の皮がよく使われるようになったのは、暖かい衣類が必要だからというよりも、赤ん坊をおぶったりくるんだりする必要があるからという理由のほうが大きかったと思われる。

授乳期間は他の類人猿の場合とほぼ同じ（現在と同じく数年間）だが、その子どもを育てる手間が増えるにつれて、1人の子どもを複数の大人で育てる共同育児が定着する。おそらく、血縁関係のない大人やその上の世代も子育てに重要な役割を果たすようになったのだろう。経験豊富な大人が食べ物を見つけたり道具を作ったりするところを見ることによって、次の世代は生きるための技術を引き継いでいったのである。

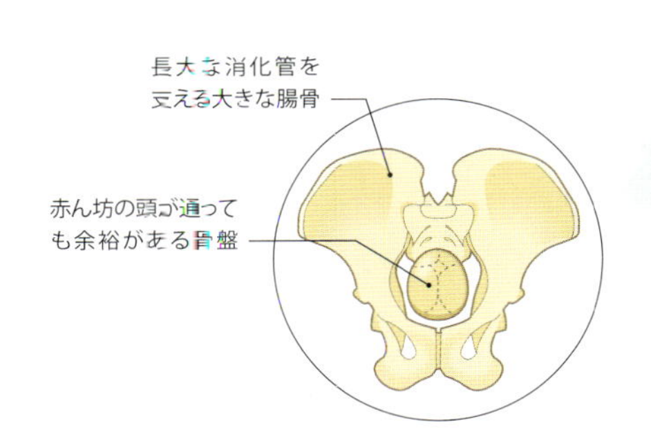
長大な消化管を
支える大きな腸骨
赤ん坊の頭が通って
も余裕がある骨盤

▲ゴリラの出産
ゴリラの赤ん坊は脳が小さいため、その頭は母親の産道を余裕をもって通り抜けられる。そのため陣痛時間は短く、危険も少ない。

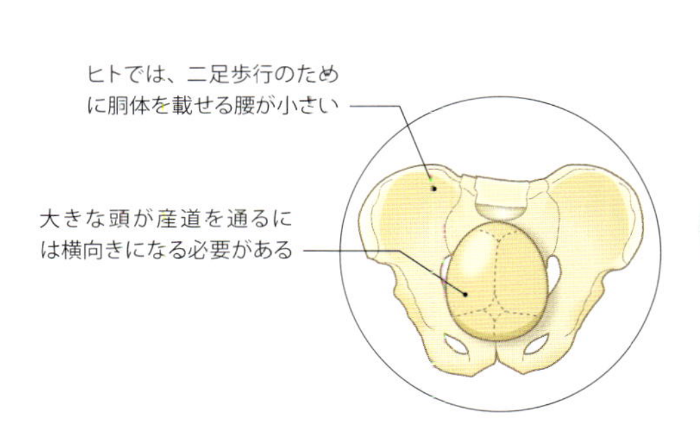
ヒトでは、二足歩行のため
に胴体を載せる腰が小さい
大きな頭が産道を通るに
は横向きになる必要がある

▲ヒトの出産
ヒトの赤ん坊の頭は旋回しながら母親の産道を下りてくる必要がある。そのため出産は長引き、苦痛も大きい。

言語の進化

「危ない！」「食べ物がある！」「こっちだ！」などの意味を表す音声を発して互いに呼び交わす動物は多いが、物事を概念的に考え、例えば食べ物の種類や危険について話すことができるのは人間だけだ。そのためには言語が進化する必要があった。そしてその進化に伴って物語が生まれ、情報が共有されるようになり、それが世界を知ろうとする最初の試みにつながるのである。

進化論でいう話す能力は、喉頭が喉の下方に移動し、私たちの祖先が他の霊長類よりも多様な音を出せるようになった結果発達した。ただし、そのために生物として大きな代償を払わなければならなかった。つまり、喉頭の位置が高いときには呼吸と嚥下を同時に行うことができていたが、喉頭の位置が下がったことで、食べ物が気管に入る危険が出てきたということだ。同時期に、喉頭と舌根をつなぐ舌骨も、発声を助ける位置に変わった。発見された化石から判断して、この変化が起こったのは70万年〜60万年前のことで、ネアンデルタール人にも、そしておそらくは私たちの共通祖先にも、「現代風の」舌骨が備わっていた。話すのに欠かせない特別な呼吸法を人類が会得したのも、この時代以降だと思われる。

頭蓋骨の化石を見ると、ネアンデルタール人の脳には私たちの「ブローカ野」に相当する構造があったことがわかる。ここは、言葉を話すことと理解すること、および身振り手振りの意味を認識することに欠かせない領域である。実

現在、世界には**約7000種類の言語**があるが、それぞれの言語で使われるのは、**人間が出せる音のほんの一部**にすぎない

際、この身振り手振りというのは重要な手がかりになりうる。チンパンジーは声を出しながらしきりに手を使って合図することが知られており、このことから、初期の言語が純粋に音声によるものだけではなかった可能性があると考えられる。ただし、脳の各部分で実行される機能は時代とともに変化することがあり、そうすると、ホミニンの他の種が私たちと同様の脳の構造をもっていたからといって、彼らが言語を使っていたとは断言できないことになる。

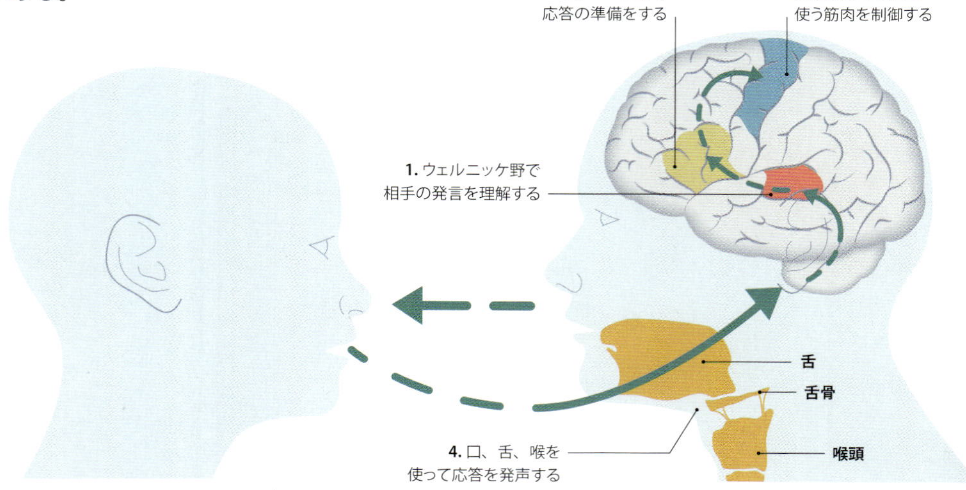
2. ブローカ野で応答の準備をする
3. 運動野で応答に使う筋肉を制御する
1. ウェルニッケ野で相手の発言を理解する
舌
舌骨
喉頭
4. 口、舌、喉を使って応答を発声する

▲ヒトが言葉を発する仕組み
言葉を発するためには、喉と脳のいくつかの主要な構造が進化を遂げる必要があった。多様な発声に重要な役割を果たす舌骨もそのひとつである。

証拠としての記号

私たちの祖先が残した人工遺物のなかには、記号の証拠として価値が高いものがある。なかでもひときわ目立つものに、10万年〜5万年前に南アフリカに生息していた初期のホモ・サピエンスが作り出した加工品がある。例えばブロンボス洞窟では、赤みを帯びた黄土がブロック状に成形され、その表面に繊細な網目状の図案が刻まれている（⇨p.207）。さらに印象的なのが、やはり南アフリカのディープクルーフ洞窟で見つかったダチョウの卵の殻である（⇨p.208）。これには複雑な幾何学模様が刻まれており、しかも時代によって模様が変化している。これは、その意味合いが変化したことをうかがわせる。ところが、これよりはるかに古い遺物がインドネシアのトリニールで発見された。約54万年〜43万年前のホモ・エレクトスがジグザグ模様を刻みつけた貝殻である（⇨p.206）。これで、数種のホミニンの共通祖先が図形を用いていたこと、したがっておそらくは言語を発達させていたことがわかる。この事実は、解剖学的にも裏づけられている。

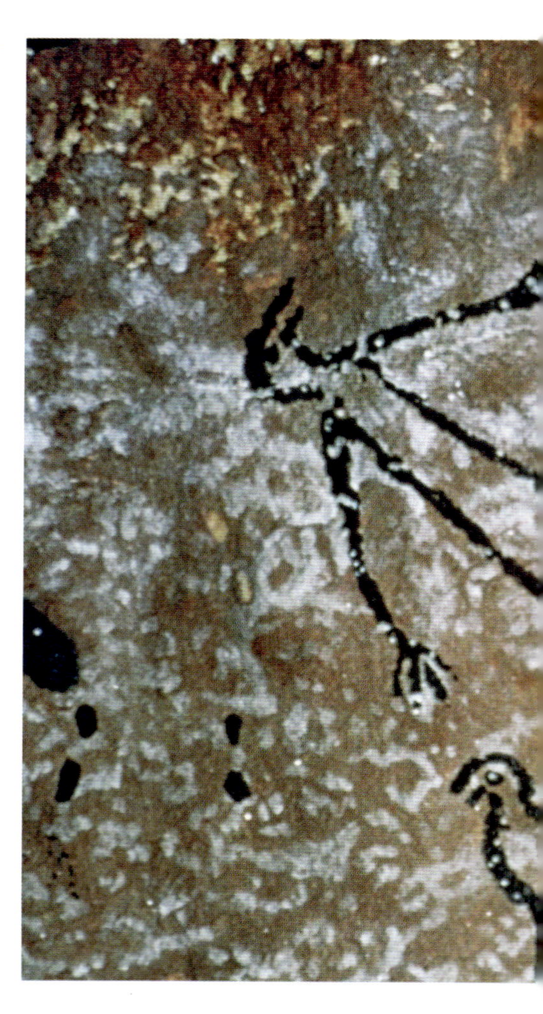

装身具も象徴的な証拠になる。装飾具には社会的な意味がある（個人の地位、所属する集団などを表す）ことが多く、それは言語が発達して初めて確立されるものである。例えば、貝殻のビーズが使われるようになるのは彫刻の技術が普及するのと同時期である。イスラエルのスフール洞窟で発見されたビーズは13万5000年～10万年前のものだが、モロッコのピジョン洞窟で見つかったビーズは8万年前のものである。ブロンボス洞窟でも、約8万年前の地層からビーズがいくつも発掘された。その多くに磨かれた部分があり、これらが結びつけられ、首飾りとして使われていたことをうかがわせる。また、ビーズの配列が時代とともに変化したこともその状態からわかる。これは、ビーズに象徴的な意味があるだけでなく、ディープクルーフの卵の殻と同じくその意味が進化したことを表している。

記号から物語へ

これらの証拠をまとめると、ホモ・サピエンスが7万年前には記号による文化と言語を発達させていたこと、ネアンデルタール人も別個に同じことを成し遂げていたことがわかる。ただし、言語を使って物語が組み立てられた証拠が現れるのはずっと後の4万5000年前以降である。例えば、ドイツのホーレンシュタイン・シュターデルで発見された「ライオンマン」と呼ばれる有名な象牙の彫像（⇨p.208）は、約4万年前の作品である。ライオンの頭と人間の体を組み合わせたこの彫像は、作者の豊かな想像力と、そこに何らかの意味があることを示している。

旧石器時代の物語の例としてよく知られているのが、ヨーロッパで発見された後期の洞窟美術だ。フランスのラスコー洞窟に描かれた一場面は約1万7000年前のもので、傷を負ったバイソンが男に襲いかかっている。男の下には、落ちた数本の槍と先端に鳥がついた線が描かれている。この場面はさまざまに解釈されているが、そのすべてが、男とバイソンと鳥が何らかの物語の一部であると解釈しなければ意味を成さないという点で一致している。このほかの例からも、旧石器時代の生活の一部に、物語や象徴的な意味を伝える豊かな口誦の伝統があり、それが何千年も続いてきたことが推測できる。周囲の出来事を観察し、それを物語に仕立てる試みは、ここから始まったのである。

◀おしゃべりですか？
コートジボワールに生息するキャンベルモンキー。まるで世間話でもしているようだ。彼らはいくつかの警戒の叫び声を組み合わせて「原始的な文」を作り、詳しい情報（近づいてくる捕食者の種類、どうしてそれがわかったかなど）を伝達する。

> 複雑な思考が**言葉なくして実行できない**のは、**数字を使わなければ計算ができない**のと同じことだ。

チャールズ・ダーウィン
『人間の由来』（1871年）より

◀ラスコーの鳥人間
バイソンに襲われているこの奇妙な人間（鳥の扮装をしているようだ）の絵は約1万7000年前に描かれたもので、当時物語が存在していたことの証といえるだろう。呪術的体験を表しているとも考えられる。

コレクティブ・ラーニング

言語を習得したことで、ホモ・サピエンスは他の生物種とは大きく異なる進化を遂げることになる。言語のおかげで、何世代にもわたって情報を共有し、蓄積することが可能になった。これにより、新しい世代は確実にその前の世代よりも多くのことを知り、より社会の役に立つようになった。

情報の共有と蓄積を実践することを「コレクティブ・ラーニング」と呼ぶ。ごく簡単に説明すると、例えば車輪は一度発明するだけでよく、あとはその知識が蓄えられ広く共有されていく。あるいは、私たちをネットワークで結ばれた一群のコンピューターと想像してもよい。ネットワークがなければ、つまりつながりがなければ、人間の歴史がこれほど発展することはなかっただろう。

協力して生き延びる

人間は、他の動物よりはるかに共同作業を好むようだ。この傾向はすでに霊長類に見ることができる。霊長類のほとんどは、強い血縁関係と親愛の情を特徴とする社会集団の中で暮らしている。しかし人間の場合は、めったにないほど多様な社会で暮らしている。それなのに、共同作業はどの社会にも共通して見られる特徴である。例えば狩猟採集民族の集団は、普通は25〜50人で成り立っているが、それよりもっと大きな社会（血縁やその他の親類関係で構成される）にも属していることが多い。グループ内およびグループ間では、食糧や労働、子どもの世話だけでなく、重要な情報（水、敵の動向、食べ物がどこで手に入るかなど）も共有される。

▶ 情報の共有
現在のカラハリ砂漠に住むサン族の人々は、何万年にもわたって祖先から受け継いできた方法で火をおこす。

　この協力する能力の発達は、考古資料に見ることができる。20万年ほど前には石器がかなり遠いところまで運ばれるようになるが、これはソーシャルネットワークの拡大をうかがわせる出来事である。そのころには複数の部品を組み合わせる道具（槍など）が作られていたが、これもおそらく共同作業のたまものだろう。時代が下るとさらに便利な道具（投槍器や弓など）が登場し、4万年前以降になると、その多くに高度な装飾が施されるようになる。たとえば、ピレネー山脈に点在する複数の遺跡で発見された似通った5本の投槍器のうちのひとつ、マス・ダジルの投槍器である。5本の投槍器はいずれもアイベックス（偶蹄目ウシ科ヤギ属の哺乳類）の形に彫られていて、共通の技巧的伝統と、おそらくは徒弟制度のようなものがあったことを示している。そのうえ、投槍器は弓と同様「道具を使うための道具」（この場合は槍を遠くへ飛ばすための道具）であり、まったく新しい種類の複雑さである。つまり、私たち人間は、1万7000年前までにそれまで以上に巧みに自分たちの環境に順応しようとしていたのである。遺伝的変化というよりむしろ文化的変化によって順応したのは、すべての生き物のなかで人間だけである。コレクティブ・ラーニングという技術を身につけたことで、人間の歴史は動きはじめるのである。

このアイベックスはまさに仔を産もうとしているようにも見える。槍をしっかり保持するフックを作るために突出部が必要だったのである

この**フック**が、狩人が投擲するまで槍を所定の位置に支える

▲ マス・ダジルの投槍器
フランス領ピレネー山脈のマス・ダジル洞窟で発見されたこの優美な投槍器は、トナカイの枝角で作られ、初期の大量生産の工芸品の一例である。このような謎めいたシンボリズムは一時期この地方でよく見られたもので、物語性のある意匠が共有されていたことの証拠である。

エネルギーが加わる

エネルギーが増大

エネルギーを放出

▶ 投げる力
投槍器は、てこの原理で、槍を投げる力を増幅する道具である。投槍器の後ろ側にあるフックで槍を保持することで、投げる槍に大きなエネルギーが加わる。

複数の部品でできている道具は修理がしやすいため、**高緯度**の厳しい環境の**地域**でよく**発見**される

> **集団生活をする種**は、そのなかの誰かが苦労して得た過去および現在の**発見を蓄積できる**ため、**単独生活をする種**よりはるかに**賢くなる**。

スティーヴン・ピンカー 認知科学者 1954年生まれ

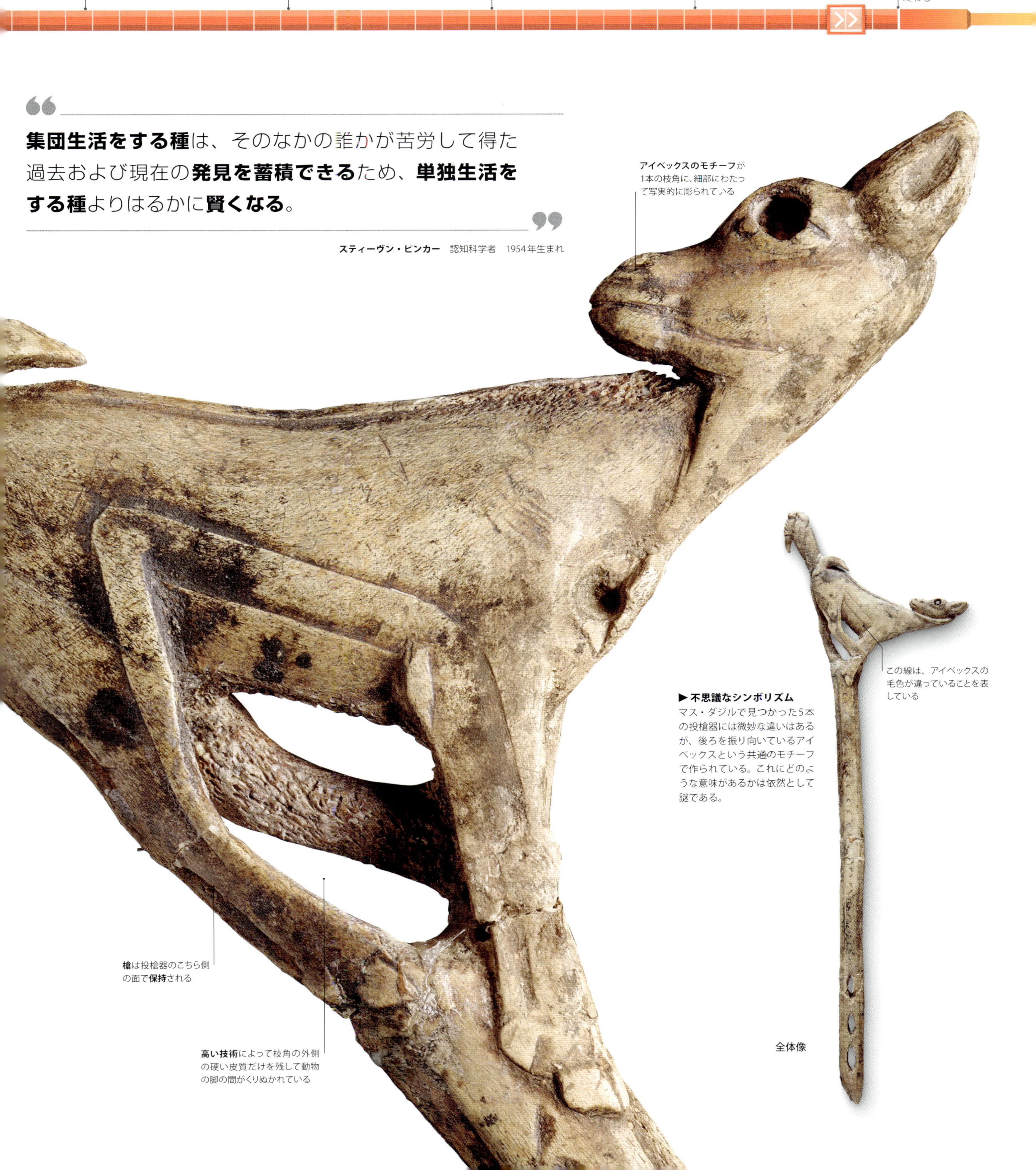
アイベックスのモチーフが1本の枝角に、細部にわたって写実的に彫られている
槍は投槍器のこちら側の面で**保持**される
高い技術によって枝角の外側の硬い皮質だけを残して動物の脚の間がくりぬかれている
この線は、アイベックスの毛色が違っていることを表している
全体像

▶ 不思議なシンボリズム
マス・ダジルで見つかった5本の投槍器には微妙な違いはあるが、後ろを振り向いているアイベックスという共通のモチーフで作られている。これにどのような意味があるかは依然として謎である。

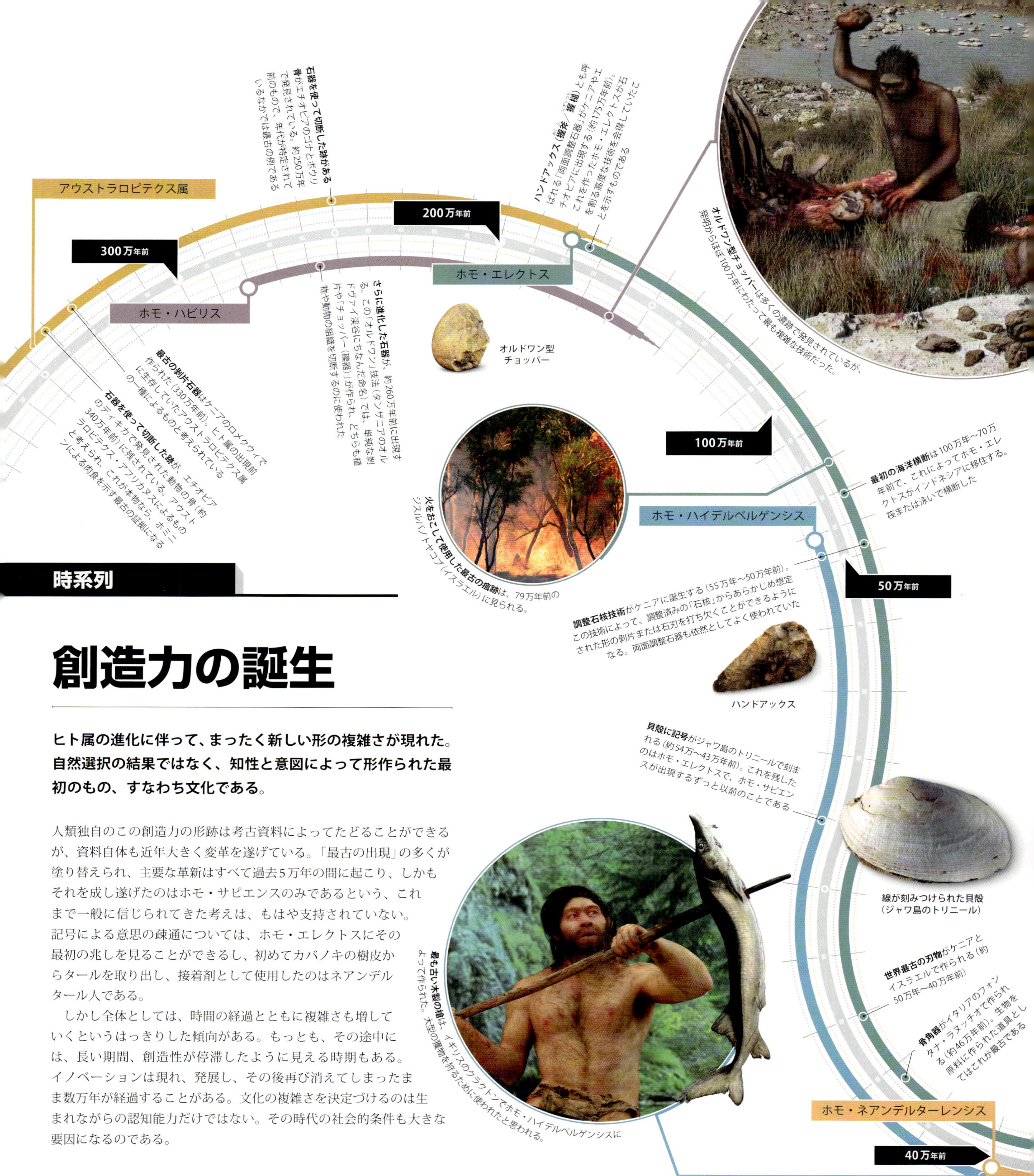
アウストラロピテクス属
300万年前
200万年前
100万年前
50万年前
40万年前
ホモ・ハビリス
ホモ・エレクトス
ホモ・ハイデルベルゲンシス
ホモ・ネアンデルターレンシス
石器を使って切断した跡が、エチオピアのディキカで発見された動物の骨（約340万年前）に残されている。アウストラロピテクス・アファレンシスによるものと考えられ、これが本物なら、ホミニンによる肉食を示す最古の証拠になる
最古の剝片石器はケニアのロメクウィで作られた（330万年前）。ヒト属の出現前に生存していたアウストラロピテクス属の一種によるものと考えられている
さらに進化した石器が、約260万年前に出現する。この「オルドワン」技法（タンザニアのオルドヴァイ渓谷にちなんだ命名）では、単純な剝片や「チョッパー」（礫器）が作られ、どちらも植物や動物の組織を切断するのに使われた
石器を使って切断した跡がある骨がエチオピアのコナとボウリで発見されている。約250万年前のもので、年代が特定されているなかでは最古の例である
オルドワン型チョッパー
ハンドアックス（握斧／握槌）とも呼ばれる「両面調整石器」がケニアやエチオピアに出現する（約175万年前）。これを作ったホモ・エレクトスが石を割る高度な技術を会得していたことを示すものである
オルドワン型チョッパーは多くの遺跡で発見されているが、発明からほぼ100万年にわたって最も複雑な技術だった。
最初の海洋横断は100万年〜70万年前で、これによってホモ・エレクトスがインドネシアに移住する。筏または泳いで横断した
火をおこして使用した最古の痕跡は、79万年前のジスルバノトヤコブ（イスラエル）に見られる。
調整石核技術がケニアに誕生する（55万年〜50万年前）。この技術によって、調整済みの「石核」からあらかじめ想定された形の剝片または石刃を打ち欠くことができるようになる。両面調整石器も依然としてよく使われていた
ハンドアックス
貝殻に記号がジャワ島のトリニールで刻まれる（約54万〜43万年前）。これを残したのはホモ・エレクトスで、ホモ・サピエンスが出現するずっと以前のことである
線が刻みつけられた貝殻（ジャワ島のトリニール）
世界最古の刃物がケニアとイスラエルで作られる（約50万年〜40万年前）
骨角器がイタリアのフォンタナ・ラヌッチオで作られる（約46万年前）。生物を原料に作られた道具としてはこれが最古である
最も古い木製の槍は、イギリスのクラクトンでホモ・ハイデルベルゲンシスによって作られた。大型の獲物を狩るために使われたと思われる。

時系列

創造力の誕生

ヒト属の進化に伴って、まったく新しい形の複雑さが現れた。自然選択の結果ではなく、知性と意図によって形作られた最初のもの、すなわち文化である。

人類独自のこの創造力の形跡は考古資料によってたどることができるが、資料自体も近年大きく変革を遂げている。「最古の出現」の多くが塗り替えられ、主要な革新はすべて過去5万年の間に起こり、しかもそれを成し遂げたのはホモ・サピエンスのみであるという、これまで一般に信じられてきた考えは、もはや支持されていない。記号による意思の疎通については、ホモ・エレクトスにその最初の兆しを見ることができるし、初めてカバノキの樹皮からタールを取り出し、接着剤として使用したのはネアンデルタール人である。

しかし全体としては、時間の経過とともに複雑さも増していくというはっきりした傾向がある。もっとも、その途中には、長い期間、創造性が停滞したように見える時期もある。イノベーションは現れ、発展し、その後再び消えてしまったまま数万年が経過することがある。文化の複雑さを決定づけるのは生まれながらの認知能力だけではない。その時代の社会的条件も大きな要因になるのである。

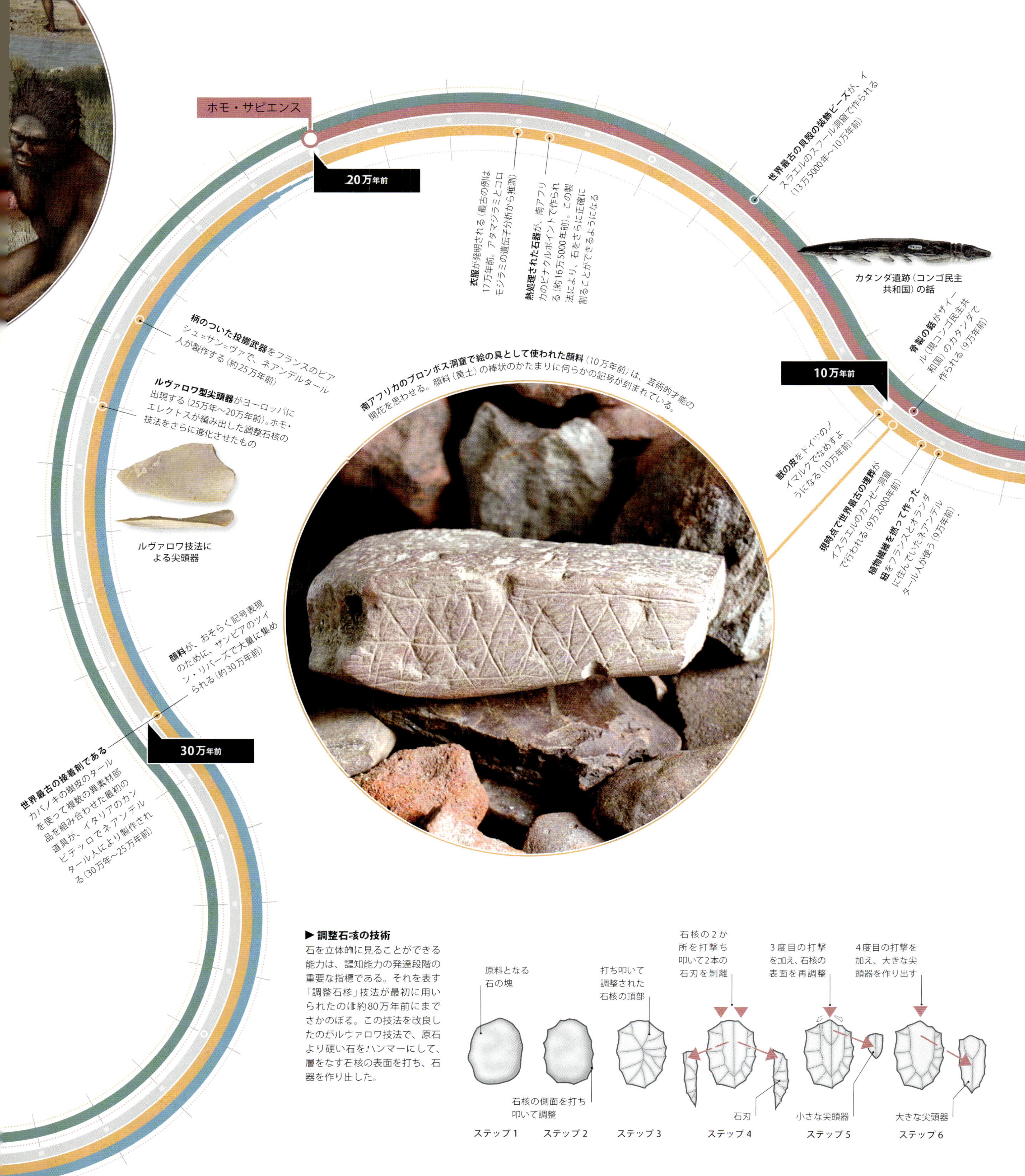
ホモ・サピエンス
20万年前
衣服が発明される（最古の例は17万年前。アタマジラミとコロモジラミの遺伝子分析から推測）
熱処理された石器が、南アフリカのピナクルポイントで作られる（約16万5000年前）。この製法により、石をさらに正確に割ることができるようになる
世界最古の貝殻の装飾ビーズが、イスラエルのスフール洞窟で作られる（13万5000年～10万年前）
カタンダ遺跡（コンゴ民主共和国）の銛
骨製の銛がザイール（現コンゴ民主共和国）のカタンダで作られる（9万年前）
10万年前
獣の皮をドイツのノイマルクでなめすようになる（10万年前）
現時点で世界最古の埋葬がイスラエルのカフゼー洞窟で行われる（9万2000年前）
植物繊維を撚って作った紐をフランスとオランダに住んでいたネアンデルタール人が使う（9万年前）
柄のついた投擲武器をフランスのビアシュ＝サン＝ヴァアで、ネアンデルタール人が製作する（約25万年前）
ルヴァロワ型尖頭器がヨーロッパに出現する（25万年～20万年前）。ホモ・エレクトスが編み出した調整石核の技法をさらに進化させたもの
ルヴァロワ技法による尖頭器
南アフリカのブロンボス洞窟で絵の具として使われた顔料（10万年前）は、芸術的才能の開花を思わせる。顔料（黄土）の棒状のかたまりに何らかの記号が刻まれている。
顔料が、おそらく記号表現のために、ザンビアのツイン・リバーズで大量に集められる（約30万年前）
30万年前
世界最古の接着剤であるカバノキの樹皮のタールを使って複数の異素材部品を組み合わせた最初の道具が、イタリアのカンピテッロでネアンデルタール人により製作される（30万年～25万年前）
▶ 調整石核の技術
石を立体的に見ることができる能力は、認知能力の発達段階の重要な指標である。それを表す「調整石核」技法が最初に用いられたのは約80万年前にまでさかのぼる。この技法を改良したのがルヴァロワ技法で、原石より硬い石をハンマーにして、層をなす石核の表面を打ち、石器を作り出した。
原料となる石の塊
石核の側面を打ち叩いて調整
打ち叩いて調整された石核の頂部
石核の2か所を打撃ち叩いて2本の石刃を剥離
石刃
3度目の打撃を加え、石核の表面を再調整
小さな尖頭器
4度目の打撃を加え、大きな尖頭器を作り出す
大きな尖頭器
ステップ1
ステップ2
ステップ3
ステップ4
ステップ5
ステップ6

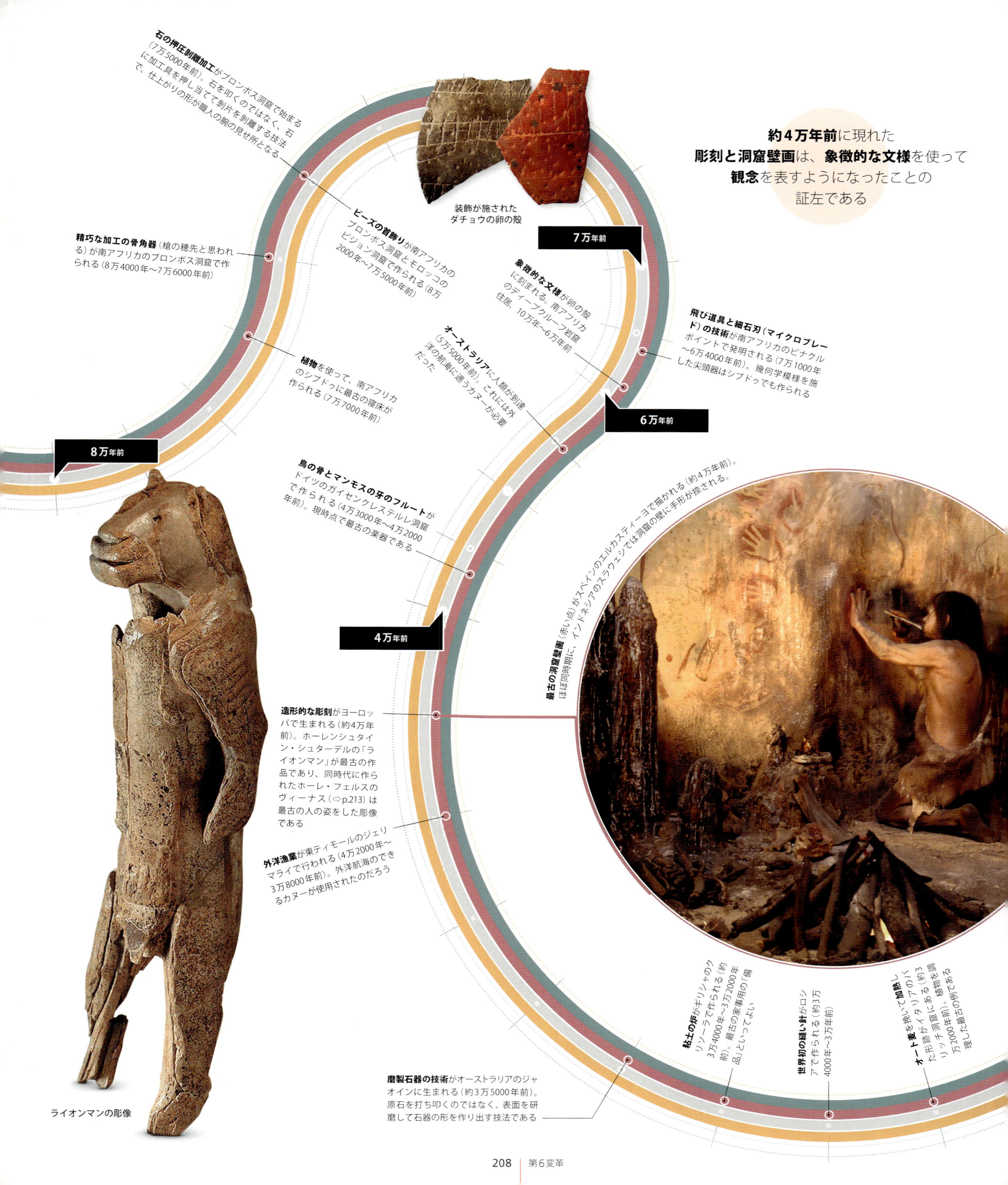
約4万年前に現れた
彫刻と洞窟壁画は、**象徴的な文様**を使って
観念を表すようになったことの
証左である
石の押圧剥離加工がブロンボス洞窟で始まる（7万5000年前）。石を叩くのではなく、石に加工具を押し当てて剥片を剥離する技法で、仕上がりの形が職人の腕の見せ所となる
装飾が施された
ダチョウの卵の殻
7万年前
ビーズの首飾りが南アフリカのブロンボス洞窟とモロッコのピジョン洞窟で作られる（8万2000年～7万5000年前）
精巧な加工の骨角器（槍の穂先と思われる）が南アフリカのブロンボス洞窟で作られる（8万4000年～7万6000年前）
象徴的な文様が卵の殻に刻まれる。南アフリカのディープクルーフ岩窟住居、10万年～6万年前
飛び道具と細石刃（マイクロブレード）の技術が南アフリカのピナクルポイントで発明される（7万1000年～6万4000年前）。幾何学模様を施した尖頭器はシブドゥでも作られる
オーストラリアに人類が到達（5万5000年前）。これには外洋の航海に適うカヌーが必要だった
植物を使って、南アフリカのシブドゥに最古の寝床が作られる（7万7000年前）
6万年前
8万年前
鳥の骨とマンモスの牙のフルートがドイツのガイセンクレステルレ洞窟で作られる（4万3000年～4万2000年前）。現時点で最古の楽器である
最古の洞窟壁画（赤い点）がスペインのエルカスティーヨで描かれる（約4万年前）。ほぼ同時期に、インドネシアのスラウェシでは洞窟の壁に手形が捺される。
4万年前
造形的な彫刻がヨーロッパで生まれる（約4万年前）。ホーレンシュタイン・シュターデルの「ライオンマン」が最古の作品であり、同時代に作られたホーレ・フェルスのヴィーナス（⇨p.213）は最古の人の姿をした彫像である
外洋漁業が東ティモールのジェリマライで行われる（4万2000年～3万8000年前）。外洋航海のできるカヌーが使用されたのだろう
粘土の炉がギリシャのクリソーラで作られる（約3万4000年～3万2000年前）。最古の家事用の「備品」といってよい
世界初の縫い針がロシアで作られる（約3万4000年～3万年前）
オート麦を挽いて**加熱**した形跡がイタリアのパリッチ洞窟にある（約3万2000年前）。植物を調理した最古の例である
磨製石器の技術がオーストラリアのジャオインに生まれる（約3万5000年前）。原石を打ち叩くのではなく、表面を研磨して石器の形を作り出す技法である
ライオンマンの彫像

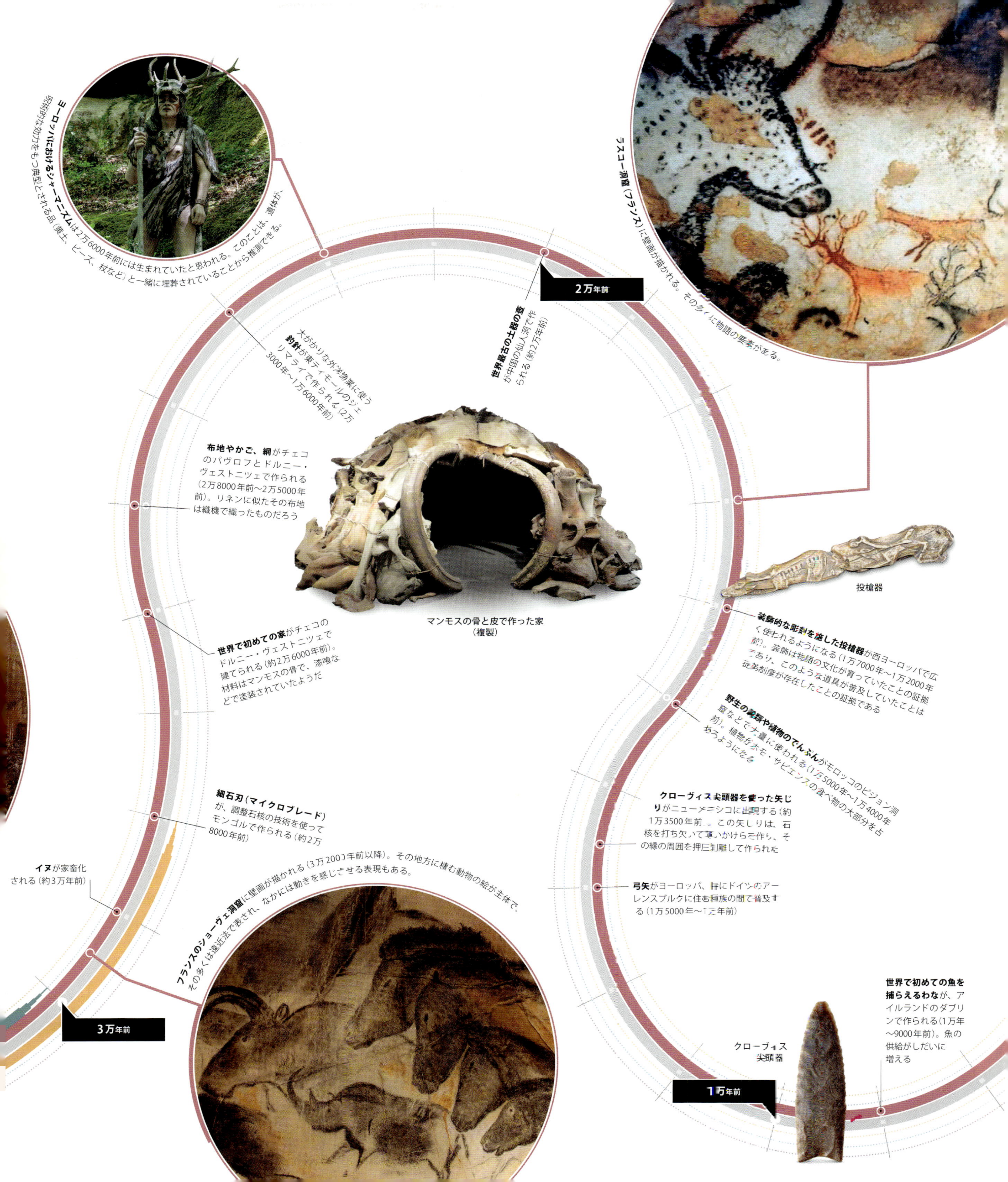

ヨーロッパにおけるシャーマニズムは2万6000年前には生まれていたと思われる。このことは、遺体が、呪術的な効力をもつ典型とされる品（黄土、ビーズ、杖など）と一緒に埋葬されていることから推測できる。
ラスコー洞窟（フランス）に壁画が描かれる。その多くに物語の要素がある。
2万年前
世界最古の土器の壺が中国の仙人洞で作られる（約2万年前）
大がかりな外洋漁業に使う釣針が東ティモールのジェリマライで作られる（2万3000年～1万6000年前）
布地やかご、網がチェコのパヴロフとドルニー・ヴェストニツェで作られる（2万8000年前～2万5000年前）。リネンに似たその布地は織機で織ったものだろう
マンモスの骨と皮で作った家（複製）
投槍器
装飾的な彫刻を施した投槍器が西ヨーロッパで広く使われるようになる（1万7000年～1万2000年前）。装飾は物語の文化が育っていたことの証拠であり、このような道具が普及していたことは徒弟制度が存在したことの証拠である
世界で初めての家がチェコのドルニー・ヴェストニツェで建てられる（約2万6000年前）。材料はマンモスの骨で、漆喰などで塗装されていたようだ
野生の穀類や植物のでんぷんがモロッコのピジョン洞窟などで大量に使われる（1万5000年～1万4000年前）。植物がホモ・サピエンスの食べ物の大部分を占めるようになる
細石刃（マイクロブレード）が、調整石核の技術を使ってモンゴルで作られる（約2万8000年前）
クローヴィス尖頭器を使った矢じりがニューメキシコに出現する（約1万3500年前）。この矢じりは、石核を打ち欠いて薄いかけらを作り、その縁の周囲を押圧剥離して作られた
イヌが家畜化される（約3万年前）
フランスのショーヴェ洞窟に壁画が描かれる（3万2000年前以降）。その地方に棲む動物の絵が主体で、その多くは遠近法で表され、なかには動きを感じさせる表現もある。
弓矢がヨーロッパ、特にドイツのアーレンスブルクに住む種族の間で普及する（1万5000年～1万年前）
3万年前
クローヴィス尖頭器
1万年前
世界で初めての魚を捕らえるわなが、アイルランドのダブリンで作られる（1万年～9000年前）。魚の供給がしだいに増える

昔ながらの慣習
サン族は数千年にわたってカラハリ砂漠で狩猟生活を営んできた。狩りでしとめる大型の獲物が食料の約20%を占める。残りは植物性の食べ物や、わなで捕まえる小動物である。

狩猟採集民の登場

ごく初期の時代から、ホミニンのほとんどの種は自ら食料を生産するのではなく、周囲の環境から手に入るものを拾い集めて生き延びてきた。食べ物の種類やそれを手に入れる方法は環境によって異なるが、そのためには高度な社会組織が必要だった。

初期のホミニンは、果実や葉、昆虫を中心とした自然界のさまざまなものを食用にしていた。現在の霊長類に見られるように丸石を使って木の実を砕くこともあっただろう。石器が作られるようになると、食べ物の処理が簡単になる。石器は、少なくとも330万年前にヒト属以前の種によって作り出されていたが、その役目を示す最古の例は、さらにその100万年ほど後のものである。ケニアのカンジェラサウスで発見された石器の表面を分析した結果、植物と肉を処理していたことがわかったのである（この石器を使っていたのはホモ・ハビリスである可能性が高い）。この石器の年代はおよそ200万年前で、オルドワン型と呼ばれる初期の技術を使って作られていた。同じ遺跡では、狩猟をした、あるいは他の動物がしとめた獲物をあさったのかもしれない証拠も見つかっている。すなわち、小型のガゼルの死骸がまるごと運び込まれ、肉が切り取られていた。その切り口には肉食動物の歯形がついているので、この獲物を最初に手に入れたのがホミニンだったことは明らかだ。

約180万年前にホモ・エレクトスが出現し、石器に改良を加えてハンドアックス（握斧／握槌）を作るようになると（これをアシュール型技術と呼ぶ）、狩猟を行う機会が増えたようだ。ケニアのイレレットで見つかった数百もの足跡（150万年前のもの）からは、成人した個体が少人数の集団に分かれて肉食動物と同じように湖岸を歩き回っていたことがわかる。少なくとも、共同で食料集めを行っていたことを示すものである。

約70万年前には食生活が多様化していた。イスラエルのジスルバノトヤコブでは、木の実を砕いた跡に加えて、ゾウなどの大型動物を利用していた形跡も残されている。もっとも、そのゾウを狩りで倒したのか、死骸を運び込んだだけなのかはわからない。ヨーロッパの氷河期には、ネアンデルタール人やその後のホモ・サピエンスにとって各種の植物資源も重要だったと考えられているが、生き残るためにはやはり大量の脂肪や肉が欠かせなかったのである。

適応性の発達

さまざまな環境で多様な食料を最大限に利用するためには、複合的な技術と、知識を蓄える熱意が必要だった。ホモ・エレクトス以後のホミニンが大型動物を狩る能力を身につけたということは、幼いころから獲物を追跡する技を学んでいたことを意味する。20万年前以降、ネアンデルタール人は鳥を狩っていたし、少なくとも12万年前に、ホモ・サピエンスは貝を食べていた。私たちホモ・サピエンスは北極圏などとりわけ苛酷な環境にも居住するようになるが、それは私たちにどんな環境にも適応できる柔軟性があったためである。

採集民は集団で移動することが多く、そこではだいたいにおいてみんなが平等だった。しかし、豊富な食料資源（魚など）が手に入れられると予測できる場合は、同じ場所に留まり、半定住生活に入ることもあった。その結果、狩猟採集生活という選択肢が現れた。

▼技術の進歩
新しい技術を発明することで、ホモ・サピエンスはその居住域を地球全体に広げていった。この三叉の槍もその一例で、イヌイットが北極地方で魚を捕るために使用している。

> 彼らの**持ち物**は、**長距離移動**のために**毛布**に包んで簡単に持ち運びでき、目的地に着いたら短時間で**組み立てられる**ものばかりだった。
>
> **ローレンス・ヴァン・デル・ポスト** 文筆家・自然保護論者 1906年～1996年 カラハリ砂漠のサン族（ブッシュマン）について

旧石器時代の美術

「美術」とは、イメージを何らかの形で表現したものを意味し、「旧石器時代の美術」とは、ヨーロッパ的な様式の簡略化された表現であると考える場合が多い。だが、旧石器時代の美術はもっと多様性に富んでおり、10万年以上も前に生まれた象徴的な図像にまでさかのぼることができる。

美術的表現の兆候は、早くも10万年以上前に出現していた。南アフリカのディープクルーフ岩窟住居で、彫刻された卵の殻が発見されたのだ（⇨p.208）。ただし、何かの姿をかたどった図柄が描かれるのは5万年前以降のことである。現時点で世界最古の絵画は、スペインのエル・カスティージョ洞窟の赤い円と、ヨーロッパから遠く離れたスラウェシ島（インドネシア）のティンプセン洞窟の手形（どちらも約4万年前）である。当時、ヨーロッパ以外でも美術作品が生まれていた証拠であるが、現存する、年代のわかる例はほとんどがヨーロッパにある。例えばフランスのショーヴェ洞窟には、450頭近い動物の絵をはじめ、その時代の最高峰とも言える壁画が残されている。この作品群は2期に分けて描かれ、第1期はほぼ3万7000年前から、第2期はその2000年以上後である。洞窟の壁には絵を描くための周到な準備が施され、作品を見れば描き手が動きの表現方法や遠近法を十分理解していたことがわかる。

同じころ、ティンプセン洞窟では豚のような動物が描かれている。オーストラリア先住民の洞窟壁画で最古とされるものが現れるのはこのすぐ後（約2万8000年前）で、2万年前以降には世界各地でさまざまな美術様式が見られるようになる。この時期には、ドイツのホーレ・フェルスで発見された女性の姿を彫ったペンダント（約4万年前）のように、「持ち運びできる」美術も制作された。「ホーレ・フェルスのヴィーナス」とも呼ばれるこの作品は、知られている限りでは人をかたどった最古の例である。象牙や骨、鹿角の彫像などのほか、東ヨーロッパでは粘土を焼いて動物や人間の小像を作っていた。これらの作品の意味合いは推測するしかないが、当時の人々にとってその重要性が深まっていたことは確かだと思われる。

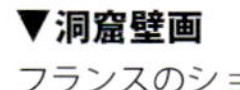
▼洞窟壁画
フランスのショーヴェ洞窟の特徴は、巨大な岩壁にバイソン、ウマ、ライオンなどの動物が描かれていること。ところが、完全な人間の姿はひとりも描かれていない。

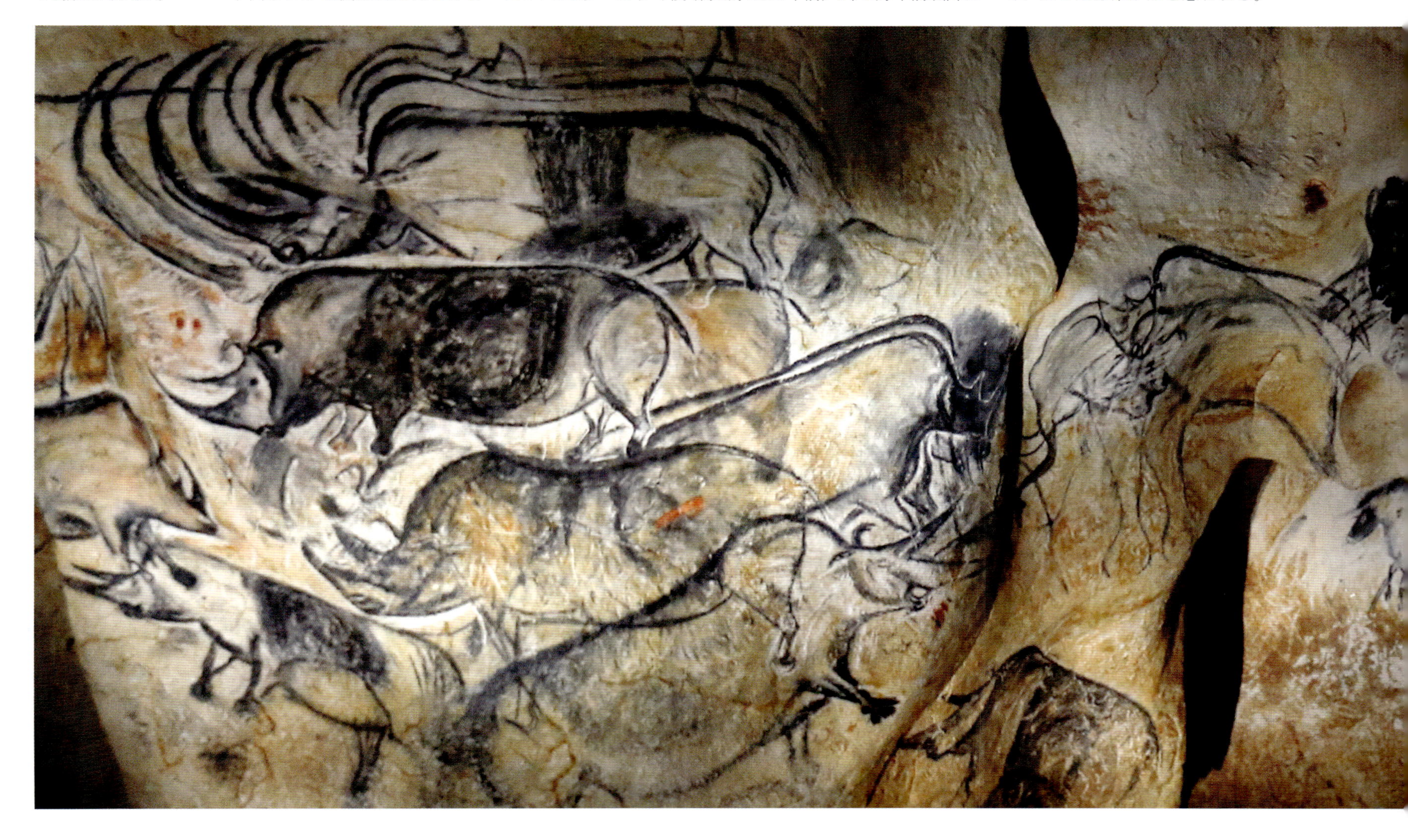

◀ **ザライスクのバイソン**
ロシアで出土したこの小像（復元されたもの）は、写実彫刻の傑作である。象牙で作られ赤い顔料を塗りつけられたこの像は、粉々に壊されてから穴に埋められた。

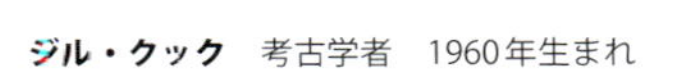

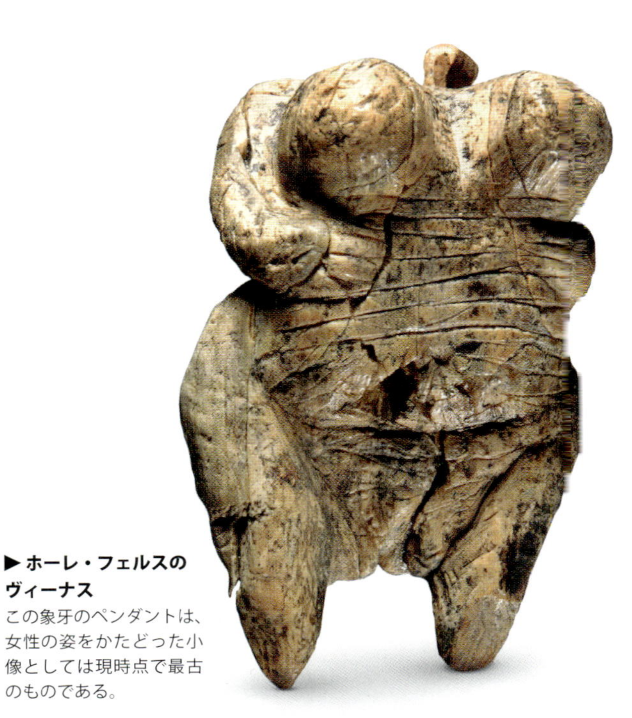

▶ **ホーレ・フェルスのヴィーナス**
この象牙のペンダントは、女性の姿をかたどった小像としては現時点で最古のものである。

“（原始美術とは）人間の知性と、**現実世界とは異なる架空の世界**を思い描く能力との……**折り合いをつけようとする試み**といってもよい。”

ジル・クック 考古学者 1960年生まれ

衣服の発明

衣服は私たちを寒さや日焼け、虫刺され、さらにはある程度武器からも守ってくれる。つまり、私たちが多様な環境に適応できるようになったのは衣服のおかげである。旧石器時代になると、人類は苛酷な環境でも生きていけるようになり、その結果世界中に拡散していくことになる。

初期のホモ・サピエンスやネアンデルタール人が顔料を用いていたこと、装飾品を身につけていた可能性があることについては、物的な証拠がある。しかし衣服に関する最古の証拠はほとんどが間接的なものである。地中に埋もれた衣服はなかなか残らないからだ。そこで生物学的な見地から、極寒の氷河期には、北半球に住む人類は体を覆う直線裁ちの衣服を必要としただろうと推測されている。寒さに強い体だったと考えられているネアンデルタール人でさえ、体の少なくとも80％（特に手と足）を覆う必要があった。もうひとつ、外部寄生虫の研究も手がかりになる。コロモジラミは衣服につくように適応した昆虫だが、DNAを調べた結果、アタマジラミから分かれたのが少なくとも17万年前と推測される。その時代には、ネアンデルタール人、デニソワ人、ホモ・フローレシエンシス、そして私たちホモ・サピエンスなど、さまざまな種の人類が地球上に生息していた。したがって、異なる種類の人類が交流することで、衣服を着る習慣が広まるとともに、これらの外部寄生虫も拡散したと考えられる。

最古の布地

世界最古の衣服はおそらく動物の皮を使って作られた。ドイツのノイマルク・ノルト遺跡で、タンニンで染めた生物素材のかけらが石器に貼りついているのが発見され、このことから、10万年以上前のネアンデルタール人は動物の皮をなめす技術を会得していたと考えられている。彼らは針はもっていなかったが、突き刺したり突き通したりできるよう工夫した道具を使って、いくつかに切り分けた革や毛皮を縫い合わせていた。4万年前のネアンデルタール人の遺跡から、端が丸くなった骨の道具が見つかっている。おそらく「リソワール」（革を柔らかくする道具で、同様のものが現在も使われている）だろう。骨製の針は最も古いもので2万年前までさかのぼれるが、それは素材同士を縫い合わせるだけでなく、ビーズ刺繍にも用いられたと思われる。

植物で布地を織る技術はホモ・サピエンスから始まったようだ。ジョージアのジュジュアナ洞窟で、染色した植物繊維（3万年前）が見つかっている。少なくとも2万8000年前には布地を織っていたことが、他の遺跡からもわかる。

チェコのパヴロフとドルニー・ヴェストニツェの遺跡では焼いた粘土板のかけらが発見されているが、そこにわずかに残った痕跡から、網やかごが作られていたと同時に、リネンに匹敵するきめの細かい織物（おそらく亜麻やイラクサによる）が作られていたことがわかる。これらの布地が衣服に使われていたかどうかはわからないが、同じ地域から出土した同時期の人をかたどった小像は、帽子とベルトを身につけているように見える。シベリアにあるマルタ遺跡から出土したその数千年後の彫像にも、おそらく毛皮で作られた、フードつきの体全体を覆う服が表現されている。

植物繊維で布地を織ることは中石器時代に入っても行われ、このころになると靭皮（樹皮からとる）から衣服を作るようになるが、それがもっと柔らかい動物繊維（羊毛など）に取って代わった証拠が現れるのは、農業が始まってからのことである。

> （**アタマジラミとコロモジラミの区別**ができたのは）おそらく、**人類に衣服を身につける習慣**が普及してからだろう。
>
> **マーク・ストーンキング** アメリカの遺伝学者 1956年生まれ

▶埋葬されたプリンス
イタリアのアレーネ・カンディーデ洞窟で発見された「若きプリンス」が身につけていた衣服の残骸。貝殻だけが残っている。埋葬の時期は2万3000年以上前と思われる。

20万年前 ホモ・サピエンスが出現 **13万5000年前** 最初の記号の使用 **11万年前** 最後の氷河期が始まる **4万1000年前** 最古の洞窟壁画 **1万2000年前** 最後の氷河期が終わる

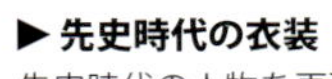

▶ 先史時代の衣装

先史時代の人物を再現したこの画像は、アキテーヌ（フランス）のアブリ・パトー遺跡で見つかった遺物に基づいて作られている。この遺跡からは、4万7000年〜1万7000年前の人骨、小像、道具、洞窟壁画が発見されている。考古学者の考えでは、衣服はこの時期にはかなり洗練されていた。

髪の毛をより合わせてドレッドロックス（長髪を縮らせて細かく束ねたヘアスタイル。ドレッドヘア）のように縮らせたヘアスタイルは、清潔を保ちやすく、もじゃもじゃの髪によって病気にかかるのを避けることができる。ヘアキャップや簡単な帽子が使われていた証拠も発見されており、ヘアバンドも使われていたようだ

人類が7万5000年前には
すでに**装身具を身につけていた**ことを
うかがわせる証拠がある

毛皮の襟巻きは冬や夜間の防寒に役立った

チュニック（上衣）はイラクサや麻の繊維を織って作られていた

植物の実や根、葉からとれる染料で**服を染めて**いた

石や貝殻、骨、象牙、鹿角などでできた**精巧な装身具**を手首や首に巻いたり、服に縫いつけたりしていた

紐でできた長いスカートとシンプルなベルトがごく一般的な服装で、動物の革でできた、紐で締めるタイプのブーツもよく使われていた

火の利用

火を使うのは人間に特有の能力であり、ヒト属の進化に欠かせない重要な原動力でもあった。しかし、人類が火を十分に制御できるようになったのは、進化も後期に入った比較的最近のことにすぎない。

火を使った最古の形跡は、南アフリカのワンダーワーク洞窟にある。約100万年前の堆積物を詳しく分析すると、洞窟の奥深くで骨や植物が焼かれたことがわかった。ただし、初期の人類は、例えば落雷などの自然現象による火災を利用していた可能性がある。火を上手に制御して繰り返し使用できるようになったのは約80万年前で、イスラエルのジスルバノトヤコブにその形跡が見られる。ここでは10万年にわたって何かを焼く行為が繰り返されていて、ここに住んでいたホモ・エレクトスが火をおこし、その火を絶やさないようにしていたことがわかる。

技術と社会生活

40万年前以降の遺跡では、灰や炭、焼けた骨などが何層にも重なって見つかることが多く、これは火が常用されていたことを示すものだ。そのころ、ヨーロッパではネアンデルタール人が出現し、初めて物を作るため火を使ったと見られている。イタリアのカンピテッロ遺跡（約30万年前）では、カバノキの樹皮のタールが塗られた石器が見つかったが、このタールは複数の部品からなる道具を組み立てるのに接着剤として使用されていた。

火の使い方に精通したことで、社会生活にも変化が訪れた。20万年前には住居の中心に火がたかれるようになり、この環境が言語の発達に大きな役割を果たしたと思われる。焚き火のおかげで洞窟内が明るくなり、そのそばで作業ができるようになるが、細かい作業をするには十分な明るさではなかった。そのため、会話や物語りの機会が増えたのである。また、調理が初めて行われたのは約80万年前で、これも火の利用の一例である。

約3万5000年前から5000年の間、東ヨーロッパでは粘土を焼いて動物や人間の小像が作られ、2万年前の中国で最古の土器が作られた。それ以降も火は多くの新技術をもたらし、特に人類が狩猟採集生活から脱するのに大きな役割を果たした。

カバノキのタールと革製の紐で刃を固定した

▲銅製の武器
約5800年前、おそらく中東でのことだが、銅が初めて精錬された。最古の溶鉱炉は地面に掘った簡単な穴で、そこで鉱石（孔雀石など）から銅を抽出した。アイスマン（エッツィ）が持っていたような刃物は、その後常温で鍛えて成形されたものである（⇨p.282〜283）。

炉は火が制御されていることを表す確かな証拠である。スペインのアブリック・ロマーニ（ネアンデルタール人の遺跡）では多くの炉が見つかっていて、少なくともそのうちのいくつかは同時に使われていた形跡がある。

最初の焚き火は、自然に発生した山火事から火種をとったものだろう。そうして得られた火を洞窟内に持ち込み、雨や風などから守って絶やさないようにした。

100万年前

100万年前
初期の人類が火をたまたま使うようになる（おそらく山火事の火を利用）

78万年前
後期のホモ・エレクトスが火を常用するようになる。焦げた種子が見つかっていることから調理も行われていたと推測される

50万年前

40万年〜30万年前
火を制御できている証拠（焼けた骨など）がよく見られるようになる

30万年〜25万年前
ネアンデルタール人が火を使ってカバノキの樹皮からタール（接着剤）を作る

20万年前
旧石器時代の遺跡で作業場の中心に炉の跡が見られるようになる

16万5000年前
南アフリカに住む初期のホモ・サピエンスが熱処理によって石器の製作法を改良

5万年前
ネアンデルタール人が植物性の食べ物を調理する（歯にデンプン粒がついていることでわかった）

木製の柄（ナイフとして使うため）がここについていた

▲カバノキの樹皮タール
8万年前のこのタールはドイツのケーニヒスアウエで発見された。裏側にはネアンデルタール人（おそらくこれを作った人物）の親指の跡が残っている。タールは接着剤として、フリントを木製の柄に固定するために用いられた。

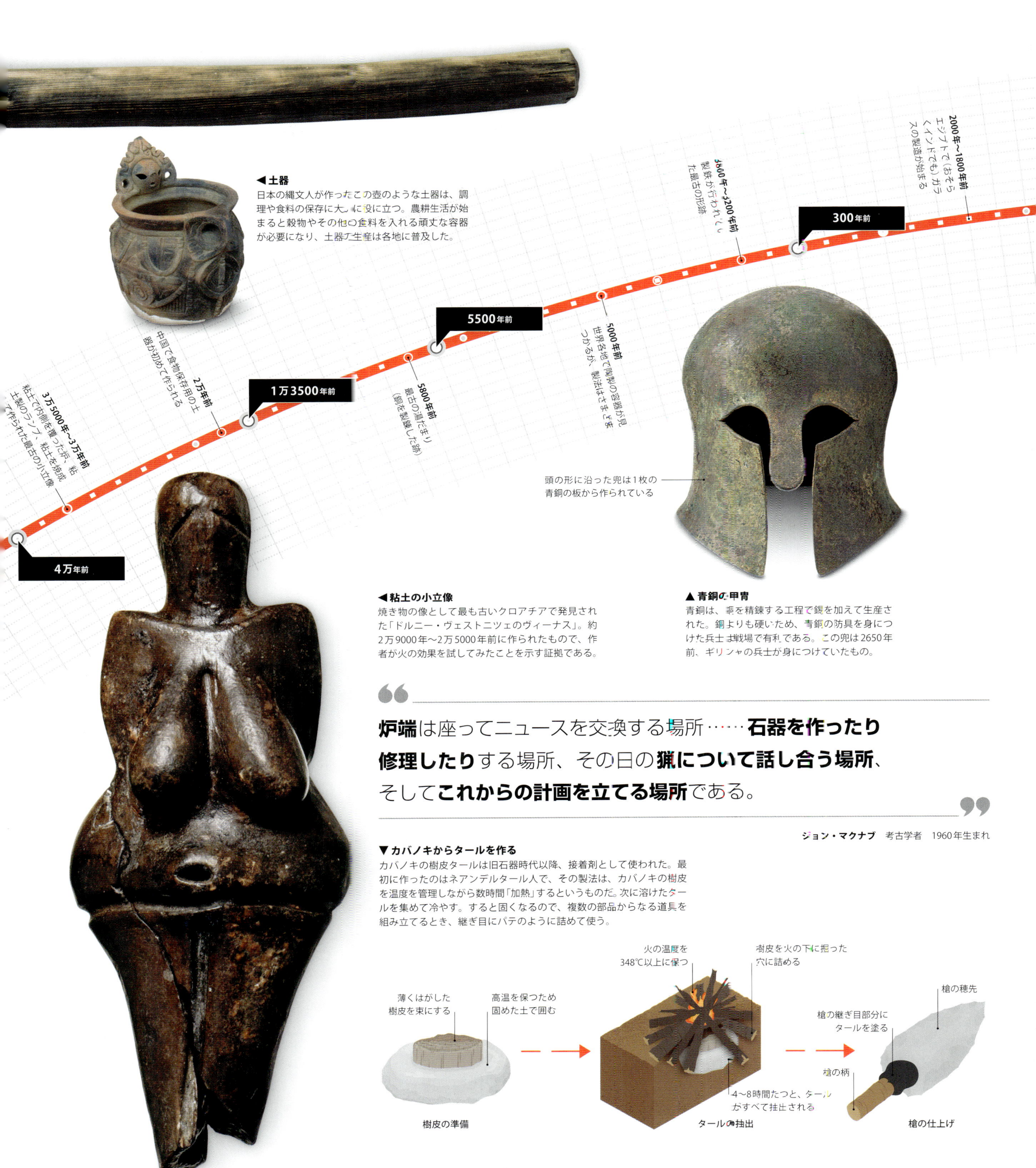
4万年前
3万5000年～3万年前
粘土で内側を覆った炉、粘土製のランプ、粘土を焼成して作られた最古の小立像
2万年前
中国で食物保存用の土器が初めて作られる
1万3500年前
5800年前
最古の湯だまり（銅を製錬した跡）
5500年前
5000年前
世界各地で陶製の容器が見つかるが、製法はさまざま
3800年～3200年前
製鉄が行われていた最古の形跡
300年前
2000年～1800年前
エジプトで（おそらくインドでも）ガラスの製造が始まる
頭の形に沿った兜は1枚の青銅の板から作られている
薄くはがした樹皮を束にする
高温を保つため固めた土で囲む
樹皮の準備
火の温度を348℃以上に保つ
樹皮を火の下に掘った穴に詰める
4～8時間たつと、タールがすべて抽出される
タールの抽出
槍の穂先
槍の継ぎ目部分にタールを塗る
槍の柄
槍の仕上げ

◀土器
日本の縄文人が作ったこの壺のような土器は、調理や食料の保存に大いに役立つ。農耕生活が始まると穀物やその他の食料を入れる頑丈な容器が必要になり、土器の生産は各地に普及した。

◀粘土の小立像
焼き物の像として最も古いクロアチアで発見された「ドルニー・ヴェストニツェのヴィーナス」。約2万9000年～2万5000年前に作られたもので、作者が火の効果を試してみたことを示す証拠である。

▲青銅の甲冑
青銅は、銅を精錬する工程で錫を加えて生産された。銅よりも硬いため、青銅の防具を身につけた兵士は戦場で有利である。この兜は2650年前、ギリシャの兵士が身につけていたもの。

> **炉端**は座ってニュースを交換する場所……**石器を作ったり修理したり**する場所、その日の**狩について話し合う場所**、そして**これからの計画を立てる場所**である。

ジョン・マクナブ　考古学者　1960年生まれ

▼カバノキからタールを作る
カバノキの樹皮タールは旧石器時代以降、接着剤として使われた。最初に作ったのはネアンデルタール人で、その製法は、カバノキの樹皮を温度を管理しながら数時間「加熱」するというものだ。次に溶けたタールを集めて冷やす。すると固くなるので、複数の部品からなる道具を組み立てるとき、継ぎ目にパテのように詰めて使う。

埋葬の習慣

いかにも人間らしい特性（すなわち死者への敬意や関心）が現れるのは旧石器時代である。当時の儀式は簡単なものだったが、そこにはすでに、何世代にもわたる祖先の霊を祭る墓が築かれる時代の前兆が見られる。

死に関する習慣が重要なのは、それが知的能力（時間の概念を理解することなど）の証になるためである。個体が生きている状態から死に移行したことを理解する能力は人間特有のもののように思われるが、理解していることをうかがわせる種はほかにもある。例えば像は、死んだ仲間のそばを離れたがらないことがあるし、チンパンジーは極端な興奮状態から遺体のそばに何時間も静かにつき添っていることまで、普段と違うさまざまな反応を示す。時には子の亡骸を何週間も抱えて移動することもある。しかしこれらの反応が、単なる混乱と苦悩の結果なのか、死者に対する心からの哀しみを表すものなのかを判断することはむずかしい。

野外に埋葬する習慣は**約4万年前**に始まった。それ以前は、**すべて洞窟内に埋葬**されていた

最初の埋葬

人類が死という概念を認識したことを示す最初の証拠は、遺体を「隠す」、または1カ所に集めるという風習だ。約43万年前には、スペインのシマ・デ・ロス・ウエソスで少なくとも28体が意図的に深い穴に入れられ、そのそばには鮮やかな色に塗られた石器が1つ置かれていた。遺体を完全に埋める埋葬が始まるのはずっと後のことである。約9万2000年前に、イスラエルのカフゼーとスフールでは多数のホモ・サピエンスが埋葬された。そのなかには若者と子どもが一緒に埋葬されている事例や、10代の子どもの胸に鹿の角が置かれている事例などがある。

4万年前以降は埋葬される場合が増え、何らかの品物と一緒に埋められるケースも多くなる。ロシアのスンギールでは、1つの墓に2人の子どもが合葬され、槍や多数のビーズ、赤い顔料で色づけした大人の大腿骨が1本添えられているのが見つかった（約2万5000年前）。ただ、このような豪華な墓はまれである。もっと簡単な埋葬が一般的で、遺体をいくつかに分解して別々に埋葬することもあった。

死者を食べる

ネアンデルタール人でもホモ・サピエンスでも、遺骨に石器で切りつけた跡が見つかることがあり、旧石器時代の埋葬に別の一面があったことをうかがわせる。この印はいろいろな骨に見られるが、遺体から肉をはがすか、遺体を切り刻んだときについたものである。これが、死者との交信や死者への表敬の手段だった可能性はあるが、十分な栄養をとるために人肉を食べる必要があったとも考えられる。1898年、イギリスのゴフス洞窟で1万4000年前のそのような骨が多数発見された。ほぼ間違いなく人肉嗜食の証拠だが、そのなかに彫刻を施した「髑髏杯」がいくつか含まれている。これは人間の頭蓋骨を杯にした最古の例である。

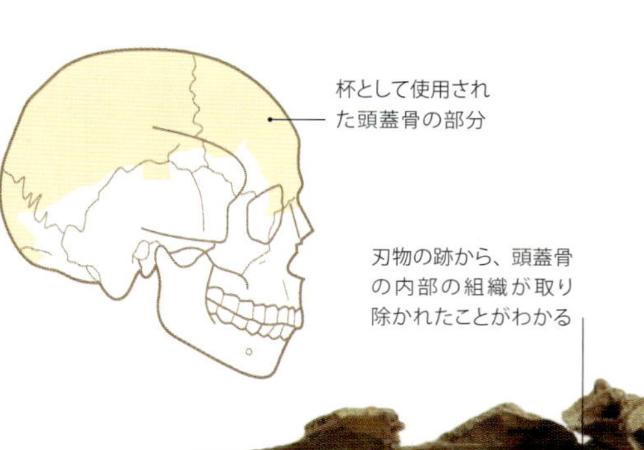
杯として使用された頭蓋骨の部分
刃物の跡から、頭蓋骨の内部の組織が取り除かれたことがわかる

▶ 髑髏杯
ゴフス洞窟で見つかった頭蓋骨には人工的に手を加えた形跡がある。骨を正確に切断し、磨いていることから、この頭蓋骨は儀式に用いられたと推測される。

氷河期の埋葬
1955年、ロシアのスンギールで、旧石器時代の子ども2人が合葬されている墓が発見された。埋葬された時期は少なくとも2万5000年前で、ホモ・サピエンスのヨーロッパでの埋葬例としては最古の部類に入る。

人間が支配者に

ほぼ1万2000年前に最後の氷河期が終わるとともに完新世が始まった。この地質学上の時代は現在まで続いている。気候の変化はホミニンにとって珍しいことではなかったが、この場合、2つの点でそれまでの場合と違っていた。人類のなかでこの時代まで生き残った種はただ1つだったということ、そしてすでに周囲の生息環境や地形を変える力を持ちはじめていたということである。

更新世の終わりに、地球上のほとんどの地域は温暖で湿潤な気候になった。多くの地域で草原が落葉樹の雑木林に取って代わられ、砂漠は湿った土地に姿を変えた。数万年にわたってホモ・サピエンスの拡散が進んだ結果、彼らは南アフリカの沿岸部からユーラシアを通ってオーストラリア、さらには南米大陸の突端まで、世界のあらゆる場所に住み着くようになっていた。気候変化に加えて、行き着いた先が未知の苛酷な環境だとわかることも多く、そういう場合は生き延びるために工夫を凝らす必要があった。そこで人類は、問題解決や技術習得の能力を身につけていった。動植物と新しい関係を築くこともそのひとつで、その新しい関係から、その土地に合わせたホモ・サピエンスの暮らしぶりが形成されることになった。

動物界への影響

ホミニンが利用した最古の海産資源は貝で、約16万年前の南アフリカのピナクルポイントのホモ・サピエンスや、約15万年前のスペインのバホンディージョ洞窟のネアンデルタール人が採集を行っていたことがわかっている。このような小規模な活動が貝の生息数に影響を与えることはほとんどないが、時代が下るとともに大規模な採取が行われるようになると、悪影響が出始めた。南アフリカでは、約5万年前に貝の一部の種で平均サイズが小さくなった。これは、貝の採集が盛んに行われるようになっていたことを示している。定住のパターンが変わって海岸地方にやって来る人間の数が増えたことが原因と考えられる。あるいは、その地方に土着の人口が増えたためかもしれない。人類がニューギニア（3万年前）や南カリフォルニア（1万年前）に定住した後にも、同様のサイズの低下が起こっている。

動物の生息数は、ほとんどの場合、人類による影響を一時的に受けたとしても確実に回復していたが、私たちホモ・サピエンスには、生物多様性に永続的な大打撃を与えた長い歴史がある。いわゆる大型動物の「過剰殺傷」説では、大型動物種の多様性が減少したことが、最後の氷河期の終わりに向けてホモ・サピエンスの人口が増えてきたことと関連していると語られる。これが最も明白なのはオーストラリアと

完新世の初めに**氷河の氷が溶ける**と、世界の**海面は35 m 上昇**した

▼野焼き農耕
草木を燃やして、人間の獲物になるような動物が好む草原を作る風習は、オーストラリアでは5万年前から始まったと考えられている。このやり方は、風景ばかりでなくその地域の気候までも大きく変えてしまうことがある。

北米で、それぞれ5万5000年前と1万5000年前に人類が到達したのと同じ時期に、巨大な地上ナマケモノをはじめとする多数の動物種が姿を消している。もっとも、ほぼ同じ時期に生じた気候変化が一役買っている可能性はある。ホモ・サピエンスは4万年前以前からヨーロッパに定住しているが、そこでは明確な大量絶滅は起こっていないからだ。特に苛酷な環境では、熟練した捕食者（ホモ・サピエンス）が新たにやって来ただけで、特定の種を絶滅に追いやるには十分だったのだろう。過剰殺傷説の強力な裏づけになるのがカリブに生息していた地上ナマケモノの場合である。この種は人類の到達後5000年もたたないうちに絶滅するが、その場合も、完全に姿を消すまでには1000年程度かかったと見られている。

ホモ・サピエンスがこの時代の植物界に種を絶滅させるほどの影響を及ぼした証拠はないが、一部の環境を著しく変えた可能性はある。堆積物の標本に含まれる木炭から、東南アジアでは約5万年前、オーストラリアでも6万年〜5万年前に、人々が森林に火を放っていたことが推測される。自然発生による森林火災の可能性を完全に否定することはできないが、北米やオーストラリアでは長期にわたって「野焼き農耕」が行われてきたことが知られている。これは、環境の生産性を高め、動物を引き寄せるために森を焼く方法で、中石器時代にも地域によっては同様の風習があった痕跡が見られる。

文化的な景観

ホモ・サピエンスが世界中に築き上げた文明は、現在は宇宙からも容易に見ることができる。私たちは遠隔操作の宇宙船で太陽系を探索し、さらにその外側の世界にまで踏み込んでいる。しかし、人間が数も少なく、あちらこちらに散らばって自分たちが見つけたり捕まえたりできるものだけで命をつないでいたのはそう遠い昔のことではない。地質学上ではほんの一瞬前のことなのだ。それでも、そのような初期の段階でさえ、私たちは毎日の生活のなかで周囲の世界に影響を及ぼしていた。

特定の場所で営みを続けることで、生物は周囲の環境を変えていく。ホミニンの場合、その変化は洞窟内に蓄積された岩屑（がんせつ）に見ることができる。世界中の何千という洞窟に、過去の数えきれない世代の廃棄物が分厚く堆積している。このような意図しない遺物は洞窟に限らず、人々が長年住みつづけていた場所では野外でもよく見られ、当時の人々の生活の様子を知る手がかりを与えてくれる。例えば、貝塚（貝殻の堆積）が象徴的な意味をもっている場合がある。一部の遺跡では、廃棄された貝殻だけでなく人間の遺骨が交じっていることがある。南アフリカのクラシーズ河口はその一例で、この周辺ではごくわずかだが墓が見つかっている。

人々が文化的遺物に触れるにはほかにも方法があった。例えば、埋葬の穴を掘るときにネアンデルタール人やホモ・サピエンスが昔住んでいたころの層まで掘り起こす場合がある。そうして見つけた文化的遺物が役に立つことも多く、数百年も前に作られた古い石器を再利用することがごく普通に行われるようになった。

数百万年にわたって石器を作りつづけると膨大な量の岩を消費することになり、その結果が景観にどのような影響を及ぼすかを計算することは難しいが、激しい行為の跡が見られる遺跡もある。例えば、50万年前のイスラエルではフリントの切り出しが組織的に行われていて、それはもはや採石と表現するのが妥当だと思われるほどだった。このような状況が長期間続いた場合も、廃棄物の山によって周囲の景観は劇的に変化する。

4万年前にはさらに繊細な野外芸術が出現する。ポルトガルのコアで見られる5000点の線刻画のように、時には渓谷全体を象徴芸術の舞台に変えてしまった例もある。これだけ大規模に石を彫る行為は、その後、最古の巨石建造物（トルコのギョベクリ・テペに建設）につながっていく。これは約1万1000年前に狩猟採集民によって造られたもので、初期農業が始まってから数百年以内のことと考えられている。

“**ホミニン**のなかで今日の地球に生存する**唯一の種がホモ・サピエンス**であるという事実から**われわれだけが抜きん出ていた**ことは歴史的に自明の理だと推測しがちだが、**まったくそんなことはない。**”

イアン・タターサル　イギリスの古人類学者　1945年生まれ

“**われわれは**、地球上で進化してきた**哺乳類のなかで、最も優れた適応能力を備えている**といってよい。”

リック・ポッツ　アメリカの古人類学者　1953年生まれ

第7変革

Threshold 7

文明の発達

高度な適応能力と独創性を身につけた私たちホモ・サピエンスは、自らが生き延びるために自然を改変するようになり、狩猟採集生活から農耕生活へと移行していく。これは、私たちの歴史のなかで重要な転換点である。農耕生活が勢力拡大の糸口になったからである。人口が増え、小規模な移動型社会が永続的な都市に変わり、そこから国家、さらにはこれまでにない複雑な権力構造をもつ帝国へと人間の社会は発展していく。

適応条件

長年にわたるコレクティブ・ラーニングの結果、人間は農業を発達させ、周囲の環境からより多くの資源を手に入れることができるようになった。工夫を重ねて自然に手を加える能力を獲得した人間によって、生活圏と人間社会そのものも変えられていく。人口が増えたために効率よく機能する組織が必要になり、より複雑な新しい権力構造が出現した。

気候温暖化

共同体の規模拡大による人口増と資源不足

コレクティブ・ラーニングの構築

何が変わったか？

気候温暖化により環境が変わり、食料や燃料が手に入りやすくなったため、絶えず移動する必要がなくなった。老人や体が弱い者、幼い子どもが置き去りにされることがなくなるとともに、定住することで共同体の規模も大きくなり、自分たちで食料を栽培したり、自然界からより多くの食料を獲得したりできるようになる。

狩猟採集民

何世代にもわたるコレクティブ・ラーニングで蓄積された情報を武器に、採集民は団結して集団を作り、広範囲の土地から季節ごとにさまざまな食料を集める。集団の規模はまだ小さく、常に移動しているが、特に、肉を食料とするために大型の動物を狩ったり罠にかけたりする際にはチームワークが必要である。

野焼き農耕民

近隣の動植物に関する知識をもつ狩猟民が、原野に火を放って草木を焼き払い、狩猟や採集に都合のよい草地を作り出す。

豊かな採集生活民

自然の恵みが豊かな土地で採集生活を送る人々は、収穫期以外も食べられるよう食料の保存方法を工夫することで、定住生活を送る。

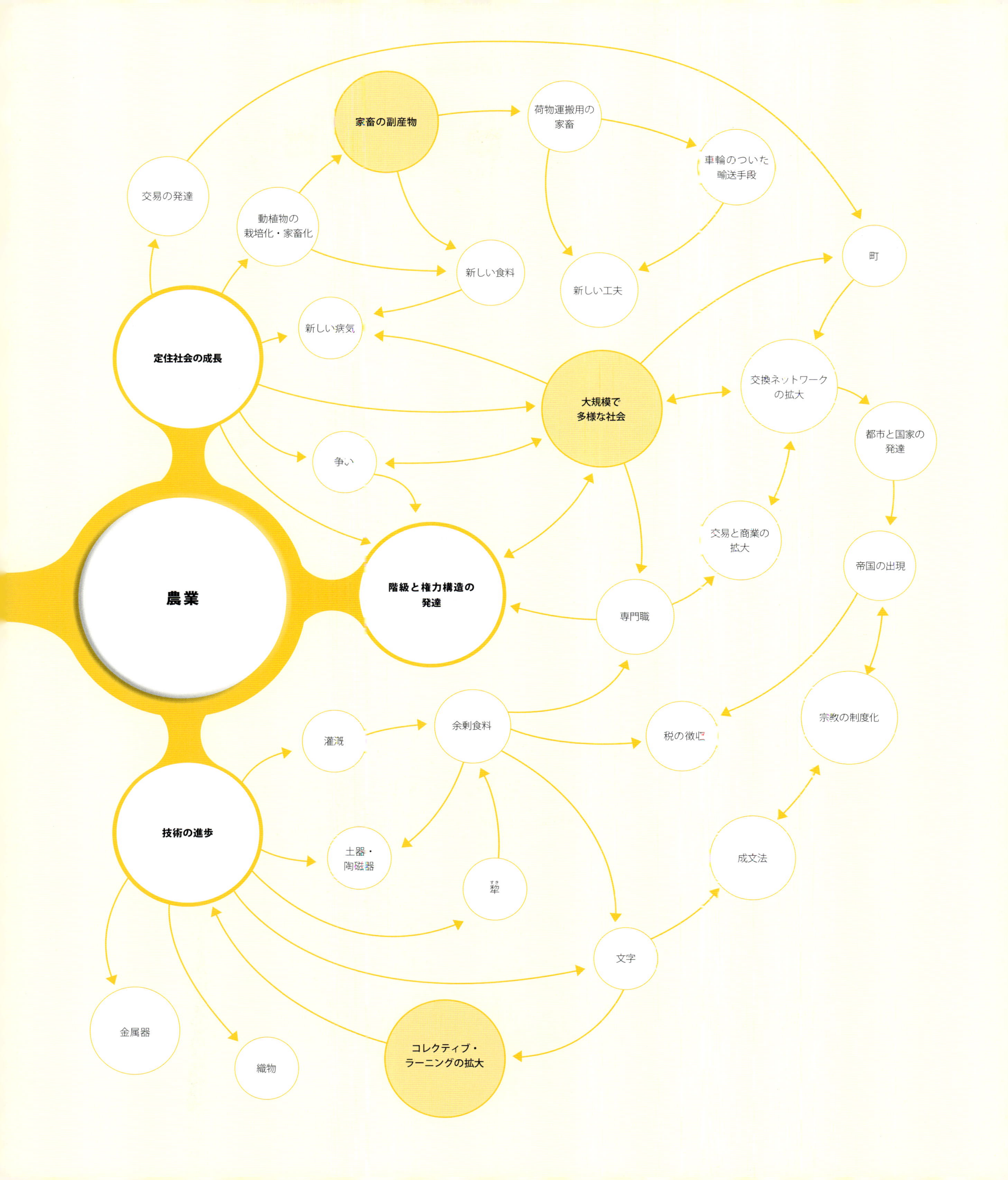

家畜の副産物
荷物運搬用の家畜
車輪のついた輸送手段
交易の発達
動植物の栽培化・家畜化
新しい食料
町
新しい工夫
新しい疾気
定住社会の成長
大規模で多様な社会
交換ネットワークの拡大
都市と国家の発達
争い
交易と商業の拡大
帝国の出現
農業
階級と権力構造の発達
専門職
余剰食料
税の徴収
宗教の制度化
灌漑
技術の進歩
土器・陶磁器
犂
成文法
文字
金属器
織物
コレクティブ・ラーニングの拡大

気候による状況の変化

紀元前9600年ごろから地球の温度は急激に上昇し、現在の地質学上の時代である完新世が始まる。人間は狩猟や採集の新たな方法を見つける必要に迫られ、その結果、これまでとまったく違う生活様式を見出した。農業を基盤にした生活である。

気候が温暖になるにつれ、氷床が解けだした。そのため海水面が上昇し、大気中に放出される水分が増えたため、雨量が増した。アジアはアメリカから切り離され、イギリスと日本は島になった。雨の多い気候が続くと森林や草原が出現し、新しい湖や川が生まれる。氷河期の大型狩猟動物(マンモス、ケサイ[毛犀]、オオツノジカなど)は、その多くが絶滅した。

豊かな中石器時代

中石器時代と呼ばれる過渡期(紀元前28万年〜2万5000年)に人々は新しい環境に適応し、弓矢を使って比較的小型の動物(鹿など)を狩るようになる。弓矢は新しく発明された道具で、森林地帯をゆったりと歩く動物を狩るのに適していた。この時代には魚を捕まえることも普及し、イネ科植物やドングリを含むさまざまな種類の植物を食べるようになる。もっともこういう植物は何らかの処理や調理が必要だった。人々は試行錯誤を重ねながら、どの植物が毒があり、どの植物が食べられるかという知識を身につけていった。沿岸地帯には食物資源が非常に豊富なところがあり、狩猟採集民はそういう場所で史上初めて、永続的な集落を作って定住するようになる。

この時代を通じて、人々は動植物に関する知識を蓄積して共有し、その知識を新しい生活様式に活かしていく。

このころには人口が爆発的に増え、人間は居住可能な世界の隅々にまで拡散していた。海水面の上昇により、かつては狩の獲物が豊富にいた広大な陸地が今では海中に沈んでいる。地球は、これ以上狩猟採集生活を支え続けられない限界に達してしまった可能性がある。気候変動、そして食物資源をめぐる競争が激化した結果、世界各地で農業を始める人々が現れた。

> 地球上の生息可能な多くの地域で、このような**気候の変化**は地球の長い歴史のなかでも**ひときわ目立つものだった**に違いない。

ジェフリー・ブレイニー オーストラリアの歴史学者 1930年生まれ
『A Short History of the World (世界小史)』(2000年)より

▶ 気候のアップダウン
完新世は全体的に温暖な時代ではあるが、右のグラフでわかるように、その中でも気候変動は起こっている。冷涼で乾燥した時期には食料となる野生植物が手に入りにくくなるため、その時期に対処するために作物を育てるようになったのが農業の始まりと考えられる。

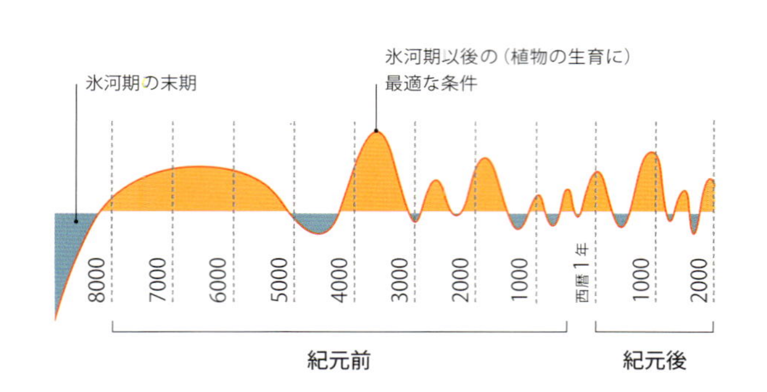
氷河期の末期
氷河期以後の(植物の生育に)最適な条件
8000
7000
6000
5000
4000
3000
2000
1000
西暦1年
1000
2000
紀元前
紀元後

凡例 暖かい時期 寒い時期

狩の一日
アフリカで見つかったこの岩絵には、狩猟者が弓矢で鹿を射止めるところが描かれている。アフリカのサハラは現在は砂漠だが中石器時代には草原で、狩の獲物が豊富だった。

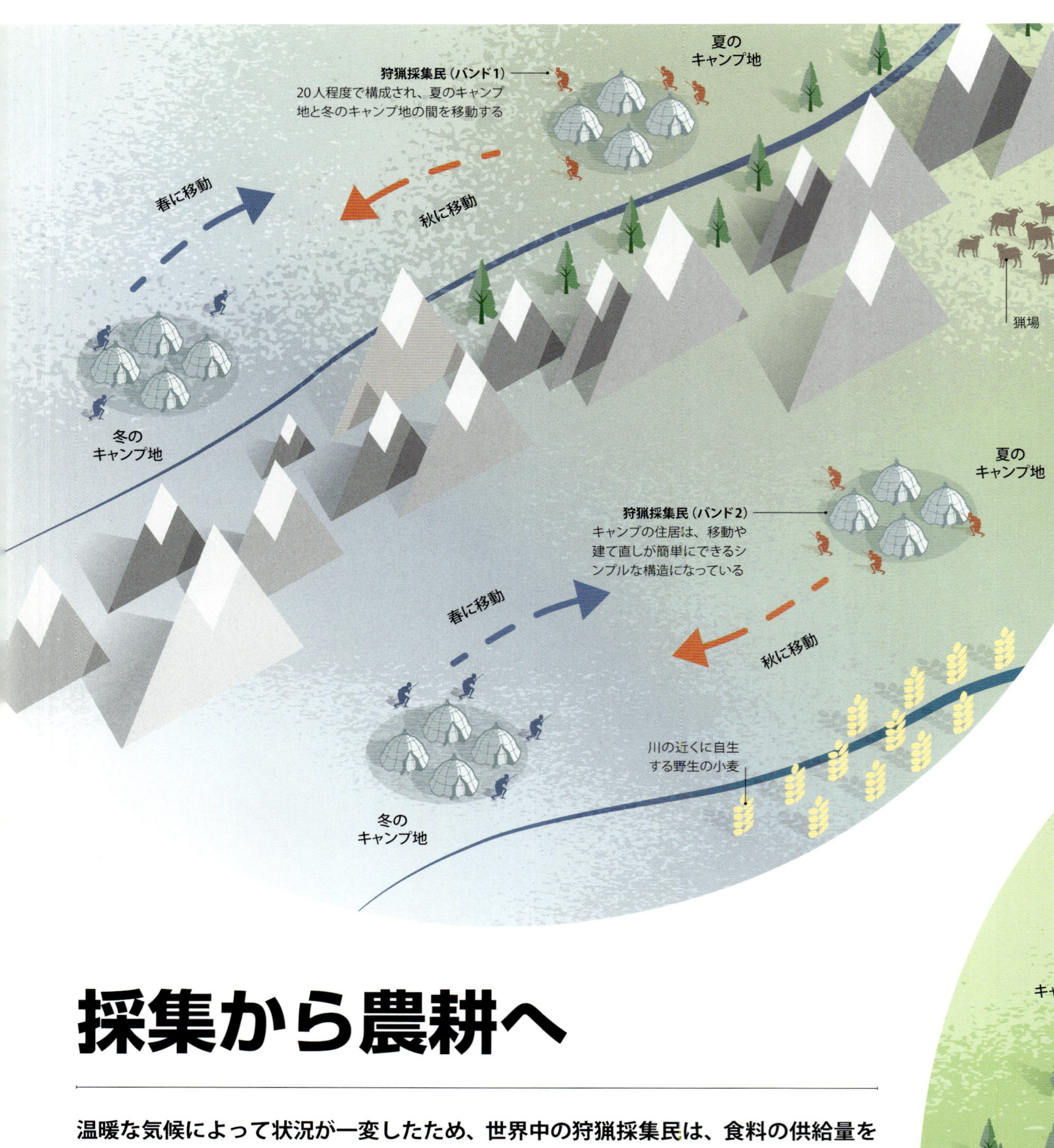
夏の
キャンプ地
狩猟採集民（バンド1）
20人程度で構成され、夏のキャンプ地と冬のキャンプ地の間を移動する
春に移動
秋に移動
冬の
キャンプ地
猟場
移動生活（第1段階）
夏の
キャンプ地
狩猟採集民（バンド2）
キャンプの住居は、移動や建て直しが簡単にできるシンプルな構造になっている
春に移動
秋に移動
川の近くに自生する野生の小麦
冬の
キャンプ地
狩猟採集生活（バンド1）
気候が温暖になるにつれ、冬のキャンプ地でも食料を入手しやすくなる
春に移動
秋に移動
冬の
キャンプ地
定住生活（バンド2）
このグループは冬と夏のキャンプ地間を移動するのをやめ、川の氾濫によって肥沃な土地が形成される場所に定住する
定住キャンプ

◀移動生活
紀元前2万3000年〜1万3000年
人々は数家族からなる小さな集団（バンド）ごとに生活し、狩猟や採集で食料を手に入れていた。遊牧民のような生活様式で、季節による資源の変化に伴って新しい場所に移動する。このような生活様式では、人口の増加は自然と抑制される。

▼初期の定住生活と豊かな採集生活
紀元前1万3000年
気候が温暖で湿潤になる。川は水量が増え、草原や森林が広がり、豊かな自然景観が生まれる。まだ移動生活を続けるバンドもあるが、最適な1カ所に定住するバンドも出てくる。

採集から農耕へ

温暖な気候によって状況が一変したため、世界中の狩猟採集民は、食料の供給量を大幅に増やす方法を発見した。その最たるものが農業で、食べ物を探して絶えず移動する代わりに、1カ所に定住できるようになった。

定住は思いがけない結果を生み出した。移動する必要がなくなったため、重くて複雑な道具を工夫する方向へ技術が進歩して、穀物を挽くひき臼や、布を織る織機、土器などが発明されたのだ。定住するということは、毎年の移動の際に子どもたちを連れて長距離を行く必要がなくなるということである。また、老人や体の弱い者が置き去りにされ、一族が戻ってくるまで自力で生きるしかないという状況もなくなった。その結果、出生率が上昇し、寿命が延びたが、それに応じて養う口も多くなった。

このように定住するようになった人々は、少しずつ、広い範囲から季節ごとの野生の食料を探し回って手に入れるのではなく、自分たちで育てることができる数少ない作物に頼るようになる。定住生活には、それなりの困難が待ち受けていた。農業は採集生活より多くの人口を養うことができるが、食料を得るためにはこれまでより苦心して働かなければならなくなったのである。

初期の農耕生活では、
採集生活に比べて同じ面積で
50〜100倍の人口を
養うことができた

▶ 定住の拡大
紀元前6000年
人口は増え続け、人間と土地の結びつきが一層強くなる。恒久的な建物が建てられ、集落には防護のための囲いが設けられる。養う口がさらに増えると、野生の穀物が計画的に栽培され、共同体に食肉を供給するために動物を囲いの中で飼うようになる。

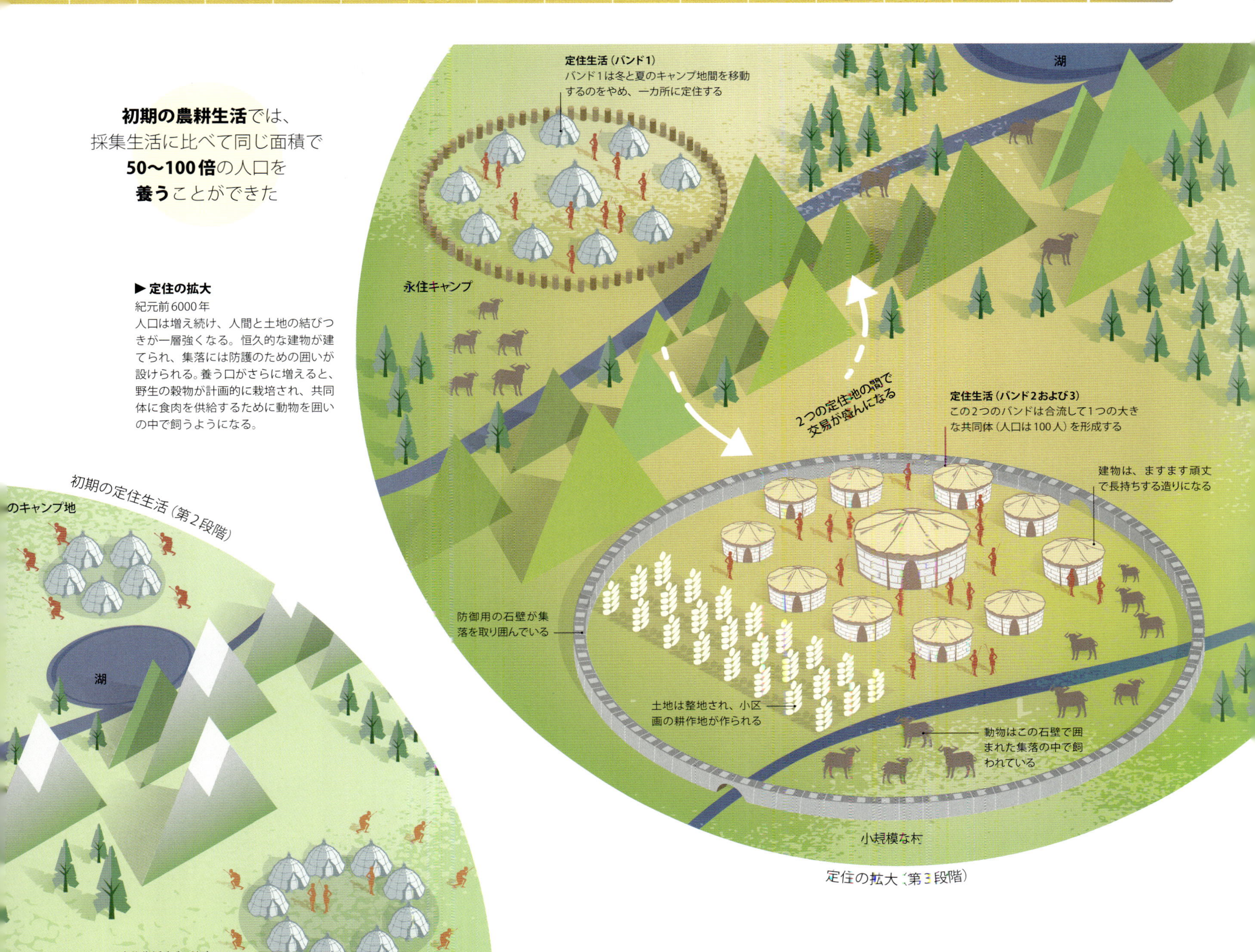
定住生活（バンド1）
バンド1は冬と夏のキャンプ地間を移動するのをやめ、一カ所に定住する
湖
永住キャンプ
2つの定住地の間で交易が盛んになる
定住生活（バンド2および3）
この2つのバンドは合流して1つの大きな共同体（人口は100人）を形成する
建物は、ますます頑丈で長持ちする造りになる
防御用の石壁が集落を取り囲んでいる
土地は整地され、小区画の耕作地が作られる
動物はこの石壁で囲まれた集落の中で飼われている
小規模な村
定住の拡大（第3段階）
初期の定住生活（第2段階）
のキャンプ地
湖

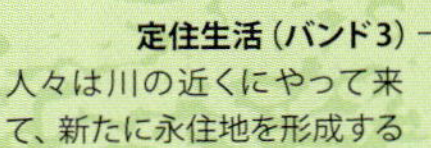
定住生活（バンド3）
人々は川の近くにやって来て、新たに永住地を形成する

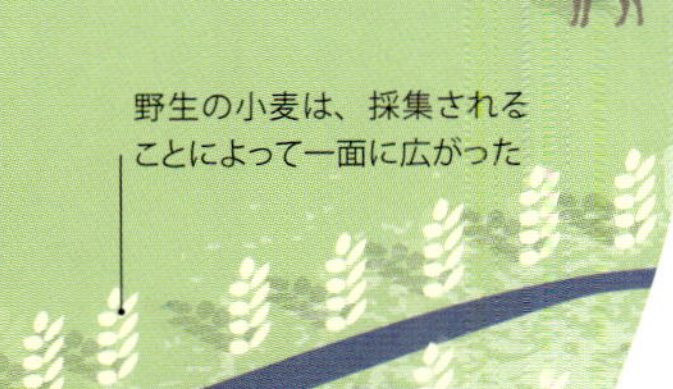
永住キャンプ
野生の小麦は、採集されることによって一面に広がった

◀ 常に移動
現代の牧畜民はいまだに遊牧生活を続け、気象条件が変わればよりよい牧草地と水を求めて家畜とともに移動する。こういう生活には定住農耕生活に比べてそれなりの有利な点がある。定住農耕民は干ばつで作物も家畜も失う可能性があるからだ。

縄文人は落とし穴や弓矢を使ってイノシシ、鹿、熊などの獲物を捕らえていた
住居の広さは直径3～4mだった
この断面図は小屋の構造を示している。掘り下げられた床面と木の柱を立てるための柱穴の跡から推定したもの
動物の肉は、新鮮な植物性の食べ物が少なくなる冬には貴重な食料源だった
煙の排出口
掘り下げた床。側面の土が自然の絶縁体となって暑さ寒さを遮断する
底部が小屋の土間に埋め込まれている深鉢型土器
地表下に設けられた煙の通り道から、小屋の中で燃やす火（おそらく女たちが調理をするため）の煙を外に逃がした。
煙は地表下に掘られた溝を通って排出される
調理用の深鉢で貝や木の実をゆでることができる
調理に使う深鉢型土器を焼いているところ

紀元前1年 | 西暦1年　西暦1300年 | ルネサンス始まる　西暦1439年 | 印刷機の発明による情報革命　西暦1600年 | コロンブス交換

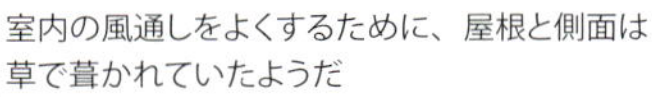
室内の風通しをよくするために、屋根と側面は草で葺かれていたようだ

森には植物性の食料（液果［液汁の多い果実の総称］、クルミ、クリ、ドングリなど）が豊富で、秋になると女たちが採集した
サケを木の枠につるして乾燥させているところ。この作業には人手が必要であるため、集落の中で協力態勢が整っていた証拠である
縄文人は特殊な道具（やす、漁網、かご状の罠、釣り糸）を使って魚を捕った
丸太をくりぬいて作られた丸木舟
川や湖ではサケやその他の淡水魚を、海ではマグロ、サバ、カメ、貝類を捕っていた
ドングリその他の木の実などは土器や貯蔵用の穴で保存した
野生の植物から採取した穀粒を挽いて粉にする

集落の生活
この図は、紀元前1万3000年ごろに日本で暮らしていた縄文人の典型的な集落の様子である。このころはまだ集落の規模は小さく、5棟ほどの竪穴式住居があるだけだった。定住地の規模は徐々に大きくなり、紀元前9000年には50〜60棟の住居が建ち並ぶ集落も出現するようになる。

豊かな狩猟採集民

最後の氷河期が終わると、気候は温暖で湿潤になった。そのため人間は同じ場所により長く留まることができるようになるが、それでも狩猟採集生活は続いていた。この時代の人類はいわば「豊かな狩猟採集民」である。

豊かな狩猟採集民は自然の産物に恵まれた場所に定住し、その土地でとれるものを食べて生きていくことができた。その最も成功した例が日本の縄文人である。彼らが集落を作って定住しはじめたのは紀元前1万4000年ごろのことだが、その後1万3000年以上にわたって小規模な共同体で、農業に頼らずに暮らしていた。縄文人は、森がそばにあり海岸や河口、湖からもそう遠くないところを居住地に選んだ。水陸どちらの産物も利用できるこのような環境では、季節ごとに植物や魚、野生動物など多様な食料が手に入る。この環境と定住性の高い生活様式の組み合わせによって、単に持ち運びできるだけの道具ではなく、大きく専門的な道具や技術の工夫に、これまでより多くのエネルギーを費やすことができるようになる。土器を最初に発明したのは縄文人で（紀元前1万3000年ごろ）、魚を調理したり、その季節以外の時期にも食べられるように食料を貯蔵したりするために、土器を使用していた。

▶ 火焔土器
縄文土器は「野焼き」で焼かれていた。最初は単純な形だったが、だんだん複雑になる。この装飾性豊かな土器は縄文時代後期のものである。

狩猟民が食料の栽培を開始

ごく初期の農耕民は、木製の掘り棒と石の刃をつけた鍬や手斧で土地を耕した。単純農業と呼ばれるこの方法はあまり生産的とはいえず、余剰を生み出すには至らない。いわゆる自給自足農業で、人々は自分たちの家族を養えるだけの量の作物を作っていた。

最も単純な農具は掘り棒である。まっすぐで先がとがった丈夫な棒で、火で強度を高めることもよく行われていた。雑草を抜く作業には鍬が使われた。石または鹿角でできた刃に角度をつけて柄を取りつけた道具だ。犂やその犂を引く家畜を使う知恵がまだなかった時代は、柔らかくて簡単に掘り返せる土壌(たとえば風に吹き飛ばされた砂埃が積もって形成される肥沃な表土である黄土)でのみ作物を栽培することができた。

火を使う農業

農耕生活を始めるかなり以前から、狩猟採集民は森に火を放って開けた土地をつくり、そこで草食動物を狩ったり、有用な植物(かごを編むのに使えるハシバミや柳など)の成育を促したりしていた。農耕民も最初のうちは、同じように火を利用した。石の刃がついた手斧で森の木を切り倒してある程度の空地をつくった後、切った植物を乾燥させてから燃やしたのである。あとに残る灰が、種まきに適した豊かな土壌をつくり上げる。だがそうしてつくった土地の地力は2年もすると低下するため、また場所を移して新たな畑をつくらねばならなかった。

火を利用して畑をつくる農法を焼き畑農業と呼ぶ。今でも世界中で2億〜5億人もの人々がこの農法を実施しているが、ほとんどが南米、東南アジア、メラネシアの熱帯雨林地方においてである。これらの地方では雨量が多く気温が高いため一年中植物が生長する。そのため、焼き畑農法でも持続可能なのだ。だがこの農法が現実的なのは、比較的人口が少なく、その人口規模を維持するのに十分な森林面積があるところに限られる。

農業発祥の地であるユーラシアの涼しく乾燥した地域では、焼き畑農業を続けていくことは不可能だ。一年のうちで植物が成育する時期が短いため、一度火を放つと回復するまでに長い時間がかかるからである。人口が増えるにつれ、人々は畑からの収量を上げる新しい方法を工夫する必要に迫られる。課題は、鍬や掘り棒より便利な道具と、土壌を豊かにする新しい方法を見つけることだった。

ところが、ユーラシアでもかつては広い範囲で焼き畑農業が行われていたことがわかっている。北ヨーロッパに広がる太古の泥炭地を調べると、オークの花粉が姿を消していると同時に、粉状の木炭の層の中に穀類の花粉が出現していることがわかる。これは、焼き畑農業のはっきりした形跡である。

森林農業

人間と森とのかかわりは、常に破壊的だったわけではない。熱帯雨林を流れる川の近く、またはモンスーン地帯の雨の多い丘陵地に住む人々は、周囲の環境に適応するにつれて、食用植物の生長に役立つ種と害になる種を見分けられるようになる。そこで、有益な植物は保護し、役に立たない種は取り除く。後には、有益な植物をよその土地からこの「森林農場」に移植することも行われた。

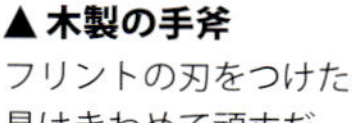

▲木製の手斧
フリントの刃をつけた道具はきわめて頑丈だ。手斧は大きな広葉樹を数時間で切り倒せる。

誇り高きゲタイ人は、幸せに暮らしている。**その土地にできるものを必要な分だけ収穫し**、あくせく働くことはない。

ホラティウス ローマの詩人 紀元前1世紀

紀元前1年 | 西暦1年

西暦1300年 | ルネサンス始まる

西暦1439年 | 印刷機の発明による情報革命

西暦1600年 | コロンブス交換

破壊的な収穫
ラオスの各地では、いまだに伝統的な焼き畑農業が行われている。だが、この農法は熱帯雨林に手ひどいダメージを与える。作物は土壌の栄養分を短期間で使い果たしてしまうため、1年しか栽培できず、収穫量も少ない。土地はその後4年から6年間は放置して再生を待つ必要がある。

農業の始まり

あるとき人間が種や塊茎(かいけい)を貯蔵して植えるようになったことから農業は始まった。考古学では、農業は数千年の間にまったく交流のない世界各地で別々に始まったというのが定説である。

農業が始まった理由にはさまざまなことが考えられる。気候変動や人口増加が原因で野生の食料が不足したためということもあるだろう。あるいは、単に人々がある特定の作物を好んだからかもしれない。意識して農耕民になろうと決心したわけではなかったと思われる。それどころか、この新しい生活がどんなものになるかまったくわかっていなかった。ただ、食料の生産に取りかかることができたのは、家畜化できる動物や栽培に適した作物が手に入る地域に限られる。そのなかでも環境はそれぞれの地域で異なるため、農業はワールドゾーンごとに異なる形をとる結果になった。北米東部とニューギニアでは、他の農業地域に比べて栄養価の低い作物しかできないため、人々は引き続き野生の食料にも依存しなければならず、農耕民と狩猟採集民が併存していた。ところが肥沃な三日月地帯や中国ではまったく事情が違う。これらの地域では必要な食料を農業生産で完全に賄うことができたので、農耕民は近隣の狩猟採集民を打ち負かすことができた。

4つのワールドゾーンはそれぞれ、一時は**独立した世界**だった。

シンシア・ストークス・ブラウン　アメリカの歴史学者　1938年生まれ

アメリカ大陸

アメリカ北東部（紀元前2000年〜紀元前1000年）
アメリカ大陸で土着の食料といえばヒマワリ、セイヨウニワトコ、アカザなどであり、徐々に栽培もされるようになるが、あまり栄養価が高いとはいえない。また、この地域には家畜化できそうな動物はいなかった

メソアメリカ（紀元前3000年〜紀元前2000年）
メソアメリカでは、トウモロコシと豆を隣接して植えるという、農耕民にとっては理想的な組み合わせで栽培が行われた。家畜化できる動物は七面鳥と犬だけで、食用にするために飼育された

メソアメリカではトウモロコシがとりわけ重要な作物になった。簡単に長期保存ができるため、早い時期から栽培化が実現した。

アンデス地方ではラマが家畜化された。ラマは肉と毛を利用するだけでなく、荷物を運ぶのにも使われた。

アンデス地方（紀元前3000年〜紀元前2000年）
アンデス地方の主要作物はキノア（キヌア）、ジャガイモ、アマランサスで、いずれも栄養価の高い食品である。アメリカ大陸全体で、家畜化に適した大型動物はラマとアルパカの2種しかいなかったが、そのどちらもアンデス地方が生息地である

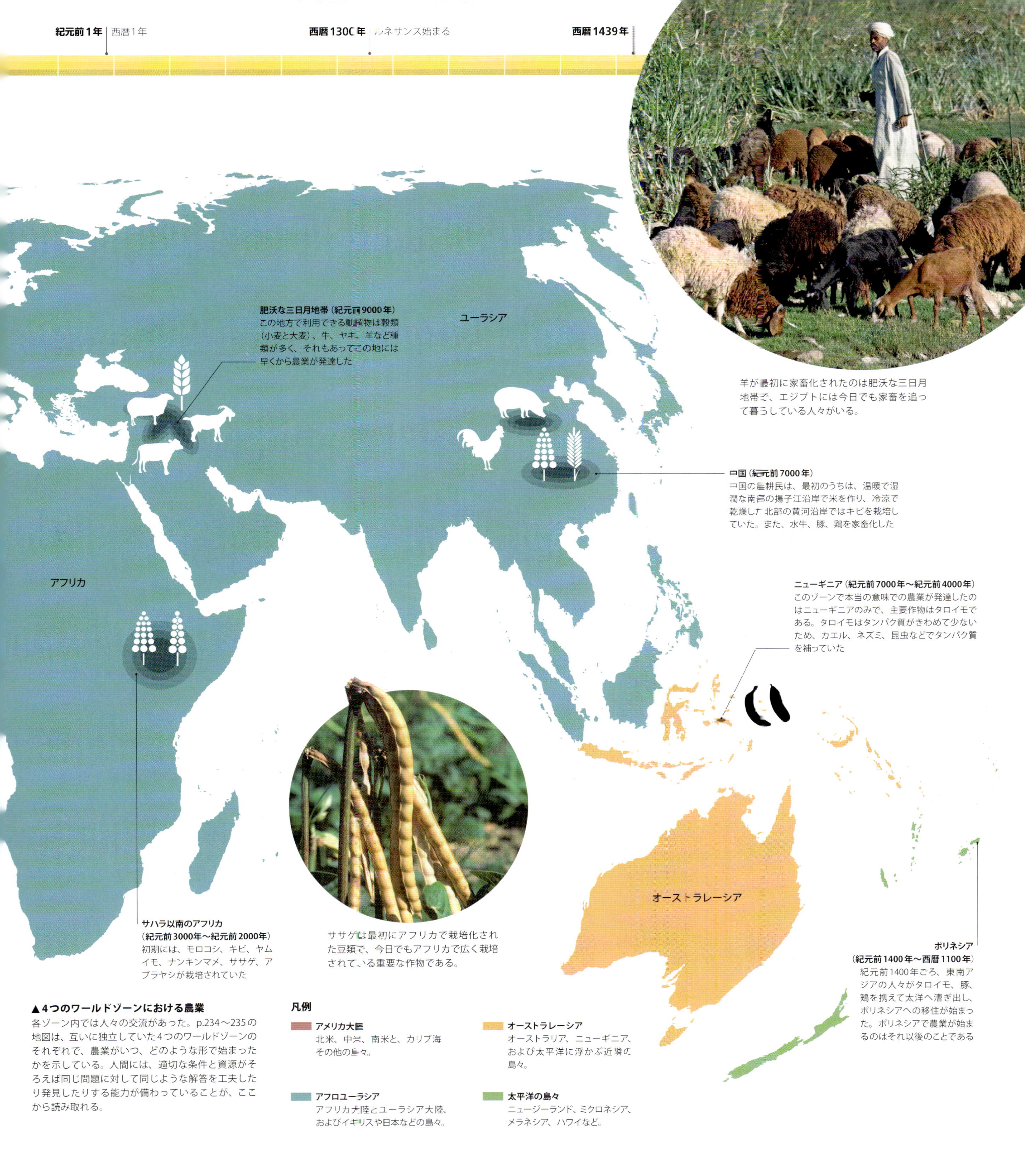
紀元前1年
西暦1年
西暦1300年
ルネサンス始まる
西暦1439年
ユーラシア
アフリカ
オーストラレーシア
肥沃な三日月地帯（紀元前9000年）
この地方で利用できる動植物は穀類（小麦と大麦）、牛、ヤギ、羊など種類が多く、それもあってこの地には早くから農業が発達した
中国（紀元前7000年）
中国の農耕民は、最初のうちは、温暖で湿潤な南部の揚子江沿岸で米を作り、冷涼で乾燥した北部の黄河沿岸ではキビを栽培していた。また、水牛、豚、鶏を家畜化した
ニューギニア（紀元前7000年〜紀元前4000年）
このゾーンで本当の意味での農業が発達したのはニューギニアのみで、主要作物はタロイモである。タロイモはタンパク質がきわめて少ないため、カエル、ネズミ、昆虫などでタンパク質を補っていた
サハラ以南のアフリカ
（紀元前3000年〜紀元前2000年）
初期には、モロコシ、キビ、ヤムイモ、ナンキンマメ、ササゲ、アブラヤシが栽培されていた
ポリネシア
（紀元前1400年〜西暦1100年）
紀元前1400年ごろ、東南アジアの人々がタロイモ、豚、鶏を携えて太洋へ漕ぎ出し、ポリネシアへの移住が始まった。ポリネシアで農業が始まるのはそれ以後のことである
凡例
アメリカ大陸
北米、中米、南米と、カリブ海その他の島々。
アフロユーラシア
アフリカ大陸とユーラシア大陸、およびイギリスや日本などの島々。
オーストラレーシア
オーストラリア、ニューギニア、および太平洋に浮かぶ近隣の島々。
太平洋の島々
ニュージーランド、ミクロネシア、メラネシア、ハワイなど。

羊が最初に家畜化されたのは肥沃な三日月地帯で、エジプトには今日でも家畜を追って暮らしている人々がいる。

ササゲは最初にアフリカで栽培化された豆類で、今日でもアフリカで広く栽培されている重要な作物である。

▲4つのワールドゾーンにおける農業

各ゾーン内では人々の交流があった。p.234〜235の地図は、互いに独立していた4つのワールドゾーンのそれぞれで、農業がいつ、どのような形で始まったかを示している。人間には、適切な条件と資源がそろえば同じ問題に対して同じような解答を工夫したり発見したりする能力が備わっていることが、ここから読み取れる。

野生の植物が農作物に

栽培化とは、植物を人間の管理下で育てるようにするプロセスである。人間に選ばれた植物は、さまざまな変化を経て最後には自然のままではうまく繁殖できなくなる。栽培化は双方向のプロセスで、人間だけでなく植物にとっても有益だった。

最も重要な栽培植物は、イネ科穀類である。これらは個々の栄養価は高くないが、大量に収穫できる。野生のイネ科植物は、熟すと穂が落ちて、穀粒が風で飛散する。だが、初期の採集民には、穂がより長く茎についていてくれるほうが収穫が楽だった。やがて、熟しても穂が落ちることのない稲が新しく現れた。こうした栽培種は人に収穫されるのを待つようになる。

栽培化によって生長する時期も変わった。野生の種子は長期にわたってばらばらに発芽する傾向がある。このようにして、気候が変わっても全滅しないようにするのである。人間は、一斉に発芽するような植物を作り上げた。栽培種はまた、ほぼ同じ高さに生長するようにもなった。そのほうが収穫しやすいからである。穀粒そのものは大きくなり、殻から外れやすくなった。

このような変化は、農耕民が意識的に計画したわけではない。収穫し、次の年にまくのに最も望ましい種子を選んだ結果、自然にそうなったのである。とはいえ、人間が管理する栽培植物が増えるにつれ、それらの植物の要求を満たすことが生活の中心になる。農業が発達すればするほど、人間は小麦や米、トウモロコシの世話に明け暮れるようになるのである。

▼収穫されるのを待つ
野生の小麦と栽培化された小麦の違いは微妙なものだが重大な意味がある。簡単に折れる野生種の穂軸が栽培化により脱穀が必要な穂軸へと変化したということは、より多くの穀物が収穫できるようになったということなのである。しかし、より多くの労力も必要になった。

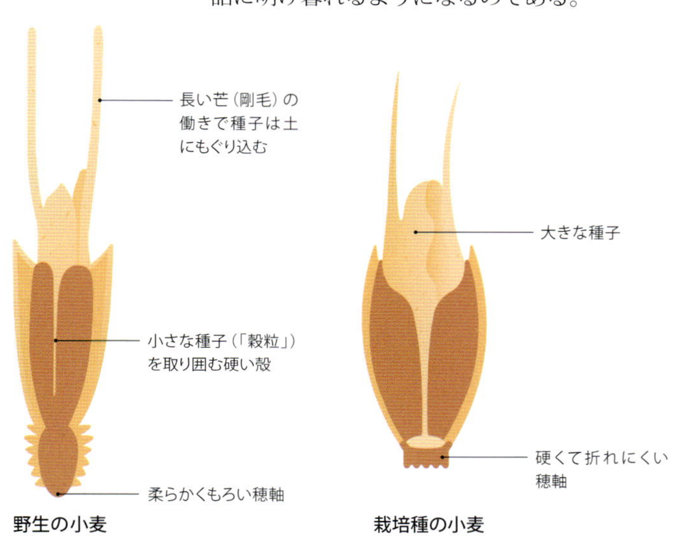
長い芒（剛毛）の働きで種子は土にもぐり込む
小さな種子（「穀粒」）を取り囲む硬い殻
柔らかくもろい穂軸
野生の小麦
大きな種子
硬くて折れにくい穂軸
栽培種の小麦

▲重要な商品作物
米は今では世界中の人間が消費する全カロリーの5分の1を占めている。棚田を作れば急斜面でも栽培できる。

最初の農作物

小麦の栽培化は、紀元前1万1000年～9000年に、肥沃な三日月地帯と呼ばれる地域（中東）の農耕民が2種類の小麦（野生のエンマーコムギとヒトツブコムギ）を栽培したのが始まりである。その後、紀元前7000年ごろのイランで、栽培化されたエンマーコムギが野生のタルホコムギと交配してパンコムギが生まれる。パンコムギには、粒が大きい、殻から外れやすい、グルテンの含有量が多いなどの特徴がある。このためこの小麦で作ったパン生地は弾力があり、よく膨らんで柔らかいパンになる。

稲は他の穀類と違って湿地に生え、水に浸かった状態でよく育つ。稲が栽培化されたのは紀元前4900年～4600年、中国南部の揚子江南岸地域である。野生の稲は芒（のぎ）が長く、籾殻（もみがら）は硬く、粒は小さく、茎が強靭で、自力で再生することができる。栽培化された稲は、穀粒が大きくなった代わりに、芒と固い殻、そして再生能力を失った［1年草に変化した］。

紀元前5千年紀［紀元前5000年～4001年］に、メキシコ南西部でテオシントという野生の植物からトウモロコシが生まれた。テオシント1本からは10粒程度の収量しか上げられないが、トウモロコシなら最大600粒も収穫できる。テオシントの粒は硬い外皮で守られているが、トウモロコシの粒はむき出しだ。この2種は見かけがまったく異なるため、両者の関係がわかったのは20世紀になってからである。

豆類は6000年前にメソアメリカとアンデスで同時に栽培化された。人為選択の結果、粒が大きくなって収量が増え、収穫しやすくなった。アンデスでは、背の高い蔓性から、生産力のある丈の低い植物に変化した。

紀元前1年 | 西暦1年
西暦1300年 | ルネサンス始まる
西暦1439年 | 印刷機の発明による情報革命
西暦1600年 | コロンブス交換

▶ 穀粒をより多く収穫できるように
時がたつにつれて、小麦は、穀粒が小さく、熟すと穂が落ちる野生種から、穂がいつまでも落ちず、穀粒も大きい栽培種へと進化した。農耕民は穂の大きさや草丈、成育の時期、脱穀しやすい穀粒なども選別の条件にした。最近では、科学の力で現代の種と野生の近縁種を交配させて昔の種がもっていた特性（たとえば干ばつや暑さ、病害虫に対する抵抗力）を蘇らせようという試みが始まっている。

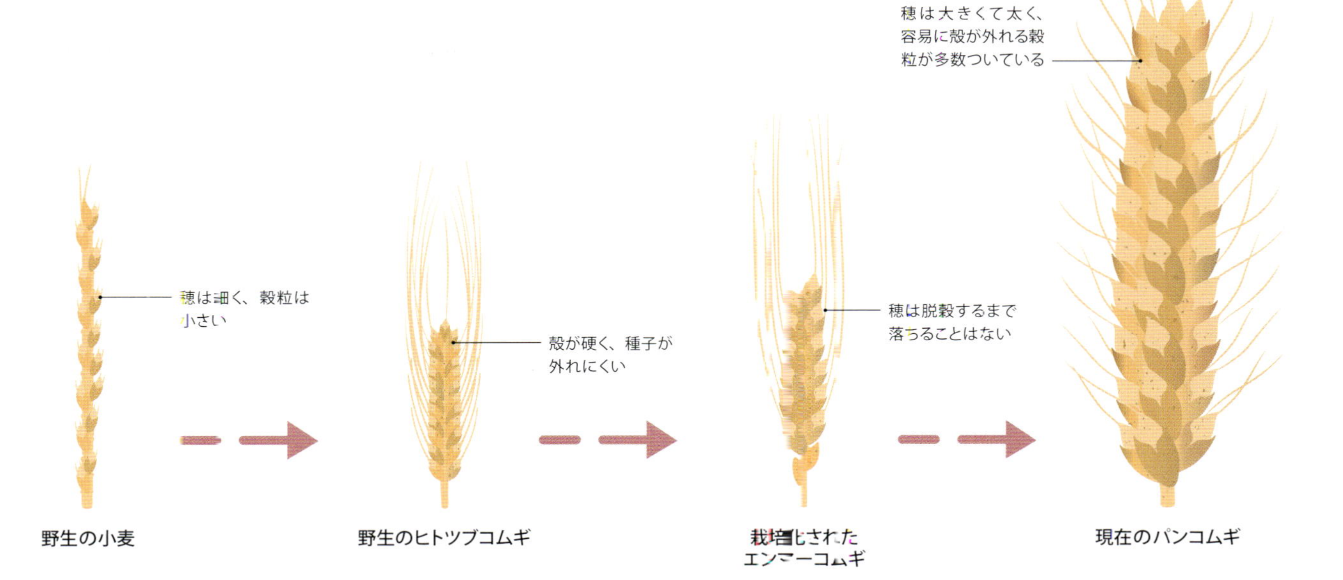
穂は細く、穀粒は小さい
殻が硬く、種子が外れにくい
穂は脱穀するまで落ちることはない
穂は大きくて太く、容易に殻が外れる穀粒が多数ついている
野生の小麦
野生のヒトツブコムギ
栽培化されたエンマーコムギ
現在のパンコムギ

▶ 豆を大きく
野生の豆類はメソアメリカでは主食だった。豆類には、トウモロコシにはないアミノ酸が含まれているからである。野生の豆は莢が小さく、熟すとねじれて口が開き、種子（豆）が外れる。栽培化された豆は莢が大きく、豆の数も多くなるが、その代わり人が莢を割って開けるまで豆は中に留まっている。メソアメリカでは、豆類はトウモロコシやカボチャのそばに植えられた。トウモロコシは支柱の役目を果たし、カボチャは雑草がはびこるのを抑えてくれる。この3種を一緒に植えることを、「三姉妹栽培法」と呼ぶ。

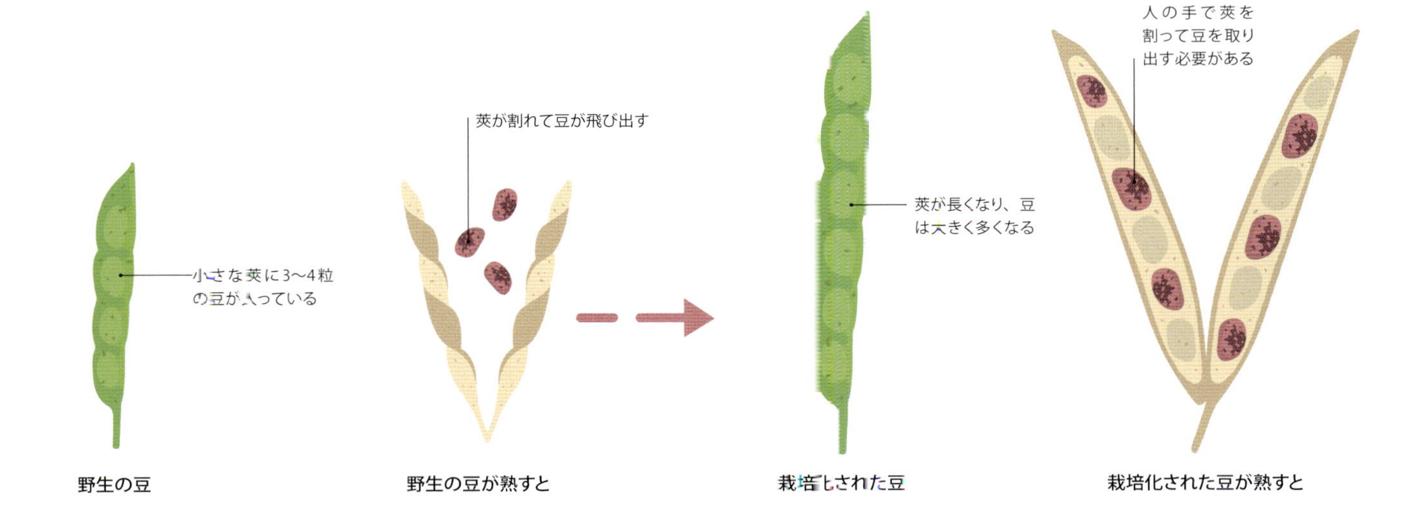
小さな莢に3〜4粒の豆が入っている
莢が割れて豆が飛び出す
莢が長くなり、豆は大きく多くなる
人の手で莢を割って豆を取り出す必要がある
野生の豆
野生の豆が熟すと
栽培化された豆
栽培化された豆が熟すと

ホモ・サピエンスが**植物を栽培化**したのではなく、むしろ**植物がホモ・サピエンスを飼い馴らした**のだ。

ユヴァル・ノア・ハラリ イスラエルの歴史学者 1976年生まれ 『サピエンス全史』より

▶ 大幅な改良
テオシント（トウモロコシの野生種）は、2.5 cm足らずの穂に数個の粒がついているだけである。栽培化された現在のトウモロコシは、穂軸に多数の粒が詰まり、その長さは30 cmを超えることもある。メキシコでは多数の遺跡から植物化石とデンプンの粒が発見され、トウモロコシの栽培化がこれまで考えられていたよりはるかに早い時期から始まっていたことをうかがわせる。

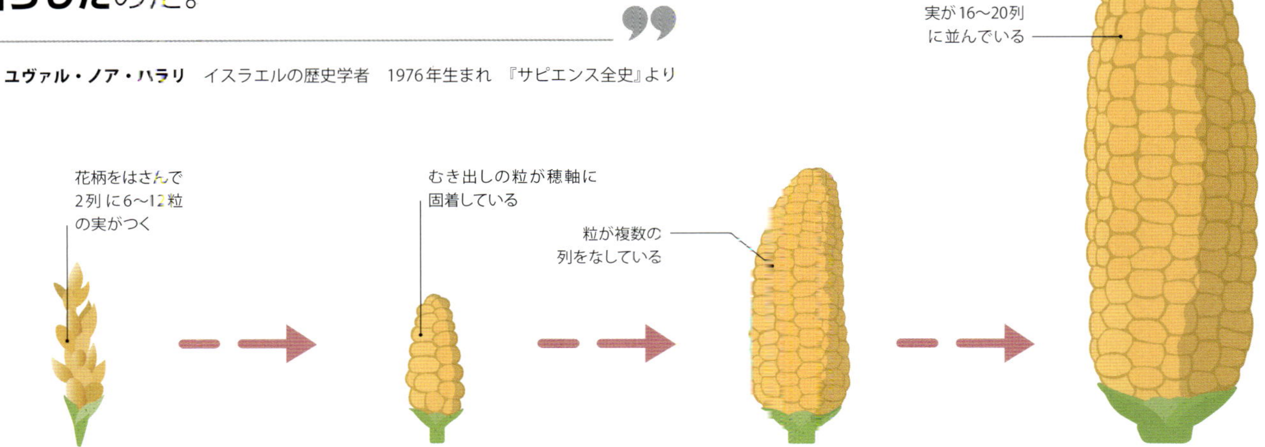
花柄をはさんで2列に6〜12粒の実がつく
むき出しの粒が穂軸に固着している
粒が複数の列をなしている
400〜600粒の実が16〜20列に並んでいる
テオシント
トウモロコシの初期の栽培種
トウモロコシの後期の栽培種
現代のトウモロコシ

花粉粒

花粉分析を含む犯罪捜査の技術が発達したおかげで、少量の植物の残留物から、気候条件や農業の歴史、祖先の暮らしなどの豊富な情報を得ることができる。

花粉や胞子など、植物の微小組織に関する研究を花粉学という。花粉粒は顕花植物の雄性配偶体で、自然界では大量に作り出される。硬い外皮に包まれているため、条件がよければ何百万年も生き残ることがある。花粉粒の形は植物によってまったく違うので、どの植物の花粉かを特定できる。

花粉が残る条件のよい場所とは、泥炭地、湖床、洞窟の堆積層などである。人間の生活と結びついている太古の花粉は、泥煉瓦、貯蔵用の穴、船、陶磁器、墓穴、永久死体［ミイラや屍蠟］、コプロライト（糞石）からも見つかっている。石臼や石器の表面からも花粉は検出できる。花粉学者は電子顕微鏡を使って個々の花粉粒を識別し、種類ごとにその粒を数える。このデータから、ある地域の特定の時期における気候や環境の状態を再現する。また、異なる深さの地層の調査を繰り返して、花粉の年表を作り上げる。この年表からは、時間の経過による植物の分布域の変化がわかる。採集した花粉の分布域とこれまでにでき上がっている年表を照合すれば、考古遺跡の年代が特定できる。

花粉の研究から、初期の農業が環境に甚大な影響を与えたことがわかってきた。農業が行われていたすべての地域で、樹木の花粉が減少し、穀類や、その穀類に擬態して生長する雑草（ドクムギなど）の花粉が増えるという現象が見られるのである。

オレンジ
サクラソウ
ゼラニウム
オウシュウアカマツ
トウモロコシ
アブラナ
シラカバ
ヤネタビラコ
コムギ

▲さまざまな花粉
上の図から、植物の花粉が種類によってまったく違う形をしていることがわかるだろう。大きさも、5ミクロンから500ミクロンまでと幅広い（1ミクロンは0.001 mm）。

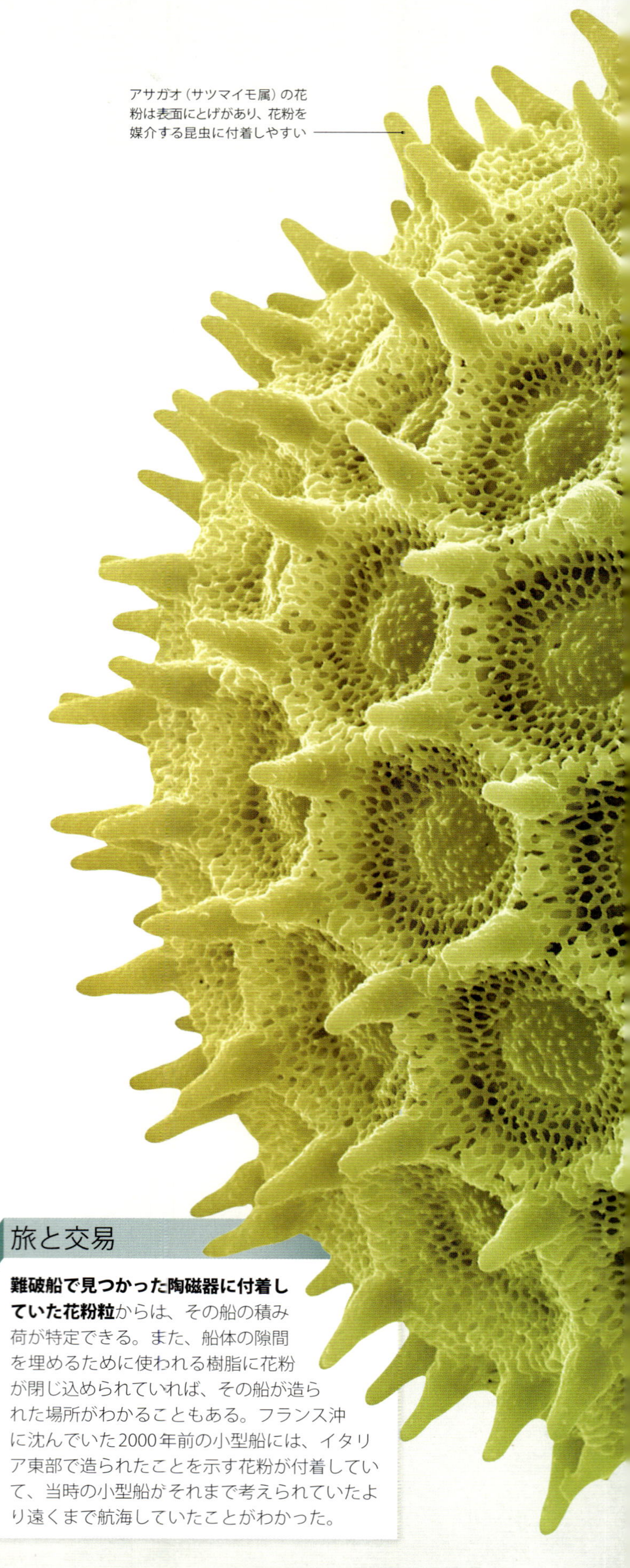

アサガオ（サツマイモ属）の花粉は表面にとげがあり、花粉を媒介する昆虫に付着しやすい

旅と交易

難破船で見つかった陶磁器に付着していた花粉粒からは、その船の積み荷が特定できる。また、船体の隙間を埋めるために使われる樹脂に花粉が閉じ込められていれば、その船が造られた場所がわかることもある。フランス沖に沈んでいた2000年前の小型船には、イタリア東部で造られたことを示す花粉が付着していて、当時の小型船がそれまで考えられていたより遠くまで航海していたことがわかった。

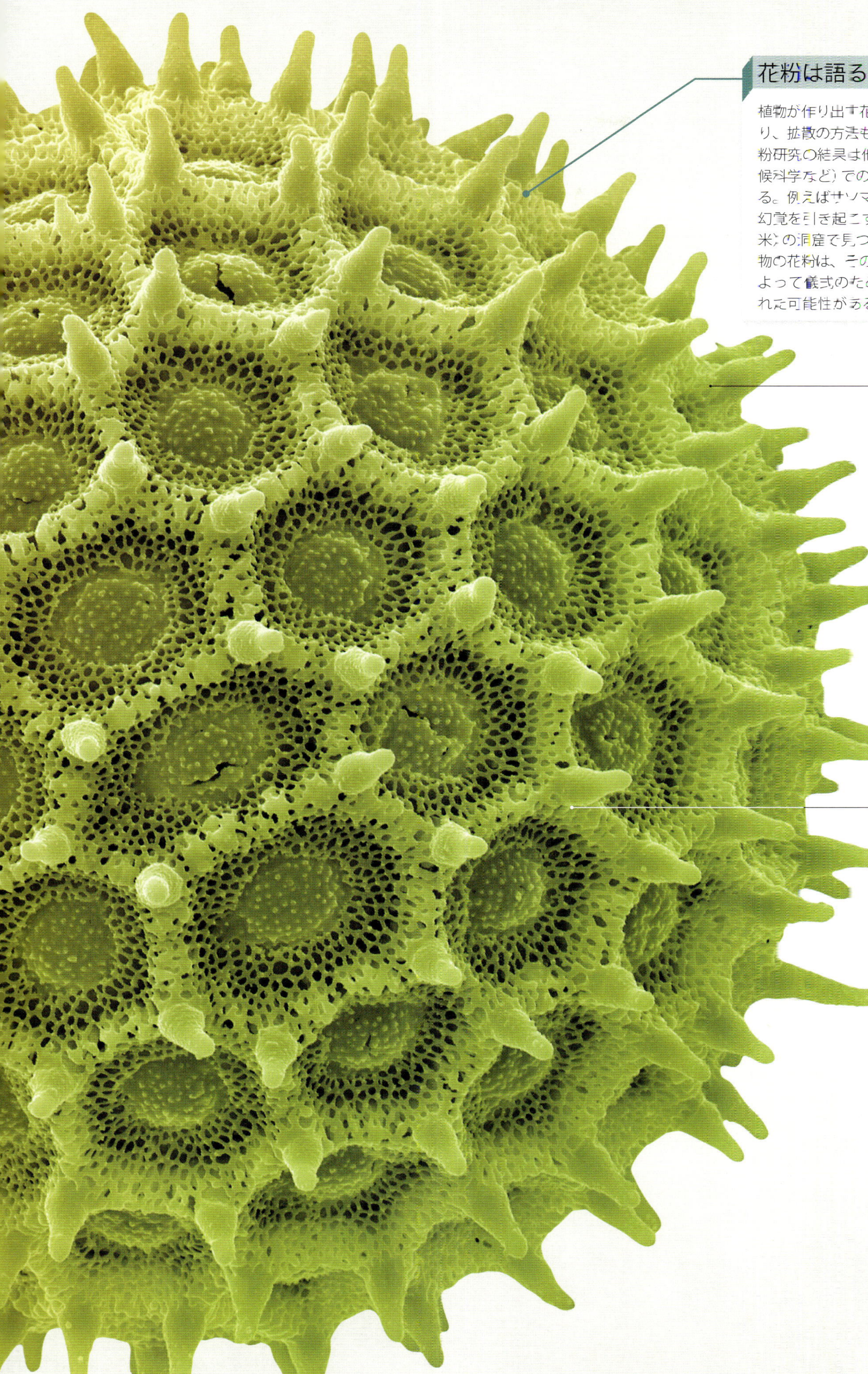
硬く丈夫で水を通さない外皮で、腐ったり干涸らびたりしないよう保護されている
この花粉粒は、大きさ、形、表面の特徴から、マルバアサガオのものと特定できる

花粉は語る

植物が作り出す花粉の量は種によって異なり、拡散の方法もさまざまだ。そのため花粉研究の結果は他の学問分野（考古学、気候科学など）での発見も考慮して解釈される。例えばサツマイモ属の植物のなかには幻覚を引き起こす種がある。ベリーズ（中米）の洞窟で見つかったサツマイモ属の植物の花粉は、その植物がマヤ以前の民族によって儀式のためにその洞窟に持ち込まれた可能性があることを示している。

アサガオの一種

気候変動

氷河期の末期に地球が温暖になると、北半球の植生は大きく変化した。イギリスで湖底の堆積物から採取された花粉を調べたところ、紀元前9600年以前にこの地方に生えていた樹木は寒さに強いヒメカンバだけだったことがわかった。温暖化が進むにつれ、カバ類に代わってオウシュウアカマツが繁茂し、さらに時代が進むとハシバミ、ニレ、オークなど多様な樹木が主流となる。

農業と食料

花粉は、私たちの祖先が何を栽培し、何を食べていたかを知る手がかりになる。住居に蓄えられていた牧草など飼い葉の花粉から、家畜にどんな餌を与えていたかがわかる。同様に、ニューメキシコのアナサジ族が使っていた石臼に付着した花粉からは、栽培化されたトウモロコシ以外にも多様な野生植物が収穫されていたことがわかるのである。アメリカ南西部では、花粉学者がコプロライト（糞石）に含まれていた花粉から有史以前の人間の食事を再現した。またスコットランドでは、5000年前の土器のかけらに付着していた花粉から、古代ケルト人の農民が飲んでいたヘザーエール〔ビールの一種〕のレシピが再現されている。

ひき臼（すり臼）。すり石は砂岩でできている

野生動物の家畜化

野生動物の家畜化は、植物の栽培化とほぼ同じ時期に、同じ地域で始まった。おそらく、移動する動物の群れを人間が犬を使って見張ったのが始まりだろう。そういう群れはやがて囲いに入れられ、餌を与えられて保護されることになる。

家畜化された動物とは、捕獲されて飼育されるうちに、野生だった祖先とは異なる資質をもつようになった動物である。象や熊などは人に馴れることはあるが、それは家畜化と同じではない。飼い馴らされた象といえども野生動物であることに変わりはなく、新しい環境に完全に適応することはない。

家畜化に適した動物には、必要な特性というものがある。扱いやすい大きさで、比較的従順な性質が求められ、それと同時に、群れでの生活に適応すること、短期間で性的に成熟すること、多産であることも必要な条件だった。その土地に生えている植物を餌にできる草食動物のほうが、肉食動物より家畜化に適している。これらの条件をすべて満たす大型哺乳類はわずか14種だけで、そのほとんどがユーラシアに生息していた。

その他の動物を家畜化しようとする試みは失敗に終わった。バイソンは牛の仲間だが、牛より攻撃的で足が速く、空中に1.8mも跳び上がることがある。同様に、シマウマも馬より気性が荒く、周辺視力が優れているため、縄で捕まえることはほとんど不可能だ。ガゼルはパニックを起こしやすく、囲いに入れると柵に体当たりして死んでしまうことがある。

野生動物の変化

自然環境から引き離された野生動物は、農耕民が自分たちに都合のいい個体を選んで繁殖させていくうちに徐々に変化しはじめる。管理しやすい小さめの個体が選ばれるため、家畜化された牛は野生の先祖であるオーロックスより小型になった。それに自然選択による進化が加わった。例えば、自然界で生き延びるのに適した知恵や長い角といったものは不要になる。さらに、家畜化された動物は捕食者を恐れたり新たな餌場を探したりする必要がないため、脳が小さくなった。

野生の哺乳類では、雄は他の雄と競争して雌を獲得しなければならないため雌よりかなり体が大きい。このような競争は飼育下ではもう見られない。人間が繁殖をコントロールするからである。その結果、牛、羊、ヤギの雄は雌と変わらない大きさになり、長い角もなくなった。

家畜として飼われることを厭わなかったこれらの動物は、確実に子孫を増やしたという意味で結果的には進化論的成功を収めたことになる。地球上の牛の数は今では14億頭に達するが、その祖先であるオーロックスは17世紀に絶滅してしまったのだから。

> **家畜化できる**動物には**共通点**があるが、家畜化できない動物が**家畜化できない理由は**それぞれ**異なる。**
>
> **ジャレド・ダイアモンド** アメリカの科学者 1937年生まれ 『銃・病原菌・鉄』より

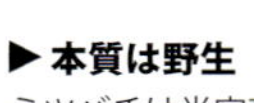

▶本質は野生
ミツバチは半家畜化された生物である。人間は選択繁殖を繰り返してミツバチの行動を改変し、野生のミツバチに比べて人を刺したり群れを成して飛び回ったりすることの少ない種を作り出した。人間に管理されてはいるが、ミツバチは今でも自分で食べ物を探し、自然界で生きていく能力を保持している。

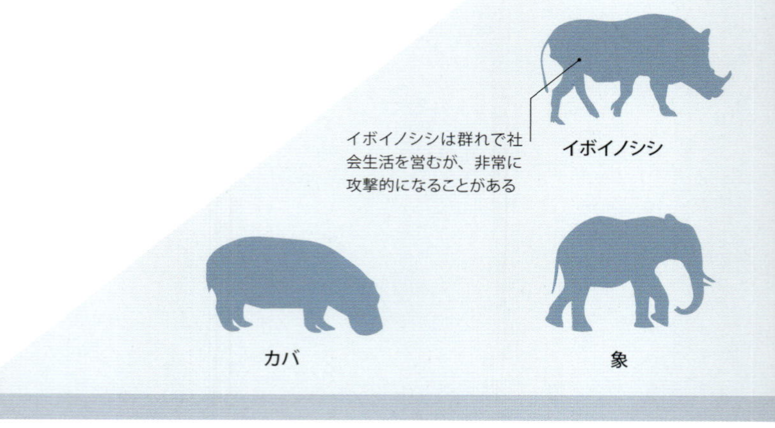
イボイノシシ
イボイノシシは群れで社会生活を営むが、非常に攻撃的になることがある
カバ
象

紀元前1年 西暦1年　**西暦1300年** ルネサンス始まる　**西暦1439年** 印刷機の発明による情報革命　**西暦1600年** コロンブス交換

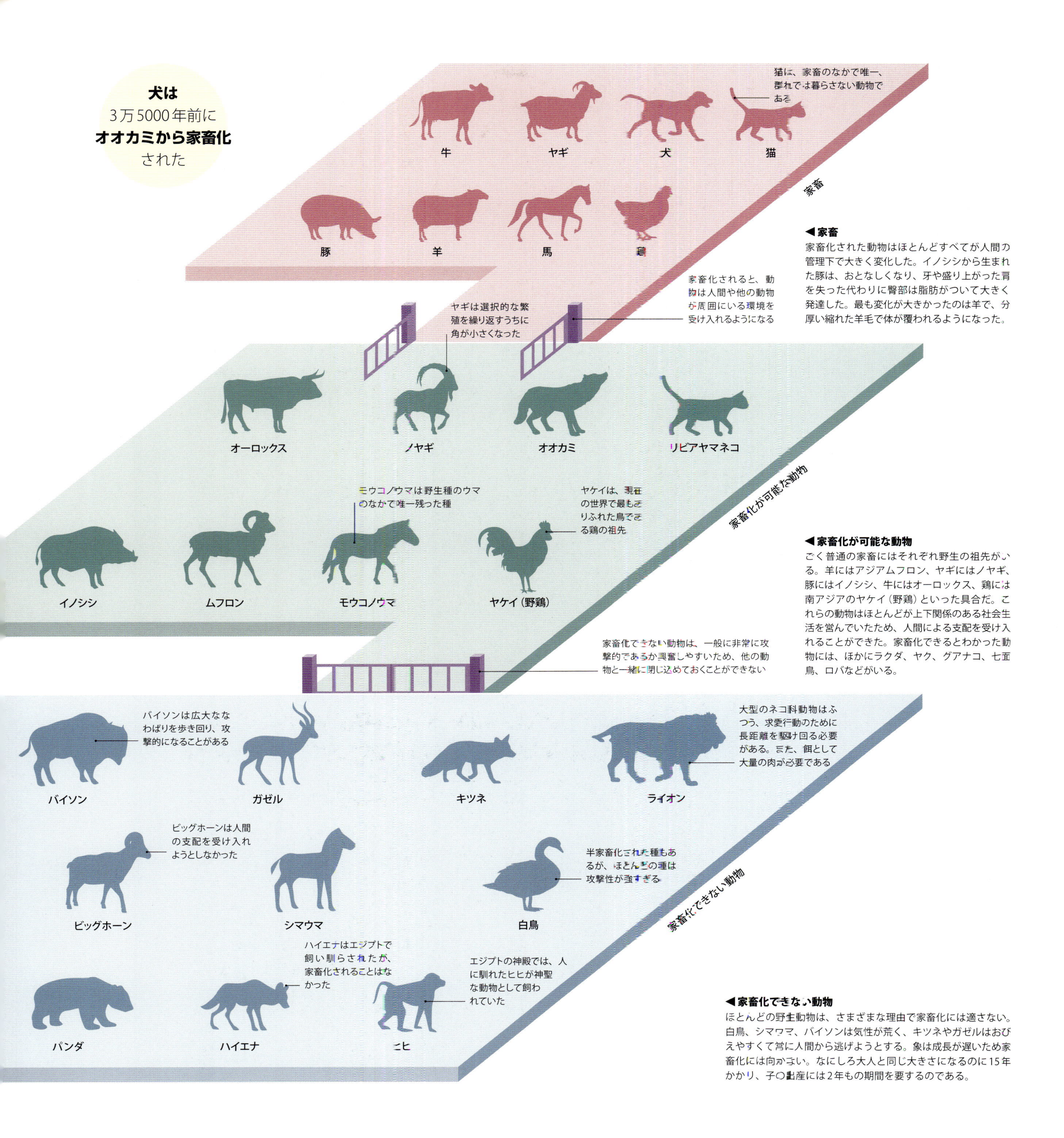

犬は
3万5000年前に
オオカミから家畜化
された
猫は、家畜のなかで唯一、群れでは暮らさない動物である
牛
ヤギ
犬
猫
家畜
豚
羊
馬
鶏
家畜化されると、動物は人間や他の動物が周囲にいる環境を受け入れるようになる
ヤギは選択的な繁殖を繰り返すうちに角が小さくなった
オーロックス
ノヤギ
オオカミ
リビアヤマネコ
家畜化が可能な動物
モウコノウマは野生種のウマのなかで唯一残った種
ヤケイは、現在の世界で最もありふれた鳥である鶏の祖先
イノシシ
ムフロン
モウコノウマ
ヤケイ（野鶏）
家畜化できない動物は、一般に非常に攻撃的であるか興奮しやすいため、他の動物と一緒に閉じ込めておくことができない
バイソンは広大ななわばりを歩き回り、攻撃的になることがある
大型のネコ科動物はふつう、求愛行動のために長距離を駆け回る必要がある。また、餌として大量の肉が必要である
バイソン
ガゼル
キツネ
ライオン
ビッグホーンは人間の支配を受け入れようとしなかった
半家畜化された種もあるが、ほとんどの種は攻撃性が強すぎる
ビッグホーン
シマウマ
白鳥
家畜化できない動物
ハイエナはエジプトで飼い馴らされたが、家畜化されることはなかった
エジプトの神殿では、人に馴れたヒヒが神聖な動物として飼われていた
パンダ
ハイエナ
ヒヒ

◀家畜
家畜化された動物はほとんどすべてが人間の管理下で大きく変化した。イノシシから生まれた豚は、おとなしくなり、牙や盛り上がった肩を失った代わりに臀部は脂肪がついて大きく発達した。最も変化が大きかったのは羊で、分厚い縮れた羊毛で体が覆われるようになった。

◀家畜化が可能な動物
ごく普通の家畜にはそれぞれ野生の祖先がいる。羊にはアジアムフロン、ヤギにはノヤギ、豚にはイノシシ、牛にはオーロックス、鶏には南アジアのヤケイ（野鶏）といった具合だ。これらの動物はほとんどが上下関係のある社会生活を営んでいたため、人間による支配を受け入れることができた。家畜化できるとわかった動物には、ほかにラクダ、ヤク、グアナコ、七面鳥、ロバなどがいる。

◀家畜化できない動物
ほとんどの野生動物は、さまざまな理由で家畜化には適さない。白鳥、シマウマ、バイソンは気性が荒く、キツネやガゼルはおびえやすくて常に人間から逃げようとする。象は成長が遅いため家畜化には向かない。なにしろ大人と同じ大きさになるのに15年かかり、子の出産には2年もの期間を要するのである。

紀元前2000年ごろにメソアメリカからトウモロコシが伝わると、北米東部の農業は一変した。

農業の普及

農業は最初は地球上の限られた地域で発達したが、その後、四方に拡散していった。この新しい生活様式が普及する速度は、アメリカ大陸よりユーラシアのほうがはるかに速かったが、その理由は両大陸の形状の違いにある。

農業は2つの方法で広まった。一般的なのは、人口増や土地争いなどの差し迫った事情から農耕民がやむを得ず故郷の土地を離れる場合である。彼らは家畜を伴い作物を持って新しい土地に移動した。第2は、やや特殊な方法で、狩猟採集民がこの新しい生活様式を部分的に取り入れる場合である。狩猟採集民が農耕民と接触するようになると、その一部は家畜化された牛や羊、ヤギを手に入れて、牧畜生活を送るようになった。

拡散の速度の違いは、大陸の方向軸によって決まる。ユーラシアが東西に広がっているのに対して、アメリカ大陸は南北に延びている。作物や家畜を移すには、同緯度のほうがはるかに都合がよい。気象条件や季節、日の長さ、病害虫や害獣共通点が多いからだ。それに反して緯度の異なる場所に作物を移す場合は、その植物はまた別の条件に適合するように進化しなければならなかった。アメリカ大陸でのトウモロコシがその例である。

> 世界には**モンゴンゴの実が**こんなに**たくさんある**のに、**なぜ栽培する**必要があるのか？

カラハリ砂漠（アフリカ）のブッシュマンの言葉　リチャード・リー（1937年生まれ）の論文「What Hunters Do for a Living（狩猟民族が生活のためにすること）」より

トウモロコシや豆のような栄養価の高い作物がメソアメリカから入ってくるとともに、農業は北米全体に広がっていく

北米東部
紀元前2000年～
紀元前1000年

メソアメリカ
紀元前3000年～
紀元前2000年

アメリカ大陸

アマゾニア
紀元前3000年～
紀元前2000年

アマゾニアの農業は、ここで独自に発生したか、アンデス地方から伝わったと考えられる

アンデス
紀元前3000年～
紀元前2000年

アンデスでは、ジャガイモとキノア（キヌア）が栽培された

トウモロコシや豆が伝わる以前、北米東部ではウリ科の植物（ウリ、カボチャなど）が栽培されていた。

西アフリカ
紀元前3000年～
紀元前2000年

アフリカでは、サハラ以南の地域3カ所のいずれかで農業が始まったと思われる

▲農業が拡散した経路
（紀元前9000年～紀元前1000年）
p.242～243の地図は、農業がどのように拡散したかを示している。ユーラシアでは東西の方向に急速に、アメリカ大陸とアフリカでは南北の方向にもっと緩やかに、伝わったことがわかる。サハラ以南のアフリカで最初に農業が興った地域については、正確にはわかっていない。

凡例
- 農業の拡散
- 大陸の方向軸
- 農業発祥の地（アメリカ大陸）
- 農業発祥の地（ユーラシア）
- 農業発祥の地（アフリカ）
- 農業発祥の地（中国）
- 農業発祥の地（オーストラレーシア）

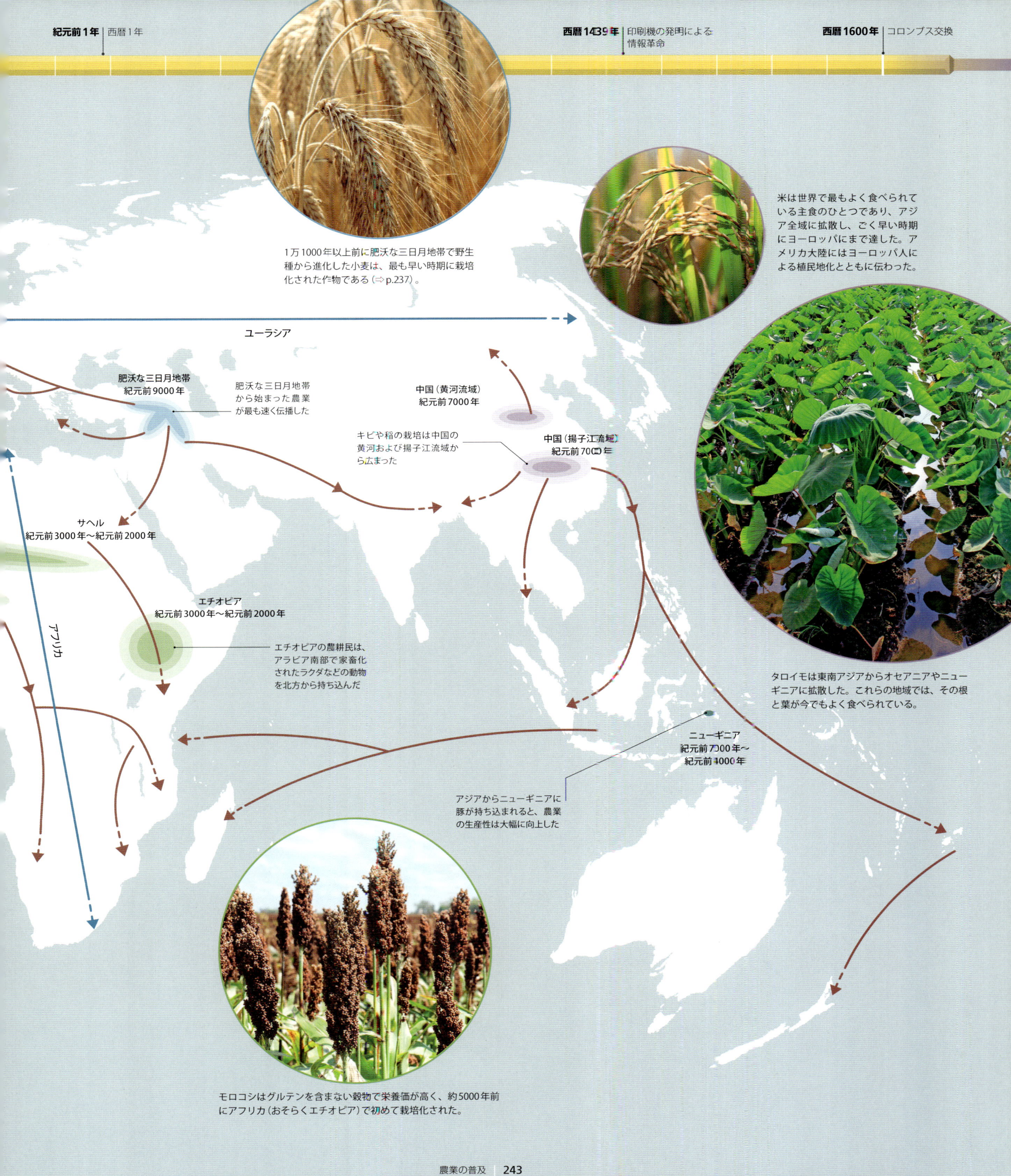

紀元前1年
西暦1年
西暦1439年
印刷機の発明による
情報革命
西暦1600年
コロンブス交換
ユーラシア
肥沃な三日月地帯
紀元前9000年
肥沃な三日月地帯
から始まった農業
が最も速く伝播した
中国（黄河流域）
紀元前7000年
キビや稲の栽培は中国の
黄河および揚子江流域か
ら広まった
中国（揚子江流域）
紀元前7000年
サヘル
紀元前3000年～紀元前2000年
エチオピア
紀元前3000年～紀元前2000年
アフリカ
エチオピアの農耕民は、
アラビア南部で家畜化
されたラクダなどの動物
を北方から持ち込んだ
ニューギニア
紀元前7000年～
紀元前4000年
アジアからニューギニアに
豚が持ち込まれると、農業
の生産性は大幅に向上した

1万1000年以上前に肥沃な三日月地帯で野生種から進化した小麦は、最も早い時期に栽培化された作物である（⇨ p.237）。

米は世界で最もよく食べられている主食のひとつであり、アジア全域に拡散し、ごく早い時期にヨーロッパにまで達した。アメリカ大陸にはヨーロッパ人による植民地化とともに伝わった。

タロイモは東南アジアからオセアニアやニューギニアに拡散した。これらの地域では、その根と葉が今でもよく食べられている。

モロコシはグルテンを含まない穀物で栄養価が高く、約5000年前にアフリカ（おそらくエチオピア）で初めて栽培化された。

時間の計測

農業が始まると、時間を常に把握しておくことが重要になってきた。畑を耕し、種をまき、収穫する時期を知る必要があるためだ。国家の成立とともに、民を統制し、規則正しい労働と大きな集団による活動を調整する手段として、暦が考案された。

狩猟採集民は、季節の変化（獣や鳥、魚の移動、果実や木の実が秋になると実ることなど）によって時間の経過を感じていた。また、空を見ても、月齢や太陽の毎日の運行、星座（プレアデス星団、オリオン座など）が1年を通じて同じ時期に再び現れることなどから、時間の経過を知ることができた。

暦による管理

農業には長期的な計画が必要である。そこで、太古の農耕民は天文学の知識を利用して最初の暦を発明した。人々が太陽の季節的な動きにいち早く気づいていた北半球では、石を立てて、地平線上の日の出と日没の位置の1年の移り変わりを追跡した。たとえばイギリスのストーンヘンジは、冬至のころの太陽に合わせて並べられている。

暦の作成には宗教的な動機づけもあった。天体観測をする時間と技術をもつ聖職者が暦を作成することが多く、その場合、暦は祭礼や占いを滞りなく行う目的で作成された。日食や月食を予言できるということは、いざというときに民心をひとつにまとめるにはとりわけ有効な方法だった。暦は後にはもっと世俗的な出来事（徴税の時期、出征する時期、商船が航海に出かける時期）を決める目的にも使われるようになる。

週の労働時間

時間の経過について、文化が違えばそのとらえ方もさまざまだった。アステカ人などメソアメリカの人々は、時間を出来事が繰り返される周期的パターンととらえ、その中で世界が定期的に破壊され、再生されると考えた。

古代社会では、労働日と休息日の周期が決まっていた。中国やエジプトでは1週間は10日で、メソポタミアでは7日だった。1日は時間に区切られ、それを計るのが時計だった。最古の時計は水時計や日時計である。社会が複雑になるにつれて、人々の生活はますます暦や時計に縛られるようになり、時計は自然のサイクルではなく人間が決めた社会的な時間を計測する道具になっていった。

▶ アステカの暦石
彫刻が施されたこの石は15世紀後期または16世紀初期のもので、メキシコのアステカ人が宇宙の歴史をどのように見ていたかを示すものである。

太陽の円盤は、規則的な模様で両面が装飾されている

青銅製で、円盤の片面のみ金メッキが施されている

▼ 太陽の戦車
紀元前1400年ごろにデーン人が作ったこの遺物は、太陽の運行を、馬に引かれた戦車で空を旅する姿としてイメージしたものである。太陽の円盤に刻み目があるところから、この円盤が暦として使われていた可能性があると考える考古学者もいる。

紀元前1年 西暦1年

西暦1300年 ルネサンス始まる

西暦1439年 印刷機の発明による情報革命

西暦1600年 コロンブス交換

石の縁に刻まれた記号は、天のさまざまな要素（星、太陽光線、金星など）を表している

▲ 天体観測
この湾曲した構造物は、ティムール朝の君主（スルタン）ウルグ・ベクが西暦1420年代に建設したサマルカンド天文台（ウルグ・ベク天文台）の一部分である。この天文台のおかげで、スルタンお抱えの天文学者たちは毎日の日の出と日没の時刻のほか、1年の長さも計算することができた。

中央に描かれているのは、第5代にして現在の太陽神トナティウの顔である

顔の周りの四角は過去の時代と太陽を、それぞれジャガー、風、雨、水として表している

現在（5代目）の時代と太陽は、中央のシンボルを囲む枠の形で表されている

この円には、アステカの1カ月の日数を表す20個の記号が刻まれている

“

時間の概念を最初に発見した人間を、**神々は呪う**だろう。

”

アウルス・ゲッリウス ローマの著述家 西暦125年～185年ごろ
『アッティカの夜』より

動物の新しい利用法

動物を家畜化する目的は、初めのうちは肉や皮をいつでも入手できるようにするためだった。その後、再生可能な資源としても利用できることがわかってきた。つまり、乳や毛、それに労力を提供してくれるということである。この新しい利用法への進歩を、副産物革命と呼ぶ。

最初に利用された副産物は乳だった。トルコで見つかった紀元前7千年紀の土器に乳の痕跡が残っていたのが最古の例である。当時、人間の成人は、赤ん坊と違って乳糖(乳に含まれる糖類)の分解に必要な酵素を持っていなかった。だが古代の農耕民は、乳を加熱し発酵させてヨーグルトやチーズにすることで、乳糖を分解する工夫をしていた。発酵は、乳の保存と貯蔵にも最適の方法である。紀元前5500年ごろになると、中央ヨーロッパの人々に乳糖に対する耐性ができた。乳を消化できるようになったことで、彼らは豊富なタンパク源を新たに獲得したのである。乳糖への耐性はヨーロッパ中に広がり、後には西アフリカやアジアの一部でも見られるようになる。今日では、牛乳を飲める人は人類のほぼ3分の1に達している。

このころ利用されるようになったもうひとつの新しい製品が羊の毛で、羊毛を紡ぎ、織って布が作られた。西アジアの農耕民は、最も品質のよい羊毛が取れる羊を選んで繁殖させた。その結果、紀元前7000年～紀元前5000年に、羊は厚い縮れた毛に覆われた動物に変化した。

力と移動

最も重要な副産物は、動物の力だった。これは、人間が火を使うようになって以来初めて新しく獲得したエネルギー源である。紀元前4500年ごろ、運搬用の動物としてロバが家畜化された。その後、西アジアでは牛に引き具をつけて荷物を引かせるようになる(最初は簡単な橇に載せていた)。紀元前3500年ごろに犂が発明され、車輪(もともとは土器を形作るために発明された轆轤)が橇にとりつけられて荷車が生まれた。馬が家畜化されたのもこのころである。

馬に乗ることで、人間はこれまでになく速く移動できるようになった。馬に荷車を引かせれば、人々は草食の家畜を連れて移動でき、ユーラシアの草原地帯(作物の栽培には適さない環境)でも生きていけるようになった。

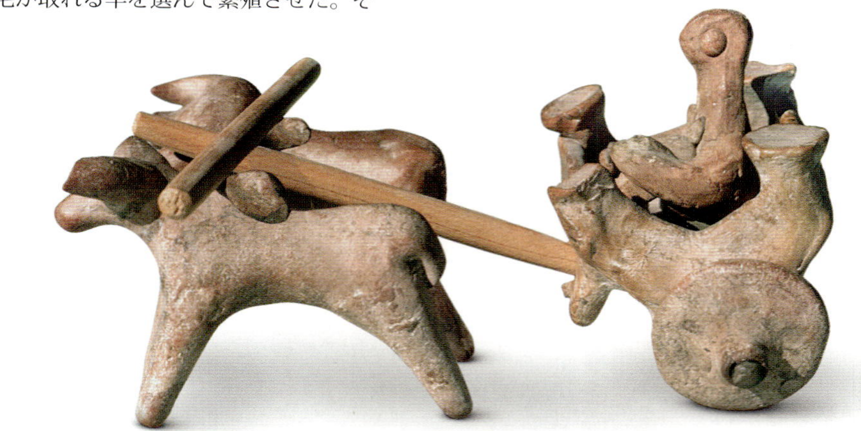

▶ 牽引する力
車輪のついた荷車は短期間のうちにヨーロッパ全域に普及したため、発祥の地がどこかを正確に知るのは難しい。右は土器の牛車像(4000年前のもの)で、インドのインダス文明遺跡から出土した。

> この革命によって、**家畜化された草食動物**は、草を人間が利用できる**エネルギーへと変換する、効率のよい機械**になったのである。

デイヴィッド・クリスチャン ビッグヒストリー歴史学者 『Maps of Time(時の地図)』より

乳搾りの時間
古代の乳搾りの場面には子牛が描かれていることが多い。初期の酪農では、雌牛に乳を出させるには子牛がそばにいる必要があった。7世紀のこの彫刻は、タミル・ナードゥ州（インド）の石窟寺院の中にある。

技術革新による収量増

人々が定住し、人口が増えると、当然ながら食料の増産が必要になる。そこで農耕民は新しい農法を編み出した。土地を犂で耕したり、肥料を使ったりするといった方法である。これらの新技術のおかげで、生産力を高め収量を増やすことができたのだ。

牛2頭で犂を引かせれば、ひとりでも、数人が掘り棒を使って作業するよりはるかに短時間で畑全体を耕して種まきの準備をすることができる。犂のおかげで硬い土でも耕すことができ、耕作可能地が大幅に増えた。そのうえ、犂を使って耕すと雑草を効率よくすき込むこともできる。

犂は掘り棒を改良して、地面を連続的に掘り返すことができるようにした道具である。メソポタミアで紀元前4千年紀にさかのぼる犂の絵が見つかっていることから、メソポタミアで発明されたと考えられる。最も古いタイプはスクラッチプラウ（ひっかき犂）で、先端につけた木製の刃（犂べら）で浅いあぜ溝を切り取るだけのものだった。ひっかき犂で効率よく耕すには交差するように耕す、つまり同じ畑を2度（2度目は最初と直角方向に）耕す必要があった。後に改良されて犂べらの先端が金属製になり、またコールターと呼ばれる刃を犂べらの前に装着して地面を切り取るようになる。

犂は、紀元前1世紀の中国でさらに改良が進み、撥土板が追加された。撥土板は湾曲した刃で、土をひっくり返して雑草を埋め、栄養分を表面に出す働きをする。この犂を使う方法はユーラシア大陸を横断して西へ伝わり、西暦7世紀にはヨーロッパに達していた。撥土板を備えれば、もう交差して耕す必要はない。これで、家畜に引かせた犂が耕すことができる土地の面積は2倍になった。

犂を利用できるのは、牽引に適した動物（牛、水牛、馬、ラバ、ラクダなど）がいる地域に限られる。アメリカ大陸にはこのような道具を引っ張れるほど強い家畜がいないため、犂が発明されることはなかった。

土壌の改良

家畜を犂の牽引に使う大きなメリットのひとつは、その排泄物が土壌を肥沃にするということである。牽引に適した家畜がいなかったアメリカの農耕民は、別の種類の肥料を見つけ出した。ペルーのインカ族は海鳥の糞（グアノ）を大量に集めて畑にまいた。グアノには植物の生長に欠かせない栄養素である窒素、カリウム、リン酸塩が豊富に含まれているため、肥料として理想的である。古代中国では、夜間に町から集めてきた人糞（下肥）が使われた。

予想外の結果

農業の発達には利点と同時に問題点もあった。収穫量は増えたがそれによって人口増にも拍車がかかり、相変わらず庶民の大半は食料を十分に確保できなかったのである。灌漑設備が整い、畑を休ませることなく酷使した結果、土壌が疲弊する場合もある。共同体は定期的に食料不足と飢饉に見舞われ、その結果栄養失調や病気が蔓延し、寿命が短くなった。食料不足から社会が混乱し、戦争や集団大移動が起こって文明が崩壊することもあった。

木製のハンドルで犂の舵取りをする

木製のへらで土をかいて浅いあぜ溝を切る

▶ 初期の犂
この遺物はひっかき犂を使う農民の姿を表したもので、紀元前2000年ごろのエジプトの墓から出土した。エジプトではナイル川の氾濫のおかげで土壌の表面に栄養素が堆積するため、犂を使ってすき返す必要はなく、種まきのためのすじをつけるだけで十分だった。

牛が引く犂はサハラ以南のアフリカでは利用できなかった。牛は、ツェツェバエが媒介する致命的な感染症**トリパノソーマ症**にかかりやすいからである

▲ **最先端の技術**
エジプトの人々は燧石の歯がついた木製の大鎌で穀物を収穫した。穂だけを刈り取り、家畜の餌にするため茎は立ったまま残した。収穫高の増加を求めるとより多くの労働力が必要になるため、奴隷労働に頼る地域も出てくる。

> **2頭の牛**（去勢していない9歳の雄牛）を手に入れなさい。彼らは力が有り余っているから**仕事をさせるには最適**だ。畑の中で角突き合わせて**犂を壊すこともない**だろう。

ヘシオドス　ギリシャの詩人　紀元前700年ごろ　『仕事と日々』より

くびきと呼ばれる木製の器具を犂轅に交差させ牛を犂につなぐ
犂轅（ビーム）
牛は犂を引くだけでなく、穀物の種を踏みつけて地中にめり込ませる。収穫後の穀粒を踏んで脱穀するためにも牛が使われた

余剰作物は権力の源泉

農耕民が必要以上の食料を収穫できるようになると、将来に備えてそれを貯蔵する必要が生じる。古代国家が誕生するとともに、その中心には余剰穀物を蓄える穀倉が建てられた。このような余剰作物は一種の財産として、支配者による課税の対象になったり、交易や国王の臣下への報償に使われたりした。

穀物を貯蔵するためには、ネズミや害虫から守り、腐ったり発芽したりしないように乾燥させておく必要がある。アフリカやユーラシアの多くの社会では、ネズミなどの害を防ぐと同時に床下を空気が循環する高床式の穀倉を建てた。エジプトでは空気が乾燥しているため、床を高くする必要はなかった。ペルーのインカ族は急斜面に穀倉を建て、山に吹きつける風を利用して穀物を乾燥させた。

国家の規模が大きくなると、穀物の量を計ってその貯蔵量を記録する必要が生じる。そのためには、これまでになく複雑な組織と中央による管理が必要だった。エジプトでは、ヘカトという容量4.8ℓの小さな樽を基準にして体積で穀物を計った。ヘカトは標準的な測定単位として、紀元前1500年〜紀元前700年の間、東地中海全域で使われていた。

一方、中国人は、穀物を重さで計っていた。基本単位はひとりの人間が天秤棒で運べる重量である。中国では、隋から唐（西暦581年〜907年）にかけての考古遺跡で、巨大な地下の穀物貯蔵庫が数百カ所も発見されている。国家が設けたこれらの穀倉の壁には、穀物の種類、量、産地、貯蔵の日付を記したものが掲げられている。

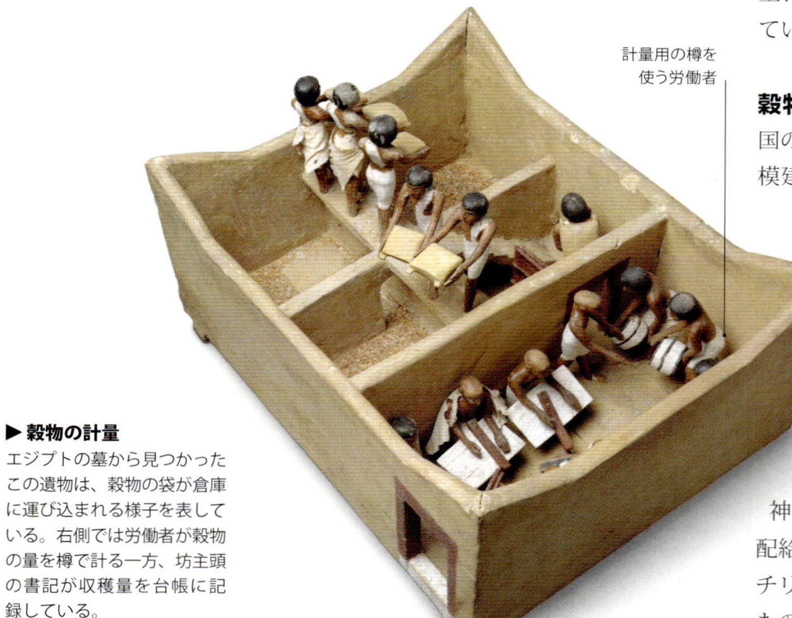
計量用の樽を
使う労働者

▶ 穀物の計量
エジプトの墓から見つかったこの遺物は、穀物の袋が倉庫に運び込まれる様子を表している。右側では労働者が穀物の量を樽で計る一方、坊主頭の書記が収穫量を台帳に記録している。

穀物と国家権力

国の穀倉から、支配者は軍隊だけでなく、大規模建設プロジェクト（エジプトのピラミッド、中国の万里の長城など）の現場で働く労働者にも食糧を供給することができた。穀倉は、農作物が不作の年に飢えた民衆を救済するという重要な役割をも担っていた。支配者は、穀物の供給が民衆の心をつかむ鍵になることを知っており、たとえばローマ皇帝は月に一度、豊作の女神ケレスの神殿でローマ市民に穀物を無料で配給した。その穀物は、皇帝の私有地があるシチリア島やエジプトから大型船で運び込まれたものである。

“
私は**民衆のために穀物を穀倉に積み上げた。**不作の年が7年続いても**食べ物に困らないように、**私は**民衆のために穀物を集めた。**

『**ギルガメシュ叙事詩**』（紀元前2000年ごろ）より

伝統的な穀倉
マリのドゴン族は今でも農耕生活を営み、収穫したキビを背の高い穀倉に貯蔵する。穀倉は石を積んだ上に粘土で建てられていて、雨季の間の保護のために草で屋根が葺いてある。

紀元前8000年 農業の誕生
紀元前6000年 最古の都市が出現
紀元前4000年 文字の発達
紀元前3100年 最古の文明が出現

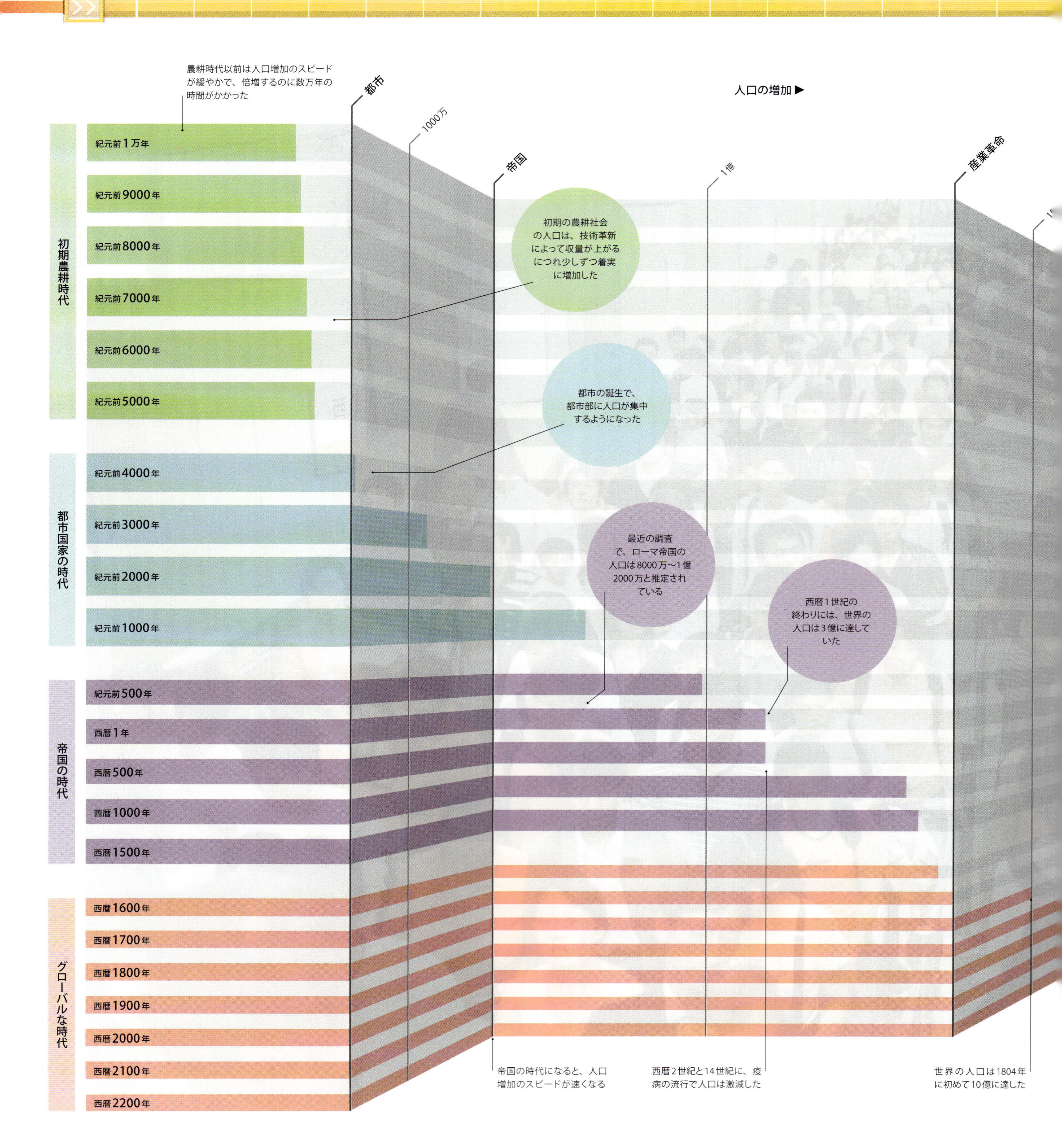

農耕時代以前は人口増加のスピードが緩やかで、倍増するのに数万年の時間がかかった
都市
1000万
帝国
1億
産業革命
人口の増加 ▶
初期農耕時代
紀元前1万年
紀元前9000年
紀元前8000年
紀元前7000年
紀元前6000年
紀元前5000年
初期の農耕社会の人口は、技術革新によって収量が上がるにつれ少しずつ着実に増加した
都市の誕生で、都市部に人口が集中するようになった
都市国家の時代
紀元前4000年
紀元前3000年
紀元前2000年
紀元前1000年
最近の調査で、ローマ帝国の人口は8000万〜1億2000万と推定されている
西暦1世紀の終わりには、世界の人口は3億に達していた
帝国の時代
紀元前500年
西暦1年
西暦500年
西暦1000年
西暦1500年
グローバルな時代
西暦1600年
西暦1700年
西暦1800年
西暦1900年
西暦2000年
西暦2100年
西暦2200年
帝国の時代になると、人口増加のスピードが速くなる
西暦2世紀と14世紀に、疫病の流行で人口は激減した
世界の人口は1804年に初めて10億に達した

2015年の**年間出生率**は**死亡率の2倍**を超えている

人口増加の始まり

農耕生活に切り替えて余剰食料を確保できるようになったことで、人口は増加しはじめる。農業が始まったばかりの時代でも、狩猟採集生活に比べて50～100倍の人口を養うことができた。犂の発明や灌漑施設の整備など、農業技術の革新が進むにつれ、人口はますます増えていく。

グローバルな時代

100億

将来の人口については見方が分かれていて、増加し続けるという意見もあれば、減少すると考える人もいる

産業革命以後、技術と医学の進歩によって寿命は劇的に延び、作物の収量も大幅に増えた

第2次世界大戦後、人口増加のスピードは急速に増した

▲人口の増加
西暦1700年までは、人口はゆっくりしたペースで増加していたが、1750年ごろから現在までは急増しているといってもよい。その原因としては、農業関連の技術革新、工業生産、コロンブス交換（⇨p.296～297）に伴う生産性の高い作物（キャッサバやトウモロコシ）の普及などが挙げられる。

歴史の初期の世界の人口については、紀元前1万年で200万～1000万、紀元前1000年で5000万～1億1500万と、推定値に幅がある。実際の数字がどうであろうと、農業が始まった結果この期間に世界の人口が劇的に増えたという点では意見が一致している。人口が増えるにつれて1カ所に多くの人間が住む人口密度の高い場所が増え、その結果病気や定期的な飢饉に襲われる可能性が高くなる。人間の歴史のなかで、飢饉や疫病が原因で人口が大幅に減少した時期と地域が2つある。2世紀のローマ帝国と、14世紀のユーラシアだ。

人口増加率の変化は「マルサス的サイクル」で説明されることが多い。18世紀の経済学者トマス・マルサスは、人口増加のスピードは常に食糧供給の増加を上回るため、やがては飢饉に陥り、人口が減少すると主張した。マルサス的サイクルはしばしば画期的な新発明から始まる。たとえば、ヨーロッパで馬の首当てが改良されたことから、家畜が土をより深く耕起する犂を引くことができるようになり、その結果生産性が向上する。このような農業技術の革新が普及すると、人口が増え、それに伴って農地の面積も拡大する。こうした成長期には商業活動も活発になり、町の規模が大きくなる。すると町の人間にも食糧を供給する必要が生じる。人口が増えると交換されるアイデアやイノベーションも多くなるが、農耕時代には結局のところ人口増加率が変化のスピードを追い越し、マルサス的崩壊が訪れる。

新しい食糧

新しい作物の普及も人口増を後押しすることがある。11世紀、中国ではベトナムのチャンパ族から生長が速い新種の稲（1年に最大3回収穫できる）を移入した。干ばつに強いこの品種は高地でも栽培できるため、稲の栽培に適した土地が倍増したのである。このため、中国の人口は10～11世紀に比べて2倍になった。16世紀には、稲より標高の高い場所でも栽培できるトウモロコシとジャガイモがアメリカから入ってきたため、中国の人口はさらに増加した。

◀地球上の人間のほぼ5人に1人は中国人である。現代の中国には、わずか150年前の世界人口に匹敵する人間が住んでいる。2050年ごろには、中国に代わってインドが世界で最も人口の多い国になると予想されている。

人口増加こそ、陸上で荒れ狂う**モンスター**だ。

E. O. ウィルソン アメリカの生物学者 1929年生まれ 『生物の多様性』より

フェントンの壺

陶器は考古学ではきわめて重要な情報源のひとつに数えられる。有機物のように朽ちることがなく、土中で長い年月原形を留めて古代文明の生活様式や技術を解明する貴重な手がかりになるからである。

美しい装飾を施した陶製の壺が1904年にグアテマラで発見された。その絵柄から、マヤ文明（コロンブスが到達する以前のメソアメリカの文明）の生活とその時代を垣間見ることができる。マヤ族はメキシコ南東部と中米北部一帯を勢力範囲としていた民族で、この壺の製作年代は西暦600年〜800年とされている。マヤ遺跡から出土する多くの壷と同様、この壺も貴族の墓に納められていた。描かれているのは宮廷生活の一場面（この場合は貢ぎ物を差し出しているところ）で、これは上流階級の儀式、信仰、日常生活を物語るまたとない証拠である。

陶器の年代測定はますます精密になってきている。19世紀後半に、考古学者のフリンダーズ・ピートリーがエジプトから出土したさまざまなスタイルの陶器から継起年代法を編み出した。スタイルの違う各種の陶器を記録し、発見された層の深さの順に整理したのである。継起年代法は、考古学遺跡の年代測定に現在も使われている。

陶器の年代測定は、今では、電子を吸収して閉じ込める粘土の性質を利用して科学的に行うことができる。実験室で粘土を加熱すると、電子が光として放出される。放出される光の量を測定することで、その陶器が焼かれた時期がわかるのである。マヤ族は、その子孫が現在もそうしているように、陶器の原料となる粘土を川の流れている谷から採取していたと思われる。使われた粘土を化学的に分析すると、いわゆる「化学的な指紋」が得られるが、それによって粘土が採取された場所を特定できる。

特殊なスタイルの陶器の分布状況は、交易や移住のルートを解明する糸口になる。新石器時代の人々のなかに、紀元前2800年〜紀元前1800年に西ヨーロッパに移住した集団がいる。この人々は「ベル・ビーカー」として呼ばれる独特な形の壺を作ったことから、考古学者の間でビーカー族と呼ばれている。この器はヨーロッパ各地の埋葬遺跡から発見され、ビーカー族の移動が広範囲にわたっていたことがこれで明らかになった。

王の名前と身分を表す絵文字

古代の文字

マヤの壺には、象形文字の一種（メソアメリカに特有の複雑な文字体系）で重要な情報が刻まれていることが多い。壺に描かれた場面で使われている絵文字には、主な登場人物の名前と身分が記されている。なかには縁にも文字が書かれている壺があり、その場合はその器を贈る相手と器の中身が記録されている。

貴族がひざまずいて貝（ウミギクの仲間）を差し出している
かごにはトウモロコシのパンケーキが山盛りになっている
豪華な頭飾りは王の身分を表す
パネル内の絵文字で登場人物を識別できる
書記が蛇腹式の帳簿に交換の詳細を記録している
登場人物は宝石類や豪華な衣装、花で飾ったターバンを身につけている

フェントンの壺に描かれている絵柄の全体図。宮殿の玉座の間に座っている王がマヤの貴族から貢ぎ物を受け取っているところである。飾りのついたターバンから、この人物の身分がわかる。5人の人物の名前はそれぞれ、そばのパネルに絵文字で記されている。王が指さしているのはタマーリ（トウモロコシのパンケーキ）の入ったかごで、その下には反物が積まれている。王の後ろでは、書記が貢ぎ物の内容を詳しく記録している。

赤い泥漿で
細部を彩色する

陶器の作り方

最古の陶器は、粘土を紐状にして巻き上げ、粘土を打ちつけて平らな板状にしたりして作られていた。紀元前3400年ごろになると、メソポタミアで轆轤が発明される。初期の轆轤は手でゆっくり回すものだったが、その後足踏み式轆轤が登場し、短時間で陶器を「成形」できるようになったため、大量生産が可能になる。以後、陶器作りは専門の職人が行うようになり、普通は男性がその職に就いた。コロンブス到達以前のアメリカでは轆轤は知られていなかったため、フェントンの壺は、おそらく紐作りの技術を使用して手で作られたものだろう。

轆轤を回す
古代エジプト人

印をつける

マヤ族は、色のついた粘土液で陶器を装飾した。粘土液とは粘土と鉱物を混ぜ合わせたもので、陶器を焼くと溶けて器に焼きつけられる。フェントンの壺には黒と赤の粘土液が使われている。初期には、ヨーロッパのベル・ビーカーのように、不定形な染みのようなデザインの容器が多かった。

ベルビーカー

過去の食べ物

陶器には、顕微鏡でしか見えないごくわずかな食べ物の痕跡が付着していることが多く、ここから当時の人々が何を食べていたかがわかる。フェントンの壺など、マヤの陶器から削り落としたものを調べると、壺はどうやらチョコレートの保存に使われていたようだ。2005年に中国で発見された鉢には、4000年前の麺が付着していた（下の写真）。麺のデンプン粒を分析したところ、この麺の材料はキビであることがわかった。

世界最古の麺

古代の集落

農業の生産性が上がると、人々は1カ所に集まって定住生活を送るようになる。また、農業のかたわら見事な工芸品を生み出したり、地域の交易ネットワークを作り上げたりという行動も見られるようになる。

史上最古で最大の集落はトルコ中部のチャタル・ヒュユクで、紀元前7300年ごろから5600年ごろまで続いていた。13haの広さに数千人が住んでいたとされる。チャタル・ヒュユクは町という形をとった世界最古の例で、ほかに古代の町としては紀元前7200年ごろに建設されたヨルダンのアイン・ガザルがある。規模はアイン・ガザルのほうがチャタル・ヒュユクよりわずかに小さかった。

最古の町の生活

これら最古の町の住人は農耕民で、家畜(チャタル・ヒュユクでは羊、アイン・ガザルではヤギ)をたくさん飼っていた。どちらの町でも小麦、大麦、エンドウ、レンズ豆が栽培されていた。また、オーロックス(野生の牛)、鹿、ガゼルなどの野生動物を狩ることもあった。

このような初期の町は、交易ルートでつながっている場合もあったが、それを除けば互いに孤立していたと考えられる。また、近隣に狩猟採集民の集団(バンド)があったとして、そういう人々との接触があったかどうかはわかっていない。ただ、交易が盛んになると、それに刺激されて新しい職業や技術が発達する。やがては、町で暮らす専門職人の手で、重要な新技術(犂、車輪、青銅器など)が生み出されることになる。

都市生活というものを最初に実践したこれらの町は、それぞれ独自の方法で発展していった。町の建物は長方形で、ぎっしりと密集している。アイン・ガザルでは家々の間に中庭や狭い路地があり、そこに面した戸口を通って家に入る造りになっているが、対照的にチャタル・ヒュユクでは、家は互いにくっつき合って建てられ、通路はない。住民ははしごを掛けて屋根に上り、屋根の開口部から室内に入っていた。

アイン・ガザルの住宅は大きさがさまざまで、住民の間にある程度の貧富の差があったことが推測される。一方チャタル・ヒュユクでは、階級制度が存在した証拠は見つかっていない。高い地位をうかがわせる住宅や公共の建物はなく、公共の屋外スペースさえなかったようだ。住民の生活は何かにつけ平等だったと思われる。

“

ここで作られたもののほぼすべてが、現代の近東では**類を見ないほど高品質で、洗練されている。**

ジェームズ・メラート 英国の考古学者 1925年〜2012年

チャタル・ヒュユクで発見された高さ16cmのこの粘土像は、2頭のヒョウを両側に従えた女性の姿を表している
女性は地母神(地上の豊かな実りをつかさどる)と考えられている
石の女神
丈夫で色彩豊かな布地は織機で織ったものである
野生の植物(果樹など)も食料源になった
家の床下に設けられた墓。遺体はまずハゲワシについばませて、そのあと骨だけを埋葬した
内部の装飾
家の壁は白土で塗り、そのあとに幾何学模様や狩の場面を描いた

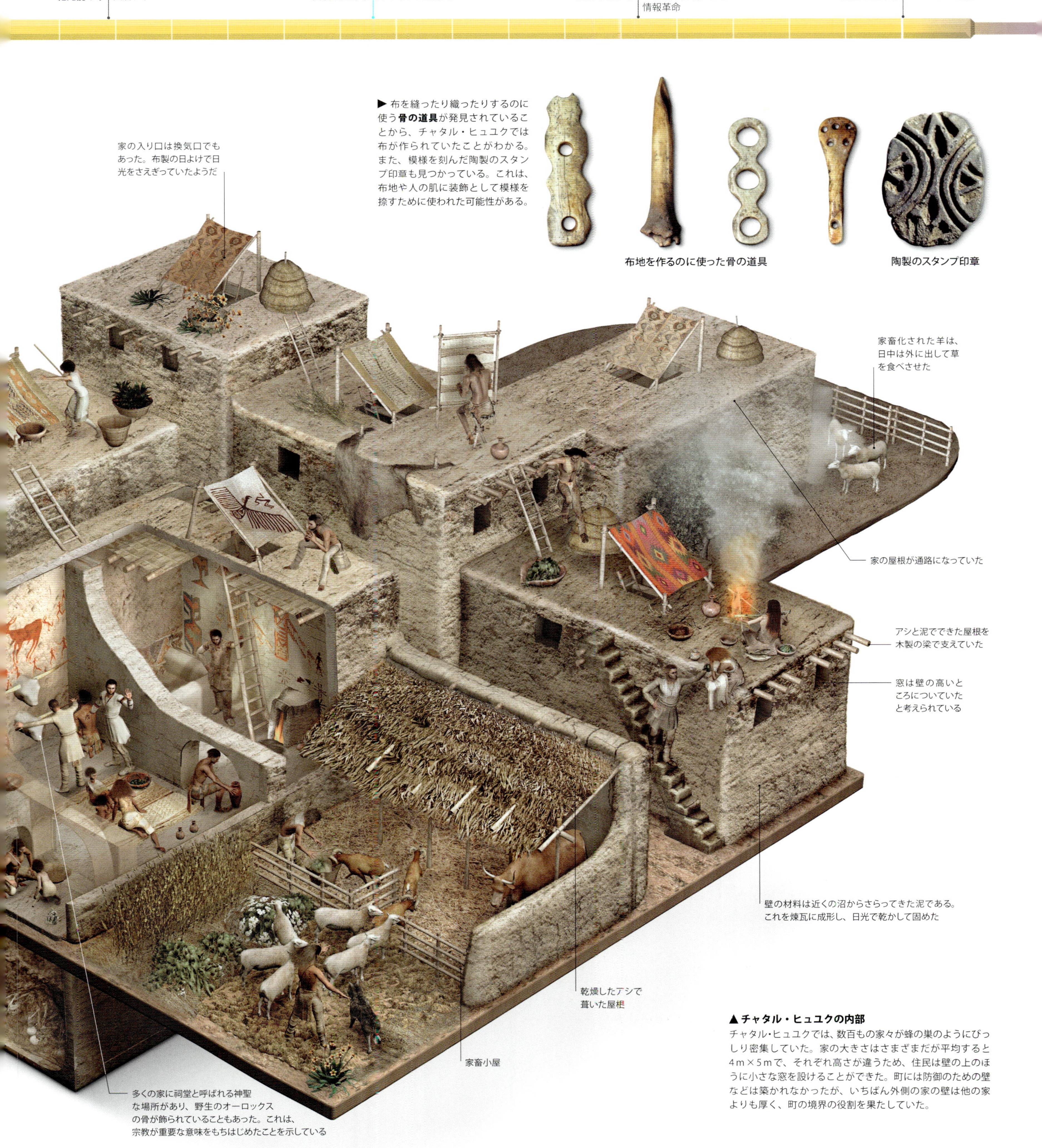
家の入り口は換気口でもあった。布製の日よけで日光をさえぎっていたようだ
家畜化された羊は、日中は外に出して草を食べさせた
家の屋根が通路になっていた
アシと泥でできた屋根を木製の梁で支えていた
窓は壁の高いところについていたと考えられている
壁の材料は近くの沼からさらってきた泥である。これを煉瓦に成形し、日光で乾かして固めた
乾燥したアシで葺いた屋根
家畜小屋
多くの家に祠堂と呼ばれる神聖な場所があり、野生のオーロックスの骨が飾られていることもあった。これは、宗教が重要な意味をもちはじめたことを示している

▶ 布を縫ったり織ったりするのに使う**骨の道具**が発見されていることから、チャタル・ヒュユクでは布が作られていたことがわかる。また、模様を刻んだ陶製のスタンプ印章も見つかっている。これは、布地や人の肌に装飾として模様を捺すために使われた可能性がある。

布地を作るのに使った骨の道具

陶製のスタンプ印章

▲チャタル・ヒュユクの内部
チャタル・ヒュユクでは、数百もの家々が蜂の巣のようにびっしり密集していた。家の大きさはさまざまだが平均すると4m×5mで、それぞれ高さが違うため、住民は壁の上のほうに小さな窓を設けることができた。町には防御のための壁などは築かれなかったが、いちばん外側の家の壁は他の家よりも厚く、町の境界の役割を果たしていた。

紀元前8000年 農業の誕生
紀元前6000年 最古の都市が出現
紀元前4000年 文字の発達
紀元前3100年 最古の文明が出現

▶ **古代エジプトの社会的階層**
エジプト社会の構造は、多くの国と同様、頂点に王を戴き、その下に各種の階層があるピラミッド型だった。ピラミッド型社会にはほかにも複数のタイプがある。中世のヨーロッパや日本では、騎士や武士が支配階級を形成していた。インダス文明では商人が力をもっていたが、王朝時代の中国では逆に商人の地位は低かった。ローマ帝国など、多数の奴隷を使用することで成り立っている社会もある。奴隷には何の権利もなく、主人の所有物とみなされていた。

奴隷は、奴隷制度をもつすべての**社会で最下層**に位置づけられていた

ファラオ（王）は神がこの世に姿を現したものと見なされ、ファラオによって社会の調和が保たれると信じられていた

ファラオ

大臣は日常の政治を監督する

大臣

エジプトの貴族は地方総督や神官長、軍司令官など高位の職に就いた

貴族

書記は上層階級の出身者であることが多く、高度な教育を受けていた

書記

商人は、エジプトの商品（穀物など）を外国の品物（黒檀、ヒョウの皮など）と交換して富を蓄えた

商人

職人はその専門的な技能（金銀細工、製陶、石材加工など）で評価された

職人

エジプト社会が必要とする食料はすべて、小作農が栽培する。小作農は、農作業がないときには建設プロジェクトに徴用された

農民

組織化される社会

人口が増えたことで、人間は初めて、多人数の見知らぬ人と平和に暮らす方法を考える必要に迫られる。新しい形の社会組織が考案され、それが最終的には、異なる階級の人々からなる階層社会を頂点に立つ王が統轄するという国家の誕生につながった。

▲母と子
紀元前100年から西暦250年にかけて、メキシコのハリスコ族は、赤ん坊を抱く母親の塑像を多数作っている。これは、彼らの社会で女性が果たす主な役割が子育てだったことの表れだろう。

狩猟採集民は25〜60人ほどの小規模集団（バンド）で暮らし、その構成員は家族であったり婚姻によるつながりであったり、何らかの関係のある人々だった。バンドの中ではだれもが平等であり、狩猟や採集の知恵や技術によって特に敬われているメンバーはいても、リーダーと呼べる人物はいなかった。男も女も平等で、それぞれが食料の調達に携わっていた（男は狩猟、女は採集）。

農耕生活が始まると、人々はこれまでより大きな集団（部族）を作って定住するようになる。部族は数千人までの集団で、共通の祖先の血を引いているという信念で団結する場合が多かった。初期の部族社会はそれまでと同様、平等主義で、意思決定は公共の場で行われた。多くの部族には「長（おさ）」と呼ばれる人物がいる。長の意見は尊重されるが、その地位は世襲ではなく、個人の能力によっていた。

人口が数千人規模になると、人々はまったくつながりのない他人ともつき合わなければならない。そういう社会で平和を保つには、力のある首長に権力を集中させることが有効な方策だ。部族のメンバーは首長に貢ぎ物（税）を支払い、首長はそれを配下の者に再配分する。こうして階級社会が生まれた。血縁関係は依然として重要だったが、首長自身の家系が特に優れたものと認識されるようになる。

最古の国家

人口が2万を超えると国家が誕生する。2万という数は血縁関係で運営するには大きすぎるのだ。国家の組織はピラミッドに似ている。全権力を掌握する支配者が頂点に立ち、その下に神官や行政官を含む各階級が置かれる。最も多くの人間が属する階級が小作農である。この階級はピラミッドの底辺に位置するが、このシステム全体の根幹を成す余剰作物は彼らの働きで作り出されていた。

平和を求めるところから**社会が生まれた。**
すなわち、**社会の基本は仲裁である。**

ルートヴィヒ・フォン・ミーゼス　オーストリアの経済学者　1881年〜1973年

国家が機能するためには詳細な記録をとることが欠かせない。王宮の書記には富と権力が約束されていた

エジプトでは職人のなかにも独自の階級制度があり、王宮に仕える職人は一般の職人よりはるかに社会的地位が高かった

家父長制社会の誕生

人々が狩猟採集生活から農耕生活に移行すると、部族内で女性の地位が徐々に低下して、女性は男性の支配を受けるようになる。家父長制社会の誕生である。家父長制社会では食料を調達したり収入を得たりするのは男の仕事で、女は家にこもって出産と育児に専念することになる。多くの国で女性は財産を所有できず、法的にも夫や父親の管理下に置かれた。また、一部の社会では男性が複数の妻を持つことも認められていた。娘より息子のほうが望ましいとされ、生まれた子どもが女であった場合には処分されることもあった。

戦争捕虜
このマヤの壁画（西暦790年ごろ）では、ボナンパク（古代マヤ文明の都市遺跡）の王チャン・ムワン（中央）が敵対都市の捕虜を前に勝ち誇って立っている。捕虜は身分の高さを示す衣服をはぎ取られ、爪をはがされているが、これも王の優位性と力を誇示するためである。

支配者の出現

社会の規模が大きくなると、権力が血縁関係内部での合意によるものから、上から押しつけられる強制的なものへと変わっていく。首長とか王と呼ばれる新しい支配者は、武力を背景に力を蓄え、臣下や民から租税を取り立てた。

支配者は、自分たちが受け取った貢ぎ物（税）を再配分することで、権力の座に就くことができた。そして上層グループには武器や報酬を与えて戦士や貴族という階級に取り立て、それ以外の大多数の庶民からは武器を取り上げた。

大多数の人民が少数の人々の支配を受けることを許容したのはなぜだろうか。最初は合意的な要素があったのかもしれない。つまり、組織に属して安全と保護が保障されることと引き換えに、進んで権力を明け渡したのではないか。あるいはまた、力のある冷酷な権力者によって上から強いられただけという場合もあったと考えられる。

神の後ろ盾

王の権威を正当化するのは、通常、超自然的な主張であって、そこでは、支配者の繁栄が社会にとって不可欠だと説明される。たとえばエジプトのファラオは、天空神ホルスがこの世に姿を現した存在とされていた。中国の皇帝は「天命」を授かっていると主張し、マヤの王は自分たちは神の子孫であると主張した（神々は生きている人間に勝る力をもつと信じられていた）。臣下たちは、王に近づくときには服従の姿勢（頭を下げる、ひれ伏すなど）を取ることが当然だとされた。

ポリネシアの首長の場合、宗教上のタブーにより、臣下はその影に触れることすら許されなかった。影に触れることは、首長の聖なる力（マナ）を損なうと思われていたのである。首長のマナは社会の安全を保つのに欠かせないものであるため、そのような行為は部族全体を危険にさらすことになる。

支配者が権力を見せつける方法は、世界中どこでも似たようなものである。すなわち、一段と高い席（玉座）に座り、丈の高いかぶり物を身につけ、笏と呼ばれる飾り棒を持っている。エジプトのファラオは羊飼いの杖と家畜を追い立てるための鞭を持っていたが、これは王が民の「羊飼い」として民を守ると同時に支配する存在であることを象徴している。

戦争に勝つことも、支配者が神々の支持を得ている証だった。壁画などには王が敵を打ち負かす場面が描かれたが、そこでは敵を裸に描くことが多い。こうして、彼らがいかに無力であるかを強調したのである。

コブラとハゲワシは、ファラオが上下エジプト王国で最高の権力者であり権威者であることを表している
縞模様のリネンのかぶり物（ネメス）は、ファラオだけが身につけられるものだった
杖は羊飼い（保護者）としてのファラオを象徴する
儀式用の付け髭は神性の象徴だった
鞭はファラオの罰する力を表す

▼王の棺
ツタンカーメン王の棺（紀元前1327年ごろ）は、王の権威と神格化された地位を表すシンボルで覆われている。黄金製（金は神々の肉体と考えられていた）で、青い七宝焼きがはめ込まれている。

法と秩序と正義

大規模で複雑な社会には、行いを律し、紛争を平和的に解決するための客観的な決まりが必要である。最古の法典は、支配者が統治の手段として編纂したが、後に倫理観が発達すると、だれにでも等しく正義が行われるべきだという考え方が一般的になる。

農耕生活が始まると、紛争が起こる機会も増える。私有という感念をもたない狩猟採集民とは違って、農耕民は土地や財産、水利権、相続などさまざまな問題をめぐって争った。

法が整備される前は、個人に対する不当な扱いに仕返しをするのはその個人が属する家族や血縁集団の責任だった。悪事(例えば殺人)に対する報復に失敗することは、グループ全体の恥とされていた。これでは暴力が暴力を生み、いわゆる血の復讐が何世代も続くことになる。血の復讐は歴史上のさまざまな社会で決して珍しいものではなく、ギリシャ神話、アイスランドのサーガ、日本の武士社会にも多くのエピソードがある。

王の法典

国家が誕生すると、支配者は、力を行使する権利を早急に自分だけのものにしようとした。そこで論争を平和的に解決して反目を防ぐために、罪を犯したときの罰則、または犯罪者が被害者に支払う賠償の一覧を作成した。

現存する最古の法典は、シュメールの都市ウル=ナンムで紀元前2100年ごろに制定されたものである。ここには、さまざまな種類の損害に対する賠償額が具体的に記されている。たとえば、「他人の足を切り落とした者は、銀10シケル(古代バビロニアの重さの単位。約1/2オンス〔約14グラム〕)を支払わねばならない」という項目がある。

古代の法で最も有名なのはバビロン王ハンムラビ(在位紀元前1792年〜紀元前1750年)の法典だろう。ハンムラビは高さ2.25 mの円錐形の石柱に282条の法令を刻み、それをだれもが見られるようにバビロンの中心部に据えた。ハンムラビ法典の中でもよく知られているのが、「他人の目をくりぬいた人間は、自分の目をくりぬかれるべし」という条項である。

石柱のいちばん上には、自分は神によって「領土内で正義を行うこと、邪悪な者や悪事を為す者を滅ぼすこと、強者が弱者に害を為さないようにすること」を命じられたというハンムラビ王の宣言が刻まれている。王はまた、不当に扱われたと感じる者は石柱のところに来てその法を声に出して読むようにと促した。「その者に当てはまる法を読ませ、安心させよ」

ハンムラビのような王にとって、法を施行することは民衆の人気を勝ち取る方法のひとつだった。古代の支配者は、戦争や宗教儀式以外の時間の大半を、人々の訴えを聞くことや紛争の裁定に費やしていた。

マケドニアのデメトリオス1世の伝記作者プルタルコスによると、王が旅に出たところ、ひ

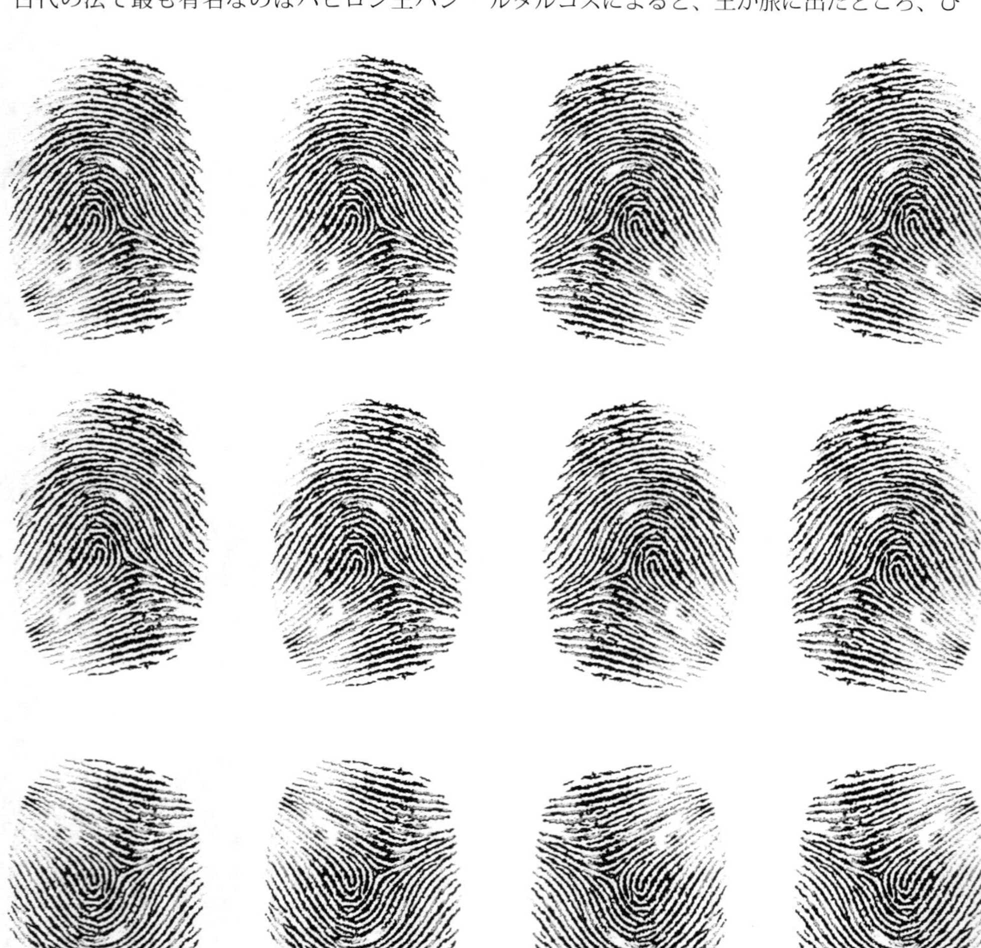

▶ 証拠
証明できる事実に根拠を与えるためには証拠が重要になる。今日の証拠法は、ローマの法体系の影響を受けている。古代では、証拠は主として口頭で述べられ、書かれた記録が提示されることもあったが、物的証拠というものはほとんどなかった。

> **神であると人であると**を問わず、**すべてを統べるの**が**法**である。

クリュシッポス　ギリシャの哲学者　紀元前279年〜紀元前206年ごろ
『On Law(法について)』より

とりの老婆が近づいてきて拝謁を願った。王が断ると、老婆は「それで王様だなんてよく言えるもんだ！」と悪態をついた。この非難は王の心に突き刺さり、彼はその地に数日留まって、その老婆をはじめ拝謁を願うすべての人に謁見を許したという。プルタルコスはこの逸話を次のように結んでいる。「結局のところ、王の仕事とはまず第一に民を公平に扱うことなのだ」

神の法

道徳的な宗教が登場すると、法律に対峙する新しい風潮が生まれた。すなわち、犯罪や法律違反の多くが社会や個人に対する罪ではなく、神に対する罪と見なされるようになったのである。ヘブライ語のトーラー（律法）は生活のあらゆる面の決まりごとを集めたもので、ユダヤ人はこれを神からモーセに与えられたものだと信じている。そのなかで最も重要なのが石の板に刻まれた十戒で、エルサレムのユダヤ教寺院中央の聖所に納められていた。

イスラムのシャリーア法も、同様に日常生活の戒律をまとめたものである。シャリーアはアラビア語で「明らかな道」を意味し、コーラン、預言者ムハンマドの言行、イスラム学者によるファトワー（裁定）に基づいて制定されている。イスラム諸国の中には、いまだにシャリーア法の古代以来の伝統「目には目を」を引き継いでいる国がある。2009年、イランのシャリーア法廷で、酸をかけられて失明した女性に、加害者の目に酸を注いでもよいとする裁定が下された。しかし女性はこう述べて相手を許すことを選んだのである。「そんなことをすれば、私はもう一度、苦しみと痛みを感じることになるでしょう」

中国の哲学

中国では、紀元前6世紀以降、法に対してまったく立場の異なる2つの考え方が発達した。その根源には、人間の本質に対する対照的な見方がある。孔子は、権威ある立場の人々が率先して正しい行いの手本を見せれば、民衆は正しく振る舞うものだと主張した。「法律でのみ統治し、刑罰で秩序を保つだけでは、民衆は罰を受けないように努めることはあっても恥ずかしいという気持ちをもつことはない。徳をもって統治し、礼法で秩序を保つなら、民は恥の感覚を養うことができるばかりか、善人にもなる」というのである。

アングロサクソンの法典では、**爪がはがれた場合に至るまでの**あらゆる種類の**傷害に対する賠償金の額**が定められている

法家はこの儒教の考え方に真っ向から反論した。法家の主張は、民衆は本質的に貪欲で自分勝手で怠け者であり、厳格な法と厳しい処罰で矯正する必要があるというものだ。紀元前4世紀に興った秦は、国家の方針として法家の主張を採用する。秦の宰相であった商鞅（しょうおう）は次のように書いている。「王の法に従わない者は死罪となる。赦免は認められないばかりか、その処罰は3世代の身内にまで及ぶことになる」。商鞅は最後には失脚し、自分の作った苛酷な法の裁きを受けることになる。紀元前338年、彼の身体は5台の戦車によって引き裂かれ、家族は全員殺された。

法家の採用によって秦の代々の王は専制主義国家を建設し、他国を征服することができた。紀元前221年、始皇帝によって中国の統一が成し遂げられ、法家の主張は国全体に行き渡る。中国の家庭はすべて連帯責任を負う集団に編成され、集団のメンバーが罪を犯せば全員が罰せられた。儒教の書物は禁書となった。始皇帝の統治はきわめて苛酷なものであったため、紀元前210年に始皇帝が死去すると、その後わずか4年で秦王朝は滅亡する。

秦のあとを支配したのが漢王朝である。漢の武帝（在位紀元前141年～紀元前87年）は儒家と法家を統合した。道徳的な行動と子としての義務を重視する儒家を国の基本思想としたが、ただし、その背後には法家の厳罰主義があった。「外は儒家、内は法家」という言葉は、この状況を端的に表している。以来、法家の説が中国の国家体制の根幹を成している。

ローマ法

法律を学問として扱ったのは、法の土台にある原則とその妥当性について分析したローマ人が最初である。ローマの法学者は、法の背後にある精神または意図がその正確な文言より重要であると主張した。ローマ法にはまた、「疑わしきは罰せず」という原則があった。

ローマ法の条項とその解説は何百年もかけて整備されてきたもので、なかには矛盾する条項も含まれているが、法律家や執政官にはそれをすべて学習することが求められた。西暦528年～533年、時の皇帝ユスティニアヌスは専門家に命じて既存のローマ法すべてを1巻の書物にまとめ、扱いやすい形に整理した。これがローマ法大全である。法律上の解説を編集して繰り返しや矛盾を除いた『学説彙纂』も作られる。ユスティニアヌスの法典は西洋世界全域に普及し、『学説彙纂』は11世紀以降何世代にもわたって法律家の教育に使われた。ユスティニアヌスの法典そのものも、フランスのナポレオン法典（1804年）をはじめとする後世の多くの法典に影響を与えている。イタリアの著作家アレッサンドロ・ダントレーヴは1951年に発表した『自然法』の中で、「聖書を別にすれば、ローマ法大全ほど人類の歴史に深い足跡を残した書物はない」と述べている。

“ **正義**とは、**常に**変わらず、法律に基づいて**万人に正当な権利を与える**態度である。”

ウルピアーヌス 法学者 ユスティニアヌス法典ダイジェスト版（西暦533年ごろ）より

書き言葉

農業と交易が盛んになるにつれ、正確な記録をつける必要が生じたため、いくつかの古代文明で文字体系が発明された。文字はやがて、法律を書き留める、宗教的な文章をつづる、出来事を記録する、科学的思考を伝える、物語を創作するなど、さまざまな用途に使用されるようになる。

文字は紀元前3300年ごろのエジプトおよびメソポタミアで、重要な情報を保管する方法として使われるようになった。最初、その恩恵を受けるのは支配階級に限られていた。最初の文字体系では多数の記号が用いられていたため、それを習得できるのはごく少数のエリート集団（すなわち書記）だけだったのだ。

30種類に満たない記号だけで音声を表すことができるアルファベットをフェニキア人が発明したことで、読み書きの能力は書記階級だけのものから一気に拡大することになる。紀元前1千年紀には、アルファベットはフェニキア商人によって地中海地方全域に広められ、ギリシャやローマでも採用された。手紙を書く、買い物リストを作る、所有物に自分のものとわかるラベルを貼るなど、文字はますます日常生活に浸透していった。

書物はコレクティブ・ラーニングにとって価値ある道具だった。書物があれば、異なる文化の間で知識を共有でき、その知識を将来世代に伝えることもできる。古代世界では図書館に書物が集められた。最もよく知られているのがエジプトのアレキサンドリア図書館で、紀元前3世紀以降、ギリシャの学問の一大拠点になっていた。歴代図書館長のひとりで数学者のエラトステネスは、紀元前200年ごろに地球の円周を正確に計算していた。

現代の私たちがエラトステネスについて知ることができるのは、ローマカトリック教会とビザンチン帝国が中世を通じてギリシャ語とラテン語の書物を保存していたため、さらにイスラムの学者がそれをアラビア語に翻訳したためである。

> **先人**には感謝せねばならぬ。すべてを自分たちで抱え込んで沈黙する代わりに、**あらゆる種類のアイデア**を**書き残してくれた**のだから。
>
> **ウィトルウィウス** ローマの建築家 紀元前80年〜紀元前15年ごろ 『建築書』より

次に識字率が大幅に向上するきっかけとなるのが、活版印刷の発明である。これによって書物を安く、大量に作ることができるようになる。ヨーロッパで最初に印刷された本はヨハネス・グーテンベルクによる聖書で、1455年のことである。1500年には、ヨーロッパ中の印刷所で年間3万5000種類、1000万〜2000万部の書物が印刷されていた。

▶ 故人を偲んで
文字の発明によって、人の名前はその死後も残るようになる。イエメンで発見されたこの墓石に刻まれているのは、紀元前9世紀から西暦6世紀まで使われていた古代南アラビア文字である。

中世の書物はその装飾のために珍重され、そこに書かれたラテン語が使われなくなってからも長く伝わった

▶ 美装写本
印刷が発明されるまで、書物を手に入れられるのは富裕層だけだった。書物は読むためだけでなく、美しい装飾品としても珍重されたのである。写真は15世紀に制作された手書きの祈祷書『時祷書』である。ラテン語で書かれているため、読者層は限られていた。

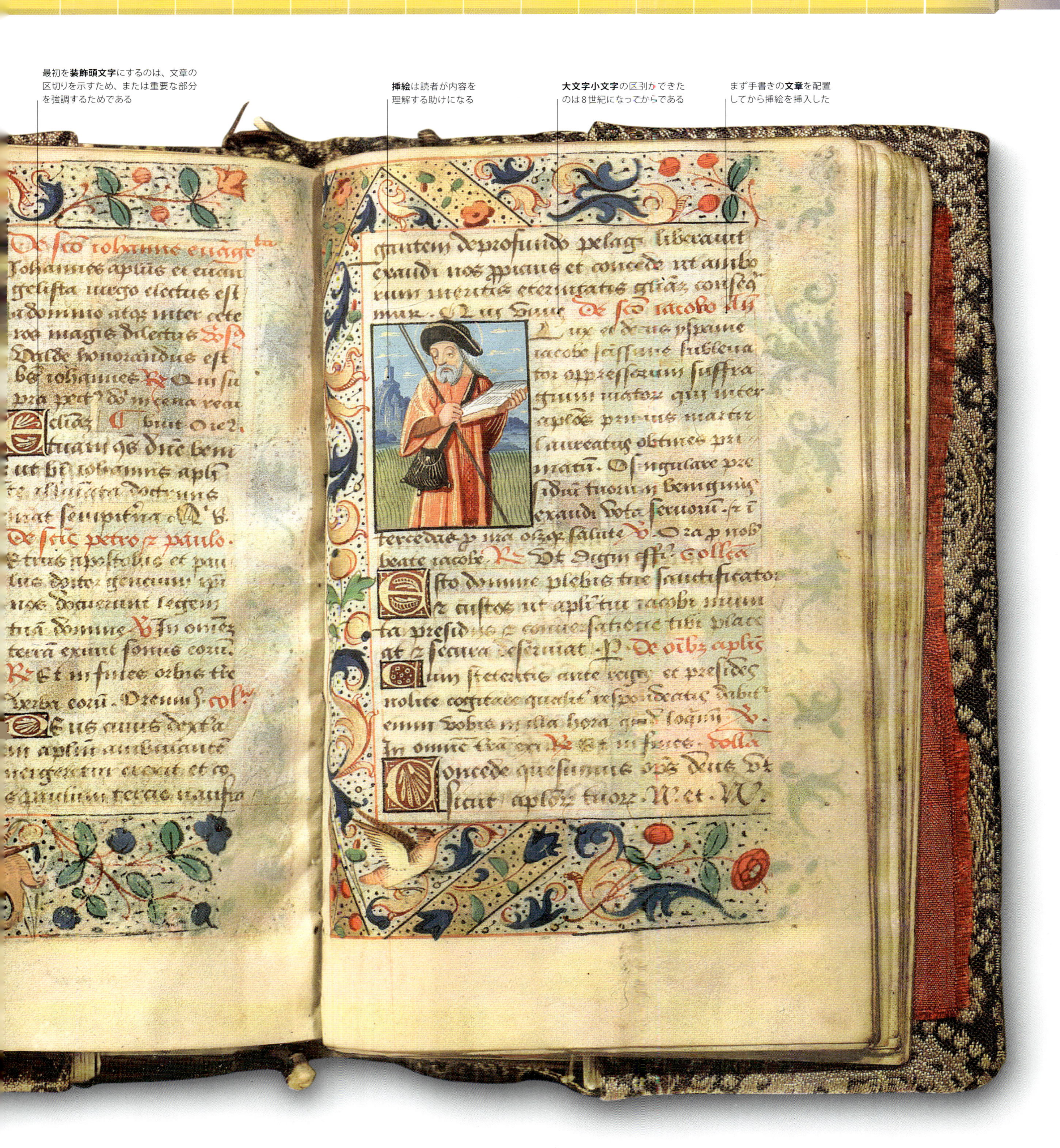
最初を**装飾頭文字**にするのは、文章の区切りを示すため、または重要な部分を強調するためである
挿絵は読者が内容を理解する助けになる
大文字小文字の区別ができたのは8世紀になってからである
まず手書きの**文章**を配置してから挿絵を挿入した

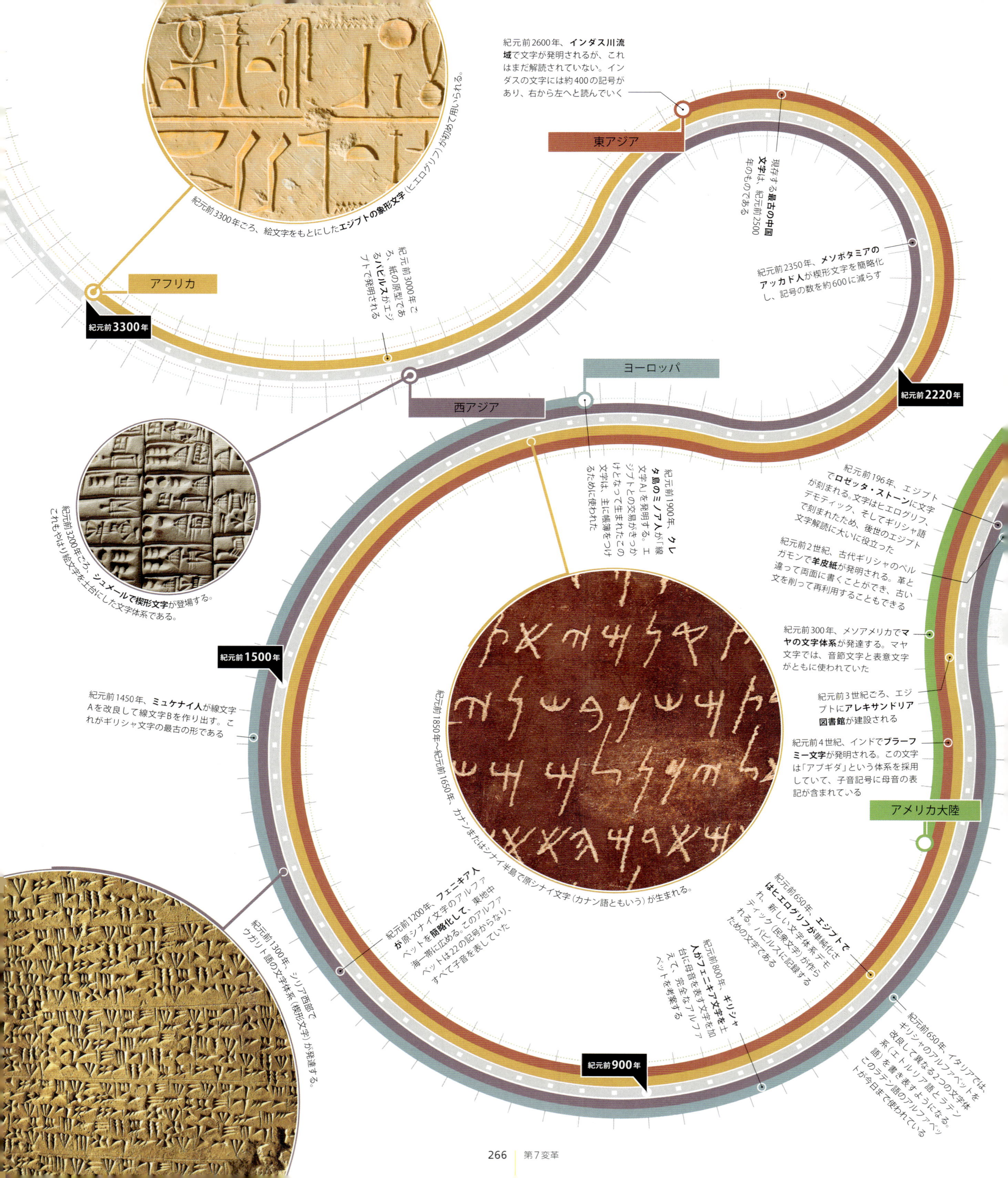
紀元前3300年ごろ、絵文字をもとにしたエジプトの象形文字（ヒエログリフ）が初めて用いられる。
アフリカ
紀元前3300年
紀元前3000年ごろ、紙の原型であるパピルスがエジプトで発明される
紀元前2600年、インダス川流域で文字が発明されるが、これはまだ解読されていない。インダスの文字には約400の記号があり、右から左へと読んでいく
東アジア
現存する最古の中国文字は、紀元前2500年のものである
紀元前2350年、メソポタミアのアッカド人が楔形文字を簡略化し、記号の数を約600に減らす
紀元前2220年
ヨーロッパ
西アジア
紀元前3200年ごろ、シュメールで楔形文字が登場する。これもやはり絵文字を土台にした文字体系である。
紀元前1900年、クレタ島のミノア人が「線文字A」を発明する。エジプトとの交易がきっかけとなって生まれたこの文字は、主に帳簿をつけるために使われた
紀元前196年、エジプトでロゼッタ・ストーンに文字が刻まれる。文字はヒエログリフ、デモティック、そしてギリシャ語で刻まれたため、後世のエジプト文字解読に大いに役立った
紀元前2世紀、古代ギリシャのペルガモンで羊皮紙が発明される。革と違って両面に書くことができ、古い文を削って再利用することもできる
紀元前300年、メソアメリカでマヤの文字体系が発達する。マヤ文字では、音節文字と表意文字がともに使われていた
紀元前1500年
紀元前1450年、ミュケナイ人が線文字Aを改良して線文字Bを作り出す。これがギリシャ文字の最古の形である
紀元前3世紀ごろ、エジプトにアレキサンドリア図書館が建設される
紀元前4世紀、インドでブラーフミー文字が発明される。この文字は「アブギダ」という体系を採用していて、子音記号に母音の表記が含まれている
紀元前1850年～紀元前1650年、カナンまたはシナイ半島で原シナイ文字（カナン語ともいう）が生まれる。
アメリカ大陸
紀元前1300年、シリア西部でウガリト語の文字体系（楔形文字）が発達する。
紀元前1200年、フェニキア人が原シナイ文字のアルファベットを簡略化して、東地中海一帯に広める。このアルファベットは22の記号からなり、すべて子音を表していた
紀元前650年、エジプトではヒエログリフが単純化され、新しい文字体系デモティック（民衆文字）が作られる。パピルスに記録するための文字である
紀元前800年、ギリシャ人がフェニキア文字を土台に母音を表す文字を加えて、完全なアルファベットを考案する
紀元前650年、イタリアでは、ギリシャのアルファベットを改良して異なる2つの文字体系（エトルリア語とラテン語）を書き表すようになる。このラテン語のアルファベットが今日まで使われている
紀元前900年

4世紀ごろ、**アイルランドでは**石に刻まれた直線状の印が特徴のオガム文字が現れる。
西暦394年、エジプトの神殿でヒエログリフの碑文が作られる。現時点で**最後のヒエログリフ**とされている
5世紀、**日本で**中国文字（漢字）から2種類の**表音文字**（平仮名と片仮名）が作られ、日本人は3種類の文字体系をもつことになる
西暦1世紀、**中国で**木版印刷術が**発明される**
西暦1年
西暦1世紀、**ローマ人が冊子本を**作成する。ページごとに分かれた最古の書物で、巻き物より読みやすい
5世紀、ベネディクト派の修道院で**識字率**を高める運動が始まり、写本室が設けられて書物が筆写されるようになる。修道院は互いに写本の貸し借りを始め、コレクティブ・ラーニングがますます盛んになる
610年、「**聖コロンバのカタック**」が作られる。各詩篇の冒頭を大きめの大文字で示し、そのあとにひとまわり小さいサイズの文字や普通サイズの小文字が続くという形式を備えた最古の文書で、大文字と小文字を書き分けた最古の記録でもある
7世紀以降、**イングランドやアイルランドの修道院**で彩飾写本（華美な装飾や挿絵が特徴）が作られるようになる。
8世紀、西ヨーロッパで**カロリング朝風の書体**が発達する。単語と単語の間にスペースを入れるという工夫がなされ、この方式を採用してこれまでになく明瞭で読みやすい文書が作成された
786年ごろ、**イスラムの黄金時代**が始まる。この時代、ハールーン・アッ＝ラシードの宮廷に集まった学者によって、古典の文書がアラビア語に翻訳され、保存された
西暦1000年
1440年ごろ、ドイツの出版業者ヨハネス・グーテンベルクが世界初の活版印刷機を製作する。このおかげで書物を大量生産でき、手ごろな価格で提供できるようになったため、識字率が向上した。
1408年、中国で「**永楽大典**」が完成する。ウィキペディアが生まれるまでは世界最大の百科事典で、1万1095冊に7000種類の記事が収録されていた
西暦1600年

時系列

文字の発達

文字の登場は、最古の文明で経済活動を記録するために絵文字が使われはじめたときにまでさかのぼる。シュメールやエジプトの絵文字は、言葉、アイデア、音声を表すことができた。

文字表記のスタイルは、使われる素材に合わせてそれぞれ異なる進化を遂げた。シュメールの楔形（くさびがた）文字では単純なV字型の文字が使われたが、これは、柔らかい粘土に先のとがった筆記具を押しつけて書くためである。漢字の流れるような書体は、もともと竹の板に筆で書いていたからである。アルファベットは、エジプトの東隣に住んでいた民族が30個ほどの象形文字を借用し、それを音声を表すために使用したことから生まれた。アルファベットには最初は子音を表す記号しかなく、後にギリシャ人が母音記号を追加した。

文字体系に関しては、古代の文書がたまたま残っているかどうかが決め手となるため、その起源を特定するのが難しい場合がある。シュメールの粘土板は何千年という歳月を生き延びて現在まで残っているが、竹に書かれた古代中国の文字はほとんど残っていない。

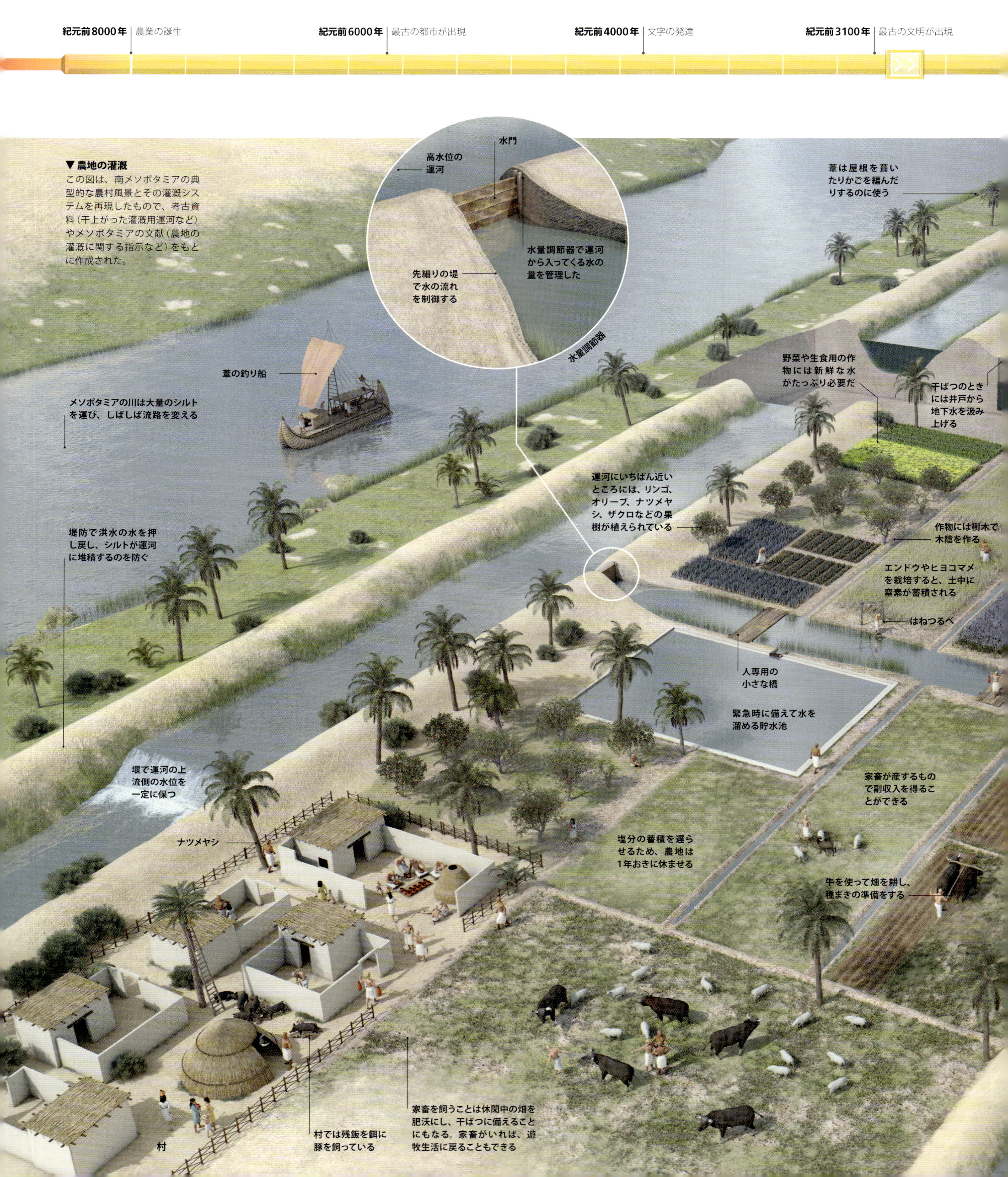
紀元前8000年 農業の誕生
紀元前6000年 最古の都市が出現
紀元前4000年 文字の発達
紀元前3100年 最古の文明が出現
高水位の運河
水門
水量調節器で運河から入ってくる水の量を管理した
先細りの堤で水の流れを制御する
水量調節器
葦は屋根を葺いたりかごを編んだりするのに使う
葦の釣り船
メソポタミアの川は大量のシルトを運び、しばしば流路を変える
野菜や生食用の作物には新鮮な水がたっぷり必要だ
干ばつのときには井戸から地下水を汲み上げる
運河にいちばん近いところには、リンゴ、オリーブ、ナツメヤシ、ザクロなどの果樹が植えられている
作物には樹木で木陰を作る
エンドウやヒヨコマメを栽培すると、土中に窒素が蓄積される
はねつるべ
堤防で洪水の水を押し戻し、シルトが運河に堆積するのを防ぐ
人専用の小さな橋
緊急時に備えて水を溜める貯水池
堰で運河の上流側の水位を一定に保つ
家畜が産するもので副収入を得ることができる
ナツメヤシ
塩分の蓄積を遅らせるため、農地は1年おきに休ませる
牛を使って畑を耕し、種まきの準備をする
村
村では残飯を餌に豚を飼っている
家畜を飼うことは休閑中の畑を肥沃にし、干ばつに備えることにもなる。家畜がいれば、遊牧生活に戻ることもできる

▼**農地の灌漑**
この図は、南メソポタミアの典型的な農村風景とその灌漑システムを再現したもので、考古資料（干上がった灌漑用運河など）やメソポタミアの文献（農地の灌漑に関する指示など）をもとに作成された。

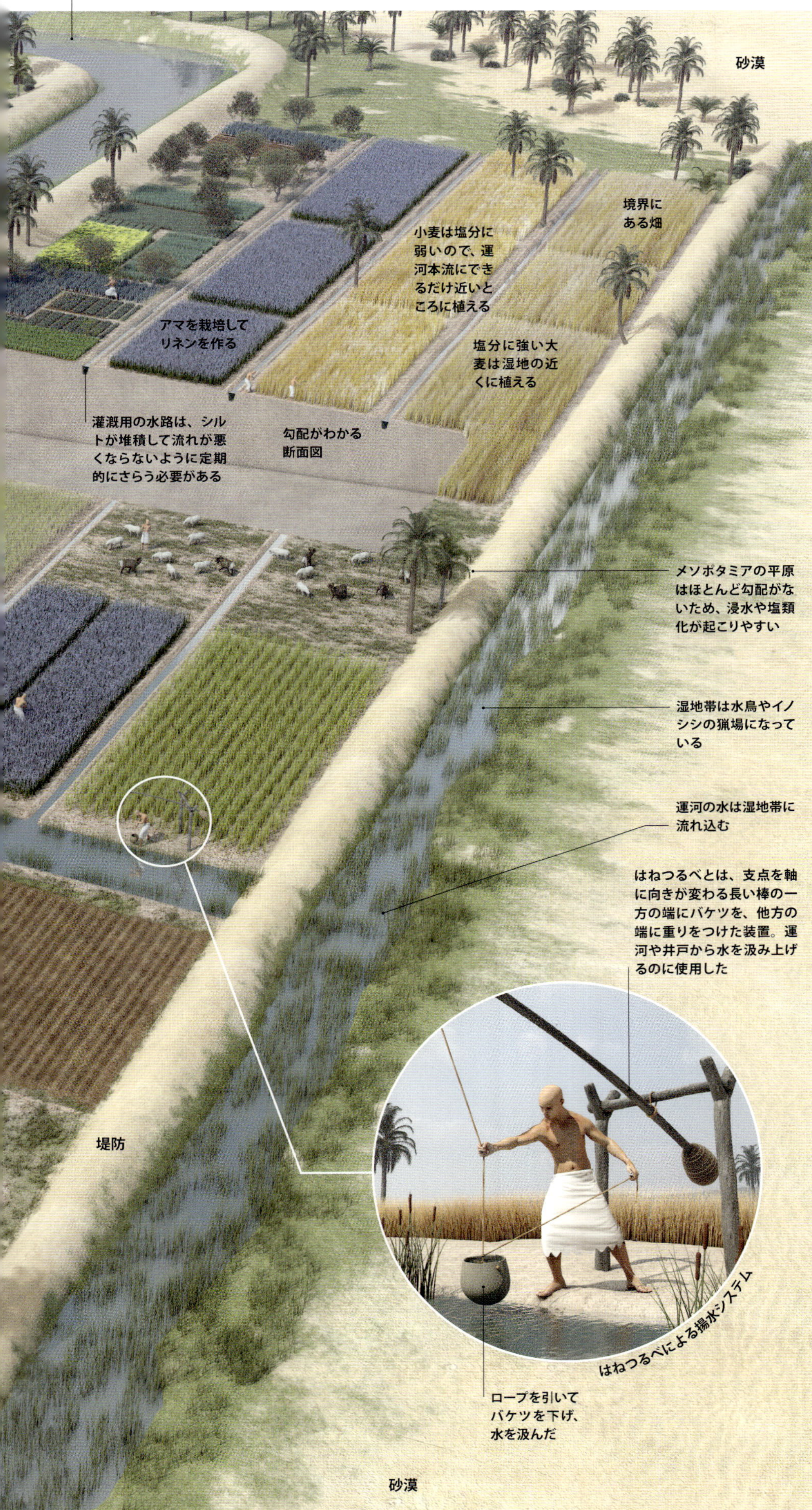
洪水を防ぐためには、運河の入口を泥で塞ぐこともある
砂漠
境界にある畑
小麦は塩分に弱いので、運河本流にできるだけ近いところに植える
アマを栽培してリネンを作る
塩分に強い大麦は湿地の近くに植える
灌漑用の水路は、シルトが堆積して流れが悪くならないように定期的にさらう必要がある
勾配がわかる断面図
メソポタミアの平原はほとんど勾配がないため、浸水や塩類化が起こりやすい
湿地帯は水鳥やイノシシの猟場になっている
運河の水は湿地帯に流れ込む
はねつるべとは、支点を軸に向きが変わる長い棒の一方の端にバケツを、他方の端に重りをつけた装置。運河や井戸から水を汲み上げるのに使用した
堤防
はねつるべによる揚水システム
ロープを引いてバケツを下げ、水を汲んだ
砂漠

砂漠の灌漑

川から畑に水を引いたり、その水を貯水池に溜めてあとで利用したりできるようになると、天水農業の制約が取り払われて収穫高が増える。さらに、砂漠を沃野に変えることさえできるのである。

灌漑には多大な労働力が必要であるため、大規模な社会と協力態勢が必要になる。最古の文明社会(エジプト、メソポタミア、インダス、中国)ではいずれも、大規模な灌漑システムが発達していた。エジプトとメソポタミアは雨の少ない地域だが、毎年洪水を起こす大河の恵みを受けていた。洪水によって周辺の農地に栄養豊富な土壌(シルト)が堆積するのである。ただしメソポタミアでは、洪水の時期が作物の生育時期と合わないため、水の流れを変えて、あとで利用できるように溜めておく必要があった。

堤防と運河

水を管理するために、人々は川に沿って幅の広い運河を掘削した。掘り出した土で堤防を築き、畑や村を洪水の被害から守る。大きな運河から小さな水路に入った水は低いほうへと流れ、貯水池や畑に流れ込む。堰や水量調節器を利用すれば、運河から水路への流れを調節することができた。

灌漑で問題になるのは、水が蒸発するとあとに塩分が残るということだ。残った塩分は土壌に蓄積され、地力を失わせる。メソポタミアの人々は、畑を休ませて回復を待ったり、大麦(他の作物に比べて塩分に強い)を栽培したりしてこの問題に対処したが、塩分濃度が高くなった畑は結局は放棄された。

灌漑には、堤防の保守や運河からシルトを除去するなど、多大の労力が必要だった。そういう問題はあるが、このシステムは非常に生産性を高めることがわかり、紀元前4千年紀になると、このような活気に溢れた豊かな農村から最初の都市国家が誕生する。

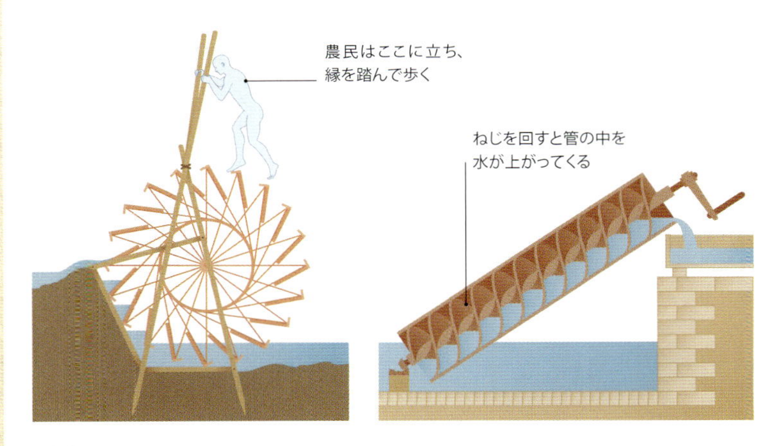
農民はここに立ち、縁を踏んで歩く
ねじを回すと管の中を水が上がってくる

▲踏車
中国の農民は、踏車を使って農地に水を送っていた。人が車の上に立ち、足踏みすることで車を回転させ、水を汲み上げる。

▲アルキメデスのねじポンプ
手で操作するこのポンプは、斜めになった管の中に回転する金属のねじがあるという構造である。ギリシャの科学者アルキメデスが紀元前3世紀に発明したといわれている。

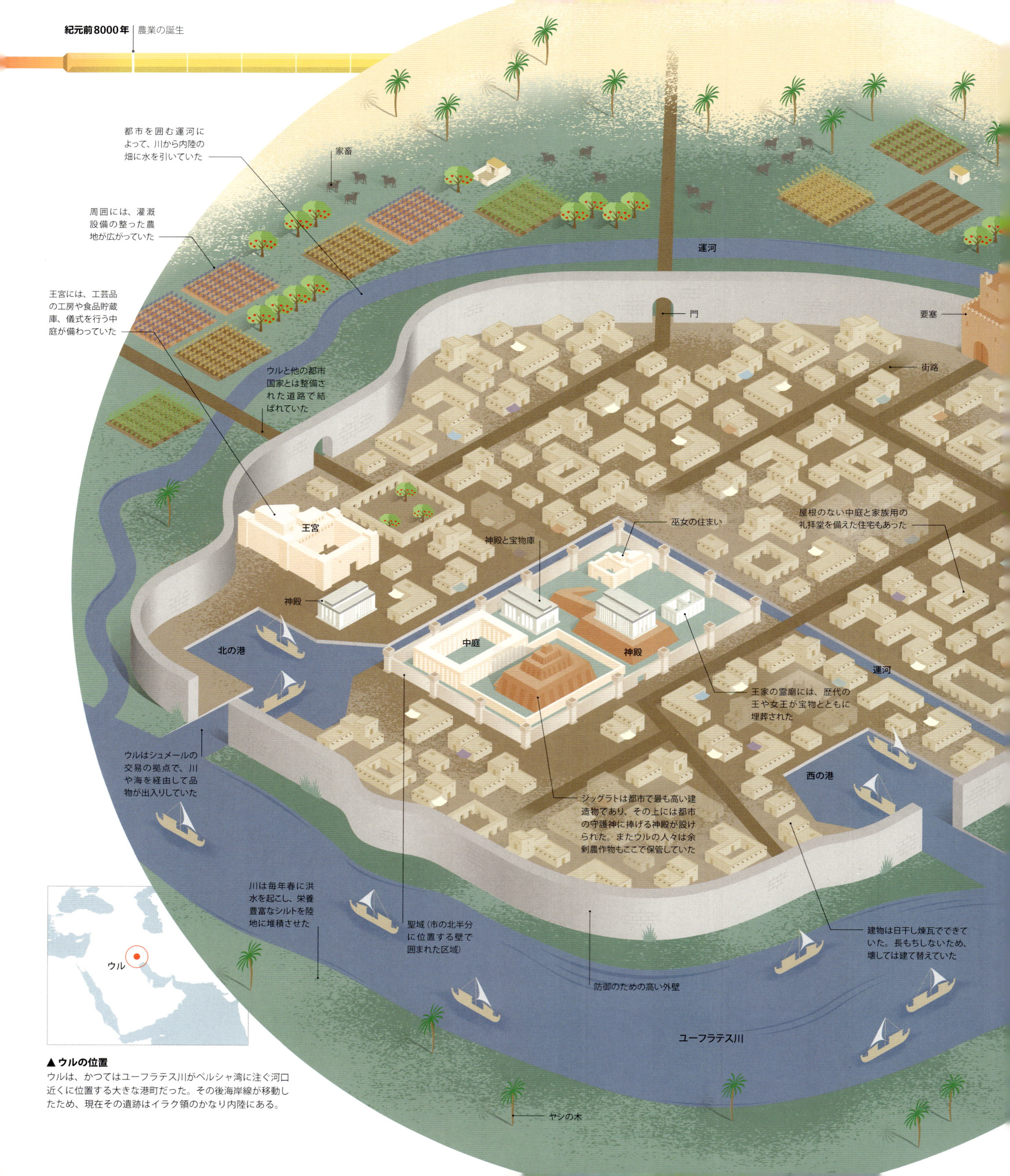
都市を囲む運河によって、川から内陸の畑に水を引いていた
家畜
周囲には、灌漑設備の整った農地が広がっていた
王宮には、工芸品の工房や食品貯蔵庫、儀式を行う中庭が備わっていた
ウルと他の都市国家とは整備された道路で結ばれていた
運河
門
要塞
街路
王宮
巫女の住まい
屋根のない中庭と家族用の礼拝堂を備えた住宅もあった
神殿と宝物庫
神殿
北の港
中庭
神殿
運河
王家の霊廟には、歴代の王や女王が宝物とともに埋葬された
ウルはシュメールの交易の拠点で、川や海を経由して品物が出入りしていた
西の港
ジッグラトは都市で最も高い建造物であり、その上には都市の守護神に捧げる神殿が設けられた。またウルの人々は余剰農作物もここで保管していた
川は毎年春に洪水を起こし、栄養豊富なシルトを陸地に堆積させた
聖域（市の北半分に位置する壁で囲まれた区域）
建物は日干し煉瓦でできていた。長もちしないため、壊しては建て替えていた
ウル
防御のための高い外壁
ユーフラテス川
ヤシの木

▲ウルの位置
ウルは、かつてはユーフラテス川がペルシャ湾に注ぐ河口近くに位置する大きな港町だった。その後海岸線が移動したため、現在その遺跡はイラク領のかなり内陸にある。

都市国家の誕生

紀元前3500年ごろ、南メソポタミアのチグリス川とユーフラテス川の流域に農耕民が集まってできた町や村から、世界最初の都市が生まれた。それ以外にも世界中の7つの地域で都市が個別に誕生し、人間の歴史は農耕文明という新たな時代に入っていく。

壁に囲まれた中庭に木が植えられているという光景は多くの都市で見られた

神殿

中庭

都市の内部にある住宅や商店は、自作の品を売る職人が増え、新しい「贅沢」品が手に入りやすくなったことの現れだ

ユーフラテス川を行き来する商船

▲ウルという都市
ウルはユーフラテス川の東岸に建設された。交易の中心地として豊かな富を蓄えたこの都市には、王宮や中庭、神殿、市場などがあり、庶民が暮らす日干し煉瓦の家々がひしめいていた。

初期の農耕時代にも存在した大規模な村は、同じような自給自足の世帯が集まってできていたが、最古の都市は単に村の規模が大きくなっただけではない。新しい形の階級制度と複雑さを備えた文明として誕生したのである。都市が出現する要因のひとつに、コレクティブ・ラーニングによって新技術の発明が続き、生産性が向上した結果、人口が急激に増えたという事情がある。

ウルクは、南メソポタミア（シュメール）に建設された複数の都市のうち最古のものである。この地方は砂漠に囲まれているため、集落は灌漑システムの整備とともに発展した。この画期的な発明のおかげで、より多くの人口を養うことができるようになる。こうした都市は、もっと乾燥した地域から移住者を引き寄せ、一大交流センターになった。シュメール地方は資源に乏しく、資源を手に入れる必要から遠方との交易ネットワークが整備される。シュメールの諸都市は、陶器や穀物をアナトリアの銅やエジプトの金と交換していた。

紀元前3000年には、シュメールの都市はウルク、ウル、ラガシュなど十数カ所に増えていて、それぞれの都市には5万～8万の人々が住んでいた。都市では複雑な経済構造が生まれ、それに伴って新しい形の社会制度が必要になる。王や聖職者が現れ、専門職が登場した。ここから、政治的、社会的、経済的階級制度を備えた国家が誕生する。このころにはさまざまな技術や制度が発明され、王制、社会的階層、記念建造物、租税徴収、法典、文学といった、いわゆる文明の諸要素もこの時期に生まれた。

“

あれが地上に**並ぶもののない都市**、**ウルクの市壁**だ。
陽の光を受けて**銅のように輝いている**様（さま）を見てごらん。

『ギルガメシュ叙事詩』（紀元前2000年ごろ）より

◀中心地
シュメールの諸都市では、中心に泥煉瓦で建てられたジッグラトという神殿がそびえ、遠くからでも目についた。神殿の大きさは、その地方の神の偉大さや、それが建てられている都市の富と力を表していた。このウルのジッグラトは、部分的に復元されたものである。

農業が環境に与える影響

農耕民が食物栽培に都合のよいように土地を作り変えた結果、思いもよらないことが起こる。例えば乱伐によって地面を覆う木々がなくなると、土壌が浸食されたり、森林に生息する生物種がいなくなったりする。また灌漑によって徐々に土壌の塩分濃度が高くなり、やがては作物の栽培に適さなくなることもある。

花粉の記録から、農業が普及した結果ユーラシア大陸から大量の森林が失われたことがわかる。材木や製鉄用の炭を作るため、耕地や放牧地を広げるために、森は伐採された。地中海地方では落葉樹林がなくなり、残された薄い土壌に栽培できるのはオリーブの木だけになってしまう。中国では黄土高原の木々を切り倒した結果、無機物を豊富に含んだ土が黄河に流れ込み、その独特の色合いを作り出した。

乱伐は乾燥地には致命的な影響を及ぼす。乾燥地では、樹木は深く根を張ることによって少ない降水量でも生きていけるように適応しているのだが、西暦200年から400年にかけて、ペルー南部に住んでいたナスカ族はその土地に生えていたフアランゴという木をすべて伐採してしまった。フアランゴは樹木のなかでもとりわけ深く根を張る種で、そのおかげで土壌は栄養分に富み、適度な湿り気を保っていたのである。ここで採取した花粉のサンプルによると、フアランゴに代わって植えられたのは綿やトウモロコシだった。土壌の流失を防いでいたフアランゴの根がなくなったために、ナスカの農地は砂漠から吹く強い風や定期的に起こる洪水に浸食されて荒廃する。やがて土地は農業に適さなくなり、その多くが砂漠に変わっていった。

塩類化（灌漑の水が蒸発したあとに岩塩が堆積すること）もナスカ文化の終焉を早める要因になった。塩は土壌の表面に蓄積し、それがほとんどの植物の害になる。西暦500年までに、かつては豊かな生産量を誇ったナスカの農地には、塩分に強い雑草しか生えなくなっていた。

アメリカでは、他の文化圏も同様の危機に見舞われている。例えばマヤ族は、水と土地を酷使しすぎたために、自分たちが築いた都市やピラミッドを放棄せざるを得なくなった。

イースター島

ポリネシアの人々が太平洋に浮かぶイースター島（現地の言葉でラパ・ヌイ）にたどり着いたのは1200年ごろのことで、当時はヤシの森が島全体に広がっていた。花粉を調べると、焼き畑農業によって1650年には最後の木々も伐採されてしまっていたことがわかる。材木がないため、島民は魚を捕る船を造ることもできなくなった。木々がない不便は島の半分に石をまいて、なんとかしのいでいた。石でマルチングを行って、水分の蒸発と土壌浸食を食い止めて、栄養分の損失を防いだわけである。

▶ 栽培の技術
17世紀半ばまでにイースター島の森林は破壊され、島には風が吹きすさぶ不毛の土地が広がった。そこで島民は、栽培用の囲い（マナヴァイという）を多数作ってこの問題を解決した。マナヴァイは円形の石の囲いで、土壌の水分を保持し、強風だけでなく放牧されている牛からも若芽を守る働きをする。

むき出しの大地
イースター島の一部を上空から見たところ。300年以上前にヤシの木がなくなったために大規模な浸食が起こっていることがわかる。土壌の栄養分は大量の雨で洗い流され、元に戻らない。その結果、動植物の多様性が失われた。

信仰体系

人間は長い間、超自然の存在を信じてきた。とはいえ信仰の内容は、生活様式の変化に伴って時代とともに変遷する。狩猟採集民が農耕生活を送るようになると、自然界に宿る霊の力を信じるアニミズムに代わって、祖先や新しい神々への崇拝が信仰の中心になる。さらに時代が下って社会がますます大きく複雑になると、普遍的な信仰が生まれるが、その多くが一神教である。

最古の宗教と考えられているのはアニミズムまたはシャーマニズムだが、これらは現代の狩猟採集社会で今なお信じられている。その土台にあるのは、人間や動物、自然の力にはすべて霊が宿り、その霊と儀式を通じて交信できるという信念だ。悪天候や病気も、狩りの獲物が少ないのも、すべて霊を怒らせたためということで説明できる。そこでシャーマンと呼ばれる専門の呪術師がトランス状態に入って霊と交信し、儀式を行って霊を鎮めるのである。

農業中心の定住社会に移行するとともに、祖先を崇拝する風潮が生まれる。祖先、すなわち死者の霊が生者を見守ってくれると考えられたのである。農耕社会のなかには、遺体を家のなかに安置して供え物をする共同体も多く見られた。最古の宗教的建造物は巨大な墳墓、巨石、羨道墳(せんどうふん)などで、小高い丘の上に建てられることが多かった。自分が耕した土地に執着する傾向は、祖先の霊が目に見える形で表されたことで一層強まっただろう。

> 世界のあらゆる**偉大な宗教**の、**根本的な真理**を信じている。
>
> **マハトマ・ガンジー** インドの独立指導者 1869年～1948年

新しい生命を生み出す大地(地母神)と豊作をもたらす太陽も、崇拝の対象になった。ペルーのインカ族は太陽神をインティ、大地の女神をパチャママ(「世界の母」という意味)と呼んでいたが、アンデスの農耕民は今でも、種まきの前にパチャママに祈りを捧げている。

超自然の力を喜ばせるには贈り物(生贄(いけにえ))を捧げるのが効果的だという考えも、広く信じられていた。青銅器時代のヨーロッパでは、貴重な青銅の剣や盾が湖や川に投げ込まれた。そこが霊界への入り口と考えられていたのである。捧げ物が高価であればあるほど、霊験はあらたかになる。青銅器時代および鉄器時代のヨーロッパやメソアメリカをはじめ、多くの文化で人間を生贄にする風習が生まれた。

神々の一族

時代が下ると、自然の力や抽象的な概念に人格が与えられ、神々の一族が現れる。インド=ヨーロッパ語を話す遊牧民が、紀元前4000年ごろから西ユーラシア一帯に進出し、自分たちの言葉(インド=ヨーロッパ語)を広めるとともに、空と雷の神を崇拝する風習を持ち込んだ。インドではディヤウス・ピタ、ギリシャではゼウス、ローマ帝国ではジュピターと呼ばれるこの神が、神々の一族の長、すなわち主神となった。

国家の隆盛とともに宗教は体系化され、神殿や神職がその土地の守護神に仕えた。国家宗教は、血縁関係のない多数の人間を結びつける新たな絆の役割を果たした。また、一般大衆から一部の特権階級へと富を移すための観念的な仕組みをつくるという意味で、支配者にも都合がよかった。農民は、神々に捧げる貢ぎ物を神殿に運び込む役割を担わされた。

階層的な国家体制が整ったちょうどそのころ、神々にも順位がつけられるようになる。王は自分だけが神々とつながっていると主張することによって自らの支配を正当化し、民に代わって神々に豊作を祈ることを王の役目とした。

多神教は包容力があり、いつでも新しい神々を受け入れる。ローマ人は、信仰する神々の数が多いほど、帝国は安泰だと考えていた。他都市を訪れれば、その土地の神々を祀る儀式に喜んで参加し、それが自分たちの神に対する不忠になるとは思わなかった。多神教の神々はまた、品行方正というわけでもない。ホメロスの作品『イーリアス』(ギリシャ人にとっては聖典といってもよい書物)に出てくる神々の行いがひどいことは、人間の登場人物と変わらない。

人々が何を信じていたかは取るに足りない問題だ。ギリシャの哲学者のなかには、神が果たして存在するのかという疑問を呈する者さえいる。紀元前530年ごろの哲学者クセノファネスは、人間は自分の姿に似せて神を作り出すとして、次のように述べている。「エチオピア人は、自分たちの神は鼻が平たくて色が浅黒いといい、トラキア人は、自分たちの神は目が青く、髪は赤いという。牛や馬に手があって絵を描くことができたなら、馬は馬の姿をした神を描き、牛は牛のような神を描くだろう」

普遍的な宗教

道徳的な教訓や感動、魂の救済を唱える普遍的宗教が登場すると、大きな変化が起こる。なかでも重要なのが、ゾロアスター教(インド)、仏教(インド)、儒教(中国)、ユダヤ教、キリスト教、イスラム教(以上地中海世界)である。これらの宗教を創設したのはいずれも男性の教祖で、信者たちは神の啓示を受けた人と考えている。

普遍的宗教が最初に現れるのは紀元前1千年紀、大帝国が出現し、人々が都市に集まるようになってからである。つまり普遍的宗教は、ますます複雑化する社会に意味を見出す必要を感じた人間がすがるものだった。今日の宗教および哲学のほとんどがこの時代に生まれたことから、宗教史家はこの時代を「軸の時代」と呼んでいる。

> **キリスト教の聖書**は世界で**最もよく売れている書物**である

アメリカ大陸には軸の時代がなく、普遍的宗教も存在しなかった。都市生活が発達する時期がユーラシアよりはるかに遅く、さまざまな考えが広まる前提となる長距離の交易ネットワークも発達しなかったためと思われる。

神々に関していえば、彼らが**存在する**とも**存在しない**ともいえない。

プロタゴラス ギリシャの哲学者
紀元前485年〜紀元前415年ごろ 『On the Gods(神々について)』

唯一神

ほとんどの普遍的宗教は一神教であり、全能の唯一神への崇拝が土台となっている。そしてこの神様は人間の行動に常に目を光らせている。道徳的行動を律する宗教は、国家によって民を従わせるために利用され、支配者は宗教の力を借りて、社会的秩序は神の望むところであると主張することができた。現世での生活に悩む人々に、宗教は来世での幸せを約束し、あの世での安楽な生活が約束されていると信じた人々は、大義のために自らの命さえ喜んで犠牲にするようになる。この、個々の人間が進んで命を投げ出すという風潮が、国家が戦争を遂行するうえで大きな推進力となった。

普遍的宗教は、帝国の保護を受けて盛んになる。キリスト教とゾロアスター教は、それぞれローマ帝国とペルシャ帝国で国の宗教と定められ、儒教は中国で国家の基本理念となった。新しい宗教はユーラシアの交易ネットワークを介して広範囲に伝わった。インドで生まれた仏教は、シルクロードを経由して東へと伝わり、中国、日本、東南アジアに到達した。イスラム教は、交易の拠点である地中海世界を制圧したこともあって、さらに遠くまで伝播した。預言者ムハンマドは西暦632年に死去するが、その後の100年で、イスラムの軍勢は多くの国を征服し、スペインからインドまで広がる大帝国を打ち立てた。その後も熱心な信者や商人が、インド洋を行き来してイスラム教の布教に取り組んだ。

強固な信仰

多神教と違い、普遍的な一神教では信仰が非常に重視された。問題は、人々が何を信じるべきかについてさまざまな解釈が提示されたことである。この信仰体系の対立から国や文化の間に緊張が生まれ、人々は初めて、宗教のために戦うことになる。

なかでも大きかったのが、イスラム教とキリスト教との戦いである。この2大宗教の抗争の結果、ユーラシアの交易ネットワークは敵対するブロックに分断され、イスラム教を信奉するオスマン帝国によって、キリスト教圏のヨーロッパは中国に至る絹の道から切り離された。これがきっかけとなって15世紀に探検が盛んに行われるようになり、クリストファー・コロンブスをはじめとするヨーロッパの探検家が東への新たな航路を発見する旅に出発する。

このように、宗教はグローバル化を推進する重要な引きがねとなった。ヨーロッパのキリスト教国は、信仰を大義名分に世界各地に出かけて交易や侵略を行い、全世界をひとつに結びつけていったのである。

2010年の**イスラム教信者**は**16億人**で、**世界人口の4分の1**に相当する

◀**神の顔**
象の頭をもつガネーシャは、ヒンドゥ教の神々のなかでもとりわけ有名で人気が高い。障害を取り除く神として知られ、知恵と学問の神とされる。

死者の王
シパン王墓（復元）。中央に豪華な衣服に身を包んだ王の遺体が安置され、周囲に4人の人間が埋葬されている。男の従者が足を切断されているのは、おそらく、その職務から逃げられないようにするためだろう。

副葬品

人間は長い間、死後の世界があると信じてきた。死者を埋葬するときに次の世界で役に立ちそうな品物を一緒に埋める風習は、3万年以上前から見られる。農業が始まって文明が興ると、大量の副葬品が埋められるようになる。

墓の供え物を調べると、さまざまな社会階級が生じてきた様子を見ることができる。初期の農耕民の墓には素朴な壺や動物の骨が一緒に埋葬されているだけで、社会的な身分を表すものは何もない。しかし青銅器時代(紀元前3000年ごろ)には首長という階級ができていて、豪華な副葬品とともに壮大な霊廟に葬られるようになる。

副葬品からは、その時代の日常生活や信仰について多くのことがわかる。身分の高い人物の墓からは、当時の技術を示す副葬品(鉄器時代のイギリスや中国の戦車、アングロサクソンやヴァイキングの完全な形の船など)、長距離にわたる交易が行われていた証拠も見つかっている。イングランドのサットン・フー(船葬墓)に埋葬された7世紀のアングロサクソンの王は、ローマ帝国のコンスタンティノープル(現在はトルコのイスタンブール)からはるばる運ばれた銀製の器とスプーンを持っていた。

副葬品がないことにも重要な意味がある。新しい宗教が普及して、来世に対する見方が変わったことを示す証拠になるからだ。これが最もよくわかるのがローマ時代後期の異教徒とキリスト教徒の共同墓地である。異教徒の墓には副葬品が埋められているのに対して、キリスト教徒の場合は副葬品がなく、足をエルサレムの方角に向けて葬られている。

王家の墓

最も豪華な副葬品は王家の墓から出土する。ペルー北部の海岸地方にあるシパンで見つかったモチェ王国の王墓はその一例だ。この王は西暦300年ごろ、金、銀、鳥の羽を材料とする451点もの副葬品とともに埋葬された。この墓には、女性3人、男性2人、子ども1人、ラマ2頭、犬1匹が一緒に埋葬されていた。死後の世界で王に仕えるための生贄(いけにえ)だったと思われる。

古代の中国、エジプト、メソポタミアでも、王の墓に人間を生贄として捧げる風習があった。この習慣が衰えると、今度は代わりに人形が使われるようになる。エジプトでは、代わりを木彫りの召使いが務めた。一方、中国では、秦の始皇帝(紀元前259年〜紀元前210年)が死ぬと、テラコッタ製の軍隊(兵馬俑)が一緒に埋められた。こうして、始皇帝に殺された人間の怒れる霊から皇帝を守ろうとしたのである。

◀兵馬俑
秦の始皇帝の墓には護衛として7000体の等身大の兵士像が埋められており、膝をついているこの像はそのひとつである。手の位置から、石弓を持っていたのではないかと考えられている。

> “**王の傍ら**には、**王家に仕えていた人々**が埋められている……全員が絞め殺されて。**馬**も、それから**金の杯**や**その他の宝物**も埋められている。”

ヘロドトス ギリシャの歴史家 紀元前484年〜紀元前425年ごろ スキタイ王の葬儀についての記述

身分を表す衣服

布地は農耕時代の初期から作られるようになった。そのころ、かごを編む技術が初めて動植物の繊維に応用されたのである。織物の技術が発達すると、繊維が商品として盛んに取引されるようになり、衣服で社会的地位がわかるようになる。

雲は天上界を表し、雨、幸運、尽きることのない富を意味する

布地は世界のいくつかの場所で、さまざまな素材を使って独自に発明された。布が使われるようになるのは紀元前7000年ごろからで、最古の布は、近東で栽培化された亜麻の繊維を利用するリネンや、インドで栽培化された綿から作る綿である。後にはこれに、ユーラシアでは羊からとった羊毛や、南米ではアルパカやラマからとった毛が加わる。メソアメリカでは、布地の材料として綿とアヤテ（リュウゼツランからとる）が主に使われた。

布を織る

織機が開発されて、布を織るという技術が生まれた。機織りは、道具で縦糸を並べてぴんと張っておき、その縦糸の間に横糸を通して布地に仕上げていく。アメリカ大陸では、織り手の後ろに織機を固定して織っていたが、ユーラシアでは垂直に立てた木の枠と、縦糸に結びつけた錘で同じことを実現していた。

布地は植物や鉱物、昆虫、貝などからとった染料でさまざまな色に染められた。古代世界で最も高価な染料は、東地中海に生息するアッキガイという巻き貝から採取される貝紫だった。この染料は非常に珍重されたため、交易品としてこれを扱う人々はフェニキア人（ギリシャ語で「紫の人々」の意）と呼ばれるようになる。

身分と絹

衣服は、人々が身分を表すのに重要な役目を果たすようになる。エジプトやメソポタミアでは、羊毛より軽くてすべすべしたリネンのほうが高級とされ、裕福な人だけが身につけられる素材だった。多くの社会で、人々が着用できる衣服を法で規定していた。チューダー朝時代のイングランドでは、王家に属する人だけが金色の衣装を着ることができた。中国では、皇帝とその最も近い親族のみが、鮮やかな黄色を身につけることが許された。

絹は、その光沢、柔らかさ、なめらかさ、そして恒温性（夏涼しく冬暖かいという性質）から特に人気が高かった。中国では紀元前4000年以前にカイコガの繭から絹を作っていた。カイコガは世界で唯一、完全に家畜化された昆虫である。選択繁殖を重ねるうちに飛べなくなり、幼虫の脚も退化した。そのため、平たい盆の上で飼育されるがそこから逃げ出すことはできない。

男たちも恥ずかしげもなく**夏には絹服**を身につけた。なんといっても軽いからだ。

大プリニウス ローマの学者 西暦23年～79年 『プリニウスの博物誌』より

◀中国の絹
この絵は12世紀初めの中国のもので、女性が絹にアイロン（火のし）をかけているところを描いている。絹はきわめて貴重な織物で、そのため交易品としての絹が運ばれたアジアからヨーロッパまでの陸上ルートはシルクロードと呼ばれるようになる。中国は6世紀まで絹の製法を独占し、蚕や繭を中国から持ち出すことは重大な罪だった。この絵画自体が絹地に描かれている。

赤と青は幸運を呼ぶ色である

紀元前1年
西暦1年
西暦1300年
ルネサンス始まる
西暦1439年
印刷機の発明による情報革命
西暦1600年
コロンブス交換

燃える真珠は八宝（知恵の真珠）のひとつで、完全なことと悟りの境地に達していることを表す
龍は幸運のシンボルであり、高い地位と強い力の象徴でもある。5本爪の龍は、この衣裳が皇帝のものであることを表す。それよりも低い地位の場合は、鉤爪が3本または4本になる
全部で**9匹の龍**が描かれているが、9は皇帝だけが使うことのできる数字である
龍は波間から現れて**天に昇り**、雨と豊饒をもたらす
裾の模様は波を表す

◀龍の王
刺繍を施したこの黄色い絹服は18世紀の製品で、中国の皇帝が祝いの席で身につけたもの。この色と文様は皇帝だけが使用できた。

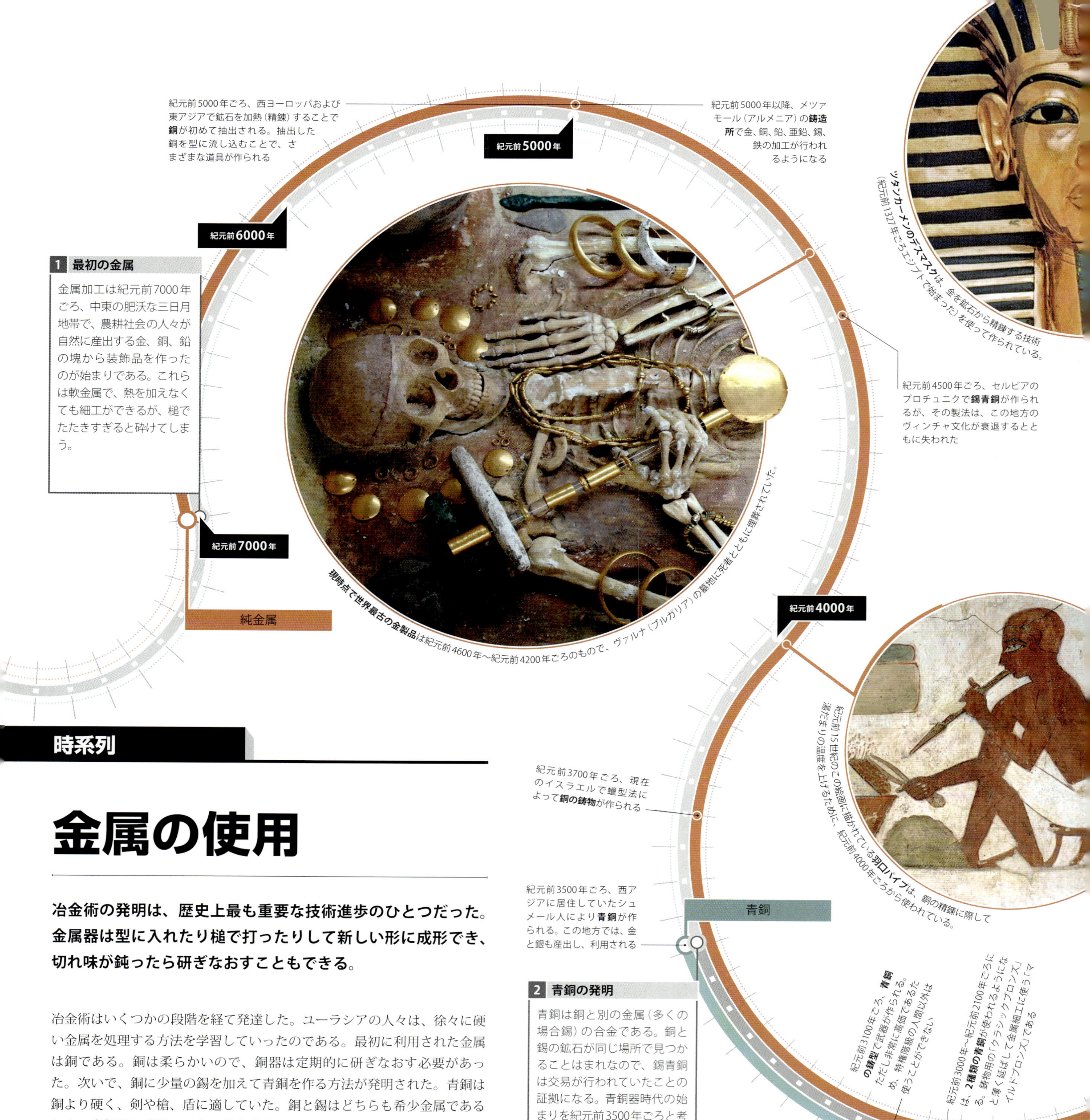
紀元前5000年ごろ、西ヨーロッパおよび東アジアで鉱石を加熱（精錬）することで**銅**が初めて抽出される。抽出した銅を型に流し込むことで、さまざまな道具が作られる
紀元前5000年
紀元前5000年以降、メソアモール（アルメニア）の**鋳造所**で金、銅、鉛、亜鉛、錫、鉄の加工が行われるようになる
紀元前6000年
紀元前7000年
純金属
紀元前4500年ごろ、セルビアのプロチュニクで**錫青銅**が作られるが、その製法は、この地方のヴィンチャ文化が衰退するとともに失われた
紀元前4000年
紀元前3700年ごろ、現在のイスラエルで蠟型法によって**銅の鋳物**が作られる
紀元前3500年ごろ、西アジアに居住していたシュメール人により**青銅**が作られる。この地方では、金と銀も産出し、利用される
青銅
紀元前3100年ごろ、**青銅の鋳型**で武器が作られる。ただし非常に高価であるため、特権階級の人間以外は使うことができない
紀元前3000年〜紀元前2100年ごろには、**2種類の青銅**が使われるようになる。鋳物用の「クラシックブロンズ」と薄く延ばして金属細工に使う「マイルドブロンズ」である
紀元前3000年

ツタンカーメンのデスマスクは、金を鉱石から精錬する技術（紀元前1327年ごろエジプトで始まった）を使って作られている。

現時点で世界最古の金製品は紀元前4600年〜紀元前4200年ごろのもので、ヴァルナ（ブルガリア）の墓地に死者とともに埋葬されていた。

紀元前15世紀のこの絵画に描かれている**羽口パイプ**は、銅の精錬に際して湯だまりの温度を上げるために、紀元前4000年ごろから使われている。

青銅の槍の穂先

1 最初の金属

金属加工は紀元前7000年ごろ、中東の肥沃な三日月地帯で、農耕社会の人々が自然に産出する金、銅、鉛の塊から装飾品を作ったのが始まりである。これらは軟金属で、熱を加えなくても細工ができるが、槌でたたきすぎると砕けてしまう。

2 青銅の発明

青銅は銅と別の金属（多くの場合錫）の合金である。銅と錫の鉱石が同じ場所で見つかることはまれなので、錫青銅は交易が行われていたことの証拠になる。青銅器時代の始まりを紀元前3500年ごろと考える考古学者が多いが、錫青銅はそれより1000年も前にセルビアで作られていた形跡がある。

時系列

金属の使用

冶金術の発明は、歴史上最も重要な技術進歩のひとつだった。金属器は型に入れたり槌で打ったりして新しい形に成形でき、切れ味が鈍ったら研ぎなおすこともできる。

冶金術はいくつかの段階を経て発達した。ユーラシアの人々は、徐々に硬い金属を処理する方法を学習していったのである。最初に利用された金属は銅である。銅は柔らかいので、銅器は定期的に研ぎなおす必要があった。次いで、銅に少量の錫を加えて青銅を作る方法が発明された。青銅は銅より硬く、剣や槍、盾に適していた。銅と錫はどちらも希少金属であるため、青銅器を使うのは主に特権階級の人間だった。

最後に利用されるようになったのが鉄である。鉄を精錬するには非常に高温の炉が必要だからだ。とはいえ、高価な武器にも日用の道具や釘にもなる鉄が使えるようになると、アフロユーラシアの人々の生活は大きく変化する。

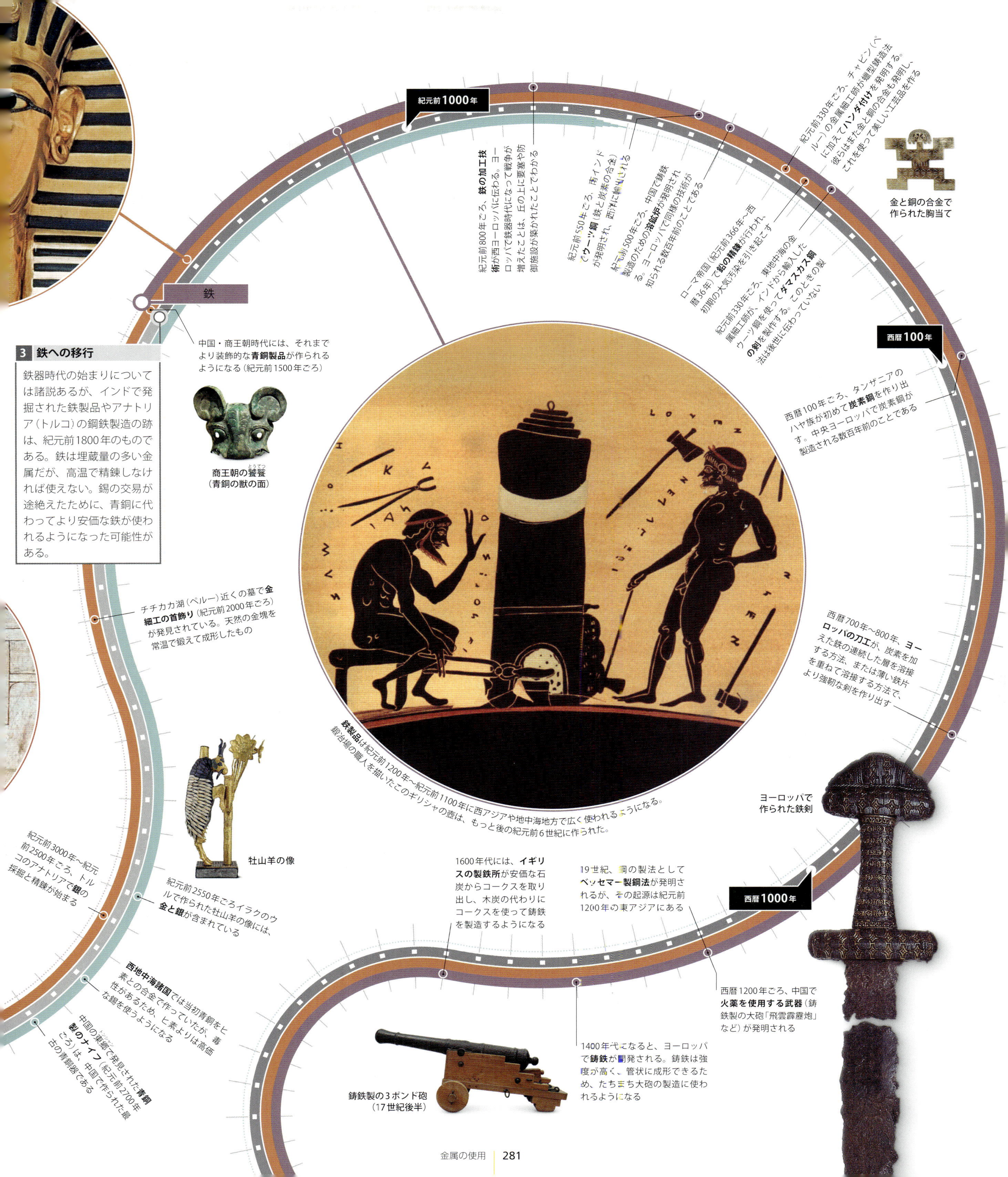

3 鉄への移行

鉄器時代の始まりについては諸説あるが、インドで発掘された鉄製品やアナトリア（トルコ）の鋼鉄製造の跡は、紀元前1800年のものである。鉄は埋蔵量の多い金属だが、高温で精錬しなければ使えない。錫の交易が途絶えたために、青銅に代わってより安価な鉄が使われるようになった可能性がある。

紀元前1000年
鉄
西暦100年
西暦1000年
中国・商王朝時代には、それまでより装飾的な青銅製品が作られるようになる（紀元前1500年ごろ）
商王朝の饕餮（青銅の獣の面）
紀元前800年ごろ、鉄の加工技術が西ヨーロッパに伝わる。ヨーロッパで鉄器時代になって戦争が増えたことは、丘の上に要塞や防御施設が築かれたことでわかる
紀元前550年ごろ、南インドでウーツ鋼（鉄と炭素の合金）が発明され、西洋に輸出される
紀元前500年ごろ、中国で鋳鉄製造のための溶鉱炉が発明される。ヨーロッパで同様の技術が知られる数百年前のことである
ローマ帝国（紀元前366年～西暦36年）で鉛の精錬が行われ、初期の大気汚染を引き起こす
紀元前330年ごろ、東地中海の金属細工師が、インドから輸入したウーツ鋼を使ってダマスカス鋼の剣を製作する。このときの製法は後世に伝わっていない
紀元前330年ごろ、チャビン（ペルー）の金属細工師が蠟型鋳造法に加えてハンダ付けを発明する。彼らはまた金と銅の合金も発明し、これを使って美しい工芸品を作る
金と銅の合金で作られた胸当て
西暦100年ごろ、タンザニアのハヤ族が初めて炭素鋼を作り出す。中央ヨーロッパで炭素鋼が製造される数百年前のことである
西暦700年～800年、ヨーロッパの刀工が、炭素を加えた鉄の連続した層を溶接する方法、または薄い鉄片を重ねて溶接する方法で、より強靭な剣を作り出す
ヨーロッパで作られた鉄剣
チチカカ湖（ペルー）近くの墓で金細工の首飾り（紀元前2000年ごろ）が発見されている。天然の金塊を常温で鍛えて成形したもの
鉄製品は紀元前1200年～紀元前1100年に西アジアや地中海地方で広く使われるようになる。鍛冶場の職人を描いたこのギリシャの壺は、もっと後の紀元前6世紀に作られた。
牡山羊の像
紀元前3000年～紀元前2500年ごろ、トルコのアナトリアで銀の採掘と精錬が始まる
紀元前2550年ごろイラクのウルで作られた牡山羊の像には、金と銀が含まれている
西地中海諸国では当初青銅をヒ素との合金で作っていたが、毒性があるため、ヒ素よりは高価な錫を使うようになる
中国の東郷で発見された青銅製のナイフ（紀元前2700年ごろ）は、中国で作られた最古の青銅器である
1600年代には、イギリスの製鉄所が安価な石炭からコークスを取り出し、木炭の代わりにコークスを使って鋳鉄を製造するようになる
19世紀、[illegible]製法としてベッセマー製鋼法が発明されるが、その起源は紀元前1200年の東アジアにある
西暦1200年ごろ、中国で火薬を使用する武器（鋳鉄製の大砲「飛雲霹靂炮」など）が発明される
1400年代になると、ヨーロッパで鋳鉄が開発される。鋳鉄は強度が高く、管状に成形できるため、たちまち大砲の製造に使われるようになる
鋳鉄製の3ポンド砲（17世紀後半）

健康上の問題

肉体を酷使する仕事に就いていたために、**エッツィは関節炎を患っていた**。また、泥水を飲んだりするためか、腸には鞭虫が寄生していて、その結果腹痛や下痢に悩まされていたと思われる。さらにライム病（マダニに噛まれたことが原因で起こる細菌感染症）にかかっていた可能性もある。ひとつだけ残っていた手の爪に見られる成長パターンからは、エッツィが晩年に少なくとも3回重病にかかっていたことがわかる。

履き心地のよい靴

エッツィの靴の外側はシカの皮でできていた。内側は草を編んでネット状にしたもので、保温のために干し草が敷き詰められていた。外側も内側も、熊皮の底に革紐で結びつけられていた。暖かく快適だったと思われるが、防水性はない。

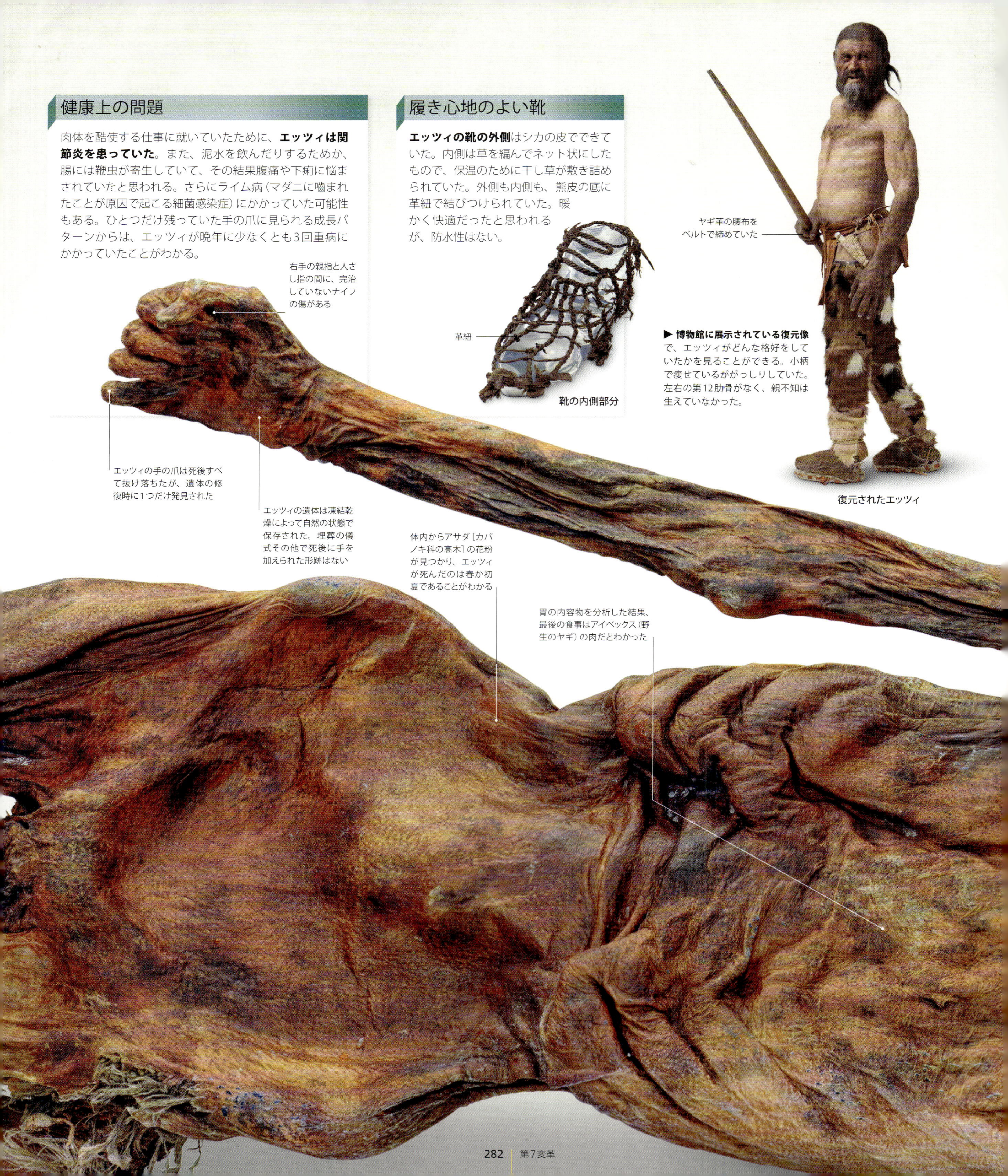

右手の親指と人さし指の間に、完治していないナイフの傷がある
エッツィの手の爪は死後すべて抜け落ちたが、遺体の修復時に1つだけ発見された
エッツィの遺体は凍結乾燥によって自然の状態で保存された。埋葬の儀式その他で死後に手を加えられた形跡はない
体内からアサダ［カバノキ科の高木］の花粉が見つかり、エッツィが死んだのは春か初夏であることがわかる
胃の内容物を分析した結果、最後の食事はアイベックス（野生のヤギ）の肉だとわかった
革紐
ヤギ革の腰布をベルトで締めていた

靴の内側部分

▶ **博物館に展示されている復元像**で、エッツィがどんな格好をしていたかを見ることができる。小柄で痩せているががっしりしていた。左右の第12肋骨がなく、親不知は生えていなかった。

復元されたエッツィ

確実な証拠

エッツィと呼ばれるアイスマン

1991年、オーストリア・イタリア国境地帯のエッツタールアルプスで、自然にミイラ化した男性の遺体が発見された。このミイラはエッツィという愛称で呼ばれ、一緒に見つかった品物から、生きていたのは約5300年前であることがわかる。

エッツィの遺体は、同じ場所から発見された70点に及ぶ衣類や装備品とともに、銅器時代（紀元前4500年〜紀元前3500年）に生きていた人の詳細がわかるという意味で類を見ないものである。

エッツィは農耕社会に属していたが猟師でもあった。携えていた銅の斧が、共同社会での彼の地位を象徴している。また、農耕時代初期の人々によく見られる健康上の問題（歯が悪いこと、関節炎を患っていることなど）があった。

エッツィが身につけていたのは腰布、道具入れのついたベルト、ズボン、靴、上衣、帽子などで、これらの材料としては野生の鹿や熊の皮だけでなく家畜のヤギの皮も使われていた。衣類はノミに食い荒らされていた。また、草で編んだマットを持っていて、これで雨をしのいでいたようだ。

エッツィは殺害されたらしい。ナイフで襲われた際手に傷を負った。その場は逃れるが、その後背中に矢を受けて絶命する。遺体はたちまち雪と氷に覆われ、腐敗を免れた。

道具と装備品

エッツィは故郷を離れて長期間生きていけるだけの**装備を持ち歩いていた。**狩りのためのイチイでできた長弓と燧石（すいせき）の矢じりがついた矢14本を携帯し、鳥やウサギを捕まえるための網も持っていた。銅の刃がついた斧（木を切り倒すため）と燧石の刃がついた短剣も持っていた。道具のなかには、火をおこすための火打ち石や薬として使えるキノコもあった。

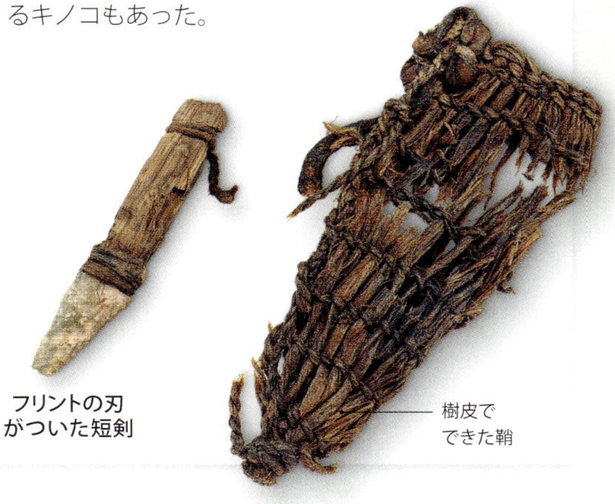

フリントの刃がついた短剣

樹皮でできた鞘

アートか治療痕か？

エッツィの体には61本の入れ墨（ほとんどが十字形または線状）がある。針ではなく先のとがった刃物で肌を傷つけ、そこに煤（すす）をすり込んだものだ。入れ墨は関節炎の痛みがあったと思われる部分に施されているため、鍼療法のように、痛みを緩和する目的だった可能性もある。入れ墨のあるミイラとしては、エッツィが世界最古である。

右ひざ裏の十字形

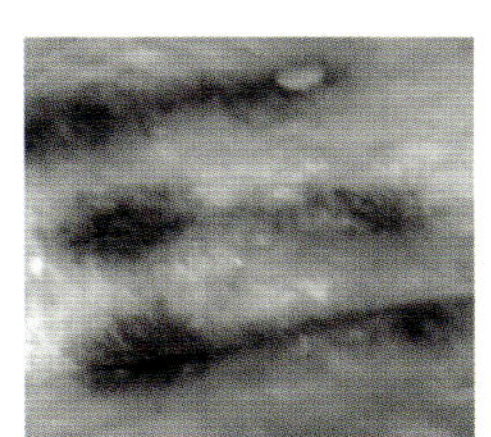

右の足首内側にある3本の線

歯はひどくすり減っていた。穀物が中心の食生活は、歯茎の病気や虫歯の原因になる

頭髪はもともと茶色だったが、氷に閉じ込められている間にすべて抜け落ちた。髪に銅の粒子が付着していることから、銅細工師だった可能性がある

後頭部の傷は転倒または襲撃によるもの

頭髪と思われる長い毛のほかに、現場では短い縮れた毛も見つかっており、エッツィはひげを生やしていたと考えられている

対立から戦争へ

人間の歴史上ほとんどの時代は、人口規模が小さかったために共同体同士の大規模な暴力沙汰を避けることができた。ところが、人口が増大し、それにつれて土地や資源がたくさん必要になると、戦争が勃発する。共同体の規模が大きくなるに伴い、紛争による犠牲者も増えていく。

特定の相手に対する集団暴行が行われた最古の証拠は、エジプトの墓地から見つかった。考古学者が、約1万3000年前の狩猟採集民24体の頭蓋骨に燧石(すいせき)製の矢じりで殺害された跡があるのを発見したのである。

農業の発祥によって、暴力による紛争は急激に増える。農民は守るべき土地、財産、家畜をもっており、それが攻撃を受ける原因にもなる。集団同士が資源をめぐって争い、不作の年には争いが激しくなった。ドイツで発見された3カ所の合同墓地(紀元前5000年ごろ)に、古代の虐殺の痕跡を見ることができる。死者は石の手斧で殺害されていた。

最初の軍隊

国家が成立すると、軍隊が創設され、新しい軍事技術が開発される。戦車(青銅器時代のユーラシアで精鋭部隊の戦士が使用した)や複合弓(角(つの)と木を組み合わせて作られた小さいが威力のある武器)はその一例である。馬が家畜化されて遊牧民がアジアの草原地帯を駆け回るようになると、複合弓で武装し、敏速に移動する騎馬民族は、中国や西ユーラシアの文明社会にとって絶えざる脅威になった。

西洋文学はホメロスの『イーリアス』から始まるが、この作品は英雄的な戦士を称える叙事詩である。多くの文明社会で、戦士はどの階級よりも優れていると見なされる一方、農民は社会階級の底辺に位置づけられていた。とはいえ、食料を生産して軍隊を養う農民の働きがなければ戦争を続けることもできない。軍事作戦は、部隊に必要な食料が手に入る時期に合わせて遂行されるのが常だった。

軍事的な新発明は、ユーラシアの交易ネットワークによって各地に広まった。火薬を使う武器は13世紀に中国で発明され、15世紀に西洋に到達する。火薬の発明で戦士という特権階級は終わりを告げる。ヨーロッパの騎士も日本の武士も、徴集された農民兵(長年社会的に下の階級だった)が発射する銃の前には無力だったのである。

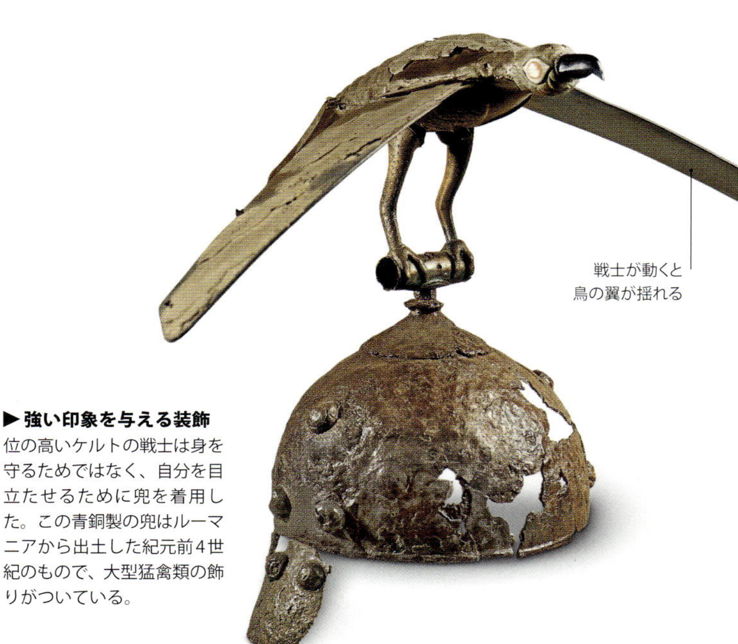
戦士が動くと鳥の翼が揺れる

▶ **強い印象を与える装飾**
位の高いケルトの戦士は身を守るためではなく、自分を目立たせるために兜を着用した。この青銅製の兜はルーマニアから出土した紀元前4世紀のもので、大型猛禽類の飾りがついている。

戦(いくさ)のことはよく知っている、戦では**大量に人が殺される**……接近戦になれば、**軍神が踊る死の踊りの足音**が聞こえる。

ホメロス ギリシャの詩人 紀元前800年〜紀元前700年ごろ 『イーリアス』より

戦法
西暦589年に行われたペルシャとトルコの騎馬軍団による戦いの場面を描いた絵画。両陣営とも、小さいが威力のある複合弓で武装している。トルコの指揮官ヤブグカガン（右）はペルシャの将軍バーラム（左）が放った矢に倒れる。

帝国のはずれ
西暦122年にローマ人がブリタニア北部に築いたハドリアヌスの長城は、防御壁であると同時に、その両側に住む民族を支配する手段だった。この壁によって現地のブリガント族が2つに分断された。壁はまた、一方から他方への移動を監視し、通行税を徴収する役目も果たした。

帝国の時代

国家が自国の領土を越えて拡大し、より多くの資源を獲得するために他の地域を征服するようになると、帝国が生まれる。この過程で、統治者は各地の被征服民を支配し、貢ぎ物を取り立て、広大な領土を治める方法を編み出す必要に迫られる。

帝国の統治方法として最も簡単なのが間接統治である。15世紀、アステカ族は北米の太平洋岸からメキシコ湾までの広大な地域を征服して大帝国を建設したが、各地の民族を直接統治したわけではない。代わりに、征服された都市から毎年貢ぎ物として贅沢品(織物、翡翠、鳥の羽など)をアステカの首都テノチティトランに送らせていた。ただし、この方法では、被征服民がアステカの支配に反発し、機会があれば反乱を起こすおそれがある。

征服した都市に総督を派遣して直接統治を実施するという方法もある。ペルシャ帝国を建設したキュロス大王は、紀元前540年代に26の太守領を設けた。太守とはいわば地方長官である。ペルシャ帝国は多様性に富む多文化国家で、今に残る石のレリーフを見ると、大王に貢ぎ物を捧げるために領内の各地からさまざまな民族衣装に身を包んだ人々が来ていたことがわかる。このシステムの弱点は、被征服民にとってペルシャに忠誠を尽くす理由がないことと、太守が独自に権力を蓄えることができるということである。

> **すべての神々**とその子どもたちが**この帝国**と都市の**永遠の繁栄**を認めてくれるよう祈ろうではないか。
>
> **アエリウス・アリスティデス**　ギリシャの雄弁家、ローマ市民　西暦117年〜181年　『The Roman Oration (ローマ頌詞)』より

ローマ帝国

最も効果的で長続きする方法を考案したのがローマ帝国である。ローマ帝国が画期的だったのは、新しく占領した土地でも市民権を与えたことである。特権階級にはローマ市民になる(ローマ市民の権利や特権もすべて付随する)チャンスが与えられた。ペルシャ帝国とは違い、ローマ帝国では文化が共有され、同じ言語(ラテン語およびギリシャ語)、同じ衣服、同じ神々が領土の隅々まで行き渡った。遠くエジプトやブリタニア[現在のイギリス]北部でも、男たちはローマ風のトーガを着ていた。

ローマ帝国はまた、パクス・ロマーナ(ローマによる平和)と呼ばれる安定した統治をも実現し、交易を奨励した。帝国各地に網の目のように街道を通し、地中海からは海賊行為を一掃した。富み栄えた帝国は、遠国からさまざまな商品(中国の絹、バルト海の琥珀、インドの香辛料など)が集まる市場にもなったのである。

ローマ帝国は最後には崩壊するが、その遺産は道路、町、文学、建築の形でその後も長く残り、効果的な統治方式は何千年もの間各国の統治者の模範となった。

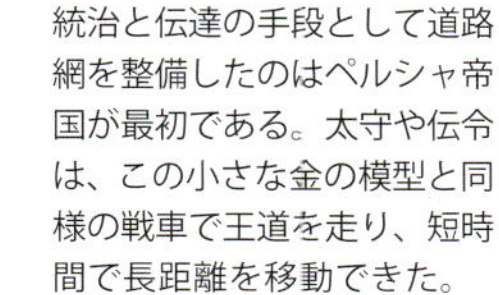

▼オクサスの戦車
統治と伝達の手段として道路網を整備したのはペルシャ帝国が最初である。太守や伝令は、この小さな金の模型と同様の戦車で王道を走り、短時間で長距離を移動できた。

帝国の興亡

歴史上、何百という帝国が現れては消えていった。その多くが、勢いのある成長期から衰退期に入るという同じような過程をたどっている。その結果、瓦解して小規模な国家に分かれる場合もあれば、新興の帝国に征服されることもある。

帝国を維持するのは難しい。軍隊には資金を注ぎ込んで装備や物資を常に供給する必要がある。帝国の領土が拡大する限りは、新しく征服した土地に費用を負担させることができる。しかしその規模がいったん最大限度にまで達すると、それまでの状態を維持するには住民に課税しなければならなくなる。帝国は、外敵や内紛に悩まされたばかりでなく、環境要因(飢饉や病気など)によっても疲弊した。

史上最古の帝国は、アッカドのサルゴンが築いたとされる。サルゴンは紀元前2300年ごろにメソポタミア全土を征服し、征服した都市の要塞を取り壊して息子たちを総督に任命した。一連の反乱や他国への侵略を経て、紀元前2150年ごろにアッカド帝国が誕生する。サルゴンの帝国はやがて滅びるが、その後のメソポタミアの支配者たちは、多くがこの帝国を模範とした。

後世への遺産

征服者として最も成功したのがアレクサンドロス大王(紀元前356年~紀元前323年)で、エジプトからアフガニスタンまでの広大な土地を支配下に収めた。この帝国は大王の死後長続きしなかったが、その驚異的な征服の数々に触発されたのがローマ人とチャンドラグプタ・マウリヤ(インド最古の帝国の創始者)である。ギリシャの思想、芸術、文化はローマ人に大きな影響を与えた。

一方、ローマ帝国が「倒れた」理由については、これまでに200以上もの説が提唱されてきた。今日では、突然崩壊したのではなく、徐々に変化が起こった結果、最後を迎えたという説が有力である。だがそれ以上に興味深いのは、中央集権的な支配は終わりを告げたものの、サルゴンやアレクサンドロスの帝国と同様ローマ帝国も、後世への遺産を残したということだろう。その遺産は、コレクティブ・ラーニングによって長く受け継がれることになる。西暦1300年ごろまでに、ヨーロッパの多くの都市に設立された大学によって、ギリシャ・ローマの思想がヨーロッパの知識人の間に浸透していた。また、ユスティニアヌス帝が再編成したローマの法体系は、今日のヨーロッパ各地の法体系の基礎になっている。

▼最初の皇帝
このブロンズの頭部はアッカドのサルゴンと考えられている。サルゴンは、彼に続くメソポタミアの征服者にとって称賛の的だった。

権力の空白状態にあり、経済的価値の高い資産を持つ**他の国家を征服する**
よく統治された強力な都市国家が成長と資源の限界に達する

▶帝国の興亡
歴史上、世界各地に成立した帝国はいずれも成長から崩壊への道筋をたどっている。この図は、その興亡に関係する共通の要素を示したものである。

私が征服した国の王で、自らを**私と同等であると称する者**がいれば、**放免してやるがよい。**

アッカドのサルゴン アッカド帝国の皇帝 紀元前2215年没

紀元前1年 西暦1年　**西暦1300年** ルネサンス始まる　**西暦1439年** 印刷機の発明による情報革命　**西暦1600年** コロンブス交換

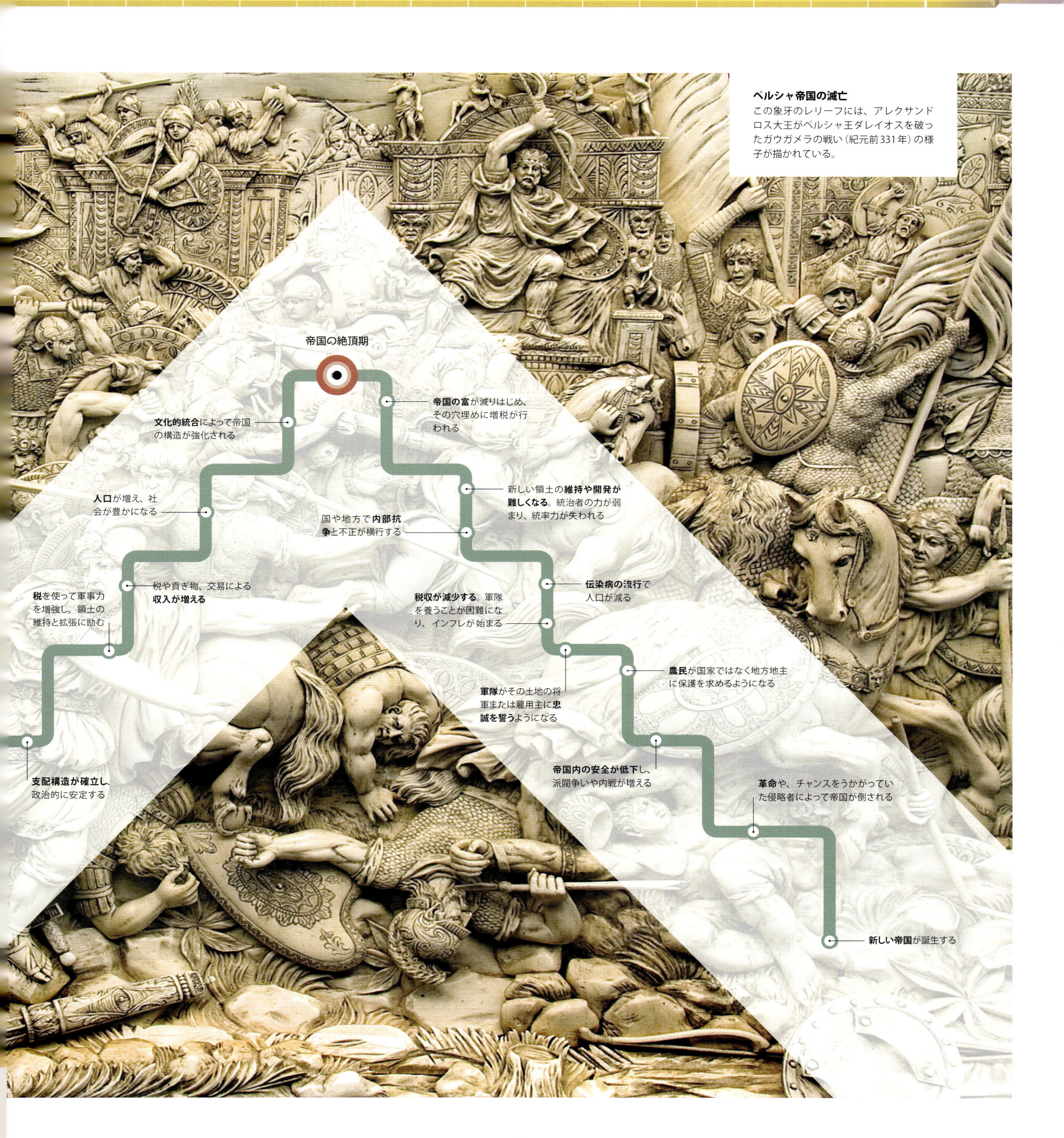

帝国の絶頂期
支配構造が確立し、政治的に安定する
税を使って軍事力を増強し、領土の維持と拡張に励む
税や貢ぎ物、交易による収入が増える
人口が増え、社会が豊かになる
文化的統合によって帝国の構造が強化される
帝国の富が減りはじめ、その穴埋めに増税が行われる
新しい領土の維持や開発が難しくなる。統治者の力が弱まり、統率力が失われる
国や地方で内部抗争と不正が横行する
伝染病の流行で人口が減る
税収が減少する。軍隊を養うことが困難になり、インフレが始まる
軍隊がその土地の将軍または雇用主に忠誠を誓うようになる
農民が国家ではなく地方地主に保護を求めるようになる
帝国内の安全が低下し、派閥争いや内戦が増える
革命や、チャンスをうかがっていた侵略者によって帝国が倒される
新しい帝国が誕生する

ペルシャ帝国の滅亡
この象牙のレリーフには、アレクサンドロス大王がペルシャ王ダレイオスを破ったガウガメラの戦い（紀元前331年）の様子が描かれている。

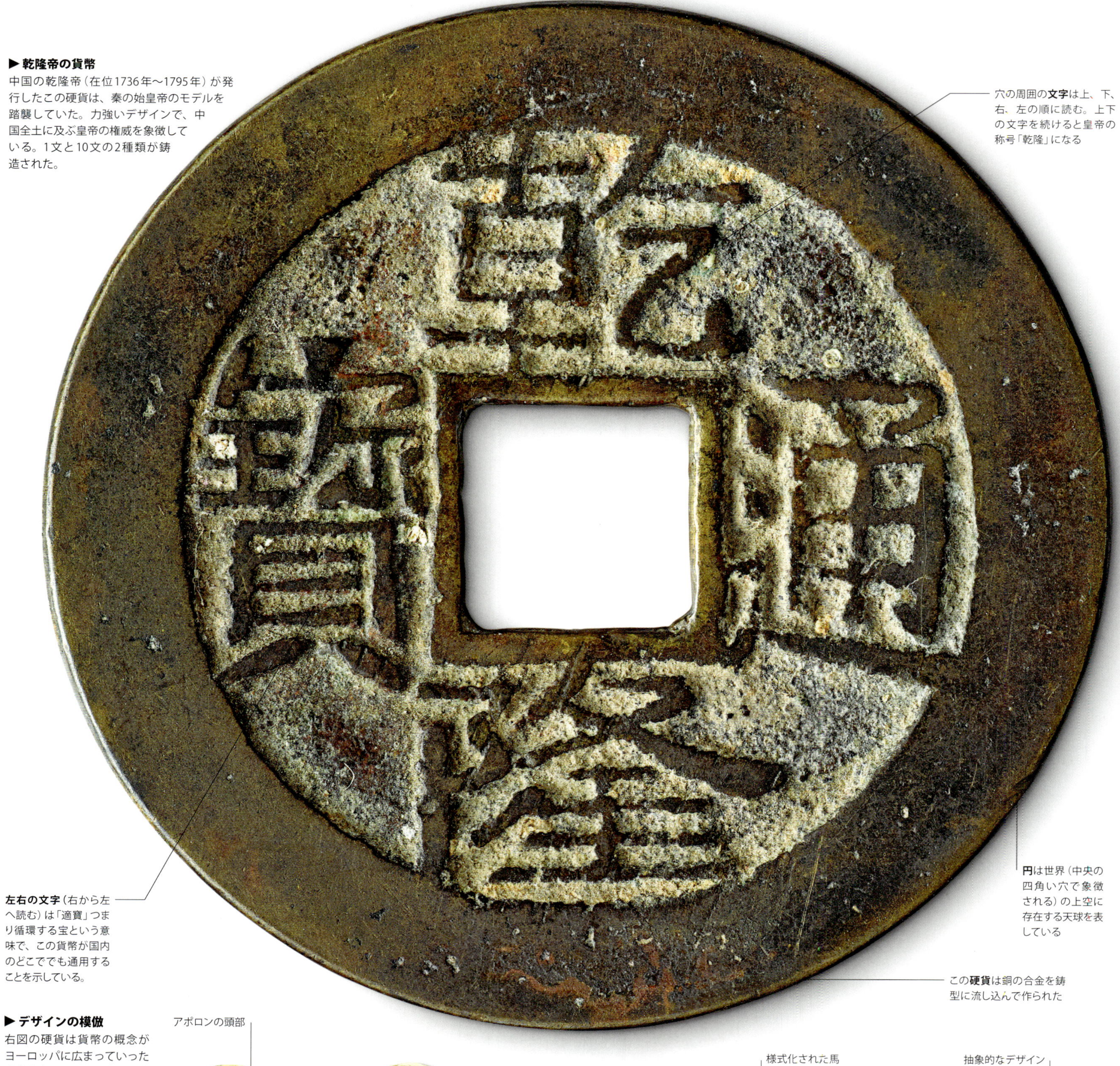

▶ 乾隆帝の貨幣
中国の乾隆帝（在位1736年〜1795年）が発行したこの硬貨は、秦の始皇帝のモデルを踏襲していた。力強いデザインで、中国全土に及ぶ皇帝の権威を象徴している。1文と10文の2種類が鋳造された。

穴の周囲の**文字**は上、下、右、左の順に読む。上下の文字を続けると皇帝の称号「乾隆」になる

左右の文字（右から左へ読む）は「通寶」つまり循環する宝という意味で、この貨幣が国内のどこででも通用することを示している。

円は世界（中央の四角い穴で象徴される）の上空に存在する天球を表している

この**硬貨**は銅の合金を鋳型に流し込んで作られた

▶ デザインの模倣
右図の硬貨は貨幣の概念がヨーロッパに広まっていった過程を表している。左の2点はマケドニア王フィリッポス（在位紀元前359年〜紀元前336年）が発行したギリシャ金貨の表面と裏面。北西ヨーロッパに住むケルト系のパリシイ族は、このフィリッポスの硬貨を真似て自分たちの硬貨を鋳造した。パリシイ硬貨のデザインは、後年やや抽象的になる。

アポロンの頭部

紀元前4世紀の
ギリシャ硬貨（表）

紀元前4世紀の
ギリシャ硬貨（裏）

紀元前1世紀の
パリシイ硬貨（表）

様式化された馬

紀元前1世紀の
パリシイ硬貨（裏）

後期の
パリシイ硬貨（表）

抽象的なデザイン

後期の
パリシイ硬貨（裏）

貨幣の発行

貨幣は品物の価値を象徴する印（トークン）で、交換の手段として用いられる。最初は、その土地で重要な意味をもつ品物（宝貝の貝殻、鳥の羽、織物、カカオ豆など）がトークンとして使われた。それがやがて価値の高い金属に取って代わられ、そのおかげで異なる地域間の交易が盛んになった。

交易の最初の形は物々交換だった。物々交換で問題なのは、交換の当事者双方が同じ価値の、しかも相手が望む品物を持っていなければならないということだ。この問題を解決するために、古代の文明社会で貨幣が発明された。

広い範囲で交易に使われた通貨は金属で、特に金、銀、青銅がよく使われた。金と銀は、希少であること、美しく耐久性があること、そして製錬に労力が必要であることから、最も珍重された。最初は、目方を量った銀を通貨として利用していた。その後、紀元前1千年紀にユーラシアの交易ネットワークが拡張すると、国々は金属にその価値を刻印したトークン（硬貨）を発行するようになる。

本当の意味での史上最古の貨幣は、現在のトルコにあったリュディアという国で紀元前600年ごろに作られた。硬貨鋳造の技術はリュディアからギリシャに伝わり、ギリシャの都市国家は独自の硬貨（守護神や、守護神の使いとされる聖獣を彫ったデザインが多い）を鋳造した。

貨幣を発行するのは、政治的な権威とその土地の支配権を誇示するためでもある。支配者は、貨幣が自国の宣伝になったり、思想や情報を短時間に広く伝える手段になったりすることに気がついた。ローマの硬貨には、時の皇帝の肖像とその業績（例えば軍事的勝利や神殿の創建）が刻まれた。同様にイスラムのカリフは、宗教的な言葉（「神の名において、ムハンマドは神の使いなり」など）を刻んだ硬貨を発行した。

証拠としての硬貨

貨幣の流通は、ユーラシア全域を含む新しい交易ネットワークができ、思想が各地に広まった証拠になる。ローマの硬貨が遠く離れたアフガニスタンやインドで見つかるという事実は、交易によって東洋の香辛料がローマ帝国に運ばれたことを物語っている。

硬貨の質が下がるのは、帝国の経済が不調に陥ったことを意味する。古代ローマのアントニニアヌス貨は銀貨で、西暦215年に初めて発行された。ところが時代が下るにつれて銀の含有量が減らされ、西暦270年代には銀メッキを施した銅貨になっていた。これがインフレの要因になった。商人が通貨の価値が下がったと判断し、それに応じて商品を値上げしたためである。

中国の貨幣

中国では、戦国時代（紀元前475年～紀元前221年）に道具をかたどった青銅鋳物の硬貨が普及した。北部や東部の国々では小刀に似せた刀貨（とうか）を使い、中部の国々では鋤の形をした布貨（ふか）を使っていた。

紀元前221年に中国が統一されてからは、秦の始皇帝によって国中に通用する円形の銅貨が発行された。この銅貨は真ん中に四角い穴が開いており、ひもを通して数珠つなぎにすることができた。銅は青銅ほど価値が高くないが、硬貨の素材となる金属の本来の価値は、このころには重要ではなくなっていた。中国ではすべての人が同じ通貨を使っていたからである。ここで重要なのは、王朝政府が硬貨鋳造の権利を独占していたということだ。

交易が盛んになると、貨幣の需要も増える。西暦900年ごろ、中国の商人たちは多数の硬貨を持ち歩かなくてもすむように、店に貨幣や品物を預け、その店からの預かり証を取引に使うようになる。やがて政府も、特定の店に独占権を与え、その店が預かり証を発行する権利を認めることにした。1120年代には政府がこのシステムを引き継ぎ、世界初の紙幣を発行する。

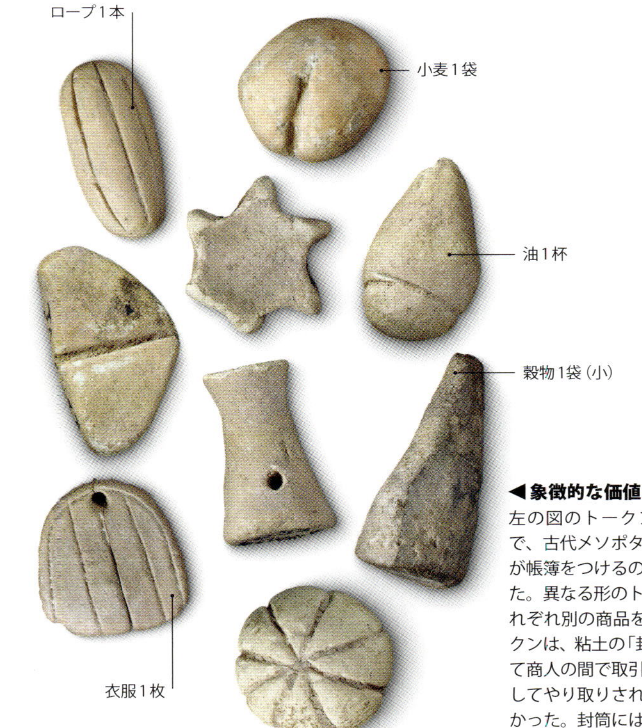
ロープ1本
小麦1袋
油1杯
穀物1袋（小）
衣服1枚

メソポタミアの計数トークン

◀象徴的な価値
左の図のトークンは粘土製で、古代メソポタミアの商人が帳簿をつけるのに使っていた。異なる形のトークンはそれぞれ別の商品を表す。トークンは、粘土の「封筒」に入れて商人の間で取引の請求書としてやり取りされる場合も多かった。封筒には中に入っているトークンの数が記録されていた。

> この**紙幣**を使えば、**国中どこででも好きなものが買える**。そのうえ、**旅をするときに**持ち運ぶにしても**ずっと軽い**のだ。
>
> **マルコ・ポーロ** ヴェネチアの商人 西暦1254年～1324年ごろ 『東方見聞録』より

◀石貨（せきか）
ミクロネシアのヤップ島では、伝統的に、石灰岩から切り出した巨大な円盤状の石が通貨（ライ）として使われている。円盤はパラオやグアムの島々で採石され、ヤップ島まで筏で曳航される。石の価値は大きさや出来栄え、経歴（特にその石をヤップまで運ぶのがどれほど困難で危険だったか）によって決まる。所有権は口伝えで記録され、所有者が変わっても石は元の場所に置いておくことが多い。

死の勝利
黒死病の流行後、ヨーロッパの芸術作品では「死の勝利」という主題がよく取り上げられた。シチリア島にあるこの壁画は1440年代の作品で、馬に乗った骸骨で「死」を表現している。死はあらゆる階級の人間（皇帝、貴族、聖職者も含まれる）を弓矢で倒していく。

発展に伴う健康被害

農業は狩猟採集よりはるかに多くの人口を養うことができるが、摂取する食品が限られるため、人間の健康にはよくない面があることがわかってきた。人口が増え、いくつもの共同体が密集して互いに関係をもつようになると、さまざまなの病気が急速に蔓延し、甚大な被害をもたらす場合が出てくる。

初期の農耕民の遺骨からは、新しい生活様式に起因する問題があったことがわかる。穀物中心の食生活は、ビタミンCおよびDの不足による壊血病やくる病を起こしやすい。農耕民はまた、繰り返しの重労働による怪我にも悩まされた。最古の農業遺跡とされるシリアのアブ・フレイラで見つかった女性の遺骨には、背中の下のほうと膝に損傷が見られ、足の親指は変形していたが、これはすべて、長時間膝をついて穀物をすりつぶしていたためである。

農耕生活に入ってたびたび飢饉に見舞われるようになったことも、予想外だった。人々は狩猟採集時代の豊かな食生活から、わずかな種類の穀物と動物の肉を摂取する生活に移行したが、この食料源はいずれも、気候や病気、病害虫によって激減する可能性がある。エジプトでは、農業は年に1度のナイル川の氾濫に依存していた。通常8mの高さまで増水するが、水位が7mなら不作になり、それより低ければ飢饉が生じる。なかには不作が続いたために崩壊した文明もあった。

死病

人や家畜が密集しているようなところでは、細菌やウイルスが家畜から人間へと宿主を変えることが容易になる。たとえば麻疹(はしか)は、牛にとっては致命的な病気である牛疫から進化した。病気は動物に直接触れることで移されたり、ノミやシラミなどの血を吸う昆虫によって運ばれたりする。最も壊滅的な打撃を与えたのが、ネズミからノミ、そして人間へと宿主を変えたペスト菌が引き起こす腺ペストである。最悪の爆発的流行(14世紀の黒死病)はアジアで始まり、その後交易ルートによって西に運ばれて、ヨーロッパの全人口の3分の1が死ぬという大変な事態になった。

狩猟採集民がネズミと接触することはほとんどなかったが、農耕民の定住地は大量の生ゴミが出るため、齧歯類にとっては申し分のない生息地である。飲料水の水源が人間や動物の排泄物で汚染されることも多い。回虫の感染症や、細菌性の二大死病であるコレラと腸チフス(どちらも汚染水が原因)も頻繁に発生した。近代医学の登場以前は、切り傷などの単純な怪我でさえ、傷口から細菌に感染して命取りになることがあった。

◀疫病の媒介者
腺ペストはもともと齧歯類の病気で、人間が感染するようになったのは、大規模な共同体をつくって定住するようになってからである。琥珀に閉じ込められているこの2000万年前のノミが、その口器で病原菌を媒介した。

> **大きな穴がいくつも掘られ**、そこに**大量の死体が積み重ねられた**……私、アグノロ・ディ・トゥラも5人の子どもをこの手で**埋葬した**。

アグノロ・ディ・トゥラ イタリアの商人・年代記編者 1347年ごろ

交易ネットワークの発達

農耕文明が発達すると、文明同士がつながった巨大なネットワークが誕生する。このネットワークをたどって、商品だけでなく言語、技術、病原菌、遺伝子など、あらゆるものが行き来した。農耕時代の最も重要な交換ネットワークが、今日シルクロードの名で知られるルートである。

ヨーロッパ東部から中国との国境まで、4800kmにわたって樹木の生えない草原地帯が広がっている。過去6000年の間、この草原地帯は遊牧民族の勢力範囲だった。馬やラクダに乗った遊牧民は、家畜の群れに適した新鮮な牧草地を探して絶えず移動している。このように身軽に動き回れる遊牧民が、シルクロードの成立に大きく貢献する。シルクロードは複数のルートの総称で、ユーラシアの草原全域を網羅し、農耕時代には、アフロユーラシア・ワールドゾーンの各地を結ぶ役目を果たした。他のワールドゾーンにもそれぞれ古代の交換ネットワークがあったが（例えば、アンデス山中やメソアメリカといったアメリカの交換ネットワーク）、シルクロードほど大規模で変化に富んだものは見られなかった。異なる文明同士の出会いには戦争も一定の役割を果たしたが、最も影響力のあるネットワークは交易を通じて構築された。

シルクロード

シルクロードには、中国から中央アジアを経て地中海地方に至る陸上ルートと、海路により交易が行われる海上ルートがあった。シルクロードの第1次繁栄期（紀元前50年～西暦250年）には、古代の小規模な農耕文明が統合されて強力な巨大帝国が誕生し、大規模な交換が可能になっていた。代表的な4つの王朝（ローマ人、パルティア人、クシャーナ族、漢民族による帝国）は、それぞれの領土をつなぐ道路網を建設した。冶金や輸送の技術的進歩、農業生産高の向上、貨幣制度の出現、これらすべてが、アフロユーラシアがこれまでにない規模の物質と文化の交換を実現するのに役立った。一方で、ユーラシア内陸部の苛酷な土地には、大規模で強力な遊牧民社会が形成されていた。この

▼牧草地を求めて
カザフ族の遊牧民は、現在も馬に乗り、ラクダに荷物を運ばせ、かつてシルクロードが通っていた中国のアルタイ平原で家畜の群れを追って暮らしている。彼らの生活は6000年の間ほとんど変わっていない。

紀元前1年｜西暦1年　西暦1300年｜ルネサンス始まる　西暦1439年｜印刷機の発明による情報革命　西暦1600年｜コロンブス交換

人々は異なる文明をつなぐ役割を果たし、シルクロードが整備されてからは、旅人にとってなくてはならない存在になった。

中国と地中海地方の長距離交易が盛んになったのは、漢王朝が中央アジアに進出した紀元前200年ごろからである。商人は草原や砂漠を越え、中国の絹、翡翠、青銅、ローマのガラス、アラビアの香料、インドの香辛料などを運んだ。交易ルートを押さえることで、砂漠のオアシスに位置する町や、ペルシャ北部およびアフガニスタンの諸都市には莫大な富がもたらされた。

さらに重要なのが、仏教やイスラム教をはじめとする思想や宗教の伝播で、これらもシルクロードを経由して伝えられた。西暦550年代には、ビザンティン帝国（東ローマ帝国）の修道士が中国に到達し、カイコガの卵をひそかに西洋に持ち帰る。これによってビザンティン帝国では絹の生産が可能になり、中国が長年死守してきた絹の独占が破られたのである。

シルクロードは病気の拡散をも容易にした。2世紀と3世紀には、中国の漢王朝とローマ帝国で同じ病気が大流行して甚大な被害が出た。このように病原菌が交換されることにより、アフロユーラシアの人々にはやがて病気に対する抵抗力ができるようになる。

このようにさまざまな種類の交換が行われた結果、アフロユーラシアには共通の技術、芸術様式、文化、宗教が広がっていく。シルクロードによってコレクティブ・ラーニングがますます盛んになり、それが成長や技術革新につながっていく。

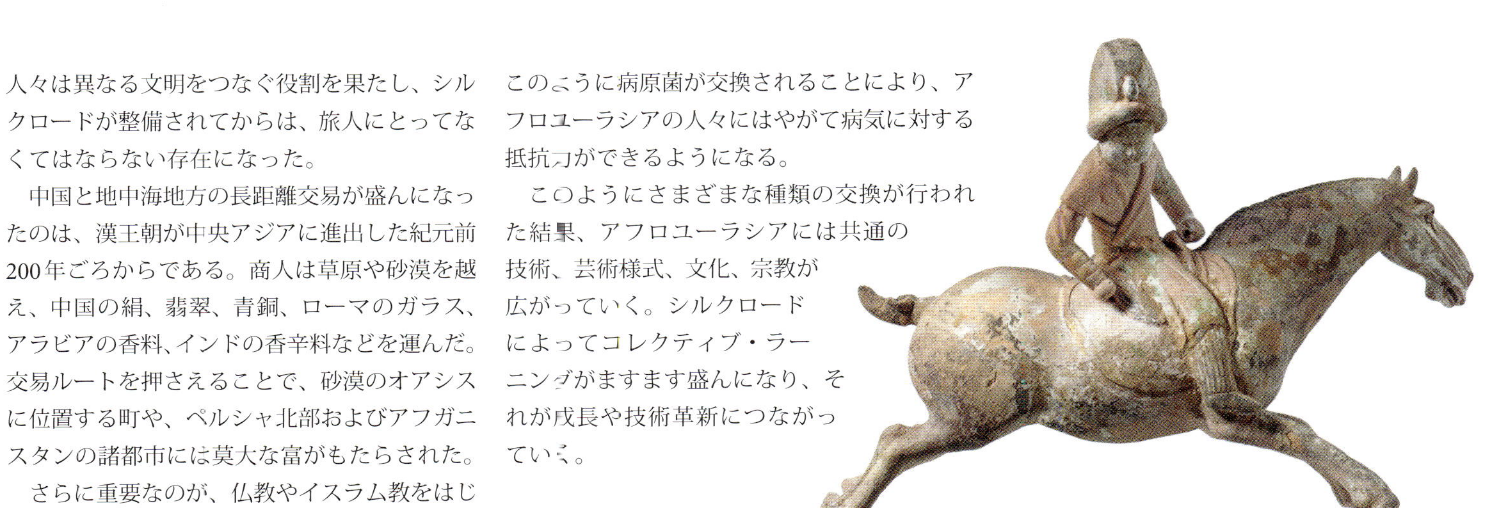

◀馬上の人
中央または南アジアで考案されたポロは、シルクロード経由ではるか中国まで伝わった。この陶器の像は唐王朝時代（618年～907年）の副葬品で、シルクロード経由で取引され、非常に珍重された「天馬」を模している。

“彼らは**卵をビザンティウムに持ち帰った**……飼育法が研究され……こうして**ローマ帝国で絹が作られるようになった**のである。”

カイサリアのプロコピオス　ローマの歴史家　西暦500年～560年ごろ　絹生産の普及について

東西の出会い

1492年まで、「旧世界」(アフロユーラシア)と「新世界」(アメリカ大陸)の人々は、お互いに相手の存在に気づいていなかった。この2つの世界を結びつけたのはヨーロッパの探検家で、これをきっかけに世界は「コロンブス交換」、すなわち人間や動物、作物、病気、技術の移動を経験することになる。

1492年〜1650年の間に、**アメリカ先住民の人口**の実に90%までが**伝染病の流行**で亡くなった

キャッサバ
南米産のキャッサバは干ばつと病害虫に強く、痩せた土地でもよく育つ。この作物は世界中の熱帯地方に拡散し、今では5億人を超える人々の基本食になっている。

北米

西半球

◀新世界
1492年以後、ヨーロッパの探検家がアメリカ大陸にやって来て、各地に次々と植民地を建設するようになる。彼らはアメリカ大陸産の作物や動物(ヨーロッパでは人気の高い贅沢品になるものが多い)を旧世界に持ち帰った。

1521年、スペインの征服者エルナン・コルテスがアステカ王国を支配下に収める

タバコ
1600年代初め以降、タバコは北米に移住したヨーロッパ人にとって重要な換金作物だった。タバコはヨーロッパに輸出されるとまたたく間にアフロユーラシア全域に広がった。

1500年、ポルトガルの航海者ペドロ・アルヴァレス・カブラルに率いられた船団がブラジルに上陸し、一帯の土地を占領してポルトガル領と宣言する

南米

1533年、スペインの征服者フランシスコ・ピサロがインカ帝国を征服する

唐辛子
アメリカ産の唐辛子は栽培が簡単なので、急速にヨーロッパに広まった。ポルトガルの商人によってアフリカ、インド、東南アジアに運ばれ、各地の食事に独特の風味と辛味を加えた。

ヨーロッパの探検家は自分たちが優位に立てる技術（乗馬、銃や鋼鉄製の武器など）を最大限に利用して新世界の人々を征服した。またヨーロッパから持ち込まれた病気も新大陸征服に味方した。コロンブス交換によって世界各地の生活は一変する。人々はどこにいても新種の食料が手に入るようになり、その結果、その後2世紀にわたって世界の人口は増加の一途をたどった。作物や家畜の拡散とともに、改良された農業技術や体系的な新しい方法が入ってくる。政府の力が拡大し、人口や収入を増やすために自国の領土を拡張しようとした。その結果、人間はますます土地に改変を加えるようになる。

世界規模の交換ネットワークが新しく出現し、2つの地域（ヨーロッパとアメリカ大陸）ではコロンブス交換の文化的影響を最も強くこうむった。アメリカ大陸では、このために文化や政治の伝統がすたれてしまう。人々がヨーロッパの言語を話すようになったため、アメリカにもともとあった言語は消滅した。一方ヨーロッパは、この新たにできた世界的な交換ネットワークの中心に位置していたため、新しい情報の流れによって最も大きな影響を受けることになる。ところが驚くべきことに、技術革新の歩みはそれ以後も遅々として進まない。1700年になっても、世界は依然としてそれまでと大差なかったが、既存の思想、商品、人、作物、病気が交換される規模は大きくなっていた。これが、18世紀後半にイノベーションが一気に花開く布石になるのである。

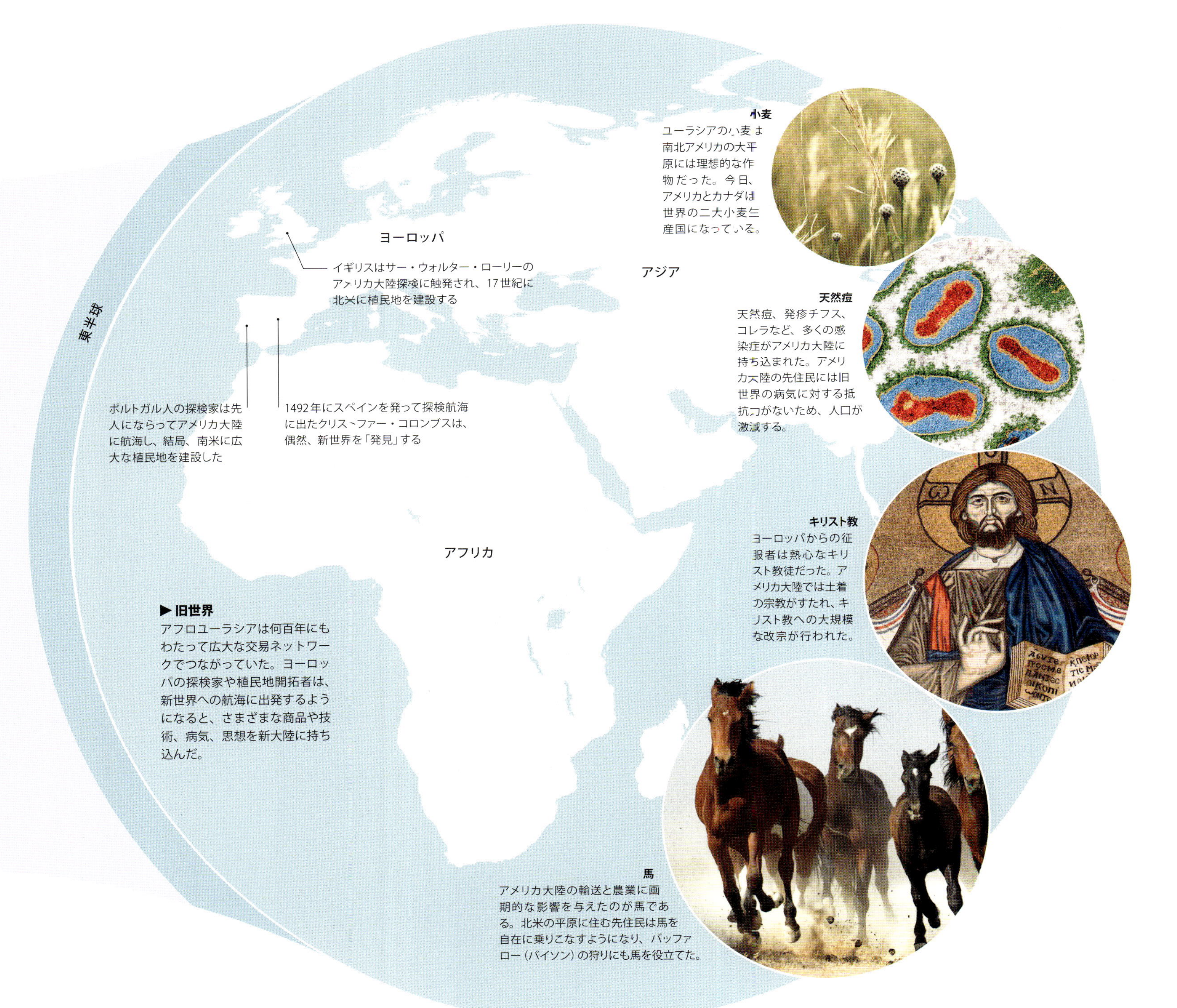
東半球
ヨーロッパ
アジア
アフリカ
イギリスはサー・ウォルター・ローリーのアメリカ大陸探検に触発され、17世紀に北米に植民地を建設する
ポルトガル人の探検家は先人にならってアメリカ大陸に航海し、結局、南米に広大な植民地を建設した
1492年にスペインを発って探検航海に出たクリストファー・コロンブスは、偶然、新世界を「発見」する

小麦
ユーラシアの小麦は南北アメリカの大平原には理想的な作物だった。今日、アメリカとカナダは世界の二大小麦生産国になっている。

天然痘
天然痘、発疹チフス、コレラなど、多くの感染症がアメリカ大陸に持ち込まれた。アメリカ大陸の先住民には旧世界の病気に対する抵抗力がないため、人口が激減する。

キリスト教
ヨーロッパからの征服者は熱心なキリスト教徒だった。アメリカ大陸では土着の宗教がすたれ、キリスト教への大規模な改宗が行われた。

馬
アメリカ大陸の輸送と農業に画期的な影響を与えたのが馬である。北米の平原に住む先住民は馬を自在に乗りこなすようになり、バッファロー（バイソン）の狩りにも馬を役立てた。

▶ 旧世界
アフロユーラシアは何百年にもわたって広大な交易ネットワークでつながっていた。ヨーロッパの探検家や植民地開拓者は、新世界への航海に出発するようになると、さまざまな商品や技術、病気、思想を新大陸に持ち込んだ。

交易のグローバル化

15世紀後半以降、世界各地が初めてつながることになる。ヨーロッパの船が大洋を横断し、世界規模の海洋交易のシステムを作り上げたのである。最も重要なのはユーラシアとアメリカ大陸がつながったことだが、グローバル化の効果は世界中に影響した。

グローバル化の端緒となったのは1492年、クリストファー・コロンブスがアジアに到達しようと大西洋を西へ航海したときである。アジアに到達する代わりに、コロンブスはアメリカ大陸を発見する。ユーラシアではその存在すら知られていなかった「新世界」があることがわかったのだ。その6年後、ヴァスコ・ダ・ガマ率いるポルトガルの船団が南下したのち東へ向かい、インドに到達する。次いで1519年〜1522年には、フェルディナンド・マゼランが率いるスペインの探検隊が世界一周航海を成し遂げた。やがて、イギリス人、フランス人、オランダ人も長距離の航海に乗り出すようになる。

ヨーロッパが意欲的だった理由

世界を股にかけたのがほかでもないヨーロッパ人だったのはなぜだろう。ヨーロッパはユーラシアの交易ネットワークでは、香辛料や絹の生産地から遠く離れた辺境に位置し、しかも敵対するオスマン帝国によって陸上のルートから切り離されていた。ヨーロッパの人々は自分たちが除外されていることを十分に認識していて、そのため技術(船や航行装置、地図など)の向上によって香辛料の取引に食い込もうとした。この点、北西ヨーロッパの国々には地中海諸国に勝る強みがあった。自国の海岸が大西洋に面していることである。

当時、ヨーロッパは対立と紛争で分断されていた。このため、ヨーロッパ諸国は度重なる戦争の資金源となる富を求めて、競って海の向こうの土地を獲得しようとした。

中国も新しい土地を探検するだけの技術をもっていたが、国内が統一されていたために、さらに広い世界を踏査することには関心が向かなかった。1400年代初めに短期間だけ探検に乗り出した時期があり、このときはジャンク船で船団を組んでアフリカまで航海したが、新しい富を発見するというより、むしろ自国の力を誇示することが目的だった。1433年に皇帝が探検航海の終了を宣言すると、それ以後中国の目は国内に向けられるようになる。

アメリカ大陸には長距離の交易ルートは存在せず、メキシコのアステカ族とペルーのインカ族は互いの存在に気づいてもいなかった。その結果、アメリカ大陸の人々にはよその土地が探検に値するという考えは生まれず、遠洋航海用の船が造られることもなかった。

> “16世紀になって**世界規模の通商**が始まった。**資本の近代史**はここから展開すると言ってよい。”
>
> **カール・マルクス** ドイツの学者 1818年〜1883年 『資本論』より

▼卵に描かれた世界
1500年ごろにヨーロッパで作られたこの作品は、新世界が描かれた最古の地球儀と考えられている。アフリカ産のダチョウの卵に彫ってあり、ここからもまた、世界的なつながりが生まれていたことがわかる。

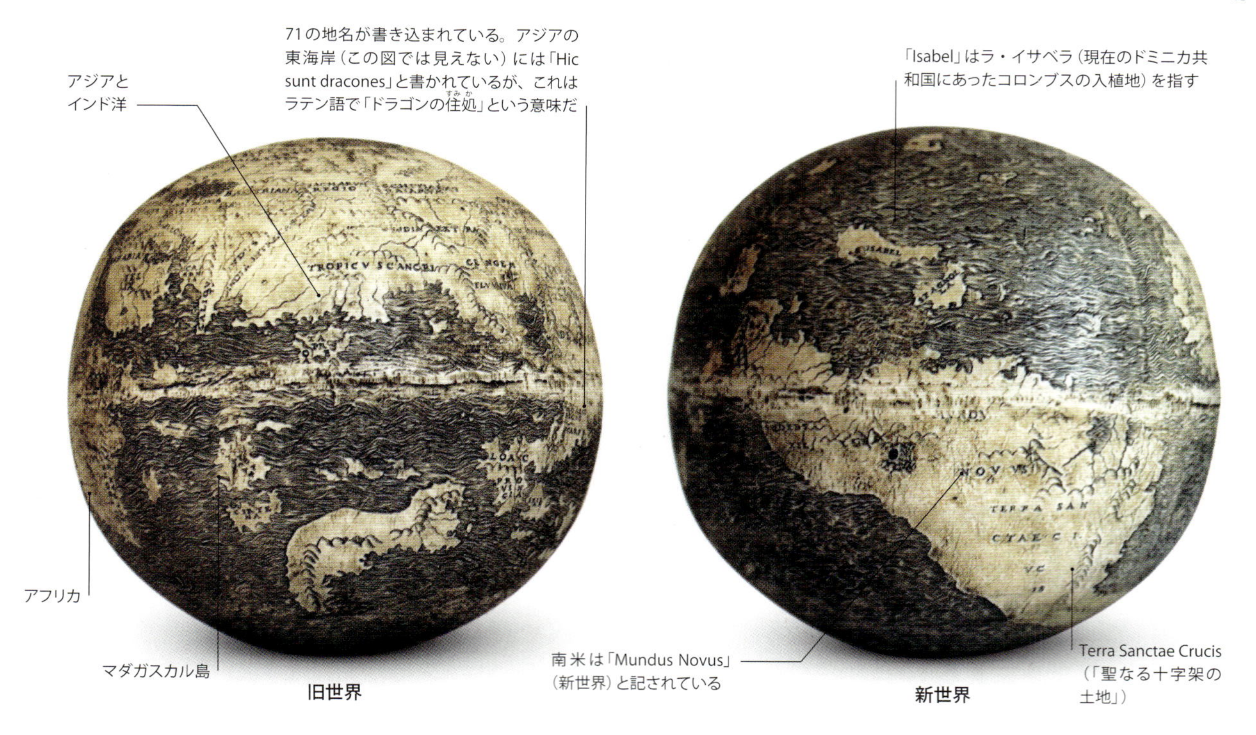
TROPICV S CANCRI

アジアとインド洋

71の地名が書き込まれている。アジアの東海岸(この図では見えない)には「Hic sunt dracones」と書かれているが、これはラテン語で「ドラゴンの住処」という意味だ

アフリカ

マダガスカル島

旧世界

「Isabel」はラ・イサベラ(現在のドミニカ共和国にあったコロンブスの入植地)を指す

南米は「Mundus Novus」(新世界)と記されている

Terra Sanctae Crucis(「聖なる十字架の土地」)

新世界

新しいグローバルネットワーク

世界規模のつながりが生まれた結果、交易ネットワークの中心が移動する。かつてはユーラシアネットワークの端に位置していた北西ヨーロッパが、急速に拡大する新しいグローバルネットワークの中心になった。この地方の4つの言語(英語、スペイン語、ポルトガル語、フランス語)を話す人が現在でも多いのはこのためである。かつては交易の中心として重要な地位を占めていた南ヨーロッパの都市(ヴェネチアなど)は長期的には衰退していった。

アメリカ大陸やその他の土地から富が入ってくると、ヨーロッパの経済環境も変化する。地主貴族に代わって商人が実権を握り、近代資本主義の萌芽が見られるのがこの時期である。

南米の銀

1545年、ボリビアのポトシでスペイン人によ

◀ポルトガルの通商
1543年、インドのゴアを出帆したポルトガル船が初めて日本に到達した。ポルトガル人は中国の絹と磁器、インド産の布を日本の金属細工や工芸品と交換した。この日本画には、ポルトガルのガレオン船（大型商船の一種）が描かれている。

り銀鉱山が発見される。銀の供給源としてはこれまで発見されたなかで最大の規模だった。1660年までに約6万トンの銀が船でスペインに運ばれ、ヨーロッパの銀の量は3倍になった。

銀はアジアの商人に珍重され、まもなく世界経済の基礎になる。その大部分は中国に運ばれ、絹や磁器の購入に使われた。スペインのガレオン船（大型武装商船）はメキシコから太平洋を横断してフィリピン諸島に銀を運んだ。ポルトガルの船も東へ赴き、新世界の銀を使ってインドで綿や香辛料を、中国では磁器や絹を購入し、それを今度は日本に持ち込んだ。

アメリカから銀が大量に流入したため、ヨーロッパとアジアでは広範囲にインフレが発生する。交易によってスペインの銀貨がオスマン帝国に入ってくると、銀の含有量が低いオスマン帝国の貨幣価値が下がり、官吏や軍人が給与だけでは生活できなくなる事態に至った。

アメリカ大陸からの銀の流入にもかかわらず、戦争に明け暮れていたスペイン王は常に借財を抱えていた。富は最終的には、王室に資金を融通していた外国の銀行家に吸い上げられる。

破壊的な影響

グローバル化によってユーラシアの病気が世界中に拡散することにもなった。これがアメリカ大陸やオーストラリア、太平洋の島々に暮らす人々に与えた影響は壊滅的だった。

当初、アメリカ大陸の鉱山や農場で働いていたのはアメリカ先住民だったが、苛酷な労働環境と旧世界から入ってきた病気によってその多くが死亡したため、新たな労働力を確保する必要に迫られる。1534年以降、ヨーロッパ人はアフリカ人を奴隷としてアメリカ大陸に運ぶようになる（彼らには旧世界の病気に対する抵抗力があった）。その後の350年で、奴隷船の船倉に鎖で繋がれて大西洋を渡ったアフリカ人の数は1200万〜2500万に達した。

グローバル化は環境にも深刻な影響を及ぼした。例えば、オーストラリアに羊を、太平洋の島々にヤギを持ち込んだ結果、広範囲にわたって森林が破壊され、その地方固有の野生生物種の多くが絶滅した。

◀スペインの銀
スペインの銀貨は重さと純度が一定であることで知られ、他の硬貨の価値を決める基準通貨になっていた。

第8変革

Threshold 8

近代産業の勃興

増加の一途をたどる人口を支える必要から、人間は地下に眠る新たなエネルギー源の利用に乗り出す。化石燃料である。化石燃料は、産業と消費主義の興隆を後押しし、そうして生まれた新しい世界秩序のなかで、人間は地球に変化をもたらす主要な勢力となる。

適応条件

大規模で多様性に富み、相互に結びついた社会のなかでは、コレクティブ・ラーニングが大きな力となる。高度に複雑な現代世界への道程は18世紀に始まった。このとき以来、新たなグローバルな結びつきが既存の交換ネットワークを強化し、変化の速度も、生物圏に対する人間の支配力も増大しはじめた。

交換ネットワークの拡大とグローバリゼーションへの趨勢

革新的な問題解決能力

コレクティブ・ラーニングの急加速

何が変化したか？

新しいエネルギー源（最初は石炭、次に石油と天然ガス）の広範な利用が可能になった。これらの化石燃料が風力、水力、人力、動物の動力に取って代わり、エネルギーの生産量と消費量がかつてない規模に達した。

農業革命

商業的な手法が農業を変革しはじめる。新しい技術とイノベーションによって土地の生産力が増大し、人間の労働力の使用が減少する。余剰となった農場労働者が手工業に従事し、都市部に集中して、潜在的な産業労働力が形成される。

人口増加

効率的な農業技術によって食料の生産量が増加し、より大きな人口を支えることが可能になる。人口増は将来的な工場労働力の増加につながる。

機械化

風力、水力、動物の動力を用いて機械を動かすことで、人力のみの場合より効率的に、また短時間で穀物を挽き、水を汲み上げ、商品を輸送することができるようになる。起業家は（特に繊維産業において）手工具を用いた人間の労働を機械生産に換える方法を探る。

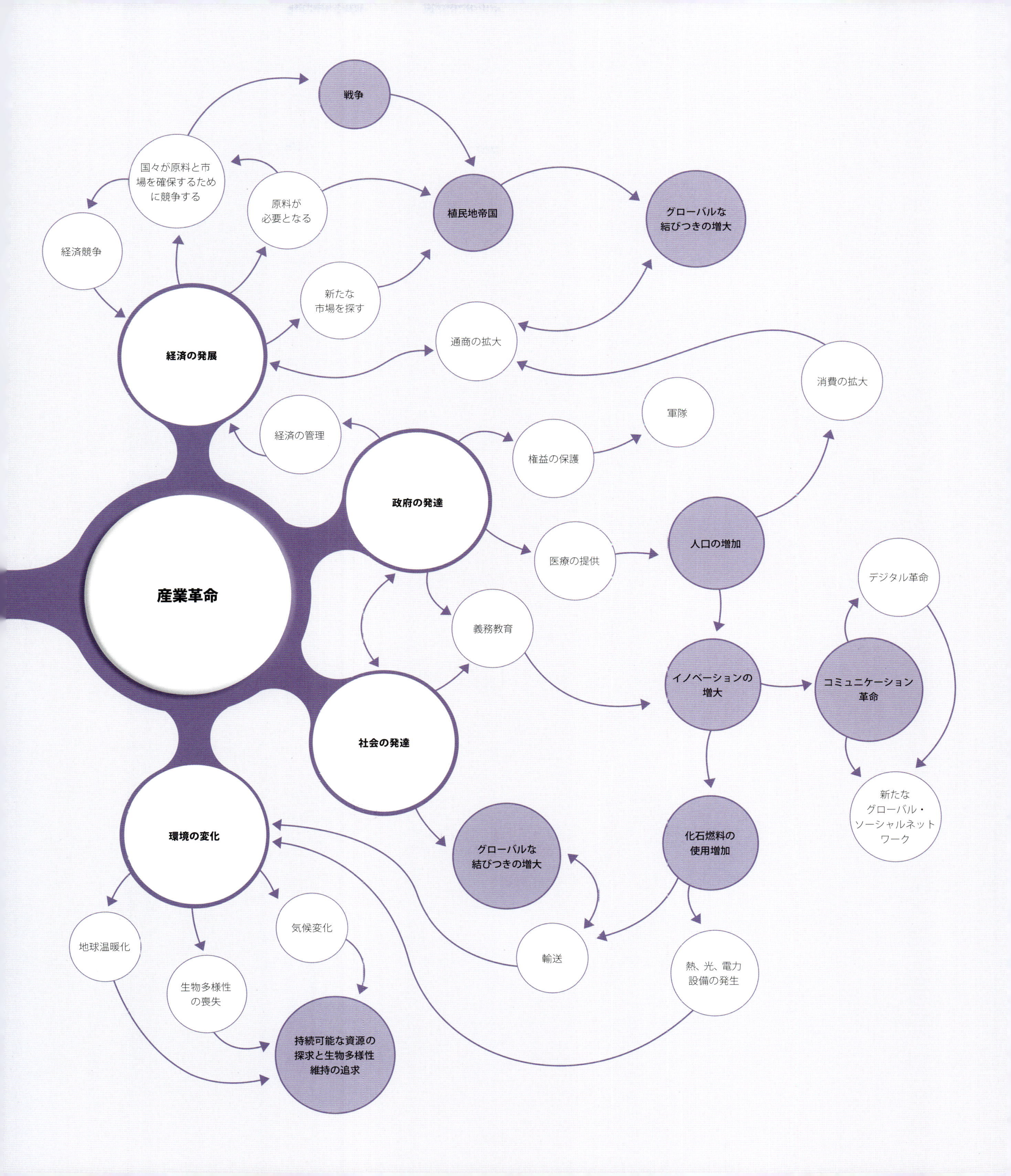

戦争
国々が原料と市場を確保するために競争する
原料が必要となる
植民地帝国
グローバルな結びつきの増大
経済競争
新たな市場を探す
経済の発展
通商の拡大
消費の拡大
経済の管理
軍隊
権益の保護
政府の発達
人口の増加
医療の提供
産業革命
デジタル革命
義務教育
イノベーションの増大
コミュニケーション革命
社会の発達
新たなグローバル・ソーシャルネットワーク
環境の変化
グローバルな結びつきの増大
化石燃料の使用増加
気候変化
地球温暖化
輸送
熱、光、電力設備の発生
生物多様性の喪失
持続可能な資源の探求と生物多様性維持の追求

産業革命

数百年にわたる緩慢な発展をへて、18世紀半ばのイギリスにおいて一連のイノベーション（技術革新）が起こり、世界を恒久的に変化させるプロセスが始まった。このプロセスは、今日、産業革命と呼ばれている。

産業革命は農耕社会を変容させた。石炭などの化石燃料を製造業や情報・通信、輸送の分野で人力や動物の動力に代わるものとして利用する方法が発見された。産業革命はイギリスで始まった。グローバルなものからローカルなものまで、いくつかの要因が相俟って、技術が急速に変化する時代が到来した。

時代的・地理的背景

イギリスの工業化は、ヨーロッパの人口急増期の後に起こっている。馬に牽かせる播種機や近代農法の採用など、農業における種々の技術革新が組み合わさって、土地の生産力を増大させ、人口の増加を後押しした（⇨p.252〜253）。この時代は社会変動も著しく、地主は従来より少ない労働力で食料生産量を倍増することができたため、多数の農場労働者が都市に移住したり、手工業に従事したりした。小作農はもはや地主に税を納めることをせず、賃金労働者となった。

イギリスの国民所得の大半は通商に由来していた。イギリスの通商は強力な陸と海の軍事力によって保護されており、工業化に不可欠な資本の供給源となった。ロンドンは通商上の重要なハブだった。ヨーロッパと南北アメリカを結ぶ国際的な通商ネットワークの中心であるイギリスは、コレクティブ・ラーニングの成果としての新たなイノベーションの恩恵に浴するのにうってつけの位置にあった。

理論的には、大きな人口を抱える中国も、石炭を利用する製鉄・鉄鋼業が発展した11世紀以降のどの時点においても工業化が可能だったはずである。しかし中国の炭田は政情の不安定な北方にあり、13世紀にモンゴル人の侵攻を受けて以来、南方に移った経済的中心からは遠く離れていた。政治情勢も有利とはいえなかった。政府の奨励する儒教的理想は安定を重視し、工業化は混乱を招くものと見なされた。

[**産業革命**は] おそらく、**世界史上**、**農業**と**都市**の**発明以来**最も**重要な出来事**だった。

エリック・ホブズボーム　イギリスの歴史家　1917年〜2012年

なった。社会構造が、ここにきてようやく農耕社会から商業社会へと変化しはじめた。

これは重大な変化だった。社会やイデオロギーの条件がイノベーションを誘発しない状況では、イノベーションの速度が落ちる。政治情勢もある程度影響した。18世紀を通じて、ヨーロッパの絶対君主政体はイノベーションを抑圧した。しかしイギリスは、商業的な事業を支援しイノベーションに報酬を与える政府をもつ、議会制君主制をとっていった。これは啓蒙主義として知られる知的風土の一翼を担うものだった。

問題の集積

イギリスの人口は1750年から1800年の間に2倍になった。これによって木材が不足し、次第に燃料源として石炭が用いられるようになっていった。木材不足が深刻になると、石炭の需要も増大した。イギリスには石炭が豊富だったが、それらは地下深くにあり、利用は困難だった。これがイノベーションを不可欠のものとした。イギリスにはイノベーションに必要なすべての条件が揃っており、実際にイノベーションへの道を歩んだのである。

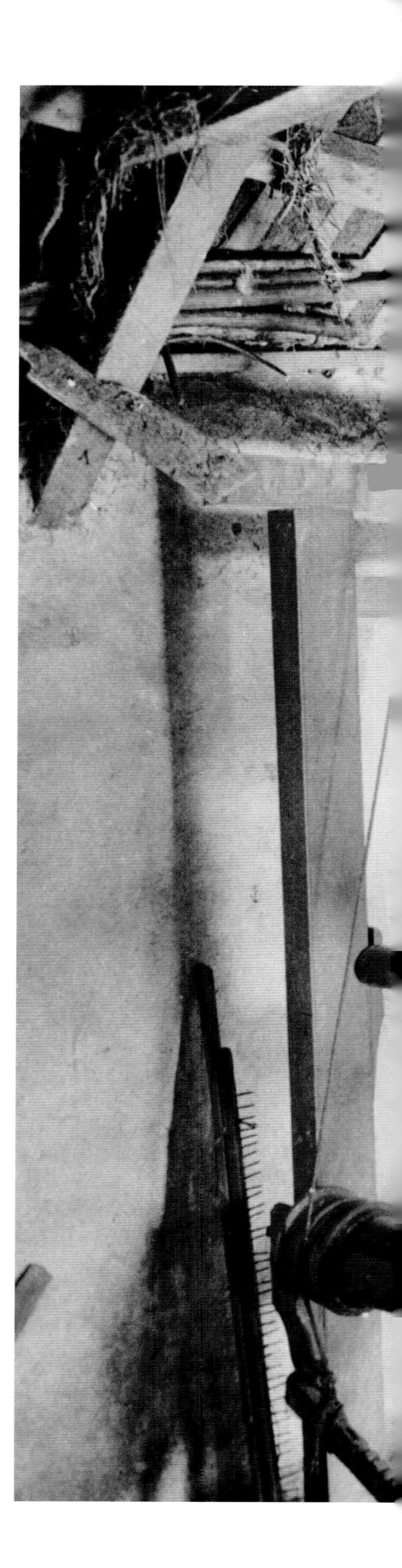

家内工業
農村を離れた農場労働者は、織物業などの家内工業に従事し、経済、通商、輸出の発展に寄与した。かくして工業化への道が敷かれたのである。

▼炭鉱での作業

イギリスでは工業化の開始とともに、蒸気機関や溶鉱炉の燃料として石炭の需要が増えた。その結果、石炭生産量が増加し、炭鉱はいっそう深く、石炭産業はいっそう危険なものになっていった。

馬の牽く荷車は、木材その他の資材の搬入と、石炭の運搬に用いられた
煉瓦の煙突
蒸気機関棟
集荷を待つ石炭
蒸気機関はまた、坑夫を立て坑の中で上げ下ろしし、石炭を地表に運ぶためのウィンチの動力となった
排気坑から上昇してくる熱い空気は、付近の入気坑の中の冷たい空気より比重が小さかった。この気圧の差によって、新鮮な冷たい空気が入気坑内を下降した
大量の木材が立て坑や坑道を支えた
単純な滑車機構を支える木製のプラットフォーム
排気坑の内壁は板で覆われていた
坑夫は柳で編んだゴンドラに乗り、ウィンチで立て坑の底に下ろされた
狭い石炭層から採掘した石炭は主立て坑まで坑夫が運搬した
熱い空気が排気坑を上昇した。坑内から発生した有毒できわめて引火しやすいガスも同時に地上に放出された
石炭は立て坑の地上部まで引き上げられた
揚水ポンプで地中から湧き出る水を排出した。坑夫は腰まで水に浸かって働くこともあり、坑内はしばしば水没した
炉にくべるための石炭
有毒ガスを除去し、爆発の危険性を低下させるために、炉で石炭を燃やして坑内換気を行った
坑夫がシャベルで石炭を炉にくべた
入気坑を降下した冷たい空気が坑内の換気に役立った
ゴンドラを載せた台車を馬で牽いて入気坑に持ち込んだ
トラッパーと呼ばれる少年が、扉を開閉して坑内の換気と空気の流れを調節した

イギリスの石炭生産量：
1700年は254万トン、
1900年は**2億2400万トン**

坑夫の一家は炭鉱近くの狭苦しい小さな住居に住んだ
機関を動かすために、石炭をボイラーにシャベルで投入する
ボイラー
巻上げと揚水の機関
ボタ山（採掘の際に除去された不要岩石）
補給用の石炭
地表に近い位置にある炭層で働く坑夫
ハリアー（しばしば女性や子ども）が採掘現場から石炭を運び出した。狭い石炭層では、天井高に限界があるため、軌道や馬は使用できなかった
主要な炭層
ヒューアー（採炭夫、通常大人の男性）が採掘現場でつるはしを使って石炭を掘った。照明にはデービー灯が使われた

18世紀後半、蒸気機関の用途は2つあった。坑内の排水と、坑夫を坑内に下ろし、折り返し採掘した石炭を引き上げるゴンドラの上げ下げである。この作業のためには蒸気機関に回転運動をさせる必要があった。

石炭が産業の動力源となる

埋蔵量の豊富な石炭が産業機械の動力源となり、近代の到来を導いた。石炭は産業界で動力源として利用された最初の化石燃料だった。

石炭の歴史は18世紀のヨーロッパの炭鉱のはるか以前に始まる。石炭は紀元前1000年、中国において、家庭の暖房や銅の製錬のため、また製鉄用の燃料として利用されていた。11世紀には宋王朝が主に石炭を用いて刀剣や鎧に必要な鉄を生産した。イギリスでは石炭は2世紀から燃料として利用されていた。ローマ人が地表近くの石炭を掘り、砦を暖め、炉にくべ、祭壇の上で神々に捧げる生贄を焼くのに用いたのである。5世紀にローマ人が去ると、石炭の利用も衰退した。一般の人々には、燃料としては木材のほうが入手が容易であったが、13世紀以降、シーコールと呼ばれるイングランド北東部の海岸で採取された豊富な石炭が海路でもたらされるようになった。

工業化には燃料が必要だった。幸いイギリスには、地中深くであるとはいえ、厚い炭層があった。しかし、初期の採掘作業は危険きわまりないものだった。坑内は絶えず浸水し、馬の動力では排水が間に合わなかった。トマス・ニューコメンが発明しジェームズ・ワットが改良した蒸気機関が状況を劇的に変えた。それによって坑内の排水が効率化し、より深部にある石炭の利用が可能になった。

◀石炭をふるい分ける
女性と子どもが石炭を大きさ別にふるい分けた。選別された石炭は、洗って乾かしたあと炭鉱から出荷された。

木製の支柱で、すでに採掘の済んだ空洞の天井の崩落を防いだ
石炭を、鉄の車輪のついた浅い台車に載った搬出かごに積んだ。台車は主要な炭層に沿ってめぐった

家族全員が炭鉱で働くことを奨励されたが、1842年の鉱山法は10歳未満の児童の就労を禁じた。男性が切羽で石炭を掘り出し、女性と子どもがそれを地表まで運ぶというのが一般的だった。

蒸気力による変化の推進

18世紀、炭坑内の地下水の排出のために開発された蒸気機関は、工業化の時代を決定づける発明だった。新たに利用できるようになった石炭を燃料として、蒸気機関は人力、畜力、水力に取って代わり、工場、鉄道、蒸気船の誕生をもたらした。

1712年、イギリス人の金物商で技師のトマス・ニューコメンが蒸気機関を発明した。それは地中深くの炭坑内から馬20頭分の力で水を汲み上げることができた。これによって、さらに深い場所での採炭が可能となり、無尽蔵とも見えたイギリスの石炭の利用が始まった。ニューコメンの蒸気機関は大いに普及し、1755年にはフランス、ベルギー、ドイツ、ハンガリー、スウェーデン、アメリカ合衆国でも導入されていた。しかしこれは大型で、効率が悪く、膨大な量の石炭を消費したため、改良しなければ炭鉱以外での稼働は難しかった。1765年、発明家のジェームズ・ワットは、ニューコメンの機械では大量の石炭と蒸気が無駄になることに気づき、そうした無駄を解消するために、分離型の復水器をもつ機関を製作した。

工場制の誕生

炭坑で使う蒸気機関は上下運動により動力を生み出した。これに対し工場経営者マシュー・ボールトンは、工場機械の運転に必要な回転運動のできるワットの改良型デザインに目をとめた。金属製の小間物や玩具を製造するバーミンガムのソーホー製作所のオーナーであるボールトンは、当時の他の多くの工場経営者と同様に、工場機械の動力に水車を用いていたが、日照りが続いて川が干上がると生産を停止せざるをえなかった。ボールトンはワットに工作機械を与え、技師を手配して試作品をつくらせた。1776年にワットの蒸気機関は完成し、かくし

▲産業に動力を与える
ニューコメンの機関にワットが改良を加えたことで、蒸気機関は工場機械に動力を与えることができるようになった。それによって大量生産方式が生まれた。

JUPITER
LIVERPOOL
TRAVELLER
MANCHESTER
RAILWAY COMPANY
LIVERPOOL
TIMES
MANCHESTER
RAILWAY COMPANY
LIVERPOOL
MARQUIS OF STAFFORD
MANCHESTER
RAILWAY COMPANY

▼変化を推進する
鉄道が乗客、原料、製品を輸送した。蒸気機関車は安価な輸送手段であり、それがよりいっそう産業の振興につながった。

て製造業は自然力の制約から解放された。ワットの蒸気機関は、同じ動力を生み出すのに、ニューコメンの機関の4分の1の燃料ですんだ。それはまた設置場所を選ばなかった。ソーホー製作所は蒸気力で稼働する世界で最初の工場となり、その従業員はそれまでになかった大量生産方式の流れ作業に従事するようになった。蒸気機関が工場制という新たな生産方式の発展を可能にしたのである。

機械生産を基礎とする製造業への移行は、イギリス、アメリカ、日本の繊維産業で始まった。蒸気力が繊維産業を変容させ、織物の大量生産がイギリス経済を変容させた。紡績機や織機を蒸気機関で稼働させると、綿織物はかつてない速度で生産されるようになった。イギリスは1850年には1800年の10倍の綿花を消費した。織物は安価になり、入手しやすくなった。アメリカ産の綿花の需要が拡大し、奴隷制による大農園経営を支えた。

蒸気機関の普及

蒸気機関の導入によって、労働と生産を水路の近くで作業を行い生産する必要がなくなった。世紀の変わり目には、蒸気を動力とする工場の周りに次々と町が誕生した。それらの町に十分な量の石炭、原材料、商品を供給するため、新たな輸送手段が開発された。有料道路、運河、そして鉄道である。

▲女性の織工
織物工場では、しだいに力織機の導入が進んだ。力織機の性能が上がると、女性や子どもにも操作が可能となり、男性の織工に取って代わった。

> **近代文明**を賛美する人々は、大抵それを**蒸気機関**や電信機と**同一視**している。
>
> **ジョージ・バーナード・ショー** アイルランドの劇作家・政治活動家 1856年〜1950年

TREASURER
MANCHESTER
LIVERPOOL
DESPATCH
MANCHESTER

鉄道は、鉄の大量生産によって可能となった工業化の第2波に属する。18世紀初頭、イギリスの技師エイブラハム・ダービーが、コークスを燃料とする鉄の製錬法を編み出した。新たに石炭が利用できるようになったおかげで、イギリスの鉄の生産高は急増した。製鉄に小型で高圧の蒸気機関が利用されるようになり、蒸気機関車とそれを走らせる軌道の製造が可能になった。新たに出現した鉄道網が、19世紀を通じて工業化を進める他の国々においても敷設された。鉄、石炭、鉄道は、ドイツ、ベルギー、フランス、アメリカの産業革命の中心的なシンボルとなった。工業化の時代には既存の技術の改良が絶えず促進されるが、鉄道もまたその一例であった。

タービン機構を導入することで、蒸気機関は船に動力を与えることができるようになった。蒸気船は、初期の外輪よりも効率的なスクリュープロペラの導入によって、安定した推進力が得られるようになった。1840年には大西洋を横断して、貨物や乗客を乗せた蒸気船が航行していた。19世紀末には、装甲艦（鉄や鋼鉄の装甲を施した、蒸気で推進する軍艦）が登場し、蒸気機関が軍事的に利用されうることを明らかにした。

AMSTERDAM LINE
ROYAL NETHERLAND STEAMSHIP COMPANY.

▲海運会社
オランダ王立蒸気船会社は、ヨーロッパとオランダ領東インド諸島の間の貨物、乗客、郵便物の輸送を行った。

1750年 産業革命が始まる　**1789年** 人権宣言　**1830年** 蒸気機関の時代

MAYFLOWE

効率的な輸送ネットワーク
原材料の工場への、完成品の市場への運搬は、産業振興に不可欠であった。有料道路に続いて運河が、さらには鉄道が開通した。蒸気船によって大西洋における迅速な輸送が可能となった。

石炭

エネルギー源
各国とも水、石炭、石油、ガスなどのエネルギー源を利用して工業化を進めた。産業革命において主要なエネルギー源は石炭だった。石炭は蒸気機関や製鉄用溶鉱炉に、また燃料として使われた。

石油

労働力
農業におけるイノベーションによって増加した人口が、労働の専門化をもたらした。職人、熟練工、織工、賃金労働者は、もはや農部に縛られる必要がなく、都市に移住して工場に働き口を見つけることができた。

技術の進歩
蒸気力の技術は次々と改良され、蒸気機関車、蒸気船が登場した。石炭を使う蒸気機関はなお世界の動力源であり続け、電力の多くがこれにより生産されている。

蒸気機関

革新的な発想
水力紡績機、綿繰り機、ジェニー紡績機などの新しい機械は、製品の大量生産を可能にした。蒸気機関で動く大型機械が工場制を誕生させた。

アイデア交換の自由
技術開発者と工場経営者のアイデアの交換から、蒸気機関などの新技術が生み出された。産業スパイ行為と通商ルートの拡大が、そうした技術の拡散に一役買った。

産業化のプロセス

産業革命を経験した最初の国であるイギリスは、いわば後続の国々の雛形となった。国ごとに固有の道を歩んだが、いずれにも共通する要素があった。

工業化は農耕経済を変容させた。それは一連の技術革新をもたらし、天然資源の利用を拡大し、製品の大量生産を導いた。新しいエネルギー源の利用からイノベーションの連鎖が始まった。機械類の発明は生産を増大させたが、稼働に必要な人員は少なくてすんだ。それによって工場内の作業の再編が起こり、それが労働の専門化と分化をもたらした。科学の産業への応用が進むにつれ、鉄などの新しい素材が輸送や通信のインフラの発達に貢献した。

結果的に、工業化は政治、社会、経済面の変化をもたらした。通商が拡大し、経済が成長し、政府が新しい工業化社会のニーズに応え、新しい都市や帝国が誕生したのである。

鉄

貿易上のつながり
産業は富を生み出し、政府と工場経営者が資本を提供した。国内外に、原料と、製品購買者をもたらす新たな市場が開かれた。

工業化の要因

◀工業化の効果
工業化は農業を基盤とする社会・経済の変容のプロセスだった。それは新たな発明と技術開発によって推進され、社会と政治の巨大な変化、新しい経済政策主義、強大な産業帝国をもたらした。

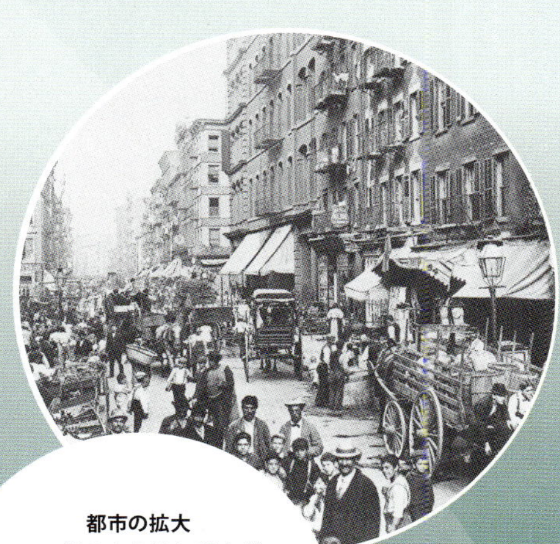

都市の拡大
工業の中心地に都市が次々と生まれた。大都市化はしばしば、過密、劣悪な衛生状態、流行病を招来した。工業都市は不潔であり、労働者階級の居住区には下水道などの衛生設備も乏しかった。

政治的な連携
革命、中産階級の台頭、政治・社会改革によって政府と市民との新たな社会契約が生まれ、近代国家が形成され、民主主義が勃興した。

社会改革
19世紀になると、政府が労働時間や児童労働に関する法律を制定し、義務教育、医療制度、都市の衛生状態の向上のための公衆衛生事業などを興して、市民生活の改善に乗り出した。

通貨の管理
先進国の政府は市場の管理を始めた。銀行、株式市場、保険会社など、富を統制し蓄積するための金融機関が誕生した。

強力な軍隊
工業化がもたらす富によって、各国政府は、他の工業先進国に対抗できるほどの強大な軍隊を組織することができた。軍隊はまた、広大な植民地を統治するのにも利用された。

軍事技術
強力な軍隊の創設は列強にとって主要な関心事だった。機関銃などの軍事技術は、政府に市場の支配力を与え、未だ産業化を果たしていない諸国に通商の開始を促した。

新しい生産方式
新しい機械を備えた工場が製品を大量生産した。社会的影響も多大であった。労働者は劣悪な環境のもと、たいへん少ない賃金で長時間働かなければならなかったのである。

新しいイデオロギー
先進国の政府が近代的国家制度を採用するにつれ、ナショナリズムや帝国主義の思想が発展した。帝国主義は、工業化されていない地域の民族や国民に対して支配権を保つことを理想とした。

消費文化
贅沢品が安い値段で購入できるようになり、新しい交易網を通じて外国製品が大量に流入し、賃金が上昇したことで、中産階級が勃興した。消費者革命が再投資可能な資本を生み出した。

植民地の力
列強は強力な陸海軍を世界各地に動員して、工場生産に必要な原料が豊富な地域を植民地にした。こうした動きを帝国主義という。

経済の力
工業化は消費者資本主義を推進し、富が形成された。その結果、国内では貧富の差が広がり、工業先進国と工業化を果たしていない国家との間にも一層の格差が広がった。

→ イノベーションが続く理由 → 新しいインフラと制度 → 社会・政治・経済面の変化

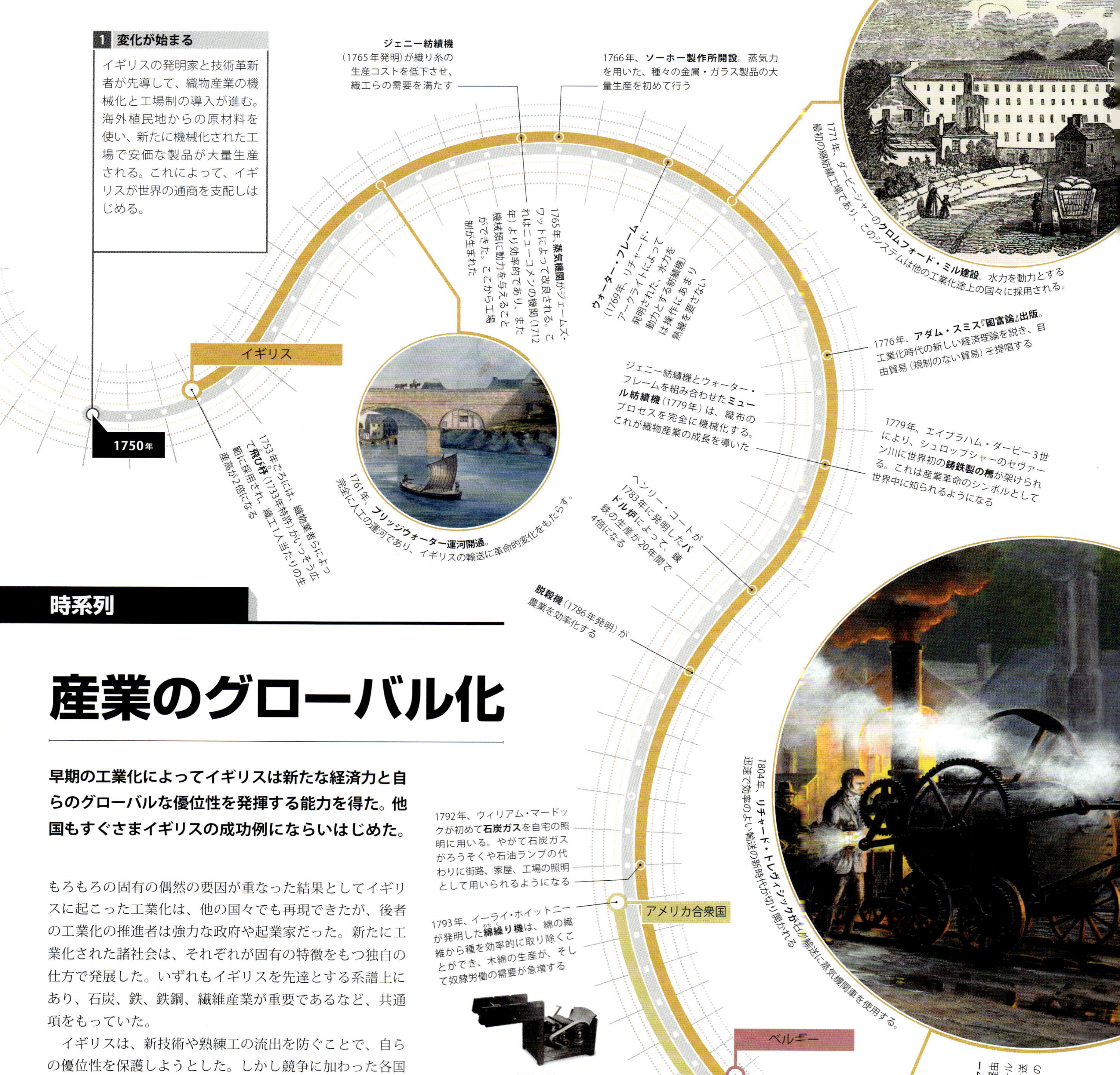

1 変化が始まる
イギリスの発明家と技術革新者が先導して、織物産業の機械化と工場制の導入が進む。海外植民地からの原材料を使い、新たに機械化された工場で安価な製品が大量生産される。これによって、イギリスが世界の通商を支配しはじめる。
1750年
イギリス
1753年ごろには、織物業者らによって飛び杼（1733年特許）がいっそう広範に採用され、織工1人当たりの生産高が2倍になる
1761年、ブリッジウォーター運河開通。完全に人工の運河であり、イギリスの輸送に革命的変化をもたらす。
ジェニー紡績機（1765年発明）が織り糸の生産コストを低下させ、織工らの需要を満たす
1765年、蒸気機関がジェームズ・ワットによって改良される。これはニューコメンの機関（1712年）より効率的であり、また機械類に動力を与えることができた。ここから工場制が生まれた
1766年、ソーホー製作所開設。蒸気力を用いた、種々の金属・ガラス製品の大量生産を初めて行う
ウォーター・フレーム（1769年、リチャード・アークライトによって発明された、水力を動力とする紡績機）は操作にあまり熟練を要さない
1771年、ダービーシャーのクロムフォード・ミル建設。水力を動力とする最初の紡績工場であり、このシステムは他の工業化途上の国々に採用される。
1776年、アダム・スミス『国富論』出版。工業化時代の新しい経済理論を説き、自由貿易（規制のない貿易）を提唱する
ジェニー紡績機とウォーター・フレームを組み合わせたミュール紡績機（1779年）は、織布のプロセスを完全に機械化する。これが織物産業の成長を導いた
1779年、エイブラハム・ダービー3世により、シュロップシャーのセヴァーン川に世界初の鋳鉄製の橋が架けられる。これは産業革命のシンボルとして世界中に知られるようになる
ヘンリー・コートが1783年に発明したパドル炉によって、鉄の生産が20年間で4倍になる
脱穀機（1786年発明）が農業を効率化する
1792年、ウィリアム・マードックが初めて石炭ガスを自宅の照明に用いる。やがて石炭ガスがろうそくや石油ランプの代わりに街路、家屋、工場の照明として用いられるようになる
1793年、イーライ・ホイットニーが発明した綿繰り機は、綿の繊維から種を効率的に取り除くことができ、木綿の生産が、そして奴隷労働の需要が急増する
綿繰り機
アメリカ合衆国
1804年、リチャード・トレヴィシックが石炭輸送に蒸気機関車を使用する。迅速で効率のよい輸送の新時代が切り開かれる
ベルギー
1799年、イギリス人ウィリアム・コッカリルがイギリスの法律に違反して、ベルギーで紡績機を組み立てる。このときヨーロッパの産業革命が始まる
1800年
1807年、ノースリヴァー蒸気船がハドソン川経由でニューヨークとオールバニを結ぶ。河川輸送における蒸気船の初の商業的利用である

時系列

産業のグローバル化

早期の工業化によってイギリスは新たな経済力と自らのグローバルな優位性を発揮する能力を得た。他国もすぐさまイギリスの成功例にならいはじめた。

もろもろの固有の偶然の要因が重なった結果としてイギリスに起こった工業化は、他の国々でも再現できたが、後者の工業化の推進者は強力な政府や起業家だった。新たに工業化された諸社会は、それぞれが固有の特徴をもつ独自の仕方で発展した。いずれもイギリスを先達とする系譜上にあり、石炭、鉄、鉄鋼、繊維産業が重要であるなど、共通項をもっていた。

イギリスは、新技術や熟練工の流出を防ぐことで、自らの優位性を保護しようとした。しかし競争に加わった各国は、機械類を密輸し、スパイを送ってイギリスの機密を盗み、起業家たちに賄賂を贈って国外に工場を建てさせた。早期に工業化を果たしたのは地理的、文化的にイギリスに近い、ベルギー、フランス、プロイセンだった。これらの国々がイギリスに次いで、工業化に不可欠の鉄道と工場を発達させた。

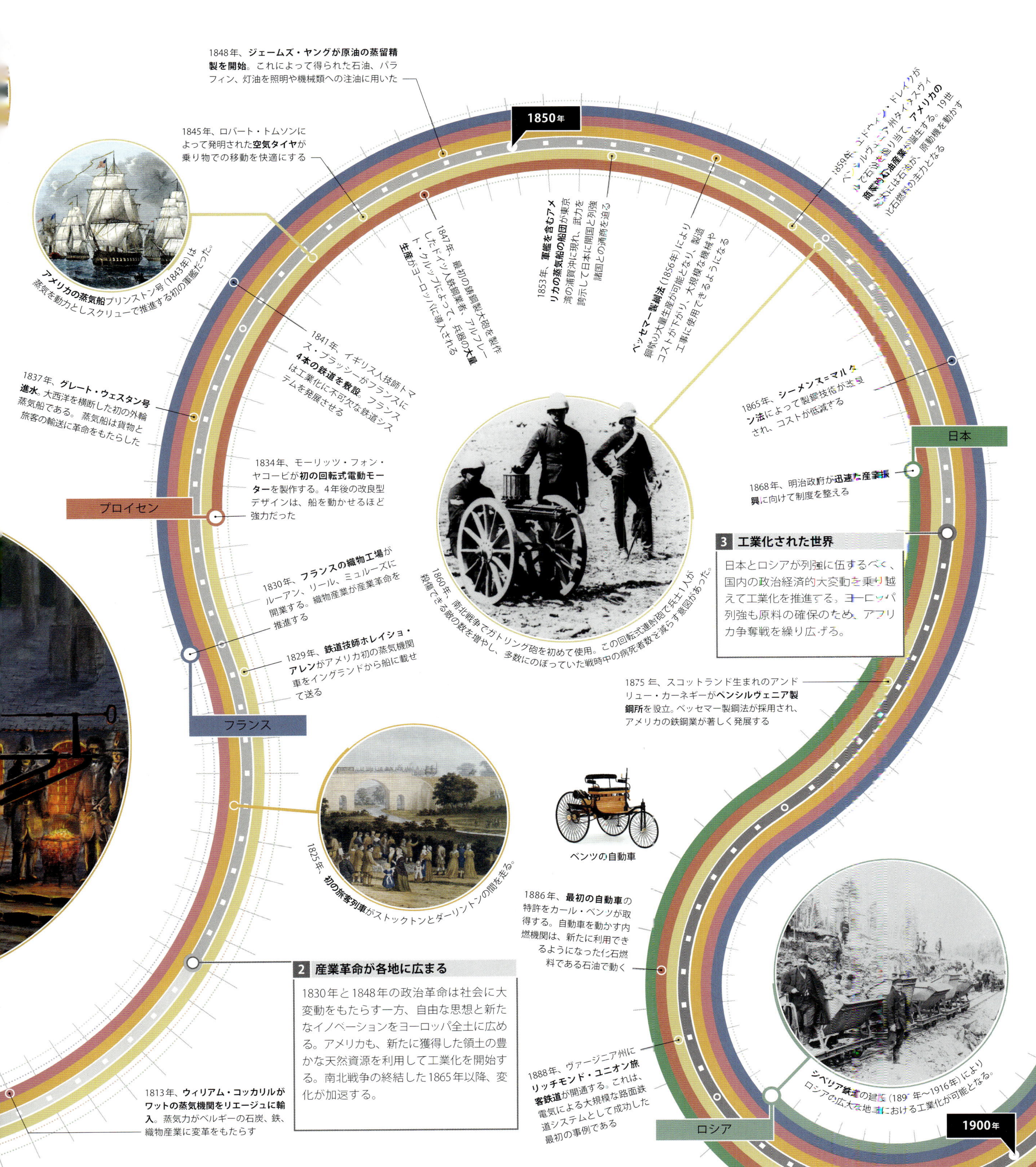
1850年
1900年
プロイセン
フランス
日本
ロシア
1813年、**ウィリアム・コッカリルがワットの蒸気機関をリエージュに輸入**。蒸気力がベルギーの石炭、鉄、織物産業に変革をもたらす
1825年、**初の旅客列車**がストックトンとダーリントンの間を走る。
1829年、**鉄道技師ホレイショ・アレン**がアメリカ初の蒸気機関車をイングランドから船に載せて送る
1830年、**フランスの織物工場**がルーアン、リール、ミュルーズに開業する。織物産業が産業革命を推進する
1834年、モーリッツ・フォン・ヤコービが**初の回転式電動モーター**を製作する。4年後の改良型デザインは、船を動かせるほど強力だった
1837年、**グレート・ウェスタン号進水**。大西洋を横断した初の外輪蒸気船である。蒸気船は貨物と旅客の輸送に革命をもたらした
1841年、イギリス人技師トマス・ブラッシーがフランスに**4本の鉄道を敷設**。フランスは工業化に不可欠な鉄道システムを発展させる
アメリカの蒸気船プリンストン号(1843年)は蒸気を動力としスクリューで推進する初の軍艦だった。
1845年、ロバート・トムソンによって発明された**空気タイヤ**が乗り物での移動を快適にする
1847年、最初の鋳鋼製大砲を製作したドイツ人鉄鋼業者、アルフレート・クルップによって、兵器の**大量生産**がヨーロッパに導入される
1848年、**ジェームズ・ヤングが原油の蒸留精製を開始**。これによって得られた石油、パラフィン、灯油を照明や機械類への注油に用いた
1853年、**軍艦を含むアメリカの蒸気船の船団**が東京湾の浦賀沖に現れ、武力を誇示して日本に開国と列強諸国との通商を迫る
ベッセマー製鋼法(1856年)により鋼鉄の大量生産が可能となり、製造コストが下がり、大規模な機械や工事に使用できるようになる
1859年、エドウィン・ドレイクがペンシルヴェニア州タイタスヴィルで石油を掘り当て、**アメリカの商業的石油産業**が誕生する。19世紀末には石油が、原動機を動かす化石燃料の主力となる
1860年、南北戦争でガトリング砲を初めて使用。この回転式連射砲で兵士1人が殺傷できる敵の数を増やし、多数にのぼっていた戦時中の病死者数を減らす意図があった。
1865年、**シーメンス=マルタン法**によって製鋼技術が改良され、コストが低減する
1868年、明治政府が**迅速な産業振興**に向けて制度を整える
3 工業化された世界
日本とロシアが列強に伍するべく、国内の政治経済的大変動を乗り越えて工業化を推進する。ヨーロッパ列強も原料の確保のため、アフリカ争奪戦を繰り広げる。
1875年、スコットランド生まれのアンドリュー・カーネギーが**ペンシルヴェニア製鋼所**を設立。ベッセマー製鋼法が採用され、アメリカの鉄鋼業が著しく発展する
ベンツの自動車
1886年、**最初の自動車**の特許をカール・ベンツが取得する。自動車を動かす内燃機関は、新たに利用できるようになった化石燃料である石油で動く
1888年、ヴァージニア州に**リッチモンド・ユニオン旅客鉄道**が開通する。これは、電気による大規模な路面鉄道システムとして成功した最初の事例である
シベリア鉄道の建設(1891年～1916年)により、ロシアの広大な地域における工業化が可能となる。
2 産業革命が各地に広まる
1830年と1848年の政治革命は社会に大変動をもたらす一方、自由な思想と新たなイノベーションをヨーロッパ全土に広める。アメリカも、新たに獲得した領土の豊かな天然資源を利用して工業化を開始する。南北戦争の終結した1865年以降、変化が加速する。

政府の進化

各国政府はやがて、工業化によって国家の富が増大することを理解するようになり、統治の方法を変化させた。政府は産業と手を結んだ。政府が市場や市民を管理するようになるにつれ、新たな力の均衡が生まれた。

> **すべての国家の臣民は、それぞれの能力に応じて、政府を支えるため貢献をすべきである。**
>
> **アダム・スミス** スコットランドの哲学者で政治経済学の先駆者 1723年～1790年

産業革命の過程において政府の性質が変化した。農耕文明に適した社会構造は、進化するか、産業経済の富と権力の管理のために整備された新たな制度に置き換えられるかした。最初に工業化を遂げた国家であるイギリスの政府は、富の創出の促進、商人との協力、海外の権益保護のための海軍の出動などにおいて手本を示した。通商の成功はより大きな市場とよりいっそうの富をもたらした。それゆえ政府は需要を満たし生産を拡大するためのイノベーションを奨励しはじめた。工業化による収入が軍事費財源となることを目の当たりにした他の国々の政府もまた、しだいに工場経営者の保護、新興経済の統制、増加する賃金労働者の管理に意を注ぐようになった。かくして官僚制が発達し、近代国家が誕生していったのである。

近代国家が発達する道筋はきわめて多様だった。フランスは、1789年の社会・政治的革命によって旧体制(アンシャン・レジーム)に結びついた諸制度が一掃されると、全く新しい官僚制度を構築した。イギリスはすでに代表制議会を確立しており、他の諸制度も徐々に発達させていった。市民の忠誠を確保するために、指導者は国家としてのイデオロギーを展開するようになった。1914年には世界中の国々が、こうした近代国家の政治を規範とするようになっていた。

▼多様な利益集団の登場
工業化は富をより広範に分配し、社会を変容させた。そしてさまざまな集団が政府に要求を突きつけはじめた。

政府への圧力
支配階級
土地所有者であるジェントリーは富裕かつ有力であり、議会において勢力をもっていた
商業の支配力が強まりつつある社会において、**政府**は互いに相容れない要求と不満をもつさまざまな集団を融和させる必要に迫られた
工場制度
政府

工場経営者は、政治への代表権の拡大を要求できるほど、大きな富を手にした。彼らは、さらに大きな富を蓄積することができるように、自由貿易の採用を迫った

賃金労働者は新しい工場の中で長時間にわたり低賃金で、時に危険な状況で働かされた。彼らは工場の機械を破壊し、また、労働組合やストライキを組織して労働環境の改善と賃金の引き上げを要求した

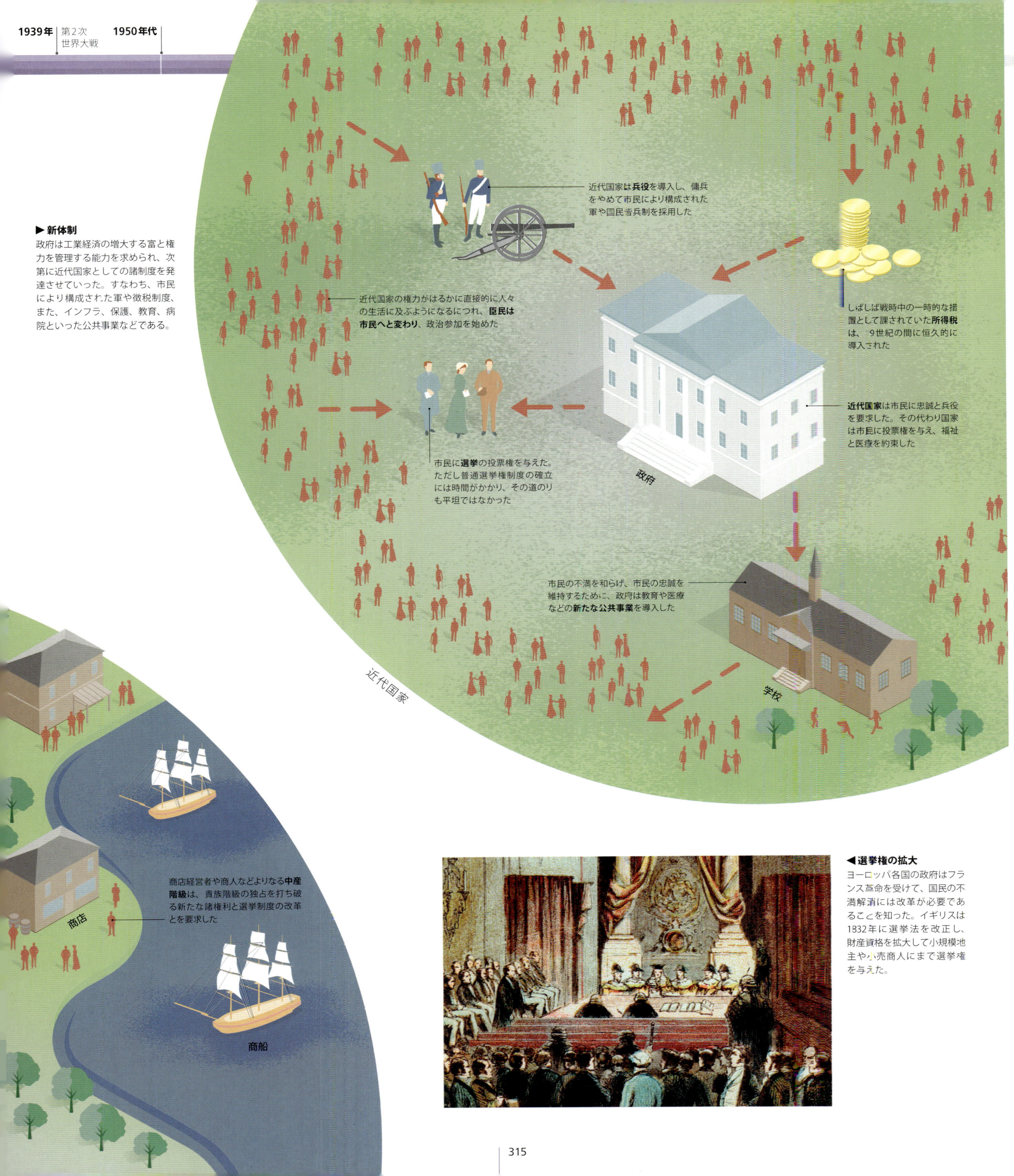
近代国家は兵役を導入し、傭兵をやめて市民により構成された軍や国民皆兵制を採用した
近代国家の権力がはるかに直接的に人々の生活に及ぶようになるにつれ、臣民は市民へと変わり、政治参加を始めた
しばしば戦時中の一時的な措置として課されていた所得税は、19世紀の間に恒久的に導入された
近代国家は市民に忠誠と兵役を要求した。その代わり国家は市民に投票権を与え、福祉と医療を約束した
市民に選挙の投票権を与えた。ただし普通選挙権制度の確立には時間がかかり、その道のりも平坦ではなかった
政府
市民の不満を和らげ、市民の忠誠を維持するために、政府は教育や医療などの新たな公共事業を導入した
学校
近代国家
商店経営者や商人などよりなる中産階級は、貴族階級の独占を打ち破る新たな諸権利と選挙制度の改革とを要求した
商店
商船

▶ 新体制

政府は工業経済の増大する富と権力を管理する能力を求められ、次第に近代国家としての諸制度を発達させていった。すなわち、市民により構成された軍や徴税制度、また、インフラ、保護、教育、病院といった公共事業などである。

◀ 選挙権の拡大

ヨーロッパ各国の政府はフランス革命を受けて、国民の不満解消には改革が必要であることを知った。イギリスは1832年に選挙法を改正し、財産資格を拡大して小規模地主や小売商人にまで選挙権を与えた。

消費主義の勃興

工業化によって、もはや土地は唯一の富の源泉ではなくなった。商品の製造や取引を通じて富を生み出すことが可能となったのである。18世紀後半には中産階級が成長し、社会的地位の向上と消費が重視される時代となった。

▲誰もが手にできる家庭用品
窯業の発展によって消費者の選択の自由が広がった。かつては金属製の皿で食べていた労働者たちがウェッジウッドの食器で食事するようになった。

産業化によって輸送と製造技術が改善され、消費者向けの商品が入手しやすくなった。国際貿易の拡大と相俟って、これまでにないほど多くの新商品が国内市場に出回るようになった。経済が繁栄し、社会が流動的になるにつれて、中産階級は社会的地位が上がるようになり、自由に使える収入を得る者が増えた。だが、中産階級は均質の集団ではなかった。それは人口のうちの貴族階級と労働者階級の間にある幅広い領域にわたり、最下層は商店経営者が、最上層は会社を所有する資本家が占めていた。中産階級にはまた、実業家や起業家、医師、弁護士、教師が含まれていた。成長途上にあるこの階級は、すべての者が経済的発展に共通の関心を寄せ、政府の経済管理に関して独自の考えをもっていた。すなわち政府の制約を受けない経済を彼らは望んだ。個々人に成功をもたらすにはそれが最善であるというのが彼らの意見であった。彼らはまた、経済的成功は勤勉と自助努力を通じてこそ達成できるという価値観を共有していた。

自己研鑽という概念が中産階級文化の重要な要素だった。彼らは社会的地位が上がるにつれ、貴族階級がもはや不公平な優位性を保つことのないように、選挙制度の改革と自由な

▼消費文化
百貨店の登場によって、顧客は驚くほど多彩な商品をすべて1か所で購入することができるようになった。ショッピングがレジャーになった。

通商を求める運動を始めた。この2つはだれもが自らの努力によって成功を収められるようにするための必要条件と見なされていた。

イギリスでは中産階級は、1832年の選挙法改正を通じて、経済的成功を政治的な権利に転換した。かくして社会はいっそう願望に満ち、政府に要求し、また期待するようになった。

これ見よがしの消費

中産階級はしばしば、貴族階級の消費スタイルに憧れた。衣類や家財道具は社会的地位を表す手段のひとつであり、18世紀末には、そうしたステータスシンボルが価格的に多くの人々の手にも届くものとなった。驚くほどの量の布地、家具、衣服、帽子、陶磁器、書物、宝石類、レース、香水、食品が売られるようになった。中産階級の妻たちは、家を新たな家財で満たし、流行の衣類を買って、夫の経済的成功を誇示した。

18世紀の西ヨーロッパ、特にイギリスでは賃金が高かったので、下層階級の人々でさえこうした商品を買うことができた。18世紀の町のほとんどに、安価な食事を提供する居酒屋があった。またコーヒーハウスがあって、そこではコーヒーやココアを飲むことができ、意見を交換することができた。

購買力の増大と価格の低下によって、新たな商品への需要が増し、それによって工業先進国の経済は活気づいた。そうした商品が手ごろな値段で買えるのは奴隷の労働力のおかげだった。1100万人を超える奴隷が、ヨーロッパ各地の港に入ってくる商品の生産に携わっていた。奴隷は「三角貿易」と呼ばれるシステムの一要素だった。三角貿易とは、ヨーロッパの商人が、アフリカ人奴隷を南北アメリカやカリブ海諸島に送り込んでプランテーションで働かせ、そこで生産された商品をヨーロッパに持ち帰るという仕組みである。

MAKERS TO THE QUEEN & PRINCE OF WALES
FRY'S
CHOCOLATE
AND
COCOA
16 International Prize Medals
GOLD MEDAL PARIS 1878
J.S. FRY & SONS, BRISTOL & LONDON.

カカオ豆

◀ココアの誘惑
かつて貴族階級の嗜好品であったココアが、一般大衆にも手の届くものとなった。メーカーは女性や子どもをターゲットに宣伝活動を繰り広げた。

広告と憧れ

イギリスの起業家ジョサイア・ウェッジウッドは、貴族階級の流行が徐々に下の階層まで浸透していく現象に着目した。彼の磁器の茶器セットを英国女王が買い上げたが、この「クイーンズウェア」は中産階級の人々の間の必須のアイテムとなった。ウェッジウッドは、消費者に彼の茶器を買いたいと思わせることが必要であり、消費者は主として女性であることを見てとった。彼はショールームを開き、そこで女性たちが話をしたり、お茶を飲んだりするのを勧め、ウェッジウッドの新作陶磁器を積極的に紹介した。ウェッジウッドの陶器はヨーロッパと北アメリカのあらゆる市場に届けられた。ウェッジウッドはしばしば近代広告の祖と見なされている。商才あるウェッジウッドはまずロンドンで、次いで海外で成功を収めた。彼は小売販売店を通じて消費者が商品を手に入れやすいようにしたのである。なかでも顕著なのは百貨店での成功である。百貨店は、1830年代にパリに、1850年代にロシアに、1890年代に日本に誕生した。

19世紀になると、町や都市の急成長にともなって、ショッピングが重要な文化活動になっていた。人々の行動は変化し、必要のためではなく流行を追うために物を買うようになった。店頭には鏡、明るい照明、カラフルな看板や広告、あらゆる製品が飾られ、買い物客を店内に誘った。多くの店が富裕層に狙いを定めていたが、安価な大量生産された商品と豊かな食品市場によって、ショッピングはあらゆる階級が参加できる文化活動となった。

◀贅沢と奴隷制
輸入品の原綿、砂糖、ラム酒、タバコは、奴隷制によるカリブ海のプランテーションの生産物だった。プランテーションで働いたのは主にアフリカ人の奴隷だった。

アメリカ独立とフランス革命の有名なスローガンである自由・平等・博愛の理念は、17世紀〜18世紀啓蒙主義の理性、知識、自らの境遇を改善する人間の自由という理想に由来する。啓蒙主義哲学と革命家の活動が結合して、西洋社会の政治の様相を一変させた。人々は絶対君主や帝国の支配者の抑圧からの解放を要求しはじめ、新たな社会契約を望むようになった。実務レベルではこれは政府への代表派遣権の拡大と土地所有の権利ということになるが、意識レベルでの全般的な転換をももたらした。普遍的自然権をもつという思想が新しい、より共感的な世界観となり、それが近代国家の発展を導いた。

ビッグアイデア

平等と自由

18世紀末、フランス革命とアメリカ独立革命が既存の貴族制による支配を打破すると、自由、平等、博愛を謳う革命思想が産業革命途上の世界に持ち込まれた。これらの思想は19世紀の政治のなかで追随され、人権に関する近代的信条の中核となった。

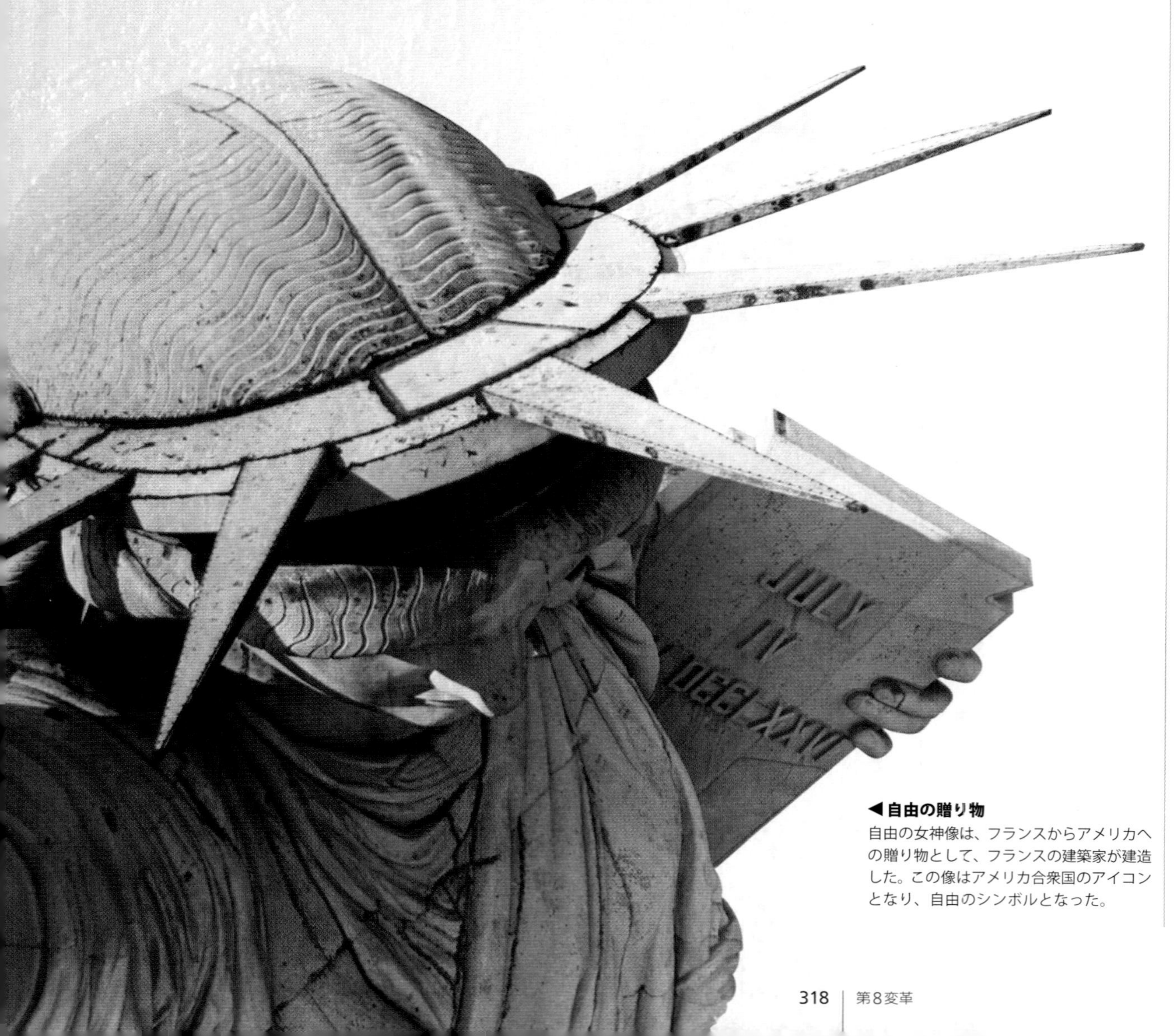
JULY
IV
MDCCLXXVI

◀自由の贈り物
自由の女神像は、フランスからアメリカへの贈り物として、フランスの建築家が建造した。この像はアメリカ合衆国のアイコンとなり、自由のシンボルとなった。

国際的な相互影響

これらの原則を最初に主張したのは、アメリカ独立戦争の中心的人物であり1776年の「独立宣言」の起草者であるトマス・ジェファーソンである。独立宣言は、すべての人間は自由に生まれ、法の前に平等であり、財産・生命・自由に対する自然権をもつと述べた。この思想は今日なお民主主義の中核的信条である。民主主義自体は新しい概念ではなかった。それは紀元前5世紀ごろの古代アテネで確立しており、ルネサンス期に再発見された。アテネで実践されたことが、フランスなどの絶対君主制を倒す革命のきっかけとなった。

アメリカの独立宣言は、そしてアメリカ独立革命自体が国際的な人物たちから大いに影響を受けていた。イギリスの哲学者ジョン・ロックは、正統な政府は被統治者の承認を必要とすると論じた。著作家で活動家のトマス・ペインは、市民の要求を保護しない政府に対する反乱の権利を擁護した。彼らは自身の主張を政治論争パンフレットの形で出版し、革命家たちの交流ネットワークを通じて配布した。ネットワークの中にはアメリカ独立戦争におけるフランス人の英雄マルキ・ド・ラファイエットなど、フランス革命とアメリカ独立革命の両方に参加した者もいた。これによって、ペインの『人間の権利』(1791年)などの思想が国際的な読者を獲得することになった。アメリカとフランスの思想交換は、当時の政治的交流ネットワークの最たるものであった。アメリカが世界に何が可能かを示した。多数のフランス人が、イギリスの統治からのアメリカの解放を手伝い、自分たちが目撃したことに影響を受けて帰国した。フランス本国における蜂起の後、マルキ・ド・ラファイエットは当時パリにいたトマス・ジェファーソンに、「人間および市民の権利宣言(人権宣言)」の起草への協力を要請した。アメリカとフランスの革命は、無検閲の思想がいかに強力になりうるかを明らかにした。

アメリカ独立宣言は200部印刷されて配布された

啓蒙主義思想の交換がブルジョワ階級(フランス革命を先導した中産階級)の間で奨励され

た。彼らは野心的で教養があり、モンテスキュー、ルソー、ヴォルテールの理論を信奉していた。これらの思想家はフィロゾフと呼ばれ、無検閲の思想交換と出版の自由を主張した。フィロゾフたちは自らの見解を「学問の共和国」に広めた。これはヨーロッパとアメリカの知識人からなるコミュニティで、書簡、エッセイ、公刊された論文を通じて意見交換を行っていた。

17世紀～18世紀には啓蒙思想が、宗教的ドグマから科学上の実験と経験的な思考様式への転換を導いた。科学の進歩と技術革新が、イギリスにおける産業革命の勃興に一役買った。ヨーロッパの中産階級では、読書室、コーヒーハウス、フリーメイソンのロッジ（支部）、科学アカデミーなどの「思想ソサエティ」を通じて、広範な啓蒙思想の交換が奨励された。コーヒーハウスはのちの革命家たち（カール・マルクスやフリードリッヒ・エンゲルスなどヨーロッパにおける1848年の革命の主要人物）の有名な会合場所となった。彼らは1843年に発明された輪転印刷機の力を利用した。それは書籍や新聞の大量出版を可能にした。マルクスは自身の新聞、「ライン新聞」で、1848年の蜂起における出来事を報道し、革命のメッセージを一般大衆に広めた。

遺産

アメリカ、フランス、および19世紀のその他の革命はいずれも、人間は一定の譲渡されえない権利を有するという啓蒙思想に基礎を置いていた。政府の任務とは、市民のそうした権利や財産を認識し保護することである。政府はまた、選挙によって選ばれた、納税者である市民によって形成される。女性、奴隷、外国人は含まれなかった。しかしフランス革命の余波の中で、ヨーロッパに新たな意識が広がりはじめた。多くの人々が他者の窮状に対する共感を発揮するようになったのである。進歩的思想家は監獄の改革、過酷な刑罰の廃止、奴隷制撤廃を求めた。フランスが1794年、最初に奴隷制を廃止し、イギリス（1807年）とアメリカ（1808年）がこれに続いた。そして1842年には大西洋の奴隷貿易に終止符が打たれた。

人権の理想は、ヨーロッパ各地で革命的活動が興った1820年、1830年、1848年に重要な役割を果たした。左右両派（近代政治を特徴づける2つの陣営）の思想家が、人間および市民の権利宣言（人権宣言）の原理を繰り返し述べて、普遍的権利の理想が自分たちの政治行動を正当化すると論じた。重要なのは、「あらゆる主権の原理は本質的に国民に存する」という人権宣言の条項が、ナショナリズムが興隆しヨーロッパの近代的国民国家が形成される時期に、絶えず引き合いに出されたことである。

19世紀を通じて、「あらゆる人間は自由なものとして、かつ尊厳と権利において平等なものとして生まれる」という、「人間および市民の権利宣言（人権宣言）」の中心的原理が広まった。世界中の進歩主義者が、人権宣言のなかに述べられている普遍的で平等で自然な人権がすべての非民主的な支配形態を覆すだろうと信じた。スペイン領のベネズエラ、エクアドル、ボリビア、ペルー、コロンビアを解放したシモン・ボリバル（1783年～1830年）は、フランス革命を公然と賞賛した。ヒンドゥ教の改革者ラーム・モーハン・ローイ（1772年～1833年）は、カースト制批判の議論のなかで自然権としての言論と信教の自由を支持した。19世紀末から20世紀にかけて、アジアおよびアフリカでは教育を受けた指導者たちが、ヨーロッパ諸国による植民地化は現地民の人権を侵害すると論じた。結局この原理は、国連による1948年の「世界人権宣言」に記されることになった。同第1条は、世界のすべての人間が生得的に有する基本的人権をその出自を問わず保障することを謳っている。

フランス革命後、
1万人のアフリカ人奴隷が
解放された

人々に人権を与えないのは、彼らの**人間性そのものを否定**することである。

ネルソン・マンデラ　南アフリカの公民権活動家　1918年～2013年

私たちは、自明の真理として、すべての人間は平等に造られていることを信ずる。

トマス・ジェファーソン　1743年～1826年
「独立宣言」より

ナショナリズムの台頭

18世紀後半は、社会と政治の両面において大規模な革命が起こった時期だった。そうした世界秩序をめぐる大きな変化により、新しい国民国家の形成とナショナリズムの意識の高まりが起こると同時に、各国がそれぞれの個性を主張しはじめた。

近代ナショナリズムの起源は、個人と個人の権利、そして人間の共同体を重視する17世紀イングランドのジョン・ロックの政治哲学に求めることができる。それはまた、産業革命や啓蒙主義哲学の自由主義的理想がもたらした空前の社会変化の影響を受けていた。近代ナショナリズムの本質は、国家への忠誠を要求し、支配者と市民が共有するアイデンティティと歴史の意識を体現するところにあった。

1776年のアメリカ独立戦争の自由主義的ナショナリズムも、1789年のフランス革命の勃発も、自由で平等な民主主義のもとでの統合がその中心的思想となっていた。どちらも、憲法のもとで平等な権利を享受する統合された共同体としての近代国民国家への道を開いた。フランス革命の推進者たちは、統一的な法を整備し、中央集権的な官僚政治を導入し、国家の共通言語としてのフランス語を制定した。

新しい国民国家

ヨーロッパにおけるナショナリズムの意識の高まりは、ギリシャやベルギーにおいて、独立を求める闘争を刺激した（ベルギーではオランダの支配に抵抗する革命が成功した）。1848年、再びヨーロッパ全土を革命が襲った。国家統一と体制変革を求める民衆が、こぞって不満を吐き出したかのようであった。イタリアとドイツではそれぞれ1861年と1871年にようやく王国が成立したが、国家統一は大きな犠牲を伴った。絶対君主制が再建され、大衆紙など自由主義的な機関は迫害されたのである。ナショナリズムと人種的優位性をめぐる信念の誤った混合が、19世紀後半のヨーロッパ諸国を突き動かし、多くの国々の植民地化を招いた。

文化的には、ナショナリズムはしばしば国民の歴史や文化や偉業の賛美という形をとった。自国の迅速な近代化を誇る産業大国は万国博覧会を大々的に開いて製造業の最新の成果を披露した。それは格好の国家的威信の開陳の場であった。

LIEBIG COMPANY'S FLEISCH-EXTRACT UND-PEPTON.
Bismarck-
Kaiser-Proclamation zu Versailles, 18. Jan. 1871.
Gesetzl. geschützt.
Siehe Rückseite

▼諸勢力を統一する力
1871年、宰相オットー・フォン・ビスマルクはついにその目標を達成した。300の小規模な王国や公国を統合して、統一ドイツを建国したのである。

自国民への愛が先に立つなら、それは**愛国心**である。他民族への憎しみが先に立つなら、それは**ナショナリズム**である。

シャルル・ド・ゴール 元フランス大統領 1890年〜1970年

TURKEY
PERSIA
CHINA

愛国的な展示
1851年にイギリスで開催された大博覧会は工業製品を展示する初めての国際的な博覧会だった。それはまた国民の誇りを展示する場でもあった。

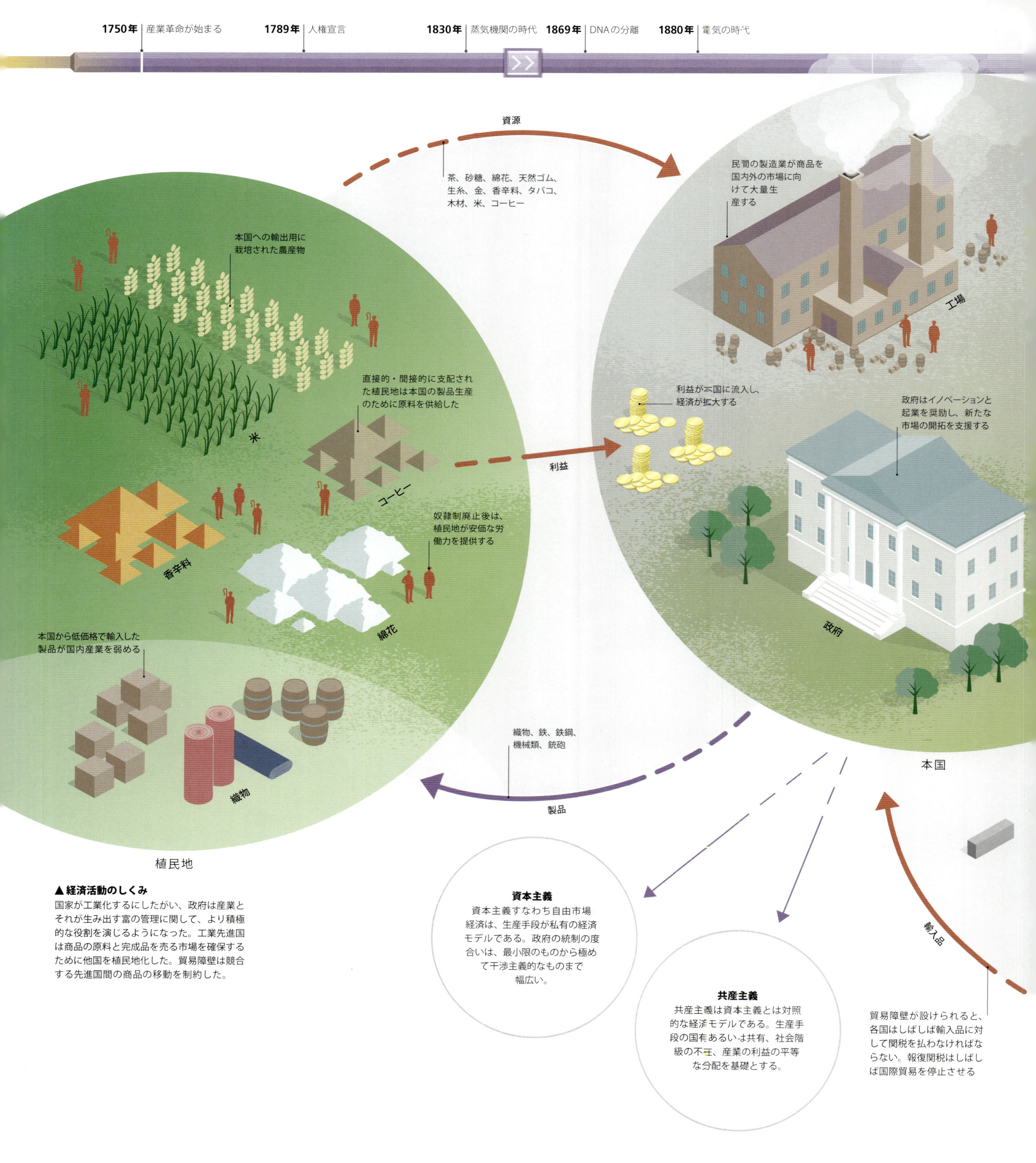
1750年 産業革命が始まる
1789年 人権宣言
1830年 蒸気機関の時代
1869年 DNAの分離
1880年 電気の時代
資源
茶、砂糖、綿花、天然ゴム、生糸、金、香辛料、タバコ、木材、米、コーヒー
民間の製造業が商品を国内外の市場に向けて大量生産する
工場
本国への輸出用に栽培された農産物
米
直接的・間接的に支配された植民地は本国の製品生産のために原料を供給した
コーヒー
利益
利益が本国に流入し、経済が拡大する
政府はイノベーションと起業を奨励し、新たな市場の開拓を支援する
政府
香辛料
奴隷制廃止後は、植民地が安価な労働力を提供する
綿花
本国から低価格で輸入した製品が国内産業を弱める
織物
織物、鉄、鉄鋼、機械類、銃砲
製品
植民地
本国
資本主義
資本主義すなわち自由市場経済は、生産手段が私有の経済モデルである。政府の統制の度合いは、最小限のものから極めて干渉主義的なものまで幅広い。
共産主義
共産主義は資本主義とは対照的な経済モデルである。生産手段の国有あるいは共有、社会階級の不在、産業の利益の平等な分配を基礎とする。
輸入品
貿易障壁が設けられると、各国はしばしば輸入品に対して関税を払わなければならない。報復関税はしばしば国際貿易を停止させる

▲経済活動のしくみ
国家が工業化するにしたがい、政府は産業とそれが生み出す富の管理に関して、より積極的な役割を演じるようになった。工業先進国は商品の原料と完成品を売る市場を確保するために他国を植民地化した。貿易障壁は競合する先進国間の商品の移動を制約した。

1939年 第2次世界大戦
1950年代 アントロポシーン（人新世）始まる
1970年 デジタル時代
1973年 石油危機
1989年 WWW（ワールドワイドウェブ）の発明
2001年 9.11アメリカ同時多発テロ
2008年 世界金融危機

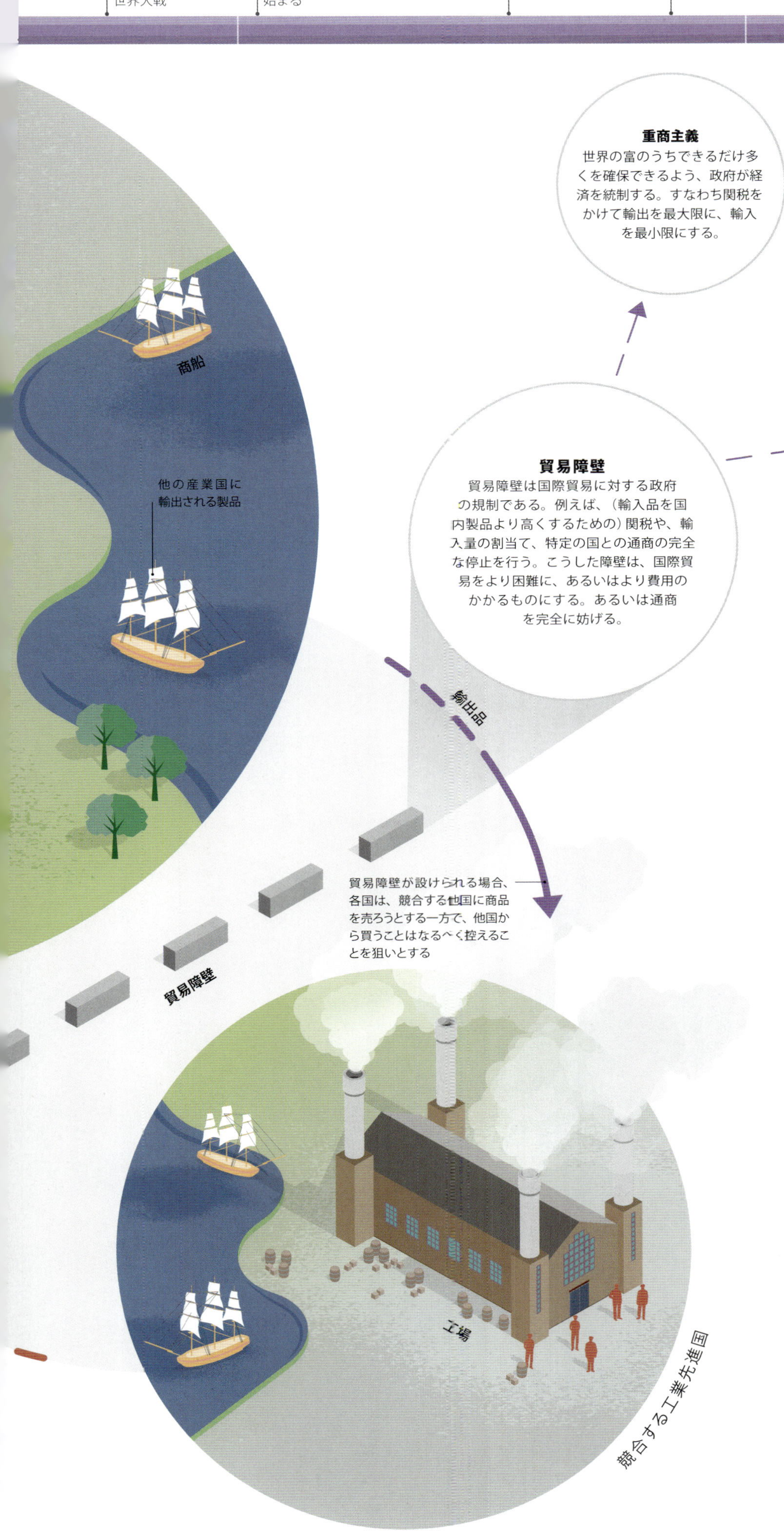

商船
他の産業国に輸出される製品
輸出品
貿易障壁が設けられる場合、各国は、競合する他国に商品を売ろうとする一方で、他国から買うことはなるべく控えることを狙いとする
貿易障壁
工場
競合する工業先進国

重商主義
世界の富のうちできるだけ多くを確保できるよう、政府が経済を統制する。すなわち関税をかけて輸出を最大限に、輸入を最小限にする。

貿易障壁
貿易障壁は国際貿易に対する政府の規制である。例えば、（輸入品を国内製品より高くするための）関税や、輸入量の割当て、特定の国との通商の完全な停止を行う。こうした障壁は、国際貿易をより困難に、あるいはより費用のかかるものにする。あるいは通商を完全に妨げる。

保護貿易主義
潜在的な競合国から国内産業を保護するために、政府が国際貿易を規制する。関税、補助金と輸入割当て、市場からの排除などの手段がとられる。

1913年には、
アメリカ合衆国、ドイツ、
イギリス、フランス、ロシアが
世界の製品の77%を
製造していた

産業経済

産業革命は、国家が富を増大させるための新たな可能性をもたらした。これに応じて諸国は国際貿易の増大に対応できる体制を整えていったが、困難な状況も生じた。

産業革命以前は重商主義がヨーロッパの主要な経済モデルだった。重商主義においては、世界の富は有限であると考えられていたことから、国家は輸出を奨励し輸入を抑制した。だが、産業全体にわたって大量生産方式が導入されるようになると、生産量が増え、新たな富の創出が可能であることがわかった。工場経営者は、非工業国から安価な原料を輸入し、それらを製品化して国内外の市場に売ることでさらに大きな利益が得られることを見てとった。生産量と利益がともに増大し、相互自由貿易が各国に恩恵をもたらす状況が続いた。工場経営者は政府に、自由貿易政策を採るよう圧力をかけた。自由貿易とは障壁や政府の介入のない貿易で、輸入品には関税がかからず輸出品にも補助金が出ない。かくして大規模な富の蓄積、新たな金融機関の創設、資本主義（アダム・スミスの造語）の誕生の時代が始まった。資本主義は、今日なお、工業化を進める国々の主要な経済モデルとなっている。

しかし自由貿易は、国家間の財と富の流れを増やすばかりでなく、経済的不安定や搾取、そして植民地や市場や原料といった富の源泉をめぐる紛争をもたらすおそれもある。この対策として、各国政府は貿易障壁を設け、自国の権益保護に努める。その結果、国家間貿易の周期的な拡大や縮小が繰り返されることになる。

砲艦外交
幕府の役人たちがアメリカの「黒船」を迎えるために沖に漕ぎ出している。日本は黒船を通じて初めて砲艦外交に接することになった。また黒船の出現によって、日本の17世紀式の兵器類が役に立たないことが一目瞭然となった。

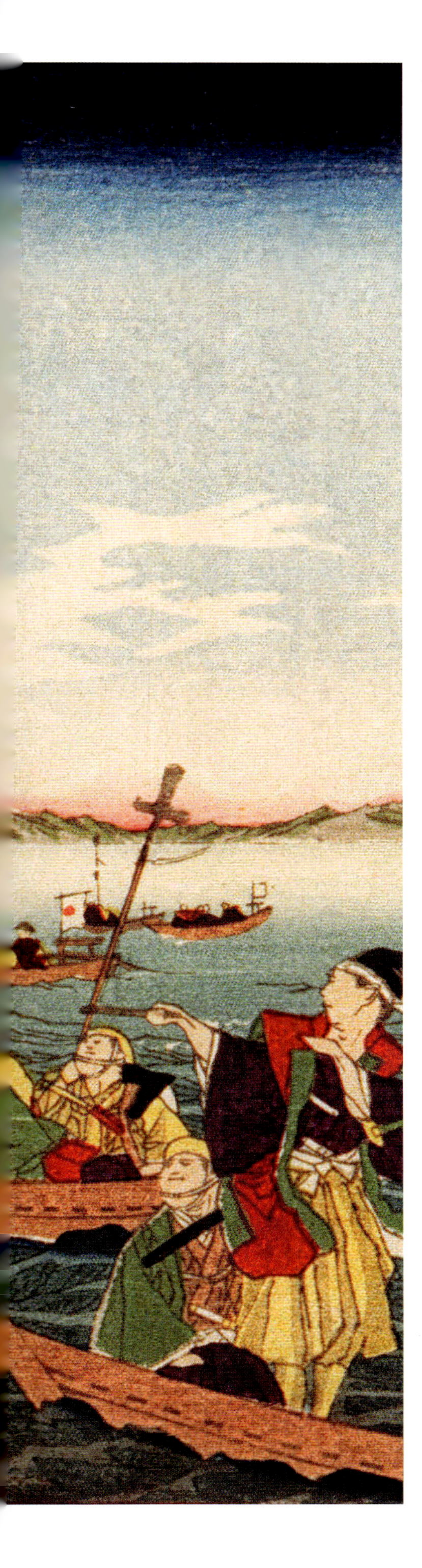

世界通商時代の幕開け

工業先進国が通商圏の拡大を図った19世紀は、世界貿易にとって大きな転換点となった。平和的なプロセスばかりではなかったものの、これによって近代の国際経済の基礎が築かれた。

1840年代、自由貿易政策（政府の介入や輸出入品に対する関税のない貿易）によって、工業化を推進する国々が大きな富を蓄積できる時代が到来した。国内外の市場に向けてかつてないほど多くの製品を安価で迅速に工場生産できるようになり、消費財に対する需要の増大が経済成長を促進した。このようにイギリス、次いで西ヨーロッパ諸国やアメリカといった工業先進国が世界貿易を拡大した結果、それらの列強が自国の経済的地位を保護しなければならない状況が生まれた。

市場統制

自由貿易の形態として最も利益が大きく効率的なのは、原料と市場の両方を支配することだった。やがて工業先進国とそれ以外の国々との間の技術格差の拡大が明白になると、これはしばしば武力によって達成された。歴史上、日本や中国（清）などはヨーロッパ製品の輸入におおむね消極的だった。それらの国はそうした製品を必要とせず、欲してもいなかった。イギリスは中国から茶を輸入したが、イギリスには中国（清）に対して提供できるものが、アフリカの奴隷をアメリカ大陸のスペイン人植民者に売って得た銀以外、何もなかった。奴隷制の廃止とともに銀の供給が途絶えると、イギリスは代わりに、中国（清）にアヘンを売りはじめた。こうした自国民に対する搾取への中国（清）の抵抗が、19世紀半ば、2回のアヘン戦争という形で表れた。

アメリカもまた、東洋に対して武力介入政策を採った。アメリカは日本を、自国の商人が新たな市場を開く余地のある後進国と見なした。1853年、4隻のアメリカの砲艦が侵入禁止水域である現在の東京湾に侵入した。近代的兵器を並べ立てた黒船は日本人を驚かせ、日本はアメリカとヨーロッパとの通商のために開国するにいたった。技術先進国であるアメリカの出現は、日本国内の工業化と近代化を促進した。

1809年から**1839年**の間に、
イギリスの輸入高は2倍に、
輸出高は3倍になった

アヘン戦争における勝利を受けて、イギリス政府は中国に、通商上の特権をイギリスに与える不平等な一連の条約を押しつけた。日本もアメリカとの間で同様の不平等条約に調印した。そしてヨーロッパ列強もこれにならって、ラテンアメリカや中東諸国に不平等な通商条約を結ばせた。通商を望む国はヨーロッパからの輸入品に対する関税を低くし、ヨーロッパ諸国の利益にかなう法的取り決めに甘んじなければならなかった。

◀アヘン用パイプ
イギリスからのアヘンの輸入によって、アヘン中毒が中国（清）に蔓延し、これがアヘン戦争（1839年〜1842年と1856年〜1860年）の原因となった。敗北した中国（清）は、外国との貿易のために、さらなる開港を余儀なくされた。

1750年 産業革命が始まる
1789年 人権宣言
1830年 蒸気機関の時代
1869年 DNAの分離
1880年 電気の時代
1914年 第1次世界大戦
1930年代 大恐慌

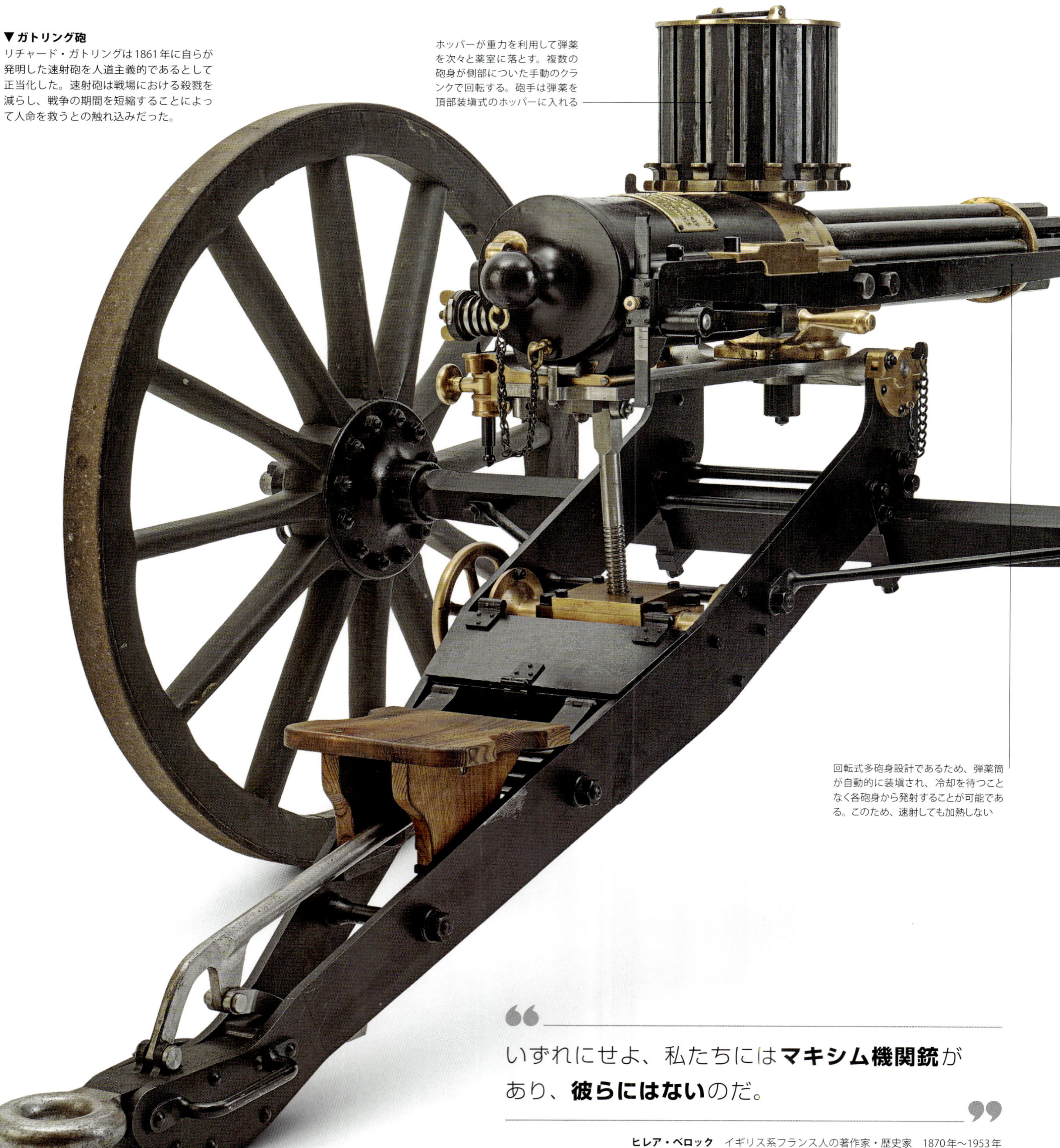

▼ガトリング砲
リチャード・ガトリングは1861年に自らが発明した速射砲を人道主義的であるとして正当化した。速射砲は戦場における殺戮を減らし、戦争の期間を短縮することによって人命を救うとの触れ込みだった。

ホッパーが重力を利用して弾薬を次々と薬室に落とす。複数の砲身が側部についた手動のクランクで回転する。砲手は弾薬を頂部装填式のホッパーに入れる

回転式多砲身設計であるため、弾薬筒が自動的に装填され、冷却を待つことなく各砲身から発射することが可能である。このため、速射しても加熱しない

> いずれにせよ、私たちには**マキシム機関銃**があり、**彼らにはない**のだ。

ヒレア・ベロック　イギリス系フランス人の著作家・歴史家　1870年〜1953年

戦争によるイノベーション

兵器の性能を高めた新たなイノベーションが「アフリカ争奪戦」を可能にした。ヨーロッパの列強諸国によるアフリカ大陸の急速な植民地化は、人種差別主義的イデオロギーによって正当化されていたが、本音としては原料の獲得という意図があった。

工業化と、原料や新たな市場に対する必要が、帝国主義の主要な推進力だった。文化的・人種的優位性の概念もまた、その正当化に用いられた。19世紀のヨーロッパ人の多くは、文明を非白人社会にもたらすことが自らの道徳的な義務であると信じていた。国内外における権力と生産力が増大するにしたがって、ヨーロッパ人の世界観は変化した。人種差別主義的思想が科学用語で表現されるようになり、ダーウィン思想の自然選択の概念が社会に適用された。ヨーロッパ人は、「劣っている」あるいは「遅れている」と見なされる人種に自分たちが取って代わるのは当然であると主張した。

戦場におけるブレークスルー

工業化もまた植民地化の手段を提供した。技術革新が決定的な役割を果たしたのである。蒸気船とマラリアを予防するキニーネのおかげでヨーロッパ人商人が初めてサハラ砂漠以南のアフリカに足を踏み入れた。これは原材料の貴重な発見につながった。しかし現地経済との通商は次々と危機を迎え、それがヨーロッパ列強を領土の併合へと駆り立てた。その後は国際競争が土地収奪を加速し、争奪戦が展開されるなか、アフリカ大陸の国境線はヨーロッパ諸国の会議室に貼られた地図上で決定された。強力な軍隊はヨーロッパの帝国建設における重要な要素であり、新たな軍事技術の開発は工業におけるイノベーションの武具だった。

リチャード・ガトリングが開発し、ハイラム・マキシムが改良した機関銃は、近代戦においては軍事技術が勝敗を左右することを明らかにした。1898年のオムドゥルマンの戦いでは、イギリス兵がマキシム機関銃を使用して10万人を超えるスーダンのマフディー教徒を殺害したが、その際、イギリス軍側の死傷者は50人に満たなかった。機関銃はまた、アフリカ人が帝国の支配に服従するだけではないことを思い知らせた。1896年、エチオピアはイタリアの植民地化の企てを首尾よく撃退したが、ヨーロッパ勢がアフリカで敗北したのはこのときが初めてだった。そしてそれはヨーロッパ人の人種優越論にとって手痛い打撃となった。

▲植民地支配
アスカリ兵とは、ヨーロッパ列強諸国によって雇われ訓練されたアフリカ人の傭兵部隊である。植民地支配下を維持するためには、現地民の軍隊の存在がきわめて重要である。アフリカでは、ヨーロッパ人将校7人に対し、最大200人のアスカリ兵がつくというケースがよく見られた。

◀勝利の武器
1896年、エチオピア皇帝メネリク2世は、ヨーロッパで購入した近代的な銃で多数のイタリア兵を殺害した。

▶ 20世紀における帝国主義諸国の勢力図
1800年、ヨーロッパ列強諸国とその植民地は地球表面積の3分の1をも占めていた。20世紀の幕開け時には、世界のほとんどがそれら列強間で分割されていた。面積と人口に関しては大英帝国が群を抜いて大きかった。

19世紀を通じて**イギリスからカナダへの植民**が行なわれた

アメリカ合衆国はヨーロッパ全域、とりわけイギリスから移民を受け入れた。アメリカはヨーロッパの市場に綿花、タバコ、木材、米、毛皮を供給した

西アフリカには**金**やダイヤモンドなどの貴石・半貴石が存在する可能性があり、ヨーロッパの植民者らを鉱山開発に駆り立てた。

ヨーロッパ諸国が商品の大量生産に用いるためにアフリカに求めた天然資源としては、**パーム油**、天然ゴム、象牙などがあった。パーム油は石鹸、ろうそく、潤滑油の原料となった。

ブラジルはかつてポルトガルの植民地だった

サハラ砂漠以南のアフリカの地域は、錫、銅、天然ゴム、象牙、鉄、黒檀、香辛料、糖蜜など、数多くの資源の供給地となった

コーヒー豆や、カカオ豆、バナナ、砂糖、天然ゴム、銀、銅などの原料が、かつてのスペインおよびポルトガルの植民地から独立したラテンアメリカで生産された。

1800年にはラテンアメリカのほとんどがスペイン帝国に属していたが、それらの地域は20世紀初期までに独立を果たした

イギリス
期間：1603年～1949年
イギリスは交易拠点を通して海外支配を進めていった。植民地は世界各地に広がり、世界史上最大の帝国として繁栄した。

ロシア
期間：1721年～1917年
最盛期の1866年、ロシア帝国は世界史上第2の大きさを誇った。ロシアが支配する領土は東欧からアジアにまたがっていた。

ベルギー
期間：1885年～1962年
ベルギーは1830年にオランダから独立した。最大の植民地はコンゴで、本国の75倍以上の広さがあった。

ドイツ
期間：1871年～1918年
19世紀後半、ドイツはイギリスと張り合って創設した新しい海軍の力によって、西アフリカや南太平洋の一部を植民地化した。

フランス
期間：1870年～1946年
1870年の普仏戦争での敗北に打撃を受けたフランスは、1871年以降、アフリカ、太平洋、東南アジアに植民地を獲得した。

植民地帝国の発展

19世紀、工業の原料、移住者のための土地、余剰生産物のための市場といった要素のすべてにより帝国が拡大し、ヨーロッパ諸国による世界支配が始まった。

列強は互いに熾烈な競争を繰り広げ、植民地はその威信を象徴するものとなった。不毛で人口希薄な広大な土地が、しばしば単に他国による併合を阻止するためだけに併合された。ヨーロッパ域内に政治的対立と不信が増大するにつれ、植民地の富で帝国の支配と軍備増強のために用いられた。

ひとたび植民地が生まれると、本国はその新たな領土の支配を維持する手段を案出しなければならなかった。しばしばそれは間接支配の形をとった。アジアやアフリカの現地人リーダーとの共同作業は、ヨーロッパ人が支配する際に不可欠な要素だった。帝国の軍事介入は、不安定な地域や既存の中央集権機構のない場所に対してのみ行われた。しかしアメリカ大陸、アフリカ、インド、東南アジアに住む人々は、しばしば人種的偏見、政治的弾圧、帝国の兵士による暴力にさらされた。ベルギー領コンゴの労働者は、天然ゴム生産のノルマ達成が非常に低いときには家族が人質にとられ、レイプされ、殺された。ニュージーランドのマオリやオーストラリアのアボリジニの人々のように、先住民が殺されたり、退去させられたり、ヨーロッパ人の伝染病の犠牲になったりすることもあった。

20世紀初頭以降、植民地にされた国々が独立しはじめた。このプロセスは、ヨーロッパ諸国が遠方の領土を支配する財力、手段、意欲を失った第2次世界大戦後、加速した。新たに独立した国々は、それまでの支配者たちの富を何も受け継がず、彼ら自身で新しい体制を創出しなければならなかった。今日、非常にうまくいっている国もあれば、腐敗と貧困に苦しんでいる国もある。

インドのプランテーションで生産された**砂糖**は、大英帝国への重要な輸出品となった。かつては贅沢品だった砂糖がヨーロッパの庶民にも手の届くものになると、需要が増大した。

インドネシアではオランダ海上帝国向けに、**ナツメグ**や**クローブ**などの香辛料、砂糖、コーヒー豆が生産された。

インドで生産された**綿花**が船でイギリスに運ばれ、イギリスではそれを使って織物を生産した。その織物は再びインドに輸出され、インド国内で生産された織物の価格を下落させた。

19世紀中に**イギリスからオーストラリアへの植民**が行なわれた。本国における過密と社会不安を緩和するためであった

ヨーロッパ列強諸国は、**1914年**には**世界の陸地**のおよそ**85%**を支配していた

イタリア
期間：1861年～1947年
イタリアはエリトリア、リビア、ソマリアの一部を植民地にした。この帝国は、第2次世界大戦の結果植民地を放棄させられた1947年に終焉を迎えた。

ポルトガル
期間：1415年～2002年
いくつもの大陸に領土をもったポルトガルは、世界規模の帝国として最初のものだった。また、その植民地経営はほぼ6世紀にわたり、ヨーロッパ各国のなかで最も長く続いた。

オランダ
期間：1543年～1975年
1800年以前にオランダ東インド会社とオランダ西インド会社を通して植民地の間接支配を確立したオランダ海上帝国は、19世紀に最盛期を迎えた。

日本
期間：1868年～1945年
日本は1904年の日露戦争における勝利と、その過程での朝鮮半島の獲得によって、軍事力の増大を見せつけた。

スペイン
期間：1402年～1975年
スペインは18世紀にはラテンアメリカの広大な地域の支配権を有していたが、20世紀にはその領土のほとんどすべてを失っていた。

工場労働者の日々
労働者階級の人々は工場内で中産階級の上司に監督されながら、新しい機械類に囲まれて働いた。彼らはしばしば昼食の休み時間に機械類の掃除をさせられた。

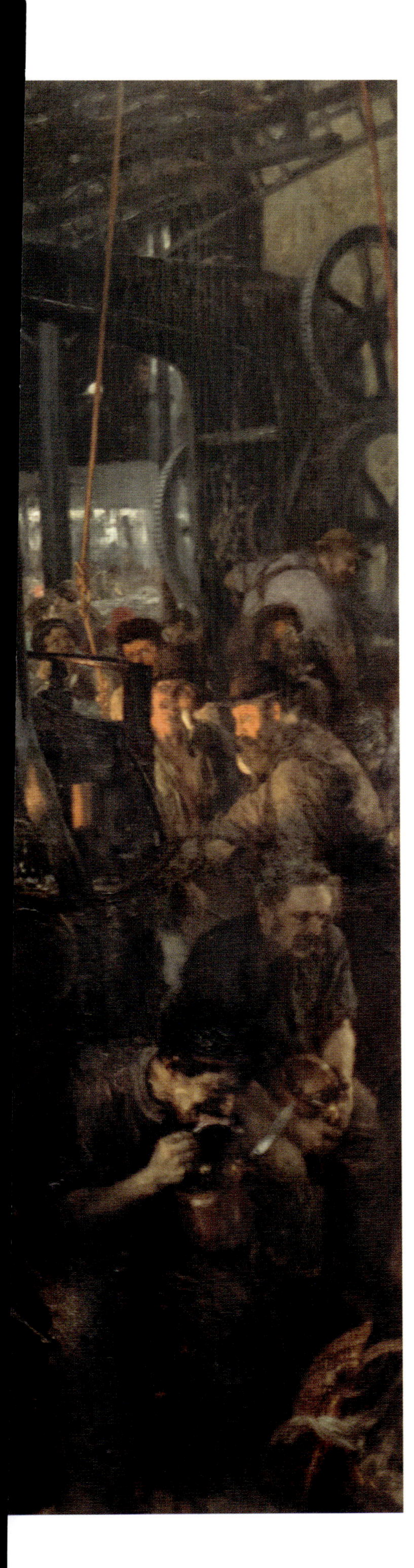

社会の変容

工業化は労働者の生活のあらゆる様相を一変させた。工場内の労働環境は危険で規制がなく、労働者が居住するのはしばしば過密状態のスラム街だった。こうした状況は、この新たに生まれた労働者階級の窮状を救うために政府が幅広く改革を実行し、ようやく改善された。

農場や牧草地が工場に変えられたため、職を失った農民階級は、男も女も子どもも、かつてないほどの社会的・技術的な変化を経験した。

貧困層の窮状

工業化の本当の勝利者は中産階級であった。1832年のイギリスの選挙法改正は、中産階級の男性に選挙権を与えるにいたった。最も苦しんだのは労働者階級だった。労働者は工場で1日に最低でも13時間働き、難聴、肺の疾患、大怪我は日常茶飯事だった。労働者に対する法的保護はなかった。中産階級の工場監督や工場経営者は独裁者のようなものだった。1848年にヨーロッパ各地で起こった一連の革命行動を引き起こしたのは、そうした過酷な経済的不平等だった。この動きには、『イギリスにおける労働者階級の状態』の中で工場労働者の窮状を明らかにしたドイツの哲学者フリードリッヒ・エンゲルスの著作も部分的に影響を与えた。

新興の都市

労働者は工場周辺にできたスラム街に住んでいた。いたるところで都市化が始まった。1850年にはイングランドの人口の50%が都市に住んでいた。ドイツがこのレベルに達したのは1900年、アメリカは1920年、日本は1930年だった。どの国でも工業都市は過密、環境汚染、上水の不足、ごみ処理システムの欠如、不衛生な住宅という問題を抱えていた。こうした状況のすべてが病気の蔓延を助長した。イギリス、ヨーロッパ、北アメリカをコレラの流行が波状的に襲った。1832年のフランスのコレラに関するある研究は、スラム、貧困、不衛生の関連を指摘した。またイギリスの医師ジョン・スノーは1849年に、コレラが汚染された飲料水によって広がることを明らかにした。

こうした知識に基づいて、各国政府は行動を起こし、都市に水道と下水の整備、ごみ回収が導入された。このほかにも、ヨーロッパ全域と北アメリカでは別の社会・政治改革が行われた。労働法が労働者に保護を与え、安全規則を改善した。児童の教育が義務化された。

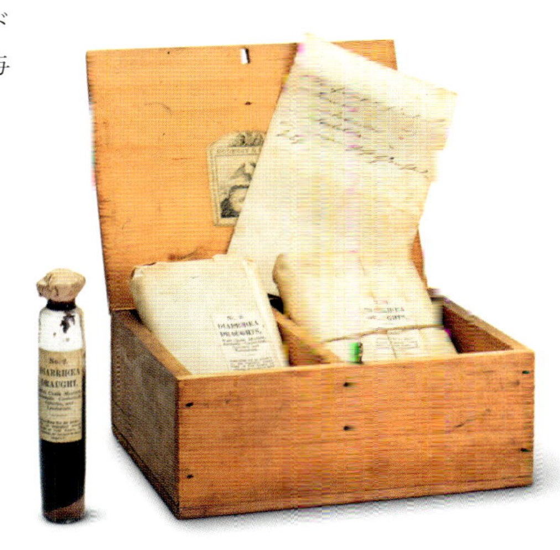

◀コレラの特効薬
19世紀末には、コレラの流行はヨーロッパと北アメリカでは見られなくなっていた。生活水準が上がり、衛生に関する習慣の向上が図られ、公衆衛生に関する委員会が常設化された。

“

家々の前の川面は浮きかすで覆われ……土手沿いに積もり積もった
汚物は筆舌に尽くしがたい……空気は**墓場の臭い**がする。

ヘンリー・メイヒュー ジャーナリスト・住宅改良運動家 1812年〜1887年

教育の拡充

教育はコレクティブ・ラーニングとイノベーションの不可欠な要素である。その重要性を理解して、19世紀半ば以降、多くの国の政府が広範な改革を行い、教育を義務化した。2000年、世界の識字率は全人口の80%に達した。

Four times 6 are 24.
I think I've seen your face before.
Four times 7 are 28.
Come with me and see me Skate.

▲教科書を用いた学習
1840年代以前のアメリカの教育制度はおおむね私的なものであったが、同年の改革以降は公立学校と標準的教科書が導入されるようになった。

識字能力の重要性に関しては長い歴史がある。ヨーロッパの識字レベルは、16世紀以降、特にフランス、ドイツ、イギリスにおいて着実に上昇した。知識と思想を重視する社会は、産業革命を推進した啓蒙主義時代の信念とも合致した。イギリスでは18世紀前半に、人口の増加に対応して何百もの学校が開校した。しかし、教育の機会がある人々とそうでない人々の間には、大きな格差が存在した。18世紀を通じて、教育は無償ではなかったため、労働者階級には手が届かなかった。また、女性に対する教育は重要とは見なされなかった。労働者階級の女性は子どもの時期から働くことが当然とされたし、中産階級の女性は、学校に通うとしても結婚までの間だけだった。

教育を受けた国民

19世紀、教育に関する意識が変化しはじめた。ある程度は、これは理性、知識、自由な意見交換の価値をめぐる啓蒙主義的理想がもたらしたものであった。改革者たちは奴隷制、公衆衛生、教育への新たな政府の介入を支持するように民衆に呼びかけた。1848年の諸革命以降、政府は介入によって市民の要求に応えなければならなくなった。中産階級は改革を要求し、労働者階級は今にも暴動を起こしそうだったからである。各国政府は、教育を受けた国民が軍の強化、愛国心の高揚、反乱の抑制に有効であると見て取った。1870年以降、西ヨーロッパ各地とアメリカの北東部諸州に国立・州立学校による義務教育が普及した。1900年以降には、中国、エジプト、日本など、ヨーロッパ以外の地域の国々も教育制度を確立した。これらの国々の場合、愛国心を高め、西洋諸国を強大にするうえで有効だった諸制度を模倣することも意図されていた。

この150年あまり、教育機会の拡大が世界の識字率を着実に向上させた。読み書きのできる人々の数はかつてないほど増加し、彼らが交換ネットワークとコレクティブ・ラーニングの拡大に貢献した。しかしながら、今日でも教育機会は均等ではない。非識字率は世界で最も貧困な地域の、特に女性において最も高い。また2011年現在で、成人の非識字者の4分の3が南アジア、中東、サハラ砂漠以南のアフリカに居住していた。さらに、世界の非識字者7億7400万人の3分の2が女性だった。

情報の時代

教育は、個人レベルにおける情報と知識の拡散のための重要なツールである。人類の歴史を通じて、コレクティブ・ラーニングの増大とともに、交換ネットワークの拡大とその威力の増大も加速し、それによって情報蓄積のペースも上がった。今日私たちは「情報化時代」とも呼ぶべき時代に生きている。デジタル革命が、伝統的な産業によって推進される経済からコンピューター化された情報に基づく経済への移行をもたらした。こうした情報化社会および知識を基礎とする経済の中で、利益を生むのは情報の流れである。グローバル化によって世界の諸地域は互いに連結し、今や情報と富の管理と移動が国境をますます曖昧にしはじめている。2009年の国内総生産（GDP）に基づく世界

2016年、
世界の識字率は**83%**を
超えている

▶児童福祉の向上
イギリスでは工業化の過程で、労働者階級の幼い子どもたちは工場や鉱山で働くことを余儀なくされた。やがてこれは政府の改革で禁じられた。1880年の教育法は10歳までの児童の義務教育制を導入した。

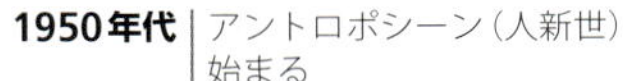

◀初等教育
1994年、マラウィ政府は無償の初等教育制度を導入したが、依然として中途退学率が、特に女子生徒において高い。こうしたことはサハラ砂漠以南のアフリカの多くの貧しい国々でしばしば見られる。これらの国々では、子どもが働いて家計を助けているのである。

の経済活動組織上位100のうち、国家は60で残りは企業である。後者の多くはシノペック（中国石油化工集団公司）やシェルといった石油・天然ガスの会社か、アップルやサムスンといったテクノロジーとコミュニケーションの企業である。今日ほど情報が重要とされる時代はない。

近年、ソフトウェア産業やバイオテクノロジー産業の成長によって、高度な熟練労働の必要性が新たに重視されるようになった。産業革命は、底辺に多数の非熟練労働者、頂点に資本主義的なビジネスリーダーとクリエイティブな人々からなる、ピラミッド状のシステムを作り上げた。逆ピラミッド型の社会への移行には、教育が鍵となるだろう。高度な教育を受けられる人々が増えれば、ピラミッドの頂点の価値の高い職に就くことのできる人々が増えるし、オートメーション化は多数の人々が非熟練労働をする必要をなくするからである。

イノベーションの追求

コレクティブ・ラーニングの一形態としての教育はイノベーションにとって極めて重要である。20世紀を通じ、多くの先進社会にとってイノベーションの主な推進力はイノベーションの追求それ自体だった。過去においてと同様、しばしば政府、企業、教育機関がそれを支援した。ヨーロッパに最初の科学を基盤とする社会が誕生した17世紀、イギリス政府はイノベーションへの奨励策を提供した。そして産業革命の最初の世紀、イギリスは科学・技術の重要なブレークスルーから利益を得た。19世紀、各国の政府や企業は、科学がイノベーション、富、競争力の重要な源泉であることを理解し、科学的研究の推進と組織化において積極的な役割を引き受けはじめた。20世紀には、科学・技術面でのイノベーションが工業先進国にとって軍事、政治、経済における競争力の基本的な構成要素であることが明らかになった。

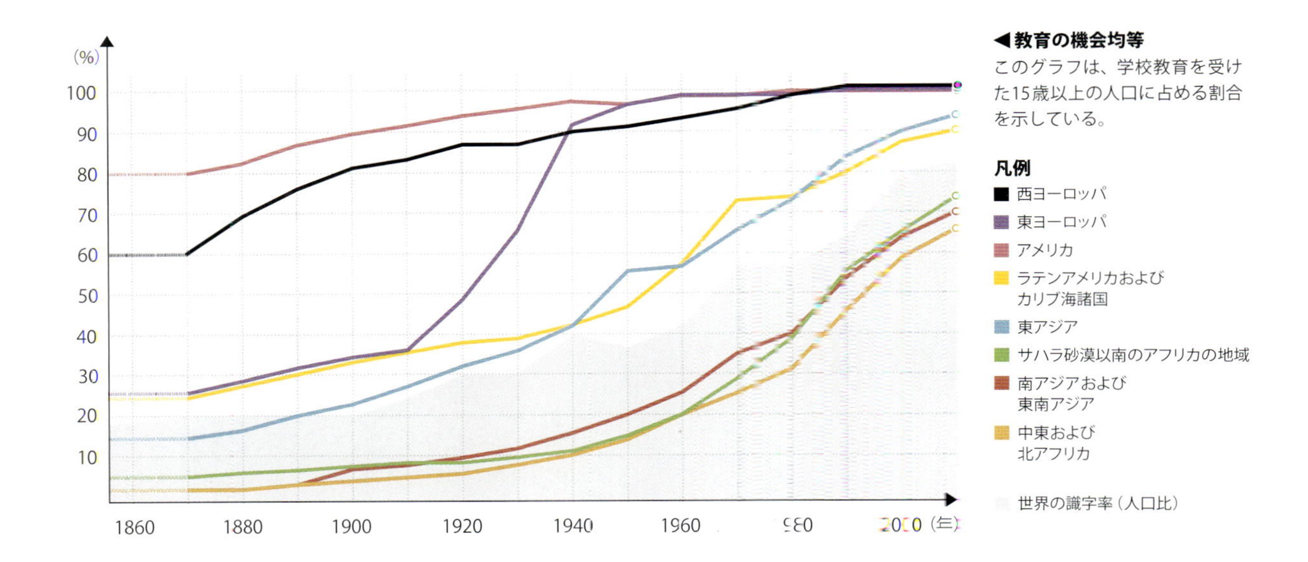
(%)
100
90
80
70
60
50
40
30
20
10
1860
1880
1900
1920
1940
1960
1980
2000（年）
凡例
西ヨーロッパ
東ヨーロッパ
アメリカ
ラテンアメリカおよびカリブ海諸国
東アジア
サハラ砂漠以南のアフリカの地域
南アジアおよび東南アジア
中東および北アフリカ
世界の識字率（人口比）

◀教育の機会均等
このグラフは、学校教育を受けた15歳以上の人口に占める割合を示している。

医学の進歩

18世紀後半以降、先進諸国において医学の知識が飛躍的に増大した。科学的研究、イノベーション、疾病の予防によって、人々は健康で長寿を全うできるようになった。

交易網の拡大と都市化によって人々の接触が密になると、伝染病が広がった。1796年のエドワード・ジェンナーの天然痘ワクチン接種（種痘）はブレークスルーをもたらし、医学の奇跡といわれた。19世紀を通じて細菌論が発展し、種々の微生物が発見され、それが手術を安全なものにし、公衆衛生に対する認識を高めた。新たなイノベーションによって医師たちは病気の診断に役立つ実用的な手段を得た。医学上のイノベーションと知識の拡大は、特に幼児と高齢者の健康状態を改善した。

20世紀は医療技術の爆発的進歩の時代であり、保健制度が病気の流行、飢饉、近代戦争への対処に努めるようになった。新たな千年紀の科学的研究は、幹細胞研究、ヒトゲノムのシークエンシング、新しい生命の創造の可能性をもたらした。インターネットは、これらの医学上のブレークスルーの詳細な内容を広く一般に公開し、絶えず増大する情報を提供して医師と患者の両方が医学的知識を共有できるようにした。

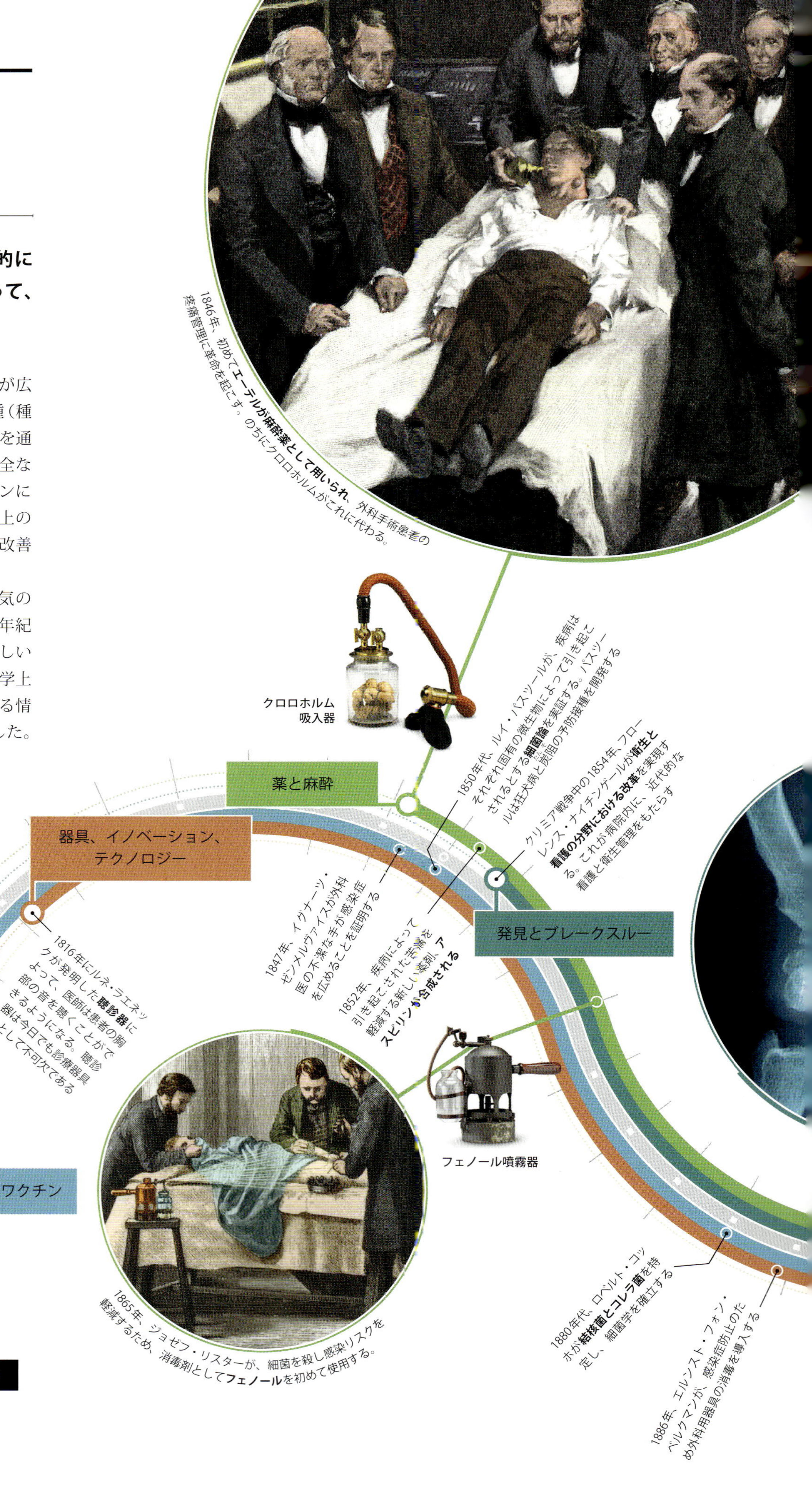

薬と麻酔
器具、イノベーション、テクノロジー
発見とブレークスルー
細菌、疾病、ワクチン
1800年
1775年

1846年、初めて**エーテルが麻酔薬として用いられ**、外科手術患者の疼痛管理に革命を起こす。のちにクロロホルムがこれに代わる。

クロロホルム吸入器

聴診器

1816年にルネ・ラエネックが発明した**聴診器**によって、医師は患者の胸部の音を聴くことができるようになる。聴診器は今日でも診療器具として不可欠である

1850年代、ルイ・パスツールが、疾病はそれぞれ固有の微生物によって引き起こされるとする**細菌論**を実証する。パスツールは狂犬病と炭疽の予防接種を開発する

クリミア戦争中の1854年、フローレンス・ナイチンゲールが**衛生と看護の分野における改革**を実現する。これが病院内に、近代的な看護と衛生管理をもたらす

1847年、イグナーツ・ゼンメルヴァイスが外科医の不潔な手が感染症を広めることを証明する

1852年、疾病によって引き起こされた苦痛を軽減する新しい薬剤、**アスピリンが合成される**

フェノール噴霧器

1865年、ジョゼフ・リスターが、細菌を殺し感染リスクを軽減するため、消毒剤として**フェノール**を初めて使用する。

1880年代、ロベルト・コッホが**結核菌とコレラ菌**を特定し、細菌学を確立する

1886年、エルンスト・フォン・ベルクマンが、感染症防止のため外科用器具の消毒を導入する

1796年に「免疫学の父」エドワード・ジェンナーが開発した**天然痘ワクチン**は広く普及し、多数の命を救う。

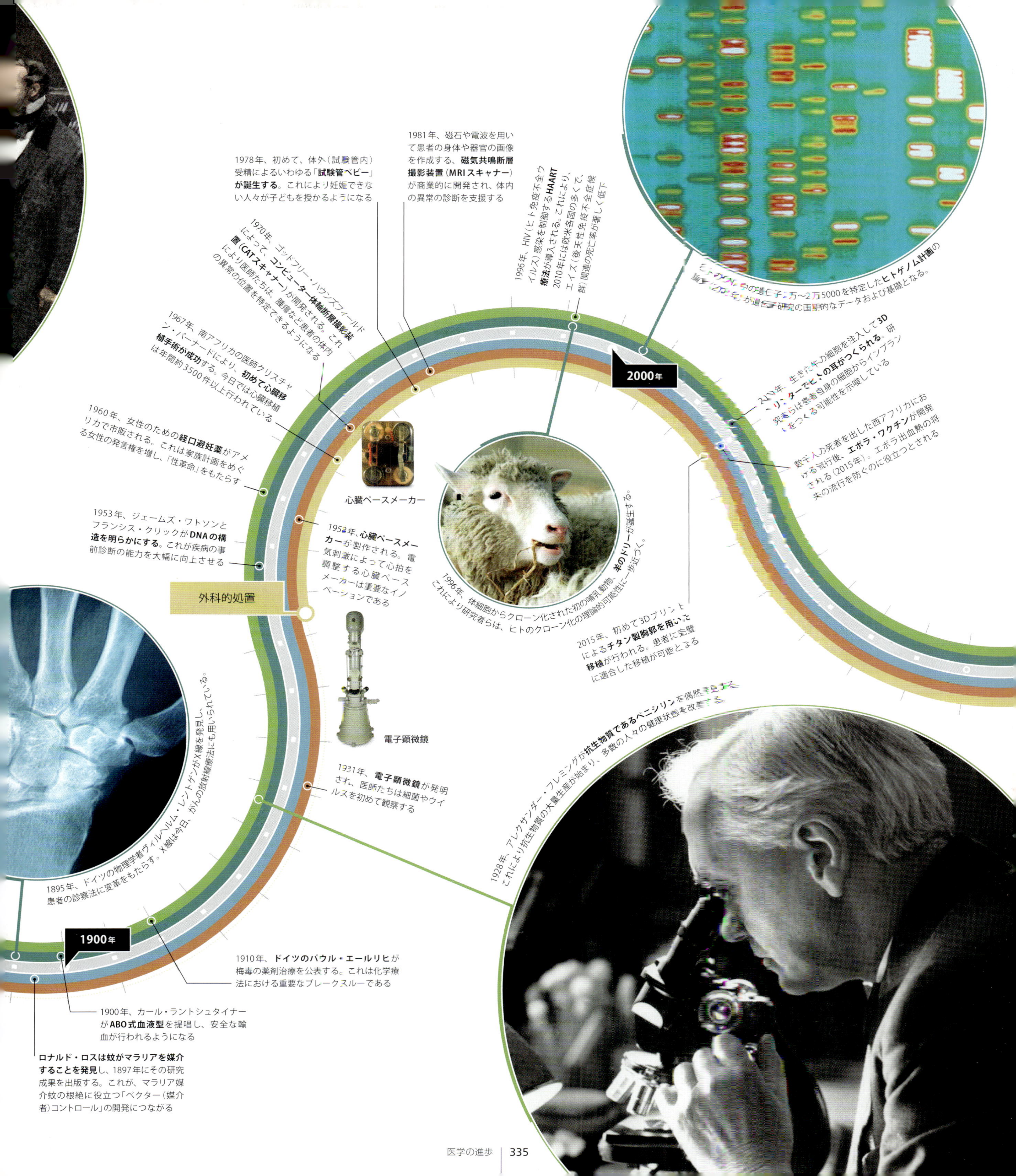

1978年、初めて、体外（試験管内）受精によるいわゆる「試験管ベビー」が誕生する。これにより妊娠できない人々が子どもを授かるようになる
1981年、磁石や電波を用いて患者の身体や器官の画像を作成する、磁気共鳴断層撮影装置（MRIスキャナー）が商業的に開発され、体内の異常の診断を支援する
1996年、HIV（ヒト免疫不全ウイルス）感染を制御するHAART療法が導入される。これにより、2010年には欧米各国の多くで、エイズ（後天性免疫不全症候群）関連の死亡率が著しく低下
の遺伝子2万～2万5000を特定したヒトゲノム計画の
が遺伝子研究の画期的なデータおよび基礎となる。
1970年、ゴッドフリー・ハウンスフィールドによって、コンピューター体軸断層撮影装置（CATスキャナー）が開発される。これにより医師たちは、腫瘍など患者の体内の異常の位置を特定できるようになる
1967年、南アフリカの医師クリスチャン・バーナードにより、初めて心臓移植手術が成功する。今日では心臓移植は年間約3500件以上行われている
2000年
年、生きた牛の細胞を注入して3D
の耳がつくられる。研
は患者自身の細胞からインプラン
をつくる可能性を示唆している
数千人の死者を出した西アフリカにおける流行後、エボラ・ワクチンが開発される（2015年）。エボラ出血熱の将来の流行を防ぐのに役立つとされる
1960年、女性のための経口避妊薬がアメリカで市販される。これは家族計画をめぐる女性の発言権を増し、「性革命」をもたらす
心臓ペースメーカー
1953年、ジェームズ・ワトソンとフランシス・クリックがDNAの構造を明らかにする。これが疾病の事前診断の能力を大幅に向上させる
1958年、心臓ペースメーカーが製作される。電気刺激によって心拍を調整する心臓ペースメーカーは重要なイノベーションである
1996年、体細胞からクローン化された初の哺乳動物、羊のドリーが誕生する。これにより研究者らは、ヒトのクローン化の理論的可能性に一歩近づく。
外科的処置
2015年、初めて3Dプリントによるチタン製胸郭を用いた移植が行われる。患者に完璧に適合した移植が可能となる
電子顕微鏡
1931年、電子顕微鏡が発明され、医師たちは細菌やウイルスを初めて観察する
1928年、アレクサンダー・フレミングが抗生物質であるペニシリンを偶然発見する。これにより抗生物質の大量生産が始まり、多数の人々の健康状態を改善する。
1895年、ドイツの物理学者ヴィルヘルム・レントゲンがX線を発見し、患者の診察法に変革をもたらす。X線は今日、がんの放射線療法にも用いられている。
1900年
1910年、ドイツのパウル・エールリヒが梅毒の薬剤治療を公表する。これは化学療法における重要なブレークスルーである
1900年、カール・ラントシュタイナーがABO式血液型を提唱し、安全な輸血が行われるようになる
ロナルド・ロスは蚊がマラリアを媒介することを発見し、1897年にその研究成果を出版する。これが、マラリア媒介蚊の根絶に役立つ「ベクター（媒介者）コントロール」の開発につながる

1750年 産業革命が始まる
1789年 人権宣言
1830年 蒸気機関の時代
1869年 DNAの分離
1880年 電気の時代
1914年 第1次世界大戦
1930年代 大恐慌

アメリカ大陸
太平洋の島嶼

4つのワールドゾーン
18世紀の産業革命の開始時、ヨーロッパの探検家らはすでに4つのワールドゾーンを結びつけていた。

アフロユーラシア
オーストラレーシア

工業化ゾーン
非工業化ゾーン

1900年
ワールドゾーンが4つから2つになる。大量生産によって豊かになった工業化ゾーンと、原料、労働、土地の搾取を受けて貧しい非工業化ゾーンである。

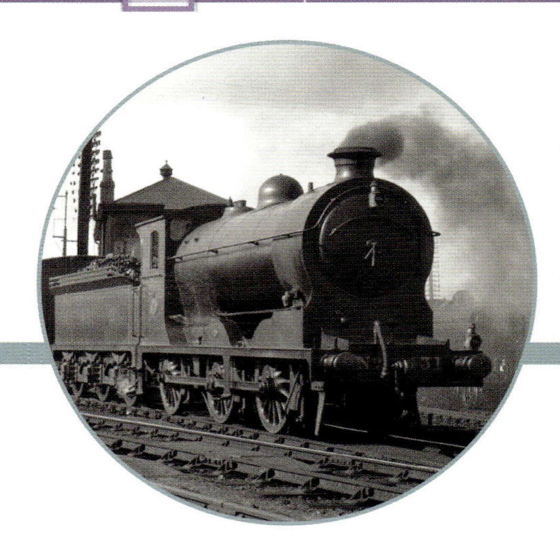

輸送
1820年以降、輸送費と通信費の低下が国際交易を下支えする。内陸輸送の費用は、1800年から1910年の間に90%減少する。大西洋航路の輸送費は、1870年から1900年の間に60%減少する。

グローバリゼーションへの道

世界が2つのゾーンに統合されると、交易、資本、移民、文化、知識の交換ネットワークが世界中に広がった。このプロセスをグローバリゼーションと呼ぶ。

グローバリゼーションは現代の概念ではない。旧世界が新世界を発見した15世紀～18世紀の「発見の時代」のあと、交換ネットワークがグローバルに拡大した。この時期、貨幣、人間、作物、思想、そして疾病が2つの世界の間を移動した。ほとんどの場合、利益は西ヨーロッパ諸国の側にもたらされた。こうしたグローバリゼーション・モデルは19世紀の帝国主義の時代に促進され、19世紀の終わりには、植民地を経営する大帝国が工業と農業のそれぞれに特化した地域同士を、資本の蓄積に重点を置く新しい世界経済の中で結びつけた。

電信や鉄道などの工業技術と並んで、法体系や官僚組織などの近代国家の新しい組織構造が非工業化世界に導入された。後者に属する国々は、例えば茶を栽培して輸出するなど、固有の特産品を開発したが、その手法はその国なりの慣習、法規、言語に基づくものであった。20世紀に植民地の独立が相次ぐと、旧植民地の国々は、帝国の遺した手本に従って自国の経済を成長させることができた。

21世紀、現代のグローバリゼーションの実現には、輸送と通信技術のイノベーションが重要となった。安価で効率的なコンテナ輸送は、中国が超大国として台頭するのに貢献した。光ファイバーとブロードバンドは、インドがグローバルなサービスハブとなるのに役立った。ますます進化するスマートフォンが世界中の人々を結びつけていることからもわかるように、イノベーションは今日も続いている。そして新たなグローバル文化も誕生しつつある。

通商協定
独立を果たした旧植民地諸国が互恵的な通商協定を結び始める。これらの国の多くが自由貿易モデルを採用する。自由貿易は、新たな、国家間提携の経済的原動力をもたらす。

20世紀後半～21世紀前半
多数の非工業国が、世界の各地から船で運ばれた原材料を集めて製品にする、グローバルな生産機構の歯車となる。

“**産業が発達していない国**にとって、**産業が発達した国**は、自らの**将来**の姿にほかならない。”

カール・マルクス ドイツの哲学者、経済学者、社会学者 1818年～1883年

1939年 第2次世界大戦

1950年代 アントロポシーン（人新世）始まる

1970年 デジタル時代

2008年 世界金融危機

資源
19世紀、列強が世界に自由市場資本主義を導入する。各帝国は資源を収奪し、労働者を従属させ、地球全体を西欧のための巨大な農業資源とする。

移民
イノベーティブな新しい輸送形態が、世界中の人々の移住や移動の機会を増やす。アイルランドのじゃがいも飢饉とイギリスの人口過密により植民地への大量の移民が発生する。そのなかには帝国の官僚も移民労働者も含まれる。

文化交流
人々の移動が生活のあらゆる領域における文化交流の機会を生む。それは、社会慣習、学術文化、ビジネス文化、宗教的・政治的イデオロギー、文学や音楽や美術、衣服や美容、食習慣や食べ物といった領域に及ぶ。

Nicar
Mexic
Luxe
Lebanon
Italy

金融機関
国際通貨基金（IMF）など、強力な金融機関が出現し、発展途上国への投資および債務契約をもたらす。これはグローバルな金融システムの統合度を高めるものとなる。

新たなプレーヤー
ソ連の崩壊と中国の市場開放により、新たなプレーヤーがグローバルな資本市場に参入する。これはポスト共産主義経済における国際的な商取引および投資の急激な増大をもたらす。

海外投資
貿易協定により、先進国の多国籍企業が発展途上国の経済に直接投資するようになる。これは発展途上国における民営化と資産の外国所有の拡大を促進する。

第二次世界大戦後
資本主義と貿易の自由化が新しい世界経済を創出したとき、現代のグローバリゼーションが始まる。この世界経済は、次第に多国籍企業と強力な金融機関によって支配されるようになる。

Disfruta
Coca-Cola

移動
貿易障壁の撤廃とますます進む輸送費の低下が、就労目的での人々の移住を増加させる。これは、文化交流の拡大と、外国人労働者が故国に送金する、送金経済の増大をもたらす。

文化的均質性
グローバルなサービス経済の台頭、通信技術の進歩、多国籍企業の勢力拡大のすべてが、文化的均質性の進行を後押ししている。文化的均質性とは、ブランド品、音楽、テレビ番組、食品が世界中に行き渡り、また認知されている状況である。

産業の発達
グローバルな資本主義は、発展途上地域の多数の国々の工業化と、市場向けの安価な消耗品の製造による富の創出を可能にする。これは雇用機会の拡大と、貧困者の減少をもたらす。

▼変革のエンジン
1885年、カール・ベンツは「馬なし馬車」を動かすためにガソリンを燃料とするエンジンを製作した。翌年、彼は世界初の自動車、ベンツ「パテント・モトールヴァーゲン」を製造した。この自動車には多くの点で今日の自動車と同じ特徴がある。

ハンドルは前輪を動かして方向を制御する。他方、エンジンは2つの後輪に動力を与える

水冷タンクがエンジンを冷却する。この新しい発明は、他の2つの発明（電気イグニションと差動歯車）とともに、今日走っているすべての自動車に用いられている

サーフェスキャブレターはベンツの発明した空気と燃料を混合する装置である。ベンツは燃料として石油の副製品であるベンジンを使った。キャブレターが空気と気化したベンジンとを混合した。キャブレターには4.5ℓ（1ガロン）の燃料を入れることができた

クランクシャフトには水平の大きなはずみ車がついている。これを使ってエンジンを始動させる

1939年 第2次世界大戦	**1950年代** アントロポシーン（人新世）始まる	**1970年** デジタル時代	**1973年** 石油危機	**1989年** WWW（ワールドワイドウェブ）の発明	**2001年** 9.11アメリカ同時多発テロ	**2008年** 世界金融危機

世界を狭くするエンジン

工業化の波及には輸送手段が重要な役割を果たした。過去2世紀の間の、鉄道、蒸気船、飛行機、そして通信におけるイノベーションは、人々が商品、思想、情報、技術を交換する頻度と速度とを飛躍的に増大させた。

19世紀後半には鉄道がヨーロッパとアメリカを縦横に走り、商品、人間、思想の交換を大幅に加速し、旅行できる範囲も広げた。鉄道網の発達により製造業者・小売業者・消費者間の商品移動の費用が下がり、それにより消費財の価格も低下した。産業経済の成功は、初期においても、今日においても、原料と製品を陸路や海路でいかに迅速かつ低価格で移動できるかどうかにかかっている。

新しい輸送網

19世紀の鉄道が石炭を燃料としたように、20世紀初頭の輸送革命もまた、化石燃料が大々的に利用可能となって初めて成し遂げられた。石油と天然ガスの利用という新たなイノベーションが起こり、石油による内燃機関が発明され、自動車とジェット飛行機の発達をもたらした。1913年、企業家のヘンリー・フォードが流れ作業による大量生産方式を考案し、自動車が初めて手ごろな値段で購入できるようになった。かくして消費資本主義が始まった。労働者たちもまた自らが生産する商品のターゲット市場となった。これは以前なら贅沢と見なされたものである。

すべての家庭に自家用車を普及させるというフォードの理想は、近代西洋社会を変容させた。車社会に対応できるように政府は道路を建設し、交通システムを整備した。1950年代、石油を燃料とする自動車、バス、トラックが、商品や人間の輸送に欠かせないものとなった。

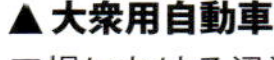

▲大衆用自動車
工場における迅速で効率的な流れ作業は生産費を低減させ、T型フォードなどの低価格な商品の販売を可能にした。

飛行機の商業利用は第二次世界大戦後に始まった。軍用機の専門業者が平時に航空産業を創設したのである。これによって、人と郵便物の輸送がスピードアップした。仕事やレジャーなど、さまざまな理由から人々の移動する機会が増えはじめ、それが交通ネットワークを広げた。輸送のイノベーションが成長を促進し、それがさらなるイノベーションにつながった。

1960年代前半に、人類は自分たちを宇宙に送り込むことのできるロケットを発明した。初の有人ロケットを打ち上げたのはソ連で、1969年にはアメリカ合衆国が人間の月面着陸を成功させた。かつてないほどの量の商品、人間、思想の交換が行われるようになり、世界にどこにでも行けるようになるにつれ、どんどん狭くなっていくように思われた。

> もし私が人々に**何が欲しいか**尋ねていたら、彼らは「**もっと速い馬**」と答えたことだろう。

ヘンリー・フォード　アメリカの企業家・フォードモーター社創立者　1863年〜1947年

1635年にイギリスで配達夫が馬で配達する郵便配達制度が始まる。さまざまな場所に住む人々が、ある程度の予測可能性のもとに妥当な速度で情報を伝達することができるようになる
1780年
郵便
1784年以降、ロイヤルメールの駅馬車に護衛がつくようになり、イギリスの郵便制度の安全性が高まる
視覚的信号
1792年、クロード・シャップが腕木通信を発明する。腕木の形状で文字を表し、メッセージを伝達する。産業革命期における初の遠隔通信システムである
1800年
電信・電話
1837年、サミュエル・モールスが電信システムを開発する。電線を通してモールス符号を用いてメッセージを送るこのシステムは、遠距離通信に革命を起こす
1840年、連合王国とアイルランドで1ペニーという安い費用で手紙が送れる「均一1ペニー郵便（ペニー郵便）」が始まる
ニュースと放送
大西洋横断ケーブル（1866年敷設）によって、アメリカ－ヨーロッパ間を1分間に8語送信することができるようになる。それ以前はメッセージの伝達には船で10日かかった。
1843年にチャールズ・サーバーが発明したタイプライターは、オフィスや商用通信において広く用いられる
アヘン戦争後の1844年、中国（清）の港に国際郵便局が開設される。これが中国の国営郵便配達制度の基礎となった
1867年、モールス符号の形式を用いた信号灯によって、イギリス海軍の船からメッセージの遠距離伝達ができるようになる
電話機
1876年、アレクサンダー・グラハム・ベルが特許を取得した電話機は、近代で最も普及した通信システムとなる
1877年にトーマス・エジソンが発明した蓄音機は音声を記録・再生する初の装置である。これは音楽産業を一変させた。
電信機
1895年にグリエルモ・マルコーニが発明した無線電信機は、現代の長距離無線通信への第一歩である

時系列

加速するニュースのスピード

自らを取り巻く人々とのコミュニケーションや連絡への欲求は、人類の物語における重要な要素である。これを行うためのテクノロジーは、私たちの祖先が自分たちの物語を洞窟の壁に描いたときから、途方もない変化を遂げている。特に、18世紀のイノベーションに起因する。

いかなる形態のコミュニケーションも、肝心なのは人々の距離を縮める能力であるが、21世紀にはワールドワイドウェブ（WWW）が登場し、何十億という人々が思いつく限りのあらゆるトピックに関して情報を創出し共有する方法を、一変させた。電話など初期の遠隔通信システムが可能にしたのは一対一の通信だったが、今日のオンラインの世界は、情報の広範囲の（しばしばグローバルな）伝達に適している。ここには、ツイッター上の政治に関する短評から、リアルタイムで更新される非常に長いニュース記事まであらゆる情報が行き交っている。

おそらく今日のコミュニケーションの特徴は、何よりもそのスピードにあるだろう。かつて手紙という形で船や列車で数日から数週間もかかって届いた情報が、今ならeメールやフェイスブックの投稿によって数秒程度で届く。データ交換が迅速になるとともに、情報量も膨大になった。テレビのニュース番組の24時間放送は今や当たり前で、ソーシャルメディアは何十億人ものスマートフォン利用者が操っている。今日、グローバルなコミュニケーション・ネットワークは、過去に例を見ないほど複雑で多様化している。

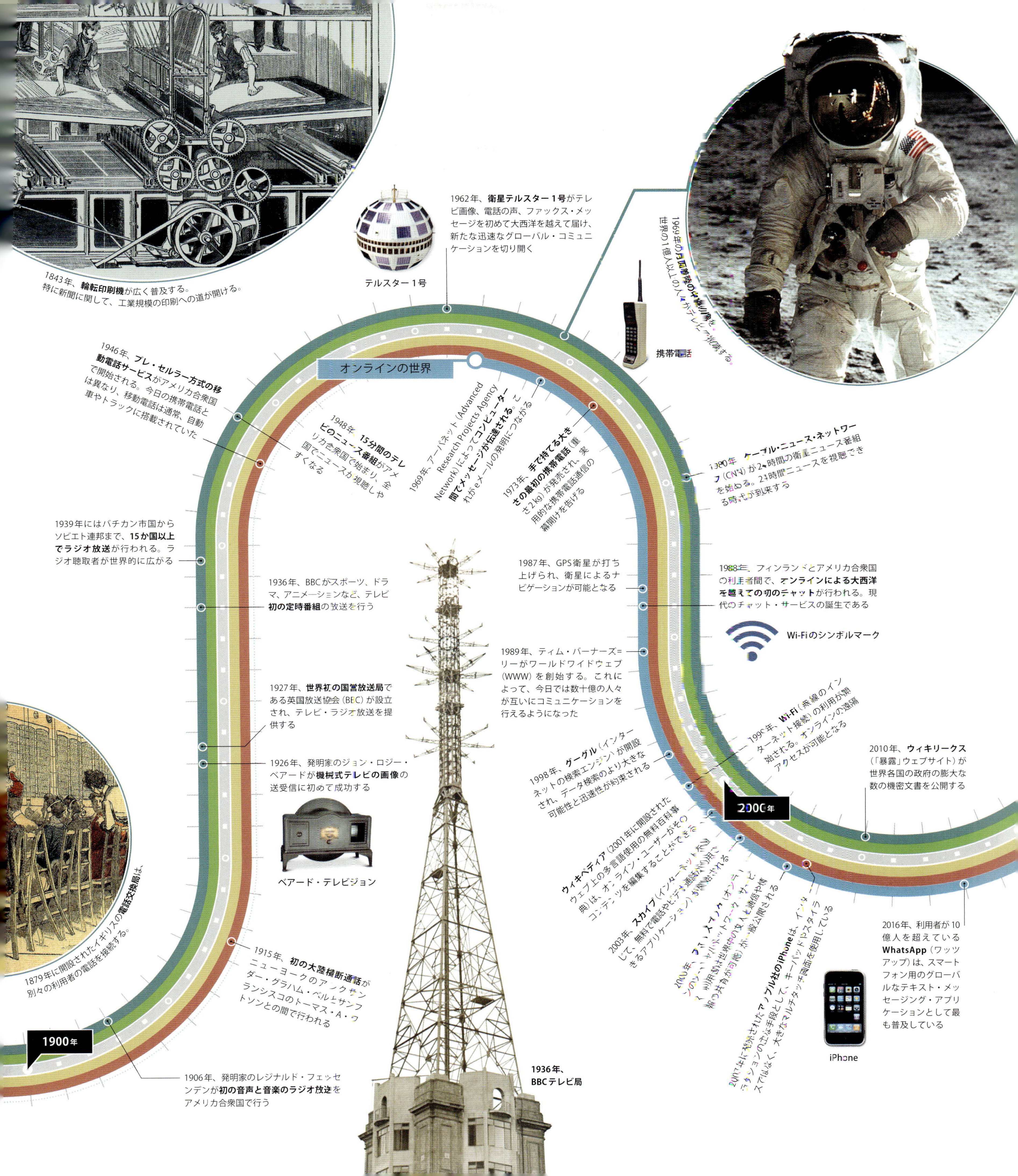

1843年、輪転印刷機が広く普及する。
特に新聞に関して、工業規模の印刷への道が開ける。
テルスター1号
1962年、衛星テルスター1号がテレビ画像、電話の声、ファックス・メッセージを初めて大西洋を越えて届け、新たな迅速なグローバル・コミュニケーションを切り開く
1969年の月面着陸の中継映像を、世界の1億人以上の人々がテレビで視聴する。
携帯電話
オンラインの世界
1946年、プレ・セルラー方式の移動電話サービスがアメリカ合衆国で開始される。今日の携帯電話とは異なり、移動電話は通常、自動車やトラックに搭載されていた
1948年、15分間のテレビのニュース番組がアメリカ合衆国で始まり、全国でニュースが視聴しやすくなる
1969年、アーパネット（Advanced Research Projects Agency Network）によってコンピューター間でメッセージが伝達される。これがeメールの発明につながる
1973年、手で持てる大きさの最初の携帯電話（重さ2kg）が発売され、実用的な携帯電話通信の幕開けを告げる
1980年、ケーブル・ニュース・ネットワーク（CNN）が24時間の衛星ニュース番組を始める。24時間ニュースを視聴できる時代が到来する
1939年にはバチカン市国からソビエト連邦まで、15か国以上でラジオ放送が行われる。ラジオ聴取者が世界的に広がる
1936年、BBCがスポーツ、ドラマ、アニメーションなど、テレビ初の定時番組の放送を行う
1987年、GPS衛星が打ち上げられ、衛星によるナビゲーションが可能となる
1988年、フィンランドとアメリカ合衆国の利用者間で、オンラインによる大西洋を越えての初のチャットが行われる。現代のチャット・サービスの誕生である
Wi-Fiのシンボルマーク
1989年、ティム・バーナーズ=リーがワールドワイドウェブ（WWW）を創始する。これによって、今日では数十億の人々が互いにコミュニケーションを行えるようになった
1927年、世界初の国営放送局である英国放送協会（BBC）が設立され、テレビ・ラジオ放送を提供する
1926年、発明家のジョン・ロジー・ベアードが機械式テレビの画像の送受信に初めて成功する
ベアード・テレビジョン
1998年、グーグル（インターネットの検索エンジン）が開設され、データ検索のより大きな可能性と迅速性が約束される
1999年、Wi-Fi（無線のインターネット接続）の利用が開始される。オンラインの遠隔アクセスが可能となる
2010年、ウィキリークス（「暴露」ウェブサイト）が世界各国の政府の膨大な数の機密文書を公開する
2000年
ウィキペディア（2001年に開設されたウェブ上の多言語使用の無料百科事典）は、オンライン・ユーザーがそのコンテンツを編集することができる
2003年、スカイプ（インターネットを通じて、無料で電話やビデオ通話が利用できるアプリケーション）が開発される
2006年、フェイスブック（オンラインのソーシャルネットワーク・サービス。利用者は世界中の友人と通信や情報の共有が可能）が一般公開される
2007年に発売されたアップル社のiPhoneは、インタラクションの主な手段として、キーパッドやスタイラスではなく、大きなマルチタッチ画面を使用している
2016年、利用者が10億人を超えているWhatsApp（ワッツアップ）は、スマートフォン用のグローバルなテキスト・メッセージング・アプリケーションとして最も普及している
iPhone
1879年に開設されたイギリスの電話交換局は、別々の利用者の電話を接続する。
1915年、初の大陸横断通話がニューヨークのアレクサンダー・グラハム・ベルとサンフランシスコのトーマス・A・ワトソンとの間で行われる
1900年
1906年、発明家のレジナルド・フェッセンデンが初の音声と音楽のラジオ放送をアメリカ合衆国で行う
1936年、BBCテレビ局

拡大するソーシャルネットワーク

1876年に発明された最初の電話は、海や大陸を越えて2人の通話者を結びつけた。今日では、イノベーションによってスマートフォンが開発されている。これは無線のインターネットに接続可能である。このテクノロジーは、かつてないほど大規模かつ複雑な交換ネットワークを生み出した。

20世紀後半から21世紀初頭にかけて、画期的なデジタル・テクノロジーとコミュニケーション・テクノロジーが登場した。それらはいずれも、人々を結びつけること、また情報や思想を広めることに重要な役割を果たしている。インターネットはニュースや情報を広める。ソーシャルメディアは個人個人を結びつけ、組織化の手段を与える。携帯電話は、目の前で起こっていることを撮影・録音し、世界中の視聴者に伝えることができる。ソーシャルネットワーキングはグローバルな現象である。2015年現在、32億人のオンライン・ユーザーのうち21億人がソーシャルメディアのアカウントをもっている。最も基礎的なレベルでも、人々は世界との連絡を保ち、自分の意見を世界に伝えるためにソーシャルメディアを利用している。ソーシャルメディアはまた、多様なネットワークを支持し、さらに抗議運動を支えるまでに成長した。

従来のニュースチャンネルとは異なり、ソーシャルメディアを通じての思想や画像の拡散はいかなる権威の支配も受けない。ソーシャルネットワークを利用して、人々に一定の集団を支持する動機づけを行うことが可能である。こうした事態は、チュニジア、エジプト、バーレーン、リビアで起こった指導者に対する蜂起(いわゆる「アラブの春」)で実際に見られた。チュニジアでは、2011年、自然発生的に抗議行動が起こった。露天商のモハメド・ブアジジが政府の役人に嫌がらせを受けて焼身自殺した。携帯電話で撮影された抗議の画像がフェイスブックに投稿され、それを見た人々が次々と参加して、結果的にツイッターを通じて抗議行動が組織されたのだった。

輸送と通信のインフラの未発達な国々でも、ソーシャルネットワークを利用することが可能である。それらの国々は、このテクノロジーの恩恵を享受するだけでなく、それを利用することによってイノベーションが可能となる。ケニアでは、スマートフォンを通じて預金の振り込み、引き出し、預け入れのできる、Mペサと呼ばれるアプリケーションが開発された。ユーザーは、自分の村や遠方の家族に、人が移動すれば数日かかるところを数分で直接送金することが可能である。

> 人々に**シェアする能力を与えること**で、私たちは**世界をより透明性の高いもの**にしている。
>
> **マーク・ザッカーバーグ**　フェイスブック共同創設者　1984年生まれ

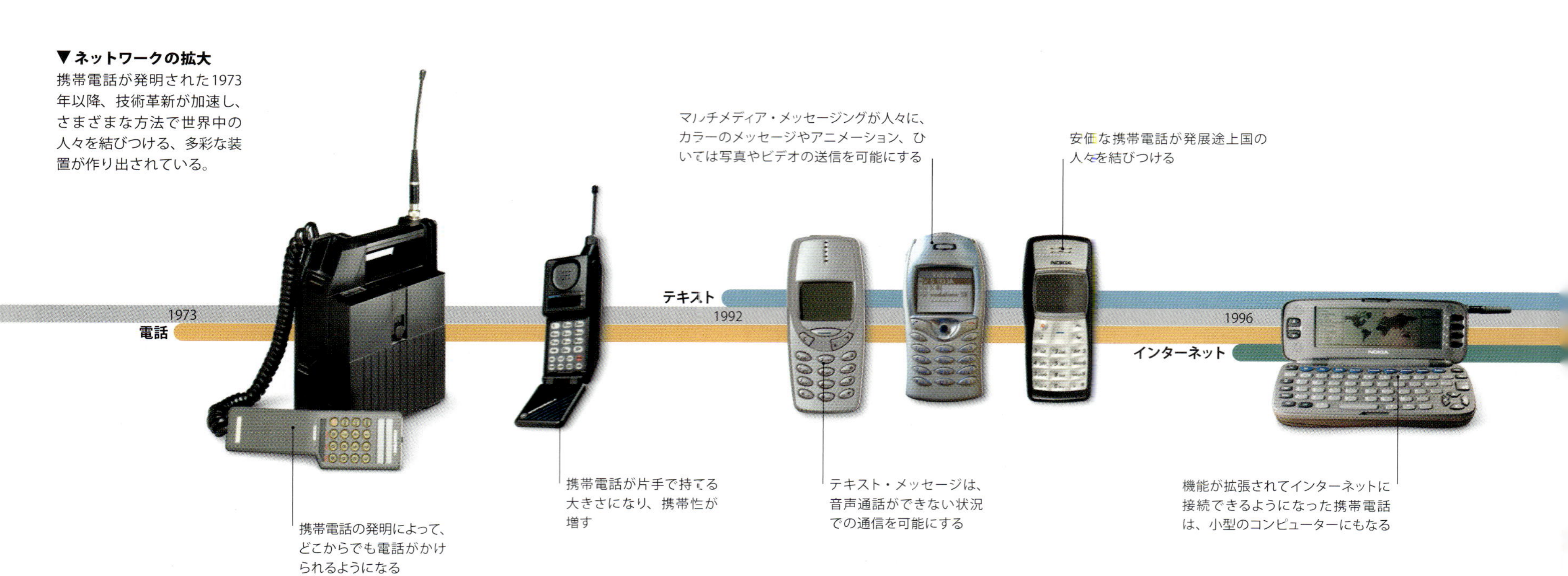
1973
電話
テキスト
1992
1996
インターネット
携帯電話の発明によって、どこからでも電話がかけられるようになる
携帯電話が片手で持てる大きさになり、携帯性が増す
マルチメディア・メッセージングが人々に、カラーのメッセージやアニメーション、ひいては写真やビデオの送信を可能にする
テキスト・メッセージは、音声通話ができない状況での通信を可能にする
安価な携帯電話が発展途上国の人々を結びつける
機能が拡張されてインターネットに接続できるようになった携帯電話は、小型のコンピューターにもなる

▼ネットワークの拡大
携帯電話が発明された1973年以降、技術革新が加速し、さまざまな方法で世界中の人々を結びつける、多彩な装置が作り出されている。

▲新たな機会
陸上通信線のほとんど発達していない、あるいはまったく発達していない国々では、安価な携帯電話がコミュニケーションを変容させた。アフリカでは、3Gインターネットが新たな取引、インターネット・バンキング、健康や医療に関する情報へのアクセスを可能にしている。これによって、人々が遠距離を移動する必要が減少した。

◀クラウドファンディング
ソーシャルメディアのプラットフォームは集団や個人が投資を確実にする新しい方法を提供している。クラウドファンディングは、アートのプロジェクトから3Dプリンターなどのイノベーティブな新製品まで、あらゆるものを支援している。

▲政治行動
ソーシャルメディアは、歴史に残るような出来事が起こったときに、人々に直接的なアクセスを提供する。例えば、2011年、ニューヨークのウォール街から香港にいたる世界中の「ウォール街を占拠せよ」抗議運動において、中心的な役割を果たした。活動家たちが自らを組織し世界に発信するためにソーシャルメディアを利用したのである。

◀命を救う
臓器提供を募るキャンペーンなど、医学関係のアピールは、多くの場合惜しみない支援を得ている。2016年、ソーシャルメディアによる訴えで骨髄ドナーの登録が劇的に増えた。インターネットの利用者たちが、ハッシュタグ「Match4Lara」を用いて、ある白血病の少女を救おうと団結したのだった。

カメラ機能によって、出来事をその場で写真やビデオに撮ることができる

スマートフォンでeメールが利用できる。移動中にもeメールの送信が可能であることを意味する

ブラックベリー・メッセンジャー（Blackberry Messenger）は、ビデオ通話や音声通話に加え、インターネットを通じてのインスタント・メッセージングも可能である

2007年、アップル社のiPhoneがマルチタッチ画面を採用。ユーザーはズームインして、コンテンツをより詳細に見ることができる

アップル社のマックブックプロ（Macbook Pro）のようなラップトップ・コンピューターは、スカイプなどの無料のアプリケーションを用いてビデオ通話を行うことが可能であり、世界中の人々を結びつける

4Gインターネットはデータの伝達速度が速く、利用者は情報の送受信をかつてないほど迅速に行うことができる

Apple Watch（アップルウォッチ）などのスマートウォッチの利用者は、手首につけた装置から電話をかけたりeメールを送ったりすることができる

電子書籍を読む装置として設計されたアマゾンのKindle（キンドル）は無線インターネットに接続できる

2000

カメラ

成長と消費

20世紀の特徴は、速度と規模の変化が急加速したことだった。工業化と経済成長により、環境への人類の影響力が増大し、途方もない人口増加と地球資源の消費がもたらされた。

20世紀には変化のスピードがおそろしく上がったが、これは人類史においても、人類と他の生物種あるいは地球それ自体との関係の歴史においても、未曽有のことである。個体数の増加は生物種の生態学的な力の尺度である。なぜなら個体数の増加は、それを可能にする十分な資源があるかどうかにかかっているからである。過去250年間、ヒトの個体数はめざましく増加した。世界の人口は1800年に9億人だったが、1900年には16億人、2000年には61億人となり、今日では70億人を超えている。また、ヒトの寿命は延びはじめ、20世紀の間に平均余命は2倍になった。こうした例外的な増大は、ひとつには、新たなイノベーションによって生物圏の資源に対する人類の集団的な支配が拡大したことが原因である。テクノロジーの変化の加速が、この事態の急変の主因である。イノベーションが、増加する人口を支えるための十分な資源の提供を可能にしたのである。イノベーションとテクノロジーの変化が重要な役割を果たした領域のひとつに、食糧生産がある。

旧石器時代 2000 kcal

農耕時代 1万～1万2000 kcal

現代 20万 kcal

▼新たなエネルギー源を開拓する
20世紀前半の新しいイノベーションは石油と天然ガスのエネルギー利用を可能にした。これによって、いっそう多くのエネルギーがかつてないほど安価に使えるようになった。旧石器時代の私たちの祖先と比べ、現代の私たち1人当たりのエネルギー消費はおよそ100倍である。そして、そのエネルギーのほとんどは化石燃料に由来するものである。

食糧におけるイノベーション

1900年以降、食糧増産のペースは人口増加のペースを上回っている。穀物の生産は6倍になった。これは農作物が産業規模で栽培されはじめたためである。化石燃料で動かす大型機械がダムや灌漑用水路を造った。化学肥料が土地の生産性を高め、一定の耕地で3倍の食糧を生産することができるようになった。1970年代の科学上のイノベーションは、遺伝子組み換え穀物を作り出すことに成功した。これは、肥料が少なくてすむ、あるいは害虫を寄せつけない性質をもつ実を結ぶ他種の有用な遺伝子を用いたものである。

農耕時代、人口の大多数は農民で、全人口の5%にも満たないごく少数のエリートが贅沢品を消費していた。今日、農業に従事しているのは世界の全労働人口の約35%であり、それらの人々が先進国の非農業社会(そこでは農業人口をはるかに上回る数の世界中の新興中産階級が前例のない富と消費財を享受している)を支えるための食料を生産している。

消費の拡大

20世紀後半、イノベーションが急加速し、また広範囲に拡大したため、世界は一変した。その変化のひとつの帰結が消費資本主義であ

現在、**人類**は、
100年前の24倍の資源を
利用している

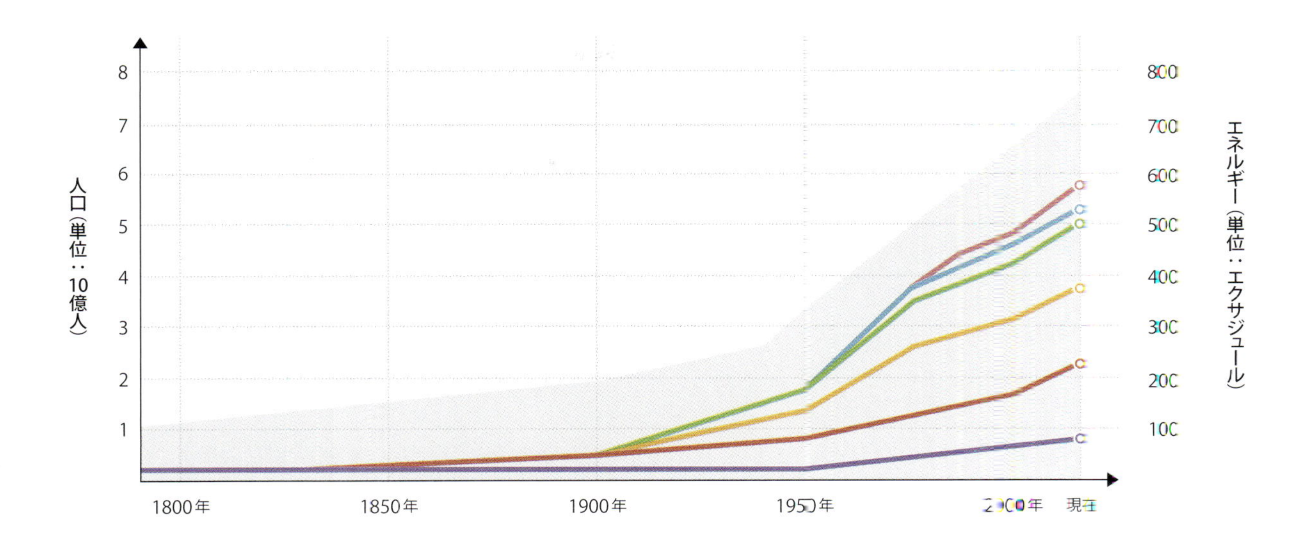
人口（単位：10億人）
8
7
6
5
4
3
2
1
エネルギー（単位：エクサジュール）
800
700
600
500
400
300
200
100
1800年
1850年
1900年
1950年
2000年
現在

▶燃料消費
人口増加は、時とともに新しい形のエネルギー源から新たにエネルギーを取り出すことによって可能となった、世界全体のエネルギー使用量の増大に歩調を合わせて着実に進行した。

凡例
- 木材
- 石炭
- 石油
- 天然ガス
- 水力発電
- 原子力
- 人口増加

る。工業化を果たした地域の人々は高いレベルの富と物質的豊かさを享受した。1900年には、石油ランプ、蒸気機関車、冷蔵していない商品が標準的だった。わずか50年の間に、導管や電線が家庭に電力を送るようになり、光と熱を供給し、近代的生活を変容させる家庭内テクノロジーに動力を与えた。洗濯機、食器洗い機、ラジオ、テレビ、ステレオ、電話、コンピューターが、次第に、普通に市場に出回り、製造した労働者たち自身が買う日用のアイテムとなっていった。広告（⇨p.316～317）とマーケティングは消費者をそれらの製品の購入に駆り立て、銀行ローンはそれらの商品を、従来購入する余裕のなかった人々にも手の届くものにした。

化石燃料革命はまた、電力を工場にもたらした。工場ではいっそうの技術革新が生産方式を安価にした。それは商品の価格を低下させ、市場を拡大し、生産と研究に対する投資を促進した。例えば、安価な新素材であるプラスチックの合成は生産コストを削減した。かつて高価だった消費財は、購買者が増えたせいで生産コストが下がり、それがさらに購買者の増加を招いた。

今日という時代は、人類史上のいかなる時点よりも人口が多いというだけでなく、人々がかつてないほど多くを消費している。1人当たりの平均消費量は劇的に増大しつつある。すべて、化石燃料に由来するエネルギーが可能にしたものだ。また、商品は安価で買いやすく、使い捨てられやすくなっている。こうしたすべての行き着く先には膨大な量の廃棄物がある。この廃棄物を構成するのは、コンピューター、携帯電話、テレビから出るプラスチックや電子ゴミなどである。これらの製品は、大量生産する過程でも温室効果ガスが排出されるが、それが廃棄物となったあとの処理にはさらに大量の排出が起こる。

> “**有限世界**の内部における**物質消費**の**無限の拡大**は**不可能**である。”
>
> **エルンスト・フリードリッヒ・シューマッハー** ドイツの経済学者 1911年～1977年

不均等な成長

成長の指標として広く受容されているのが国内総生産（GDP）である。これによってすべての国の総生産額を比較することができる。世界全体のGDPは、1913年から1998年の間にほぼ12倍になった。しかし、この成長は必ずしも均等ではなかった。1900年までの間に、世界は工業国になる経済力をもつ国ともたない国に二分されていた（⇨p.336～337）。工業化は、ヨーロッパと北アメリカの富を増大させた一方で、東アジアの富を激減させた。

また、食糧などの資源は均等に配分されていない。世界全体で3億人が食料不足に悩んでいる。そのほとんどがアジアやサハラ砂漠以南のアフリカの貧しい開発途上国の人々である。他方、毎年生産されるすべての食品の約3分の1が廃棄されている。

▼廃棄物の排出
1900年には、世界全体で1日あたり55万トンの固形廃棄物を排出していた。2000年には、これが1日あたり330万トンと、6倍になった。

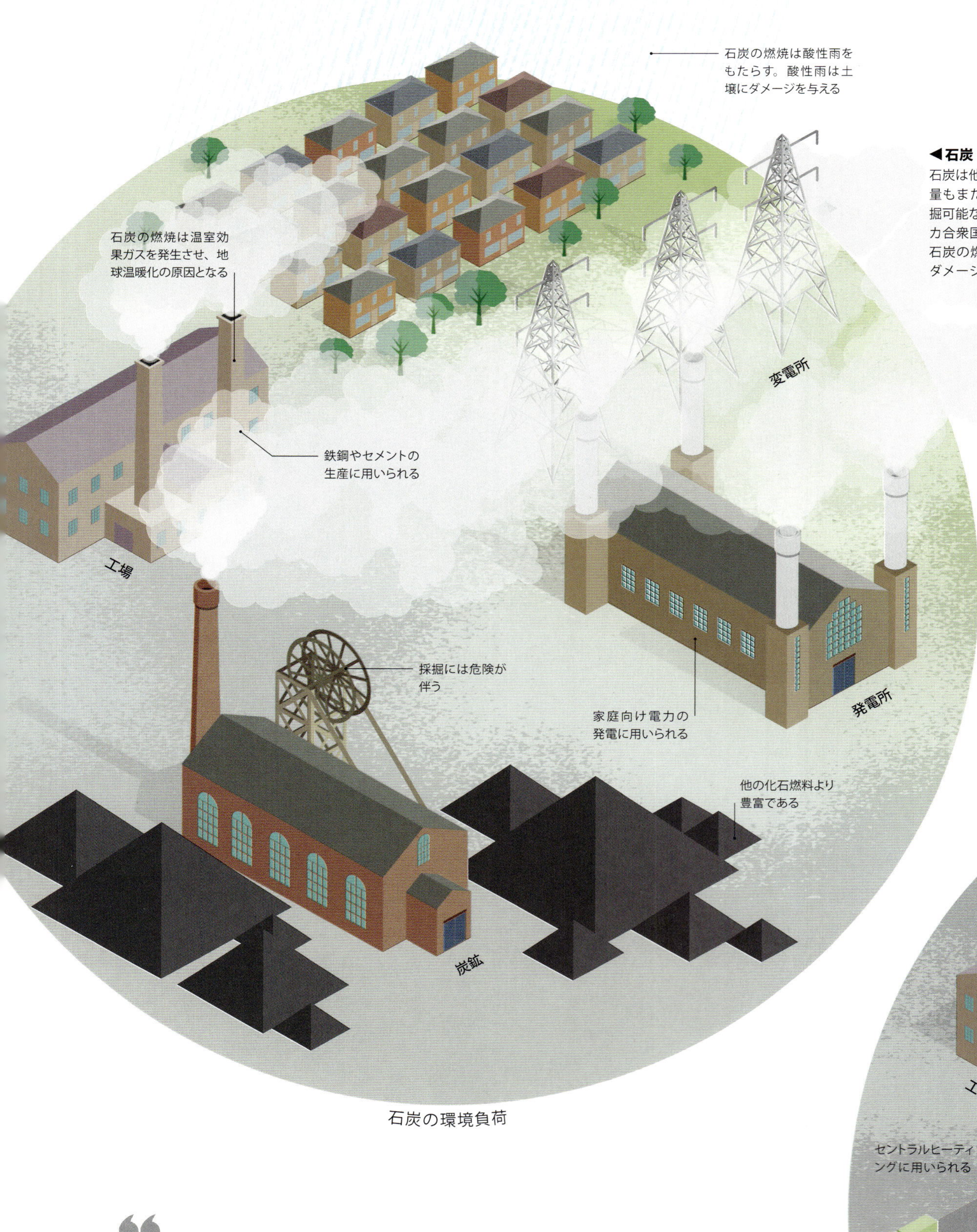
石炭の燃焼は酸性雨をもたらす。酸性雨は土壌にダメージを与える
石炭の燃焼は温室効果ガスを発生させ、地球温暖化の原因となる
変電所
鉄鋼やセメントの生産に用いられる
工場
採掘には危険が伴う
家庭向け電力の発電に用いられる
発電所
他の化石燃料より豊富である
炭鉱

石炭の環境負荷

◀石炭
石炭は他の化石燃料に比べて採掘の費用が安く、埋蔵量もまだ比較的多い。世界の約70か国が経済的に採掘可能な石炭を埋蔵している。最大の炭田は、アメリカ合衆国、ロシア、カナダ、インドにある。しかし、石炭の燃焼は温室効果ガスを放出するため、環境にダメージを与え、地球温暖化の原因となる。

▼石油
化石燃料のなかで最も用途が広いのは石油であるが、最も早く枯渇するのも石油であると予測されている。ある推定によれば、現在のペースで使い続ければ、石油はあとわずか55年で枯渇する。産油量で上位を占めるのは、サウジアラビア、ロシア、アメリカ合衆国、イラン、中国である。

石油の環境負荷

ディーゼルエンジンに用いられて車両を動かす。これは都市に公害をもたらす
石炭よりクリーンな燃焼とはいえ、やはり有害な温室効果ガスを放出する
精製された石油から、化学製品、合成ゴム、プラスチック製品が製造される
工場
セントラルヒーティングに用いられる

従来の源泉から取れる**化石燃料が有限**であるならば、……**採取困難な源泉**から取れる化石燃料もまた**枯渇**するだろう。

デイヴィッド・スズキ　カナダの科学者・環境保全活動家　1936年生まれ

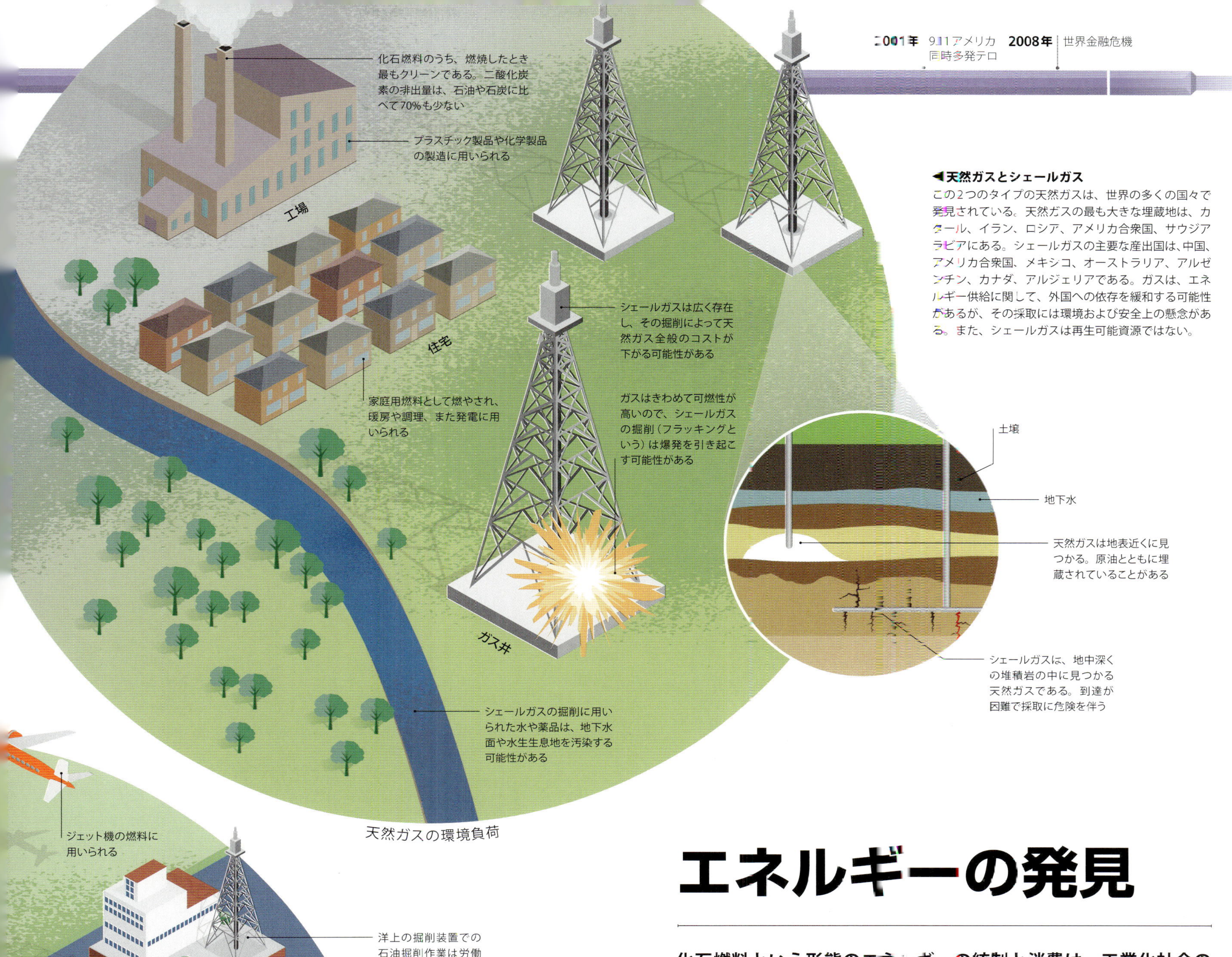
化石燃料のうち、燃焼したとき最もクリーンである。二酸化炭素の排出量は、石油や石炭に比べて70%も少ない
プラスチック製品や化学製品の製造に用いられる
工場
住宅
家庭用燃料として燃やされ、暖房や調理、また発電に用いられる
シェールガスは広く存在し、その掘削によって天然ガス全般のコストが下がる可能性がある
ガスはきわめて可燃性が高いので、シェールガスの掘削（フラッキングという）は爆発を引き起こす可能性がある
ガス井
シェールガスの掘削に用いられた水や薬品は、地下水面や水生生息地を汚染する可能性がある
土壌
地下水
天然ガスは地表近くに見つかる。原油とともに埋蔵されていることがある
シェールガスは、地中深くの堆積岩の中に見つかる天然ガスである。到達が困難で採取に危険を伴う
ジェット機の燃料に用いられる
洋上の掘削装置での石油掘削作業は労働者にとって危険である
原油の流出は海洋生物にとって大惨事となる
掘削装置
タンカー
液体状の石油は貯蔵と輸送が容易である

天然ガスの環境負荷

◀天然ガスとシェールガス
この2つのタイプの天然ガスは、世界の多くの国々で発見されている。天然ガスの最も大きな埋蔵地は、カタール、イラン、ロシア、アメリカ合衆国、サウジアラビアにある。シェールガスの主要な産出国は、中国、アメリカ合衆国、メキシコ、オーストラリア、アルゼンチン、カナダ、アルジェリアである。ガスは、エネルギー供給に関して、外国への依存を緩和する可能性があるが、その採取には環境および安全上の懸念がある。また、シェールガスは再生可能資源ではない。

エネルギーの発見

化石燃料という形態のエネルギーの統制と消費は、工業化社会の成長を促進し、技術革新を推進した。しかし、化石燃料を燃やすと、環境にとって有害な温室効果ガスが放出される。これらの燃料はまた、埋蔵量に限りがあり、代替エネルギー源を探す必要が生じている。

石炭、石油、天然ガスは3大化石燃料である。それらは何百万年も前の、つまり、形成に何百万年もかかった植物や動物の化石に由来する（⇨p.148〜149）。石炭に始まって、これらの燃料が近代の工業化の原動力となった。しかしそれらは非常な速度で減りつつある。20世紀、世界の主要な燃料として石油が石炭に取って代わったとき、各国の政府や工場経営者は協力して新たな油田の発見と統制に当たった。政府やエネルギー供給会社同士の相互依存、および石油の供給と統制が今日の世界の政治を形作っている。一方で、天然ガスの一形態であるシェールガスが新たに重要なエネルギー源になると予測されている。シェールガスは多くの国々において国内で発見されており、それによって、エネルギーに関する各国の外国への潜在的な依存度が軽減される、あるいは完全になくなる可能性がある。

核をめぐる選択

20世紀、科学者たちのグローバルなネットワークが原子力エネルギーを利用する方法を発見した。第2次世界大戦では兵器として使われ、瞬時に壊滅的な被害をもたらし、その影響は長期間に及んだ。2016年現在、原子力エネルギーは世界全体の電力供給のほぼ15%をまかなっている。

戦争はしばしばイノベーションを推進する。1945年、広島と長崎に投下された原子爆弾は、究極の兵器の恐るべき威力を見せつけた。それは今日なお、工業先進国が同様の先進国に対して放った最も破壊的なテクノロジーである。核兵器保有国はボタンひとつで他国を破壊できるという恐怖が冷戦の対立の構図を生み出す一因となり、その状況は20世紀後半を支配した。

▼放射性エネルギー源
閃ウラン鉱はきわめて放射性の高いウラン鉱石である。ウランは原子力発電所を稼働するためのエネルギー源となる。

代替エネルギー源

1950年代、化石燃料への過度の依存に対する懸念から、原子力エネルギーの平和利用が注目されるようになった。1954年、最初の原子力発電所がソ連で稼働を始め、原子力産業は1960年代に急速に拡大した。1970年代、中東の石油危機が石油価格の急騰を招き、フランスや日本などが化石燃料への依存を減らして以来、原子力の政治的重要性がよりいっそう増した。2000年の時点で、原子力発電は、フランスでは80%、日本では40%を占めるにいたった。

原子力はこのほかにも、民生用および商業上の重要な用途がある。2016年現在、世界56か国で240基の小型原子炉が、研究や研修、材料試験、医療、製造業のために稼働している。

環境の危機

原子力に対する賛否をめぐっては、依然、議論が盛んである。原子炉を建設している国には核兵器を製造する能力があると懸念されている。原子力発電は化石燃料を用いる発電に比べて排気が少ないという主張があるが、これに対して、放射性廃棄物の処理やウランの採鉱による汚染が問題となっている。2011年に日本の福島で、1986年にウクライナのチェルノブイリで起こった深刻な事故を受け、安全性もまた懸念されている。チェルノブイリの事故で1631万6900 haの土地を汚染し、14万8274人が原発事故により障害を負ったと記録されている。他方、福島の事故では16万人以上の住民が避難を余儀なくされた。原子力事故はまた、農業地域にも甚大な被害をもたらす。放射能に汚染された土地はもはや農業には利用できないからである。技術者らは、将来に向けて、より安全で効率のよい発電所の開発に取り組んでいる。

核兵器がなくなれば、世界は**より安全**となり、**繁栄する**だろう。

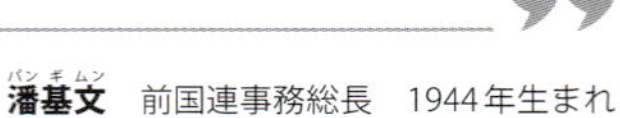

潘基文（パン ギムン） 前国連事務総長 1944年生まれ

大気圏内の核兵器実験
核兵器の実験は、地上、地下、水中で行われてきた。194[illegible]年から1995年の間に世界中で2000発以上の核爆弾が起爆された。

人新世（アントロポシーン）への突入

人間の活動は地球上の生命に最も大きな影響を及ぼす要因となっている。産業化と人間の活動の影響によって大気、生態系、生物多様性が変化し、また地球の資源の多くが枯渇した。このことを受けて、学会では、地質時代の新しい世（エポック）、「人新世」が到来したとの提唱がなされた。

オランダの科学者パウル・クルッツェンは、2000年、地質時代の新しい世（エポック）を表す「人新世」という造語を用いた。彼の主張によれば、従来の年代を規定したのは地質学上・気候上の自然のプロセスであったが、人新世において生物圏を変容させたのはむしろ人類であった。

地球には人類の活動の恒久的な痕跡が残されいてる。空気中の黒色炭素（これは化石燃料やバイオマスの燃焼によって生じる煤の主要成分である）が氷河の中に取り込まれる。肥料の化学成分が土壌に残存する。プラスチック製品が陸地と海を汚染する。これらすべてが化石記録を残し、未来の世代がそれを発見するだろう。環境へのダメージの主要な原因には、人口増加、集約的農業の強化、生物多様性の崩壊、工業化がある。それらが地球の生態環境と動植物相をすっかり変えてしまった。

地球の歴史は地質時代によって分けられる。年代は数千年を1単位とする。もし人新世が公式に認められれば、それは完新世の後に続くものとなる。完新世は、約1万1700年前、最終氷期の後、人類が新しい土地に定住し、人口が増えはじめたときに始まった地質時代である。食物連鎖の頂点にある種である人類は、5万年前、多くの大型哺乳動物を狩猟の対象としてそれらを絶滅に追い込み、地球上の動物相の覇者となりはじめた。氷期が終わると、人類は共同体を営んで定住するようになり、農業を発展させた。科学者らは、およそ8000年前、開墾のための森林破壊によって温室効果ガスが大気中に放出され、CO_2（二酸化炭素）濃度が極端に高まったと考えている。耕作もまた大地を変化させた。地質学者らがヨーロッパの岩石中に西暦900年ごろ農業の痕跡を見出している。

19世紀の産業化の時代に、ヨーロッパは再び環境への痕跡を残した。クルッツェンは、このときに人新世が始まると考えた。1950年代の原子力時代と、それに続く、経済、人口、エネルギー消費の急激な増大による「大きな加速」（Great Acceleration）をもって人新世の始まりと考える研究者もいる。「大きな加速」は最初の核兵器、原子爆弾の爆発のあとに訪れた。原子爆弾は世界中の堆積物の中に放射性物質の刻印を残し、人類が地球にもたらしたまさにグローバルな影響を示すものとなっている。

工業のインパクト

人新世をめぐっては依然議論がある一方で、工業化の環境へのインパクトに異を唱える人はほとんどいない。イギリスの産業革命の初期においてさえ、石炭を燃やす工場からの厚いスモッグが大気中に広がり、広い範囲に健康被害を引き起こしていた。こうした問題は20世紀まで続いた。1952年、ロンドンでは、石炭の燃焼による霧が原因となり、呼吸器疾患で4日間で4000人が死亡した。アメリカ合衆国では、カリフォルニアにおける車の排気によるスモッグから、新たな環境用語（温室効果ガス）についての議論が起こった。

産業革命以降、
地球のCO_2濃度は**34%**
上昇した

二酸化炭素（CO_2）や水蒸気などの温室効果ガスは、地球大気の中に少量、自然に発生し、熱が大気圏外に逃げるのを防いでいる。それらがなければ地球は冷え切って乾燥した惑星になってしまうだろう。しかしこの250年の間に、人類の活動の激化によって、主として製造業あるいは電力・輸送用の化石燃料の燃焼の増大によって大気中のCO_2濃度は最近のおよそ80万

▼化石燃料の燃焼
工産業化は石炭の燃焼によって推進されたが、石炭の燃焼は何十億トンもの二酸化炭素を大気中に排出した。1880年代以降は石油と天然ガスがさらなる経済成長を促進し、さらに多くの二酸化炭素が放出された。

年間における最高値に達している。CO_2濃度は、この数千年間の280ppm未満を維持していたが、産業革命以降上昇し、その速度も上がっている。それは1950年代以降加速し、21世紀初頭にほぼ400ppmに達した。これは地球温暖化（地球の平均気温の漸進的上昇）の主要な原因となっている。温室効果ガスが増えれば増えるほど、大気中に閉じ込められる熱が増え、大気圏外への放出が妨げられる。

科学者らは、地球温暖化の悲劇的結末を回避するためには、2050年までに地球全体のCO_2排出量を50%削減する必要があると指摘している。地球温暖化は、すでに、氷河の融解、海面の上昇、海洋の酸性化、地球の表面温度の上昇、極端な天候、生態系の破壊などの深刻な影響をもたらしている。

生態系の破壊は、広範囲な森林破壊によっても引き起こされている。森林破壊が始まったのは19世紀で、工業用途の木材と原材料の供給のためであった。樹木は、コーヒーや茶など、同じ区画で何年も続けて栽培が可能な作物に置き換えられた。今日、温室効果ガス排出量の約5分の1が森林破壊によるものである。草や樹木は光合成の際にCO_2を吸収する。森林破壊を止め、森林を再生することがCO_2濃度の低下に効果的となるだろう。

生物多様性の減少

森林の伐採は種々の生態系を破壊した。人類の土地利用の増大にともなって、他の生物種全般を支える資源が減少し、それが野生生物の多様性と個体数の減少を招いた。アフリカ、インド、太平洋の島嶼（とうしょ）では、19世紀、産業振興のための森林破壊で多数の動植物が消滅した。

また、世界の海洋における汚染物質の増加は、海洋生物に甚大な被害をもたらした。農業用肥料や下水は水路に漏出し、淡水を汚染する。それが最終的に海に流れ込み、「死の水域」を形成する。こうした水域には藻類が繁殖する。藻類が海底に沈んで分解される過程で、水中の酸素が奪われる。酸素濃度の低下は海洋動物の移動や死滅を招く。また、海洋全体には約8800万トンのプラスチックごみが捨てられている。しかもそれは、毎日約880万トンずつ増えている。年間、何百万もの動物や鳥がそうしたプラスチックを餌と間違えて食べ、死んでいる。

日々、種の絶滅は続いている。人口増、生息環境の変化、都市化、天然資源の過剰開発によって、そのペースは自然状態の1000倍以上にも達する。2015年、国際自然保護連合（IUCN）は8万の動物種を調査し、そのうち2万5000種近くが絶滅の危機にあることを確認した。現在の傾向が続けば、地球は恐竜の絶滅以来過去6500万年間に例のない規模の、6度目の大絶滅に向かって突き進むことになる。生物多様性に対する脅威は、土地利用の変化、環境汚染、気候変動、CO_2濃度の上昇の結果であり、今日それは深刻な問題となっている。いかなる生物も地球の生物圏を支える役割を担っている。地球の生物圏は相互に依存し合うグローバルな生態系である。この生態系は、きれいな水、肥沃な土壌、汚染物質の吸収、暴風雨からの防護、自然災害からの回復などの非常に重要な貢献をしている。蜂のような小さな生物でさえ、その絶滅は連鎖反応を引き起こす。蜂は地球全体の食用作物のおよそ3分の1に関わる主要な受粉媒介者である。しかしその数は減少傾向にあり、蜂の個体数の漸減の結果、将来深刻な食料不足が起こることが懸念されている。

ダメージの回復

人類が環境にダメージを与えた数世紀間を取り戻するための努力がなされている。1970年代以降、環境に関する数百もの議定書や条約が国際的に採択された。署名した各国は、環境に関する目標実現に同意したわけだが、実際の成果のほどはまちまちである。

最近では、2015年、国連は17項よりなる「持続可能な開発目標」を採択した。これにより、国連加盟193カ国に2030年までの政策が決定されることが期待されている。「持続可能な開発目標」は、「持続可能な産業振興」を推進することによって「貧困を終わらせ、地球を守り、すべての人に繁栄を約束する」ことをめざしている。これは将来の世代にわたって、環境上の持続可能性と地球生態系の保護とを最優先事項とし続けるうえで、重要なテーマとなるだろう。

1992年以降、**世界の環境保護区域**の数は**20倍に増加**した

地球は、自然界の事象によってではなく**ひとつの生物種**の活動によって**変容させられ**つつある。その種とは、**人類**である。

デイヴィッド・アッテンボロー卿 1926年生まれ

気候の危機は人類がこれまでに**直面した課題**のうち**最大**のものである。

アル・ゴア 政治家・環境保護論者 1948年生まれ

気候変化

地球の気候はその45億年の歴史を通じて劇的に変動したが、今日、科学者は、化石燃料の燃焼や農業のための開墾といった人類の活動もまた、気候変化の一因となっていることを証明している。

気候変化とは、気温、降水量、風などの指標の変化からみた気象状態の長期的な変動である。気候学は、100年以上前に、科学者らが、化石燃料の燃焼が地球の温暖化を招き、それが気候変化をもたらす可能性があると指摘したときに始まった。2016年、人類は大気中に二酸化炭素（CO_2）を、過去6600万年におけるどの時点よりも10倍も速いペースで排出した。それによって地球は、この1400年で最も気温が高い時期を迎えた。

地球の気温の上昇、氷河と氷床の縮小、オゾン層の減衰、海洋の酸性化と温度上昇、海面上昇といった地球温暖化の影響は、数十年間にわたって観測されている。科学者は、これらの事象のデータを過去の記録と比較することで、将来における地球温暖化の影響を予測しようとしている。気候変化のデータは、化学者、生物学者、物理学者、海洋学者、地質学者によって収集されている。彼らは、コンピュータ上の気候変化モデルにデータを供給することで、地球の気温、気象、温室効果ガスに関する統計値を比較する。大気のサンプルを分析して大気中のCO_2濃度を測定し、自然発生によってもたらされたものと化石燃料によってもたらされたものを比較する。南極の過去数十万年分の氷床コアに取り込まれた気泡を同様に分析することで、地球の気候の過去の変化もわかる（⇨p.174～175）。地殻部分から出る植物の化石から、大気の歴史のさまざまな時期における種の分布がわかる。それによって、それらの生物種が将来、どのようにして高濃度化するCO_2に対処しうるかがわかるだろう。

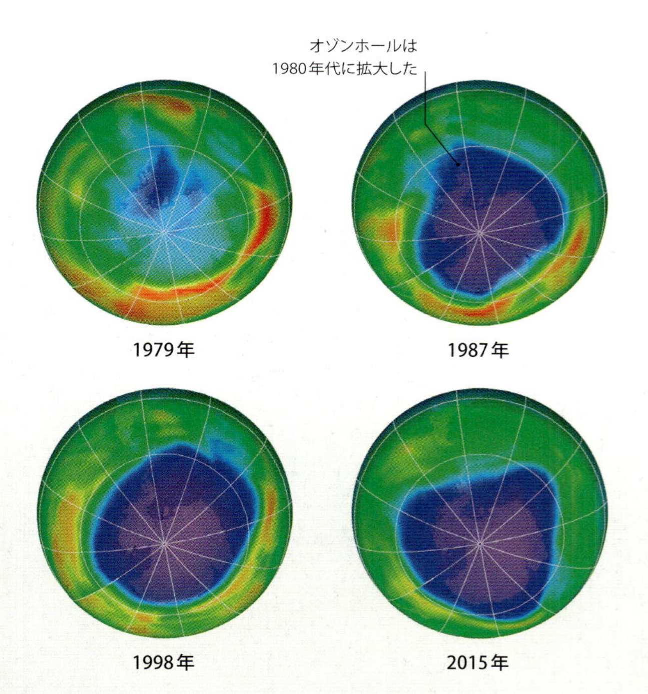
オゾンホールは
1980年代に拡大した
1979年
1987年
1998年
2015年

▶オゾンの減少
オゾン層は地球の大気の上方部分に広がっており、太陽からの紫外線のほとんどを吸収している。1970年代に人工衛星がオゾン層に穴があることを明らかにした。1987年、モントリオール議定書はオゾンを減少させる化学物質を禁止することで合意したが、オゾンホールは2070年までにようやく1980年のレベルに戻ると予測されているにすぎない。

地球の気温上昇

地球の気温を記録するために、科学者は人工衛星、船舶、測候所から大気の測定を行い、データを分析している。そうした測定により、現在の地球の平均気温は1880年に比べて0.8℃高いことが明らかになった。2015年には、こうした温暖化がアジアとヨーロッパで熱波を、アフリカで洪水を、南米で干ばつを引き起こした。また、地球全体で暴風、サイクロン、台風など、異常気象の増加という事態が生じた。

海面上昇

モルディブ諸島は危機にさらされている

潮位計の示度、氷床コアのサンプル、人工衛星からの測定によって、地球全体の平均海水準は前世紀の間に7cm上昇したことが明らかとなった。この上昇は、氷河や極地の氷帽の融解と、水温上昇による海水の膨張が原因である。海面上昇は、多数の太平洋上の島嶼など、海岸沿いの低地の居住地に甚大な被害を及ぼした。

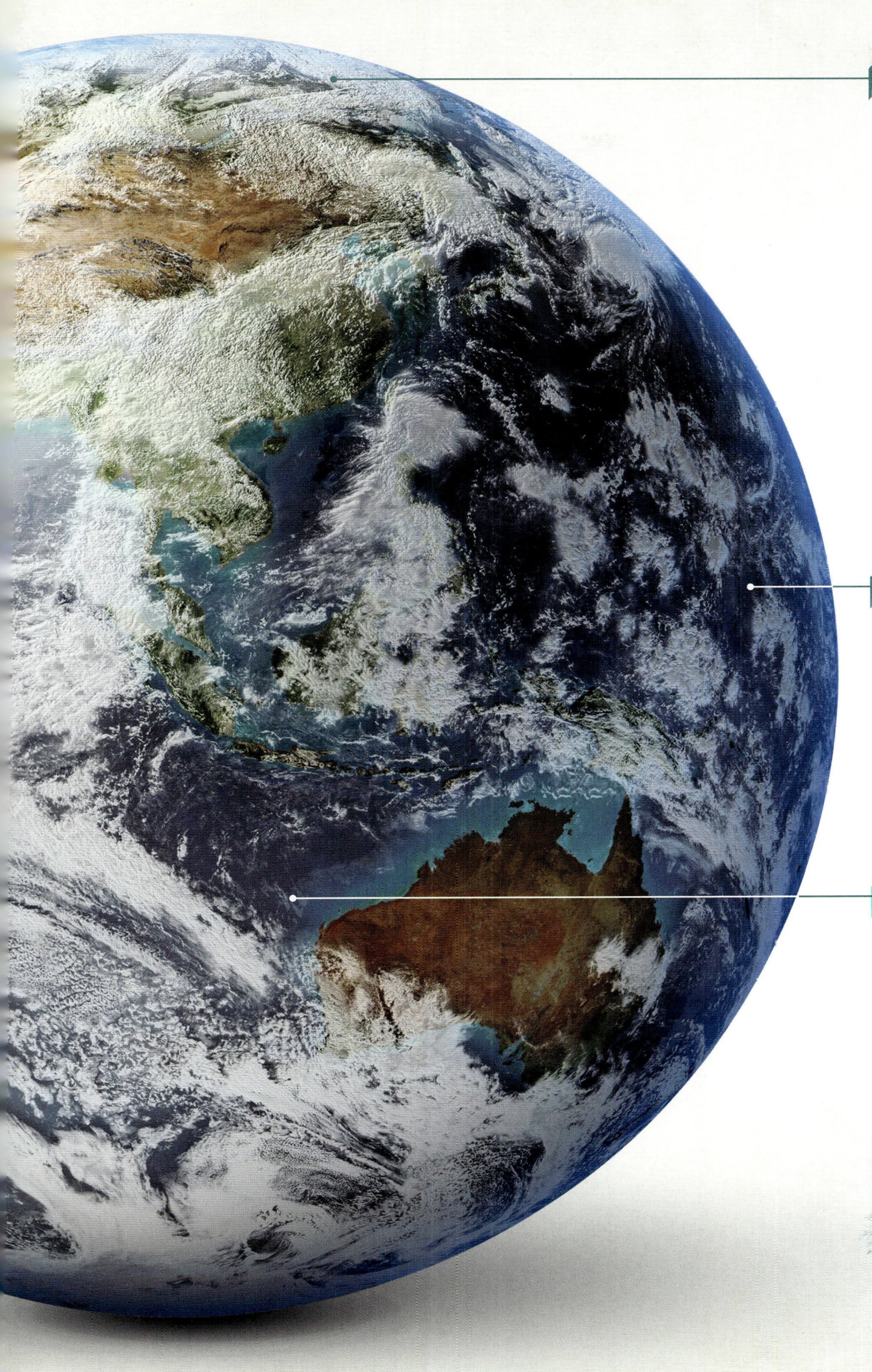

海氷の縮小

人工衛星のとらえたグリーンランドと南極大陸の氷帽の画像によれば、気温の上昇とともに、それらが10年間に13.4%のペースで縮小していることがわかる。海氷は太陽光を宇宙空間に反射する。海氷がなければ、海洋は太陽光の90%を吸収する。それは海水温度を上昇させ、北極の気温上昇を加速し、海氷のさらなる融解を招く。このプロセスをポジティブ・フィードバック・ループという。

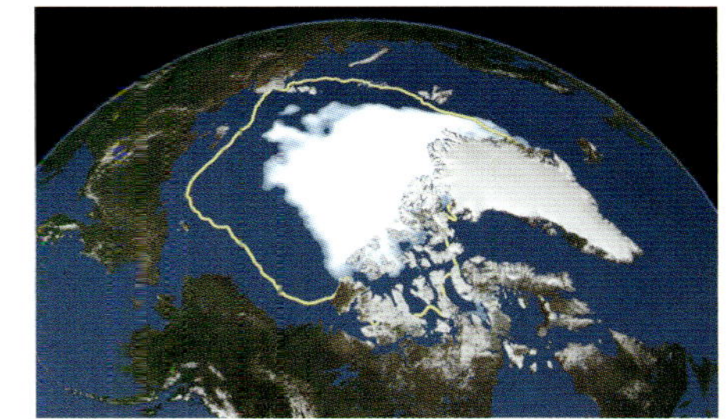

海氷の量は2012年に過去最小となった

海洋酸性化

科学者は氷床コアのサンプルを研究している。海洋生物の化石の化学組成に海洋の酸性度の時系列的変化が表れている。海表面の酸性度は200年間に30%上昇した。これは大気中に増加したCO_2を海が吸収したことによる。酸性化はサンゴ、イガイ、カキなどの生物が、骨格を維持するのに必要な炭酸カルシウムを吸収するのを妨げる。

海水温度の上昇

科学者は海洋観測用ロボットを用いることで、世界の海洋の温度が1971年から2010年の間に約0.11℃上昇したことを示した。海水温度の上昇はサンゴ礁など生態系の破壊をもたらした。2016年には世界中でサンゴの白化が起きている。彩り豊かな藻類（藻類はサンゴを着色し、それらに酸素と栄養分を与えている）が失われているところがそれである。こうした圧力がかかり続ければ、白化したサンゴは死滅するだろう。

白化したサンゴ

1750年 | 産業革命が始まる
1789年 | 人権宣言
1830年 | 蒸気機関の時代
1869年 | DNAの分離
1880年 | 電気の時代
1914年 | 第1次世界大戦
1930年代 | 大恐慌

▼枯渇の危機に瀕する元素
周期表上で枯渇の危機に瀕する元素を見ると、44の元素が供給に制約があることがわかる。また17ある希土類元素（レア・アース）のうち3つが枯渇の危機にある。

凡例
- 利用可能性に制限（将来的に供給危機の恐れ）
- 使用量の増加により枯渇の危機が増大
- 今後100年以内に深刻な枯渇の危機
- 希土類元素（レア・アース）

リチウムは、リチウムイオン電池に使用されている。リチウムイオン電池は、今日、個人用の電子機器や電気自動車に使用されている。他のテクノロジーに比べて、（同じ容積内に）蓄積できるエネルギー量が多いためである

ハフニウムは融点が非常に高い。原子力発電所や原子力潜水艦の原子炉の制御棒製造に使用されるのは、そのためである。また、マイクロチップの絶縁体に用いられ、コンピューターの電子回路に存在している。

ネオジムは、携帯電話、電気自動車のエンジン、風力タービンに動力を与える磁石に使用されている。ネオジムがなければ、磁石は磁力の90%を失い、体積が最大で100%増加し、グリーンエネルギーの効率が低下することになる。

枯渇の危機にある元素

地球を構成する化学元素の埋蔵量には限界がある。これまでに特定されている118種類の元素のうち、44種類ほどが枯渇の危機にさらされていると見なされている。テクノロジーに利用するための需要が供給を上回ると予測されているからである。

2010年、**中国は世界の希土類元素の95%を産出**した

現在の需要の大きさが枯渇の危機を招いている天然資源は石炭や石油に限らない。最新のテクノロジーに不可欠の、磁性、発光性、電気化学的特性をもつ希土類元素（レア・アース）を含む諸元素もまた、供給の危機を迎えている。その理由はさまざまだ。量的に有限で回復できないものもあれば（たとえばヘリウム）、採掘が困難なものもある（たとえば希土類元素）。希土類元素はしばしば、広く分散し、また他の鉱物に混じって存在するため、採掘の費用がかかり、精錬時に多量の有毒廃棄物を排出する可能性がある。さらに、経済的に採算の取れる鉱床がある国々は、それらの資源を、ライバルである他国に輸出するより国内の医療・軍備への利用のために確保したいと考える。石油の場合と同様に、そうした国々は価格を操作し、入手可能性を制限することで市場シェアを守ることができる強い立場にある。希土類元素は、古いあるいは使われなくなったコンピューターや電話機などの電子機器から取り出して再利用することが可能であるが、鉱石から新たに製錬するほうが安価である。希土類元素がなければテクノロジーは立ち行かないであろうが、それが高額であり供給量が少ないことから、製造業者は新たなイノベーションをめざすことになる。希土類元素やその他の枯渇の危機にある諸元素の使用量の少ない、あるいはそれらを全く使用しない代替製品を生み出し、残された希土類元素その他の持続可能な利用を推進しようと努めることになるだろう。

インジウムはスマートフォンのタッチスクリーンのガラスの製造に使用されている。インジウムは亜鉛鉱床から採れるが、非常に少量しか存在しないため、採鉱は実際的ではない。亜鉛の需要が減少すれば、インジウムの入手に影響が出るだろう。

リンは肥料の重要な成分である。それはまた、マッチなどの日用品にも用いられている。その供給の持続可能性を高めるために、ヨーロッパ諸国はリンの再利用を開始した。

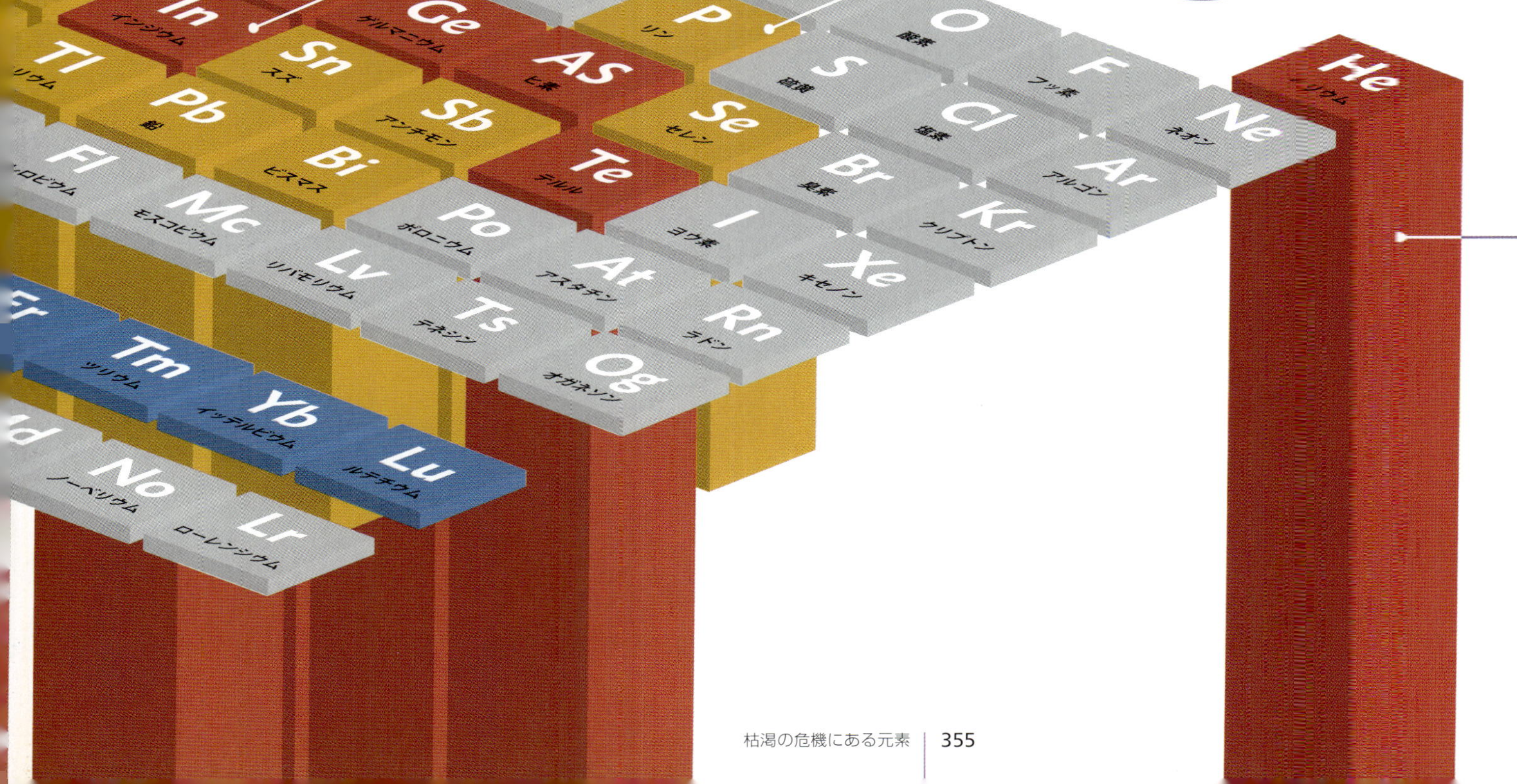
B ホウ素
Zn 亜鉛
Al アルミニウム
C 炭素
Ga ガリウム
Si ケイ素
N 窒素
In インジウム
Ge ゲルマニウム
P リン
O 酸素
Sn スズ
As ヒ素
S 硫黄
F フッ素
Pb 鉛
Sb アンチモン
Se セレン
Cl 塩素
Ne ネオン
Bi ビスマス
Te テルル
Br 臭素
Ar アルゴン
Mc モスコビウム
Po ポロニウム
I ヨウ素
Kr クリプトン
Lv リバモリウム
At アスタチン
Xe キセノン
Ts テネシン
Rn ラドン
Og オガネソン
Tm ツリウム
Yb イッテルビウム
Lu ルテチウム
No ノーベリウム
Lr ローレンシウム
He ヘリウム

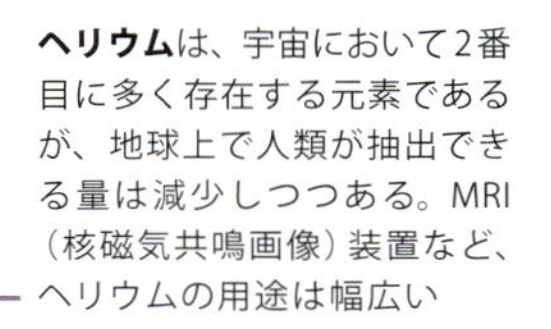

ヘリウムは、宇宙において2番目に多く存在する元素であるが、地球上で人類が抽出できる量は減少しつつある。MRI（核磁気共鳴画像）装置など、ヘリウムの用途は幅広い

太陽エネルギーを利用する「スーパーツリー」
シンガポールのガーデンズ・バイ・ザ・ベイは、イノベーティブでエネルギー効率の優れた植物園である。ここには、自然の樹木から着想を得たスーパーツリーがある。スーパーツリーには太陽光をエネルギーに変える光電池が組み込まれており、それを照明に用いている。

持続可能性の追求

250年以上にわたって石炭、石油、天然ガスが産業の発達の原動力となってきたが、これらの化石燃料は供給量に限界がある。エネルギー源を再生不可能なものから再生可能なものに転換することは、エネルギー供給の安定確保につながり、環境保護にも有効な手立てとなるだろう。

2013年現在、世界全体のエネルギーのうち、石炭、石油、天然ガスに由来するものが80%を超え、再生可能エネルギー源に由来するものは13%にとどまっている。研究者は、緊急の課題として、新しい形態の再生可能エネルギーの探求に努めている。

◀電気自動車
電動輸送機器は、ガソリンで走るのではなく、再充電の可能なバッテリーから動力を得る。つまりそれらは二酸化炭素の排出量が少ない。

グリーンテクノロジー

再生可能エネルギーの最も一般的な源泉は、水力、太陽エネルギー、風力、地熱(温泉などのように、地球の発する熱を利用するもの)、バイオマス燃料(朽ちた植物や動物由来の物質を燃焼することによって作る)である。これらはそれぞれ制約がある。風力発電基地、ソーラーパネル、水力発電用ダム、潮力発電所の建設には費用がかかり、地熱発電は火山地帯でしか利用できない。バイオマス燃料は、燃焼によって二酸化炭素を排出する。それでも、例えば放出された二酸化炭素を吸収するために新しく植林するなど、持続可能性を考慮した事業の一環としてであれば、カーボンニュートラル(二酸化炭素の排出と吸収が等価)となる。さらに、新しい再生可能テクノロジーは進歩が速く、費用が低下しつつある。グローバルなネットワークを通じて知識と経験が共有されるようになれば、イノベーションによって現在の制約を克服することができるかもしれない。

すでに多くの国々が再生可能エネルギーを使用している。ブラジルでは、サトウキビからバイオ燃料であるエタノールが作られており、エタノールを18〜27%混合したガソリンが流通している。デンマークではエネルギーの40%近くが風力に由来し、ドイツでは再生可能な源泉に由来するエネルギーが26%を超える。また中国やインドの農村部では、バイオマス物質を利用して発電している地域もある。2016年には、世界のエネルギー投資の50%超が再生可能なエネルギー源に向けられた。そしてグリーンエネルギーは、2030年までに、化石燃料による発電量に追いつくと予測されている。

再生可能エネルギーは無数の雇用を生み出すことができる。また、多くの国にこれにより、産業界に必要な国内で使うエネルギーの長期的な確保が可能になり、輸入燃料の価格変動から解放される。だが、中国やインドなど発展途上国は、石炭への依存を続けている。化石燃料は補助金が高額である場合が多く、費用効率の高いものとなっている。投資へのこうした障壁にもかかわらず、再生可能エネルギー源は化石燃料に追いつきつつあり、すでに化石燃料より安価になっているケースもある。

“

私たちは、最終的に、**クリーンで再生可能なエネルギー**を**収益をもたらすエネルギー**にする必要がある。

バラク・オバマ 前アメリカ合衆国大統領(2009年〜2017年) 1961年生まれ

次はどこへ？

ビッグヒストリーは、人類の物語をつなぐ歴史の流れとテーマについて、独自の視点を提供する。私たちはそれらを、未来を予測するために生かすことができるだろうか。確実なことは何もないが、人口増加、イノベーション、エネルギー、持続可能性といったテーマは次の100年間にも繰り返されるものと思われる。

人口増加とイノベーションは、人類の、種としての成功のしるしである。私たちの18世紀の祖先たちは、数千年にもわたるコレクティブ・ラーニングを新たな農業技術と結合し、周期的に農耕時代人口を減少させてきたマルサス的危機に終止符を打った。産業上の驚くべきイノベーションによりこれまでにない商品、サービス、生活の質を享受する機会がもたらされた。前世紀におけるテクノロジーの進歩は、人類のそれまでの全歴史における進歩を凌駕した。スマートフォンやインターネットなど、今日のイノベーションの多くは、1980年代初期なら不可能に思われたはずである。これらのテクノロジーは、世界を、かつてないほどに複雑な集団的ネットワークで結びつけた。

しかしながら、進歩によって、水や化石燃料といった減少しつつある天然資源の消費が増大し、多数の動植物種の大量絶滅が引き起こされ、温室効果ガスの排出も急激に増加した。いまや、環境に害の少ない生活様式を発展させることが、人類全体が集団的に負う責任である。

持続可能な未来

産業革命は、時に、一連のイノベーションの波の最初のものとして説明される。最初の機械化の時代のあとには、蒸気、電気、航空と宇宙、そして最新のものとしてデジタルの時代のイノベーションがそれぞれ続いた。今日私たちは、持続可能性という第6の波の開始点にいる。持続可能性は私たちの時代の大きなテーマであり、化石燃料への依存を軽減し、残された資源を効率よく利用すると同時に、増加をし続ける地球人口（2050年には100億人に達すると予測されている）に高水準の生活を提供することをめざしている。新しい形態のエネルギーを利用する能力が、人類史における過去の「大変革」を規定してきた。いまや私たちのエネルギーとの関係が、人類の運命を決定するかもしれないのである。

インドや中国など、発展途上国の人口増加率は下がった。経済発展を達成した結果、子どもの数を減らしはじめたからかもしれない。しかし、その子どもたちは高い教育を受ける可能性が高い。彼らがすでに現代のグローバルなコミュニケーション・ネットワークを通じてつながっている何十億という潜在的なイノベーション推進者の列に加わったなら、それは私たちの地球を救うための重要な鍵になるかもしれない。コレクティブ・ラーニングがこれほどまでに多くの人々に開かれ、統合され、かつ重要性をもった時代はかつてない。

すでに、エネルギー消費の総量が、結果的に温室効果ガスを排出しない電気自動車、バイオ燃料、太陽エネルギーになる海水淡水化、ゼロエネルギー建築などの重要なグリーンイノベーションが実現されている。こうした意味で、近未来は無限の可能性をもつ世界となるだろう。21世紀は、グリーンイノベーションと再生可能エネルギーによって達成された、グローバルな持続可能性の幕開けの時代として記憶されるかもしれない。いまだに書かれていない未来は、あらゆる可能性に満ちている。

> “**ビッグヒストリー**は**あらゆるものの歴史**を研究する。それは、**私たちの世界とそのなかでの私たちの役割**についての**理解の仕方**を教えてくれる。”
>
> **デイヴィッド・クリスチャン**　ビッグヒストリー研究者　1946年生まれ

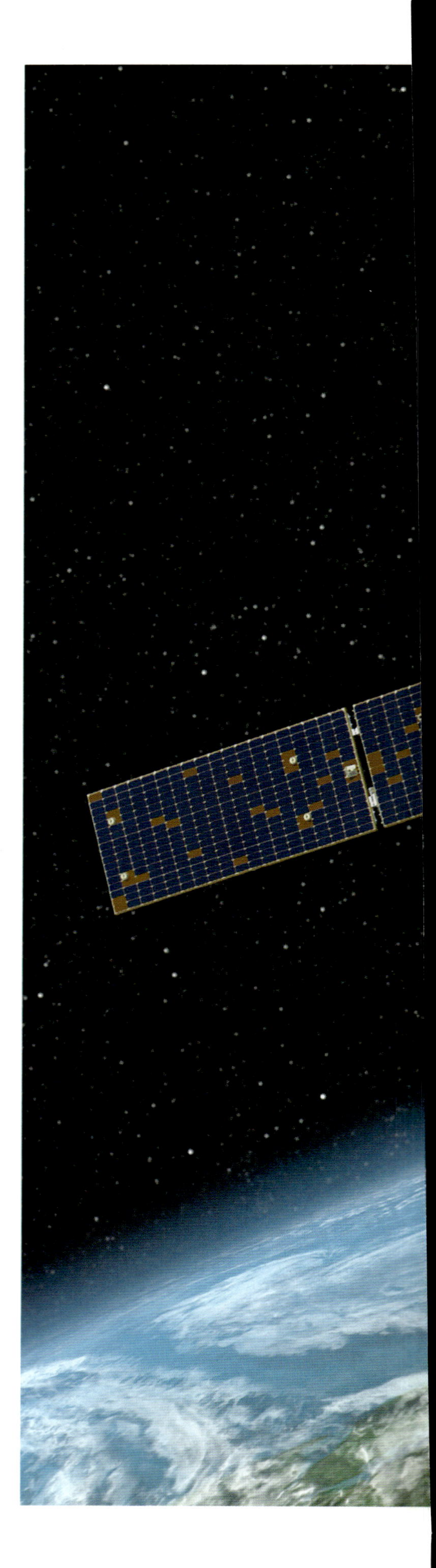

気候変化を予測するためのイノベーション
軌道上炭素観測衛星は、気候変化の予測の精度向上を目的として、二酸化炭素が吸収されている場所や、それが大気中に存在する量を探知する。

索引

太字の数字は、項目がそのページで最も詳しく解説されていることを示している。

ア

ウ

エ

オ

カ

キ

ク

コ

サ

シ

ス

セ

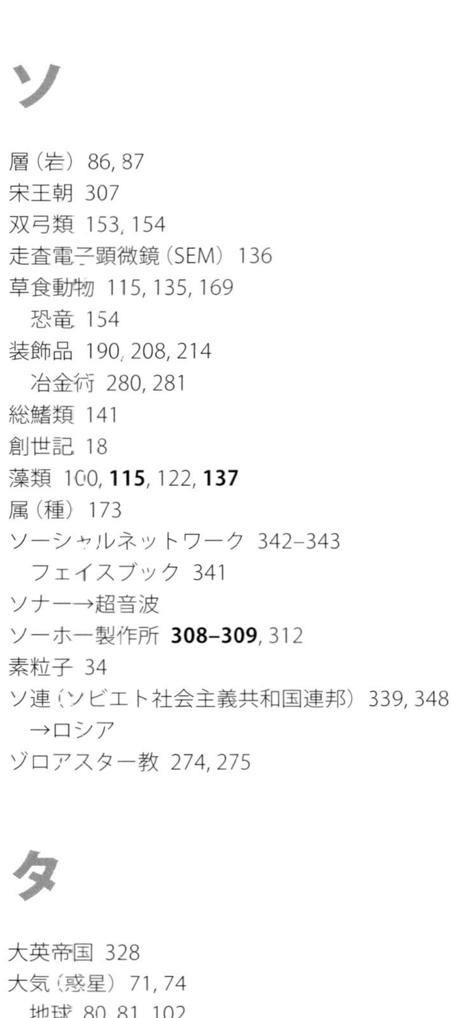

ソ

タ

チ

ヒ

フ

モ

ユ

ヨ

ラ

リ-ル

レ

ロ

ワ

図版出典

The publisher would like to thank the Big History Institute for their enthusiastic support throughout the preparation of this book – especially Tracy Sullivan, Andrew McKenna, David Christian, and Elise Bohan. Special thanks to the writers: Jack Challoner, Peter Chrisp, Robert Dinwiddie, Derek Harvey, Ben Hubbard, Colin Stuart, and Rebecca Wragg-Sykes.

DK would also like to thank the following:
Editorial assistance: Steve Setford; Ashwin Khurana; Steven Carton; Anna Limerick; Helen Ridge; Angela Wilkes; and Hugo Wilkinson.
Design assistance: Ina Stradins; Jon Durbin; Saffron Stocker; Gadi Farfour; and Raymond Bryant.
Additional illustrations: KJA artists; Andrew Kerr.
Image retoucher: Steve Crozier.
Picture Research: Sarah Smithies.
Proofreader: Katie John.
Indexer: Elizabeth Wise.
Creative Technical Support: Tom Morse.
Senior DTP Designer: Sachin Singh.
DTP Designer: Vijay Kandwal.
Production manager: Pankaj Sharma.

図版出典

The publisher would like to thank the following for their kind permission to reproduce their photographs:

(**省略記号**:a-上 b-下/下段; f-背後; l-左; r-右; t-上段)

1 Corbis: EPA.

2 Dorling Kindersley: Oxford University Museum of Natural History.
8–9 Getty Images: Fuse.
19 Getty Images: De Agostini.
20–21 Corbis: EPA.
20 Corbis: EPA (bc).
21 123RF.com: Boris Stromar (tr).
© LDA Sachsen-Anhalt: Juraj Lipták (cr).
22–23 Bridgeman Images: Private Collection.
23 Alamy Stock Photo: Patrizia Wyss (tr).
26 Dorling Kindersley: The Science Museum, London (cl). **Fraunhofer:** Bernd Müller (ca). **Science Photo Library:** David Parker (br). **Thinkstock:** Photos.com (tl).
27 Alamy Stock Photo: PF-(bygone1) (bc); RGB Ventures (crb). **Corbis:** Design Pics/Steve Nagy (tl).
28 Alamy Stock Photo: Granger, NYC (cra).
30–31 Science Photo Library: Royal Astronomical Society.
30 Carnegie Observatories – Giant Magellan Telescope: (clb).
32 Getty Images: Bettmann (bl).
36–37 © CERN: Maximilien Brice.
37 © CERN: T. McCauley, L. Taylor (cra).
38 NASA: ESA, J. Jee (University of California, Davis), J. Hughes (Rutgers University), F. Menanteau (Rutgers University and University of Illinois, Urbana-Champaign), C. Sifon (Leiden Observatory), R. Mandelbum (Carnegie Mellon University), L. Barrientos (Universidad Catolica de Chile), and K. Ng (University of California, Davis) (bl).
38–39 ESA: and the Planck Collaboration (t).
45 ESO: M. Kornmesser (https://www.eso.org/public/images/eso1524a/) (tr).
46 Corbis: The Gallery Collection (cla).
47 Mark A. Garlick/www.markgarlick.com.
48–49 Image courtesy of Rob Crain (Leiden Observatory, the Netherlands), Carlos. Frenk (Institute for Computational Cosmology, Durham University) and. Volker Springel (Heidelberg Institute of Technology and Science, Germany), partly based on simulations carried out by the Virgo Consortium for cosmological simulations: (c). **Rob Crain (Liverpool John Moores University) & Jim Geach (University of Hertfordshire):** (b).
49 NASA: H. Ford (JHU), G. Illingworth (UCSC/LO), M.Clampin (STScI), G. Hartig (STScI), the ACS Science Team, and ESA (tr).
50 NASA: ESA, and Z. Levay, F. Summers (STScI) (cb).
50–51 NASA: ESA/G. Illingworth, D. Magee, and P. Oesch, University of California, Santa Cruz; R. Bouwens, Leiden University; and the HUDF09 Team.
51 NASA: illustration: ESA; and Z. Levay, (STScI) image: T. Rector, I. Dell'Antonio/NOAO/AURA/NSF, Digitized Sky Survey (DSS), STScI/AURA, Palomar/Caltech, and UKSTU/AAO (cra); ESA and John Bahcall (Institute for Advanced Study, Princeton) Mike Disney (University of Wales) (br).
59 123RF.com: Yuriy Mazur (tc). **NASA:** ESA, M. Robberto (Space Telescope Science Institute/ESA) and the Hubble Space Telescope Orion Treasury Project Team (cra).
60 Getty Images: John Livzey (bl). **Science Photo Library:** Konstantinos Kifonidis (tc).
60–61 Science Photo Library: Konstantinos Kifonidis
61 Science Photo Library: Konstantinos Kifonidis (tl, tc, tr).
62–63 Dorling Kindersley: The Science Museum, London/Clive Streeter.
68–69 ESO: L. Calçada/M. Kornmesser.
70 Alamy Stock Photo: Stocktrek Images, Inc.
72 ESA: Rosetta/NAVCAM – CC BY-SA IGO 3.0 (bl).
72–73 Heritage Auctions.
73 Alamy Stock Photo: dpa picture alliance (br).
Science Photo Library: Chris Butler (crb).
76–77 ESA: D. Ducros, 2013.
79 Mark A. Garlick/www.markgarlick.com: (br).
82 Kevin Snair, Creative Imagery: (b).
83 Kevin Snair, Creative Imagery.
85 Getty Images: The Asahi Shimbun (cra).
86 Science Photo Library: Royal Institution Of Great Britain (bl); Sheila Terry (tr).
87 Alamy Stock Photo: Stefano Raverc.
88 Library of Congress, Washington, D.C.: David G. De Vries Call No: HAER CAL,41-MENPA,5-3 (c).
88–89 J. W. Valley, University of Wisconsin-Madison.
89 Alamy Stock Photo: B Christopher (tr); World History Archive (br).
90 Alfred-Wegener-Institute for Polar and Marine Research: (bl). **Science Photo Library:** UC Regents, National Information Service for Earthquake Engineering (c, ca).
90–91 Copyright by Marie Tharp 1977/2003. Reproduced by permission of Marie Tharp Maps LLC, 8 Edward St, Sparkill, NY 10976: (t).
92 Alamy Stock Photo: Nature Picture Library (clb).
100 Dorling Kindersley: Hunterian Museum and Art Gallery, University of Glasgow (c).
FLPA: Frans Lanting (bl).
101 Dorling Kindersley: Hunterian Museum and Art Gallery, University of Glasgow (cla).
103 Peter Bull: based on original artwork by Simone Marchi.
105 Science Photo Library: A. Barrington Brown, Gonville and Caius College (b).
106 Alamy Stock Photo: World History Archive (ca).
108 Getty Images: Tom Murphy/National Geographic (b).
108–109 Piotr Naskrecki.
110 Alamy Stock Photo: Natural History Museum, London (t).
112 Science Photo Library: Professors P. Motta & F. Carpino Sapienza – Università di Roma (bl).
114 Science Photo Library: Wim van Egmond (cl).
114–115 Anne Race.
115 NASA: SeaWiFS Project/Goddard Space Flight Center and ORBIMAGE (br).
120 Ardea: Auscape (bl).
122 Getty Images: Carolina Biological (cl). **Shuhai Xiao of Virginia Tech, USA:** (cra, cr).
123 Shuhai Xiao of Virginia Tech, USA.
124 Jurgen Otto.
125 Science Photo Library: Eye of Science (br).
126 Xiaoya Ma: Xianguang Hou, Gregory D. Edgecombe & Nicholas J. Strausfeld/doi:10.1038/nature11495 Fig 2 (bl).
134 Corbis: Scientifica.
136–136 Science Photo Library: Martin Oeggerli.
137 Chris Jeffree: (bc).
138 Corbis: Jonathan Blair (bl, clb, bc).
138–139 The Sedgwick Museum of Earth Sciences, University of Cambridge.
139 Alamy Stock Photo: Stocktrek Images, Inc. (br).
142 Robert B. MacNaughton: (bl).
144–145 Dorling Kindersley: Natural History Museum, London.
148–149 Alamy Stock Photo: imagebroker.
149 Dorling Kindersley: Natural History Museum, London (bc).
150–151 Deutsches Bernsteinmuseum: (b).
150 Alamy Stock Photo: Agencja Fotograficzna Caro (c).
152 Colorado Plateau Geosystems Inc: © 2016 Ron Blakey.
156–157 Science Photo Library: Natural History Museum, London.
158–159 Colorado Plateau Geosystems Inc: © 2016 Ron Blakey.
162–163 Alamy Stock Photo: dpa picture alliance (c).
163 Dorling Kindersley: Jon Hughes (cra); Natural History Museum, London (tc). **Science Photo Library:** Mark Garlick (cb).
164–165 123RF.com: Timothy Stirling.
165 FLPA: Biosphoto/Michel Gunther (b).
166 Roger Smith: Iziko South African Museum (cl).
167 Dorling Kindersley: Jon Hughes (tl).

172 Alamy Stock Photo: Natural History Museum, London (b).
173 TopFoto.co.uk: Ullsteinbild (ca).
174 Getty Images: National Geographic/Carsten Peter (br).
176 Colorado Plateau Geosystems Inc: © 2016 Ron Blakey (b).
182–183 Getty Images: Andrew Rutherford.
184–185 Kennis & Kennis/Alfons and Adrie Kennis: (all).
186 123RF.com: Stillfx (cr). **Science Photo Library:** MSF/Kennis & Kennis (bl).
187 123RF.com: Oleg Znamenskiy (cl). **Alamy Stock Photo:** RooM the Agency (cr).
188 Alamy Stock Photo: Heritage Image Partnership Ltd (t).
189 Alamy Stock Photo: Nature Picture Library (tr).
190 Alamy Stock Photo: dpa picture alliance (bl). **Luka Mjeda:** (cra).
191 Science Photo Library: S. Entressangle/E. Daynes.
192–193 Alamy Stock Photo: Natural History Museum, London.
192 Kenneth Garrett: (clb). **Djuna Ivereigh www. djunapix.com:** (c).
193 Getty Images: National Geographic/Ira Block (br).
194 Alamy Stock Photo: National Geographic Creative (bc). **Darren Curnoe:** (cra). **Science Photo Library:** MSF/Javier Trueba (clb).
197 Robert Clark: (b).
198 Alamy Stock Photo: age fotostock (t); Hemis (bl).
199 Kennis & Kennis/Alfons and Adrie Kennis.
200–201 Alamy Stock Photo: Pim Smit.
202–203 Getty Images: Print Collector (b).
203 Alamy Stock Photo: Premaphotos (t).
204 Alamy Stock Photo: Arterra Picture Library (clb).
204–205 RMN: Grand Palais/Gérard Blot.
205 RMN: Grand Palais/Gérard Blot (crb).
206 Dorling Kindersley: Natural History Museum, London (cr); Robert Nicholls (tr). **Getty Images:** EyeEm/Daniel Koszegi (cb). **Wim Lustenhouwer/Vrije Universiteit University Amsterdam:** (crb). **Museum of Anthropology, University of Missouri:** (cla). **Science Photo Library:** P. Plailly/E. Daynes (bc). **SuperStock:** Universal Images Group (c).
207 Alamy Stock Photo: Granger, NYC (cra). **Science Photo Library:** John Reader (c). **Muséum de Toulouse:** Didier Descouens/Acc No: MHNT PRE.2009.0.203.1/ https://commons.wikimedia.org/wiki/File:Pointe_levallois_Beuzeville_MHNT_PRE.2009.0.203.2.fond.jpg (cla). **João Zilhão (ICREA/University of Barcelona):** (tr).
208 Alamy Stock Photo: Heritage Image Partnership Ltd (cl). **Getty Images:** Field Museum Library (crb). **Pierre-Jean Texier:** (tc).
209 akg-images: Pictures From History (bc). **Alamy Stock Photo:** Arterra Picture Library (tl, tr); Natural History Museum, London (cra). **Joel Bradshaw, Honolulu, Hawaii:** (ca). **Dorling Kindersley:** University of Pennsylvania Museum of Archaeology and Anthropology (br).
210–211 Alamy Stock Photo: John Warburton-Lee Photography.
211 Alamy Stock Photo: Cindy Hopkins (crb).
212–213 Alamy Stock Photo: EPA/Guillaume Horcajuelo (b).
213 Paleograph Press, Moscow: (tr). **© urmu:** © uni tübingen: photo: Hilde Jensen (cla).
214 Getty Images: De Agostini (bl). **Lyudmilla Lbova:** (tr).
215 Science Photo Library: S. Entressangle/E. Daynes
216 Alamy Stock Photo: Penny Tweedie (bl). **Institut Català de Paleoecologia Humana i Evolució Social:** (ca).
216–217 Bridgeman Images: (t).
217 Alamy Stock Photo: EPA (cla). **Dorling Kindersley:** Board of Trustees of the Armouries (cra). **Rex by Shutterstock:** Isifa Image Service sro (bl).
218 Science Photo Library: Natural History Museum, London (bc).
218–219 Kenneth Garrett.
220 Ardea: Jean-Paul Ferrero.
226–227 Alamy Stock Photo: Archivio World 4.
229 Corbis: John Warburton-Lee Photography Ltd/ Nigel Pavitt (br).
231 Alamy Stock Photo: Peter Horree (bc).
232 Dorling Kindersley: Museum of London (cl).
232–233 SuperStock: Universal Images Group.
234 Getty Images: Bloomberg (ca); Morales (crb).
235 Alamy Stock Photo: Nigel Cattlin (clb); Danita Delimont (tr). **Dreamstime.com:** Jaromir Chalabala (cla)
236 Getty Images: Markus Hanke (ca).
238 Corbis: Imagebroker/Frank Sommariva. **Science Photo Library:** Ami Images (clb); Steve Gschmeissner (bl); Scimat (cb, bc).
238–239 Science Photo Library: Ami Images.
239 Dreamstime.com: Fanwen (tr).
240 Alamy Stock Photo: Kip Evans (bl).
242 Alamy Stock Photo: Chuck Place (cra). **Dreamstime.com:** Branex | (tl).
243 123RF.com: Samart Boonyang (cr). **Alamy Stock Photo:** Tim Gainey (cra). **Dreamstime.com:** Sergio Schnitzler (bc); Elena Schweitzer (tc).
244 SuperStock: De Agostini (b).
244–245 Science Photo Library: David R. Frazier.
245 Alamy Stock Photo: Sputnik (tr).
246 Corbis.
246–247 Alamy Stock Photo: India View.
248–249 The Trustees of the British Museum.
249 Alamy Stock Photo: The Art Archive (tl).
250 Photo Scala, Florence: Metropolitan Museum of Art (cl).
250–251 Alamy Stock Photo: Bert de Ruiter.
252–253 Alamy Stock Photo: Yadid Levy.
253 Getty Images: AFP (cb).
254 The Trustees of the British Museum.
254–255 The Trustees of the British Museum.
255 akg-images: Erich Lessing (cra). **Bridgeman Images:** Tarker (cr). **Reuters:** Chinese Academy of Science (br).
256 Getty Images: De Agostini (tc, cb).
257 Corbis: Nathan Benn (tc); Ottochrome/Nathan Benn (tr).
259 Artemis Gallery: (tl).
260–261 Alamy Stock Photo: Dennie Cox.
261 Corbis: Sandro Vannini (br).
262 Alamy Stock Photo: Glasshouse Images (br).
264 Alamy Stock Photo: Prisma Archivo (bc).
264–265 Alamy Stock Photo: The Art Archive.
266 Alamy Stock Photo: Eye35 (tl). **Bridgeman Images:** Louvre, Paris, France (cb). **Corbis:** Gianni Dagli Orti (clb). **Getty Images:** De Agostini (bl).
267 Alamy Stock Photo: Holmes Garden Photos (tc). **Bridgeman Images:** British Library (tr). **Wikipedia:** (br).
270 Alamy Stock Photo: Interfoto (b).
272 Alamy Stock Photo: age fotostock (b).
272–273 Getty Images: Yann Arthus-Bertrand.
275 Alamy Stock Photo: imagebroker (b).
276–277 Alamy Stock Photo: Heritage Image Partnership Ltd.
277 The Trustees of the British Museum: With kind permission of the Shaanxi Cultural Heritage Promotion Centre, photo by John Williams and Saul Peckham (cb).
278 Corbis: Burstein Collection (b).
278–279 Bridgeman Images: Museum of Fine Arts, Boston, Massachusetts, USA/Julia Bradford Huntington James Fund.
280 akg-images: (tr); Erich Lessing (cr). **Alamy Stock Photo:** Edwin Baker (ca).
281 Alamy Stock Photo: Ancient Art & Architecture Collection Ltd (c). **Bridgeman Images:** Museo del Oro, Bogota, Colombia/Photo © Boltin Picture Library (tr). **Dorling Kindersley:** Gary Ombler (c) Fort Nelson (bc); University of Pennsylvania Museum of Archaeology and Anthropology (clb). **Dreamstime.com:** Xing Wang (cla)
282–283 Bridgeman Images: South Tyrol Museum of Archaeology, Bolzano, Wolfgang Neeb (b).
282 South Tyrol Museum Of Archaeology–www. iceman.it: (ca); Reconstruction by Kennis & Kennis © South Tyrol Museum of Archaeology, Foto Ochsenreiter (3) (tr).
283 Bridgeman Images: South Tyrol Museum of Archaeology, Bolzano, Wolfgang Neeb (cra). **South Tyrol Museum Of Archaeology–www.iceman.it.**
284 Getty Images: De Agostini (clb).
284–285 Alamy Stock Photo: 505 Collection.
286–287 Alamy Stock Photo: Clearview.
287 The Trustees of the British Museum.
288 Photo Scala, Florence: (ca).
288–289 Alamy Stock Photo: Peter Horree.
290 Dorling Kindersley: University of Pennsylvania Museum of Archaeology and Anthropology (t). **Numismatica Ars Classica NAC AG:** Auction 92 Pt 1 Lot 152 (bl); Auction 59 Lot 482 (bc); Auction 72 Lot 281 (br).
291 Alamy Stock Photo: Anders Ryman (b). **RMN:** Grand Palais (musée du Louvre)/Franck Raux (tr).
292–293 Bridgeman Images: Galleria Regionale della Sicilia, Palermo, Sicily, Italy.
293 Corbis: Demotix/Demotix Live News (cb).
294–295 Getty Images: AFP (b).
295 Dorling Kindersley: Durham University Oriental Museum (tc).
296 Alamy Stock Photo: John Glover (bl). **Getty Images:** De Agostini (cla); Clay Perry (clb).
297 Alamy Stock Photo: Melvyn Longhurst (crb). **Getty Images:** EyeEm/Cristian Bortes (cra); Tim Flach (br). **Science Photo Library:** Eye of Science (cr).
298 Courtesy of The Washington Map Society www.washmapsociety.org: original research published Fall 2013 issue (#87) of The Portolan, journal of the Washington Map Society (b).
299 Bridgeman Images: Pictures from History (t). **The Trustees of the British Museum.**
304–305 Getty Images: Robert Welch
307 Alamy Stock Photo: North Winds Picture Archives (br).
308 Science & Society Picture Library: Science Museum (tr).

308–309 SuperStock: Science and Society Picture Library (b).
309 Alamy Stock Photo: Granger, NYC (tr). **Getty Images:** Transcendental Graphics (br).
310 123RF.com: Jamen Percy (cla). **Alamy Stock Photo:** Granger, NYC (c, bc); Historical Art Collection (HAC) (tr). **Dorling Kindersley:** The Science Museum, London (cra).
311 Alamy Stock Photo: Chronicle (cr); Niday Picture Library (cl); North Winds Picture Archives (cb); Photo Researchers (cla).
312 Alamy Stock Photo: Liszt Collection (tr). **Getty Images:** Bettmann (cb); SSPL (ca).
312–313 Cyfarthfa Castle Museum & Art Gallery, Merthyr Tydfil: © Mervyn M. Sullivan (c).
313 Alamy Stock Photo: (cb); North Winds Picture Archives (cla). **Getty Images:** Hulton Archive (ca). **Library of Congress, Washington, D.C.:** LC-USZ62-136561 (br). **Science & Society Picture Library:** NRM/Pictorial Collection (clb).
315 Alamy Stock Photo: The Print Collection (br).
316–317 TopFoto.co.uk: The Granger Collection (b).
316 akg-images: Les Arts Décoratifs, Paris/Jean Tholance (tr).
317 Alamy Stock Photo: Granger, NYC (br); Pictorial Press Ltd (tc).
318 Corbis.
319 Corbis: (bc).
320 Alamy Stock Photo: Lebrecht Music and Photo Library.
320–321 Alamy Stock Photo: Chronicle.
324 The Art Archive: British Museum, London.
325 Science & Society Picture Library: Science Museum (br).
327 akg-images: Interfoto (tr). **Bridgeman Images:** Private Collection/Archives Charmet (b).
328 123RF.com: Saidin B. Jusoh (crb); Pornthep Thepsanguan (cl). **Photoshot:** John Cancalosi (ca)
329 Corbis: Richard Nowitz (clb). **Getty Images:** John Wang (tl).

330–331 SuperStock: ACME Imagery.
331 Science & Society Picture Library: Science Museum.
332 Alamy Stock Photo: Granger, NYC (tr); Thislife Pictures (b).
333 Getty Images: Aldo Pavan (t).
334 Alamy Stock Photo: North Winds Picture Archives (tr); Photo Researchers (bc). **Science & Society Picture Library:** Science Museum (ca, crb, clb). **Science Photo Library:** Science Source/CDC (bl).
336 Science & Society Picture Library: National Railway Museum (tr).
337 Alamy Stock Photo: The Art Archive (tc); Lebrecht Music and Photo Library (tl); David Wells (bl); Cultura Creative (RF) (br). **Getty Images:** The LIFE Images Collection/James Whitmore (cl).
338 Alamy Stock Photo: Motoring Picture Library.
339 Alamy Stock Photo: Motoring Picture Library (cr).
340 Alamy Stock Photo: Granger, NYC (bc). **Corbis:** Araldo de Luca (br). **Science & Society Picture Library:** Science Museum (cb). **TopFoto.co.uk:** The Granger Collection (ca).
341 Alamy Stock Photo: The Art Archive (clb); Granger, NYC (tl); Everett Collection Historical (bc); D. Hurst (br). **Getty Images:** Bloomberg (cra). **NASA:** (tr). **Science & Society Picture Library:** National Museum of Photography, Film & Television (ca); Science Museum (ca).
342 Alamy Stock Photo: Annie Eagle (5/b). **Flickr.com:** Portal GDA/https://www.flickr.com/photos/135518748@N08/23153369341/in/photolist-BgZ548 (6/b); roach/https://www.flickr.com/photos/mroach/4028537863/sizes/l (4/b). **Science & Society Picture Library:** Science Museum (1/b, 2/b).
343 123RF.com: Adrianhancu (8/b); svl861 (ca); Norman Kin Hang Chan (5/b). **Alamy Stock Photo:** D. Hurst (4/b); Visions of America, LLC (tl); Frances Roberts (cra); Oleksiy Maksymenko Photography (3/b, 6/b). **Amazon.com, Inc.:** (7/b). **Getty Images:** Business Wire (2/b). **Rex by Shutterstock:** Langbehn (1/b).

Science Photo Library: Thomas Fredberg (c).
344 ESA: NASA.
345 Getty Images: Yann Arthus-Bertrand (br).
348 Science Photo Library: Dirk Wiersma (c).
348–349 Getty Images: Galerie Bilderwelt.
350 Getty Images: EyeEm/William McClymont (bl).
351 Rex by Shutterstock: London News Pictures.
352 Alamy Stock Photo: Global Warming Images (bc). **NASA.**
353 Alamy Stock Photo: Reinhard Dirscherl (br). **NASA:** Goddard Space Flight Center Scientific Visualisation Studio (cra)
354 Alamy Stock Photo: fStop Images GmbH (tr). **Getty Images:** Davee Hughes UK (bl).
355 123RF.com: Andrii Iurlov (cra). **Dreamstime.com:** Emilia Ungur (cb).
356–357 Alamy Stock Photo: Sean Pavone.
357 Alamy Stock Photo: Oleksiy Maksymenko Photography (ca).
358–359 Alamy Stock Photo: Stocktrek Images, Inc.

Cover images: Front: **123RF.com:** Andrey Armyagov fcrb, Igor Dolgov crb; **Alamy Stock Photo:** Granger, NYC. cb/ (Map); **Bridgeman Images:** Biblioteca Monasterio del Escorial, Madrid, Spain cb; **Dreamstime.com:** Constantin Opris crb/ (Industry), Imagin.gr Photography clb/ (Acropolis), Sergeypykhonin cb/ (Steam); **Neanderthal Museum:** clb; **Science Photo Library:** Pascal Goetgheluck; Back: **123RF.com:** Nikkytok fclb, Pablo Hidalgo crb, Sergey Nivens fcrb; **NASA:** cb/ (Solar system), JPL-Caltech/UCLA cb, JPL-Caltech/University of Wisconsin-Madison/Image enhancement: Jean-Baptiste Faure clb; **Science Photo Library:** Pascal Goetgheluck.

より詳しい情報は以下を参照：
www.dkimages.com

ビッグヒストリー 大図鑑
宇宙と人類 138億年の物語

2017年11月30日　初版発行

監修者	デイヴィッド・クリスチャン他
協力	ビッグヒストリー・インスティテュート
翻訳	株式会社 オフィス宮崎（秋山淑子／竹田純子／中川泉／森富美子）
日本語版編集	株式会社 オフィス宮崎（社田時子／會田裕子／石井克弥／川口典成／小西道子／坂本安子／佐藤悠美子）
装幀	岩瀬聡
DTP・デザイン	関川一枝（株式会社 オフィス宮崎）
発行者	小野寺優
発行所	株式会社 河出書房新社 〒151-0051 東京都渋谷区千駄ヶ谷 2-32-2 電話 03-3404-1201(営業) 03-3404-8611(編集) http://www.kawade.co.jp/

Printed and bound in Hong Kong
ISBN978-4-309-22707-8
落丁・乱丁本はお取替えいたします。